Aileen P. Roberts
Stephan Lössl

WINTERFEUER

AILEEN P. ROBERTS

WINTERFEUER

STEPHAN LÖSSL

papierverzierer

1. Auflage, Papierverzierer Verlag, Essen
Herstellung, Satz: Papierverzierer Verlag
Lektorat: Stephanie Kempin
Cover: Arndt Drechsler
Umschlag: Legendary Fangirl Design // Tina Köpke

Winterfeuer ist auch als E-Book auf vielen Plattformen erhältlich.

ISBN 978-3-95962-345-2

www.papierverzierer.de

Bibliografische Information der Deutschen Nationalbibliothek
Die Deutsche Nationalbibliothek verzeichnet diese Publikation in der Deutschen Nationalbibliografie; detaillierte bibliografische Daten sind im Internet über http://dnb.dnb.de abrufbar.

Für Claudia – Tha gaol agam ort

If the sun would lose its light
And we lived an endless night
And there was nothing left
That you could feel
If the sea were sand alone
And the flowers made of stone
And no one that you hurt
Could ever heal
That's how broken I would be
What my life would mean to me
If I didn't have your love
To make it real
Lyrics by Leonard Cohen

VORWORT

Nachdem sie unter der Führung von Bonnie Prince Charlie unaufhaltsam bis vor die Tore Londons gezogen war, wurde die Highlander-Armee schließlich zurückgedrängt. Auf dem Schlachtfeld von Culloden, am 16. April 1746, stellten sich erschöpfte und ausgehungerte schottische Patrioten einer englischen Übermacht. Sie unterlagen kläglich. Nicht immer nimmt das, was im Leben so vielversprechend begann, ein glückliches Ende. Würde ein Autor den Versuch wagen, die Wege des Lebens in ebenso überraschenden Wendungen in seinem Werk wiederzugeben, er würde kläglich scheitern. Sei es Culloden oder die amerikanische Präsidentschaftswahl 270 Jahre später, nicht immer sind wir wirklich vorbereitet. So verhält es sich manchmal auch mit dem Tod eines geliebten Menschen, wenngleich ein solches Ereignis natürlich eine ganz andere Dimension darstellt, als das Ergebnis einer politischen Wahl.

Meine Frau Claudia Lössl ist am 5. Dezember 2015 in das Reich jenseits der Himmelskuppel gegangen. So bleibt man fassungslos zurück und fragt sich, wie es nun weitergeht, und ob man in der Lage ist, allen Windungen des großen Lebensflusses zu folgen, die dieser einem aufbürdet.

Neben unzähligen anderen Dingen, die das Leben während vieler Jahre in eine Beziehung webt, lag auch plötzlich ein letztes Werk von Claudia, alias Aileen P. Roberts, unvollendet vor. Unter dem Arbeitstitel »Skara Brae« begonnen, schlummerte es in den Schatten meiner Unwissenheit, denn ich hatte keine Ahnung, wie die Geschichte weitergehen sollte. Durfte ich alle anderen Werke lesen, bevor diese an den Verlag gegangen waren, so hatte ich bei »Skara Brae« nicht einmal Gelegenheit, mich mit meiner Frau über dieses

Werk, das ihr letztes sein sollte, auszutauschen. Die Krankheit forderte bereits ihren Tribut, raubte uns Zeit und schob uns in persönliche Prozesse, die dem Ehefrieden zunächst keineswegs zuträglich waren. Die Transformationskraft des Todes jedoch ist unbeschreiblich, und am Ende – und darüber hinaus – führen Wege wieder zusammen, entsteht Friede, und aus diesem heraus die Beziehung neu. Und so findet man auch neue Kraft und den Willen, das Begonnene zu vollenden und in die Veröffentlichung zu bringen, zumal jedes Wort davon unter Blut, Tränen und Schmerz niedergeschrieben wurde.

Also machte ich mich an die Arbeit und begann, die 238 Seiten, die meine Frau bereits verfasst hatte, zu lesen. Außerdem fand ich ein Exposé, an dem ich mich entlanghangeln konnte. Natürlich besteht innerhalb eines solchen Exposés noch immer viel Raum für eigene schriftstellerische Interpretationen, und so habe ich mich oft gefragt, wie Claudia, wie Aileen P. Roberts den Verlauf der Geschichte wohl gestaltet hätte. Leider wird diese Frage für immer unbeantwortet bleiben. So bleibt mir nur die Hoffnung, dem Leser möge meine Version gefallen, und damit ist vorwiegend die zweite Hälfte des Buches gemeint. Mögen die »Winterfeuer« in den Herzen aller Leserinnen und Leser hell leuchten, möge der Himmelsvater die große Kuppel in seine irisierende Pracht tauchen und möge keine Träne, kein Blutstropfen und kein Wort vergebens gewesen sein.

PROLOG

Die Winterfeuer loderten in verschwenderischer Pracht in den Nachthimmel. Zurückgeworfen von den mächtigen Steinen warfen sie bizarre Schatten auf die jungen Männer und Frauen, die sich heute hier versammelt hatten, um in den Kreis der Steinweisen aufgenommen zu werden; Heilerinnen, Seherinnen oder solche, die direkt zu den Göttern sprechen und die Kraft des Kreises der Ahnen nutzen konnten.

So als würde der Himmelsvater ihre Aufnahme segnen, ließ er heute die Lichter aus seinem Reich jenseits der Himmelskuppel erstrahlen. Wesenheiten, die keine körperliche Gestalt hatten, zauberten diese irisierende Farbenpracht aus Grün und Blau an den Himmel und öffneten somit die Grenze zwischen dieser und der Welt der Götter – so die Lehre der Steinweisen des Inselvolks.

Sieben jungen Frauen und zwei Männern wurde am heutigen Tag, der das Ende der dunklen Zeit bezeichnete, die Ehre zuteil, in den Kreis der Steinweisen aufgenommen zu werden. Caitir wünschte sich nichts sehnlicher, als dort unten zu stehen, mit ihnen zu tanzen und die heiligen Gesänge zum Schlag von Trommeln und Klanghölzern in den Himmel steigen zu lassen. Sie wollte endlich ihren Stand als Lernende überwinden, um eine von ihnen zu werden.

Mjana, Caitirs jüngere Schwester, drängte sich näher an sie heran. Eisig blies der Wind hier oben über den breiten Erdwall hinweg, der den äußersten Ring des Götterkreises bildete, und fuhr sogar durch die Pelzkleidung. Doch dann schwante ihr, dass es nicht der Wind war, vor dem Mjana Schutz suchte. Ihr Vater kam auf sie zu. Die Knochenscheiben um seinen Hals verursachten ein leises Klirren, als er näher trat. Sein Gesicht war ernst und herrisch, so wie stets bei Feierlichkeiten. Alle Umstehenden, Mitglieder der unterschiedlichen Stämme der Inseln, wichen vor Kraat zurück. Als Herr der Siedlung an der Westbucht zollte ihm jeder Respekt. Zudem hatte er bereits siebenundvierzig Mal das Ahnenfest des Winters erlebt und war somit einer der Ältesten.

Seine tief liegenden Augen, die an den grauen Himmel an einem Herbsttag erinnerten, musterten Caitir stechend.

»Wenn du bis zum Fruchtbarkeitsfest keine Vision hattest, gebe ich dich Brork, dem Anführer des Adlerclans, zur Frau. Du musst endlich unser Blut weitergeben, Caitir. Deine fruchtbarste Zeit ist sonst vorüber.«

Caitir erstarrte. Wie von selbst wanderte ihr Blick zu der Gruppe aus Männern und Frauen, die auf dem Ostwall standen. Der Kälte zum Trotz trugen sie lediglich Überwürfe aus Robbenfell, geschmückt mit Adlerfedern, und kurze Lendenschurze. Ihre Beine waren mit Fellstreifen umwickelt, so wie bei den meisten Anwesenden.

Die geölten Knochen und Federn, die sie sich ins Haar gebunden hatten, glänzten im Feuerschein. Wie es in ihrem Stamm Tradition war, hatten sie sich die Gesichter gekalkt – ihre Art, dem Adlergott Kjat zu huldigen.

Alles in Caitir verkrampfte sich, denn in keinem Fall wollte sie Brorks Frau werden.

»Vater, lass mir bis zum kommenden Ahnenfest …«, setzte Caitir an, doch Kraats buschige Augenbrauen zogen sich so stark zusammen, dass sie sich beinahe berührten. Caitir verstummte.

»Es wurde mit Blut besiegelt. Bis zum Fruchtbarkeitsfest!«

Tröstend schlang Mjana ihre dünnen Arme um Caitirs Hüfte. Mit Tränen in den Augen beobachtete sie die Götterlichter, die über den Nordhimmel tanzten.

Erdmutter, Götter des Himmels, bitte schickt mir eine Vision!

DIE REISEGRUPPE

»In Kürze erreichen wir einen der Höhepunkte unserer Reise, Skara Brae, eine bemerkenswerte Siedlung, die bis in die Jungsteinzeit bewohnt war.«

Mäßig interessierte Gesichter lugten in Andrews Richtung hinter den Lehnen des komfortablen Reisebusses hervor. Einige der Reisenden hatten ihm offenkundig nicht zugehört, tippten stattdessen auf ihren Mobiltelefonen oder Tablets herum. Nicht wenige trugen gar Kopfhörer und zollten weder der grandiosen Landschaft, die sich rechts und links der Straße zeigte, noch Andrews Bemühungen Achtung, ihnen die Sehenswürdigkeiten der Orkney Inseln näherzubringen.

Nach einer angenehmen Fährüberfahrt von Thurso nach Stromness fuhr der Reisebus nun über schmale Straßen in nördlicher Richtung.

Andrew spürte, wie ihm vor Wut die Röte ins Gesicht schoss.

Lediglich Luisa Friese, eine rüstige Rentnerin von achtundsechzig Jahren und somit die älteste Teilnehmerin der Tour, blätterte aufmerksam in ihrem Reiseführer.

»Davon habe ich gelesen, Andrew«, sagte sie mit blitzenden graublauen Augen. Sie rückte ihre kleine Nickelbrille zurecht. »1850 hat ein Sturm die Überreste freigelegt, nicht wahr?«

Zumindest eine interessierte Zuhörerin, dachte er.

»Sehr richtig, Luisa«, sagte er laut. »In den Ruinen werde ich noch einiges über die Erkenntnisse der Archäologen berichten.« Vor der Tour hatten sie ausgemacht, sich alle beim Vornamen zu nennen, was in der Regel den Zusammenhalt der Gruppe stärkte.

Andrew atmete tief durch. Seit fünf Jahren war er jetzt Reiseleiter, führte regelmäßig Touristen durch Schottland, Irland und auf die Shetland Inseln. Meistens machte es ihm Spaß, besonders die sogenannten *Megalithic Tours* auf die Orkneys, die zu uralten Kultplätzen und Siedlungen führten, bereiteten ihm große Freude. Doch manche Reisegruppen, so wie diese, waren ein Graus und gaben ihm das Gefühl, sich nach einem anderen Job umsehen zu müssen. Gegen eine derart geballte Übermacht an Desinteresse vermochte Andrew nichts auszurichten.

Bob, der Busfahrer, schaute mitfühlend über die Schulter zu ihm und verzog sein breites Gesicht, das von einem kinnlangen grauen Schnurrbart beherrscht wurde. Auch er hatte schon so einiges erlebt, das wusste Andrew, denn sie waren während der letzten Jahre mehrfach gemeinsam für Touren eingeteilt gewesen. Gerne erinnerte er sich an eine Rentnertour, auf der die älteren Herrschaften richtig Spaß gehabt und sich brennend für Schottlands Geschichte interessiert hatten. Auch Single Touren oder jene mit gemischten Altersklassen waren häufig sehr nett und teilweise waren dabei sogar lockere Freundschaften entstanden. Doch diese Busreise erschien ihm wie eine Strafe – für was auch immer. Die fünfzehn Junggesellen aus Köln, die gerade im Heckteil des Busses ihren gestrigen Rausch ausschliefen, waren nur deshalb mitgekommen, weil ihre Whiskytour im März mangels Beteiligung ausgefallen war. Sie hatten es sich zum Ziel gesetzt, sämtliche Frauen Schottlands aufzureißen oder sich alternativ jeden Abend zu betrinken. Das Frührentnerehepaar Müller beschwerte sich jeden Morgen über schlechte Betten, Elisabeth Reimann, eine alleinstehende Mutter, bei der die Junggesellen bereits ihr Glück versucht hatten und gescheitert waren, war mit ihrem pubertierenden Sohn mitgekommen, der sein Schulenglisch aufbessern sollte. Sie hatte Andrew anvertraut, dass er seinen Hauptschulabschluss nicht geschafft hatte und im Herbst einen neuen Anlauf nehmen sollte. Sie hatte sogar eine Schulbefreiung für Max erwirkt, damit er an dieser Tour teilnehmen konnte. Dass sich ein 16-Jähriger in einer Gruppe, deren Durchschnittsalter bei über vierzig lag, nicht wohlfühlte, war kein Wunder. Insgeheim bezweifelte Andrew, dass eine Woche

Busreise Max' Englisch auf Vordermann bringen würde. Mehrfach hatte Andrew versucht, sich mit dem Jungen auf Englisch zu unterhalten, aber der gab, wenn überhaupt, nur gelangweilte und grammatikalisch katastrophale Antworten. Durchaus sympathisch hingegen waren Andrew zwei Paare Anfang dreißig, die sich mittlerweile auch zusammengeschlossen hatten, sowie die alte Frau Friese.

»Gibt es bei dem Steinzeithaus ein Café?«, wollte Margarete Müller wissen.

Also hatte ihm doch noch jemand zugehört. Andrew nickte ergeben und dachte sich: *Natürlich, das Café ist das Wichtigste an diesem Ausflug!*

Andrew schob eine CD mit keltischer Musik ein, womit er ein paar Bilder untermalte, die über den Bildschirm im Vorderteil des Busses flimmerten. Sollten die Leute zuschauen oder es bleiben lassen!

»Könnten Sie nicht die Führung durch dieses Steinzeitdorf in Englisch machen?«, erkundigte sich Elisabeth und klimperte mit ihren getuschten Wimpern. »Das wäre gut für Max.« Sie stieß ihren Sohn in die Seite, der weltvergessen auf seinem Smartphone herumdrückte. Vermutlich postete er gerade auf Facebook, wie sehr ihn der ganze Urlaub langweilte, denn er hielt nun das Telefon in die Höhe, grinste und machte ein Selfie.

»Max, fotografier doch zumindest die Landschaft!«, schimpfte seine Mutter.

»Natürlich könnte ich die Führung in Englisch machen«, antwortete Andrew freundlich. »Doch ich befürchte, dass mich dann kaum einer der anderen versteht.« Andrew war Schotte mit deutschen Wurzeln und manchmal gab es auch spezielle Sprachtouren, zu denen sich Menschen aus allen möglichen Nationen anmeldeten. In solchen Fällen veranstaltete er die Touren in Englisch, aber bei einer rein deutschen Gruppe wie dieser ergab das keinen Sinn.

Elisabeth verzog beleidigt das Gesicht und Andrew tröstete sie damit, dass es in dem Touristenshop englischsprachige Audiotouren sowie eine Vielzahl bebilderter Infotafeln gab, die den Interessierten über die Geschichte des Landes informierten. Allerdings bezweifelte er, dass sie Max dafür würde begeistern können.

Endlich holperte der Bus auf den Parkplatz. Kaum hatte er angehalten und Bob die Türen geöffnet, stiegen alle Reisenden aus. Genüsslich sog Andrew die frische Meeresluft ein. Die Siedlung Skara Brae lag auf einer steil abfallenden Düne. Die Wellen des Atlantiks rollten an den weißen Sandstrand und so weit das Auge reichte, erstreckten sich von Menschenhand unberührte Wiesen und sanfte Hügel, die jetzt, Ende April, von zartem Grün überzogen waren.

Schon viele Male war Andrew hier gewesen, doch dieser Anblick faszinierte ihn jedes Mal aufs Neue.

»Können wir jetzt gehen? Ich muss mal«, holte ihn Max in die Realität zurück.

»Auf Englisch!«, flötete seine Mutter.

Der Teenager verdrehte die Augen. »Can we go? I must piss.«

Andrew ersparte es sich, Max zu korrigieren, machte eine auffordernde Geste und hielt auf den Eingang zu.

Nachdem die Tickets gelöst waren, warteten sie, bis sie mit der Tour beginnen konnten. Normalerweise übernahmen Mitglieder von Historic Scotland die Führungen, doch da Andrew bereits so viele Male mit Touristen hier gewesen war und sich ein wenig mit den Angestellten angefreundet hatte, durfte er seine Reisegruppen selbst durch die Anlage begleiten.

»Nun können Sie Zeuge werden, wie unsere Vorfahren vor ungefähr fünftausend Jahren lebten.« Er ging zu einem der etwa fünfunddreißig Quadratmeter messenden Überreste der acht ehemaligen Rundhäuser. »Ist es nicht erstaunlich, dass alle Häuser, bis auf eines, völlig baugleich sind?« Andrew deutete in die Tiefe auf die gut erhaltenen Überbleibsel. »Die Feuerstelle lag in der Mitte. Dieser Steinrahmen an der Mauer war vermutlich ein Bett, gefüllt mit Gras und Heidekraut und von Fellen bedeckt. Zudem findet man diese Regale dort in der Wand. Das gesamte Dorf verfügte über ein Abwassersystem; Kanäle, die unter den Häusern und den Verbindungswegen hindurchführten.«

»Das ist in der Tat erstaunlich.« Die blonde Laura und ihr Lebensgefährte Timo schauten interessiert in das dachlose

Gebäude hinab. Die Junggesellen waren schon weitergegangen und Andrew musste ihnen hinterher hasten, um Schlimmeres zu verhindern, denn einer von ihnen balancierte johlend auf einer der Steinmauern herum.

»Wartet bitte! Die alten Gemäuer dürfen nicht betreten werden! Bleibt auf den Wegen.«

»Was iss'n das für ein Mist? Wir zahlen einen Haufen Eintritt und dürfen alles nur von oben anschauen?« Rudolfs Atem roch nach Bier.

»Viele Hundert Touristen kommen jedes Jahr hierher«, erklärte Andrew. »Skara Brae ist Teil des Weltkulturerbes und soll auch für die Nachwelt erhalten bleiben. Es ist ohnehin bereits von Erosion bedroht, deshalb auch der Zaun und der Versuch, es gegen die Gewalt von Sturm, Regen und Meerwasser zu schützen. Es gibt ein nachgebautes Rundhaus, das ihr später betreten könnt.«

Die Männer winkten ab und gingen weiter, ohne auf Andrew und den Rest der Gruppe zu warten.

»Ist nicht immer einfach, nicht wahr.« Unbemerkt war Frau Friese neben ihn getreten. Er lächelte hinab zu der zierlichen Dame mit den grauen Löckchen, die sich um ihren Kopf kringelten.

»Nein, und ich bin für jeden dankbar, der sich wirklich für meine Ausführungen interessiert.«

»Sie machen das alles ganz wunderbar, Andrew, und diese Banausen«, sie drohte mit ihrer Tasche in Richtung der Männer, die auf das Café zuhielten, »haben einfach keinen Sinn für Kultur.«

Andrew seufzte tief, erklärte noch einiges zu dem Dorf und war froh, als er die Gruppe endlich in das Besucherzentrum gebracht hatte. Erwartungsgemäß setzten sich die meisten an die Tische, nur Frau Friese und die beiden Paare schauten sich die Infotafeln an. Elisabeth Reimann stritt mit ihrem Sohn, der mal wieder keine Lust hatte, einen englischen Text zu übersetzen, und Andrew holte sich einen Kaffee, bevor er ins Freie ging. Er war gereizt, hatte Kopfschmerzen und war froh, die Reisenden bald ins Hotel in Stenness verfrachten zu können. Hier würden sie während der nächsten Tage wohnen und von dort aus die Insel erkunden.

»Nicht, dass es die meisten interessieren würde«, murmelte Andrew in den Wind und fragte sich, was die Menschen der Jungsteinzeit sagen würden, könnten sie ihn und all die Menschen sehen, die durch ihr Dorf spazierten.

VORBEREITUNGEN

Der Schein des Kochfeuers erfüllte den niedrigen Raum mit diffusem Licht. Caitir hatte sich möglichst nahe an die Feuerstelle gesetzt, denn sie wollte die Kette aus Hirsch- und Walknochen fertigstellen – ihre Opfergabe für die Göttin Anú, die Erdmutter, und für Kjell, den Gott des Meeres.

Oder sollte ich doch lieber einen Gott des Himmels bitten, mir eine Vision zu senden?

Wenn sie daran dachte, dass nur noch drei Tage bis zum Fruchtbarkeitsfest blieben, wurde ihr übel vor Angst. Sie fing einen Blick ihrer Schwester auf. Mjana saß direkt neben ihr und nähte mit einer Knochennadel Kaninchenfelle zusammen. Auch ihr blieben nur noch dieser Sommer und ein Winter, bis Vater für sie einen Mann erwählen würde. Caitir wünschte sich, Mjana würde versuchen, sich als Schülerin bei den Weisen zu bewähren. Nur hatte Mjana nie Interesse für die heiligen Rituale der Steinweisen gezeigt, vielmehr fürchtete sie sich davor. Mehr noch als vor ihrem zukünftigen Mann.

Vielleicht findet Vater jemanden, der gut zu ihr ist, nicht jemanden wie Brork.

Der Krieger aus dem Adlerclan hatte zwanzig Ahnenfeste erlebt, zwei Frauen gehabt, neun Kinder gezeugt, von denen noch fünf lebten. Seine letzte Gemahlin war im vergangenen Frühling gestorben. Viele munkelten, er hätte sie umgebracht, wenn auch auf ihren eigenen Wunsch hin, da sie ihm keine Nachkommen hatte gebären können. Brorks Stamm folgte der Tradition eines eigentümlichen Totenkults. Sie lebten in einer hügelgrabähnlichen Anlage mit den Überresten ihrer Ahnen und zollten ihnen damit Respekt.

Sie glaubten, so aus der anderen Welt von ihnen beschützt zu werden.

Auch Caitir verehrte die Ahnen, ging gerne mit den Steinweisen und den anderen Schülern zum Hügel der Weisen, wo die bedeutendsten Männer und Frauen der Inseln in einer gewaltigen Grabkammer begraben waren. Die Lebenden suchten häufig ihren Rat. Doch mit Brorks unzähligen Verwandten und seinen toten Frauen und Kindern in einem Haus zu leben, das erfüllte sie mit Grauen.

»Caitir.« Mjana warf ihrem Vater einen Blick zu, der jedoch mit ihrem ältesten Bruder und dessen beiden Söhnen in ein Vogelknochenspiel vertieft war. Sie unterhielten sich über die erst kürzlich bestellten Felder und die Jagd.

Ihre Schwester rutschte näher zu ihr heran. »Mir kam letzte Nacht ein Gedanke. Wenn du keine Vision hast«, wisperte sie kaum hörbar, »dann denk dir doch einfach etwas aus.« Sie fuhr sich mit der Zunge über ihre schmalen Lippen. »Etwas, das erst in dreißig oder vierzig Wintern geschieht – niemand wird dann mehr am Leben sein und dich dafür zur Rechenschaft ziehen.«

Entsetzt riss Caitir ihre Augen auf. Was Mjana sich da ersonnen hatte, war unglaublich und würde mit dem Tod bestraft werden, sollte es herauskommen. Doch dann überlegte Caitir. Welcher Weise sollte ihr auf die Schliche kommen? Wer ihre Gedanken lesen? Mjana würde schweigen, das wusste sie. Und wenn Caitir erst eine der Steinweisen war, würde sie sogar über ihrem Vater, dem Stammesführer, stehen. Sie konnte einen Mann für Mjana bestimmen und sie glücklich machen.

Die Steinweisen waren die geachtetsten Männer und Frauen der Inseln. Man rief sie, wenn die Felder von den Göttern gesegnet werden sollten, bei Krankheiten, bei Streitigkeiten und für die wichtigen Rituale, die auszuführen waren, wenn neue Siedlungen entstanden. Sogar vom Land jenseits der Wellen wurden sie von Stammesführern aufgesucht, um Rat oder einen Segen der Götter zu erhalten. Viele schickten auch ihre Kinder als Schüler, doch nur wenige wurden erwählt und die meisten mussten die Reise über das Meer zurück antreten.

In den Stämmen hatten stets die Männer das Sagen, doch auch sie beugten sich dem Willen der Weisen, die nahe den Heiligen Hallen lebten, Mond, Sonne und Sterne beobachteten, mit den Göttern sprachen, Heilkunde ausführten und sich um diejenigen kümmerten, die als ihre Nachfolger auserkoren waren.

Die Götter, durchfuhr es Caitir. *Sie würden mich strafen. Mich und unseren gesamten Stamm.* Tränen sammelten sich in ihren Augen und sie schüttelte den Kopf.

»Das ist unmöglich, Mjana. Anú würde unsere Ernte vernichten, Ravk verheerende Stürme schicken oder gar gemeinsam mit Kjell unser Land überfluten. Ich darf nicht im Angesicht der Götter lügen.«

»Aber ich möchte nicht, dass du zu Brork gehst.« Mjanas Hand zitterte, als sie die von Caitir nahm. »Und ich will nicht allein hier bleiben. Farik …« Sie stockte und schaute mit großen Augen hinüber zum Sohn ihres ältesten Bruders Urdh. Mit vierzehn war Farik bereits ein guter Jäger. Urdh lebte mit seiner Frau und vier seiner fünf Kinder hier, da er der nächste Stammesführer werden würde, sofern er von keinem anderen Stammesmitglied zum Kampf herausgefordert und getötet wurde. Seine älteste Tochter hatte weiter im Norden, in einer anderen Siedlung, ihre Familie gegründet.

»Was ist mit Farik?«

»Er … versucht immer, mich anzufassen, wenn du nicht da bist.«

Caitirs Hand krallte sich um das Messer, mit dem sie den Knochen bearbeitet hatte. »Ich sage es Urdh«, zischte sie und wollte schon aufspringen, aber Mjana hielt sie zurück.

»Nein, Farik ist der ganze Stolz unseres Bruders, er wird dir nicht glauben und Vater mich schlagen, weil ich Farik und Urdh beschämt habe.«

In Caitir brodelte es. Sie war sich sicher, sie würde Farik in einem Zweikampf besiegen. Als erste Tochter nach fünf Brüdern hatte sie gelernt zu kämpfen und zu jagen wie ein Mann. Die Mutter hatte versucht, ihr einiges beizubringen, war jedoch bei Mjanas Geburt gestorben. Caitir konnte sich daher kaum noch an sie erinnern. Nur manchmal schwang in ihren Träumen die sanfte Stimme ihrer Mutter durch ihren Geist, summte die Lieder, die sie für sie und ihre Brüder gesungen hatte. Farik war jünger als Caitir, aber der Statur nach bereits ein Mann. Dennoch nahm sie sich vor, ihm eine Lektion zu verpassen. Mjana zuliebe würde sie jedoch ihrem Bruder Urdh nichts berichten, sondern Farik später draußen abpassen.

»Gut, aber sag mir, falls er es noch einmal versucht.«

Das Mädchen nickte betrübt, ihr Blick sprach Bände. Entweder Caitir würde in wenigen Tagen aufgenommen werden und als Steinweise weiterhin in deren Siedlung leben sowie in den Heiligen Hallen den Göttern dienen oder zwei Tagesmärsche entfernt auf der Insel des Adlerclans ihr Dasein fristen.

»Alles wird gut, Mjana«, sagte Caitir aufmunternd. »Wirst du mich morgen begleiten und mir bei den Vorbereitungen für das Fruchtbarkeitsfest helfen?«

Ihre Schwester wurde ein wenig bleich, dennoch nickte sie. Caitir nahm sie in den Arm, während sie noch einmal überlegte, Mjana zu überreden, mit ihr zu den Hallen der Weisen zu kommen. Sie kannte sich gut mit Kräutern aus, doch die mächtigen Mauern, hinter denen die Weisen ihre Rituale ausführten, machten Mjana Angst.

Das Standing Stones Hotel lag direkt am Meer und der Ausblick entlockte den meisten Busreisenden begeisterte Ausrufe. Für heute stand nichts mehr auf dem Programm. Aufatmend ließ sich Andrew auf das Bett seines Einzelzimmers fallen. Durch das gekippte Fenster hörte er das sanfte Branden der Wellen, untermalt vom Gekreische der Möwen. Da das Wetter so schön war und er sich abgesehen von der kurzen Führung durch Skara Brae kaum bewegt hatte, entschloss er sich zu einem Spaziergang.

»Finden eigentlich auch dieses Jahr wieder Ausgrabungen auf der Insel statt?«, erkundigte er sich an der Rezeption.

»Ja, es ist gar nicht weit entfernt, knappe zwei Meilen am Ness of Brodgar. Das ist …«

»Ich weiß, wo das ist«, unterbrach Andrew lächelnd. Er band sich seine Regenjacke um die Hüften, rückte seine Brille zurecht und machte sich auf den Weg.

Das Örtchen Stenness bestand aus kaum mehr als ein paar Häusern. Schaf- und Kuhweiden zogen sich entlang der Straße und rechts und links davon plätscherte das Meer an den Kiesstrand. Heute wehte lediglich eine sanfte Brise, aber Andrew hatte die Orkneys auch schon ganz anders erlebt. Sturmwinde, die einem den Atem raubten, und Regentropfen, die Geschossen gleich auf einen herab prasselten, waren hier durchaus üblich. Er passierte die Standing Stones of Stenness, ein im Vergleich zum Ring of Brodgar recht kleiner Steinkreis, von dem nur noch vier der ursprünglich vermutlich zwölf Megalithen erhalten waren. Diesen Ort würden sie morgen besuchen. Gemächlich schlenderte Andrew an der Straße entlang. Diese Landzunge mit nicht einmal einer Meile Durchmesser verband die Inseln miteinander. Links von ihm erstreckte sich der Loch of Stenness, ein Meeresarm, zur Rechten der Loch of Harray, der Süßwasser führte. Nur wenige Autos fuhren an Andrew vorbei. Einige Fahrer winkten ihm freundlich zu, und eine alte Frau, die mit ihrem Hund an der Straße entlangspazierte, brachte ihre Freude über das schöne Wetter zum Ausdruck.

Zwei weitere Megalithen flankierten seinen Weg, einer gut und gerne fünf Meter hoch, der andere deutlich kleiner und halb umgekippt.

Bald konnte Andrew linker Hand eine Gruppe Menschen ausmachen, die in der Erde gruben oder geschäftig umher gingen – Archäologen, die versuchten, die Vergangenheit zutage zu fördern. Er spazierte über eine grüne Wiese und erreichte eine weitläufige Ausgrabungsstätte, wo schätzungsweise dreißig Männer und Frauen arbeiteten. Zunächst stand er ein wenig ratlos herum. Einige der jungen Leute nickten ihm freundlich zu, waren jedoch eifrig mit Graben beschäftigt. Er wollte niemanden von der Arbeit abhalten, interessierte sich aber brennend dafür, was hier gefunden wurde.

»Entschuldigung, darf ich kurz stören?«, wandte er sich schließlich an einen Mann mit kinnlangem Haar. Mit einem Stein in der schmutzigen linken Hand richtete sich der Angesprochene auf, wobei er sich eine dunkle Strähne ungeduldig aus der Stirn strich.

»Keine Zeit für Touristen, wir haben zu tun«, fuhr er Andrew an, woraufhin dieser erschrocken zurückwich.

»Hey!« Eine weibliche Stimme aus der Grube hinter ihm quietschte erschrocken, dann tauchte ein roter Haarschopf auf. Das Gesicht zierten einige Sommersprossen und die schmale Nase war mit Spuren von Dreck überzogen. Die junge Frau nahm beinahe schon liebevoll ein etwa fünfzehn Zentimeter langes Steinfragment in die Hand.

»Du wärst beinahe auf eine fünftausend Jahre alte Steinaxt getreten.«

»Tut mir leid.« Er ging in die Hocke und betrachtete den Stein, der bei näherem Hinsehen tatsächlich dem Kopf einer Axt ähnelte.

»Sag ich doch – Touristen«, maulte der Mann mit den dunklen Haaren. »Und *du* sollst auch nicht immer deine Funde auf die Gehwege legen!«

Die Frau mit den roten Haaren verdrehte die Augen. »Darryl, mach mal Pause und trink 'nen Kaffee. Gebäck ist auch noch im Bauwagen.« Sie zwinkerte Andrew zu. »Wenn er Hunger hat, wird er zum Steinzeitmenschen. Ich bin Dianne.«

Andrew musste grinsen. »Ich möchte wirklich nicht stören. Aber ich finde eure Arbeit beeindruckend. Darf ich ein wenig zuschauen?« Betreten deutete er auf die Steinaxt. »Ich verspreche auch, mich nicht zu bewegen.«

Dianne lachte fröhlich auf, dann schwang sie sich aus ihrem Grabungsloch. »Komm mit, ich trinke auch einen Kaffee, dann können wir uns unterhalten. Vielleicht kann ich dabei deinen Wissensdurst etwas stillen.« Sie kniff die Augen zusammen, als sie in Richtung der tief stehenden Sonne schaute. »Wir machen ohnehin bald Feierabend.«

Gemeinsam bahnten sie sich den Weg durch das Labyrinth aus mehreren ausgehobenen Gruben, die teils von Folien oder Planken bedeckt waren, über die man gehen konnte. Junge Leute, vermutlich Studenten, und auch einige ältere Archäologen, legten hier steinzeitliche Überreste von Mauern frei.

Dianne platzierte ihren neuesten Fund neben den anderen auf einem Gitter, dann verschwand sie im Bauwagen, nur um kurz darauf wieder ihren Kopf hinauszustrecken.

»Tee oder Kaffee?«

»Kaffee mit Milch, ohne Zucker bitte.«

Sie nickte und kam kurz darauf heraus. Dianne reichte Andrew seine Tasse und setzte sich dann auf das trockene Gras. Andrew tat es ihr gleich.

»Dankeschön.«

»Keine Ursache.« Sie nippte von ihrem schwarzen Kaffee.

»Wir glauben hier eine bedeutende Tempelanlage freigelegt zu haben«, erzählte sie nun frei heraus. »Sie war von einer über vier Meter breiten Mauer umgeben, die ein Areal von hundertfünfundzwanzig mal fünfundzwanzig Metern umfasste.«

»Unglaublich.« Andrew betrachtete die aufgeschichteten Steinplatten und versuchte sich vorzustellen, wie das alles in alten Tagen ausgesehen haben mochte. »Wisst ihr, wie hoch die Mauer war?«

Dianne zuckte die Achseln. »Vielleicht über zwei Meter hoch. Letztes Jahr wurde eine weitere Mauer am Südende freigelegt, die Schätzungen zufolge einen Meter zwanzig Höhe erreichte.«

»Wozu hat man solch dicke Mauern errichtet?«, wunderte sich Andrew. »Zu Verteidigungszwecken? Ich bin eigentlich davon ausgegangen, dass die Steinzeitmenschen halbwegs friedlich als Jäger und Bauern nebeneinander her gelebt haben.«

»Du scheinst dich ja ein wenig auszukennen«, bemerkte Dianne erfreut.

»Ich bin Reiseleiter und kutschiere Touristen zu den Sehenswürdigkeiten der Insel.

Wieder lachte Dianne auf und ihre dunkelgrünen Augen blitzten fröhlich. »So wie du das sagst, klingt das nicht sonderlich begeistert.«

Andrew seufzte laut. »Es macht Spaß, wenn sich die Leute für die Steinkreise und Grabhügel interessieren. Ansonsten …«

»Wird es rasch langweilig und du spulst das Standardprogramm ab«, schloss Dianne.

»So ist es.«

»Nun gut«, fuhr sie fort. »Diese Tempelanlage lag zwischen den Standing Stones of Stenness, dem kleineren Steinkreis, und dem Ring of Brodgar.« Sie deutete zu den Megalithen hinüber, die man in der Ferne erkennen konnte.

»Wir vermuten, dass der kleinere Steinkreis das Reich der Lebenden symbolisierten sollte, der größere das Reich der Toten oder der Ahnen. Dazwischen lag die Tempelanlage, ein Ort, an dem ihre Schamanen oder Priester, verborgen hinter Mauern und abgeschieden vom Rest ihrer Stammesmitglieder, ihre Rituale durchführten.«

Bei diesen Worten bildete sich eine Gänsehaut auf Andrews bloßen Armen.

»Wir glauben, es handelt sich hier um eines der bedeutendsten religiösen Zentren der Jungsteinzeit, denn selbst Anlagen wie Stonehenge und Avebury wurden erst später erbaut – und teilweise nach denselben Gesichtspunkten wie der Ring of Brodgar.«

»Unglaublich«, sagte Andrew staunend. »Wirft das nicht so manche Erkenntnis über den Haufen?«

»Das tut es. Diese Steine hier wurden nicht nur fünfhundert Jahre vor Stonehenge errichtet, sondern sind sogar älter als viele Pyramiden.«

Andrew nickte nachdenklich, ließ seinen Blick über die Ausgrabungsstätte schweifen, wo die Männer und Frauen nun langsam ihre Sachen zusammenpackten.

»Dort drüben, der schlanke Mann mit dem grauen Bart ist unser leitender Archäologe, Nicolas Fraser.«

»Aha«, murmelte Andrew. »Arbeitest du hier eigentlich als Studentin?«

»Herzlichen Dank für das Kompliment!«, sie verbeugte sich ein wenig spöttisch, »Aber so jung bin ich nicht mehr.«

»Hätte ja sein können«, murmelte Andrew verlegen und steckte seine Nase in die Kaffeetasse.

Dianne band sich ihre roten Locken, die ihr bis über die Schultern hingen, zu einem Pferdeschwanz. »Ich bin fünfundzwanzig und habe mein Archäologiestudium bereits abgeschlossen.«

Ihre Sommersprossen verliehen Dianne etwas sehr Jugendliches, deshalb hatte Andrew sie etwas jünger eingeschätzt.

»Wie alt bist du?«, wollte sie wissen.

Andrew schmunzelte. Ihm gefiel ihre offene Art. Sie druckste nicht herum, fragte frei heraus, was sie interessierte, ohne aufdringlich zu wirken. »Siebenundzwanzig.

Seit fünf Jahren bin ich Reiseleiter. Auf den Orkneys war ich leider schon seit zwei Jahren nicht mehr.«

»Hier wird viel gegraben.«

Andrew nickte. »Ich weiß. Ich durfte vor zwei Jahren in der Nähe von Skara Brae mit meiner Reisegruppe einem Archäologenteam zusehen.«

»Und, war die Gruppe damals wenigstens interessiert?«

»Ja, war sie. Hättet ihr ein Fass Bier und ein Smartphone ausgegraben, könnte ich auch den Großteil meiner jetzigen Reisenden begeistern.«

Dianne lachte hell auf und erhob sich. »Ich würde mich wirklich gerne weiter mit dir unterhalten, Andrew, aber mein Wagen ist kaputt und der Bus ist hier.« Sie deutete zur Straße, dann auf ihre schmutzigen Jeans. »Und wie du unschwer erkennen kannst, brauche ich dringend eine Dusche. Komm doch morgen wieder her!«

Andrew lächelte halbherzig und nickte. »Mach's gut.«

Dianne hielt ihn am Arm fest. »Das ist übrigens keine höfliche Floskel! Jemand, der an unseren Ausgrabungen interessiert ist, ist herzlich willkommen. Es gibt an bestimmten Tagen auch geführte Touren, aber da du mich jetzt kennst und«, sie entblößte ihre weißen Zähne, »falls du nicht auf Steinäxten herumtrampelst, dann darfst du auch gerne außerhalb dieser Zeiten zuschauen.«

»Danke für das Angebot, ich hoffe, ich kann darauf zurückkommen.« Andrew winkte ihr noch einmal zu und machte sich auf den Rückweg. Schon jetzt fragte er sich, wie er es am besten schaffen konnte, schon morgen zur Ausgrabungsstelle zu gehen. Der Grabhügel Maes Howe, die Stones of Stenness und der Ring of Brodgar standen auf dem Programm. Vielleicht gelang es ihm, sich während der Mittagspause abzuseilen.

Caitir hatte die ganze Nacht kein Auge zugebracht. Immer wieder war sie eingedöst, nur um anschließend aufzuschrecken. Als sie jetzt mitbekam, wie Farik sich von seinem Lager erhob und auf den Ausgang zuwankte, löste sie den Arm ihrer Schwester, der auf ihrer Schulter lag. Langsam stand sie auf. Sie duckte sich, als sie in den schmalen Gang hinaus huschte, der ins Freie führte. Der Mond hing weit im Westen, dennoch hatte die Morgendämmerung noch nicht eingesetzt. Sie folgte Farik durch die Passage zwischen den mit Heidekraut, Torfplatten und Gras gedeckten Häusern. Er schien Caitir nicht zu bemerken, holte sich aus dem Gemeinschaftshaus einen Speer und verließ die Siedlung. Leise folgte sie ihm. Als er einen Hügel hinabging, sprang sie ihn von hinten an. Farik stieß einen erschrockenen Laut aus, schlug um sich, aber Caitir nutzte geschickt das Überraschungsmoment und drückte ihn zu Boden. Blitzschnell griff sie nach seinen langen blonden Haaren und riss ihn herum, bis er ihr in die Augen blicken konnte.

»Caitir, bist du von Sinnen?«, zischte er. »Ich muss jagen gehen!«

»Wehe, du fasst Mjana noch ein einziges Mal an«, zischte sie.

Die ausgeprägten Muskeln unter Fariks Überwurf aus dünnem Rehleder arbeiteten, dennoch gelang es ihm nicht, Caitir loszuwerden.

»Ich habe ihr nichts getan!«

Behände sprang Caitir auf, der älteste Sohn ihres Bruders ebenfalls. Doch als sie ihm ihr kleines Messer aus geschärftem Feuerstein drohend zwischen die Beine drückte, weiteten sich seine Augen.

»Fass Mjana noch einmal an und du wirst es bereuen. Als Steinweise gibt es viele Möglichkeiten, dich zu richten.«

Der sonst so selbstbewusste Krieger erinnerte nun an ein kleines Kind, doch dann verzogen sich seine wulstigen Lippen und er lächelte spöttisch. »Du bist noch keine der Weisen und wenn du Brork …«

Caitir verstärkte den Druck des Messers. »Der Adlerstamm betreibt einen starken Totenkult«, sagte sie schnell. »Vielleicht kann ich Brork überzeugen, dich zu opfern.«

Farik öffnete den Mund, dann trat er rasch zurück, schnappte hektisch seinen Speer und rannte davon. Gleich ob mit den Göttern oder dem Adlerstamm – sie hatte Farik Angst eingejagt.

Bis zum Morgengrauen blieb Caitir draußen auf der Wiese vor dem Dorf sitzen. Die Felder waren bestellt worden.

Schafe und Rinder grasten auf den ergrünten Weiden und in der Ferne konnte sie das Meer erkennen. Für sie hieß es Abschied nehmen. Allzu oft würde sie ihr Zuhause nicht mehr wiedersehen. Entweder sie würde weiter in der Steinweisensiedlung in der Nähe der Heiligen Hallen leben oder auf die Insel des Adlerclans übersiedeln müssen. Im besten Fall würde man sie als eine der Weisen im Frühling holen, um von den Göttern den Segen für die Felder und das Vieh zu erbitten. Als Brorks Frau würde sie ihre Familie nur zu den großen Festen wiedertreffen. Mit einem Mal wurde ihr schmerzlich bewusst, wie sehr sie die Gemeinschaft vermissen würde. Seit sie denken konnte, lebten hier zwischen acht und zehn Familien. Sie war mit den anderen Kindern aufgewachsen, war ebenso wie ihre Freunde in jedem Haus willkommen gewesen. Sie hatten gemeinsam Seetang vom Meer hochgeholt, auf den Feldern gearbeitet oder die Tiere gehütet. Die meisten waren mittlerweile fortgezogen, zu anderen Stämmen, oder hatten sogar auf das große Land jenseits des Meeres im Süden übergesiedelt, um eigene Familien zu gründen. Seit ihrem zehnten Ahnenfest hatte Caitir immer wieder einige Mondphasen bei den Steinweisen verbracht, denn die Mutter ihres Vaters, die sie nicht mehr kennengelernt hatte, war eine bedeutende Seherin gewesen. Jadhra, die Steinweise, hatte sowohl prophezeit, dass ihr zweiter Sohn der Stammesführer werden würde, als auch, dass seine erste Tochter berufen sei, eine der mächtigsten Steinweisen ihrer Zeit zu werden. Caitir war Kraats erste Tochter. Dass sie während der letzten vier Fruchtbarkeitsfeste, an denen sie hatte teilnehmen und bei einem Jungen der anderen Stämme hatte liegen müssen, kein Kind empfangen hatte, war als Zeichen der Götter ausgelegt worden. Aber nun lief ihre Zeit als Schülerin ab. Caitir drehte die Opferkette in ihrer Hand herum und fragte sich, ob sie auch ohne Jadhras Prophezeiung von den Steinweisen als Schülerin akzeptiert worden wäre. Natürlich hatten bei der Entscheidung, ob man aufgenommen wurde oder nicht, gerade die Visionen und Weitsicht anderer Steinweiser besonders viel Gewicht, doch ohne diese Vorhersagen wurden in der Regel nur junge Stammesmitglieder zu Weisen ausgebildet, die über besondere Fähigkeiten verfügten. Gewiss, Caitir war vielseitig, konnte von allem ein wenig. Kräuterkunde war ihr nicht fremd, sie führte alle Rituale gewissenhaft aus und auch bei der Beobachtung der Sterne, der Sonne und des Mondes stellte sie sich nicht ungeschickt an. Doch hätte das genügt? Sie konnte nämich keine verlässlichen Voraussagen über das Wetter treffen, so wie andere, und der Verlauf der Gestirne verwirrte sie häufig. Auch auf das Errichten der mächtigen Steine verstand sie sich nicht, eine Kunst, die großes Wissen um die Sterne sowie das Wechselspiel von Mond und Sonne verlangte. Bislang hatte sie niemand zur Weisen ernannt, denn man erwartete eine Vision von ihr – so wie bei der Mutter ihres Vaters und allen anderen Schüler und Schülerinnen auch – nur leider wollte diese sich nicht einstellen.

Heute muss es sein, dachte sie und führte die Kette an ihre Lippen, ihre Stirn, dann an ihr Herz.

Nachdem die Sonne über den Horizont geklettert war, kamen Frauen und Kinder aus den Behausungen und machten sich auf zum See, um frisches Wasser zu holen.

Mjana, schwer bepackt und ein weiteres Tragegestell auf den Armen, eilte auf sie zu.

»Ich dachte schon, du wärst ohne mich gegangen.«

Lächelnd schüttelte Caitir den Kopf, kniff die Augen zusammen, als sie Farik sah, der mit einer jungen Hirschkuh über den Schultern auf die Siedlung zuging. Es bereitete ihr einige Genugtuung, als er kurz stockte und dann seine Schritte beschleunigte.

»Fürchte dich nicht mehr vor ihm.«

»Was hast du getan?«, fragte Mjana erschrocken.

»Er wird sich zurückhalten. Und jetzt komm!«

»Hast du dich von Vater verabschiedet?«

»Nein, er wird ohnehin zum Fruchtbarkeitsfest kommen.« Auch wenn sie wusste, dass er als Stammesführer nicht anders entscheiden konnte, nahm sie es ihm übel, sie zu Brork zu schicken, sollten die Weisen sie nicht aufnehmen. Natürlich waren alle anderen Frauen, die achtzehn Ahnenfeste gesehen hatten, mittlerweile mehrmals Mutter geworden, und es rief bereits Unmut hervor, dass sie eine Sonderstellung im Stamm bekleidete. Jadhras Prophezeiung geriet in Vergessenheit, kaum jemand glaubte noch an Caitir.

Caitir schulterte das Gestell, auf dem sich Felle, Opfergaben und Speisen befanden, die ihr Stamm zum Fest beisteuern würde. Mjana half ihr, den Halteriemen um den Kopf zu befestigen – so würde sie ihre Last besser tragen können. Anschließend holte sie sich einen Speer und ein Stoffbündel, in dem sie schon gestern ihre wenigen Habseligkeiten verstaut hatte, aus einer kleinen Höhle unweit der Siedlung, dann machte sie sich mit ihrer Schwester auf den Weg.

Seite an Seite wanderten sie über die grasbedeckten Hügel, kamen an wenigen, windgebeugten Hainen und anderen kleinen Siedlungen vorbei. Als sie sich dem Meer und somit dem Kreis der Ahnen näherten, bemerkten sie immer wieder kleine Gruppen, die in die gleiche Richtung strömten. Wie viele junge Männer und Frauen würden an diesem Fruchtbarkeitsfest ernannt werden? Graue Wolken bedeckten heute den Himmel, leichter Regen durchnässte ihre Kleidung und Wasser quoll durch Caitirs nackte Zehen. Gewaltig ragte der Kreis der Ahnen mit seinen achtundfünfzig Steinen zu ihrer Rechten auf. Teilweise hätte man drei Männer benötigt, die sich auf den Schultern standen, um die höchsten Spitzen der Steine zu erreichen. Nachdem sie sich verneigt und kleine Opfergaben für die Götter in Form von getrocknetem Fisch und geschnitztem Holz rechts des Pfades niedergelegt hatten, eilten sie weiter auf den breiten Damm zu, der den Kreis der Ahnen mit dem Kreis der Schüler verband und wo die Heiligen Hallen standen. Mächtige Mauern, über die nicht einmal ein hochgewachsener Mann hätte blicken können, umschlossen die Hallen der Steinweisen. In gebührendem Abstand gingen sie daran vorbei. Caitir bemerkte, wie blass ihre Schwester geworden war und sie selbst erfüllte Ehrfurcht und eine gewisse Angst. Bei ihrer Aufnahme als Schülerin war sie einmal den rituellen Weg vom Kreis der Schüler über die Heiligen Hallen zum Kreis der Ahnen gegangen. Jedes Haus huldigte einem bestimmten Gott, überall waren Rituale ausgeführt worden, und erst wenn sie eine anerkannte Steinweise wäre, würde sie erneut hindurch schreiten.

Nach einem kurzen Marsch erreichten sie den Kreis der Schüler, wo bereits einige der Weisen damit beschäftigt waren, die Vorbereitungen zum abendlichen Fest zu treffen.

Gekleidet in helle Gewänder, knöchellang und mit einfachen Gürteln geschnürt, ähnelten sie sich alle. Es war ihnen lediglich erlaubt, ihr Haupthaar nach der Tradition ihres Stammes zu schmücken oder Ketten ihrer Ahnen zu tragen.

Mächtige Steine, teilweise sogar noch höher als die des Ahnenkreises, thronten hier auf einem Wall, der von einem tiefen Graben umgeben und nur über einen Damm zu erreichen war. Elf Steine – einer für jeden der bedeutendsten Stämme der Insel und einer für die Weisen des Landes jenseits der Wellen im Süden.

Erneut knieten Mjana und Caitir nieder, legten auch hier Opfergaben auf einen flachen Stein am Wegesrand und machten sich auf zur Siedlung der Weisen. Hier herrschte reges Treiben. Aufgeregte Kinder, die hofften, morgen als Schüler aufgenommen zu werden, beobachteten aus großen Augen das Geschehen. Junge Männer in Caitirs Alter, die ebenso wie sie zur Gemeinschaft der Mächtigen gehören wollten, liefen umher. Männern ließ man meist mehr Zeit, ihre Fähigkeiten zu entwickeln. Bei den jungen Frauen war das anders, denn sofern diese nicht rasch ihre Gaben ausarbeiteten und von einer Vision gesegnet wurden, gab man sie einem Mann zur Frau, damit sie Kinder gebären konnten und so das Fortbestehen des Stammes sicherten. Caitir seufzte laut und wünschte sich, als Mann geboren worden zu sein.

Mehrere der ältesten Steinweisen standen zusammen und sprachen miteinander. Dann löste sich eine von ihnen und kam auf sie zu. Thua war in Caitirs Stamm aufgewachsen und war nur wenig jünger als ihr Vater. Das hüftlange Haar der hageren Frau wurde vom auffrischenden Wind hochgewirbelt und umschloss ihr schmales Gesicht wie ein grauer Schleier.

»Willkommen, Caitir«, sagte sie mit rauer Stimme.

Caitir legte eine Hand auf ihre Brust und verneigte sich. Wie es die Ehrfurcht vor den Weisen gebot, wartete sie, bis Thua ihr eine Hand auf den Scheitel gelegt hatte, und richtete sich erst dann auf.

»Möchtest du heute Nacht noch einmal in den Kreis der Schüler treten und die Götter bitten, eine von uns zu werden?«

Mit knochentrockenem Mund nickte Caitir. Thua hatte sie von allen Weisen schon immer am liebsten gemocht. Während die anderen Steinweisen meist unnahbar und verschlossen waren, so verströmte Thua trotz aller Strenge auch Güte. Wenn sie den uralten Mrak betrachtete, der vom Alter gebeugt an ihr vorbei schlurfte und sie aus zusammengekniffenen Augen musterte, lief ihr ein kalter Schauder über den Rücken. Der Steinweise stammte aus Brorks Clan, obwohl es Gerüchte gab, denen zufolge Mrak ein Nachkomme des Seehundstammes war, den man als Kind ausgesetzt hatte und der bei den Adlern groß geworden war. Doch so genau wusste das niemand mehr, denn Mrak war so alt, dass alle glaubten, er müsse unter dem besonderen Schutz der Götter stehen. Beinahe sechzig Mal hatte er die Winterfeuer auflodern sehen, so erzählte man sich. Sein breites Gesicht mit den tief liegenden Augen war so runzlig, dass es an die Furchen eines gepflügten Feldes erinnerte. In sein schütteres Haupthaar und den langen Bart hatte er Adlerfedern und die Fingerknochen seiner Ahnen geflochten.

»Nehmt euch zu essen, auch du, Kind«, sagte Thua an Mjana gewandt. »Wir bereiten nun den Kreis der Schüler für die Zeremonie vor.«

»Thua!« Bevor die hochgewachsene Frau weiterging, schoss Caitir etwas durch den Kopf und ehe sie es sich anders überlegen konnte, stieß sie ihr Anliegen hervor. »Ich erbitte Zutritt zum Hügel der Ahnen.«

Kurz stutzte die Steinweise, denn nur wenige Schüler wagten es, den Grabhügel an anderen Tagen als dem Ahnenfest im Winter zu betreten, wenn jene geehrt wurden, die den Göttern am nächsten standen. Der Hügel der Ahnen war ein heiliger Ort, der ein Stück weit von den Heiligen Hallen entfernt war. Einst eine Siedlung, die von einem Steinkreis umrundet gewesen war, hatte man sie später den Erbauern der anderen Steinkreise geweiht und einen Grabhügel darauf errichtet. Jadhra von der Westbuchtsiedlung war eine der Letzten gewesen, der die Ehre zuteil geworden war, unter dem Hügel ihre Ruhestätte zu finden.

»Du möchtest Jadhra bitten, für dich zu den Göttern zu sprechen«, schlussfolgerte Thua und Caitir nickte mit fest aufeinandergepressten Lippen.

»Ich will deinen Wunsch den anderen Steinweisen vortragen. Stärke dich nun. Falls er dir gewährt wird, werde ich dich holen.«

Caitir versuchte, sich in Geduld zu üben. Sie nahm Mjanas Hand und gemeinsam gingen sie zu der Siedlung aus fünfzehn Steinhäusern. Ähnlich gebaut wie die in Caitirs Siedlung an der Westbucht, erhoben sich die kuppelförmigen Gebäude über dem flachen Land. Doch hier gab es keine überdachten Gänge, die es möglich machten, auch bei den schlimmsten Stürmen geschützt von einem Haus ins andere zu kommen. Die Häuser lagen weiter auseinander, waren älter, kleiner und viele Steinweisenschüler teilten sich die engen Räume. Sie wurden jeweils von den Weisen ihres Stammes betreut, die tagsüber hier mit ihnen lebten und sich nachts in die Heiligen Hallen zurückzogen, um geheime Rituale zu zelebrieren und den Göttern näher zu sein. Fröhliches Treiben herrschte hier, dennoch spürte Caitir auch die Aufregung, die dem kommenden Abend geschuldet war. Caitirs Blick suchte den Mond. Zwei Tage würde es noch dauern, bis er in seiner ganzen Pracht über dem Kreis der Ahnen aufgehen würde. Dann würde das Fruchtbarkeitsfest stattfinden und ihr Schicksal wäre besiegelt, sofern sie bei der Visionssuche erneut versagte.

»Nimm dir von den Vogeleiern, Caitir«, rief ihr Jokh zu.

Mjana warf dem Schüler, der vom Seehundstamm auf einer der nördlichsten Inseln kam, einen scheuen Blick zu. Caitir kannte ihre Schwester gut und bemerkte gleich, dass ihr der muskulöse junge Mann mit den freundlichen meerblauen Augen gefiel. Auch Caitir mochte Jokh. Er war so alt wie sie selbst und würde, wenn alles gut ging, vermutlich als Heiler von den Weisen aufgenommen werden.

Leider kein Mann für dich, Mjana, dachte Caitir betrübt. Grundsätzlich durften und sollten die Weisen ihr Blut weitergeben, doch sie lebten nicht mit ihren Familien zusammen. Die Kinder, die man für geeignet hielt, wurden bereits nach dem fünften Ahnenfest hierher gebracht, um ausgebildet zu werden – kein Schicksal, das sie sich für Mjana oder ihre eigenen Nachkommen wünschte.

Sie verspeisten einige der köstlichen Vogeleier, die Jokhs Clan zum Fest mitgebracht hatte. Der Seehundstamm war für seine guten Kletterer bekannt, die in waghalsigen Manövern den Seevögeln ihre Eier aus den Nestern raubten und verspeisten. Gemeinsam mit den anderen Schülern ließen sie sich die ungewohnten Köstlichkeiten schmecken, steuerten getrockneten Fisch und Korn aus ihrem Stamm bei.

Als unvermittelt Brork auftauchte und auf sie zuhielt, blieb Caitir beinahe ein Stück Fisch im Halse stecken. Der muskulöse Mann hatte sein Gesicht heute nicht gekalkt. Die Fingerknochen klapperten leise, als er sich das dunkle Haar über die Schulter warf. Das breite Gesicht mit der leicht vorgewölbten Stirn – eine Besonderheit, die in seinem Stamm häufig vorkam –, wurde von buschigen Augenbrauen und einem Bart beherrscht. Anders als die meisten trug er ihn jedoch ein wenig gestutzt. Adlerfedern zierten seinen Überwurf aus unterschiedlichen Lederteilen und Fellen, der Lendenschurz reichte bis knapp über das Knie.

Als er so vor ihr aufragte, wagte sie es zunächst nicht, ihm in die Augen zu sehen. Er stützte sich auf einen kunstvoll geschnitzten Speer, den ebenfalls Federn schmückten, und sprach dann mit dunkler und zugleich herrischer Stimme zu ihr.

»Caitir von der Siedlung der Westbucht. Ich bin hier, um zu bezeugen, ob dich die Götter erwählen. Sollten sie dir einen Platz unter den Steinweisen verwehren, wäre es mir eine Ehre, dich im Adlerstamm aufzunehmen.« Er legte eine Hand auf seine Brust und verneigte sich vor ihr.

So wie er das vorgebracht hatte, klang das nicht einmal unfreundlich, dennoch brach Caitir der Schweiß aus und sie musste sich zwingen, ihm in die dunklen Augen zu schauen. Was er dann sagte, jagte ihr einen gehörigen Schrecken ein.

»Auch wenn du eine Steinweise wirst, will ich eine Vereinigung mit dir. Ein Kind von einer heiligen Frau würde unserem Clan zu mehr Ansehen verhelfen. Schon lange gab es niemanden mehr aus unseren Reihen, dem die Ehre zuteilwurde, bei den Steinweisen einzuziehen.«

»Ich werde meinen Platz einnehmen – wo auch immer die Götter mich wissen möchten«, zwang sie sich ruhig und selbstbewusst zu antworten. *Sobald ich eine Steinweise bin, werde ich mich dir mit Sicherheit nicht hingeben, Brork. Auch als*

Stammesführer must du mich vorher fragen, und meine Antwort wird ›Nein‹ lauten.

Unter Brorks lauerndem Blick kam sich Caitir mit einem Mal vor wie ein Handelsgut. Dann drehte er sich abrupt um und verschwand zwischen den Steinhütten.

»Die Adlermänner sollen gute Jäger sein«, bemerkte Jokh recht unbedarft. »Auch im Kampf kann sie kaum jemand besiegen. Selten nehmen sie sich Frauen außerhalb ihres Stammes«, fügte er noch hinzu. »Man sagt, sie wollen ihr Blut rein halten. Demnach ist es eine Ehre, wenn Brork dich erwählt.«

Du hast leicht reden, dachte Caitir bei sich. Zudem wusste Caitir von den Steinweisen, dass es auf Dauer nicht gut war, nur innerhalb eines Stammes sein Blut weiterzugeben. Nicht wenige Mitglieder des Adlerstamms waren verkrüppelt geboren und angeblich gleich wieder dem Adlergott geopfert worden. In den Augen der Stammesmitglieder war es sogar eine Ehre, so rasch wieder zu den Göttern gesandt zu werden. Dieser ganze Stamm war Caitir nicht geheuer. Es hatte Gerüchte gegeben, dass Brork oder einer aus seinem Stamm seit Längerem die Absicht hegte, Caitirs Bruder Urdh zum Kampf herauszufordern, sobald dieser neuer Stammesführer wurde. Sie wollten die Westbuchtsiedlung für ihre Leute beanspruchen. Um dies zu verhindern, beabsichtigte ihr Vater, sie Brork zur Frau zu geben, denn bei einem Kampf zwischen Urdh und Brork wäre der Ausgang ungewiss. Urdh war stark und ein erfahrener Jäger, aber Kämpfe gab es nur selten. Meist maßen die jungen Männer lediglich zum Fruchtbarkeitsfest ihre Kräfte. Mit Caitir als Brorks Frau würden sie ein Blutsbündnis haben und ein Angriff wäre ausgeschlossen. Insgeheim fürchtete sie, ihr Vater könnte Mjana an ihrer Stelle zu Brork senden, sollte sie in den Kreis der Weisen aufgenommen werden und sich einer Vereinigung mit Brork verwehren. Doch andererseits war Mjanas Mondblut noch gar nicht geflossen – und Caitir hoffte, Brork würde bald eine andere Mutter seiner zukünftigen Kinder erwählen. Dass er so lange auf sie gewartet hatte, wunderte sie ohnehin, doch sie war die Tochter eines Stammesführers und jemand, der in einer Prophezeiung genannt worden war, das machte sie in den Augen des Adlerclans wohl zu etwas Besonderem.

Bevor sie weiter nachgrübeln konnte, trat Thua zu ihnen.

»Dein Wunsch wurde dir gewährt. Wir müssen uns nur beeilen, denn die Reinigungszeremonie wird bald beginnen.«

Caitirs Mund war mit einem Mal knochentrocken. Sie nickte Mjana und Jokh zu, dann folgte sie der Steinweisen. Sie legten eine Opfergabe an dem Monolithen nahe der Steinweisensiedlung nieder und hielten auf den Hügel der Ahnen zu. Der Weg über das flache Grasland war wenig beschwerlich, dennoch wurden Caitirs Schritte zögerlicher, als sie sich dem runden Grabhügel mit dem breiten Graben außen herum näherte. Am Eingang angekommen gingen sie auf die Knie, führten ihre Stirn auf den Boden als Zeichen der Demut für ihre Ahnen. Dann krochen sie in den schmalen Gang hinein, der bald höher wurde, so dass man aufrecht stehen konnte. Tiefste Dunkelheit herrschte hier, doch Caitir verspürte keine Angst, lediglich Ehrfurcht. Es war tatsächlich so, als würde man in eine andere Welt treten: Vom Reich der Lebenden in das Reich der Toten. Im Zentrum des Hügels angekommen entzündete Thua unter rituellen Gesängen ein Feuer, in das sie Kräuter hineinwarf. Während der Rauch nach oben stieg und einen würzigen, holzigen Geruch verströmte, bestaunte Caitir die Wände der großen Kammer. Mindestens vier Männer hätten hier übereinander stehen müssen, um die kuppelförmig zulaufende Decke zu erreichen. Vier mächtige Ahnensteine stützten die Wände und wieder einmal war Caitir von der Macht dieses Ortes überwältigt. Thua fächelte sich selbst und auch Caitir den heiligen Rauch zu, sie sangen ein Lied zu Ehren jener, die hier ihre Ruhestätte gefunden hatten.

»Richte deine Wünsche nun an Jadhra.« Thua deutete auf die linke der drei Seitenkammern, in welcher die Knochen von Caitirs Vorfahrin ruhten. Sie trat direkt vor die etwa kniehohe Öffnung, dann wandte sie sich zu Thua um. Die Steinweise gab noch einige Kräuter ins Feuer, nickte Caitir zu und verließ schließlich das Hügelgrab. Caitir war allein.

Eine tiefe Stille breitete sich im Hügel der Ahnen aus. Lediglich das Feuer knisterte. Für Caitir waren die Flammen eine letzte Verbindung zur Welt der Lebenden. Angst kroch nun doch Caitirs Beine empor, bahnte sich ihren Weg unter ihre Haut und in ihre Knochen. Caitir versuchte sie zu ignorieren, atmete stattdessen den Duft der Kräuter ein. Diese sollten ihre Sinne klären, so dass sie die Worte ihrer Ahnin, vom Rauch in diese Welt getragen, auch tatsächlich vernehmen konnte. Nun schloss sie die Augen und bat Jadhra um ihre Hilfe. »Jadrah, verehrte Ahnin, Mutter meines Vaters«, begann Caitir mit fester Stimme, »bitte die Götter in meinem Namen um eine Vision. Segnet meinen Geist mit Bildern, die mir meinen Lebensweg aufzeigen.«

Laut hallten ihre Worte von den Wänden wider. Angesichts dieses heiligen Ortes erschienen sie Caitir fast schon frevelhaft. Als der letzte Laut verklungen war, kehrte die Stille wie mit einem Schlag zurück. Caitir schluckte und lauschte. Sie wusste nicht, was jetzt geschehen würde oder ob *überhaupt* etwas geschehen sollte. Sie blickte auf Jadhras Gebeine, die kalt und leblos in ihrer Kammer ruhten. Eine Weile wartete Caitir, doch als nichts geschah, lief sie in Richtung des Ausganges. Dort hielt sie an, drehte sich noch einmal um – und schrak zusammen. Der noch immer aufsteigende Rauch schien sich verdichtet zu haben. Caitir glaubte sogar eine Gestalt darin erkennen zu können. Kurz blinzelte sie, traute ihren Augen nicht, denn sie nahm an, dass die Wirkung der Kräuter ihre Sinne eher verwirrte denn klärte.

Der Weg zu den Göttern ist weit, auch für mich. Dennoch werde ich sie in deinem Namen bitten.

Caitir wankte, als die Worte erklangen. Sie wusste nicht einmal, ob sie das Grab der Ahnen oder ihren Geist durchfluteten.

Du wirst einen weiten Weg gehen und eine besondere Aufgabe wird dir zukommen, denn du wirst Veränderung bringen.

»Besondere Aufgabe?«, stammelte Caitir. Wie sollte sie eine besondere Aufgabe erfüllen, wenn sie nicht einmal eine Vision erhielt, um bei den Steinweisen aufgenommen werden zu können?

Es ist alles gesagt! Geh nun, Tochter der Westbucht.

Caitirs Blut rauschte laut in ihren Ohren. Sie starrte in den Rauch hinein. Allmählich zog dieser nach oben zur Decke, wo er sich aufzulösen schien.

Als Caitir durch den Gang kroch und hinaus ins Freie trat, wartete Thua bereits auf sie. Schnellen Schrittes eilte Caitir auf die Steinweise zu. »Ich habe …«

Sofort legte Thua ihr einen Finger an die Lippen und unterbrach sie. »Was auch immer du im Hügel der Ahnen erlebt hast, es ist deins – und deins allein! Wenn du es aussprichst, zerstreut der Wind die Kraft dessen, was in Bewegung gebracht wurde. Deshalb schweig!«

Ehrfürchtig nickte Caitir.

»Gut.«

Thua wandte sich ab und gemeinsam hielten sie auf die Siedlung zu, wo die Steinweise aufs Meer hinaus zeigte. »Griah und Anú beginnen, sich zu vereinen. Die Zeit für eure Reinigung ist gekommen«, erklärte sie.

Ein Kribbeln breitete sich in Caitirs Magengrube aus und sie blickte nach Westen. Tatsächlich begann der Sonnengott Griah seinen Feueratem zu verbreiten und damit die Erde, Anús Heimat, zu berühren.

Als sie zurück in der Siedlung der Steinweisen waren, wartete Mjana bereits auf Caitir. Mjana lächelte schüchtern, dabei kramte sie hastig in ihrem Bündel und förderte ein Gewand aus hellem Hirschleder hervor. Durchbohrte Steine von ihrer Heimatbucht waren darauf genäht und der Rock rötlich eingefärbt.

»Mjana – das ist wunderschön«, stammelte Caitir.

Tränen standen in den Augen ihrer Schwester, während sie Caitir das Gewand mit zitternden Händen reichte. »Du sollst die Schönste der Schülerinnen sein. So können die Götter dich gar nicht ablehnen!«

In Caitirs Kehle bildete sich ein dicker Kloß, als sie das weiche Gewand in die Hände nahm. Mjana musste lange Zeit heimlich daran gearbeitet haben. Allein die Kiesel zu durchbohren war eine mühselige Arbeit.

»Wenn ich zur Weisen ernannt werde, kann ich dieses wunderbare Kleid nur ein einziges Mal tragen«, schluchzte sie und schloss ihre kleine Schwester in die Arme.

»Das ist gleichgültig. Du wirst heute Nacht unserem Stamm Ehre bereiten. Wenn du ernannt wirst, hast du erreicht, was du dir wünschst. Und wenn nicht …« Sie stockte. »… dann hast du etwas, das dich an mich erinnert.«

»Mjana, ich will dich nicht verlassen.« Caitir weinte hemmungslos und die beiden klammerten sich aneinander, bis Thua Caitir an der Schulter fasste.

»Es ist so weit, die anderen haben sich bereits am Meer eingefunden.«

Widerstrebend löste sich Caitir von Mjana, drückte ihr neues Gewand an sich und eilte zum Strand. Unter rituellen Gesängen waren die vier anderen Schüler bereits dabei, sich zu entkleiden. Als wolle der Sonnengott die Zeremonie untermalen, tauchte er das westliche Firmament in einen rot-goldenen Schein, vor dessen Hintergrund sich die nackten Körper der Schüler abzeichneten. Caitir beeilte sich, sich ebenfalls ihrer Kleider zu entledigen. Gemessenen Schrittes begab sie sich in das eisige Meer und rieb sich den gesamten Körper und auch das Haar mit dem Salzwasser ab. Salz und Wasser sollten sie reinigen und für die Stimmen der Götter offen machen. Anschließend schritten sie über die Landenge hinüber zum nördlich gelegenen Süßwassersee. Dort wuschen sie sich mit dem weichen Wasser und zogen anschließend ihre für das Ritual bestimmte Kleidung an. Weich schmiegte sich das Hirschleder an Caitirs Körper. Das Obergewand reichte ihr bis zu den Schenkeln, der bequeme Rock hing bis knapp über die Knie. Caitir schlüpfte in ihre Lederschuhe, wickelte sich auch die Streifen aus Rindsleder um die Unterschenkel und befestigte alles mit Lederschnüren. Mjana kam zu ihr, strich ihr über die Wange und begann kleine Steine, Muscheln und geschnitzte Hirschknochen in ihr Haar zu flechten. Auch die anderen Schüler hatten Vertraute, Geschwister oder Eltern mitgebracht, die ihnen halfen. Alle schwiegen – dies war eine heilige Handlung, Worte würden nur stören.

Am Ende bestrich Mjana Caitirs Wangenknochen und ihre Stirn mit einer Masse aus zerriebenem Stein, der häufig an der Küste gefunden wurde. Vermengt mit Wasser, Knochenmark und ausgewählten Kräutern ergab er eine rostrote Paste. Mjanas schmaler Finger malte eine Spirale, die den Weg der Schöpfung symbolisierte, auf Caitirs Stirn und zwei horizontale Streifen auf die Wange.

»Anú wird dich erhören«, wisperte Mjana ihr entgegen des Sprechverbots ins Ohr, als sie sie noch einmal umarmte.

Gemeinsam mit den vier anderen Schülern machte sich Caitir auf den Weg. Angeführt von Thua gingen sie zu einer der heiligen Quellen, tranken aus der geweihten Tonschale und machten sich in einem Zug, flankiert von den Weisen aller Stämme, zum Kreis der Schüler auf.

Auf dem äußeren Erdwall hatten sich Vertreter zahlreicher Stämme versammelt. Als Caitir mit den anderen über den Erdwall auf die Steine zuging, erkannte sie ihren Vater und weitere Stammesangehörige, die sich direkt neben dem Eingang postiert hatten. Im schwindenden Licht konnte sie wenig an ihren Mienen ablesen, daher konzentrierte sie sich auf das hoch auflodernde Feuer in der Mitte des Kreises. Untermalt vom Klang der Trommeln und dem Singsang der Weisen schritt sie an den heiligen Steinen entlang. Als sie an jenem angekommen waren, den ihre Vorfahren vor langer Zeit errichtet hatten, holte sie tief Luft. War Caitir bisher von den feierlichen Ereignissen mitgerissen worden, so schienen diese nun zu verblassen, ja sogar unwirklich zu werden. Erst jetzt bemerkte sie ihren pochenden Herzschlag. Caitir fühlte sich von allem abgeschnitten, dem Blick der Götter ausgeliefert. Sie fasste sich ein Herz, küsste ihre Opferkette und hielt sie an den Stein. Dann richtete sie ihre stumme Bitte an die Göttin Anú und Kjell, den Meeresgott. *Anú, Mutter der Erde, Kjell, Gott des Meeres, schickt mir eine Vision! Führt mich, lehrt mich und geleitet mich, auf dass ich den Weg in den Kreis der Steinweisen begehen kann.*

Nachdem die Worte in Caitirs Geist verhallt waren, begab sie sich zum Feuer. Erneut küsste Caitir die Kette, drückte sie gegen Stirn und Brust, dann warf sie sie in die Flammen. Sie hielt für einige Atemzüge den Kopf gesenkt, bevor sie es wagte, wieder aufzusehen. Würde ihre Bitte zu den Göttern getragen und erhört werden?

Nun reichten ihnen die ältesten Steinweisen einen heiligen Trank, dann mussten sich die Schüler rund um das Feuer auf die blanke Erde legen. Der Trank der Götter pulsierte durch ihre Adern, so wie viele Male zuvor. Bevor ihre Gedanken träge wurden und sie das verwirrende Gefühl hatte, die Steine würden sich in unfassbarer Geschwindigkeit um sie drehen, dachte sie noch: *Jadhra, verehrte Ahnin, Mutter meines Vaters, sei mit mir. Götter, schickt mir eine Vision!*

ERSTE BEGEGNUNGEN

Nieselregen und Windböen verleideten Andrew und seiner Reisegruppe ein wenig den Ausflug zu den Stones of Stenness und dem Ring of Brodgar. Selbst wenn sich einige der Touristen während des Frühstücks, als die Sonne über dem Meer gestrahlt hatte, noch recht interessiert gezeigt hatten, so schien die Euphorie nun vom Regen weggespült worden zu sein. Eingepackt in Regenjacken, einige Reisende hielten ihre Regenschirme mit beiden Händen umklammert, lauschten sie seinen Ausführungen über die steinzeitlichen Zeugen einer längst vergangenen Kultur. Die meisten schielten nach dem Reisebus, der in kurzer Entfernung wartete. Andrew nahm sich Zeit, schmückte seine Erklärungen über die alten Steine absichtlich aus, ehe er die triefnassen Touristen entließ. Erleichtert eilten sie zurück in den Bus, manche beschwerten sich über den garstigen Wind, der ihre Regenschirme wie Papier zerknüllt hatte.

Unterwegs machte Andrew die Reisegruppe noch auf die Ausgrabungen am Ness of Brodgar aufmerksam, als sie auf dem Weg zum Ring of Brodgar dort vorbeifuhren. Sein Angebot jedoch, nach einer geführten Tour über die Ausgrabungsstätte zu fragen, schien niemanden wirklich zu begeistern.

»Vielleicht morgen, falls das Wetter besser ist«, meinte Laura und schlang fröstelnd die Arme um sich.

»Möchtest du die Ausgrabungen besuchen?«, fragte Elisabeth Reimann an Max gewandt.

»Nö«, antwortete der, was Andrew wenig überraschte.

»Alt bin ich selbst«, scherzte Luisa, »die Knochen von irgendwelchen Steinzeitmenschen muss ich nicht unbedingt sehen. Was steht denn morgen auf dem Programm?«

»Eine Tour nach Kirkwall mit Besuch der Highland Park Destillerie.«

Die Junggesellen grölten laut und klopften sich gegenseitig auf die Schultern.

»Dann können wir ja endlich Souvenirs einkaufen«, sagte Manfred Müller zu seiner Frau, die begeistert nickte.

Andrew fuhr sich durch seine kurzen, dunkelblonden Haare und seufzte nur.

Wenig später parkte Bob den Bus auf einem Parkplatz, von dem aus sich die Touristen auf den Weg zum beeindruckendsten Steinkreis der Orkneys machten. Gegen Wind und Regen ankämpfend umrundeten sie den Wall, auf dem die siebenundzwanzig Megalithen in den Boden eingelassen waren.

»Ursprünglich waren es vermutlich sechzig«, schrie Andrew seinen Touristen zu. »Mehrere hundert Männer müssen wochenlang beschäftigt gewesen sein, um auch nur ein Loch für diese Steine zu graben.«

»Ganz schön bescheuert. So ein Aufwand nur wegen nem dummen Stein«, steuerte Max bei, dann grinste er schmierig. »Ich hätte es lieber 'ner knackigen Steinzeitlady besorgt.«

»Max!«, kreischte seine Mutter.

Wut stieg in Andrew auf. Er baute sich mit seinen vollen eins sechsundachtzig vor dem schmächtigen Teenager auf und der wich sogar einen Schritt zurück.

»Wir wissen so gut wie nichts über die Menschen dieser Zeit. Vermutlich war ihnen dieser Ort heilig. Sie haben etwas geschaffen, das viele Jahrtausende überdauert hat.« Zynisch deutete er auf Max' Smartphone, auf dem er schon wieder herum drückte, und widerstand haarscharf dem Drang, ihm das Telefon wegzunehmen und zu zertreten. »Das Ding ist schon in einem halben Jahr überholt. Diese Steine werden auch noch tausend Jahre nach uns stehen.«

Ungerührt zuckte Max die Achseln und Andrew fragte sich, was er machen würde, wenn er eines Tages selbst Kinder haben und die sich so ignorant wie dieser Bengel verhalten würden.

Ein erschrockenes »Huh!« von Frau Müller riss ihn aus seinen wenig pädagogischen Gedanken. Ihr rotweißer

Regenschirm hatte sich selbstständig gemacht und trieb gerade mit einer Böe auf das nahe Meer zu.

»Können wir jetzt endlich gehen?«, kreischte die Frührentnerin.

Ergeben hob Andrew die Arme, führte die Reisegruppe zum Bus und ließ ein Video über den Ring of Brodgar über den Bildschirm flimmern. Da niemand Lust auf weitere Aktivitäten im Freien hatte, fuhren sie zurück zum Hotel.

Die Nachricht, dass am Abend eine Live-Band auftreten würde, hob die Stimmung ein wenig. Die Reisenden zogen sich auf ihre Zimmer oder in den Aufenthaltsraum zurück.

Andrew hingegen machte sich auf den Weg zur Ausgrabungsstelle. Er war noch nicht lange an der Straße entlang gelaufen, als eine Frau um die dreißig anhielt.

»Möchtest du mitfahren?«

Er wischte sich den Regen von der Brille und schüttelte den Kopf. »Ich will nur zur Ausgrabungsstelle dort hinten. Ist nicht weit.«

»Steig trotzdem ein!«, forderte sie ihn auf.

Andrew ließ sich nicht noch mal bitten, öffnete die Hecktür und quetschte sich neben zwei kichernde Kleinkinder. Ein etwa dreizehnjähriges Mädchen saß auf dem Beifahrersitz.

»Ich bin Paula und auf dem Weg nach Stromness, um meine kleinen Nervensägen zu ihrer Granny zu bringen«, erklärte die rotblonde Frau.

»Ich heiße Andrew.« Die Kinder musterten ihn neugierig und selbst wenn sie von ihrer Mutter als Nervensägen bezeichnet wurden, fand er sie auf Anhieb sympathischer als Max.

Die Älteste bot ihm ein Stück selbst gebackenes Shortbread an und der kleine Junge neben ihm erklärte, wie sein Plastikritter am besten gegen einen Drachen kämpfen konnte.

Die Fahrt dauerte nicht lange und als Paula neben der Ausgrabungsstätte anhielt, bedankte er sich herzlich.

Das Wasser gluckerte unter seinen Füßen, während er auf die Archäologen zuging. Trotz des schlechten Wetters waren die Männer und Frauen eifrig mit ihrer Arbeit beschäftigt, auch wenn er bemerkte, dass sich einige in dem Bauwagen drängelten.

Suchend lief er umher, fragte zwei junge Studenten, dann fand er Dianne, die in einer Grube stand.

Sichtlich überrascht blickte sie unter der Kapuze ihrer dunkelgrünen Regenjacke hervor, wobei ihr ihre Sommersprossen einen frechen Gesichtsausdruck, ja sogar etwas Koboldhaftes verliehen. Auch ihre Beine steckten in Regenhosen und sie war über und über von Schlamm bedeckt.

»Du bist tatsächlich gekommen – Respekt!«

»Hast wohl gedacht, ich kneife.«

»Hm, bei diesem Wetter hätte ich es dir nicht mal verübelt.« Sie wischte sich die Hände an ihren Hosen ab und zeigte ihm dann stolz einen undefinierbaren Gegenstand. »Das ist eine Knochennadel.«

»Wow.« Interessiert betrachtete er das spitze Stäbchen. »Ich kann schon mit normalen Nadeln nicht nähen. Aber mit dem Ding …«

»Vieles war für die Menschen der damaligen Zeit sehr viel mühsamer, aber sie kannten es ja nicht anders.« Beinahe schon liebevoll strich sie über das Artefakt. »Wie war denn deine Führung zu den Steinkreisen?«

»Mein jüngster Teilnehmer hält die Erbauer der Steinkreise für Vollpfosten, weil sie sich so eine Arbeit gemacht haben. Eine ältere Dame trauert noch immer um ihren von uns gegangenen Regenschirm und die anderen haben in Wind und Regen gebibbert und waren froh, als alles vorbei war.«

Dianne schnitt eine Grimasse. »Autsch! Du solltest als Ausgrabungshelfer bei uns anfangen, ich glaube, das würde dir mehr zusagen.« Sie setzte ihre Anstrengungen, ein weiteres Stück Mauer freizulegen, fort. Dabei ging sie äußerst bedächtig vor, arbeitete teilweise nur mit sehr feinen Werkzeugen, um auch nichts zu zerstören, und schrie begeistert auf, als sie eine Scherbe fand.

»Das ist ein Stück von einer Schüssel. Kannst du es waschen, Andrew?«

Nur zu gerne ließ er sich einspannen und ging zu einem der Waschbecken in der Nähe des Bauwagens. Vorsichtig reinigte er die Scherbe und während sich der Schmutz mit dem klaren Wasser vermischte und braune Schlieren im

Waschbecken hinterließ, fragte er sich, wer sie vor Dianne zuletzt in den Händen gehalten hatte.

»Matthew, kannst du nachher dort hinten …«, eine dunkle Stimme riss ihn aus seinen Gedanken, doch als er sich umdrehte, verstummte der bärtige Mann mit dem breiten Wachshut und dem langen Regenmantel.

»Na, wer sind Sie denn?« Augen, die beinahe die Farbe seines ergrauten Bartes hatten, musterten Andrew verdutzt, jedoch nicht unfreundlich. Er erinnerte sich daran, dass Dianne ihm den Mann gestern gezeigt hatte. Nicolas Fraser, der leitende Archäologe.

Trotzdem kam sich Andrew unvermittelt vor wie ein Schuljunge, der beim Rauchen erwischt worden war. »Ich … bin Andrew und helfe Dianne, ich hoffe, Sie haben nichts dagegen.«

»Nein, keine Sorge, Dianne weiß, was sie tut.« Er hob seine Augenbrauen, nahm Andrew die gesäuberte Scherbe ab und nickte anerkennend, bevor er sie zurückgab. »Engagierte junge Leute sind uns übrigens herzlich willkommen.« Kopfschüttelnd blickte er auf eine herannahende Schlechtwetterfront. »Ich befürchte nur, wenn es nicht besser wird, müssen wir für heute abbrechen.«

Doch wie es auf den Orkneys nicht selten war, vertrieb der Wind den nächsten Regenschauer und schon bald brach die Sonne hervor und zauberte einen Regenbogen in den Himmel. Andrew beobachtete Dianne und ihre Kollegen, selbst der gestern so arrogante Darryl erschien ihm heute deutlich umgänglicher, vielleicht, da er bemerkte, dass Andrew Matsch und schmutzige Kleider nicht scheute und sich tatsächlich für die Ausgrabungen interessierte. Am Ende war Andrew völlig durchnässt und schlammbedeckt, aber zufrieden damit, etwas Sinnvolles getan zu haben.

Dianne betrachtete ihn von oben bis unten. »An dir ist ein Archäologe verloren gegangen«, scherzte sie. Dann deutete sie in Richtung des Ring of Brodgar. »Weißt du was? Ärgere dich nicht über deine ignoranten Busreisenden. Morgen ist Vollmond, ein wichtiger Tag für die Kelten und die Völker, die vor ihnen lebten. Mit Sicherheit auch für die Erschaffer des Steinkreises. Geh bei Nacht allein in den Steinkreis, dann bekommst du ein Gefühl dafür, welche Macht diese

Stätte einst gehabt haben muss. Bei Sonnenaufgang dieses Tages sollen sogar das Zentrum des Steinkreises, der Monolith, der Barnhouse Stone genannt wird, und der Eingang von Maes Howe eine Linie bilden. Das finde ich faszinierend und es muss den Menschen von damals etwas bedeutet haben.«

»Aber heute Nacht solltest du den Ort besser meiden«, fügte Darryl hinzu.

»Weshalb?«, hakte Andrew nach.

»Da ist der Erste Mai, Beltaine nach dem Neo-Heidnischen Kalender.« Spöttisch verzog er seinen schmalen Mund. »Dann wimmelt es bei gutem Wetter von Spinnern in wallenden weißen Gewänder, teils zugekifft von ihren Räuchermischungen. Sie halten sich für Druiden und wissen nicht einmal, dass ihre Vorfahren keinen Kalender hatten und sich dementsprechend nach dem Mond richten mussten.«

»Na ja«¸ wiegelte Dianne ab. »Gefeiert wurde wahrscheinlich auch ein paar Tage vor und nach dem Vollmond, deshalb ist es nicht ganz falsch. Aber Darryl hat recht. Die Mondfeste wurden unserer Meinung nach tatsächlich nach den Vollmonden gefeiert.« Sie schlug Andrew auf den Rücken. »Also, morgen ist es so weit.«

Gemeinsam gingen sie in Richtung des Bauwagens.

»Hast du das schon einmal getan? Die Nacht allein im Steinkreis verbracht?«

Dianne nickte begeistert, wobei ihre roten Haare im Wind flogen, als sie ihr Haarband löste. »Ich bin von Skara Brae zum Ring of Brodgar gewandert und habe beobachtet, wie der Mond aufgeht.« Sie lächelte verträumt. »Vermutlich haben die Menschen damals noch einige Tage mehr am Steinkreis verbracht, aber ich wollte einfach spüren, wie es in alten Tagen war, einen rituellen Weg zu Fuß zu gehen und zuvor die Stille in der alten Siedlung zu erfahren.«

»Skara Brae ist abgeschlossen«, wandte Andrew ein.

Dianne zwinkerte ihm zu. »Man kann über den Zaun klettern, auch wenn das nicht erlaubt ist, und ich würde es auch nicht deiner ganzen Reisegruppe empfehlen, denn das könnte tatsächlich Ärger geben. Mittlerweile könnte ich sogar einen Schlüssel besorgen, aber vor ein paar Jahren, als

Studentin, war das für mich und meine Freundin ein großes Abenteuer«. Sie winkte ab. »Okay, du hältst mich jetzt wahrscheinlich für völlig durchgeknallt.«

»Allerdings«, sagte Andrew lachend. »Aber genau das gefällt mir.«

Dianne musste grinsen. »Vielleicht sehen wir uns ja noch mal, bevor ihr wieder abreist«, sagte sie, während sie sich die Hände wusch und versuchte, notdürftig ihre Regenkleidung zu säubern.

»Das wäre schön, nur weiß ich leider nicht, ob ich es morgen schaffe, herzukommen. Eine Destillerietour steht auf dem Programm.«

Sie zögerte kurz, dann fischte sie mit spitzen Fingern ein Smartphone aus ihrer Jeans. »Wenn du mir deine Nummer gibst, rufe ich dich morgen an. Heute bin ich leider zu geschafft, um noch was trinken zu gehen. Eine Dusche, ein gutes Buch und mein Bett, mehr ist nicht drin!«

Darryl ging gerade an ihnen vorbei und hatte wohl den letzten Satz gehört. Er legte den Arm um seine vor Schmutz starrende Kollegin. »Ich könnte dir Gesellschaft leisten.«

Sie knuffte ihn scherzhaft in die Seite, woraufhin er theatralisch in die Knie ging. Andrew fragte sich, ob die beiden ein Paar waren.

Dianne schaute Darryl grinsend nach, wie er im Bauwagen verschwand, dann hob sie erwartungsvoll die Augenbrauen.

»Ah, die Nummer.« Andrew nannte ihr nur zu gerne seine Telefonnummer und Dianne tippte sie in ihr Mobiltelefon.

»Gut, dann viel Spaß morgen und lass dich nicht ärgern.«

Sie zwinkerte ihm zu und schlenderte ebenfalls zum Bauwagen. Dianne war eine interessante junge Frau und zumindest hatte sie nun seine Telefonnummer. Momentan hatte Andrew zwar keine Absicht, eine feste Beziehung zu beginnen, mal abgesehen davon, dass er Dianne nach seinem Besuch auf den Orkneys vermutlich ohnehin nicht wiedersehen würde, doch er mochte sie, fand ihre Arbeit interessant und freute sich darüber, dass die Sympathie auf Gegenseitigkeit zu beruhen schien.

Gut gelaunt machte er sich auf den Rückweg und traf an der Rezeption auf Luisa Friese. Die ältere Dame schlug die Hände vor den Mund.

»Du lieber Himmel, Andrew! Sind Sie am Ende in ein Moorloch gefallen?«

Verlegen wischte sich Andrew über seine klatschnasse Hose mit den Matschflecken.

»Nein, keine Sorge! Ich hatte einen wunderbaren Nachmittag an der Ausgrabungsstelle.«

»Na, dann husch, husch unter die heiße Dusche! Nicht, dass Sie noch krank werden.«

Andrew verbeugte sich übertrieben. »Aye, aye, Madame. Zum Abendessen bin ich wieder ganz der Alte.«

Fröhlich pfeifend sprang er die Treppen zu seinem Zimmer hinauf, gönnte sich ein heißes Bad und machte sich anschließend für das gemeinsame Abendessen fertig.

Am Tisch erzählte er ein wenig von den Ausgrabungen und erfreulicherweise hörten ihm die beiden jüngeren Pärchen sogar interessiert zu und auch Elisabeth Reimann lauschte gespannt, auch wenn er befürchtete, dass sie weniger die Ausgrabungen als vielmehr seine Person interessierten. Ihr Sohn lümmelte mit seinem Tablet auf einem Stuhl und tippte wie wild darauf herum.

Nach dem Abendessen besprachen sie noch das Programm des nächsten Tages und Andrew teilte Flyer über die Highland Park Destillerie aus. Die Junggesellen bestellten sich gleich den dazugehörigen Whisky an der Bar und das Ehepaar Müller beschwerte sich – wie nicht anders zu erwarten – über die Matratzen.

Dann bleibt doch zu Hause, verflucht noch mal, dachte Andrew, lächelte jedoch und versprach, bei der Hotelleitung nachzufragen, ob sie Ersatzmatratzen organisieren konnten. Gerade hatte er sich erhoben, als sein Telefon klingelte. Die Nummer kannte er nicht.

»Hallo. Andrew Morrison hier.«

»Ah, Morrison heißt du also«, vernahm er eine fröhliche weibliche Stimme. »Hier ist Dianne. Einer unserer Studenten hat mitbekommen, dass in einem Hotel auf der Insel heute Abend Livemusik gespielt wird. Sie haben mich überredet, doch noch mal rauszugehen. Vielleicht hast du ja Lust, mitzukommen?«

Andrew überraschte es selbst, dass sein Herz ein wenig schneller zu schlagen begann. »Im Standing Stones Hotel?«

»Ja, genau.«

»Dort wohne ich ohnehin mit meiner Reisegruppe.«

»Super, dann sehen wir uns gleich!«

Als Dianne aufgelegt hatte, lächelte er zufrieden. Er betrachtete sich im Spiegel hinter der Bar und zupfte an seinen dunkelblonden Haaren herum. Ein Friseurbesuch hätte nicht geschadet, nur war vor der Reise leider keine Zeit mehr geblieben. Jetzt standen ihm die kurzen Haare recht wirr vom Kopf ab und die beständige Brise, die über die Orkneys fegte, machte es nicht unbedingt besser. Mit etwas gutem Willen jedoch konnte man das auch für einen absichtlichen Style halten. Seufzend rückte er seine Brille mit der schmalen Fassung gerade. Er hielt sich für recht durchschnittlich. Das Gesicht ein wenig kantig, die Nase halbwegs gerade. Er rasierte sich jeden Morgen, abends zierten aber schon wieder Stoppeln sein Gesicht. Seine Exfreundin hatte immer von seinen Augen geschwärmt, deren Farbe angeblich reifen Kastanien glich. Nur hatte sich Claire nach einem Streit für ein anderes Paar Augen entschieden.

»Nichts Besonderes«, murmelte er selbstkritisch vor sich hin.

Jemand schlug ihm mit voller Wucht auf den Rücken und Andrew torkelte nach vorne.

»Na, wann jeht's denn los mit der Musik?«, lallte Gregor, einer aus der Junggesellengruppe. Seine Knollennase leuchtete wie die untergehende Sonne und Andrew schwebte eine Wolke aus Ale und Whisky entgegen.

»Um 21 Uhr«, antwortete er und fragte sich, wie man sich jeden Abend dermaßen volllaufen lassen konnte.

»More Whisky for me and my friends«, rief Gregor dem Barkeeper zu. »Du bist auch eingeladen, Andrew. Bist echt n toller Reise…dings…leiter.«

Mit einem halbherzigen Lächeln nahm Andrew sowohl das Lob als auch den Single Malt an und beobachtete, wie die Musiker ihre Instrumente hereinbrachten. Allmählich füllte sich die Bar mit Zuhörern, teils aus dem Hotel, teils andere Touristen oder Einheimische. Gregor und seine Kumpel suchten schon wieder auffällig unauffällig die Umgebung ab, wie immer waren sie auf der Suche nach Damen ohne Begleitung. Andrew hoffte, es würde nicht so schlimm kommen, dass er eingreifen musste.

Die Tür ging auf und hinter fünf jungen Leuten, die er glaubte, an der Ausgrabungsstelle gesehen zu haben, folgte Dianne. Ihre etwas mehr als schulterlangen, dicken Haare trug sie heute zu einem Pferdeschwanz gebunden, der in ihrem Nacken wippte. Ausgewaschene Jeans schmiegten sich an ihre Beine und das grüne T-Shirt betonte ihre schlanke Figur mit Rundungen an den richtigen Stellen.

Als Dianne näherkam, bemerkte Andrew, dass sie ein dezentes Make-up aufgelegt hatte, das ihre Sommersprossen ein wenig überdeckte.

»Hi. Offenbar kommen wir gerade richtig.« Sie setzte sich auf den Barhocker neben ihm und winkte den Studenten zu, die sich direkt vor die Band drängten. Mit leisem Bedauern entdeckte Andrew auch Darryl, doch der war im Augenblick in ein Gespräch mit einem Mann vertieft, den Andrew nicht kannte. Glücklicherweise kamen die beiden auch nicht zu ihnen.

»Was möchtest du trinken?«

»Einen Cidre.«

Andrew bestellte an der Bar. Den spendierten Whisky hatte er noch gar nicht angerührt und begnügte sich zunächst mit einer Cola.

»Habt ihr heute viel gefunden?«, erkundigte sich Andrew.

Dianne nickte begeistert. »Ein großer Teil der Mauer konnte freigelegt werden und einer der Studenten hat sogar Steinziegel entdeckt, die vermutlich in Verbindung mit Tonerde dafür genutzt wurden, einen der Tempel zu decken. Darryl konnte auf einer der Mauern weitere Anzeichen dafür finden, dass die Steinzeitmenschen ihre Wände angemalt haben.«

»Tatsächlich – Ziegel – das ist beeindruckend. Und diese Bemalung, ist das so ungewöhnlich?«

»Das ist es. Normalerweise bekommt man ja selten solch gut erhaltene Strukturen aus der Zeit vor fünftausend

Jahren zu Gesicht. Darryl war vor einigen Jahren der Erste, der die bemalten Mauern entdeckte. Wir sind früher nicht unbedingt davon ausgegangen, dass sich die Ureinwohner der Orkneys mit der Dekoration von Wänden oder Töpferware beschäftigt haben. Im mediterranen Raum wurden Höhlenmalereien aus diesen oder noch früheren Epochen gefunden. In Nordeuropa hingegen frühestens seit der Bronzezeit. Seitdem die Tempelanlage – oder was immer sie war – hier am Ness of Brodgar freigelegt wurde, haben wir einige Überraschungen erlebt.«

»Wie wurde die Farbe denn hergestellt?«

So wie jedes Mal, wenn Dianne von ihrer Arbeit sprach, leuchteten ihre Augen. »Mit Hämatitpulver kann man zum Beispiel zahlreiche Farben herstellen. Gemixt mit Tierfett, Milch oder Eiweiß, ergibt es eine Paste, die vermutlich auch auf die Haut aufgetragen wurde.«

»Faszinierend.«

Dianne prostete ihm zu.

»Dann ist Darryl ja eine großartige Entdeckung gelungen.« Er bemerkte, wie der dunkelhaarige Archäologe nun zu ihnen herüberschaute und kam nicht umhin zu registrieren, dass sein Blick mal wieder recht unfreundlich wirkte.

»Darryl ist geradezu besessen von seinem Job«, erklärte Dianne. Sie zwinkerte ihm zu. »Versteh mich nicht falsch, auch ich brenne für meine Arbeit, aber bei Darryl nimmt das teilweise schon krankhafte Züge an, finde ich. Deshalb hat es mit uns auch nicht geklappt.«

»Ihr wart mal ein Paar?«

»Ja, für ein knappes Jahr.« Sie spielte an einer Haarsträhne herum, die sich aus ihrem Pferdeschwanz gelöst hatte und sich neckisch um ihre Wange kräuselte. »Ich war noch Studentin, er zehn Jahre älter als ich. Ich war von seiner unnahbaren Art und seinem Wissen fasziniert. Die anderen Mädchen haben mich beneidet, als er das erste Mal mit mir ausging, aber auf Dauer war er nicht der Richtige. Er hatte irgendetwas Beherrschendes an sich.«

»Kann es sein, dass er immer noch Gefühle für dich hat? So wie er gerade aussieht, würde er mir am liebsten einen seiner jungsteinzeitlichen Speere zwischen die Rippen rammen.«

Dianne lachte hell auf. »Nein, keine Sorge, wir haben uns im gegenseitigen Einvernehmen getrennt. Wenn, dann hegt er höchstens eine Art brüderlicher Zuneigung für mich und hat Angst, ich könnte an den Falschen geraten. Zudem hat Darryl mittlerweile eine Frau und zwei Kinder.« Sie runzelte ihre Stirn. »Nur leider kümmert er sich viel zu wenig um seine Familie, hört aber nicht auf mich. Wir sind noch immer befreundet und ich bin eine der wenigen, von denen er sich überhaupt etwas sagen lässt.«

»Puh, ein schwieriger Charakter, vermute ich.«

»Das ist er. Ich mag ihn auf seine Art – als Freund. Und was Grabungen angeht, ist er eine Koryphäe. Er möchte gerne Nicolas' Nachfolger werden, nur: Wenn er so weitermacht, geht seine Ehe vor die Hunde.«

Andrew bemühte sich, den Archäologen unauffällig zu beobachten. Er konnte sich vorstellen, dass Darryl von Studentinnen umschwärmt wurde. Auch zwei der Mädchen, die mit Dianne gekommen waren, schauten immer wieder tuschelnd zu dem gut aussehenden Mann hinüber.

»Es ist nicht einfach, wenn man einen Job hat, der einen regelmäßig an abgelegene Stellen auf der Welt führt«, fuhr Dianne fort. »Das wird dir nicht fremd sein, oder? Als Reiseleiter bist du auch oft unterwegs. Hast du schon Familie?«

Erneut überraschte ihn ihre Offenheit und er stutzte kurz.

»Ähm, nein, habe ich nicht. Du hast recht, es ist schwierig, eine Beziehung zu führen, wenn man immer wieder für Wochen fort ist. Aber momentan genieße ich ehrlich gesagt mein Singledasein.«

»Geht mir genauso.« Sie lehnte sich lässig gegen den Tresen. »Mein letzter Freund hat mir leider über ein halbes Jahr verschwiegen, dass er verheiratet ist. Er fand es wohl spannend, mich hier und da an den Ausgrabungsorten zu besuchen, und zu Hause hat ihm dann die Ehefrau die Wäsche gewaschen.«

»Das ist mies!«

»Allerdings! Ich habe ihm postwendend sein Zeug vor die Füße geworfen und als er hoch und heilig versprach, sich von seiner Familie zu trennen, sobald sich seine älteste Tochter in der Highschool eingelebt hätte, endete das für ihn im Krankenhaus.« Mit spitzbübischem Grinsen rieb sie sich ihren Nasenrücken.

»Du hast ihm die Nase gebrochen?«, rief Andrew erstaunt.

Dianne lachte auf. »Nein, natürlich nicht! Darryl hatte nur Nasenbluten, da er aber um sein Aussehen sehr besorgt war, ist er gleich ins Krankenhaus gefahren, weil er glaubte, seine Nase wäre gebrochen.«

Andrew war erleichtert. »Eine schlagkräftige Frau. Aber ich bin der Meinung, das hat er verdient.«

»Solche Typen trennen sich *nie* von ihren Familien und selbst wenn, hätte er bestimmt nach ein paar Jahren das Gleiche mit mir gemacht.«

In diesem Moment kam der sturzbetrunkene Gregor auf sie zugewankt. »Was hast 'n da für ne heiße Braut aufgerissen, Andy-Boy?«, lallte er. Er stolperte auf Dianne zu, doch Andrew schubste ihn vorsichtig zurück.

»Ich glaube, du solltest besser auf dein Zimmer gehen, Gregor«, sagte er auf Deutsch.

»Ach was, die Musik hat doch noch gar nicht begonnen.« Er legte Dianne einen Arm um die Schultern, woraufhin sie kritisch die Stirn runzelte.

Andrew löste Gregors Arm energisch von ihr und drängte ihn – nun mit Nachdruck – in Richtung der Tür.

»Tut mir leid, Dianne.« Sie hob beruhigend eine Hand und Andrew fluchte leise, als er seinen Reisenden unter einiger Anstrengung und dessen lautstarkem Protest erst in den Aufzug bugsierte und dann in sein Zimmer brachte.

»Du willst die rothaarige Schnecke nur für dich«, brabbelte Gregor vor sich hin und ließ sich auf sein Bett fallen. Wenige Augenblicke später schnarchte er auch schon.

Andrew überlegte noch, ob er besser einen Eimer neben sein Bett stellen sollte – für den Fall der Fälle – entschied sich dann jedoch dagegen. Er war ja nicht Gregors Kindermädchen. Notfalls musste sich sein Zimmergenosse um ihn kümmern.

Als Andrew die Treppen hinunter rannte, tönte ihm der Klang von Geige und Keyboard entgegen. Leider stand nun Darryl neben Dianne, aber sie winkte ihm zu und machte Platz für ihn.

»Ich habe auf deine Getränke aufgepasst.«

»Danke! Tut mir leid wegen Gregor.«

»Ich habe zwar nicht verstanden, was er gesagt hat«, rief sie in sein Ohr, da die Musik alles übertönte, »aber ich gehe davon aus, es war wenig charmant. Wäre er zudringlicher geworden, hätte ich aber auch keine Skrupel gehabt, ihm seine Schnapsnase ein wenig umzugestalten.«

»Du hast ja Übung«, meinte Andrew augenzwinkernd.

Nun lauschten sie gemeinsam den Musikern, die ordentlich für Stimmung sorgten und mal schottische, mal irische Folksongs zum Besten gaben und auch einige instrumentale Stücke spielten. Erleichtert stellte Andrew fest, dass sich die restlichen Junggesellen nicht danebenbenahmen, auch wenn einige betrunken in den bequemen Sesseln hingen. Alle anderen schienen sich zu amüsieren. Von Max sah er nichts. Bestimmt war das nicht seine Musikrichtung und er hatte sich auf sein Zimmer zurückgezogen. Seine Mutter hingegen flirtete mit einem der Barkeeper.

Als die Musiker eine Pause einlegten, gönnte sich auch Andrew ein Ale.

»Wo kommt deine Reisegruppe eigentlich her?«, erkundigte sich Dianne. Darryl lehnte neben ihr an der Theke und hörte zu.

»Aus Deutschland. Bunt gemischt aus allen möglichen Teilen des Landes.«

»Dann sprichst du Deutsch?«, wollte Darryl wissen. Jetzt wirkte er wieder halbwegs freundlich. Vielleicht hatte er sich vorhin nur über etwas geärgert.

»Ich bin zur Hälfte Deutscher. Meine Mutter hat es der Liebe wegen von Deutschland nach Inverness verschlagen. Ich bin zweisprachig aufgewachsen. Diesem Umstand habe ich auch meinen Job zu verdanken. Das Reiseunternehmen hat seinen Sitz in Hamburg und hat jemanden gesucht, der gut Deutsch spricht.«

»Reiseleiter – na ja, jedem das Seine.« Wieder klang Darryl recht verächtlich, stürzte einen Whisky herunter und spielte dann gelangweilt an dem Glas herum.

Andrew spürte, wie seine Wangen zu glühen begannen. »Ich hätte auch gerne studiert, nur hat in unserer Familie leider das Geld dazu gefehlt.«

Beruhigend legte Dianne ihm eine Hand auf den Arm. »Du musst dich nicht rechtfertigen. Nicht jeder kann es sich leisten zu studieren. Ich konnte das auch nur, weil meine Granny beizeiten etwas für mich angelegt hat. Was hättest du denn gerne studiert?«

»Mittelaltergeschichte oder Keltologie hätten mich interessiert«, antwortete er mit einem bösen Blick auf Darryl, doch der gab vor, ihn gar nicht zu beachten und schaute in die Runde.

»Interessant«, sagte Dianne. »Daher auch dein Interesse für Ausgrabungen.«

»Ich habe eine Lehre als Kfz-Mechaniker gemacht, aber rasch festgestellt, dass das doch nicht das Richtige für mich ist. Eine Weile habe ich alle möglichen Jobs angenommen und bin schließlich bei dem Reiseunternehmen gelandet.«

»Das ist doch eine gute Alternative. Jetzt kannst du dein Interesse ein wenig ausleben und anderen Leuten die Geschichte Großbritanniens näherbringen.«

»Wenn es denn jemanden interessiert«, murmelte er.

»Ja, viele Leute sind Banausen!« Überraschend orderte Darryl drei Whisky und reichte Andrew einen davon. »Nichts für ungut. Ich habe mich nur vorhin über einen Kollegen geärgert und dann …«

»Wird der gute Darryl zum ungehobelten Steinzeitmenschen«, vervollständigte Dianne den Satz.

Wieder einmal wusste Andrew nicht, was er von dem Archäologen halten sollte. Seine Stimmung schwankte von einem auf den anderen Moment. Jetzt lächelte er recht freundlich und Andrew wollte nicht nachtragend sein. Daher stieß er mit ihm an.

»Hast du sonst noch Hobbys?«, fragte ihn Dianne. »Ich meine, außer Archäologie?»

»Ich lese gerne Kriminalromane. Und früher bin ich geklettert.«

»Früher? Warum hast du das Klettern denn aufgegeben?«

Andrew konnte spüren, wie sein Herz schneller zu schlagen begann, als die schrecklichen Bilder aus einer Erinnerung auftauchten, die er verdrängt hatte. Das Whiskyglas in seiner Hand zitterte.

»Andrew?« Dianne sah ihn fragend an. Auch Darryl betrachtete ihn mit hochgezogener Augenbraue.

»Ich …«, Andrew winkte ab und leerte sein Glas in einem Zug. »Nicht so wichtig. Ich hatte nur ein schlimmes Erlebnis. Vielleicht erzähl ich es dir ein andermal.«

Dianne nickte nur und bohrte zum Glück nicht weiter nach.

Stattdessen plauderten sie noch ein wenig über Andrews bisherige Reise, dann gab Darryl einiges über seine neuesten Forschungen zum Besten. Seine Begeisterung war deutlich spürbar und Andrew stellte fest, dass Dianne und Darryl sich gar nicht so unähnlich waren. Kein Wunder also, wenn sie auch privat Gefühle füreinander gehegt hatten. Ein hübsches Paar hatten sie allemal abgegeben.

Als der Abend voranschritt, lauschten sie gemeinsam der Band, wippten und klatschten im Takt der Musik mit. Kurz nach Mitternacht war die Darbietung vorüber und die meisten Besucher verließen das Hotel oder zogen sich in ihre Zimmer zurück.

Dianne gähnte lautstark, wobei sie eine Hand vor den Mund hielt.

»Jetzt muss ich wirklich ins Bett!«

»Ja, ich sollte auch langsam schlafen gehen«, erwiderte Andrew, wenn auch mit leichtem Bedauern.

»Na dann, eine gute Reise noch.« Lässig schlenderte Darryl auf die Tür zu.

Dianne umarmte Andrew sogar flüchtig, dann lächelte sie zu ihm auf. »War schön, dich getroffen zu haben. Wenn du mal wieder auf den Orkneys bist, kannst du dich ja melden.«

»Wie lange dauern eure Grabungen denn noch?«

Dianne blies die Wangen auf und hob die Hände. »Geplant ist bis Ende Juli, aber sicher kommen wir hierher zurück. Es gibt noch so viel zu erforschen. Außerdem unterrichten sowohl Nicolas als auch Darryl und ich regelmäßig am Orkney College in Kirkwall. Gelegentlich sind wir auch an anderen Universitäten.«

»Dann lebst du auf den Orkneys?«

Dianne nickte. »Meine Tante und mein Onkel betreiben eine Farm in der Nähe von Kirbister.«

»Ach so.« Andrew kratzte sich am Hinterkopf. »Leider werde ich dieses Jahr nicht mehr für Reisen auf die Orkneys eingesetzt. Shetland, Irland und Südengland stehen auf dem Programm«, sagte er bedauernd.

»Dann komm doch im Urlaub her.« Sie schickte sich an, zur Tür zu gehen, drehte sich dann jedoch noch einmal um. »Es ist übrigens auch jetzt noch nicht zu spät, bei uns an der Uni zu studieren. Es gibt einige Studenten, die das nebenberuflich machen. Ich schicke dir einen Link. Sieh dir mal unsere Website an.«

»Danke, Dianne!« Andrew freute sich darüber, dass sie sich so viele Gedanken machte, und er hatte tatsächlich vor, sich zu informieren. Er verdiente kein Vermögen als Reiseleiter, nahm während der Reisepausen auch immer wieder andere Jobs an, und ob er tatsächlich Zeit für ein Studium finden würde, war ungewiss. Doch andererseits war das ein lang gehegter Traum von ihm. Müde und trotz allem ein wenig beschwingt ging Andrew in sein Zimmer. Er träumte von Steinkreisen, einem Bus, der mitten durch eine Grabungsstätte fuhr, und Dianne, mit der er in einer Vollmondnacht im Ring of Brodgar tanzte.

DAS FRUCHTBARKEITSFEST

In irrsinniger Geschwindigkeit rasten die Megalithen um Caitir herum. Sie hatte das Gefühl, über dem Boden zu schweben, befürchtete, das Bewusstsein zu verlieren oder sich übergeben zu müssen. Bilder zuckten durch ihren Geist. Sie sah, wie die Steine im Kreis der Ahnen ein eigentümliches Licht abstrahlten, das sich zu einer mächtigen Kuppel über ihr formte. Anschließend flimmerten Bilder ihrer Heimatsiedlung vor ihrem geistigen Auge. Verlassen, verwüstet und bar jeglichen Lebens. Als hätte der Wind die Erde davongetragen und Steine wie Knochen verwittern lassen. Ein Mann stand mit zum Himmel erhobenen Armen in der Mitte der Ahnensteine und drehte sich im Kreis.

Caitir schrie. Sie wusste zunächst nicht, ob die Bilder nur durch ihre Gedanken jagten, doch als ein Windstoß sie traf, trug er nicht nur einen andersartigen Geruch mit sich, sondern klärte auch Caitirs Sinne. Als sie sicher war, dass die Szenen kein Streich ihres Kopfes, sondern Wirklichkeit waren, riss ein weiterer Windstoß sie von den Füßen und warf sie um.

Arme packten sie plötzlich, zerrten Caitir ruckartig in die Höhe und schüttelten sie.

»Caitir, Kind, was fehlt dir?«, fragte Thua bestürzt.

Sämtliche Steinweisen kamen herbeigeeilt. Caitir rang nach Luft, nahm dankbar eine Schale mit Wasser, die sie in einem Zug leerte. Trotzdem fühlte sie sich zittrig, als sie sich erhob. Doch vielmehr als die Schwäche machten ihr die Blicke der Steinweisen zu schaffen.

»Hattest du eine Vision?«, fragte der uralte Mrak heiser. Die Adlerfedern auf seinem Kopf wogten im Wind.

»Ich … denke schon.«

»Sprich«, verlangte Thua.

Sie gab wieder, was sie gesehen hatte. Die Steinweisen warfen sich bedeutungsschwere Blicke zu, vier von ihnen bildeten eine kleine Gruppe und tuschelten miteinander.

»Konntest du den Mann im Kreis der Ahnen genau erkennen? Von welchem Stamm kam er?«

»Sein Gesicht lag in Schatten«, flüsterte Caitir.

Bedächtig strich sich Thua über ihr spitzes Kinn. »Dein Vater soll achtsam sein. Vielleicht haben uns die Götter eine Warnung durch dich geschickt.«

»Dann war es tatsächlich eine Vision?« Caitirs Worte waren kaum mehr als ein Hauch und Thua musste sich vorbeugen, um sie zu verstehen.

»Ich bin mir sicher, und denke, die anderen stimmen mit mir überein.«

Nun wusste Caitir nicht, ob sie sich freuen oder fürchten sollte. Sie hatte so sehr eine Vision herbeigewünscht, doch ihre Siedlung zerstört zu sehen, war entsetzlich gewesen.

Wer weiß, wann das geschieht? Vielleicht erst lange nach mir und den Kindern meiner Kinder, dachte sie.

Der alte Mrak hinkte näher heran. Seine stechenden Augen erinnerten Caitir in diesem Moment an die eines Raubvogels, das Wahrzeichen seines Stammes.

»Die Götter sehen alles«, sagte er, seine heisere Stimme kaum mehr als ein Windhauch, aber dennoch bedrohlich. »Sie hören jedes unwahre Wort, bemerken jede unbedachte Handlung und werden die strafen, die ihre Gunst zu erschleichen suchen.«

»Was willst du damit sagen?«, fragte Thua scharf.

»Nichts. Es verwundert mich nur, dass deine Stammesschwester ausgerechnet zu diesem Zeitpunkt eine Vision erhält.«

»Es ist ein machtvoller Tag.« Thua deutete in den beinahe vollen Mond. »Die Götter sprechen häufig erst dann zu uns, wenn wir vor einem wichtigen Wendepunkt stehen. Zudem hat sie Jadhra gebeten, ihr beizustehen, und ihr Wunsch wurde erhört.« Sie streckte sich, legte Caitir einen Arm um ihre Schultern und rief laut: »Seht ihr alle Caitir vom Stamm an der Westbucht als eine dem Schülergrad entwachsene Steinweise an?«

»Mit Anús Segen.«
»Im Angesicht von Kjell.«
»Möge die Erdmutter sie aufnehmen.«

So tönte es von allen Seiten. Einige Steinweise klangen erfreut, andere eher kühl.

Thua wandte sich an Mrak. Caitir spürte ihre Anspannung, denn die Hand der Steinweisen lag noch immer auf ihr und ihre knochigen Finger bohrten sich in Caitirs Schulter. »Wie spricht Mrak vom Stamme des Adlers?«

Alle Augen richteten sich auf den Ältesten der Weisen, der äußerst unwillig wirkte. »Erhalten die Schüler Visionen, wurden sie von den Göttern erwählt und stehen mit ihnen in Verbindung«, begann Mrak mit trockener Stimme. »Visionen sollen uns Klarheit schenken und unserem Volk die Richtung weisen. Caitirs Vision jedoch ist verworren.«

»Die Bilder sind klar, Caitir konnte sie deutlich beschreiben«, hielt Thua dagegen.

»Doch was ist ihre Aussage?«

»Nicht immer sind der Götter Bilder für uns eindeutig. Es ist an uns, das Verworrene zu entwirren«, erklärte Thua. »Du weißt das, Mrak. Ich erzähle dir nichts Neues. Also, was sagst du?«

Mrak kniff die Augen zusammen und musterte Caitir, so dass ihr unwohl zumute wurde.

»Möge Ravk stets über sie wachen«, sagte er schließlich.

Thua nickte zögerlich, denn es gab mehr als eine Möglichkeit, wie man Mraks Antwort verstehen konnte.

Caitir hingegen war durcheinander. Der Trank rauschte noch immer durch ihre Adern und sie befürchtete, zu träumen.

»Morgen zum Fruchtbarkeitsfest wirst du in unseren Kreis aufgenommen«, sagte Thua zu ihr. »Nutze die Zeit. Verabschiede dich von deiner Familie, deinem Stamm. Fortan bist du nur noch den Göttern verpflichtet.«

Caitir nickte pflichtbewusst, auch wenn sie einen dicken Kloß in ihrer Kehle hatte. Sie wankte auf den Ausgang zu. Mjana warf sich ihr sofort an den Hals, lachte und weinte gleichzeitig und nahm dann ihr Gesicht zwischen ihre schmalen Hände.

»Wir dachten schon, du wachst gar nicht mehr auf. Alle anderen wurden bereits vom Schüler zum jungen Steinweisen erhoben, nur ein Mädchen von der Nordinsel wurde abgewiesen.«

»Tatsächlich?« Verdutzt schaute Caitir zurück. Sie hatte nicht einmal mitbekommen, dass sie die Letzte gewesen war. Erstaunt blickte sie sich um. Auch der Wall hatte sich beträchtlich geleert und ein Hauch von Morgenlicht war am östlichen Horizont erkennbar.

»Du musst nicht Brorks Frau werden«, sagte Mjana glücklich.

»Nein, muss ich nicht.« Caitir biss sich auf die Lippe. Was, wenn die Vision bedeutete, dass Brork nun ihre Heimatsiedlung zerstörte, weil sich Caitir ihm verweigerte? War er am Ende der Mann im Kreis der Ahnen? Weshalb nur war ihre Vision nicht klarer gewesen? Sie selbst konnte Brorks Fängen entgehen, Mjana nicht, sollte Kraat beschließen, Brork ihre Schwester als Frau anzubieten. Die Furcht um ihre Familie ließ sie nicht los. Als ihr Vater mit festen Schritten auf sie zukam, reckte sie das Kinn in die Höhe. Noch konnte sie sich nicht so recht daran gewöhnen, fortan über ihm zu stehen und sie brauchte all ihre Beherrschung, um ihm furchtlos entgegenzutreten. Heute erschien ihr sein Gesicht noch strenger, seine grau-blauen Augen lagen tief unter den buschigen, zusammengezogenen Brauen verborgen.

»Jadhras Erbin«, sagte er, dann schloss er sie überraschend in seine Arme. Etwas, das er nicht mehr getan hatte, seit sie ein kleines Mädchen gewesen war. »Stolz erfüllt mein Herz, Caitir. Die Götter haben gesprochen.« Er ließ sie los, trat einen Schritt zurück, führte seine geöffnete Hand an die Stirn und verneigte sich vor ihr – ein Zeichen, dass er sie als Höhergestellte akzeptierte.

Caitir stockte der Atem. Niemals hatte sie sich auszumalen vermocht, wie es wäre, nicht mehr unter dem Gesetz ihres Vaters leben zu müssen. Eine gewisse Leichtigkeit durchflutete sie, auch wenn sie wusste, fortan musste sie den älteren Steinweisen und selbstverständlich den Göttern gehorchen.

»Ich danke dir, Vater.« Sie deutete eine Verbeugung an, und plötzlich bemerkte sie, dass sie beobachtet wurden. Sie wandte sich um und entdeckte Brork, der zwar respektvoll Abstand hielt, Caitir aber dennoch an einen kreisenden Adler erinnerte, der den richtigen Zeitpunkt abwartete, um seine Beute zu schlagen. Sein Blick wanderte zwischen Caitir und Mjana hin und her.

Caitir schluckte. Sie musste etwas für Mjana tun, musste einen guten Mann und eine sichere Zukunft für sie finden.

»Ich muss mich jetzt ausruhen«, sagte sie zu ihrem Vater und küsste Mjana auf die Stirn. »Wir sehen uns beim Fruchtbarkeitsfest.«

Der Ausflug nach Kirkwall war zur allgemeinen Zufriedenheit verlaufen. Die Sonne lugte immer wieder hinter den Wolken hervor, die Führung durch die Destillerie und die anschließende Whiskyprobe hatte den meisten Busreisenden zugesagt und anschließend waren sie nach Kirkwall gefahren, um nach der Besichtigung der beeindruckenden St. Magnus Kathedrale die Souvenirshops zu stürmen.

Nach einem gemeinsamen Abendessen vergnügten sich Andrew und seine Reisegruppe mit einem Bingo-Abend in der Bar. Gegen 22 Uhr zog er sich zurück und ging auf sein Zimmer. Er las noch einige Seiten in dem Krimi, den er mitgenommen hatte. Bei einer Szene jedoch, in der jemand mit einem schweren Stein erschlagen wurde, erinnerte er sich an Diannes Worte. Ein Blick auf sein Handy zeigte ihm, dass sie noch nicht den versprochenen Link geschickt hatte, daher war er ein wenig enttäuscht. Sollte er heute Nacht tatsächlich zum Steinkreis gehen? Der Himmel zeigte sich bis auf wenige Wolken sternenklar und es war recht mild für Anfang Mai. Wenn er mit sich ehrlich war, hatte ihn der heutige Tag geschafft. Andererseits bot sich ihm bestimmt nicht allzu häufig die Gelegenheit, in einer dieser besonderen Nächte den Ring of Brodgar zu besuchen. Sonst wurde meist ein Hotel in Stenness oder Kirkwall für die Reisenden gebucht. Diesmal war nichts frei gewesen und so waren sie auf das Standing Stones Hotel ausgewichen, das unweit der berühmten Ausgrabungsstätte errichtet worden war.

Es ist ja noch nicht mal 23 Uhr, dachte Andrew. *Ich lese noch ein wenig und dann rufe ich mir ein Taxi, das mich nach Skara Brae bringt.* Er legte sich auf den Rücken und las von den Mordfällen eines englischen Inspektors. Der Krimi war dermaßen langweilig, dass Andrew ernsthaft darüber nachdachte, selbst einen zu verfassen, der den Titel »*Der Gärtner war's*« trug, und den Leser damit überraschte, dass der Schuldige am Ende tatsächlich der Gärtner war. Andrew schmökerte einige Zeilen weiter, wobei ihm jedoch immer wieder die Augenlider heruntersackten.

Selbst wenn Caitir gedacht hatte, vor lauter Aufregung während des Tages kein Auge zumachen zu können, war sie in einen tiefen und erholsamen Schlaf gefallen. Sie vermutete, dass auch die Tränke, die die Steinweisen ihr und den anderen Erwählten gegeben hatten, dazu beigetragen hatten. Jetzt, in der Abenddämmerung, fühlte sie sich ausgeruht. Der frische Wind blies gerade die letzten Regenwolken fort und über den östlichen Hügeln kletterte der Mond in den Himmel, um das Fruchtbarkeitsfest mit seinem silbrigen Licht zu segnen.

Erneut durfte ihr Mjana helfen, ihr Haar zu schmücken und eine Kette aus Vogelknochen, Muscheln und geschliffenen Steinen anzulegen. Ein letztes Mal zog Caitir die von Mjana so liebevoll genähte Kleidung an. Nach der Aufnahme bei den Weisen würde sie noch einmal in der südlichen Salzsee baden, ihr altes Leben hinter sich lassen und fortan die traditionellen hellen Gewänder tragen.

Caitirs Schwester schien ebenso aufgeregt zu sein wie sie selbst. Sie redete viel über ihre beiden Brüder, die von ihren neuen Siedlungen weiter im Norden angereist waren, von den vielen Menschen, die sich bereits rund um den Kreis der Ahnen eingefunden hatten und den Köstlichkeiten, die entweder den Göttern geopfert oder von den Feiernden verspeist werden würden. Nach der Ernennung der Steinweisen und den zeremoniellen Fruchtbarkeitsriten, die über die nächsten drei Tage fortgeführt wurden, würden auch Wettstreite der jungen Männer stattfinden, Tauschhandel betrieben und neue Verbindungen besiegelt werden.

Das wird dein letztes Fruchtbarkeitsfest sein, bei dem du nicht bei einem Mann liegen musst, dachte Caitir wehmütig und streichelte ihrer kleinen Schwester über die Wange. Sie selbst hatte das Ritual in deren Alter bereits über sich ergehen lassen müssen und war froh, dass es Mjana noch einmal erspart blieb. Mjana war noch so zart, so zerbrechlich. Es wäre nicht richtig, wenn sie schon jetzt ein Kind empfangen würde.

»Du wirst die bedeutendste Steinweise, die es jemals gab«, sagte Mjana voller Liebe, aber Caitir lächelte nur milde.

Es war noch ein langer Weg, bis sie auch von den Ältesten geachtet werden würde, und hing unter anderem davon ab, ob weitere Visionen sie heimsuchen würden.

Sie küsste ihre kleine Schwester auf die Wange. »Ich muss jetzt gehen. Wir sehen uns am Kreis der Ahnen.«

Mjana nickte tapfer und Caitir begab sich zu den anderen vier jungen Männern und Frauen. Sie alle waren nach der Tradition ihres Stammes herausgeputzt. Jokh grinste ihr halbherzig zu und hielt ein Messer aus Seehundknochen in der Hand. Eines der Mädchen stammte vom Land jenseits der Wellen. Ihr blondes Haar war mit Bändern geschmückt und sie hielt sich abseits der anderen. Sie lächelte erleichtert, als sich ein Steinweiser näherte, dessen weiße Felle einen starken Kontrast zu seinem langen dunklen Haar bildeten. Auch er musste vom großen Land im Süden stammen; Caitir hatte ihn noch niemals zuvor gesehen. Mit ihm waren die Steinweisen der jeweiligen Stämme gekommen. Caitir und die anderen Schüler umrundeten noch einmal den Steinkreis, um von diesem Leben Abschied zu nehmen, dann begaben sie sich in Richtung der Heiligen Hallen der Steinweisen.

Umso näher sie kamen, desto höher ragte die gewaltige Mauer, die die Hallen umgab, vor ihnen auf. Es war ein Ehrfurcht gebietendes Bauwerk, und es hieß, dass jene, die die Mauern durchschritten, ihr altes Leben abstreiften.

Caitir war nicht die Einzige, die im Angesicht der hohen Mauer zögerte, auch die anderen Jungsteinweisen wankten entweder oder blickten sich verstohlen um.

Als sie schließlich die Mauer passiert hatten, wurden sie durch jedes einzelne Haus geführt, das jeweils einem anderen Gott geweiht war und für einen anderen Stamm stand.

Überall knisterten Feuer, deren Flammen tanzende Schatten an die Wände warfen, Rauch von Kräutermischungen erfüllte die Räume. In jedem der Gebäude warteten Steinweise, die ihre neuen Mitglieder willkommen hießen und ihnen darüber hinaus kleine Gaben wie Fisch, Fleisch oder Muscheln reichten. Am letzten Haus angekommen mussten sie einen der berauschenden Steinweisentränke zu sich nehmen und mehrmals über ein kniehohes Feuer springen – um sich zu reinigen, um Altes hinter sich zu lassen und ein neues Leben zu beginnen. Caitir atmete auf. Den ersten Teil hatte sie geschafft.

Ihr Blick fiel auf eine Steinmauer, die gerade erst errichtet wurde. So als hätte Thua ihr ihre Frage angesehen, kam sie zu ihr.

»Dort bauen wir ein Gemeinschaftshaus für alle Stämme«, flüsterte sie ihr ins Ohr.

Und schon begaben sie sich zum Kreis der Ahnen. Überwältigt von den zahlreichen Menschen, die zu diesem Fruchtbarkeitsfest gekommen waren, ließ Caitir ihren Blick schweifen. Jeder, der zu Fuß oder mit einem Boot hatte anreisen können, ließ sich dieses Fest nicht entgehen. Diesmal schienen sogar große Gruppen die gefährliche Reise über das Meer im Süden auf sich genommen zu haben. Vielleicht neue Anwärter für die Ausbildung zum Steinweisen oder auch ältere Weise, die sich mit jenen der Inseln beraten wollten. Andere waren sicher gekommen, um Tauschgeschäfte zu machen: Vieh, Kleidung und Nahrung; aber auch Frauen. In jedem Fall hatte Caitir den Eindruck, noch niemals eine solche Vielzahl an Menschen gesehen zu haben. Als sie durch die östliche Öffnung im Erdwall gingen, auf dem die Steine errichtet worden waren, drängten alle näher. Caitir erspähte ihre Familie, die dicht beieinander stand. Ihre Brüder, die sie lange nicht mehr zu Gesicht bekommen hatte, und deren Kinder waren aus dem Norden gekommen.

Caitir und die anderen jungen Steinweisen umrundeten die hohen Steine, die den Ahnenkreis bildeten, legten Opfergaben vor den Steinen nieder, die den mächtigsten Steinweisen geweiht waren. Fünf waren es für Caitirs Stamm und vor jenem am westlichen Teil des Kreises, der für Jadhra stand, verharrte sie.

Holz, getrocknetes Heidekraut, Schilf und Torfstücke waren von allen Stämmen hergebracht worden und so loderte bald schon ein gewaltiges Feuer in der Mitte des Steinkreises. Zu den rituellen Gesängen tanzten die neu aufgenommenen Steinweisen in den Formationen, die sie schon viele Male zuvor geübt hatten, bewegten sich dabei in verschlungenen Linien, die den Verlauf der Sterne, der Sonne und des Mondes wiedergaben. Caitir ließ sich einfach treiben. Sie tanzte von einem Monolithen zum anderen, kreuzte hier und da die Linie eines der anderen Tänzer, ließ sich von den einsetzenden Trommeln, den Vogelknochenflöten und den Melodien der Ältesten mitreißen. Es war als könnte sie gar nicht anders, als die richtigen Wege zu gehen. Vielleicht lenkten heute auch die Götter ihre Füße. Als der volle Mond hoch am Himmel stand und den Kreis der Ahnen mit seinem silbrigen Licht segnete, wurden die Gesänge eindringlicher. Die neuen und alten Steinweisen tanzten nun gemeinsam zu dem Singsang der außen wartenden Stammesmitglieder. Sie fassten sich an den Händen, formten dadurch lange Reihen, dann trennten sie sich wieder, schritten zwischen den anderen hindurch, nur um erneut einen Kreis zu bilden.

Caitir wurde nicht müde. Im Gegenteil, sie fühlte ein belebendes Prickeln durch ihren Körper und Geist strömen, das sich mehr und mehr verstärkte. Ihr eigener Gesang wurde immer lauter und lebhafter, sie gab sich völlig den Kräften hin, die in diesem Steinkreis mit dem lodernden Feuer in der Mitte gebündelt zu werden schienen. Mit einem Mal hatte sie das Gefühl, die Steine um sie herum würden glühen. Caitir hielt inne, und Thua schob sie eilig in die richtige Position zurück, so dass Caitir auf den Stein zuschreiten konnte, der Jadhra geweiht war. Sie legte ihre Hände darauf, küsste ihn und sagte in Gedanken: *Ich danke dir, Jadhra, Mutter meines Vaters.*

In diesem Moment vernahm sie Rufe. Die Steinweisen standen stocksteif an ihren Plätzen, verschwommen erkannte sie die Stammesmitglieder. Die Steine schienen regelrecht zu vibrieren, sie waren von einem silbrigen Schein erfüllt, der sich in den Himmel erstreckte und eine gewaltige Kuppel aus Mondlicht über dem Kreis der Ahnen bildete. Caitir stolperte vorwärts, auf die anderen Steinweisen zu, die sich nun rund um das Feuer versammelten. Sie hatte das Gefühl, in einer zähen Masse zu stecken, und so sehr sie sich auch bemühte, sie konnte nicht weitergehen. Der junge Jokh stürzte auf sie zu, versuchte, ihr die Hand zu reichen. Seine Augen waren vor Schrecken und Unglauben geweitet. Caitir bemühte sich, Jokhs Finger zu greifen, doch da wirbelten die Steine um sie herum, zogen sich immer mehr zusammen und entfernten sich, als würden sie pulsieren wie mächtige Herzen aus Stein. Caitir wurde in silbernes Mondlicht hineingezogen, in einen Trichter, den die Ahnensteine formten, und sie wusste nicht, ob der Himmel oder die Erde dabei waren, sie zu verschlingen.

War es ein Knacken oder eine plötzliche Windböe gewesen? Andrew fuhr aus dem Schlaf, das Buch polterte auf den Boden, die Brille hing ihm schief von der Nase.

Fluchend schaute er auf sein Handy. Schon kurz nach zwei Uhr morgens.

»Das darf doch nicht wahr sein«, stöhnte er, lehnte sich gegen das Kopfteil des Bettes und fühlte sich versucht, sich zurück in die Kissen sinken zu lassen. Doch dann raffte er sich auf, zog der Uhrzeit zum Trotz noch einmal Pullover, Regenjacke und Wanderschuhe an und verließ sein Zimmer. Die Rezeption hatte mittlerweile geschlossen, auch in der Bar hielt sich niemand mehr auf. Eigentlich hatte er vorgehabt, von Skara Brae zum Ring of Brodgar zu wandern, so wie Dianne es damals gemacht hatte. Dafür war es nun schon ein wenig spät. Doch zumindest die beiden Steinkreise wollte er besuchen.

Stille lag über dem Land, nur eine leichte Brise wehte und das Sternenzelt spannte sich wie eine prächtige Kuppel über ihm. Ein wunderbarer Anblick. Andrew dachte an die vielen Menschen, die in Metropolen wie London, Hongkong, Paris oder sonst wo auf der Welt lebten. Ihnen blieb dieses unvergleichliche Strahlen des nächtlichen Himmels verwehrt. Hier auf den Orkneys waren die Straßen nicht beleuchtet, die Häuser lagen in tiefem Schlaf und nicht mal ein Auto fuhr vorbei. Künstliche Lichtverschmutzung gab es also nicht. Schafe lagen träge am Straßenrand, über eine Wiese hoppelten ein paar Kaninchen und der Duft von jungem Gras, durchsetzt mit salzigem Meeresgeruch, strömte in Andrews Nase. Genüsslich sog er die klare Luft in seine Lungen, versteckte die Hände in seiner Jacke und hielt auf die Stones of Stennes zu. Stummen Riesen gleich, die Generationen hatten kommen und gehen sehen, erhoben sie sich über das flache Land. Ein Kribbeln erfüllte Andrew, als er den Steinkreis betrat. Was mochten diese Megalithen schon alles gesehen haben? Feiern? Opferungen? Hochzeiten? Er versuchte sich auszumalen, wie es gewesen war, vor ein paar Tausend Jahren hier zu stehen und in den Himmel zu blicken. Langsam drehte er sich im Kreis. Beinahe hatte er den Eindruck, das Himmelsgewölbe würde näher an ihn heranrücken. Welchen Göttern hatten die Menschen der damaligen Zeit gehuldigt? Andrew war nicht gläubig. Sein Vater hatte darauf bestanden, dass er katholisch getauft wurde, aber seit Kindertagen war Andrew nicht mehr in der Kirche gewesen. Er konnte sich weder mit der Vorstellung von einem Gott anfreunden, noch sagte ihm der Gedanke zu, dass zahlreiche Gottheiten das Schicksal der Menschheit lenkten. Doch jetzt, wo er hier in diesem uralten Monument stand, empfand er Ehrfurcht, fühlte sich klein und hatte plötzlich das Gefühl, dass dort draußen mehr sein musste, als er dachte. Die Macht von Himmel, Erde, Meer und Luft durchflutete ihn. Er ging zu einem der Megalithen und lehnte sich an ihn. Dann schloss er die Augen und versuchte, einfach gar nichts zu denken, sich ganz dieser besonderen Stimmung hinzugeben. Der kühle Meereswind umschmeichelte sein Gesicht, und wenn er zunächst noch öfters die Augen einen Spalt weit öffnete, überkam ihn irgendwann eine eigenartige Ruhe. Er hatte das Gefühl, mit dem Land zu verschmelzen, fühlte sich als Teil des Universums. Plötzlich spürte er ein leichtes Beben unter seinen Füßen, ein Zittern in der Erde. War das Einbildung? Nun öffnete er doch die Augen. Kurz glaubte er, ein Leuchten in der Ferne wahrzunehmen, etwa dort, wo die Ausgrabungsstätte und der Ring of Brodgar lagen. Er blinzelte, dann war die Erscheinung fort. Wahrscheinlich hatte er sich das nur eingebildet.

Der Vollmond hing hoch am Himmel, immer wieder verdeckt von einzelnen Wolken. Wenngleich ihm der kühle Wind durch die Kleider pfiff, entschloss sich Andrew, zum Ring of Brodgar zu wandern.

~

Caitir lag am Boden. Sie bekam keine Luft mehr. Nicht einmal ihren Herzschlag konnte sie spüren, dennoch blieb die Panik aus. Alles war dunkel um sie herum, die Welt schien verstummt zu sein. Hatten die Ahnen sie zu sich gerufen? War sie tot?

Da! Die Luft strömte wieder in ihre Lungen, ihr Herz begann zu klopfen. Langsam hob sie die Augenlider und blickte hinauf in den Sternenhimmel. Kühle Nachtluft ließ sie frösteln. Langsam setzte sich Caitir auf. Sie war allein. Wo waren die anderen? Weshalb hatte man sie zurückgelassen? Kein Feuer, keine ausgelassene Fruchtbarkeitsfeier mit Gesängen und Tänzen. Alles hätte ganz anders sein sollen. Ihre Beine zitterten, als sie sich erhob. War das ein Traum? Eine weitere Vision der Götter? Wachsam ging Caitir auf den Ausgang zu. Vielleicht hatte sie lange geschlafen und alle anderen hatten sich bereits zur Ruhe gelegt? Doch als sie hinaus auf die Wiese trat, konnte sie keinen Menschen ausmachen. Caitir war verwirrt. Was wollten die Götter von ihr?

Ich muss die Steinweisen aufsuchen, dachte sie, machte sich, den Kopf voller Fragen, auf den Weg. Sie schritt über Gras und Heidekraut und hielt auf den von Wasser umrahmten Landstreifen zu, der den Kreis der Ahnen mit dem der Schüler verband. Verdutzt blieb sie stehen. Wo war die hohe Mauer, welche die Heiligen Hallen der Weisen umschloss? Im Mondlicht lag das Land aufgerissen vor ihr. Sie konnte lediglich Gruben erkennen, Reste von Steinmauern und in der Ferne hob sich ein eigentümliches Gebäude vom Gras ab.

Anú, hilf mir, was ist hier geschehen?

Ihre Hand zitterte, als sie den Rand der Grube berührte. Was war so mächtig, dass es die Hallen der Ahnen vom Angesicht der Erde wegfegen konnte? Eine plötzliche Angst durchzuckte sie. Ihre Familie! Caitir dachte nicht weiter nach. Sie rannte nach Westen, vorbei am Kreis der Ahnen und über das flache Land. Sie musste sich vergewissern, dass ihrer Siedlung an der Westbucht nicht ebenfalls etwas Entsetzliches zugestoßen war.

Bedacht setzte Andrew einen Fuß vor den anderen und spazierte über das weiche Gras. Diese sternenklare Nacht war einzigartig, hatte beinahe schon etwas Magisches. Er war froh, auf Diannes Rat gehört zu haben und für einen winzigen Moment wünschte er sich gar, sie wäre bei ihm. Andererseits gefiel ihm gerade dieses Alleinsein. Es war einzigartig, mit dem menschenleeren Land zu verschmelzen und eins mit der Natur und den Elementen zu werden. Die Ausgrabungsstelle lag verlassen im Licht von Mond und Sternen. Urtümlich erhob sich der Ring of Brodgar über dem Land und Andrew ging darauf zu. Als er ganz nah an einem der Megalithen vorbeikam, hatte er für einen flüchtigen Moment das Gefühl, er würde vibrieren. Er streckte schon die Hand aus, zog sie dann jedoch zurück.

Feigling, dachte er sich, *was soll denn groß passieren?* Dennoch wanderte seine Hand wie von selbst zurück in seine Jackentasche und er schritt in die Mitte des Steinkreises.

Er blinzelte, denn nun glaubte er sogar, die Steine würden glimmen und beginnen, um ihn herum zu tanzen. Ein Beben breitete sich von den Steinen aus; Andrew hatte beinahe den Eindruck, es würde sich von den einzelnen Megalithen bis zu ihm erstrecken und in den Himmel ausdehnen, denn ein seltsames Flirren lag in der Luft. Doch das konnte nicht möglich sein! Vielleicht war es einfach nur Müdigkeit, die ihn heimsuchte und seinen Sinnen einen Streich spielte.

Er schloss die Augen, atmete eine Paar Male tief ein und aus, bevor er es wagte, die Augenlider zu heben. Auch wenn er für einen Moment befürchtete, es würde erneut beginnen, verebbte das Vibrieren in seinem Inneren.

»Ich bin doch gar nicht betrunken«, murmelte er vor sich hin, verwirrt von dem, was er gerade erlebt hatte. Stumm standanden die Megalithen um ihn herum, über ihm spannte sich die Himmelskuppel.

»Was mag es alles zwischen Himmel und Erde geben, das wir uns nicht erklären können?«, fragte er sich leise.

DER FREMDE IM STEINKREIS

So rasch ihre Füße sie trugen, rannte Caitir in Richtung Westen. Schon immer war sie eine ausdauernde Läuferin gewesen, dennoch brannten ihre Lungen bald von der kalten Nachtluft. Hin und wieder verharrte sie kurz, um sich zu orientieren. Die Wiesen und Hügel kamen ihr teilweise fremd vor, aber es war Nacht und vielleicht hatte sie jetzt einfach einen anderen Pfad eingeschlagen als sie ihn für gewöhnlich beschritten hatte, wenn sie von den Heiligen Hallen zur Westbuchtsiedlung gelaufen war. Mond und Sterne wiesen ihr den Weg. Wenn sie erst die Küste erreicht hatte, würde sie sicher nach Hause finden. Als ihre Füße plötzlich festen Grund betraten, verharrte sie noch einmal schwer atmend. Was war das? Sie ließ sich auf die Knie nieder. Ihre Finger fuhren über ungewöhnlich festes und zugleich raues Gestein. Sie ging ein paar Schritte nach rechts und links. Der feste Boden setzte sich fort. So verwundert sie auch war, sie ließ es auf sich beruhen und rannte weiter über Hügel und flaches Land. Noch zwei Mal fiel ihr der ungewöhnlich harte Boden auf, den sie noch niemals zuvor gesehen hatte, dann erkannte sie endlich den großen Süßwassersee, in dem ihre Brüder häufig gefischt hatten. Sie beschleunigte noch einmal ihre Schritte – und stand unvermittelt vor einer knapp hüfthohen Mauer aus Gestein.

Ungläubig glitten ihre Finger über die zumeist runden Felsbrocken. Noch niemals zuvor war hier eine Mauer gewesen! Sie kletterte hinüber, erreichte eine Wiese und schreckte ein Schaf auf, das laut blökend das Weite suchte. Diese Nacht jagte ihr Angst ein. Sie musste endlich wissen, wie es ihrer Familie ging. Noch einmal überquerte sie eine Mauer, wo keine sein sollte, rannte über eine weitere Wiese und hörte endlich das Rauschen des Ozeans. Sie hielt sich rechts, da sie vermutete, zu nah an die Küste gelangt zu sein. Doch dann erkannte sie im Mondlicht ein eigentümliches Gebäude und glaubte, auch den Erdhügel zu erahnen, der ihre Siedlung umschloss.

Caitir schlich näher und stand schließlich ratlos vor einem Gebilde, das sich über viele Schritte bis zur Küste zog und sowohl das fremde Bauwerk als auch den Hügel dahinter umgab. Es war höher als Caitir, aus sonderbaren, sehr festen Schnüren gefertigt, die sich nicht zerreißen ließen, so sehr sie auch daran zog. Auch als sie ihr kleines Messer benutzte, ließen sie sich nicht durchtrennen.

Götter, was soll ich tun?, fragte sie stumm. Alles war so fremd. Befanden sich ihre Lieben hinter dieser Begrenzung?

Caitir bebte am ganzen Körper, ihr Mund war knochentrocken. Schließlich kletterte sie über das Hindernis hinweg. Es klirrte leise, als sie ihre Beine darüber schwang. Die harten Schnüre schnitten in ihre Hände. Federnd landete sie auf den Füßen und ging weiter. Eisige Schauer durchzuckten sie, als sie erkannte, dass keines der Häuser mehr ein Dach besaß. Einer grauen Schlange gleich wand sich ein fester Pfad um die Behausungen.

»Vater? Mjana?«, rief sie wider besseren Wissens. Entsetzen durchflutete sie. Es war beinahe wie in ihrer Vision. Alles leer, verlassen, zerstört. Sogar die Hügel hinter ihrer Siedlung waren fort. Schroff fielen die Klippen hinter der Behausung ab, in welcher der alte Ndur mit seiner Familie gelebt hatte. Das Meer brandete an die Küste. Wie in Trance ging sie zu dem Haus, in dem sie ihr ganzes Leben verbracht hatte, und sprang hinab, denn auch hier fehlte das Dach aus Heidekraut, Moos und Torf. Nichts zeugte mehr von Leben, es war, als hätten die Götter selbst die Behausungen vom Antlitz der Erde hinweggefegt. Ihre Finger strichen über die steinerne Bettstatt, in der ihr Vater und ihre Mutter geschlafen hatten, später seine beiden anderen Frauen, die jedoch beide bei der Geburt ihrer Kinder gestorben waren. Das Gestein fühlte sich rau und verwittert an. Caitir wandte sich um. Dort drüben war das Lager von Mjana und ihr gewesen.

Sie schlug die Hände vor die Augen. Das konnte nur ein ganz fürchterlicher Albtraum sein! Und sofern es sich um eine Vision handelte, musste sie doch irgendwann aufwachen. Sie nahm die Hände wieder vom Gesicht – nichts änderte sich.

»Götter, was auch immer ihr von mir wollt, sagt es mir«, rief sie voller Zorn und Verzweiflung. Sie erhielt keine Antwort. Panik durchflutete sie, eine kalte Hand griff nach ihrem Herzen, zerquetschte es. Ihr Herz wehrte sich, schlug schnell. Caitir befürchtete, es könne zerplatzen.

»Was wollt ihr mir sagen?«, schrie sie in den Himmel, doch es kam keine Antwort.

Geschüttelt von Weinkrämpfen sank Caitir auf die Knie.

Dies muss eine Prüfung der Götter sein, schoss es ihr durch den Kopf. Caitir fasste sich schließlich ein Herz und raffte sich auf. Wenn ihr die Götter schon eine Aufgabe stellten, so wollte sie sie auch bestehen, damit sie eine Steinweise werden konnte und am Ende nicht doch noch Brork zur Frau gegeben werden würde.

Caitir sprang hinauf auf den Erdwall, kletterte erneut über die Absperrung und machte sich auf den Rückweg. Alles hatte am Kreis der Ahnen begonnen, demnach musste es auch dort wieder enden.

Diesmal ging sie nur im Laufschritt. Ihre Gedanken rasten. Was hier geschehen war, konnte sie sich kaum ausmalen. Ihr Blick suchte den Himmel ab. Der Mond versank gerade im westlichen Meer. Sie musste hart schlucken. Hatte Kjell ihre Siedlung gestraft, das Land hinter ihrer Siedlung und sogar den kleinen Süßwassersee mit der Quelle fortgerissen? Caitir schüttelte den Kopf. Das konnte nicht sein, es durfte einfach nicht sein. Wer aber hatte ihre Siedlung zerstört? Wo waren all die anderen? Musste sie zurückkehren und sagen, sie sollten Kjell und Anú mehr huldigen, da sie ihnen sonst das Land entreißen würden? Das war eine Möglichkeit. Caitir atmete auf, schritt kräftig aus und kletterte über die ihr fremden Mauern. Jetzt, da der Himmel am Horizont ganz langsam eine hellere Farbe annahm, kam ihr die ganze Landschaft noch viel befremdlicher vor. Wäre sie nicht im Kreis der Ahnen erwacht, sie hätte meinen können, in einem anderen Land zu sein. Wieder betrat sie diesen festen, rauen Boden und erkannte, dass sich dieser eigentümliche Pfad einer grauen Schlange gleich über das

Land wand. Caitir fragte sich, wer so etwas erschaffen haben konnte und wollte schon weitergehen, als sie in der Ferne ein Leuchten bemerkte. Kreisrunde Fackeln kamen geradewegs auf sie zu. Zudem vernahm sie ein brummendes Geräusch. Caitir beugte sich nach vorne. Das Geräusch wurde lauter.

Ein Ungetüm mit glühenden Augen, schoss es ihr durch den Kopf. War die graue Schlange erwacht, weil sie darauf getreten war? Rasch floh Caitir hinter einen Hügel, warf sich flach auf die Erde und wartete, bis das Tosen vorüber war. Dann hob sie den Kopf, blickte der Kreatur hinterher. Auch am hinteren Ende des rasenden Ungetüms waren Augen zu erkennen, glühten wie Kohle, doch zu Caitirs Erleichterung entfernten sie sich. Hatte dieses Wesen den festen Pfad erschaffen? War es sein Jagdpfad? Caitir schauderte. So viele Fragen, so viele seltsame Dinge. Sie rannte weiter in Richtung des Ahnenkreises, denn sie wollte nur noch eins – nach Hause und mit den Steinweisen beratschlagen, was dies alles bedeuten sollte. Als sich die mächtigen Steine in der Dunkelheit abzeichneten, erstarrte sie. Ein Mann lief durch den Kreis der Ahnen und ließ sich gerade an einem der Steine nieder. Caitir duckte sich und wartete, dann zückte sie ihr Messer.

Andrew genoss diese einzigartige Stimmung im Ring of Brodgar, und wenngleich er ein wenig fror, wollte er auf den Sonnenaufgang warten. Er ließ sich hinter einem dem Wind abgewandten Megalithen nieder und beobachtete die Sterne und den langsam heller werdenden Nachthimmel. Nachdem der Mond untergegangen und die Sonne gerade im Begriff war, den Rand der Welt zu erklimmen, begab er sich erneut zur Mitte des Steinkreises. Er versuchte, die Richtung zu erahnen, in der sich der Grabhügel von Maes Howe erhob. Das Land um ihn herum lag noch immer still und in morgendlicher Ruhe da. Keine Autos, keine Touristen, kein Lärm. Er nahm sich vor, häufiger die Nacht im Freien zu verbringen – dieses Erlebnis war faszinierend und irgendwie belebend. Als die ersten Strahlen der Sonne über das Land tasteten, streckte Andrew die Arme gen Himmel und drehte sich langsam im Kreis, bis die Sonnenstrahlen sein Gesicht kitzelten.

Der Angriff kam wie aus dem Nichts. Irgendetwas sprang kreischend auf Andrew zu. Im Licht der Morgensonne erkannte er ein Messer. Er versuchte auszuweichen, doch es war zu spät. Ein scharfer Schmerz durchfuhr ihn – das Messer ritzte seinen rechten Oberarm auf.

Andrew torkelte nach vorne, während ihn die Gestalt erneut ansprang. Der Aufprall war so heftig, dass Andrew umgeworfen wurde.

»Was soll das? Ich … Hilfe!« Er versuchte, sich seines Angreifers zu entledigen, schlug um sich, aber der Kerl klammerte sich an ihm fest. Andrew drehte sich ruckartig auf die Seite und endlich konnte er seinen Widersacher abschütteln. Mit purer Muskelkraft hielt er ihn am Boden fest. Verdutzt bemerkte er, dass es sich um eine junge Frau mit verfilztem Haar handelte, die Pelze und eine Art Lederrock trug. Ihr wutverzerrtes Gesicht war mit Strichen und Spiralen bemalt und sie schrie ihn in einer gutturalen Sprache an.

»Was willst du von mir?«, schrie er zurück und ließ sie los, als sie ihn in die Leiste trat. Andrew stieß die Luft heftig aus, schaffte es, auf die Füße zu kommen. Diese kleine Frau, sie war sicher nicht einmal eins sechzig groß, umkreiste ihn lauernd und hielt noch immer das Messer in der Hand. Dabei sprach sie auf ihn ein, deutete auf die Steine, dann nach links.

Er hatte keine Ahnung, was sie wollte. Seine rechte Schulter brannte, er spürte, wie Blut über seinen Arm floss. Wieder stürzte sie auf ihn zu und es gelang ihm im letzten Moment, ihr auszuweichen.

»Was willst du denn von mir?«, schrie er erneut. »Bist du zugekifft oder was?«

Er erinnerte sich an die Spinner, von denen Darryl gesprochen hatte. Vielleicht handelte es sich bei ihr um eine von ihnen. Andrew bemühte sich, die Irre zu beschwichtigen. »Leg das Messer hin. Ich tue dir nichts«, sagte er ruhig.

Doch die Frau umkreiste ihn weiterhin lauernd, redete in der fremden Sprache auf ihn ein. Tränen rannen nun über ihr Gesicht und verwischten die Linien auf ihren Wangen endgültig. Sie schien ihm völlig verwirrt zu sein.

Andrew tastete nach seinem Handy. Vielleicht gelang es ihm, einen Notruf zu senden. Sollte sich die Polizei mit ihr auseinandersetzen. Noch bevor er das Telefon zu fassen bekam, stürzte die junge Frau erneut auf ihn zu. Andrew sprang zur Seite und warf sich kurzerhand auf sie, als sie strauchelte. Nun hielt er ihre Hände fest und hatte ordentlich zu kämpfen, denn wenn die Frau auch klein und schmächtig war, so war sie gleichzeitig kräftig und wand sich unter ihm wie ein Fisch.

Der Anblick des fremden Mannes in der Mitte der Ahnensteine hatte Caitir völlig aus der Bahn geworfen. Wie in ihrer Vision hatte er die Hände gen Himmel gehalten und sich im Kreis gedreht. Langsam war sie näher geschlichen, hatte sich unbemerkt von hinten an ihn herangepirscht; er war wie in Trance gewesen. Als sie gemerkt hatte, wie groß dieser Mann war, war sie staunend stehen geblieben. Nicht einmal der größte Jäger der Seehundsippe hätte an seine Statur herangereicht. Zudem trug er ein seltsames Artefakt im Gesicht. War er vielleicht ein Gott? Caitir hatte gezögert, aber dann hatte die Wut überhandgenommen und sie hatte sich auf ihn gestürzt. Dieser Riese musste für die Zerstörung ihrer Siedlung und der Tempel verantwortlich sein. Im Kampf hat er sich sehr ungeschickt gezeigt, weswegen sie den Gedanken, es könnte sich um einen Gott handeln, sogleich wieder verwarf. Er sprach in fremden Worten auf sie ein, bemühte sich offenkundig, sie zu beschwichtigen, aber Caitir war außer sich vor Zorn. Vielleicht konnte sie nach Hause zurückkehren, wenn sie diesen Giganten opferte, gleich hier im Kreis der Ahnen. Doch dann, als sie ihn ein weiteres Mal angegriffen hatte, war es ihm gelungen, sie zu überwältigen. Nun lag sie unter ihm. Caitir spürte feuchte Erde und weiches Gras auf ihrem Gesicht – sie hatte versagt.

»Verdammt, was mache ich denn jetzt mit dir?« Noch immer hielt Andrew die zappelnde Frau auf den Boden gedrückt.

Eisern umklammerte er ihre Arme und hatte sich auf ihre Beine gesetzt, um sie mit seinem Körpergewicht unter Kontrolle zu halten. Sollte er versuchen, mit einer Hand sein Handy aus der Hosentasche zu nehmen und die Polizei rufen? Andererseits war das riskant, denn diese Frau wusste sich zu wehren, wie er schmerzlich hatte erfahren müssen. Zudem legte sie eine Verbissenheit in ihre Attacken, die ihn erschreckte. Hilfe suchend schweifte sein Blick umher. Vielleicht konnte er sich jemandem bemerkbar machen, der auf der nahe gelegenen Straße vorbei fuhr. Andererseits war noch früher Morgen und nicht mit Besuchern oder Archäologen zu rechnen. Als er eine gedrungene Gestalt bemerkte, die vom Meer her zum Steinkreis, und damit genau in Andrews Richtung eilte, durchflutete ihn Erleichterung.

»Hallo! Hilfe! Kommen Sie bitte her!«, rief er.

Es dauerte eine Weile, bis eine rundliche Frau um die sechzig vor ihm stand. Ihre Brust, die von einer grauen Wolljacke verhüllt war, hob und senkte sich heftig. Sie trug einen karierten Rock, ihre nackten Beine steckten in grünen Gummistiefeln.

»Gott sei Dank! Bitte rufen Sie die Polizei«, keuchte Andrew.

Die ältere Dame fuhr sich durch das kurz geschnittene graubraune Haar, schaute auf Andrew und die Frau unter ihm hinab und erst jetzt schwante ihm, wie seltsam das Bild wirken musste, das sich ihr bot. Die Frau stieß wieder seltsame Laute aus und intensivierte die Anstrengungen, sich zu befreien.

»Die Kleine hat mich angegriffen«¸ erklärte er hastig. »Ich habe ihr nichts getan. Sehen Sie nur, meine Schulter blutet.«

Die Frau hob beschwichtigend die Hand und atmete ein paar Mal tief durch. »Ich habe aus der Ferne mit angesehen, was sich zugetragen hat«, sagte sie dann mit ruhiger Stimme. »Mein Name ist Maeve.«

»Andrew. Bitte, wenn Sie alles gesehen haben, dann rufen Sie doch endlich die Polizei!«

»Ich besitze kein Mobiltelefon und Empfang hat man hier in der Gegend ohnehin kaum.« Sie beugte sich hinab zu der Frau, wobei sie ihr eine Hand beruhigend auf die Schulter legte.

»Beruhige dich. Niemand tut dir etwas. Wir helfen dir, ja?«

Andrew verdrehte die Augen. Wenn jemand hier Hilfe benötigte, dann war er es. Doch zumindest hörte die Kleine endlich auf, sich zu winden. Vielleicht hatten Maeves sanfte Worte oder ihre Berührung etwas in ihr bewirkt.

»Lassen Sie sie los, Andrew«, verlangte sie.

»Natürlich! Damit sie mich wieder angreift!«

»Ich weiß nicht, was mit ihr los ist«, sagte Maeve nachdenklich. »Aber ich habe von Weitem beobachtet, wie sie einen Monolithen sehr ehrfürchtig berührt hat, ehe sie sich auf sie stürzte. Sie müssen sie erschreckt haben.«

»Ach was? Jetzt soll das meine Schuld sein? Dass sie den Stein mit Ehrfurcht anfasst, rechtfertigt doch nicht, dass sie mich mit einem Messer attackiert!« Andrew funkelte die rundliche Frau an.

»Das sage ich ja gar nicht, aber ich habe das Gefühl, das Mädchen hatte seine Gründe!«

Mit einem Schnauben und äußerst misstrauisch ließ Andrew seine Angreiferin los. Er sprang zu dem kleinen Messer, das sie hatte fallen lassen, und nahm es rasch an sich.

Die Fremde, die diese seltsame Kluft aus Lederkleidung und Fellen trug, zischte ihn warnend an. Geduckt wie ein Tier kauerte sie im Gras.

»Verstehst du unsere Sprache?«, erkundigte sich Maeve langsam und sanft, wobei sie sich auf die Fersen niederließ.

Die Frau runzelte die Stirn, stieß ein paar Worte hervor und gestikulierte in Richtung Westen. »Keine Sprache, die mir vertraut ist«, murmelte Maeve. Sie versuchte, in unbeholfenem Französisch etwas zu sagen, Andrew sprach ein paar Brocken Spanisch, und natürlich versuchte er es auf Deutsch, aber nichts schien die junge Frau zu verstehen.

»Gälisch«, sagte Andrew, »könnte sie Gälisch sprechen?«

»Nein, Gälisch ist das nicht.« Maeve schüttelte den Kopf, sagte dennoch etwas in der alten Sprache der Schotten, die Andrew nie richtig gelernt hatte. Doch auch bei diesen Worten schaute die Frau nur fragend, wobei sie Andrew weiterhin sehr skeptisch musterte. Ihre großen braunen

Augen erinnerten Andrew an ein Reh, während ihre Haltung eher der eines Raubtieres glich.

»So kommen wir nicht weiter«, murmelte Maeve und erhob sich ächzend. »Maeve«, sagte sie mehrfach und deutete auf sich. Anschließend auf Andrew und nannte auch seinen Namen.

Zunächst kniff die junge Frau nur die Augen zu Schlitzen zusammen, dann stieß sie ein gutturales Wort hervor, das in Andrews Ohren wie »Kjaitr« klang. Schließlich legte sie eine Hand auf die Brust und verneigte sich zu Maeve hin.

»Ist das dein Name, Lass?«, fragte diese sanft. »K…ja… tr?« Das Wort kam nur schwer über ihre Lippen und auch Andrew hatte das Gefühl, sich die Zunge zu brechen, als er versuchte, den vermeintlichen Namen auszusprechen.

Doch die Frau nickte und plötzlich funkelten ihre Augen. Sie erhob sich langsam. »Kjaitr«, wiederholte sie, deutete auf den Steinkreis und begann erneut hektische Worte hervorzustoßen.

Maeve hob bedauernd die Arme. »Ich verstehe dich nicht. Ich schlage vor, wir gehen alle in mein Haus und ihr wärmt euch ein wenig auf.«

»Und dann rufen wir die Polizei, damit sie sich diese Irre ein wenig genauer ansehen«, sagte Andrew düster. Er presste eine Hand auf seine blutende Schulter. »Vermutlich ist sie völlig mit Drogen zugedröhnt.«

Maeve wiegte den Kopf hin und her. »Kommt erst mal mit. Wir sehen uns Ihre Schulter an, Andrew, und dann entscheiden wir.« Sie machte eine auffordernde Geste zu der jungen Frau hin und deutete nach Nordwesten.

Zögernd ging die Frau neben Maeve her und Andrew hielt gebührenden Abstand zu ihr, denn die Kleine war ihm nicht geheuer. Sie bewegte sich geschmeidig und lauernd wie eine Katze, die Anspannung in ihr war offensichtlich.

»Was haben Sie so früh hier draußen getan?«, wollte er unterwegs von Maeve wissen.

»Manche Kräuter sollte man im ersten Morgenlicht nach Vollmond sammeln«, erklärte Maeve, wobei sie auf einen Lederbeutel an ihrem Gürtel deutete.

»Eine Kräuterhexe und eine Messerstecherin auf Drogen – wunderbar«, stöhnte er.

Doch Maeve schmunzelte nur. »Mag sein, dass die Kleine«, mitleidig verzog sie ihr rundliches Gesicht mit den wenigen Falten, »irgendwelche Pillen geschluckt hat. Ihr Outfit ist allemal ungewöhnlich. Doch wenn dem so ist, würde ich ihr gerne helfen. Eine Gefängniszelle nützt in diesem Fall wenig.«

»Sie hat mich verletzt!«, beharrte Andrew.

»Nun regen Sie sich nicht so auf! Ich sehe mir das an.« Maeve nickte in Richtung von Andrews Schulter. »Ist sicher nur ein Kratzer. Ich krieg das schon hin. Eine Weile habe ich als Krankenschwester gearbeitet.«

»Ich weiß nicht, ob mich das jetzt beruhigt.«

Maeve lächelte nur. Andrew wusste nicht, was er von der alten Frau halten sollte. Sie war auf ihre besonnene Art durchaus sympathisch, aber die seltsame Fremde hätte er doch lieber in der Obhut der Polizei gesehen. Wer wusste, was sie sonst noch anstellte. Im Augenblick schritt sie neben der alten Maeve her und machte zumindest keine Anstalten, Andrew erneut angreifen zu wollen. Ihr Blick huschte jedoch unruhig umher, so als wolle sie fliehen.

Nach einem Marsch von einer guten halben Stunde hatten sie ein einzeln liegendes Gehöft erreicht. Einige Gebäude waren verfallen, doch ein kleines, mit Efeuranken und Rosen überwuchertes Cottage mit Gemüse- und Blumengarten davor wirkte einladend und machte trotz des Bewuchses einen gepflegten Eindruck. Ein schwarz-weißer Border Collie kam ihnen schwanzwedelnd entgegen.

»Das ist Finn.« Maeve streichelte dem Rüden über den Kopf. »Finn. Andrew und Kja…« Sie seufzte. »Ich kann diesen Namen einfach nicht aussprechen.«

Die Frau wiederholte ihren Namen und sagte kurz darauf überraschend klar und deutlich: »Finn, Maeve, Andrew.« Letzteres klang etwas verzerrt, das mochte aber an dem Widerwillen liegen, der dabei in ihrer Stimme mitschwang.

»Sehr gut«, freute sich Maeve. »Darf ich dich Cait nennen? Das fällt mir leichter.« Sie wiederholte Cait ein paar Mal, und schließlich verneigte sie sich, wobei sie eine Hand auf ihre Brust legte. »Cait«, sagte sie.

»So, nun tretet ein. Ich koche uns eine Kanne Tee, das weckt die Lebensgeister.« Sie öffnete die Tür und bedeutete

Cait und Andrew einzutreten. Andrew musste sich im Türrahmen ducken. Sie betraten einen engen Gang und als Maeve ihn aufforderte, weiterzugehen, gelangte er in ein Wohnzimmer mit offenem Kamin und Regalen, die mit Büchern, Trockenblumen und Kräutern vollgestopft waren. Ein altmodischer Fernsehapparat stand in der Ecke und auf einem wuchtigen braunen Sofa lümmelten sich zwei Katzen.

Er vernahm ein Keuchen hinter sich. Mit weit aufgerissenen Augen stand Cait in der Tür und klammerte sich am Rahmen fest.

So schlimm sieht es hier nun auch nicht aus, dachte Andrew. Das Wohnzimmer war ein wenig chaotisch, strahlte aber trotzdem eine gewisse Gemütlichkeit aus. Er ließ sich auf dem Sessel nieder, über dem eine karierte Decke lag. Auf der Lehne türmten sich Gartenzeitschriften.

»Ich hatte nicht mit Besuch gerechnet«, entschuldigte sich Maeve, verscheuchte die Katzen und räumte die Zeitschriften auf den hoffnungslos überladenen Tisch.

»Cait, setz dich doch«, sagte sie sanft, wobei sie mehrfach auf das Sofa deutete.

Die Frau starrte jedoch die schwarze Katze an, die sich ans Fensterbrett getrollt hatte, und schien überhaupt nicht mehr wegsehen zu können.

»Man könnte meinen, sie hätte noch nie eine Katze zu Gesicht bekommen«, meinte Andrew kritisch.

Maeve hob ihre Schultern. »Vielleicht hat sie Angst vor Katzen.« Sie nahm das Tier auf den Arm und trug es unter Caits verwundertem Blick hinaus.

»Ich komme gleich wieder. Ich hoffe, ihr murkst euch nicht gleich ab«, rief sie noch lachend.

»An mir soll's nicht liegen.« Andrew behielt die Frau genau im Blick. Doch Cait rührte sich nicht, stand wie erstarrt neben der Tür. Sie betrachtete das Wohnzimmer, schloss mehrfach die Augen und murmelte etwas vor sich hin.

Ihr ganzes Verhalten war höchst eigentümlich. Er hörte Maeve leise vor sich hin summen und wenig später kam sie mit einem Tablett herein. Eine Teekanne mit Blumenmuster, drei Tassen und ein Teller mit Gebäck standen darauf. Sie stellte alles auf den Tisch – mitten auf die Zeitungsstapel, dann trat sie zu Cait und fasste sie sanft am Arm.

»Komm, setz dich hin.«

Mehr als misstrauisch ließ sich Cait zum Sofa schieben. Erst nachdem Maeve ein paar Mal darauf geklopft hatte, ließ Cait sich nieder. Sofort gab sie jedoch einen überraschten Laut von sich, sprang auf, schaute auf das Sofa und setzte sich wieder hin, wobei sie sogar zaghaft lächelte.

»Die hat sie doch nicht alle«, murmelte Andrew.

Die alte Maeve goss Tee in die Tassen, reichte erst Andrew, dann Cait eine und deutete auf das Gebäck.

»Shortbread«, sagte sie, führte ein Stück zum Mund und begann zu kauen.

Lautlos formten Caits Lippen das Wort, auch sie nahm von dem Gebäck und biss ein winziges Stück ab. Sofort verzog sie das Gesicht, so als wäre das Shortbread zu sauer, zu bitter – oder vielleicht zu süß? Sie legte es beiseite, der Tee hingegen schien ihr zu schmecken.

Andrew konnte nur den Kopf schütteln, trank von dem Tee und nickte, als Maeve sagte: »Ich sehe nach, ob ich noch Verbandsmaterial habe.« Die alte Frau huschte aus dem Raum und Andrew beobachtete Cait, die völlig in sich versunken den Tee kostete, so als hätte sie dies noch niemals zuvor getan.

Wer war diese Frau? Wo kam sie her? Sie schien kein Englisch zu verstehen, verhielt sich mehr als seltsam und auch wenn Cait jetzt friedlich wirkte, mochte das täuschen.

»So, lassen Sie mal sehen, Andrew.« Maeve kam mit einem kleinen Korb voller Desinfektionsmittel und Verbände herein.

Unter einiger Anstrengung zog er sein blutiges Hemd aus. Cait hatte mit dem Essen innegehalten und schaute herüber.

»Ja, sieh dir nur an, was du angerichtet hast«, sagte er wütend.

Sie zuckte zurück und schlang die Arme um die Beine.

Fachmännisch säuberte Maeve die Wunde. Andrew unterdrückte ein Stöhnen, als sie Desinfektionsmittel hineinlaufen ließ und anschließend alles verband.

»Sie haben Glück gehabt, es scheint kein Muskel verletzt zu sein. Wenn Sie sichergehen wollen, können Sie ins Krankenhaus gehen, aber ich denke, das sollte auch so heilen.«

Die alte Frau klang hoffungsvoll und schaute ihn beinahe schon flehend an.

»Sie wollen nur nicht, dass ich die kleine Messerstecherin anzeige«, brummte er, zog sein Hemd wieder an und nahm das Messer aus seiner Hosentasche. Es war klein, hatte einen Horngriff und die Klinge sah aus als wäre sie aus Stein gefertigt. »Hat sie vermutlich an der Ausgrabungsstätte gestohlen«, murmelte er.

Da sprang Cait auf die Füße, redete wild in ihrer Sprache und deutete auf das Messer.

»Sie will es wiederhaben.«

»Könnte ihr so passen.«

Caits braune Augen sprühten regelrecht Funken. Ihr verfilztes Haar, in das Federn und Muscheln geflochten waren, wirbelte wild umher, als sie sich von Maeve zu Andrew drehte und aufgeregt redete.

»Cait«, sagte Maeve beschwichtigend, deutete auf das Messer und dann auf Andrews Verletzung, wobei sie den Kopf schüttelte. Dies wiederholte sie ein paar Mal und die junge Frau senkte ihr Kinn. Sie machte eine Geste, so als würde sie das Messer nehmen und in ihren Gürtel stecken.

Wenngleich Andrew skeptisch blieb und er sich vorsichtshalber nach einer Waffe in dem kleinen Wohnzimmer umsah, mit der er sich verteidigen konnte, schob er ihr schließlich das Steinmesser über den Tisch hin.

Wie versprochen steckte Cait es fort und nickte Andrew zu, wohl um sich zu bedanken.

»Gut«, seufzte Maeve erleichtert.

»Wie geht es jetzt weiter?«, wollte Andrew wissen.

Die alte Frau hob ihre Schultern. »Ich werde versuchen herauszufinden, woher Cait kommt. Ich höre mich um, ob jemand vermisst wird. Ich könnte mir auch vorstellen, dass sie aus Osteuropa stammt, sich auf irgendein Schiff geschmuggelt hat und hier gelandet ist.«

Misstrauisch ließ Andrew noch einmal seinen Blick über die seltsame Fremde schweifen. »Selbst in Osteuropa kleidet man sich nicht dermaßen seltsam. Okay, die Sprache, die keiner von uns versteht, das wäre ein Hinweis. Aber wer aus dem Osten würde schon bis auf die Orkneys fliehen? Sagen

Sie, Maeve, wie viele illegale Einwanderer gibt es hier auf den Inseln?«

»Ich vermute, sehr, sehr wenige«, gab sie schmunzelnd zu. »Dennoch ist das die einzige logische Erklärung, die mir einfällt. Wenn sie unter Drogen stünde, müsste man dies doch an ihren Augen erkennen. Sehen sie hin Andrew«, Maeve deutete mit dem Finger auf die Frau, »diese hübschen dunkelbraunen Augen leuchten vollkommen klar. So sehen Augen nur aus, wenn sich ein starker und gesunder Geist dahinter verbirgt.«

Drogenmissbrauch wäre zumindest eine Erklärung für Caits Verhalten gewesen, aber Andrew musste zugeben, dass Maeve Recht hatte. Seufzend erhob er sich, während Cait ihn weiterhin beobachtete wie ein Wildtier seine Beute. »Ich gehe davon aus, Sie wollen sie nicht bei der Polizei anzeigen. Ich vermute«, Andrew wies mit der Hand auf die junge Frau, »sie ist noch nicht einmal volljährig, und wenn, dann höchstens achtzehn.«

»Ich weiß«, sagte Maeve leise. »Aber ich werde nicht zur Polizei gehen.« Mitfühlend betrachtete sie Cait. »Ich weiß auch nicht. Ich habe Mitleid mit ihr und würde gerne versuchen ihr zu helfen.«

»Von mir aus«, sagte er ergeben, wobei er seine Schulter betastete. »Wenn Sie sich die Irre ans Bein binden wollen – jedem das Seine.« Er nahm seinen Geldbeutel und fummelte eine Visitenkarte heraus. »Falls Sie etwas über sie herausbekommen, würde ich mich freuen, wenn Sie mir eine E-Mail …« Er stockte und schaute sich um, was Maeve ofenkundig erneut zum Schmunzeln brachte.

»Keine Sorge, ich bin zwar ein wenig altmodisch, aber ich besitze einen Computer!«

»Wunderbar. Danke für's Verbinden und den Tee.« Er ging zur Tür, nicht ohne sich noch einmal umzuschauen. Cait saß auf dem Sofa wie ein Fremdkörper. Angespannt, eine Spur von Angst in den Augen aber auch Neugierde. Er schüttelte den Kopf und ging hinaus. »Auf Wiedersehen, Maeve.«

Jetzt brauchte er dringend eine Dusche und vielleicht noch eine Stunde Schlaf, bevor seine Gäste ihn wieder in Beschlag nehmen würden. Und er brauchte einen harten Drink! Was für eine irre Nacht!

FREMDE WELT

Caitir saß in der seltsamen Behausung auf dieser weichen Bank und wusste nicht mehr, was sie denken sollte. Der Mann im Kreis der Ahnen hatte sie überwältigt, die alte Frau sie zu ihrer Wohnstätte geführt. Alles hier war ihr fremd. Die Sprache, die Gegenstände im Inneren, die Namen. Andrew, Maeve, sogar der Hund trug einen Namen – erstaunlich. Caitir kannte Hunde, wenn auch kleinere. Einige Stämme benutzten die Tiere für die Jagd nach Kaninchen und Wühlmäusen und lebten auch mit ihnen. Überaus verwundert war sie über die beiden anderen, deutlich kleineren Tiere mit dem langen Schwanz. Sie bewegten sich geschmeidig, ihre Augen waren wach und klug und sie drückten ein gewisses Misstrauen aus. Für diese Tiere hatte sie keinen Namen. Was die Frau namens Maeve ihr zu essen gegeben hatte, schmeckte ganz sonderbar und fremd. Caitir wusste nicht, wie sie ihr begreiflich machen sollte, dass sie wieder nach Hause wollte. Der Mann, den sie im Steinkreis getroffen hatte, war gegangen. Mittlerweile hegte sie auch Zweifel daran, dass er für all die Zerstörung verantwortlich war. Er wirkte weder wie ein Krieger noch wie ein Steinweiser. Hatte sie sich vielleicht getäuscht und er hatte mit allem gar nichts zu tun? Würde er wiederkommen?

Noch immer war sie durcheinander. Abermals kroch Panik in ihr hoch und der Schweiß brach ihr aus. Ihr Puls begann zu rasen, ihr Herz klopfte in ihrer Brust, so wie die Wellen gegen die Klippen schlugen, wenn Ravk wütend war. Was nur hatten die Götter ihr auferlegt? Sollte sie vielleicht von diesen Menschen hier lernen? War das die Aufgabe, für die sie auserkoren worden war? Sie versuchte sich zu beruhigen. Sicher war dies die Prüfung, die sie zu bestehen hatte, wenn sie eine Steinweise werden wollte.

Ihre Gedanken schweiften zurück zu der alten Frau. Maeve hatte Schwierigkeiten mit Caitirs Namen und nannte sie nun Cait. Sie mochte den Klang dieses Wortes, es hörte sich weich und freundlich an. »Cait«, murmelte sie vor sich hin und lächelte. Ja, das klang schön, vielleicht sollte sie sich tatsächlich fortan so nennen. Cait beschloss, so viel wie möglich von dem zu verstehen, was die ältere Frau sagen würde und sich ihre Sprache einzuprägen. Caitir hatte sich schon immer darauf verstanden, fremde Worte in sich aufzunehmen. Manche junge Steinweisenschüler vom Land jenseits der Wellen redeten anfangs in anderen Worten und Cait hatte es stets Freude bereitet, aufmerksam zu lauschen und diese fremde Sprache zu erlernen. Möglicherweise konnte Maeve ihr ja auch helfen, nach Hause zurückzukehren, wenn sie erst miteinander reden konnten. Und so bemühte Caitir sich, die Aufgabe der Götter anzunehmen und sich in Geduld zu üben.

Nach einer knappen Stunde Schlaf fühlte Andrew sich wie gerädert. Die ganze letzte Nacht erschien ihm wie ein Albtraum – der Verband an seiner Schulter bezeugte jedoch die Realität seines nächtlichen Erlebnisses. Das Frühstück hatte er verpasst, daher schmierte er sich rasch ein Brötchen und rannte zu seinen wartenden Gästen. Heute standen der Broch von Gurness, ein Überbleibsel aus der Eisenzeit, und abschließend eine Bootstour auf dem Tagesplan. Andrew war todmüde und hoffte, der Tag würde bald enden. Morgen würden sie die Rückreise aufs Festland antreten und nach einer weiteren Übernachtung nach Edinburgh fahren, wo sich die Reisegruppe trennen würde.

Gegen Mittag stellte er fest, dass Dianne ihm geschrieben hatte, was ihn zwar freute, doch die Energie, ihr zu antworten, hatte er nicht, deshalb verschob er das auf den Abend.

»Wenn ich dir erzähle, was mir heute Nacht passiert ist, hältst du mich ohnehin für verrückt«, murmelte er in den Seewind.

Das kleine Boot pflügte durch die Wogen, schaukelte vorbei an zahlreichen Inselchen, während die Touristen Seehunde und Delfine bestaunten. Erfreulicherweise war der Himmel heute beinahe klar und auch wenn eine frische Brise wehte, zeigte sich der Frühling in Orkney von seiner besten Seite.

Heute gab es kaum Beschwerden, was Andrew freute, trotzdem war er froh, als er abends in seinem Bett lag. Plötzlich fiel ihm ein, dass er Dianne wieder nicht geschrieben hatte, doch jetzt konnte er sich auch nicht mehr dazu aufraffen. Bevor er einnickte, fragte er sich noch, was Maeve und die seltsame Cait gerade taten, dann tauchte er ein in eine wirre Traumwelt aus tanzenden Steinen, Feuer und Blut.

Vor seiner Abreise am nächsten Mittag konnte Andrew es sich nicht verkneifen, noch einmal zu Maeves Cottage zu fahren. Einen breiten Hut auf den Kopf tragend, arbeitete die ältere Frau im Garten. Cait saß im Schneidersitz auf dem Boden und streichelte den Border Collie Finn.

»Guten Tag, Andrew!« Maeve klopfte sich ihre Hände ab und kam zu ihm.

»Sie hat bei Ihnen geschlafen?«

Maeve nickte und seufzte dann tief. »Diese Frau verhält sich überaus seltsam. Als ich gestern den Fernseher eingeschaltet habe, ist sie schreiend hinausgelaufen und konnte sich überhaupt nicht mehr beruhigen. Es hat mich eine Stunde Zeit gekostet, sie wieder ins Haus zu bugsieren. Auch den Wasserkocher fand sie furchterregend. Wie es aussieht, sind ihr weder Badezimmer noch Toilette bekannt. Heute Morgen hat sie sich im Meer gewaschen.« Maeve deutete in Richtung des Ozeans.

»Hm. Selbst wenn sie aus dem hintersten Winkel von Osteuropa stammen sollte, ist das schon befremdlich, meinen Sie nicht?«, sagte Andrew.

»In der Tat. Außerdem hört sie aufmerksam zu, wenn ich etwas erkläre und sie besitzt eine rasche Auffassungsgabe.« Die rundliche Frau schmunzelte. »Finn scheint ihr Sicherheit zu geben. Er weicht kaum von ihrer Seite.«

»Und Sie wollen sie wirklich bei sich behalten?«

Maeve nickte nachdrücklich. »Zumindest so lange, bis ich mehr über sie herausgefunden habe.«

»Nun denn, viel Glück! Ich hoffe, Sie wachen nicht eines Morgens mit einem Messer zwischen den Rippen auf.«

»Was auch immer Cait dazu getrieben hat, Sie anzugreifen, Andrew, ich glaube nicht, dass sie grundsätzlich gefährlich ist.«

»Ihr Wort in Gottes Ohren.« Sein Blick schweifte zum Ring of Brodgar, der sich in einiger Entfernung vom flachen Grund abhob. »Dann wünsche ich Ihnen viel Glück. Vielleicht sollten Sie Cait ein paar passende Kleider besorgen?«

»Ich habe bereits versucht, sie zu überreden, etwas von mir anzuziehen, aber sie hat sich geweigert.«

Andrew unterdrückte ein Glucksen. In Maeves Kleider hätte die schmale Cait sicher mindestens zweimal gepasst.

»Wir werden wohl etwas für sie bestellen müssen«, sagte Maeve. »Hier auf der Insel bekommt man kaum vernünftige Kleidung für junge Leute.«

Aus einem Impuls heraus zückte er seinen Geldbeutel und reichte Maeve hundert Pfund.

»Was soll ich denn damit?«

»Sie haben mir geholfen, und wenn Sie sich schon für diesen«, er fuchtelte in Caits Richtung, »Sozialfall engagieren wollen, dann möchte ich mich daran beteiligen.«

»Nein, das ist nicht nötig«, wehrte Maeve ab, doch Andrew drückte den Geldschein in ihre Hand.

»Bitte! Nehmen Sie es.«

Schließlich nickte sie und tätschelte seine Schulter. »Sie sind ein guter Kerl. Wir bleiben in Kontakt, ja?«

»Sehr gern«, antwortete er, denn es interessierte ihn durchaus, was aus der eigenartigen Frau werden würde.

»Weshalb bleiben Sie nicht einfach noch einige Wochen auf den Orkneys? Ihre nächste Bustour beginnt doch nicht gleich nächste Woche, oder?«

»Die nächste Tour startet in knapp einer Woche und ich muss zu Hause ebenfalls noch einige Dinge erledigen.«

»Schade«, entgegnete Maeve, wobei sie kurz zu Cait hinüber sah. »Cait hätte es sicher gutgetan, noch jemanden zu haben, der sich mit ihr beschäftigt und von dem sie lernen kann.«

»Na, das kann ich immer noch machen, wenn Sie unsere kleine Wilde gezähmt haben«, sagte Andrew lachend.

»Wohin geht denn Ihre nächste Tour?«, wollte Maeve schließlich wissen.

»Von Inverness über Fort William auf die Isle of Skye.«

»Skye!«, flüsterte Maeve und so wie sie es aussprach klang es verheißungsvoll. »Dort traf ich einst meine Jugendliebe. Während der langen Sommertage waren wir meist in den Cuillins klettern.«

Andrew konnte fühlen, wie ihm das Blut aus dem Gesicht wich und ihm heiß und kalt wurde.

»Alles in Ordnung, Andrew? Sie sehen blass aus. Habe ich etwas Falsches gesagt?«

»Nein, Nein!« Andrew hob beschwichtigend die Hand. »Alles gut! Ich denke, ich breche jetzt lieber auf.«

»Na schön.« Maeve seufzte ergeben. »Alles Gute, Andrew. Und Sie melden sich, Ja?«

»Mach ich! Wiedersehen, Maeve!«

»Wiedersehen!«

Andrew warf einen letzten Blick auf Cait, die noch immer Finn kraulte, dann machte er sich im Laufschritt auf den Weg zurück zum Hotel.

Am folgenden Tag, während der Fahrt zum Festland, telefonierte Andrew mit Dianne und erzählte ihr von seiner verrückten Nacht im Ring of Brodgar. Wie nicht anders zu erwarten, war sie verwundert und machte sich sogar Gedanken darüber, dass sie ihn dazu gebracht hatte, den Steinkreis nachts zu besuchen. Dianne mutmaßte, Cait könne eine durchgeknallte Neoheidin sein. Zu Andrews Bedauern hatte Dianne nicht viel Zeit, denn bei dem schönen Wetter musste sie sich auf die Ausgrabungen konzentrieren. Daher gab es keine Gelegenheit mehr für Andrew, sich noch einmal etwas eingehender mit Dianne auszutauschen. Sie verabredeten, in Kontakt zu bleiben und Andrew überlegte ernsthaft, ob er nicht seinen Urlaub im Oktober, wenn alle Busreisen abgeschlossen waren, auf den Orkneys verbringen sollte.

Große Aufregung hatte am Kreis der Ahnen geherrscht, als Caitir so plötzlich in weißem Nebel verschwunden war, der zugleich von allen Farben des Regenbogens durchzogen war. Auch am Tag darauf diskutierten die Steinweisen hinter ihren hohen Mauern darüber. Was hatte das zu bedeuten? Was wollten die Götter ihnen mit Caitirs Verschwinden sagen? Es gab Legenden aus der Zeit, in der die ersten Steine errichtet worden waren. Manche dieser alten Geschichten waren Quelle der Behauptung, es wäre mächtigen Steinweisen möglich gewesen, durch die Steine hindurch von einem Ort zum anderen zu reisen. War Caitir am Ende irgendwo an einem Kraftort auf dem Land jenseits der Wellen gestrandet? Schon seit geraumer Zeit suchten die Steinweisen des Festlands nach geeigneten Orten, um Steinkreise ähnlich denen hier auf den Inseln zu errichten. Einer der Steinweisen wollte sogar ein paar Jäger über das südliche Meer schicken, um nach Caitir zu suchen.

Brork und der Adlerstamm waren außer sich, wähnten sie Caitir als Bereicherung für ihren Stamm nun als verloren. Der Krieger lief mit finsterer Miene umher und drängte die Steinweisen, etwas zu unternehmen, um Caitir zurückzuholen.

Doch Thua, Mrak und die anderen waren selbst ratlos, denn etwas Derartiges war noch niemals zuvor geschehen.

Auch jetzt noch verströmten die Steine im Ahnenkreise große Energie: Sie waren warm, und kaum jemand traute sich noch in ihre Nähe.

Dann geschah etwas Seltsames. Am Abend des folgenden Tages nach Caitirs Verschwinden kam ein Schüler der Steinweisen in die Westbuchtsiedlung geeilt. Mjana hatte erwartet, dass er zu ihrem Vater Kraat wollte, doch stattdessen ging er zu Brork. Der Krieger aus dem Adlerstamm war mit zur Westbuchtsiedlung gegangen, um mit Kraat über Caitirs Verschwinden zu sprechen. Nun hörte er mit ernster Miene zu, was der Junge zu sagen hatte, dann lief er mit ihm davon. Mjana beschloss, den beiden zu folgen. In gebührendem Abstand schlich sie hinterher. Sie ahnte, dass die beiden zur den Steinweisen gehen würden. Der Marsch würde einige Zeit in Anspruch nehmen, doch Mjana wäre, den Heimweg eingeschlossen, vor dem Morgengrauen wieder zurück. Tatsächlich führte der Schüler Brork zu den Heiligen Hallen der Steinweisen. Erst an der hohen Mauer hielten sie an. Rasch warf sich Mjana zu Boden, als Brork sich plötzlich umwandte und zu ihr herüberspähte. Ob er sie gesehen hatte? Mjanas Herz schlug heftig und obwohl es bereits dunkel war und sie mehr als zweihundert Schritt entfernt im Gras kauerte, wagte sie nicht, ihren Kopf zu heben. Erst als sie Stimmen vernahm, lugte sie aus ihrem Versteck hervor. Ein Steinweiser, dessen Gesicht Mjana auf diese Entfernung und in der Dunkelheit nicht erkennen konnte, stand im Schatten der Mauer, redete leise zu Brork.

Wortfetzen drangen an ihre Ohren, sie vernahm Caitirs Namen und hörte etwas von einer wichtigen Aufgabe. Dann verschwanden die beiden hinter den Mauern.

Mjana robbte näher, überlegte sogar, sich in die Heiligen Hallen zu schleichen, doch das wagte sie nicht. Sie blickte die hohe Mauer empor und musste schlucken. Allein der Anblick dieses Bollwerks ängstigte sie.

Eine Weile noch wartete sie ab, doch schließlich beschloss sie, zurückzugehen. Mehr würde sie nicht erfahren. Was hatten die Steinweisen ausgerechnet mit Brork zu bereden?

Mjana wusste überhaupt nicht, was sie denken sollte. Ihre geliebte Schwester war spurlos verschwunden, und das kurz nachdem ihr sehnlichster Wunsch in Erfüllung gegangen war.

Sie fühlte sich einsam und hilflos und wusste, ihrem Vater ging es ähnlich, selbst wenn er das nicht offen zeigte. Wenn nicht einmal die Steinweisen sich Caitirs Verschwinden erklären konnten, wer dann? Mjana opferte ihr liebstes Armband und einige Steinringe, die sie in ihren Haaren trug, an Anú; dabei bat sie inbrünstig darum, dass die Erdmutter Caitir bald wieder nach Hause bringen möge.

CAIT

Während eines arbeitsreichen Sommers, Andrew war auf Bustouren unterwegs und half nebenbei in der Kfz-Werkstatt eines Freundes aus, gerieten Cait und die verrückte Zeit auf den Orkneys beinahe in Vergessenheit. Anfangs hatte er regelmäßigen Kontakt per Mail oder Handy mit Dianne gehabt, doch dann war sie überraschend zu Ausgrabungen einer Keltensiedlung in Frankreich aufgebrochen und hatte sich kaum noch gemeldet. Maeve hatte ihr Versprechen gehalten und schrieb ihm hin und wieder, allerdings vergingen auch da Wochen. Cait lebte noch immer bei ihr, lernte langsam ihre Sprache. Wirklich viel hatte Maeve jedoch noch immer nicht aus der jungen Frau herausbekommen und nun hatte die ältere Dame schon seit mehreren Wochen nichts mehr von sich hören lassen – oder ihre Mails waren im Spamordner gelandet, etwas, das schon das eine oder andere Mal vorgekommen war.

Nun, da Andrews Urlaub begann, überlegte er ernsthaft, ob er auf die Orkneys zurückkehren sollte. Andererseits – wollte er sich das wirklich antun? Noch immer hatte er sich nicht dazu durchringen können, sich an der Orkney Universität als Teilzeitstudent anzumelden. Er saß in seinem Zweizimmerappartement in Inverness und starrte auf die Website, die Dianne ihm vor längerer Zeit geschickt hatte.

»Ergibt das Sinn?«¸ knurrte er. »Weniger Freizeit, noch weniger Geld und mit Archäologie verdient man am Ende auch nicht grade ein Vermögen.« Wütend schob er seinen Laptop zur Seite. Vielleicht sollte er tatsächlich noch einmal auf die Inseln im Norden fahren. Wenn er dort war, würde entweder seine Begeisterung für die Grabungen neu entbrennen oder er würde feststellen, dass das alles ohnehin nur ein Strohfeuer gewesen war.

Dies jedoch war nicht der einzige Grund für seine Überlegung. Er machte sich auch ein wenig Sorgen um Maeve.

Kurzerhand zog er den Laptop wieder zu sich heran, buchte eine Fährüberfahrt für den nächsten Abend und nickte dann zufrieden.

»Mal sehen, was aus der kleinen Messerstecherin geworden ist«, murmelte er.

Nach kurzem Zögern nahm er sein Handy und schrieb Dianne, dass er in zwei Tagen auf den Orkneys sein würde. Er musste zugeben, dass sein Herz ein wenig höher schlug, als keine fünf Minuten später ein leiser Ton eine neue Mitteilung ankündigte.

Freue mich, bin in drei Tagen auch wieder zu Hause. Bin noch im Urlaub. Treffen wir uns?? Dianne.

Sie wollte ihn also tatsächlich sehen! Guter Dinge begann Andrew seine Sachen zusammenzupacken. Am Abend traf er sich mit einem Freund in einem Pub in der Innenstadt und fuhr am nächsten Morgen mit seinem betagten Toyota in Richtung Norden. Auch wenn die dräuenden Wolken am Himmel nichts Gutes ahnen ließen, hatte Andrew seine Campingausrüstung eingepackt. Sollte er sich entscheiden, länger zu bleiben, würde ihn Bed & Breakfast ein halbes Vermögen kosten. Für den Fall, dass das Wetter zu übel wurde, konnte er sich nach einem günstigen Ferienhaus umsehen. Die nächste geplante Bustour stand erst im Dezember an, in der Werkstatt seines Freundes war momentan nicht allzu viel los, und so hatte Andrew Zeit, so lange zu bleiben wie er wollte. Vielleicht konnte er sogar kurzfristig einen Job auf den Orkneys antreten. Die waren zwar sicher nicht dicht gesät, aber Aushilfen wurden immer mal wieder gesucht. Doch dank der harten Arbeit während der Sommerzeit verfügte er ohnehin über ein kleines finanzielles Polster. Er drehte die Radiomusik lauter und holperte über die schmalen Straßen zum Hafen von Thurso. Der Himmel klarte mehr und mehr auf, je weiter er in den Norden vordrang. Am Fährhafen angekommen jagten nur noch wenige Wolken über den Himmel. Der Wind kam aus Westen und ließ Bäume und Büsche wogen. Die Touristensaison neigte sich jetzt Mitte September langsam aber sicher dem Ende zu und so warteten nicht allzu viele Autos am Fährterminal. Als er einen Reisebus entdeckte, konnte er sich ein Grinsen nicht verkneifen.

»Ich wünsche dir angenehmere Gäste, als ich das letzte Mal hatte, Herr Kollege«, murmelte er in Richtung des Reiseleiters, der aus der Fronttür sprang und gegen die Böen kämpfend etwas aus dem Gepäckfach des Busses herauskramte.

Zufrieden lehnte sich Andrew zurück. Er würde diesmal ganz entspannt die Schönheiten der Orkney Islands genießen können.

Nach einer turbulenten Überfahrt mit Windstärke 7 erreichten sie endlich das Festland. Nach und nach ratterten die Autos aus dem Bauch des Schiffes heraus und über die Fährrampen hinweg, um kurz darauf in unterschiedliche Richtungen davonzufahren. Andrew war unentschlossen. Einen Campingplatz wollte er heute nicht mehr ansteuern und so fuhr er einfach einige Meilen in Richtung Norden, stoppte in einer Parkbucht und schlug auf einer Wiese sein Zelt auf. Während er im Vorzelt eine Dosensuppe auf dem Gaskocher aufwärmte, rüttelte der Wind beständig an den Stangen des Kuppelzelts. Andrew beobachtete, wie es langsam dunkler wurde und die ersten Sterne am Nachthimmel zu leuchten begannen. Er legte sich bäuchlings auf seine Isomatte und schaute weiterhin hinaus ins Freie. Die Stille hier auf den Inseln war einzigartig. Kein einziges Auto fuhr vorbei, Lichter von menschlichen Behausungen waren nur in weiter Ferne und ganz vereinzelt zu entdecken. Dieses Land strahlte eine geradezu meditative Gelassenheit aus. Erst hier wurde ihm wirklich bewusst, wie stressig sein Alltag häufig war und er genoss den Frieden, der sich in ihm ausbreitete. Bevor er schließlich in einen erholsamen Schlaf hinüberdämmerte, schloss Andrew noch das Zelt.

Leises Muhen weckte Andrew am folgenden Morgen. Er streckte sich und blinzelte. Auf der Außenwand des Zeltes zeigten sich Wassertropfen. Offenbar hatte es in der Nacht einen Regenschauer gegeben, den er verschlafen hatte.

»Erst mal einen Kaffee!«, sagte er zu sich, füllte Wasser in seinen Topf und stellte ihn auf den Gaskocher. Das

Kaffeepulver befand sich noch im Auto, und daher öffnete er den Zelteingang, ging barfuß hinaus – und fluchte laut.

»Das darf doch nicht wahr sein!« Wütend hüpfte er auf einem Bein herum. An seinem rechten Fuß hingen die braungrünen Hinterlassenschaften eines der zotteligen Hochlandrinder, die gerade neugierig zu ihm herüberschauten.

»Glotzt nicht so blöd«, schrie er den Kühen zu, die sich jedoch nicht beeindrucken ließen. »Das fängt ja alles toll an«, schimpfte er vor sich hin, während er seinen Fuß im feuchten Gras abwischte.

Nach einer Tasse Kaffee und einem belegten Brötchen fühlte sich Andrew schon deutlich besser. Er packte seine Sachen ins Auto, vergewisserte sich, keinen Müll auf der Weide zurückgelassen zu haben und fuhr langsam die schmalen Straßen entlang. An einer Stelle, wo er Empfang hatte, wählte Andrew Maeves Nummer, aber leider ging mal wieder niemand ans Telefon.

»Seltsam«, murmelte er und setzte seinen Weg fort zum Ring of Brodgar, wo er sein Auto an der Straße abstellte und ausstieg. Langsam lief er auf den mächtigen Steinkreis zu. Ein Kribbeln erfüllte ihn und für einen Moment hatte er das Gefühl, ein Leuchten würde von den Megalithen ausgehen, doch nach einem raschen Blinzeln war es verschwunden. Kurz vor den Steinen blieb er stehen und ließ seinen Blick in Richtung der Ausgrabungsstelle schweifen. Nur wenige Archäologen waren dort gerade beschäftigt, doch da Dianne gesagt hatte, sie würde erst in drei Tagen ankommen, ging er nicht zu ihnen. Stattdessen ließ Andrew sein Auto am Straßenrand stehen und wanderte nun doch über grüne Wiesen in Richtung von Maeves Haus.

Der kühle Wind vom Meer ließ ihn frösteln. Die immer wieder hinter den Wolken hervorbrechende Sonne zauberte silberne und goldene Lichtreflexe auf die Wogen, die sanft an den nahen Strand plätscherten.

Der Hof wirkte verlassen, nur eine kleine graue Katze stromerte über den von Grasbüscheln durchwachsenen Kies. Andrew bewunderte die Farbenpracht der Herbstblumen in Maeves Garten. Die Büsche, Wildblumen, Efeuranken an der Hauswand und die Kräuter zwischen den Steinen versprühten einen märchenhaften Charme, den einer der gepflegten Vorgärten von Inverness niemals erreichen konnte, wie Andrew fand.

»Maeve?«, rief er laut.

Keine Antwort.

»Cait!«, versuchte er es. Ein ungutes Gefühl überkam ihn. Was, wenn Cait die ältere Dame niedergestochen hatte und nun irgendwo lauerte? Mit dem Messer in der Hand?

Andrew schnappte sich einen Stock, suchte im Haus, das wie die meisten hier auf den Inseln nicht verschlossen war. Nachdem er dort nicht fündig wurde, schaute er sich im Garten um, fand aber weder von Maeve noch von Cait eine Spur. Dennoch wirkte alles friedlich.

Seufzend lief er zu der morschen Bank neben dem Haus, setzte sich und wartete. Irgendwann schloss er die Augen und hielt sein Gesicht in die Sonne.

»Na, wen haben wir denn da?«

Andrew zuckte zusammen. Er musste wohl eingenickt sein, denn unvermittelt stand Maeve vor ihm, gekleidet in eine graue Strickweste und eine alte Jeans, die kurzen Haare vom Wind zerzaust. Auf ihrem rundlichen Gesicht hatte sich ein erfreutes Lächeln breitgemacht.

»Schön, Sie wiederzusehen, Andrew.« Verlegen kratzte sie sich an der Wange. »Ich wollte längst schreiben, aber meine Internetverbindung liegt schon seit Monaten brach und es ist eine Katastrophe, wenn man mit der britischen Telefongesellschaft zu tun hat! Ich habe das immer wieder rausgeschoben.«

»Kann ich verstehen«, entgegnete er grinsend. »Ich hatte vorhin versucht, anzurufen.«

»Ich war in Stromness zum Einkaufen.« Hastig nahm er den Korb, der neben Maeve auf dem Boden stand, und sie lächelte erfreut. »Na dann, Lust auf einen Tee oder Kaffee?«

»Sehr gern.« Suchend schaute er sich um. »Wohnt Cait noch immer bei Ihnen? Oder ist sie inzwischen nach Hause zurückgekehrt?«

Der alten Frau entfuhr ein tiefer Seufzer. »Cait.« Sie hob die Arme. »Kommen Sie mit rein, dann erzähle ich etwas über sie.« Maeve schirmte mit einer Hand ihre Augen ab, um sie gegen die Sonne zu schützen. »Sie ist noch hier. Sicher sammelt sie irgendwo Kräuter und Algen.«

Also war die Frau noch immer auf Maeves Hof. Andrew war gespannt, Details zu erfahren.

Nachdem Maeve Tee gekocht und Gebäck auf einen Teller gelegt hatte, setzten sie sich erneut hinaus auf die Bank.

»Es ist erstaunlich«, begann die Frau mit den graubraunen Haaren, »diese junge Frau besitzt eine unglaublich gute Auffassungsgabe. Innerhalb kürzester Zeit hat sie gelernt, mich zu verstehen und sehr bald einfache Worte und Sätze zu benutzen.«

Gespannt nickte Andrew seiner Gesprächspartnerin zu. »Hat sie gesagt, woher sie kommt?«

Maeve schnitt eine Grimasse. »Das ist das Verwunderlichste. Sie behauptet immer, sie stamme von diesen Inseln. Eines Tages ist sie mit mir den ganzen langen Weg nach Skara Brae gewandert. Und jetzt halten Sie sich fest!« Maeve fasste Andrew am Arm. »Sie hat mich bis an den Rand einer der steinernen Behausungen von Skara Brae geführt, hinabgedeutet, und steif und fest behauptet, dort geboren worden zu sein und dort gelebt zu haben. Vor langer Zeit, als die Behausungen noch intakt waren.«

Andrew verschluckte sich an seinem Tee. »Ach was?«

»Aber damit nicht genug! Sie kann mit keiner unserer technischen Errungenschaften etwas anfangen. Fernsehen, Autos, selbst Städtchen wie Stromness verstören und verunsichern sie. Sie hatte keinerlei Ahnung, welche Länder und Kulturen es außerhalb dieser Inseln gibt. Es ist …«

»Sie ist verrückt«, beendete Andrew den Satz, doch Maeve schüttelte entschieden den Kopf.

»Nein, ist sie nicht. Sie ist sehr klar in allem, was sie tut. Naturverbunden, liebenswert, hilfsbereit. Sie hilft mir hier auf der Farm und hat ein Händchen dafür, Gemüse anzupflanzen, zu fischen und all diese Dinge. Aber sie ist scheu, meidet fremde Menschen und – hat ihre eigene Lebensart.«

»Ja, das mag schon sein. Aber dennoch stimmt doch irgendetwas nicht mit ihr!«

Maeve atmete tief ein, nur um die Luft dann wieder auszustoßen. »Wenn das nicht selbst in meinen Ohren völlig irre klingen würde, würde ich sagen, sie stammt aus einer anderen Zeit und ist versehentlich hier gelandet.«

Große Unruhe herrschte in der Siedlung an der Westbucht. Im flackernden Licht der Flammen bemerkte Mjana, wie angespannt das Gesicht ihres Vaters war, als er den Raum betrat. Schon seit einer Weile suchten heftige Stürme die Inseln heim. Große Teile der Ernte waren verdorben. Jagen und Fischen gestalteten sich schwierig, Ravk, der Gott des Sturmes, schleuderte den Stämmen seinen eisigen Atem entgegen, als wolle er sie von Anús Antlitz tilgen, während Kjell, der Meeresgott, die Wellen übereinander schlagen ließ, so dass es aussah, als würden sie sich gegenseitig verschlingen. Die Stammesführer hatten eine erneute Beratung im Gemeinschaftshaus der Siedlung abgehalten, denn alle fürchteten sich vor dem Winter.

»Was wurde besprochen?«, wollte Urdh sofort wissen, als ihr Vater sich langsam auf einem der Felle am Boden niederließ. Dabei rieb Urdh sich die Narbe neben seinem rechten Ohr, was er häufig tat, wenn er angespannt war. Farik machte seinem Großvater sofort Platz, vermied es jedoch, in Mjanas Nähe zu kommen. Was auch immer Caitir ihm angedroht hatte, es zeigte Wirkung. Farik hatte Mjana nicht mehr auch nur ein einziges Mal belästigt.

»Die Steinweisen haben machtvolle Rituale durchgeführt, sie haben Götter und Geister befragt und auch die Ahnen«, begann Kraat zu erzählen, wobei er sich über das faltige Gesicht strich. »Sie halten Caitirs Verschwinden für den Grund unserer Schwierigkeiten.«

Gespannt lauschte Mjana. Die Ungewissheit über den Verbleib ihrer Schwester zehrte schon die ganze lange Zeit an ihr.

»Keine Nachricht vom Land jenseits der Wellen?«, wollte Urdh von seinem Vater wissen.

Dieser schüttelte den Kopf und Mjana seufzte enttäuscht, denn so befremdlich die Vorstellung war, Caitir könnte es in das ferne Land im Süden verschlagen haben, so erschien ihr dies doch tröstlicher, als der Gedanke, die Götter könnten sie zu sich geholt haben.

»Die Steinweisen sind der Überzeugung, wir müssen Caitir zurückholen«, fuhr Kraat ernst fort. »Sie ist eine junge Steinweise, ein wichtiges Mitglied unserer Gemeinschaft und zudem Jadhras Nachfahrin. Wer auch immer sie von uns genommen hat, tat dies gegen den Willen der Götter. Ihr alle«, er wies mit der Hand in die Runde, »erfahrt jeden Tag im Toben des Windes und des Meeres den Zorn der Götter und der Geister. Caitir muss zu uns zurück!«

»Wie soll das gelingen?«, wagte Mjana zu fragen.

Der strafende Blick ihres älteren Bruders traf sie, denn normalerweise hatte sie zuzuhören und zu schweigen. Doch nicht einmal Kraat wies sie zurecht, so sehr war ihr Vater mit seinen Überlegungen beschäftigt.

»Beschwörungen, Opferungen, Feuer zu Ehren der Götter, damit sie uns zur Seite stehen«, erklärte er, wobei er die Hände zum Himmel streckte. Dennoch klang er ein wenig resigniert. »Brorks Stamm will sogar ein oder zwei Stammesmitglieder zu den Göttern senden, um sie zu bitten, Caitir freizugeben. Brork ist nämlich der Meinung, dass doch einer der Götter Caitir zu sich geholt haben könnte.«

Das brachte Mjana zum Schaudern. Brorks Stamm scheute sich nicht, seine eigenen Leute umzubringen, wenn es der Sache dienlich war. Hatte er vielleicht deswegen die Heiligen Hallen aufgesucht? Um sich mit den Steinweisen zu beraten, wen er zu den Göttern schicken sollte?

»Er will Caitir noch immer?«, wunderte sich Urdh, doch Kraat schüttelte seinen Kopf.

»Nicht als Frau in seinem Stamm, aber er will ein Kind von ihr, das dann bei ihm aufwächst, sofern die Steinweisen es nicht irgendwann zu sich holen. Caitir wäre dann die Frau, die bei den Göttern war und zurückgekehrt ist, und wenn Brork einen Nachkommen mit ihr zeugen würde, so würde das ihm und dem Adlerstamm zu großem Ansehen verhelfen.«

Mit einem Mal wusste Mjana nicht mehr, ob sie sich wünschen sollte, dass ihre Schwester tatsächlich heimkehrte. Vielleicht ging es ihr ja gut, dort, wo sie war.

~

»Das ist nicht Ihr Ernst!« Andrew lachte laut auf, denn was die ältere Dame da von sich gegeben hatte, klang schlichtweg absurd.

»Ich weiß, es ist eine abwegige Vorstellung«, räumte Maeve ein, dann hob sie ihre Schultern. »Nur, ehrlich gesagt fällt mir keine andere Erklärung für Caits Auftauchen, ihre Erscheinung und ihr Verhalten ein. Ich habe sie immer wieder beobachtet, sie befragt und mir das Hirn zermartert. Nein Andrew«, Maeve schüttelte den Kopf, »die einzig schlüssige Erklärung ist: Cait kommt aus der Vergangenheit!«

Andrew betrachtete Maeve, wartete darauf, dass sie eingestand, nur Spaß zu machen, doch die Frau blinzelte ihn nur an und gerade als er Luft holte, um etwas zu sagen, wurde seine Aufmerksamkeit abgelenkt.

Vom Meer her näherte sich eine schmale Gestalt, begleitet von einem Hund. Er musste zweimal hinschauen, bevor er Cait erkannte. Sie zupfte gerade ihren hellbraunen Pullover zurecht, der ihr bis zu den Oberschenkeln hing, die von ausgeblichenen Jeans umhüllt wurden. Ihre langen Haare hatte sie zu einem Pferdeschwanz gebunden. Cait ging barfuß und hielt einen Korb voller Algen in der rechten Hand. Sie stutzte, als sie ihn entdeckte.

»Das ist sie«, flüsterte Maeve. Laut sagte sie: »Komm her, Liebes, wir haben Besuch.«

Andrew spannte sich an, als die junge Frau stumm und gemessenen Schrittes näher kam. Ihre Bewegungen erinnerten noch immer an ein wildes Tier: Geschmeidig und von einer gewissen Eleganz, dennoch Vorsicht und Misstrauen ausstrahlend und jederzeit bereit für Flucht oder Angriff.

Mit ihren großen Augen, die das ansonsten recht schmale Gesicht beherrschten, musterte Cait Andrew stumm und er wusste gar nicht, was er sagen sollte. Dann stellte sie den Korb ab, trat einen Schritt auf ihn zu, ließ sich auf ein Knie nieder und senkte den Kopf vor ihm.

»Ich tat dir unrecht«, sagte sie ein klein wenig stockend und holprig, aber doch in verständlichem Englisch. »Im Namen Anús erbitte ich Vergebung. Mein Leben … liegt in deiner Hand.«

Perplex starrte Andrew die junge Frau an, während Maeve schmunzelte. »Das ist ihre Art, Entschuldigung zu sagen. Sie bietet Ihnen ihren ungeschützten Nacken und legt ihr Schicksal in Ihre Hände.«

Andrew öffnete den Mund und schloss ihn sogleich wieder. Er wusste nicht, was er sagen sollte, daher berührte er Cait behutsam am Unterarm, woraufhin sie den Kopf hob.

»Ist schon gut. Es war nicht nett, dass du mich angegriffen hast, aber ich vermute, du hast etwas falsch verstanden.«

»Ich dachte, du hättest … zerstört meine Siedlung. Seist schuld daran, dass ich hier. Vielleicht zorniger Gott.«

»Ein – Gott?«, stammelte Andrew und schmunzelte dann. »Mit einem Gott hat mich noch niemand verglichen.«

Er betrachtete Cait, doch der Frau schien es ernst zu sein. Kurz flammte der Gedanke in ihm auf, Maeve könnte mit ihrer Vermutung recht haben, aber sogleich schob er diese Erklärung beiseite, denn sie war lächerlich und sicher nur der Fantasie einer alten Frau entsprungen, der die Einsamkeit der Orkneys zu arg zugesetzt hatte. Es musste eine andere Erklärung geben.

Andrew fiel auf, wie sehr Cait sich verändert hatte. Ihr Haar glänzte nun in einem hellen Braunton, in den modernen Klamotten sah sie recht hübsch aus und ihre Haut war von der Sonne leicht gebräunt.

Noch immer musterte sie ihn abwartend. Schließlich rang Andrew sich ein Lächeln ab. »Ich verzeihe dir.«

Cait senkte ihr Kinn, führte die rechte Hand an die Stirn und sprach: »Frieden soll zwischen uns herrschen.« Damit nahm sie ihren Korb und ging davon. So als wäre sie völlig allein auf der Welt, begann sie, die Algen zu zerrupfen und auf die Gemüsebeete zu verteilen. Dabei murmelte sie fremde Worte vor sich hin, summte hier und da eine Melodie und legte immer wieder beide Handflächen auf die Erde.

Verdutzt beobachtete Andrew dieses Schauspiel.

»Glauben Sie es oder nicht, Andrew, seitdem Cait diese Rituale durchführt, wächst mein Gemüse so gut, dass ich es sogar an der Straße verkaufe. Sonst hat es kaum für mich selbst gereicht.«

»Was tut sie denn?«

»Sie bittet die Geister der Erde und die Göttin Anú, die wohl eine Erdgöttin ist, um eine gute Ernte. Die Erdgeister, die des Regens und des Windes, sollen dazu beitragen, dass alles richtig wächst. So in der Art hat sie es mir erklärt, sofern ich das alles richtig verstanden habe.«

Andrew konnte nur den Kopf schütteln über dieses befremdliche Verhalten. Noch mehr verwunderte ihn allerdings, dass Cait in den wenigen Monaten so gut sprechen gelernt hatte. Gewiss, ihre Sätze waren holprig und teilweise unvollständig, zudem hatte sie einen harten Akzent, doch sie konnte sich verständlich machen.

»Wie haben Sie sie dazu gebracht, unsere Sprache zu sprechen?«, fragte er daher Maeve.

»Ich habe ihr jeden Abend von mir oder den Orkneys oder einfach irgendwelche Geschichten erzählt«, erklärte Maeve. »Sie hört aufmerksam zu und hat zunächst einzelne Worte, später ganze Sätze wiederholt.«

»Unglaublich«, murmelte Andrew. »Was haben Sie denn jetzt mit ihr vor? Hat sich noch niemand über sie gewundert? Ich meine, sie hat weder Papiere noch eine Krankenversicherung und …«

»Das hat mir in der Tat bereits Kopfzerbrechen bereitet«, räumte Maeve ein. »Vor allem während der ersten Zeit war sie häufig krank, konnte kaum etwas bei sich behalten und ich habe mir Sorgen gemacht. Mehrfach war ich kurz davor, sie zum Arzt zu bringen.« Maeve blinzelte ihn an. »Dann kam ich darauf, dass sie einfach unser Essen nicht verträgt. Zu viel Zucker, zu viele Zusatzstoffe. Solange sie naturbelassene Produkte wie mein Gartengemüse isst, geht es ihr gut.«

»Okay, das mag alles sein – aber ganz ehrlich, Maeve – eine Zeitreisende?« Andrew schüttelte den Kopf. »So etwas gibt es doch nur im Kino!«

Die ältere Frau wiegte ihren Kopf bedächtig hin und her. »Auch ich musste mich erst an den Gedanken gewöhnen, nur spricht einfach zu viel dafür, als dass ich es als Spinnerei abtun könnte.«

»Und Cait denkt das auch?«

»Ich bin mir nicht sicher, ob sie das, was ich als Zeitreise ansehe, wirklich begreifen kann. Aber sie glaubt, ihre Götter haben ihr eine Prüfung auferlegt. Sie soll von uns lernen, um ihrem Volk zu berichten.«

»Und wie will sie wieder nach Hause kommen?«

»Sie wartet auf ein Zeichen der Götter. Regelmäßig geht sie zum Ring of Brodgar. Nur sagt sie, sie weiß nicht, ob es für sie möglich ist, nach Hause zu gehen, weil einige der mächtigen Steine fehlen. Das bereitet ihr Kopfzerbrechen und jagt ihr Angst ein.«

Gegen seinen Willen kam Andrew ins Grübeln. Angeblich hatte der Ring of Brodgar früher aus sehr viel mehr Megalithen bestanden. Was, wenn Cait tatsächlich aus jener Zeit stammte, in der die Steinkreise noch komplett gewesen und für Rituale genutzt worden waren? Dennoch – sein moderner Verstand wehrte sich dagegen.

»Cait!«, rief er die junge Frau zu sich, und nachdem sie bedächtig mit einer Hand über einen Busch gestreichelt hatte, kam sie zu ihm und blieb abwartend stehen.

»Wie bist du hierhergekommen?«

Sie runzelte die Stirn, dann drehte sie sich in Richtung des Ring of Brodgar.

»Am Tag, als ich von …«, sie murmelte ein fremdes Wort und sagte dann: »… den Steinweisen aufgenommen wurde, drehte sich die Welt. Dann war ich … hier. Alles ist anders … hier«, flüsterte sie.

»Steinweise? Sind das eine Art Druiden?«

Fragend runzelte sie ihre Stirn, dann hob sie ihre schmalen Schultern.

»Priester, Gelehrte, weise Männer«, sagte Andrew.

»Weise. Ja, das sind die Steinweisen. Sie lehren und lernen«, erklärte Cait.

»Und du hast tatsächlich früher hier gelebt, damals, als Skara Brae noch vollständig existierte, die Häuser noch bewohnt waren?« Andrew deutete in die Richtung, in der die Ruinen der jungsteinzeitlichen Siedlung lagen.

»Wir nennen es ›Siedlung an der Westbucht‹«, sagte sie verträumt.

»Das gibt es doch nicht!« Andrew fuhr sich mit den Händen über das Gesicht. »Aber nehmen wir an, Ihre Theorie ist richtig, Maeve«, meinte Andrew und hob sogleich beide Hände. »Ich meine wirklich, rein theoretisch! Wenn Skara Brae noch bewohnt war und die Steinkreise völlig erhalten, dann muss das vier- bis fünftausend Jahre her sein!«

Maeve nickte nur.

Andrew starrte die Frau an und in ihm kämpften Faszination und Abwehr miteinander. Einerseits hatte Maeve recht:

Caits Verhalten konnte man tatsächlich damit erklären, dass sie aus besagter Epoche stammte. Man konnte es aber auch damit erklären, dass sich hier jemand einen Scherz erlaubte und Cait eine gute Schauspielerin war. Andererseits, weshalb sollte sich jemand die Mühe machen, dieses Schauspiel mehrere Monate lang aufrechtzuerhalten und eine arme alte Frau an der Nase herumzuführen? Andrew rieb sich die Schläfen und schlug Maeves Angebot, zum Mittagessen zu bleiben, aus, denn er wollte irgendwo hin, wo er ein wenig über die Vergangenheit recherchieren konnte. Am liebsten hätte er mit Dianne gesprochen, doch da musste er noch warten.

»Ach, Maeve, kennen Sie zufällig jemanden, der Gelegenheitsjobs vergibt?«, wollte er wissen, bevor er ging.

»Was können Sie denn?«

Andrew hob die Schultern. »Ich kenne mich ganz gut mit Autos aus, gekellnert habe ich auch schon. Ein Job an der Kasse wäre auch okay, eigentlich bin ich für so ziemlich alles offen.«

»Wie sieht's handwerklich aus?«

»Auch da bin ich nicht ganz ungeschickt.«

Maeve brummte leise vor sich hin, dann wanderte ihr Blick zu einer der alten Scheunen. »Mein Dach müsste ausgebessert werden. Die Schindeln liegen schon da und die morschen Bretter an der Westseite gehören schon seit Ewigkeiten ausgetauscht.«

»Das könnte ich machen«, freute sich Andrew.

»Ich kann nur leider nicht viel zahlen. Aber Essen, die Möglichkeit, zu duschen und Wäsche zu waschen, ein trockenes Plätzchen in der Scheune – das könnte ich Ihnen anbieten. Mehr ist leider nicht drin.«

»Ich habe mein Zelt.« Andrew überlegte nicht lange. Den Zeltplatz zu sparen, sich waschen zu können und dafür ein wenig zu helfen, kam ihm ganz gelegen – so konnte er auch Cait genauer studieren. Er streckte eine Hand aus. »Abgemacht. Ist es okay, wenn ich morgen anfange?«

Maeve lachte leise auf. »Morgen, übermorgen, das ist mir gleich.«

Noch einmal sah er zu Cait hinüber, die sich wieder den Gemüsebeeten zugewandt hatte. Auf den ersten Blick wirkte sie wie eine ganz normale, hübsche junge Frau. Dennoch haftete ihr etwas Sonderbares an: Die Art, wie sie sich bewegte, wie sie sprach und wie sie die Welt wahrzunehmen schien, war so anders.

Schließlich wandte sich Andrew ab und ging beschwingten Schrittes zurück zu seinem Auto. Das würde sicher ein spannender Urlaub werden.

Da Andrew ein wenig über das Erlebte nachdenken und recherchieren wollte, fuhr er nach Skara Brae und setzte sich dort in das Café. So häufig war er schon hier gewesen, hatte die alten Gemäuer besichtigt, den Blick über die Bucht genossen. Heute sah er alles mit anderen Augen. Was, wenn Cait tatsächlich vor unvorstellbar langer Zeit hier gelebt haben sollte? Etwa 3200 bis 2500 vor Christus war diese Siedlung bewohnt gewesen. Welche Menschen hatten hier gelebt? Kopfschüttelnd suchte er im Internet nach Seiten über Zeitreisen. Es gab eine Fülle von Informationen zu dem Thema, vieles davon hielt Andrew für Humbug. Wissenschaftler hatten Experimente mit Lichtstrahlen durchgeführt, in der Quantenphysik schien das Zeitreisephänomen als nicht abwegig zu gelten und wieder andere betrachteten Zeit gar als eine Illusion des menschlichen Verstandes. Ein weiterer Bericht erzählte von einem Fund menschlicher Knochen, die eindeutig der Spezies Homo Sapiens zugeordnet werden konnten, deren Alter aber auf eine Zeit bestimmt wurde, die weit vor der Entstehung des ersten Menschen lag. Der Autor betrachtete dies zwar als Indiz für eine Zeitreise, doch einen Beweis, dass ein Mensch jemals durch die Zeit gereist war, fand Andrew nicht. Müde rieb er sich die Augen und trank den Rest seines Cappuccinos aus.

»Es muss eine andere Erklärung für Caits seltsames Verhalten geben«, murmelte er vor sich hin, wobei er einen Regenschauer beobachtete, der über die Klippen hinwegzog.

Gegen Abend fuhr Andrew zurück zu Maeves Anwesen. Die ältere Dame war damit beschäftigt, ihre Hühner zu füttern und winkte ihm fröhlich zu.

»Wo darf ich mein Zelt aufschlagen?«

»Wo Sie möchten. Wie gesagt, die Scheune können Sie auch gerne zum Schlafen benutzen.« Maeve deutete in den dunkler werdenden Himmel und Andrew war ganz froh, im Notfall eine Alternative zu haben. Sein Zelt war wetterfest, aber einem handfesten Orkneysturm würde es mit Sicherheit nicht standhalten.

Andrew entschied sich für ein ebenes Rasenstück unweit einer kleinen Mauer, die ihm zudem Schutz vor dem Westwind bieten würde. So hatte er es nicht allzu weit zur Scheune und das Haus konnte er ebenfalls mit wenigen Schritten erreichen, war jedoch trotzdem für sich. Leise vor sich hin pfeifend montierte er die Stäbe, schlug Heringe in den Boden und holte Isomatte, Schlafsack und einige Utensilien, die er im Zelt benötigen würde.

Nach einer Weile kam Maeve angeschlendert. »Es ist noch Eintopf da, falls Sie möchten. Wir haben allerdings schon gegessen.«

»Das wäre sehr nett. Wo ist denn Cait?«

Maeve seufzte leise. »Ich denke, sie ist wieder beim Ring of Brodgar. Häufig sitzt sie die ganze Nacht dort und hofft darauf, nach Hause zurückgeholt zu werden.«

»Hmm.« Andrew drehte sich in die Richtung des entfernten Steinkreises. »Hat sie eine Ahnung, wie das vonstattengehen soll?«

»Leider nicht. Soweit ich alles verstanden habe, war sie in ihrer Zeit nur eine Priesterschülerin, die gerade aufgenommen wurde, und weiß selbst nicht, wie alles gekommen ist.« Maeve schmunzelte. »Ich weiß, Andrew, es fällt Ihnen schwer, meine Theorie anzunehmen. Ich selbst habe eine ganze Weile gebraucht, um mich an den Gedanken zu gewöhnen.«

»Ich muss gestehen, ich bin zu sehr Realist, um an solch eine Geschichte glauben zu können.«

»Na, dann beginnen wir doch erst einmal mit einem handfesten Scotch Broth«, scherzte Maeve.

Der Eintopf stellte sich als sehr schmackhaft heraus. Andrew saß an dem kleinen Holztisch in Maeves Küche und besprach mit ihr, womit er am nächsten Tag beginnen sollte. Als sie fertig waren, war Cait noch immer nicht zurück. Langsam schlenderte Andrew durch die Dunkelheit zu seinem Zelt. Wolken jagten über den Nachthimmel, wobei sie den Glanz der Sterne, die zwischen ihnen hervor blitzten, nur noch hervorhoben. Hier oben auf den Inseln hatte Andrew immer das Gefühl, dem Himmel näher zu sein. Die Luft strömte klar und rein in seine Lungen. Die Orkneys waren schon ein ganz besonderer Ort – urtümlich, geheimnisvoll und mystisch.

Zufrieden kuschelte sich Andrew in seinen Schlafsack und war gespannt, was die folgenden Tage bringen würden.

In der Nacht hatte Andrew tief und traumlos geschlafen, daher fühlte er sich am nächsten Morgen ausgeruht und voller Tatendrang. Er zog sich Hose und einen dicken Wollpulli an, denn jetzt, um sieben Uhr früh, zeigte sich das Inselwetter von seiner kühlen Seite. Andrew ging ein paar Schritte durch das taunasse Gras, streckte sich und überlegte, ob er schon zu Maeves Cottage gehen oder besser noch ein wenig warten sollte. Ältere Leute waren häufig früh wach, aber verallgemeinern konnte man das auch nicht und er wollte Maeves Gastfreundschaft nicht überstrapazieren.

Gemächlich schlenderte Andrew über das Grundstück, betrachtete noch einmal das marode Dach der Scheune und schaute dann eher zufällig zum Meer. Er blinzelte zweimal, bis er glauben konnte, was er sah: Trotz der frischen Temperaturen kam Cait in diesem Moment splitternackt aus dem Wasser. Ohne jede Scheu streckte sie danach beide Arme gen Himmel, dann kniete sie sich nieder und verharrte so eine Weile. Unfähig, seine Augen abzuwenden, beobachtete Andrew die Szene. Die Frau erhob sich wieder, begann eine Art langsamen Tanz auf dem Gras auszuführen, wobei sie immer wieder Kopf und Handflächen gen Himmel reckte. Gute zwanzig Minuten lang führte Cait dieses Ritual oder was auch immer es war, aus, dann zog sie sich bedächtig an und hielt auf das Haus zu.

»Guten Morgen«, rief Andrew ihr zu.

Sie verharrte kurz, neigte den Kopf und antwortete: »Dieser Morgen ist wundervoll.«

»Ist es nicht ein wenig zu kalt, um im Meer zu baden?«, platzte Andrew heraus und errötete, als ihm bewusst wurde, dass er gerade zugegeben hatte, Cait beobachtet zu haben.

Doch die junge Frau wirkte überhaupt nicht verlegen oder gar wütend, sondern eher verwundert. »Ich ehre Kjell und Anú. Immer wenn Sonne kommt. Wenn Ravk Stürme und Regen schickt, verzichte ich auf … Reinigung im Meer.«

»Wer sind Kjell und Anú?«

Cait reckte stolz ihr Kinn nach vorne, wirkte dadurch aber auch ein wenig verärgert über Andrews Unwissen. »Kjell ist Gott des Meeres und Anú Göttin von Erde.« Nun legte sie ihren Kopf schief. »Oder ist dein Gott der, an den auch Menschen hier glauben?« Sie machte eine ausladende Handbewegung.

Andrew blies seine Wangen auf. »Ehrlich gesagt habe ich mich noch nie sonderlich mit Göttern befasst. Ich bin eigentlich nicht religiös.«

Zunächst glaubte er, Cait hätte ihn nicht verstanden, aber dann lächelte sie. »Viele Menschen hier haben seltsame Ansicht zum Leben, dem Land und den Elementen.« Liebevoll streichelte sie über eine Ranke, die an der alten Scheune wuchs. »Vielleicht haben meine Götter deshalb dieses Land verlassen und lassen mich nicht mehr nach Hause.«

Jetzt klang sie richtig traurig und Andrew überlegte, wie er sie trösten konnte.

»Cait, wo auch immer du herkommst …«

»Die Götter werden ihre Gründe haben«, unterbrach sie und Andrew beneidete sie ein wenig um dieses Vertrauen. Er an ihrer Stelle hätte sich bestimmt nicht auf eine ominöse Naturgottheit verlassen. Er wäre völlig durchgedreht. Cait schien der Glaube an ihre Götter jedoch tatsächlich Vertrauen zu geben und glauben zu lassen, dies sei alles eine Prüfung, die sie nur bestehen musste.

»Wenn du möchtest, kann ich mit dir zum Ring of Brodgar gehen«, bot er aus einem Impuls heraus an. »Ich habe zwar keine Ahnung, wie diese ganzen mystischen Dinge funktionieren«, räumte er ein, »aber du bist am gleichen Tag hier gelandet, an dem ich im Steinkreis war. Wer weiß, ob du nicht wieder nach Hause kannst, wenn wir beide uns dort aufhalten.«

Ich mache mich zum lächerlichsten Mann der Welt, sollte dies alles als groß angelegter Scherz auffliegen, dachte er sogleich.

Caits Augen jedoch begannen zu leuchten. »Ring of Brodgar«, sagte sie mit einer etwas eigentümlichen Betonung. »Der Kreis der Ahnen.« Zu Andrews Überraschung trat sie einen Schritt näher, legte ganz kurz ihre Stirn an seine Schulter und murmelte: »Ich danke dir für deine Hilfe.«

ZURÜCK

Die Arbeit an Maeves Scheune ging Andrew leicht von der Hand. Dank des gemäßigten Windes und nur weniger Schauer, die ihn ab und zu vom Dach trieben, kam er gut voran. Maeve versorgte ihn rührend mit Tee, Keksen und kleinen Snacks, so dass Andrew irgendwann scherzte, der Giebel würde zusammenbrechen, sofern Maeve nicht aufhörte ihn zu mästen. Während er marode Dachleisten ausbesserte und neue Ziegel auflegte, wurde Andrews Aufmerksamkeit während des Tages immer wieder auf Cait gelenkt. Sie arbeitete im Garten, grub Karotten und Rüben aus, kümmerte sich um die Kräuter und Blumen und versorgte die Tiere. Dabei ging sie sehr bedächtig vor. Noch niemals zuvor hatte Andrew jemanden erlebt, der so selbstvergessen in einer Tätigkeit aufging und die Welt um sich herum offenbar gar nicht bemerkte. Er selbst ertappte sich immer wieder dabei, wie seine Gedanken von seiner Arbeit abschweiften, wie er sein Smartphone auf Nachrichten checkte, wie er die Vor- und Nachteile eines eventuellen Studiums gegeneinander abwog oder über Dianne nachdachte, die inzwischen auch wieder auf der Insel war.

Ein solcher Gedankenwirrwarr schien Cait fremd zu sein. Was sie tat, tat sie mit allen Sinnen und sehr gewissenhaft, als gäbe es im Augenblick nichts, worüber sie grübeln musste – das war etwas, das Andrew faszinierte.

Während der Mittagspause – Cait hatte sich unter einem Busch auf dem Boden zusammengerollt und schlief, Maeves Hund Finn an ihrer Seite, sprach Andrew seine Gastgeberin darauf an.

»Ja, Cait hat eine ganz eigene Art an sich«, bestätigte Maeve schmunzelnd. »Ein paar meiner Bekannten, denen ich Cait als entfernte Verwandte aus dem Ostblock vorgestellt habe, halten sie für einen Sonderling, aber ich habe sie sehr lieb gewonnen – mal abgesehen davon, dass auch ich hier in der Gegend als Eigenbrötlerin gelte.«

»Ich finde Sie nicht eigenbrötlerisch«, widersprach Andrew.

Die ältere Dame wiegte bedächtig den Kopf, während sie Butter auf ihr selbst gebackenes Brot strich. »Das sehen viele anders«, murmelte sie und klang dabei ein wenig traurig. Vermutlich lebte sie schon lange allein, war einsam und freute sich deshalb so sehr über Caits Anwesenheit.

»Cait hat gesagt, Sie wollen sie zum Ring of Brodgar begleiten«, sagte Maeve. »Das finde ich sehr nett, wann wollt ihr denn los?«

Unschlüssig hob Andrew die Arme. »Ich denke, heute Nacht. Die seltsamen Begebenheiten haben in der Nacht stattgefunden, vielleicht sollten wir es deshalb zur gleichen Zeit versuchen.«

»Mag sein, dass auch der Mond einen Einfluss hat.«

»Sollen wir dann wieder bis zum Mond nach dem 1. Mai warten?«, hakte Andrew nach.

»Nein, nein, versucht es nur, es war lediglich eine Spekulation von mir.« Mit einem Ächzen stand Maeve auf. »Ach, und was ich schon lange sagen wollte«, sie streckte Andrew die Hand entgegen. »Lassen wir das alberne Sie. Wer auf meinem Grund wohnt, den zähle ich zu meinen Freunden.«

Nur zu gerne schlug Andrew ein, denn auch er mochte Maeve.

»Gut, dann werde ich mich jetzt dem Abwasch widmen.«

»Und ich verschwinde wieder aufs Dach.« Gesagt, getan, Andrew ging hinaus, schüttelte mit einem Grinsen im Gesicht den Kopf über Cait, die tief und fest schlief. Doch das war letztendlich kein Wunder, wenn sie sich jede Nacht am Ring of Brodgar um die Ohren schlug.

»Alles völlig verrückt«, sagte er zu der grauen Katze, die zu ihm kam und sich schnurrend an seinem Bein rieb.

Ein leises Signal aus seiner Hosentasche kündigte eine Nachricht an und als Andrew las, dass Dianne ihn morgen Abend in der Bar des Standing Stones Hotel treffen wollte, ging ihm die Arbeit noch einmal flotter von der Hand, denn er hatte etwas, worauf er sich freuen konnte.

Zum Abendessen servierte Maeve eine Hackfleischpastete und Andrew ließ sich dazu überreden, noch ein wenig mit den beiden Frauen fernzusehen. Cait saß auf dem Boden, eine Katze und Finn auf ihrem Schoß. Sichtlich fasziniert verfolgte sie eine Sendung, in der es sich um alte Burgen und Herrenhäuser drehte, die restauriert wurden. Ihre Stirn war vor Anstrengung gerunzelt und immer wieder formte ihr Mund stumme Worte.

»Cait hat auch viel durch das Fernsehen gelernt«, flüsterte Maeve. »Zunächst war ihr das Ding suspekt, aber nach und nach konnte sie sich dafür begeistern. Vor allem Dokumentationen sieht sie sich gerne an.«

Eine seltsame Frau, dachte Andrew. Jemand wie Cait war ihm noch niemals untergekommen, aber so eigenartig sie sich auch verhielt, auf eine gewisse Weise fesselte ihn ihre Andersartigkeit.

Nachdem die Dunkelheit vollständig hereingebrochen war, musste Andrew sich eingestehen, dass er lieber noch ein wenig in Maeves chaotisch-gemütlichem Wohnzimmer geblieben wäre oder sich in seinen Schlafsack gekuschelt hätte. Jetzt bei Nacht noch einmal zum Ring of Brodgar zu wandern, war für ihn wenig verlockend. Doch er wollte sein Wort nicht brechen. Er beobachtete, wie Cait sich in eine hellgraue Wolljacke wickelte, die viel zu groß für ihren zierlichen Körper war, dann deutete sie auf die Tür.

»Bist du bereit?«

Auch wenn er nicht wusste, ob dem so war, nickte er und trat mit ihr ins Freie. Eine steife Brise schlug ihnen entgegen und Andrew war froh über seine wind- und wasserdichte Regenjacke. Schweigend wanderten sie über das still daliegende Land.

»Ist dir kalt, möchtest du meine Jacke?«, erkundigte sich Andrew.

Doch Cait schüttelte den Kopf, ging mit den für sie typischen geschmeidigen Schritten neben ihm her und stolperte, im Gegensatz zu Andrew, nicht ein einziges Mal in der Dunkelheit.

»Sei bitte nicht enttäuscht, falls … nichts passiert«, bat er sie, als die Megalithen vor ihnen im Sternenlicht aufragten.

»Was geschieht, liegt nicht in unserer Hand«, flüsterte Cait mit einer Verbeugung in Richtung des Mondes. Anschließend legte sie Brot und Schafskäse am Eingang zum Steinkreis auf den Boden, sang einige Worte in einer fremden Sprache. Dann näherte sie sich gebeugten Hauptes und unter leisem Singsang dem Zentrum des Monuments. Eine Gänsehaut rann Andrews Rücken hinab, als Cait unter weiterem Gesang getrocknete Kräuter entzündete. Ein ätherischer Duft nach Harz und Lavendel stieg in die Lüfte und die junge Frau begann unvermittelt, bestimmte Schrittfolgen auszuführen, so als würde sie allein mit sich tanzen.

Während Andrew Cait eine Weile beobachtete, wurde ihm plötzlich übel. Er überlegte, ob es an Maeves Fleischpastete lag oder er sich eine Grippe eingefangen hatte. Dann wurde ihm auch noch schwindlig und mit einem Mal hatte Andrew den Eindruck, die Megalithen würden sich um ihn herum bewegen. Er schloss und öffnete seine Augen immer wieder, doch das Phänomen blieb. Es intensivierte sich sogar noch und er hatte das Gefühl, das Blut würde in seinen Adern zu kochen beginnen. An der Pastete konnte dies sicher nicht liegen.

»Cait«, krächzte er, denn sein Mund war knochentrocken. »Hör auf. Irgendetwas … geschieht.«

Doch die junge Frau schien ihn nicht zu hören, tanzte weiterhin bedächtig in Formationen, die nur sie kannte, und als er zu ihr torkelte und sie am Arm fasste, starrte sie völlig verdutzt zu ihm auf. »Die Steine …«

Ein Beben erschütterte den Boden. Cait blieb stocksteif stehen. Die Steine rasten nun in irrsinniger Geschwindigkeit um sie herum. Der Himmel hatte sich zugezogen. Dunkle Wolken, an deren Rändern Blitze zuckten, bedeckten das Firmament. Plötzlich hatte Andrew den Eindruck, von einem Strudel in die Tiefe gerissen zu werden. Ein Schrei entstieg seiner Kehle.

Unsanft knallte Andrew auf den Rücken und schnappte nach Luft, als ihm Regentropfen wie Geschosse auf das Gesicht prasselten.

»Scheiße!« Mühsam drehte er sich auf die Seite und schaute direkt in Caits weit aufgerissene Augen. »Mir ist … schlecht und in meinen Armen und Beinen kribbelt es, als hätte ich einen Stromschlag bekommen. Ruf einen Arzt!«

Langsam begann sich Andrew zu erinnern. Cait – sie hatte kein Handy, wusste nicht mal, wie man eines bediente. Die Steine, irgendetwas war geschehen. Das Kribbeln in seinen Gliedmaßen verschwand und Andrew richtete sich ein wenig auf.

Cait hatte sich indes ruckartig erhoben, riss nun die Arme gen Himmel und begann mitten im strömenden Regen um ihn herumzutanzen, während sie in einer fremden Sprache redete, lachte und jauchzte.

»Darf ich den Grund deiner Freude erfahren …« Er unterbrach sich selbst, denn jetzt bemerkte er, dass etwas anders war. Mal abgesehen von dem Unwetter befanden sich hier in der Mitte des Steinkreises ein Tisch und eine Feuerstelle, die zuvor nicht da gewesen waren. Irgendwer musste sich einen Spaß erlaubt und den Tisch hergebracht haben. Kurz überlegte er, ob es die Archäologen, vielleicht sogar unter Diannes Führung, sein mochten, die mit ihm spielten. Benommen erhob sich Andrew und wankte zu dem Tisch, um darauf zu klopfen. Er hatte Plastik erwartet, doch es war Stein. Und was war mit dem Wetter los? Eben waren sie noch unter den Sternen gewandert, jetzt prasselte Regen vom Himmel, der die Welt in eine Dunkelheit hüllte, die ihm fremd war. Und nun bemerkte er auch, dass der Boden anders war: ihn überzog Gras, kein Heidekraut!

»Ich bin zurück!«, rief Cait aus.

»Ach was, du willst mir jetzt aber nicht erzählen, ich wäre in der Steinzeit gelandet!«

Statt einer Antwort fasste sie ihn an der Hand – überraschend kräftig für ihre zierliche Statur – und zerrte ihn in die Richtung, in der die Ausgrabungsstätte, der Ness of Brodgar, lag. Durch Regen und Dunkelheit stolperte er Cait hinterher.

»Cait, was soll das denn …« Andrew blieben die Worte im Halse stecken, als er nach kurzer Zeit die schemenhaften Umrisse einer riesigen Mauer erspähte, die so hoch war, dass er sie trotz seiner Körpergröße nicht würde überblicken können.

»Die Heiligen Hallen«, flüsterte Cait ihm zu, verneigte sich und ging mit gebührendem Abstand zu der riesigen Mauer weiter.

»Das kann nicht sein!«, keuchte Andrew. Er blinzelte mehrfach, zwickte sich in den Unterarm, denn er war sich sicher, er konnte nur träumen. Die Mauer jedoch blieb. Für einen Augenblick hegte Andrew die Befürchtung, er würde den Verstand verlieren. Mit zitternden Knien stand er da, atmete tief durch.

Behutsam legte Cait ihre schmale Hand auf die seine und legte wieder ihren Kopf an seine Schulter. »Mein Dank ist bei dir«, sagte sie leise.

»Wunderbar!« Er fuhr sich über das Gesicht. »Wenn das hier nicht ein verfluchter Albtraum ist, dann bist du jetzt zwar zu Hause aber ich … schlappe fünftausend Jahre von meiner Heimat entfernt! Aber nein, was rede ich da!« Andrew fuhr sich mit beiden Händen durch die Haare und drehte sich im Kreis. »Das kann nicht sein! Wie soll ich denn fünftausend Jahre zurückgelegt haben?«, rief er.

Cait sagte nichts und er wusste auch nicht, ob sie begriff, was er da hervorgestoßen hatte, aber sie zupfte ihn an seiner feuchten Regenjacke. »Folge mir zum Dorf der Steinweisen. Es ist nicht weit. Sie sind alt und weise. Sie wissen, wie du nach Hause kommst.«

»Dein Optimismus in allen Ehren, aber ich glaube, ich dreh gleich durch!« Andrews Atem ging nur noch oberflächlich, dafür jedoch seltsam rasch. Während er wieder und wieder die Mauer betrachtete, nur um sicherzugehen, dass er nicht doch halluzinierte, rasten Tausende wirrer Gedanken durch seinen Kopf und er weigerte sich, auch nur einen Schritt zu tun, da er befürchtete, dann wäre alles wahr, und er tatsächlich in einer unfassbar lange zurückliegenden Epoche gelandet.

»Komm mit mir«, bat Cait noch einmal sanft.

Schließlich gab er ihrem Drängen nach, stolperte mit Cait durch diese regnerische und stürmische Nacht und als sie schließlich eine Ansammlung von runden Behausungen erreichten, befürchtete Andrew, tatsächlich den Verstand zu verlieren. Im strömenden Regen ließ er sich auf die Knie nieder und schüttelte den Kopf.

»Begleite mich. Dort leben die Steinweisenschüler und auch Lehrer.«

»Cait, das ist nicht wahr!« Andrew merkte selbst, wie verzweifelt er geklungen haben musste, und Cait beugte sich zu ihm hinab und strich ihm behutsam über die nassen Haare.

»Ich beschütze dich«, versprach sie, »niemand wird dir Leid antun.«

Ein hysterisches Lachen entstieg Andrews Kehle und wenn ihm bisher noch nicht der Gedanke gekommen war, dass er bald einer Horde keulenschwingender Steinzeitmenschen gegenüberstehen könnte, so huschten nun bedrohliche Bilder durch seinen Kopf.

Meine Eltern, sie werden sich fragen, wo ich abgeblieben bin. Maeve wird sich wundern, ihr Dach! Und Dianne – ich bin mit ihr verabredet! Ich … Andrew raufte sich die Haare, versuchte so die rasenden Gedanken in seinem Kopf zu beruhigen.

Schließlich sprang er auf und nahm seine Brille ab, die völlig vom Wasser verschmiert war. Wie sollte diese zarte Frau ihn vor irgendwelchen Wilden schützen? Er besaß nicht mal eine Waffe, die Menschen hier waren garantiert mit Messern, Speeren oder was auch immer ausgestattet. *Nein, hör auf, es ist nicht wahr!*, dachte er. »Es ist nicht wahr!«, schrie er laut und drehte sich im Kreis.

»Ich muss zurück. Ich kann nicht zu deinen Leuten«, stieß er schließlich hervor. Er wandte sich ab und rannte los, in Richtung des Steinkreises von Brodgar. Unter seinen Füßen schmatzte die vom Regen durchtränkte Erde, Regen prasselte in sein Gesicht, doch Andrew rannte weiter, wollte laufen, da er befürchtete, sonst völlig wahnsinnig zu werden.

Wieselflink war ihm Cait hinterhergerannt und packte ihn nun an der Jacke.

»Lass mich!«, schrie er und versuchte sich loszureißen. Ihm wurde plötzlich heiß und kalt, er fühlte, wie die Adern in seinem Hals pochten, als würden sie jeden Augenblick zerbersten.

»Du musst mir folgen! Nur die Weisen kennen den Weg«, beschwor ihn Cait.

»Du bist einmal hin und aus eigener Kraft wieder zurückgereist. Los, komm, wir versuchen es!«

Doch Cait ließ sich nicht von ihm mitziehen, sondern stemmte ihre Füße in den aufgeweichten Boden. »Ich will nicht dorthin. Du musst allein gehen. Frag Steinweise. Sie wissen Rat!«

»Du stures Ding«, schimpfte er. »Die machen mich kalt – oder opfern mich euren Göttern.«

»Niemand wird dich töten. Ich bin an deiner Seite«, verkündete sie, auch wenn ihre Stimme einen Hauch von Zweifel erahnen ließ. »Zunächst müssen wir andere Kleidung besorgen«, sagte sie.

Dem konnte Andrew nur zustimmen. In dieser Kluft würde man sich unter Garantie sofort auf sie stürzen und möglicherweise ohne Vorwarnung umbringen. Die Furcht kroch seine Kehle hinauf, mutierte wie ein Dämon, der seine Flügel ausbreitete, zu panischer Angst. Er zählte sich nicht unbedingt zu den ängstlichen Menschen, aber das hier war eine Ausnahmesituation und einer Gruppe kampferprobter Steinzeitjäger wäre er mehr oder weniger hilflos ausgeliefert.

»Hätte ich das gewusst, ich hätte mir eine Pistole besorgt«, murmelte er vor sich hin, doch nun war es zu spät und so schlich er Cait hinterher, die geduckt durch die runden Häuser aus Lehm und Steinen huschte.

»Warte«, hauchte sie ihm an einem der Häuser ins Ohr. »Hier schlafen Rufka und Erjen, sie haben einen festen Schlaf. Ich hole Kleider.«

Gesagt, getan, verschwand sie hinter der Fellplane und Andrew duckte sich in den fadenscheinigen Schutz des Daches aus Schilfgras und Heidekraut, von dem das Wasser in Strömen herabrann. Dort wartete er. Für Andrew begann eine Ewigkeit des Wartens, erneut schossen ihm unzählige Gedanken durch den Kopf. Es gab Menschen, die lebten – zumindest für eine gewisse Zeit – in mittelalterlichen Dörfern zusammen, um das Leben von damals nachzuempfinden. Vielleicht war es hier genauso und er und Cait waren da hineingeraten? Doch wenn es eine solche Dorfgemeinschaft auf den Orkneys gab, Andrew hätte sicher davon erfahren.

Endlich schlüpfte Cait wieder aus der Behausung heraus. Den Arm voller Kleidung bedeutete sie ihm, ihr zu folgen.

Platschend hasteten sie zu einem weiteren Haus. Cait steckte den Kopf durch die Häute am Eingang. »Komm mit mir.«

Andrew war froh, endlich im Trockenen zu sein. Hier drin war es stockdunkel, sehr eng und er musste den Kopf einziehen. Lediglich in der Mitte des Raumes konnte er sich vollständig aufrichten. Er hörte schabende Geräusche, dann züngelte eine kleine Flamme und es dauerte nicht lange, bis neben ihm ein Feuerchen prasselte, das den fensterlosen Innenraum der Rundbehausung allmählich erhellte. Gewissenhaft legte Cait nicht nur trockene Pflanzen nach, sondern auch kleine Brocken, bei denen es sich entweder um getrockneten Tierdung oder auch Torf handelte – vermutlich beides.

Völlig ohne Scheu entledigte sich Cait ihrer Kleider und er kam nicht umhin, zumindest kurz auf ihre festen Brüste zu schauen, auf die das Feuer bizarre Schatten warf. Cait war schön, dennoch glaubte Andrew sich immer noch wie in einem Albtraum gefangen.

»Für dich habe ich die Kleidung eines Jägers«, erklärte sie, während sie sich selbst ein helles Gewand überwarf, das ihr bis zu den Waden reichte und lange Ärmel besaß. Sie wickelte sich Stoffstreifen um die Beine und hob dann mit einem Seufzen ihre braunen Wanderschuhe in die Höhe. »Ich mag sie, aber hier kann ich sie nicht tragen.« Damit schlüpfte sie in lederne Bundschuhe, die mit Schnüren umwickelt und an den Beinschützern befestigt wurden.

Misstrauisch nahm Andrew eines der für ihn undefinierbaren Kleidungsstücke in die Hand. Das eine schien eine Art grob geschnittene Tunika zu sein, das andere ein breiter Lederstreifen.

»Wie ziehe ich das an?«

»Entkleide dich«, verlangte Cait.

Widerstrebend und mit einem Blick zur Tür entledigte sich Andrew seiner nassen Jacke. Den wärmenden Wollpullover zog er nur sehr ungern aus. Er schlüpfte in das weite Hemd, das ihm bis über den Oberschenkel reichte und ein wenig auf der Haut kratzte. Von seiner Jeans – selbst wenn sie nass war – mochte er sich gar nicht trennen, aber Cait machte auffordernde Gesten und half ihm dann, den Lederstreifen um seine Hüfte zu wickeln und mit einem festen Strick zu befestigen.

»Nun die Beinfelle. Schuhe konnte ich nicht finden.«

»Das ist nicht dein Ernst!« Empört deutete er auf den Lederfetzen um seine Hüfte. Er hatte zu besonderen Anlässen schon Kilts getragen und sich nicht einmal unwohl darin gefühlt, aber das Ding hier war unförmig und er kam sich vor wie eine Frau.

»Du siehst gut aus«, behauptete sie, kratzte sich dann jedoch an der Stirn und tippte auf seine Brille. »Dies solltest du abnehmen. Niemand kennt etwas Derartiges.«

»Dann stolpere ich durch die Gegend wie ein Maulwurf!«, empörte sich Andrew, und als Cait fragend die Stirn runzelte, erklärte er: »Ich brauche die Brille, um richtig sehen zu können.«

»Du musst ohne gehen. Bis ich erklärt habe, wo du herkommst – wo wir herkommen.«

»Na gut«, grummelte er, auch wenn er sich ohne seine Sehhilfe nackt und hilflos fühlte. Sorgfältig wickelte er seine anderen Sachen ein. »Wo können wir alles verstecken?«

»Ich kenne einen Ort. Lass uns den Morgen abwarten.« Cait ließ sich an einer der Wände nieder und Andrew tat es ihr gleich, wobei er seinen Blick schweifen ließ. In Vertiefungen in den Wänden waren einige Schalen oder Schüsseln, vermutlich aus Ton, zu erkennen. Ein paar Decken und Felle waren an der Wand aufgestapelt, zudem getrocknetes Heidekraut, kleine Holzstücke und auf einem Steinpodest erspähte er mehrere undefinierbare Werkzeuge. Kurz fragte er sich abermals, ob dies nicht doch ein Versuch war, in dem getestet wurde, wie sich Menschen verhielten, wenn sie glaubten in die Vergangenheit versetzt worden zu sein. Aber eine innere Stimme sagte ihm, dass dem nicht so war.

Im Augenblick jedoch war er zu erschöpft, um weiter darüber nachzudenken.

»Wozu benutzt ihr diesen Raum?«

»Hier machen wir Essen. Wir treffen uns zum Nähen oder machen Seile«, erklärte Cait.

»Wer kann mir helfen, nach Hause zu kommen?«

»Thua, sie ist erfahrene Steinweise, ich spreche mit ihr«, versicherte sie. »Halte dich aber fern von Mrak. Er ist vom Adlerclan. Und Brork …« Sie begann von den Menschen zu erzählen, die hier lebten, und Andrew bemühte sich, alles zu behalten. Er hatte Angst, sich völlig falsch zu verhalten, denn Caits Welt war ihm fremd, und auch wenn sie sich bemühte, ihm auf die Schnelle einige der kehlig klingenden Worte beizubringen, befürchtete er, seine unerwartete Abenteuerreise könnte ein schlimmes Ende nehmen, wenn er nicht sehr rasch in seine Zeit zurück kam.

VERPASSTE VERABREDUNG

Der Morgen graute früher als erwartet. Durch den Schlitz in der Tür drang ein wenig Helligkeit, als Andrew ein Geräusch vernahm. Es war Cait, die sich gerade erhob.

»Wenn Griah den Rand der Welt küsst und damit Anú ehrt, kehren die ältesten Steinweisen zurück.«

»Wer zum Teufel ist Griah?« Gereizt rieb sich Andrew die Schläfen. In seinem Kopf summte es wie in einem Bienenschwarm. Er hatte kaum geschlafen, stattdessen hatten ihn wirre Wachträume geplagt, in denen er zwischen riesigen Megalithen umhergerannt war.

»Der Sonnengott«, sagte Cait völlig selbstverständlich. »Anú ist unsere Erdmutter, der alles Leben entspringt. Komm, wir verstecken unsere Sachen.« Beschwingt ging Cait durch die Tür, Andrew folgte deutlich zögerlicher. Irgendwie hoffte er, alles wäre nur ein schlechter Traum gewesen und so spähte er nun ängstlich hinaus. Seine Hoffnung wurde enttäuscht. Im morgendlichen Zwielicht lagen da draußen noch immer die kleinen runden Häuser aus Stein und Lehm, die es so hier auf Orkney gar nicht geben durfte, wenigstens nicht in seiner Zeit. Andrew bemerkte, wie sein Herz heftig zu pochen begann, als Cait ihn an der Schulter fasste. »Schnell! Lass uns gehen!«

Sie zögerte nicht lange, ergriff seine Hand und zog ihn hinter sich her. Andrew folgte ihr, wobei er das Dorf misstrauisch betrachtete und sich vor seinem inneren Auge Horrorszenarien ausmalte, in denen es gleich vor Kriegern oder durchgeknallten Steinzeitpriestern wimmeln würde, die ihn opfern wollten. Doch noch war alles ruhig. Forschen Schrittes hielt Cait auf eine Ansammlung von Ginsterbüschen zu und versteckte ihre Kleidung unter einer Vertiefung in einem

Felsbrocken. Sie forderte Andrew auf, ihr seine Sachen zu geben. Nur ungern trennte er sich von dem Gewohnten.

»Und jetzt?« Andrew fühlte sich unwohl ohne seine Brille, denn die ihm ohnehin unbekannte Umgebung nahm nun leicht verschwommene Züge an. Zudem fror er in dem Hemd, das kaum Schutz vor der feuchten Kälte bot. Die Fellstreifen um seine Beine wärmten zwar, aber seine Füße waren nass und die Kälte kroch ihm in die Knochen

»Folge mir.«

Andrews Nerven waren zum Zerreißen gespannt, als er hinter Cait her eilte. Der Regen hatte nachgelassen, nur noch ein leichtes Nieseln benetzte den Boden. Andrews bloße Füße patschten leise auf dem feuchten Grund.

Nebelschleier tanzten wie Geister durch die Luft und verliehen der Szenerie etwas Unwirkliches. Hier und da brachen einzelne Sonnenstrahlen durch die Wolken und zauberten faszinierende Farbreflexe auf das Gras und das nahe Meer.

»Ich glaube das nicht«, grummelte Andrew vor sich hin. »Das ist doch alles ein schlechter Scherz!« Ironischerweise fühlte er sich gerade wie einer seiner oft gelangweilten Touristen während einer Führung, die einfach nur hofften, die Tour wäre gleich zu Ende. Eigentlich sollte er fasziniert sein, sollte sich mit Interesse den Geschehnissen zuwenden, die archäologisches Wissen bestätigten oder über den Haufen warfen. Doch die Tatsache, in einer anderen Epoche gelandet zu sein sowie sein körperliches Befinden, überschatteten alles und ließen keine Begeisterung aufkommen.

Als er auf einen spitzen Stein trat, fluchte er leise und hüpfte auf einem Bein herum.

Cait betrachtete ihn verwundert. »Warum tanzt du?«

Andrew winkte nur ab und spannte sich an, als er schätzungsweise dreißig Menschen bemerkte, die sich in dem Steinkreis befanden, den Andrew als die Standing Stones of Stenness kannte. Hier standen jedoch statt der bekannten vier Megalithen zwölf beeindruckende, mindestens sechs Meter hohe Felsen im Kreis. In der Mitte loderte ein kleines Feuer. Offensichtlich völlig in sich versunken schritten die Männer und Frauen im Kreis umher, entledigten sich dann beinahe synchron ihrer Kleider und wanderten unter Gesängen auf die nahe Küste zu, wo sie sich wuschen. Andrew beobachtete alles staunend aus der Ferne.

»Die Steinweisen! Wir zeigen Respekt und warten, bis Morgengruß zu Ende.«

Stumm nickte Andrew. So befremdlich dieses Ritual auch anmutete, so bemerkenswert war es. Er wurde gerade Zeuge einer Zeremonie, die vielleicht fünftausend Jahre vor seiner Geburt durchgeführt wurde – unvorstellbar! Wieder einmal wurde ihm schwindlig.

»Macht ihr das jeden Tag?«, flüsterte er heiser.

»Selbstverständlich. Wir begrüßen den Tag, danken den Göttern für Sonne, Regen und Wind und ihren Schutz.«

»Unglaublich«, murmelte Andrew. Er kam nicht umhin, darüber nachzudenken, dass die Menschen seiner Zeit viele Dinge als selbstverständlich hinnahmen, denen Cait und ihr Volk große Bedeutung zuschrieben oder die für sie heilig waren.

Gerade kehrten die Steinweisen zurück; splitternackt und völlig ohne Scheu bewegten sich die Menschen wieder auf den Steinkreis zu. Auch ohne Brille konnte Andrew erkennen, dass die meisten eher jung waren, ihre Körper größtenteils durchtrainiert und schlank. Bei einigen wenigen erkannte er ein deutlich höheres Alter.

»Wer ist Thua?«, wollte er von Cait wissen. Diese bewegte sich nun langsam auf die Steinweisen zu.

Sie deutete auf eine hochgewachsene, drahtige Frau, deren graues Haar ihr in dünnen Strähnen bis weit über die Schultern hing.

Gespannt versuchte Andrew auf der Grundlage des Wenigen, das Cait ihm erzählt hatte, auch den anderen Personen Namen zuzuordnen, doch außer dem auffällig verhutzelten Mann, den er für den Steinweisen Mrak vom Adlerclan hielt, konnte er niemanden mit Gewissheit benennen.

»Bleib hinter mir.« Andrew merkte Cait ihre Unsicherheit an, als sie langsam auf diese sogenannten Steinweisen zugingen, die sich nun ankleideten. Er konnte es nicht fassen, gleich Menschen gegenüberzutreten, die beinahe fünftausend Jahre vor ihm gelebt hatten. Was hätte er in seiner Zeit dafür gegeben, dies erleben zu können, was würde er jetzt dafür geben, es nicht erleben zu müssen.

Eine junge Frau, die nun wieder ein langes Gewand aus hellem Stoff trug, bemerkte sie zuerst und deutete zu ihnen herüber. Zunächst schienen die Steinweisen nicht allzu aufgeregt, doch dann vernahm Andrew überraschte Rufe.

»Caitir!«

Die Männer und Frauen kamen näher, drängten sich zu einer Gruppe zusammen, und die Frau, die Cait als Thua benannt hatte, trat als Erste vor. Sie blieb vor der kleineren Cait stehen, betrachtete sie stumm, dann neigte sie ihr graues Haupt und begann in ihrer kehligen Sprache auf Cait einzureden.

Cait hielt den Kopf gesenkt und antwortete erst, nachdem Thua fertig war. Dann redete sie mit großen Gesten, deutete auf die Megalithen, in Richtung des Ring of Brodgar und schließlich auch auf Andrew. Die Steinweisen schwiegen und betrachteten ihn mit großen Augen. Andrew schluckte, ihm wurde mulmig zumute.

Die Tatsache, dass diese Menschen hier keine Waffen trugen, beruhigte ihn ein klein wenig, andererseits wusste man nie, ob nicht irgendjemand ein Messer unter den Kleidungsstücken verbarg.

Der alte Mann mit dem runzeligen Gesicht und den tief liegenden Augen, den Andrew für Mrak hielt, trat nach vorne.

»Das ist Mrak«, bestätigte Cait seine Vermutung.

Mit heiserer Stimme redete Mrak auf Cait ein.

Wie gebannt blickte Andrew auf die Federn und die Knochen – es schienen tatsächlich Fingerknochen zu sein – die sich der alte Mann in den langen Bart geflochten hatte.

Andrew hatte keine Ahnung, wovon der Alte sprach, es entging ihm aber nicht, das Cait ihre Stirn runzelte und ihre Fäuste ballte. Schließlich stieß sie ihre Antwort kurz und knapp hervor. Getuschel brach unter den Steinweisen aus und Andrew hätte zu gerne gewusst, worüber sie sich unterhielten.

Sichtlich erbost fuchtelte Mrak in den Himmel, Thua schien dagegen zu argumentieren, denn die beiden blitzten sich an.

Unruhig trat Andrew von einem Fuß auf den anderen. Mittlerweile fror er wirklich und wünschte sich Schuhe und ein trockenes Dach über dem Kopf und endlich nach Hause zu kommen.

»Was ist denn jetzt?«, zischte er Cait zu. Die Steinweisen schienen ihn gehört zu haben, denn sie verstummten schlagartig und musterten ihn allesamt. Thua machte eine auffordernde Geste, die Andrew nicht verstand.

»Du sollst erzählen, woher du kommst«, übersetzte Cait schließlich.

»Ich kann eure Sprache nicht«, erinnerte er sie.

»In deinen Worten. Die Steinweisen möchten deine Stimme hören.«

Andrew zögerte kurz, dann hob er ergeben seine Arme gen Himmel. »Okay. Ich komme aus der Zukunft, vermutlich schlappe fünftausend Jahre von heute entfernt. Ich will euch keinen Ärger machen, sondern einfach nur nach Hause zurück.«

Staunend betrachteten ihn Thua, Mrak und die Steinweisenschüler.

»Ich weiß, ihr versteht keinen Ton von dem, was ich sage«, seufzte er.

Erneut begann Thua zu sprechen und Cait antwortete ihr. Die alte Frau trat ganz dicht an Andrew heran. Sie berührte ihn an den Armen, legte gar eine Hand auf seine Wange, woraufhin er zurückzuckte. Doch abermals fasste sie ihn an, ihre grauen Haare umrahmten das von Wind und Wetter gezeichnete, schmale Gesicht der Frau. Ihre Augen bohrten sich in ihn, wirkten klar wie das Meer im Winter, wenn der Wind still war. Schließlich sprach sie zu ihm, dem Klang nach handelte es sich um eine Frage.

»Sie möchte wissen, weshalb die Götter dich … geschickt haben.«

Andrew zuckte mit den Schultern. »Woher soll ich das wissen, verdammt«, brauste er auf, wobei die Reaktion seiner Angst geschuldet war. »Mal abgesehen davon kann ich mir nicht vorstellen, dass ein Gott für dieses Chaos verantwortlich ist«, sagte er in etwas ruhigerem Ton.

Cait runzelte ihre Stirn. »Die Steinweisen sagen, Ravk ist wütend. Er hat schwere Stürme und Regen über sie gebracht. Mehr Regen als sonst. Alles war aus den Fugen geraten bis jetzt. Jetzt hat sich das Wetter beruhigt. Die Weisen sagen, ist gutes Zeichen.«

»Ich will nach Hause!« Andrew beugte sich zu der einen guten Kopf kleineren Thua hinab, dann deutete er in Richtung des Ring of Brodgar. »Ich will nach Hause, in meine Zeit«, sagte er langsam und deutlich.

Nachdem Cait übersetzt hatte, nickte die Steinweise und drehte sich zu Mrak und den anderen um.

»Sie beraten sich. Und sie wollen alles darüber wissen, wie es in deiner Zeit aussieht, wie man dort lebt.«

»Ja, von mir aus.« Andrew verschränkte die Arme vor der Brust. »Könnten sie das in einem Haus besprechen? Mir frieren gleich die Füße ab.«

Statt zu antworten, ging Cait zu einem der jüngeren Steinweisen. Er trug einen Umhang aus bräunlichem Fell, Kinn und Wangen bedeckten, im Gegensatz zu den übrigen Männern hier, nur ein leichter Flaum. Aus wachen, blauen Augen blickte der junge Mann abwechselnd Cait und Andrew an, legte dabei aber einen etwas freundlicheren Gesichtsausdruck an den Tag als die anderen. Cait sprach kurz mit ihm, woraufhin er Andrew zunickte, ehe er sich in Richtung der Behausungen entfernte.

»Jokh holt Schuhe für dich.«

»Wenigstens etwas.« Ungeduldig wartete Andrew darauf, dass die Steinweisen ihre Diskussion, Beratung, oder worum auch immer es sich handelte, beendeten.

Auf eine Geste und einige harsche Worte von Mrak hin entfernten sich zwei blonde, junge Steinweise und gingen zu der Feuerstelle, wo sie einen tönernen Topf seitlich über die Glut stellten und zu kochen begannen. Die übrigen Steinweisen redeten weiterhin, wobei Andrew auffiel, dass nun auch die jungen Leute sprechen durften. Immer wieder wurde auf ihn gedeutet, was ihm unangenehm war, denn er verstand ja nicht, was sie sagten. Zudem fiel ihm auf, dass die Menschen hier ihn aus klareren und wacheren Augen betrachteten, als er es von zu Hause kannte. Es war, als würden sie irgendwie mehr erkennen, wodurch er sich wiederum nackt fühlte. Das beunruhigte ihn noch mehr.

Beeilt euch, dachte Andrew, denn sein Unbehagen wuchs mit jeder Minute und er hatte das Gefühl, statt Füßen zwei

Eisklötze an den Beinen zu haben. Die Steinweisen redeten wild durcheinander und wandten sich auch immer wieder an Cait, die bewundernswert ruhig blieb – andererseits war sie ja, im Gegensatz zu Andrew, auch wieder in ihrer Heimat, wusste, wie sie mit diesen seltsamen Menschen umgehen und wie sie sich verhalten sollte. Für Andrew hingegen stellte sich alles höchst bedrohlich dar und er fühlte sich der Willkür der Steinweisen hilflos ausgeliefert. Wenigstens zeigten sie im Augenblick keine offene Aggression ihm gegenüber.

Schließlich stieß Thua einige gutturale Laute hervor und die Steinweisen gingen zum Feuer. Dort schöpfte nun jemand aus dem dampfenden Kessel und füllte drei Steinschalen, die zunächst den Ältesten gereicht wurden, die, nachdem sie gegessen hatten, die Schalen an die jüngeren Leute weitergaben.

Andrew schluckte. »Na toll«, brummte er missmutig vor sich hin. Er war hungrig, aber diese ungewohnte Form des Teilens missfiel ihm. »Was haben sie denn jetzt entschieden?«, wollte er von Cait wissen.

Die junge Frau starrte gerade auf Mraks Rücken und zuckte leicht zusammen, bevor sie sich zu ihm umdrehte. »Noch gar nichts. Sie stärken sich. Anschließend machen sie am Kreis der Ahnen ein Ritual. Sie ergründen den Willen der Götter.«

Andrew verdrehte die Augen. »Schön und gut, aber *mein* Wille ist es, nach Hause zu gehen!«

Cait musterte ihn eine Weile unverwandt. »Nicht der Wille des Einzelnen zählt. Wir müssen zum Wohle des großen Ganzen handeln.«

»Des großen Ganzen!« Andrew seufzte und schüttelte den Kopf. »Was soll das bitte sein? Wir stecken hier in einem riesen Schlamassel. Ich gehöre nicht hierher. Also sollen sie mich bitte …« Er fuchtelte in der Luft herum. »Zurückzaubern, zurückbeten oder was auch immer!«

Sichtlich verwirrt von seinem Gefühlsausbruch trat Cait einen Schritt zurück und zwei der männlichen Steinweisen kamen tuschelnd näher. Fühlten sie sich bedroht? Dachten sie vielleicht, er wolle Cait etwas antun? Beschwichtigend hob er seine Hände, denn die beiden legten einen finsteren Gesichtsausdruck an den Tag.

»Sag ihnen bitte, es ist alles in Ordnung«, bat Andrew.

»Ist es das?«

»Cait!«

Der Anflug eines Schmunzelns überzog ihr schmales Gesicht, dann drehte sie sich zu den Männern um und sprach auf sie ein.

Nach einigen kehligen Lauten und kurzem Gemurmel entfernten sich die Steinweisen wieder. Andrew atmete auf. Kurz darauf näherte sich Jokh im Laufschritt und hielt Andrew zwei Lumpen hin, auf denen Moos und einige Lederschnüre lagen. Er sagte etwas und nickte zufrieden, als Andrew die Sachen an sich nahm.

»Deine Schuhe«, erklärte Cait überflüssigerweise.

»Jetzt müsste ich nur noch wissen, wie man sie anlegt.« Andrew setzte sich auf einen kniehohen Felsen und mühte sich mit dem ungewohnten Schuhwerk ab. Erst als Cait ihm gezeigt hatte, wie man seine Füße am besten in dem Leder positionierte, und das Moos, das dazu dienen sollte, Feuchtigkeit aufzunehmen, richtig drapiert hatte, konnte er den zweiten Schuh selbst befestigen. Cait war ihm auch mit den Schnüren behilflich. Nach kurzer Zeit spürte er seine Zehen wieder und nahm die Schüssel an, die Jokh ihm reichte.

Nachdem er sich überwunden hatte, davon zu trinken, musste er zugeben, dass ihm diese Suppe durchaus mundete und seine Lebensgeister zurückbrachte. Was genau sie enthielt, ließ sich nicht sagen, aber er glaubte, Kräuter, Algen und eine leichte Fischnote herauszuschmecken. Bald hatten sich alle gestärkt und die Steinweisen schritten unter leisem Gemurmel in Richtung des Ausgangs des Steinkreises. Dabei verneigten sie sich, manche legten auch etwas auf den Boden – vermutlich Opfergaben.

»Und jetzt?«, wollte Andrew ungeduldig wissen.

»Thua und die älteren Steinweisen ziehen sich zurück. Sie befragen die Götter.«

Andrew verdrehte die Augen, denn wer wusste schon, wie lange das dauern konnte.

»Lass uns den anderen zur Siedlung folgen«, schlug Cait vor und ließ sich von Jokh in ein Gespräch verwickeln, bei dem der junge Mann immer wieder fragende Blicke auf

Andrew warf. Er vermutete, dass die beiden über Caits Aufenthalt in der anderen Zeit sprachen.

»Ich wünschte, ich könnte ihre Sprache verstehen«, murmelte Andrew und bemühte sich nun, einzelne Worte herauszuhören. Nur leider war ihm dies trotz Caits Crashkurs in Steinzeitsprache nicht möglich. Er konnte keinerlei Zusammenhang in den harsch hervorgestoßenen Lauten erkennen. Lediglich die Namen Caitir, Jokh und Andrew konnte er vernehmen. Im Dorf angekommen quetschten sich die drei in jene Hütte, in der sie die Nacht verbracht hatten. Bereits zehn junge Steinweise – vielleicht waren es auch Schüler – hatten sich dort versammelt, tranken etwas ähnliches wie Tee und tuschelten miteinander.

Wieder kam sich Andrew vor wie ein Tier im Zoo und er lehnte sich mit verschränkten Armen an die Wand.

Wo war er hier nur gelandet? Alles war so fremd für ihn und das erste Mal glaubte er zu erahnen, wie sich Cait damals bei Maeve gefühlt haben musste. Er hatte sie für eine Irre gehalten und nun befand er sich in einer ganz ähnlichen Situation wie sie. Hielten ihn diese mit Fellen und Lederfetzen bekleideten Menschen ebenfalls für einen Verrückten? Er betrachtete alle Anwesenden aufs Genaueste. Allesamt waren sie deutlich kleiner als er. Der größte Mann mochte knapp eins siebzig groß sein, sein Körperbau war, so wie bei den meisten, kräftig mit ausgeprägter Schultermuskulatur. Die Frauen hatten etwa Caits Größe und waren ebenso schlank wie sie. Fettleibigkeit schien in dieser Zeit unbekannt, was Andrew auch nicht wirklich wunderte. Sicher waren Nahrungsmittel knapp und man musste hart um sein tägliches Brot kämpfen. Interessant war es allemal, diese Menschen zu beobachten. In Andrews Vorstellung hatten Steinzeitmenschen ganz anders ausgesehen. Es mochte naiv sein und jetzt schämte er sich beinahe dafür, aber insgeheim hatte er sich neandertalerartige Wesen vorgestellt, die Tieren nicht unähnlich waren und wahllos über ihre Frauen herfielen. Doch diese Menschen verhielten sich zumindest momentan zivilisiert, zeigten sehr ähnliche Gesichtszüge wie die Menschen aus Andrews Zeit, und auch wenn ihre Haare größtenteils verfilzt waren und sie Knochen, Federn, Gräser und sonstigen Schmuck darin trugen, kamen ihm die jungen Steinweisen doch überraschend normal vor.

»Wenn Dianne das sehen könnte«, murmelte Andrew vor sich hin und ignorierte das Getuschel und die Seitenblicke von zwei jungen Mädchen.

Ungeduldig trommelte Dianne MacLean mit ihren Fingern auf die Holztheke des Tresens im Standing Stones Hotel. Schon seit einer halben Stunde ließ Andrew auf sich warten und der Zeiger der Uhr wanderte in Richtung neun Uhr abends.

Sie hatte versucht ihn anzurufen, hatte ihm eine Nachricht hinterlassen, aber er hielt es offenbar nicht für nötig, sich zu melden. Andererseits musste sie ihm zugutehalten, dass das Mobilfunknetz auf den Orkneys eine Katastrophe war. Vielleicht war er verhindert oder hatte schlicht und einfach keinen Empfang.

»Kann ich dir nen Drink ausgeben?«, vernahm sie eine lallende Stimme und eine Wolke aus abgestandenem Ale und Fisch schlug ihr entgegen.

Dianne rümpfte ihre Nase und drehte sich mit einem unverbindlichen Lächeln um. »Nein danke, ich bin verabredet«, sagte sie freundlich, aber bestimmt.

Mit einem enttäuschten Seufzen torkelte der Fischer weiter und stellte sich neben einen kräftigen Mann mit Rauschebart. Die beiden begannen ein lautstarkes Gespräch über den Fischfang und das schlechte Wetter. Tatsächlich peitschten seit dem frühen Morgen heftige Stürme über die Inseln. Ob morgen Ausgrabungen stattfinden konnten, war eher fraglich, denn es schüttete wie aus Eimern.

Um sich abzulenken, beobachtete Dianne die anderen Barbesucher. Überwiegend handelte es sich um Hotelgäste, aber auch ein paar Einheimische verbrachten ihren Feierabend bei Bier, Whisky oder einem anderen Getränk. Dennoch waren noch einige Tische in der Bar frei, ein eindeutiges Zeichen dafür, dass sich die Touristensaison dem Ende zuneigte. Ohne Busreisende, die Touristen mit Leihautos und die vielen Backpacker würden die Orkneys spätestens

Ende Oktober wie leer gefegt sein. Dianne mochte beides – sowohl die Betriebsamkeit des Sommers, Gespräche mit Menschen aus aller Herren Länder, aber auch die dunkle, ruhige und besinnliche Zeit des Winters, wenn man es sich nach der Arbeit am Kamin mit einer Tasse Tee gemütlich machte und dem Wind und dem Regen lauschte. Sie würde die nächsten Monate auf den Inseln verbringen, die Funde des Sommers auswerten und katalogisieren, und die eine oder andere Vorlesung an der Universität halten. Bei Onkel und Tante hatte sie ein gemütliches Zimmer mit eigenem Bad und wunderbarem Blick über die grünen Weiden der Farm. Dianne freute sich darauf.

»Eigentlich wollte ich dich mal mit auf die Farm nehmen, Andrew«, sagte sie ärgerlich zu sich selbst, starrte ihr Mobiltelefon an und fragte sich, wo ihre Verabredung abgeblieben war. Mittlerweile spürte sie Ärger in sich aufsteigen und sie gestand sich ein, dass sie in letzter Zeit häufiger an Andrew gedacht und sich auf das Treffen mit ihm gefreut hatte. Umso größer war nun ihre Enttäuschung, als er nicht auftauchte.

»Verflucht, Cait, wann tauchen denn deine Steinweisen endlich wieder auf?«, fragte Andrew, denn mittlerweile leuchteten die ersten Sterne am Himmel. Er war Cait und den anderen jungen Weisen und Schülern nach draußen gefolgt und hatte ihnen dabei geholfen, ein Feld von Steinen zu befreien – ihre Aufgabe des Tages und eine verdammt mühselige Arbeit. Andrew hatte diese Tätigkeit angenommen, um sich irgendwie von seiner misslichen Lage abzulenken. Nun waren seine Hände schmutzig und zerschunden und er hatte das Gefühl, es lagen noch immer sehr viel mehr Felsbrocken im Feld als draußen am Ackersaum.

»Sobald die Götter antworten«, sagte Cait einfach.

»Und wie lange kann das dauern?«

Unschlüssig hob sie ihre schmalen Schultern.

»Ich will nach Hause!«, betonte er noch einmal. *Mal abgesehen davon war ich mit Dianne verabredet und die wird sich über mein Verschwinden sicher schon wundern!*

Das verpasste Treffen ärgerte ihn, vor allem, da er keinerlei Möglichkeit gehabt hatte, ihr abzusagen. Ein leicht hysterisches Lachen entstieg seiner Kehle als er sich vorstellte, was sie sagen würde, wenn er eines Tages mit der absurden Ausrede ankäme, er wäre versehentlich in der Jungsteinzeit gelandet.

»Was belustigt dich?«, wollte Cait wissen. Mittlerweile hatten sie die Siedlung erreicht und die jungen Leute verteilten sich in die einzelnen Häuser.

Andrew winkte gereizt ab. »Was passiert jetzt?«

»Wir stärken uns und begrüßen anschließend die Mondgöttin im Kreis der Schüler.«

»Können wir nicht einfach gemeinsam zum Ring of Brodgar gehen? Wir stellen uns beide zwischen die Steine – vielleicht komme ich ja so wieder nach Hause. Es hat schon einmal funktioniert, vielleicht auch ein zweites Mal.«

»Die ältesten Steinweisen strafen mich, wenn ich ihre Wünsche missachte«, entgegnete Cait bestimmt. Sie warf Andrew einen kurzen Seitenblick zu. »Was sie mit dir machen würden, weiß ich nicht. Wir müssen beide ihre Entscheidung abwarten.«

Ergeben schlurfte Andrew Cait hinterher. Draußen reichte eine junge Frau den anderen geräucherten Fisch, aus einem Krug konnte jeder Wasser schöpfen, und irgendjemand ging mit einem Kessel vorbei, in dem sich eine grünliche Masse befand, die wie ein Brei aus gekochten Algen aussah. Andrew verzichtete lieber darauf und blieb beim Fisch. Anschließend begaben sich weise Männer und Frauen in einem langen Zug zum Kreis der Schüler, bei dem es sich für Andrew um die Stones of Stenness handelte. Dort schritten die Menschen, Cait eingeschlossen, in langsamen Formationen von Stein zu Stein und Andrew beobachtete sie fasziniert. Sie führten ihr Abendritual äußerst gewissenhaft aus, obwohl sie es mit Sicherheit schon viele Hundert Male in ihrem Leben durchgeführt hatten. Wolken jagten über den Himmel, dennoch konnte Andrew den Mond erkennen, der immer wieder hervorblitzte. Dabei fragte er sich, wie es war, so fest an eine Göttin zu glauben, die den Mond bewohnte.

Das Abendritual mochte eine gute halbe Stunde dauern, bevor die Steinweisen zurück zu ihrem Dorf gingen, wo sie in ihren Häusern verschwanden. Cait schob nun auch Andrew sanft in eines von ihnen. Dort saßen bereits fünf Frauen und drei Männer ums Feuer in der Mitte des Raumes. Sie waren damit beschäftigt, Pfeile herzustellen oder Seile aus Heidekraut zu knüpfen. Cait gesellte sich hinzu und reichte Andrew ganz selbstverständlich einen fingerdicken Stock und ein kleines Steinmesser.

»Ich habe noch nie einen Pfeil hergestellt«, flüsterte er ihr zu.

Verdutzt runzelte sie ihre Stirn, dann hob sie eine ihrer schmalen Augenbrauen. »Sieh mir zu und lerne! Es ist leicht.« Behände begann sie, den Ast von seiner Rinde zu befreien und Andrew bemühte sich, es ihr gleichzutun. Es ärgerte ihn, dass er sich mit dem kleinen Messer so ungeschickt anstellte. Immer wieder glitt das Werkzeug ab und einmal ritzte er sich die linke Hand auf.

»Ja, ja, lach du nur«, motzte er einen jungen Steinweisen an, der das Mädchen neben sich grinsend in die Seite stieß. »Ich möchte dich mal sehen, wenn du ein Smartphone oder einen Computer bedienst.«

Das wiederum belustigte Cait. Kichernd schaute sie den jungen Mann an, der sichtlich irritiert war und eine wütende Miene zog, als Cait unter Geglucks übersetzte. Die beiden unterhielten sich rege, wobei Cait sehr um Erklärungen bemüht war. Sie ritzte sogar das leidlich erkennbare Bild eines Computers in die Erde, das der junge Mann jedoch nur verständnislos anstarrte. Schließlich stand er auf und verließ unter wütenden Gesten den Raum.

»Was hat er denn?«, erkundigte sich Andrew.

Cait seufzte. »Er denkt, ich verspotte ihn. Er behauptet, es kann nicht solch einen Kasten geben, der so viel Wissen in sich speichert und mit dessen Hilfe man mit entfernten Menschen sprechen kann.«

Die Reaktion des Steinweisen wunderte Andrew überhaupt nicht, zu abstrakt mussten moderne Dinge wie Computer für einen Menschen aus dieser Epoche anmuten.

»Wie war es für dich, Computer und Fernsehen kennenzulernen?«

Cait hielt mit ihrer Arbeit inne, schlang die Arme um ihre Knie und erzählte, wie fremd alles für sie zunächst gewesen war, dass ihr so manches Angst gemacht und sie verwirrt hatte, und wie sie langsam aber sicher auch ein gewisse Faszination für das geballte Wissen entwickelt hatte, das in Andrews Zeitlinie verfügbar war.

»Anfangs hielt ich Maeve für eine Steinweise«, gestand Cait ein. »Sie wusste um Dinge, von denen ich keine Ahnung hatte. Doch fand ich heraus, dass Maeve zwar klug ist, aber nicht außergewöhnlich.« Caits braune Augen musterten ihn von oben bis unten. »Ihr alle verfügt über beachtliches Wissen … dennoch …«

»Was?«, hakte Andrew nach.

»Ihr … habt vieles vergessen«, antwortete Cait leise und auch ein wenig traurig.

»Was meinst du damit?«

»Die Natur zu ehren, den Göttern zu huldigen. Ich habe in sprechenden Kästen gesehen, wie vieles zerstört wird. Große Schlachten toben. Die Meere sind verschmutzt. Das macht mich traurig.« Sie legte eine Hand auf die Brust. »Sehr traurig.«

Tatsächlich drückte Caits Miene großen Schmerz aus. Die Erkenntnis des Ausmaßes der Zerstörung der Welt musste für Cait unfassbar und unerträglich sein. Wie sollte sich ein Orkadianer aus fast dreitausend vor Christus auch vorstellen können, dass es in den Ozeanen mehr Plastik als Fische gab. Spontan beugte sich Andrew zu ihr hinüber und drückte ihre Schulter. »Das stimmt, Cait, wir verfügen über viel Wissen, nutzen es aber leider oft nicht zum Guten, sondern zum Schaden der Menschheit.«

»Ich möchte versuchen, meinen Leuten das Gute aus deiner Zeit zu lehren.«

»Ein ehrenwerter Vorsatz«, sagte Andrew mit einem Lächeln.

»Doch es ist schwer«, meinte Cait. »So schwer, das Gute herauszufinden.«

Andrew nickte nachdenklich. Unwillkürlich fragte er sich, inwieweit sich Caits Zeitreise auf die gesamte Zukunft auswirken würde. Was würde sich ändern auf den Orkneys der Jungsteinzeit? Würden die Menschen aufgrund von Caits Erfahrungen Gegenstände erfinden, die es eigentlich gar nicht in dieser Zeit geben dürfte? Darüber nachzudenken, war verwirrend und beschäftigte Andrew während des Abends.

Thua und die anderen Steinweisen tauchten nicht auf, und so wickelte sich Andrew schließlich in eines der Felle, das Cait ihm gab, und versuchte ein wenig zu schlafen. Erschöpft war er allemal, er hätte vermutlich nicht einmal mehr die Kraft aufgebracht, zum Ring of Brodgar zu wandern. Dennoch fand er zunächst keine Ruhe. Er starrte in die Flammen des herunterbrennenden Feuers und ließ den Tag Revue passieren, ehe er endlich einschlief.

DIE WESTBUCHTSIEDLUNG

»Wach auf!«

Andrews Herz klopfte wie wild, als er aus dem Tiefschlaf auffuhr. Für einen Moment wusste er gar nicht, wo er sich befand. Um ihn herum waren nur Dunkelheit und eine flüsternde weibliche Stimme. »Wir müssen fort, Andrew.«

»Cait?« Verschlafen fuhr er sich durch die Haare und streckte seine verspannten Schultern. Er hatte nicht gedacht, überhaupt ein Auge zumachen zu können, aber der anstrengende Tag hatte offenbar doch seinen Tribut gefordert. Jetzt war er durchgefroren und seine Knochen schmerzten vom Liegen auf der kalten Erde.

»Schnell, wir müssen fliehen«, wisperte sie.

»Was ist denn los?« Andrew wusste gar nicht, wie ihm geschah. Doch nach einem Moment der Orientierungslosigkeit ergriff auch ihn Unruhe.

»Brork kommt!«, stieß Cait panisch hervor.

»Wer?« Andrew fuhr auf.

»Psst!«, ermahnte in Cait. »Jokh hat ein Gespräch zwischen Mrak und anderem Steinweisen belauscht«, erklärte Cait. »Mrak hat Boten zum Adlerclan geschickt! Brork weiß, dass ich zurück bin. Er kommt. Er wollte mich schon immer als seine Gefährtin. Und …« Sie stockte und sprang auf.

»Und?«

»Nichts, wir müssen fort. Jetzt!«

»Werden die Steinweisen uns nicht beschützen? Ich dachte, die sind so geachtet.«

»Das sind sie«, bestätigte Cait. »Nur besitzt Mrak großen Einfluss und Brork ist mächtig. Vielleicht übergibt man mich dem Adlerclan und …«

»Jetzt sprich schon«, beharrte Andrew, den ein ungutes Gefühl beschlich.

»Und dich auch. Du könntest wertvolles Opfer sein! Für ihren Adlergott.«

»Na toll!« So etwas hatte Andrew schon beinahe befürchtet und jetzt sprang Caits Panik auch auf ihn über.

»Wohin sollen wir fliehen?«

»Zu meiner Heimatsiedlung an der Westbucht.«

»Kann Thua nichts für uns tun?«

»Das wird sie, aber zunächst müssen wir fort.«

Sichtlich bemüht, niemanden zu wecken, schlich Cait durch die am Boden schlafenden Menschen. Andrew tat es ihr gleich und hoffte inständig, niemand würde ihre Flucht bemerken.

Behutsam setzte er einen Fuß vor den anderen, versuchte, sich in der Dunkelheit zu orientieren. Als er plötzlich strauchelte und gegen einen der schlafenden Schüler stieß, hielt er die Luft an. Der junge Mann drehte sich um, murmelte etwas, dann richtete er sich schlaftrunken auf. Andrew machte rasch einen Schritt zurück und hielt die Luft an. Gleich würde man ihre Flucht bemerken. Die Zeit stand still. Mit weit aufgerissenen Augen starrte Andrew auf den Schatten des Mannes vor ihm und wagte es nicht, auch nur den kleinen Finger zu rühren. Cait war bereits durch die Fellabdeckung der Tür geschlüpft und ahnte nichts von der Gefahr.

Der Steinweisenschüler brabbelte etwas, dann sank er auf sein Fell zurück und schnarchte leise weiter. Ganz langsam ließ Andrew die Luft aus seiner Lunge entweichen und schlich um den Schlafenden herum.

Als er endlich draußen im leichten Sprühregen stand, fasste er Cait am Arm. »Lass uns versuchen, durch den Steinkreis zurückzureisen. Ich habe keine Lust, als Opfer für irgendeinen durchgeknallten Adlerclanhäuptling herzuhalten!«

»Einverstanden«, stimmte Cait überraschend zu. »Aber du gehst alleine zurück!«

Schon rannte sie los, Andrew hinterher. Wieder bewunderte er es, wie zielsicher Cait sich durch die Nacht bewegte. Für ihn war jeder Schatten, jedes Geräusch eine Bedrohung und ständig schaute er über die Schulter, in der Angst, ein aus der Dunkelheit geworfener Speer könnte ihn in den Rücken treffen.

Sie passierten die Mauern der Steinweisensiedlung, in seiner Zeit Barnhouse Village, rannten an den Heiligen Hallen vorbei und in Richtung des Ring of Brodgar, dessen Megalithen sich selbst in tiefster Nacht gegen den Himmel abzeichneten.

Vielleicht bin ich gleich wieder zu Hause, hoffte Andrew. Er freute sich auf ein Bad, ein warmes, nahrhaftes Essen und ein weiches Bett. Unglaublich, wie sehr er dies alles schon nach zwei Nächten vermisste.

Unter leisen Gesängen und mit mehrfachen Verbeugungen betrat Cait den Steinkreis. Ungeduldig wartete Andrew darauf, dass sie fertig wurde. Wann würde dieser Brork eintreffen? Er wollte Cait fragen, wo dessen Siedlung lag, doch dann entschied er sich dagegen, denn er wollte sie nicht stören. Er betrachtete die Steine, hoffte, dieses Leuchten würde erscheinen und sehnte den Tanz der Megalithen herbei. Dafür würde er sogar die damit verbundene Übelkeit in Kauf nehmen – doch nichts geschah.

»Was ist, Cait?«

Caits Brust hob und senkte sich heftig, als sie vor ihm stand. Hilflos hob sie ihre Arme in die Höhe. »Die Reise wurde uns verwehrt.«

»Das sehe ich«, fuhr Andrew sie an. »Hast du irgendetwas anders gemacht als beim letzten Mal?«

Cait schüttelte den Kopf. »Nein.«

»Weshalb kommen wir dann nicht wieder zurück?«

»Ich weiß nicht«, gab sie zu. »Bedenke, schon oft tanzten Menschen im Kreis der Ahnen, ohne durch die Zeit zu reisen.«

»Das mag alles sein«, ungeduldig drehte sich Andrew um die eigene Achse, »aber du bist jetzt schon zweimal an diesem Ort durch die Zeit gereist, also muss es doch auch jetzt wieder möglich sein.«

»Ich bin erst dem Grad der Schüler enthoben worden«, belehrte ihn Cait, »ich weiß nicht, weshalb derartige Dinge passieren oder auch nicht.«

»Das wissen offenbar nicht einmal die Steinweisen«, schimpfte er vor sich hin. Er hatte wirklich gehofft, ganz schnell wieder zurück auf den Orkneys seiner Zeit zu sein und diesen Albtraum rasch zu vergessen. Aber wie es aussah, hatte das Schicksal andere Pläne mit ihm.

»Versuch es noch einmal«, forderte Andrew Cait auf, dann zögerte er, »oder denkst du, dieser Brork lauert schon irgendwo in der Nähe?«

»Nein. Der Adlerclan lebt auf einer anderen Insel. Sie werden nicht vor Sonnenaufgang des folgenden Tages hier eintreffen.«

Wenigstens etwas, dachte Andrew und beobachtete, wie Cait erneut leise zu singen und in bestimmten Formationen durch die Steine zu wandeln begann. Nur wurden seine Hoffnungen trotz allem nicht erfüllt und die Steine standen stumm und mächtig um sie herum, ohne dass irgendetwas geschah.

Kurz sagte ihm sein Verstand erneut, dass dies alles ohnehin nicht wahr sein konnte und er sich noch in seiner Zeit befand, dass es eine andere, rationale Erklärung für all das hier geben musste. *Ich werde verrückt!* Andrew raufte sich die Haare. Sein Bauchgefühl kam zurück, und mit ihm die Wahrheit dessen, was ihm wiederfahren war. Der Albtraum war wahr, und er mitten drin.

Spürbar erschöpft kam Cait schließlich zu ihm. »Ich kann dich nicht nach Hause bringen. Es tut mir leid. Wenn ich nur wüsste, was anders ist als beim letzten Mal!«

Cait hatte das so bedrückt hervorgebracht, dass Andrew zu ihr trat und kurz einen Arm um ihre Schultern legte. »Du hast es versucht, dafür bin ich dir dankbar!«

Sie hob ihren Kopf und er konnte spüren, wie sie zu ihm hinauf lächelte. »Thua wird Rat wissen. Sicher wird sie uns in der Siedlung an der Westbucht aufsuchen«, versicherte Cait. Auch wenn Andrew nicht wusste, ob er ihr glauben sollte, folgte er ihr schließlich und machte sich in Wind und Nieselregen auf den Weg. So sehr es ihm widerstrebte, er konnte nichts Anderes tun, als sich der Führung dieser jungen Frau anzuvertrauen und darauf zu hoffen, irgendwann wieder nach Hause zu kommen. Nicht auszudenken, wenn er für immer hier gestrandet wäre! Aber mit diesem Gedanken wollte er sich nicht belasten, daher verdrängte er ihn, redete sich ein, auf einer abenteuerlichen Wanderung in seiner eigenen Zeit zu sein. Jetzt ging es zunächst darum, zu überleben.

Daher eilte er Cait hinterher, bis diese so abrupt stehen blieb, dass er sie über den Haufen rannte. Sie packte ihn an der Schulter, zog ihn in Deckung und deutete dann in die Dunkelheit. »Jäger!«, zischte sie.

Andrew erkannte sie ebenfalls, und dass die beiden direkt auf sie zu kamen, erschreckte ihn.

»Welche Laus ist dir denn über die Leber gelaufen?« Darryl stupste Dianne an, die, ihre Kaffeetasse in der Hand, durch das Fenster des Bauwagens hinaus in den Regen starrte. Sturmböen peitschten über das Meer, rissen an dem betagten Bauwagen und wirbelten leidlich über die Ausgrabungsstätte gedeckte Planen auf. Nach einer guten Stunde Arbeit hatten sie aufgegeben und waren ins Trockene geflüchtet. Der Wetterbericht sprach von einem ausgedehnten Tiefdruckgebiet über Nordschottland. Weitere Stürme wurden für den Nachmittag erwartet.

»Blödes Wetter«, schimpfte sie.

»Das ist doch nicht nur das Wetter, das dir deine Stimmung verdirbt«, Darryl grinste sie an, »dafür kenne ich dich zu gut.« Bevor Dianne antworten konnte, klingelte Darryls Telefon. Er zerrte es aus seiner Hosentasche, starrte wütend darauf und hob dann ab.

»Was ist?«, fragte er unwirsch. Nach kurzem Zuhören runzelte sich seine Stirn bedrohlich. »Wenn du meinst, sie braucht schon wieder einen neuen Computer für die Schule, dann kauf ihn eben in Gottes Namen aber heb die Quittung auf, damit ich das Ding wenigstens von der Steuer absetzen kann.«

Fragend hob Dianne ihre Augenbrauen und Darryl verzog zynisch seinen schmalen Mund. »Luise – dass sie nicht mal solche Sachen allein entscheiden kann! Entweder sie kauft Ellen den blöden Computer oder sie lässt es eben sein. Für so etwas muss man mich nicht unbedingt bei der Arbeit stören.«

»Du bist ja auch schwer beschäftigt«, zog Dianne ihn auf.

»Darum geht es doch gar nicht!« Aufgebracht fuhr sich Darryl durch seine dunklen Haare.

»Sie ist deine Frau, Darryl, sie will dich an Entscheidungen, die eure Familie betreffen, beteiligen«, verteidigte Dianne die Frau ihres Kollegen. Sie kannte Luise flüchtig, eine ruhige, sympathische Person, die es mit einem aufbrausenden Typen wie Darryl nicht leicht hatte.

Und tatsächlich schnaubte Darryl verächtlich durch die Nase aus. »Ich lasse ihr doch freie Hand. Sie kann über unser Geld verfügen, wie sie mag.«

»Vielleicht geht es ihr gar nicht ums Geld.« Vorsichtig nippte Dianne von ihrem heißen Kaffee. »Ich habe vielmehr den Eindruck, sie möchte, dass du dich mehr an eurem Familienleben beteiligst. Die Kinder vermissen dich, wenn du so oft weg bist.«

»Luise wusste von Anfang an, worauf sie sich einlässt. Ich habe ihr immer gesagt, ich bin nicht der Typ Familienvater, der jeden Abend mit Hausschuhen vor dem Fernseher sitzt. Wenn ihr das nicht passt, hätte sie keine Kinder bekommen sollen.«

Kopfschüttelnd betrachtete Dianne den Mann, mit dem sie eine Weile zusammen gewesen war. »Dazu gehören zwei. Oder wolltest du keine Kinder?«

Seine Miene verschloss sich noch mehr. »Ellen war zumindest von meiner Seite kein Wunschkind. Angeblich hat bei Luise die Pille versagt, als sie Antibiotika einnehmen musste. Und Paul …« Seine Nasenflügel blähten sich. »Luise wollte kein Einzelkind.«

Nachdenklich rieb sich Dianne die Stirn. So offen hatte Darryl selten von seiner Familie gesprochen. Häufig war das Thema ein heißes Eisen und er brauste auf, wenn es darum ging. Natürlich konnte Dianne es nicht gutheißen, falls Luise ihm vorgespielt hatte, sie wäre versehentlich schwanger geworden. Vielleicht hatte Luise gehofft, ihn damit halten zu können – nicht der beste Plan, aber das war wohl etwas, das nicht wenige Frauen versuchten, wenn sie sich der Liebe ihres Mannes nicht sicher waren.

»Liebst du deine Kinder?«, wollte Dianne wissen.

Darryl fuhr zu ihr herum, öffnete den Mund und sagte dann ruppig: »Natürlich. Aber es gibt noch andere Dinge im Leben.« Damit warf er sich seinen Poncho über und trat hinaus in das Unwetter. Eine Böe wehte herein und klatschte einen Regenschwall ins Innere des Bauwagens. Die beiden Studentinnen, die direkt neben der Tür saßen, quietschten empört.

»Ach, Darryl«, seufzte Dianne und schaute ihrem Freund nach, der verbissen durch den Matsch stapfte. Auch wenn sie es immer wieder versuchte, ihn näher an seine Familie zu bringen, war das vergebliche Liebesmüh, aber Dianne wollte nicht aufgeben, denn sie glaubte an den weichen Kern hinter Darryls harter Schale. Seufzend zog sie ihr Mobiltelefon hervor. Immer noch keine Nachricht von Andrew. Langsam aber sicher ärgerte sie sich über ihn, denn er hätte ja zumindest absagen können, doch seit gestern Abend hatte sie keine Nachricht von ihm erhalten und sie wusste auch nicht, wo er übernachtete. Er hatte nur geschrieben, er wäre mit dem Zelt unterwegs.

Wütend stopfte sie das Handy zurück in ihre Tasche. »Und dir wollte ich auch noch anbieten, dass du auf dem Hof meiner Tante zelten kannst«, schimpfte sie vor sich hin.

»Haben sie uns gesehen?«, wollte Andrew wissen, während sie sich in eine Senke kauerten und vorsichtig über deren Rand spähten.

»Ich weiß es nicht«, antwortete Cait.

»Wer sind sie?«

Cait hob ein wenig den Kopf und beobachtete die Männer. »Jäger der Westbuchtsiedlung«, flüsterte sie dann.

»Was tun sie nachts hier draußen?«

Cait schaute zum östlichen Horizont, der jedoch noch in tiefe Dunkelheit getaucht war. »Der Morgen graut zwar noch nicht, dennoch naht der neue Tag. Da gehen Männer oft auf die Jagd nach Fischen oder Robben.«

»Was tust du da?«, zischte Andrew, als Cait sich plötzlich erhob. Doch es wäre ohnehin zu spät gewesen, die beiden hatten sie offenbar entdeckt und kamen bereits in ihre Richtung.

Zwei junge Männer mit langen, verfilzten Haaren, in Leder und Felle gekleidet, die vor der Brust mit Knochennadeln zusammengehalten wurden, traten näher. Der kleinere der zwei war gerade mal so groß wie Cait und hatte ein schmales, aber kantiges Gesicht. Seinen Speer hielt er schützend vor sich, wirkte dabei aber eher ängstlich und unsicher. Der andere, einen Kopf größer und deutlich muskulöser, machte mutig einen Schritt auf sie zu. Seine Augen weiteten sich, als er Cait betrachtete.

»Caitir!«, stieß er hervor und zeigte mit dem Finger auf die Frau.

Sogleich brach eine angeregte Unterhaltung aus.

»Was sagt er?«, fragte Andrew, der sich unwohl fühlte.

Cait jedoch hob Schweigen gebietend die Hand und redete weiter auf die beiden ein.

Plötzlich musterte der größere der Jäger Andrew von oben bis unten. Dann griff er in einen Lederbeutel, der über seiner Schulter hing, und holte einen Gegenstand hervor. Andrew schluckte, als er den Stein sah, der die Form eines »T« hatte, das an allen drei Enden spitz zulief. Diesen nahm der Jäger in die Hand, schloss sie zur Faust, so dass zu beiden Seiten der Faust sowie zwischen Mittel- und Ringfinger die spitzen Enden hervorragten. Dann ging er auf Andrew zu. Augenblicklich wich dieser zurück.

»Aark!« Sofort stellte Cait sich zwischen Andrew und den Jäger, dessen Name offenbar Aark war.

Eine Weile redete sie auf ihn ein und endlich nickte Aark, wenn auch zögerlich.

»Sie begleiten uns zur Siedlung«, erklärte Cait schließlich.

»Er wirkt nicht gerade freundlich«, stellte Andrew fest.

Cait hob die Schultern. »Aark wusste, dass ich verschwunden war. Zunächst sah er in dir einen Gott, der mich entführt hatte. Ich sagte ihm, du bist keiner. Deshalb wollte er dich töten.«

Andrew schluckte.

»Sorge dich nicht. Er wird dir nichts tun und Clundh auch nicht. Sie werden mit uns laufen, mehr nicht.«

Schon rannte Cait los. Andrew folgte ihr, wobei er dicht bei ihr blieb und den beiden Männern, insbesondere Aark, immer wieder Seitenblicke zuwarf. Im fiel auf, dass sie höchstens so alt waren wie Cait, Clundh vermutlich sogar jünger. Körperlich fühlte sich Andrew den beiden überlegen, doch wusste er nicht, wie gut sie mit ihren Waffen umgehen konnten. Aark hielt seine steinerne Waffe noch immer in den Händen.

»Verdammt! Ich dachte wirklich, ich hätte halbwegs Kondition«, stieß Andrew hervor, nachdem sie eine Zeit lang gelaufen waren. Seine Lungen brannten, als er neben Cait hereilte, die unverdrossen und – ebenso wie Clundh und Aark – in gleichmäßigem Laufschritt vor ihm rannte, ohne ein Zeichen von Ermüdung zu zeigen. Lediglich ihr Atem ging ein wenig heftiger, als sie sich zurückfallen ließ und fragte: »Was sagtest du?«

»Wie weit ist es noch?«

»Bevor der Morgen graut, werden wir die Siedlung erreicht haben.«

Wann mochte die Sonne aufgehen? Andrew fehlte jegliches Zeitgefühl und so blieb ihm nichts übrig, als neben Cait und den anderen beiden her zu hasten. Nach einer Weile bemerkte er einen hellen Streifen am Horizont und bald konnte er die Umgebung zumindest schemenhaft erkennen. Das Land lag menschenleer, bar jeglicher Zivilisation vor ihnen. Keine Mauern, keine Straßen oder Zäune, nicht einmal ein einzelnes Haus war zu sehen. Dies war äußerst befremdlich für Andrew, selbst wenn die Orkneys seiner Zeit ebenfalls nicht gerade dicht besiedelt waren.

Cait beschleunigte ihre Schritte und rannte einen Hügel hinauf, wo sie mit den jungen Männern stehen blieb. »Gleich haben wir unsere Siedlung erreicht!«

Andrew ärgerte es, dass Cait ihn derart abhängen konnte. Als er zu ihr aufgeschlossen hatte, keuchte er heftig und musste sich auf seinen Knien abstützen.

Cait unterhielt sich kurz mit Aark, der Andrew immer wieder misstrauische Blick zuwarf. Schließlich jedoch liefen er und Clundh davon, und zwar in die Richtung, aus der sie gekommen waren.

»Sie setzen die Jagd fort«, sagte Cait.

Andrew schaute ihnen hinterher, bis sie in der Dunkelheit verschwunden waren.

»Zu Hause«, flüsterte Cait spürbar ergriffen.

Andrew wandte sich wieder nach vorne. Ihm stockte der Atem, als er Skara Brae in seiner ursprünglichen Form gewahr wurde. Die acht Häuser waren mit Stroh, Heidekraut und Torfplatten gedeckt, die Gänge zwischen den Häusern teilweise überdacht.

»Unglaublich!« Andrew kam aus dem Staunen nicht mehr heraus und näherte sich voller Ehrfurcht der Siedlung. Was ihn besonders verwunderte, war, dass sich dort, wo in seiner Zeit die Klippen schroff zum Meer hin abfielen, Meilen von grünen Wiesen und sogar ein kleiner See erstreckten. Das Meer konnte er erst weit in der Ferne ausmachen. Von seinen Führungen und den Infotafeln war ihm bekannt, dass das Meer im Laufe der Jahrtausende viele Tonnen Sand weggewaschen hatte, aber zu erleben, wie es vor fünftausend Jahren tatsächlich ausgesehen hatte, war doch ein gewaltiger Unterschied. Hatten in ihm noch Zweifel geschlummert, wirklich in die Vergangenheit versetzt worden zu sein, so waren diese nun völlig ausgelöscht. Die veränderte Landschaft war Beweis genug.

Nördlich und südlich der Siedlung konnte er Felder erkennen, allerdings hing das Korn recht traurig und plattgedrückt auf der Erde. In der Ferne glaubte er Tiere auszumachen, vermutlich Schafe. Er kniff die Augen zusammen.

»Jetzt haben wir meine Brille vergessen«, beschwerte er sich bei Cait.

»Das tut mir leid«, versicherte sie. »Siehst du wirklich so schlecht?«

Er rieb sich über die Augen. »Na ja, manches ist ein wenig unscharf, aber es wird schon gehen.«

»Ich kann jemanden schicken, um deine Brille zu holen«, bot Cait an.

Der Gedanke gefiel Andrew, auch wenn er sich fragte, wie Cait ihrem Stammesmitglied erklären wollte, was eine Brille war.

»Besser nicht«, sagte er jedoch, als Cait nachdenklich den Kopf senkte. »Dies könnte Brork auf unsere Fährte locken.«

Cait nickte erleichtert und lief weiter. Zwar musste sich Andrew eingestehen, dass er auf Caits Familie neugierig war, aber gleichzeitig fürchtete er sich auch ein wenig davor, da er nicht wusste, wie man auf ihn reagieren würde.

Zielgerichtet hielt Cait auf eines der Häuser zu. Aus einigen drang Rauch durch die Dächer und als er genau hinschaute, fiel ihm auf, dass die Menschen die Torfplatten zur Seite geschoben hatten, damit der Rauch ungehindert abziehen konnte.

»Dann war es im Inneren gar nicht so rauchig, wie man vermutet«, murmelte Andrew vor sich hin.

»Weshalb sollte es das sein?«, erkundigte sich Cait.

»Unsere Archäologen«, als er Caits fragende Miene bemerkte, überlegte er, wie er den Begriff umschreiben konnte, »also die Menschen, die eure Siedlung ausgegraben haben, um herauszufinden, wie ihr gelebt habt, waren sich nicht sicher, ob ihr den Rauch einfach langsam durch das Dach habt abziehen lassen oder ob es eine Öffnung gab.«

»Wenn Ravk Regen schickt, lassen wir die Öffnungen zu«, räumte Cait ein und rümpfte ihre zierliche Nase. »Allerdings stinkt es dann in den Behausungen, aber das ist besser als Regen im Inneren. Komm jetzt.«

Mit einem mulmigen Gefühl in der Magengegend duckte sich Andrew und folgte Cait in einen der Gänge, die oben mit Stein- oder Torfplatten abgedeckt waren und die Steinbauten miteinander verbanden. Sofort waren sie vor dem kühlen Wind und dem Nieselregen geschützt. Allerdings war es so düster, dass Andrew kaum etwas erkennen konnte. Cait hingegen bewegte sich mit traumwandlerischer Sicherheit durch die schmalen Gänge, hob bald einen Vorhang aus Tierfell in die Höhe und schlüpfte in eines der Häuser.

Schon ertönten Stimmen und als Andrew den Kopf einzog und nach ihr den Raum betrat, stand er plötzlich einem Mann gegenüber, der gut einen Kopf kleiner war als er, dafür sehr muskulös. Sein Gesicht drückte Aggression aus, die Fäuste waren geballt, die breite Stirn in Furchen gelegt. Die Narbe vor seinem Ohr trug auch nicht zu Andrews Beruhigung bei. Ehe Andrew es sich versah, packte ihn der Mann und drückte ihn mit unglaublicher Kraft an die Wand.

Sofort sprang Cait dazwischen, redete hektisch auf Andrews Angreifer ein. Der Mann hielt inne, runzelte die Stirn, dann ließ er Andrew los und trat zurück. Andrew war erleichtert, blieb aber wachsam.

Nur einen Moment später ertönte ein Aufschrei, und ein junges Mädchen, Andrew schätzte sie auf zwölf oder dreizehn Jahre, warf sich Cait unter Weinen, Schluchzen und Lachen an den Hals.

Jetzt redeten die beiden aufgeregt durcheinander und Cait deutete mehrfach auf Andrew, der sich mehr als unwohl fühlte, denn der finstere Kerl mit der langen Narbe neben dem rechten Ohr ergriff in diesem Moment einen langen Speer, der an der Wand lehnte, und umklammerte ihn mit beiden Händen.

»Cait, sagst du bitte deinem Vater oder wer auch immer das ist, dass ich unbewaffnet bin und in friedlicher Absicht komme?«, stieß Andrew hektisch hervor und tastete sich langsam wieder in Richtung Tür, nur für den Fall, dass er fliehen musste.

Auch Cait bemerkte die noch immer aggressive Haltung des Mannes und wandte sich mit eindringlichen Worten an ihn.

Kurz darauf stellte der Mann den Speer wieder weg, wirkte jedoch angespannt und rieb sich die Narbe, als würde sie jucken.

»Das sind mein Bruder Urdh und meine Schwester Mjana«, stellte Cait die beiden vor. Als sie ihre Schwester erwähnte, drückte Cait das Mädchen an sich. Die beiden hatten eine gewisse Ähnlichkeit, wobei das lange, mit Steinperlen geschmückte Haar Mjanas von dunklerer, eher brünetter Farbe war. Andrew fand sie recht niedlich mit ihrem schmalen Gesicht, der Stupsnase und den wachen braunen Augen, die an die von Cait erinnerten. Mit einer Mischung aus Neugierde und Furcht musterte ihn das Mädchen und wäre nicht der bedrohliche Urdh gewesen, Andrew hätte schmunzeln müssen.

»Ich bin Andrew«, stellte er sich langsam und deutlich vor und bemühte sich, einen möglichst harmlosen Eindruck zu machen.

Aus der sich entspinnenden Unterhaltung glaubte Andrew mehrfach die Namen Brork, Kraat und auch seinen eigenen herauszuhören. Als Urdh unvermittelt nach seinem Speer griff und erneut auf ihn zuwalzte, wich Andrew panisch an die Wand zurück.

»Hey, hast du ihm nicht gesagt …« Er atmete auf, als Urdh sich an ihm vorbeiquetschte und nach draußen verschwand.

»Urdh holt Vater«, erklärte Cait, drückte ihre jüngere Schwester noch einmal glücklich an sich, bevor sie zum Feuer ging und Brennmaterial nachlegte. Kurz darauf erfüllte der Geruch von Torf die Luft und Andrew konnte im heller werdenden Feuerschein mehr von dem Wohnraum erkennen. Die zahlreichen Felle am Boden ließen vermuten, dass mindestens fünf oder sechs Personen hier schliefen. Wo sie sich gerade aufhielten, konnte Andrew nicht sagen. In den Regalen lagerten Schüsseln, Werkzeuge und Lebensmittel. Von der niedrigen Decke baumelten Seile aus Heidekraut, an denen getrocknete Fische und Kräuter aufgehängt waren. Für Andrew als modernen Menschen war es beinahe unvorstellbar, wie man in dieser beengten Behausung leben konnte, andererseits war die Siedlung an der Westbucht für ihre Zeit vermutlich modern. Seine Augen weiteten sich, als er Mjana beobachtete, die zu einer Ecke des Raumes ging, eine Platte anhob, sich völlig schamlos erleichterte und anschließend Wasser aus einer Steinschale nachgoss und das Loch wieder verschloss.

»Ihr habt tatsächlich eine Innentoilette?«, staunte Andrew. Zwar wusste man in seiner Zeit um diese unglaubliche Einrichtung Skara Braes, aber es nun mit eigenen Augen zu sehen, war fantastisch.

Cait folgte seinem Blick, dann hob sie die Schultern. »Die gibt es schon lange hier bei uns. Andere Stämme besitzen keine Gräben unter ihren Häusern«, sagte sie stolz. »Einer unserer Vorfahren«, ehrfurchtsvoll neigte sie ihren Kopf, »hat die Gräben unter den Häusern …« Cait überlegte, formte lautlos mit den Lippen ein Wort.

»entwickelt«, beendete Andrew den Satz.

»Ja.« Cait fuhr fort. »Am Anfang waren die Ältesten nicht überzeugt. Aber dann waren auch sie zufrieden. Schon seit Generationen können wir unsere Notdurft im Trockenen machen. Andere Stämme beneiden uns darum. Sie bauen es nach, doch es gelingt ihnen nicht.«

»Wohin leitet ihr das schmutzige Wasser ab?« Andrew schnupperte, konnte erfreulicherweise jedoch weder Unrat noch Fäkalien riechen.

»Es versickert in den Hügeln und wird teilweise sogar …« Cait schürzte ihre Lippe, suchte vermutlich nach dem richtigen Begriff. »… für unsere Pflanzen genommen. Damit sie besser wachsen.«

»Dünger«, half Andrew ihr weiter, woraufhin Cait eifrig nickte und das Wort lautlos mit den Lippen formte.

Mjanas Versuch, es ihrer Schwester gleichzutun, brachte Andrew zum Lachen, woraufhin Mjana die Schultern einzog und einen Schritt zurückwich.

»Ich wollte sie nicht beleidigen! Ihre Aussprache ist lustig, nur befürchte ich, mir würde es mit euren Worten genauso ergehen.«

Cait übersetzte für ihre Schwester, woraufhin die Kleine ihm ein zaghaftes Lächeln schenkte. Mjana sagte noch etwas und Cait brach in Gelächter aus. So gelöst hatte Andrew sie noch nie gesehen und wieder fiel ihm auf, dass Cait ein sehr hübsches Gesicht hatte.

»Lacht ihr über mich?« Andrew lehnte sich gegen die Steinmauer des Hauses, ohne jedoch wirklich beleidigt zu sein.

Cait gluckste noch immer, dann antwortete sie Andrew, wenn auch mit einem schelmischen Lächeln in den braunen Augen. »Mjana fragt, ob du ein *Grajot* bist. Ein Riese, den die Götter gesandt haben. Bei uns gibt es eine Legende, die sagt, die Steine am Kreis der Ahnen und die am Kreis der Schüler wurden von Giganten errichtet, welche Diener der Götter sind.«

»Bin ich nicht«, brummte Andrew und schüttelte dabei den Kopf.

»Auch ich habe noch nie einen so großen Mann gesehen«, gab Cait zu. »Aber ein *Grajot* bist du nicht. Das wusste ich sofort.«

»Und weshalb nicht?«

»Du jammerst viel«, kicherte Cait. »Kein Grajot würde sich vor meinem Bruder fürchten.« Schon wieder brach sie in Gelächter aus und Andrew spürte, wie seine Wangen mit einem Mal glühten.

»Na, hör mal«, beschwerte er sich. »Ich verstehe eure Sprache nicht, ich kenne hier niemanden und eure Gebräuche sind mir auch fremd. Dein Bruder ist furchteinflößend und …«

»Urdh ist kein guter Jäger und kein Krieger. Selbst ich könnte ihn besiegen.«

Zweifelnd betrachtete Andrew die zierliche Cait und fragte sich, wie sie diesem muskulösen Mann würde beikommen wollen, andererseits hatte er selbst miterlebt, wie wehrhaft die junge Frau war.

»Wie alt sind dein Bruder und Mjana eigentlich?«

Nachdem Cait kurz an ihren Fingern abgezählt hatte, antwortete sie: »Mjana hat sechs Winter weniger erlebt als ich. Urdh hat schon achtundzwanzig Winter gesehen.«

Andrew staunte, denn er hätte Caits Bruder auf mindestens vierzig geschätzt. Andererseits waren die Menschen dieser Epoche ja nachweislich schneller gealtert und das Grau in Urdhs ansonsten braunen Haare trug sein Übriges dazu bei.

»Wie alt bist du?«

»Achtzehn Winter.«

Also war Cait doch schon volljährig. Zumindest hatte er mit seiner Schätzung bei ihr richtig gelegen. Mjana war demnach also zwölf.

»Wo ist dein Vater?«

»Urdh vermutet, er liegt bei Elja«, erklärte Cait. »Alle denken, er wird sie zu seiner neuen Gefährtin nehmen. Sie ist jüngste Tochter von Druk und Erine, die im östlichsten Haus leben.«

»Er wird sich sicher freuen, dich wiederzusehen.«

Bedächtig wiegte Cait ihren Kopf. »Mag sein. Doch wenn der Adlerstamm uns angreift, wird die Freude nicht überwiegen«, sagte sie betrübt.

Mittlerweile stand Mjana am Feuer und rührte in einem Topf herum. Wenig später klatschte sie einen gräulichen Brei in drei Schüsseln und reichte Andrew eine davon. Allerdings mit so furchtsamen Augen, als würde sie einen wilden Wolf füttern.

Dieser Getreidebrei war nicht unbedingt das, was Andrew als kulinarisches Erlebnis bezeichnen würde, aber nachdem sein Magen ohnehin knurrte, würgte er die zähe Masse herunter, denn man wusste ja nie, wann man das nächste Essen zu erwarten hatte.

Als er Stimmen von der Tür her vernahm, spannte er sich an. Zwei Männer und eine Frau betraten den Raum. Einer von ihnen war Urdh, der andere ein hagerer Mann mit fast vollständig ergrautem Haar.

»Kraat, unser Vater und Stammesführer der Westbucht-siedlung.«

Cait senkte ihren Kopf und wartete. Lange musterte Kraat seine Tochter, dann legte er eine Hand auf ihre Schulter und drückte sie. Caitir hob den Kopf und der Mann verneigte sich leicht. Während Caitir zu erzählen begann, musterte Kraat Andrew aus seinen tief liegenden, graublauen Augen.

Andrew fragte sich, wer die Frau war. Sie hielt sich hinter Urdh und schielte verschüchtert hinter dessen Schulter hervor.

Eine heftige Diskussion entspann sich zwischen Cait, ihrem Vater und Urdh. Andrew wunderte sich, wie bestimmt diese junge Frau nun auftrat und den älteren Männern deutlich Paroli bot. Kraats hagere Züge wurden immer ungehaltener, seine Stimme aufgebrachter und schließlich deutete er zum Ausgang hin.

Sichtlich empört fasste Cait Andrew an der Hand und zerrte ihn hinaus. Er wusste gar nicht, wie ihm geschah und was zwischen Cait und ihrem Vater vorgefallen war. Nachdem sie das Freie erreicht hatten, blieb Cait auf dem Erdwall, der rund um die Siedlung gezogen war, stehen und atmete tief durch. Bestürzt bemerkte er, wie Tränen über ihre Wangen rannen, während sie zum fernen Ozean hinblickte.

»Was ist los?«, fragte er leise.

Sie fuchtelte in der Luft herum und bemühte sich, die Tränen wegzublinzeln. »Vater hat uns aufgefordert zu gehen. Er fürchtet um unsere Siedlung.«

»Was?« Entsetzt schaute Andrew zu dem Loch, aus dem sie gestiegen waren. Am liebsten hätte er diesem Kraat gehörig die Meinung gesagt. Er war davon ausgegangen, dass der Stammesführer alles daran setzen würde, seine Tochter zu beschützen.

Energisch wischte sich Cait über die Augen. »Ich kann ihn verstehen, der Stamm geht vor und darf nicht in Gefahr gebracht werden. Vater sagt, ich soll Hilfe bei den Steinweisen suchen, denn ich bin nun eine von ihnen.«

»Aber du fürchtest dich doch vor diesem Mrak, oder nicht?«

Cait nickte bestätigend.

»Caitir!« Eine dünne Stimme ertönte und kurz darauf stand Mjana vor ihnen, in der Hand ein kleines Bündel und einen Speer. Letzteren nahm Cait an sich, berührte ihn beinahe schon liebevoll mit den Fingern und strich über die Linien und Muster, die in den Holzschaft eingraviert waren.

»Mjana will uns begleiten«, erklärte Cait.

»Und wohin?«

Ratlos hob sie ihre Schultern, ließ den Blick über das Land schweifen. »Wir halten uns versteckt und versuchen, Brork aus dem Weg zu gehen.«

»Ich kann immer noch nicht glauben, dass dein Vater dich zurückweist!«

Cait schniefte noch einmal. »Leider hat Vater recht. Er befürchtet, Brork könne mich als Frau fordern und er weiß, dass ich Brork zurückweisen würde. Wenn der Adlerstamm uns angreift, stehen viele Menschenleben auf dem Spiel. Das kann er nicht wagen.«

Andrew wunderte sich über diese Aussage. Er selbst wäre mehr als wütend auf seinen Vater gewesen, hätte der ihn in einer Notsituation im Stich gelassen und seine Hilfe verweigert. Er fuhr sich mit der Hand über das Gesicht. *Also bin ich jetzt mit Cait und einem kleinen Mädchen auf der Flucht*, dachte Andrew, bemühte sich jedoch gleichzeitig, die wachsende Verzweiflung unter Kontrolle zu halten.

»Hast du noch einen Speer?«, fragte er.

»Ist dir der Umgang damit vertraut? Maeve sagte …«

»Ja, ja, wir lernen heutzutage in meinem Teil der Welt eigentlich nicht mehr, mit Waffen umzugehen«, unterbrach Andrew. »Nur würde ich mich besser damit fühlen und – ich werde es schon lernen.«

Achselzuckend wechselte Cait einige Worte mit Mjana, die daraufhin davonhuschte. Cait bedeutete Andrew, ihr zu folgen. Sie verließ die Siedlung, ignorierte die Blicke und Rufe von einigen Menschen, die mit Gegenständen auf dem Rücken in Richtung der Siedlung an der Westbucht kamen, und wandte sich nach Norden.

»Mjana besorgt dir Speer und Messer«, versicherte Cait.

»Ist das gefährlich für sie?«

Cait entblößte ihre überraschend weißen und ebenmäßigen Zähne. »Mjana ist geschickt und sie fällt kaum auf. Sie wird bald zurückkehren.«

FLUCHT

Der Sturmwind zerrte an Maeves grauer Wolljacke. Dicke Regentropfen fielen vom Himmel und verjagten die letzten mutigen Touristen, die den Ring of Brodgar besichtigt hatten. Hektisch flüchtete noch ein Pärchen in sein Mietauto und Maeve blieb allein zurück. Was war mit Cait und Andrew geschehen? Die beiden waren von ihrem nächtlichen Ausflug nicht mehr zurückgekehrt und spurlos verschwunden. War es Cait tatsächlich gelungen, durch die Zeit zu reisen? Und war Andrew am Ende mit ihr gegangen? Zumindest war er nicht mehr aufgetaucht, all seine Sachen lagen nach wie vor auf Maeves Hof. Das Gefühl, dass irgendetwas nicht stimmte, saß ihr tief in den Knochen.

»Pass nur auf dich auf, Andrew, falls du versehentlich mit Cait in der anderen Zeitlinie gelandet bist«, murmelte Maeve und kämpfte sich durch den stärker werdenden Sturm zurück zu ihrem Haus. Seit gestern spielte das Wetter völlig verrückt und Maeve fürchtete schon, die neuen Ziegeln könnten von ihrer Scheune geblasen werden.

Mit wachsender Ungeduld wartete Andrew auf Mjanas Rückkehr. Auch wenn er das Mädchen erst kurz kannte, hätte er es sich nicht verzeihen können, wenn ihr etwas zustieß. Wer wusste schon, was diese finsteren Typen wie Kraat und Urdh mit ihr anstellten, wenn sie mitbekamen, dass Mjana Waffen für sie holte? Da Cait nicht allzu besorgt wirkte, bemühte sich auch Andrew, nicht bei jedem Geräusch zusammenzuzucken. Sie kauerten im Schutz eines Hügels, die drohenden Regenwolken im Westen verhießen nichts Gutes. Wo würden sie einen Unterschlupf finden? Wie konnte er zurück in seine Zeit? Was, wenn dieser Brork sie aufspürte? So viele Fragen, so viele Unwägbarkeiten. Andrews Nerven lagen blank, die Hoffnung, jemanden zu finden, der ihm helfen konnte, war in dem Augenblick verschwunden, als Caits Vater sie fortgeschickt hatte.

»Kannst du mir zeigen, wie man mit einem Speer umgeht?«, fragte Andrew, um die Wartezeit abzukürzen.

Einen Augenblick lang musterte Cait ihn verwundert, so als hätte sie vergessen, dass er aus einer anderen Zeit kam und mit dem Umgang mit Waffen nicht vertraut war. Dann nickte sie und führte ihm vor, wie man die Waffe warf, damit zustach, schlug oder sich verteidigte.

Andrew bewunderte es, wie geschmeidig und selbstverständlich Cait ihre Waffe beherrschte. Als er es selbst versuchte, fühlte er sich plump und unbeholfen und Caits Gesichtsausdruck sprach Bände.

Endlich kam Mjana angehastet. Sie trug ein Bündel mit sich und reichte Cait unter aufgeregtem Geplapper einen weiteren Speer und zwei kleine Steinmesser. Cait begutachtete die Waffen, bevor sie Speer und Messer an Andrew weiterreichte.

»Wir werden später üben.« Schon machte sie sich im Laufschritt auf den Weg in Richtung Norden.

Während sie zu einem für Andrew unbekannten Ziel flohen, unterhielten sich Cait und Mjana die ganze Zeit miteinander, weswegen sich Andrew ausgeschlossen vorkam, selbst wenn ihm klar war, dass Cait nicht ständig und noch dazu im Laufen übersetzen konnte. Vermutlich berichtete sie ihrer Schwester ohnehin von all den Erlebnissen in Andrews Zeit, denn die Kleine stieß immer wieder überraschte Laute aus oder warf Andrew scheue Seitenblicke zu.

Bald schmerzten Andrews Füße. Die Lederschuhe waren kaum gepolstert, er spürte jeden Ast und jeden Stein. Im Gegensatz zu Mjana und Cait, die ein flottes Tempo vorlegten, war er so langes Laufen einfach nicht gewöhnt. Bislang waren sie auf keine weitere Siedlung gestoßen, auch kamen ihnen keine Menschen entgegen. Hier und da sah Andrew in der Ferne Schafe oder auch scheues Rotwild. Sein Magen knurrte bereits wieder, aber er wollte sich vor seinen Begleiterinnen keine Blöße geben und hielt mit ihnen mit.

An einem kleinen See legten sie eine Pause ein und tranken. Andrew musste sich überwinden, sagte sich jedoch, dass dieses Wasser mit Sicherheit das Reinste war, das er jemals getrunken hatte. Nach kurzer Rast setzten sie ihre einsame Wanderung fort. Cait versprach, sie würde einen geschützten Platz kennen, wo sie die Nacht verbringen konnten. Die Regenwolken waren zum Glück in eine andere Richtung abgezogen, so dass sie zumindest nicht nass wurden.

Schon immer hatte Andrew die Einsamkeit und Ursprünglichkeit der Orkneys fasziniert. Sie jetzt, in dieser anderen Zeit, ohne jegliche Spuren moderner Zivilisation zu erleben, war eine ganz besonders intensive Erfahrung. Andrew schwankte zwischen Angst und Sorge und dem Gefühl völliger Freiheit, dem Gefühl, entbunden zu sein von allen Verpflichtungen.

Einsam erstreckten sich die Wiesen und Hügel vor ihnen. Das Meer funkelte in einem intensiven Blau, sobald die Sonne sich ihren Weg durch die Wolkendecke bahnte. Kein einziges Flugzeug flog am Himmel, kein Schiff pflügte durch die Wellen und nirgends zeigte sich eine Menschenseele. Um Letzteres war Andrew besonders froh, denn noch immer fürchtete er sich vor den Kriegern des Adlerstammes.

Erschöpft vom langen Laufen war Andrew erleichtert, als Cait an der Küste anhielt. »Dort hinten befindet sich eine Höhle«, erklärte sie und deutete nach rechts. Andrew konnte nichts erkennen, doch als sie ein Stück an dem schmalen Sandstrand entlanggingen, entdeckte er tatsächlich eine Vertiefung in den Felsen. Die Höhle war nicht besonders groß, maß ungefähr zwanzig Schritt im Durchmesser. Mjana machte sich daran, Felle auf dem Boden auszubreiten.

»Ich besorge etwas zu essen«, erklärte Cait.

Bevor Andrew anbieten konnte, sie zu begleiten, war sie auch schon fort. Er fühlte sich ein wenig unbeholfen allein mit der kleinen Mjana, mit der er sich kaum verständigen konnte. Das Mädchen holte aus dem hintersten Winkel der Höhle Holz und trockenes Heidekraut. Offensichtlich wurde diese Höhle öfters benutzt. Schon nach kurzer Zeit prasselte ein kleines Feuer und Mjana kam zu Andrew. Sie schaute zu ihm auf und sprach in ihren ihm unverständlichen Worten, wobei sie ins Freie deutete.

»Ich verstehe dich nicht«, sagte er bedauernd und hob seine Schultern.

Mjana wiederholte das Gesagte noch einmal ganz langsam und fuchtelte energisch in Richtung des Ausgangs.

»Ich soll also nach draußen gehen, gut. Aber was tun wir dort?« Als er sie fragend anblickte, seufzte sie tief, fasste ihn mit spitzen Fingern an seinem Hemd und zog ihn an den Strand. Unter Geplapper entfernte sie sich in nördliche Richtung und Andrew wusste es nicht besser, als ihr zu folgen. Als sie Seetang und kleine Holzstückchen aufhob, verstand Andrew endlich, was sie ihm hatte mitteilen wollen.

»Wir sollen also Holz sammeln«, sagte er erleichtert und tat es ihr gleich. Sichtlich zufrieden nickte Mjana. Bald waren ihre Arme voll und sie machten sich auf den Weg zurück zur Höhle. Auch Cait war mittlerweile eingetroffen. Sie redete kurz mit ihrer Schwester, dann nahm sie die beiden Speere in die Hand und reichte einen davon Andrew.

»Mjana macht das Essen. Wir kämpfen.«

»Gut«, erklärte sich Andrew einverstanden.

Sie gingen hinaus an den Sandstrand, wo Cait ihm mehrere Angriffs- und Verteidigungspositionen zeigte.

Nach der langen Wanderung war es anstrengend, auf dem Sandboden zu trainieren und bald plagte Andrew der Eindruck, Cait hätte bereits jeden Teil seines Körpers mit dem Schaft ihres Speers getroffen. Zudem knurrte sein Magen mittlerweile dermaßen laut, dass er befürchtete, jeder Adlerkrieger auf der ganzen Insel müsse ihn hören. Er fragte sich, wie Cait so lange durchhielt, ohne Anzeichen von Ermüdung zu zeigen. Angreifen, Blocken, Zurückweichen. Andrew reagierte nur noch mechanisch, und als er nicht aufpasste und Cait ihm das stumpfe Ende ihres Speeres in den Magen rammte, ging er in die Knie.

»Wow.« Er krümmte sich auf dem Sandstrand zusammen und versuchte, wieder Luft zu bekommen.

Cait trat zu ihm und legte ihm eine Hand auf die Schulter. »Du hast dich ablenken lassen.«

»Was du nicht sagst«, stöhnte er.

»Ich denke, es reicht für heute.«

»Sehe ich genauso.« Mühsam kam er wieder auf die Beine und stolperte Cait hinterher.

Mjana kicherte, als Cait ihr etwas erzählte und Andrew ging davon aus, dass es sich dabei um seine schmähliche Niederlage im Trainingskampf handelte.

Mit einem mitleidigen Blick reichte Mjana ihm einen gebratenen, kleinen Fisch, den sie auf ein flaches Stück Stein gelegt hatte. Gierig schlang er das Essen herunter und drehte sich erwartungsvoll um, nachdem er alles verputzt hatte. Das junge Mädchen betrachtete ihn staunend. Ihr eigener Fisch war nicht einmal zur Hälfte verspeist.

Mjana reichte ihm ein fingerlanges Ei, und Andrew machte sich daran, die Schale zu brechen. Als ihm der Dotter über die Finger lief, schimpfte er: »Das ist ja roh!«

Kopfschüttelnd nahm sich Cait ein weiteres Ei, bohrte mit einem kleinen Ast vorsichtig ein Loch hinein und trank.

Andrew unterdrückte ein Würgen. »Das ist ekelhaft!«

»Nein, das sind Eier von Seevögeln. Sie sind sehr nahrhaft.«

Andrew mochte Eier, auch wenn er bisher noch keine anderen als die von Hühnern probiert hatte, aber den rohen Inhalt zu trinken, konnte er sich nicht vorstellen. Daher nahm er die dünne Steinplatte, auf der er seinen Fisch gegessen hatte, legte sie an den Rand des Feuers und wartete kurz. Anschließend schlug er – unter Mjanas Protestschrei – ein Ei darüber. Es dauerte nicht lange, bis Eiweiß und Eigelb fest wurden. Staunend beobachtete Caits Schwester, wie Andrew das Spiegelei verspeiste.

»Schmeckt gut«, sagte er mit vollem Mund. »Du kannst gerne davon kosten.« Auffordernd deutete er auf die Reste.

Vorsichtig nahm Mjana sich ein Stück, kaute ausgesprochen skeptisch, bevor sie lächelte und anerkennend nickte. Andrew musste schmunzeln, als sie gleich zwei Vogeleier aufschlug und auf dem Stein briet.

»Ich habe mich gewundert, was Maeve mit den Hühnereiern tut«, erzählte Cait. »Sicher würde Mjana ein schottisches Frühstück mit Eiern, Speck und Bohnen schmecken.«

»Davon gehe ich aus«, stimmte Andrew zu, denn Mjana verspeiste mit sichtlicher Begeisterung die fertigen Spiegeleier und ließ sogar ihren Fisch stehen.

Wirklich satt wurde Andrew an diesem Abend nicht, selbst wenn Cait und Mjana ihm einen Teil ihrer Fische abtraten und besonders Mjana sich an die gebratenen Eier hielt. Zudem schmerzten ihm Muskeln, von denen er nicht einmal geahnt hatte, dass er sie besaß und eine bleierne Müdigkeit überfiel ihn, obwohl es noch nicht einmal völlig dunkel war. Er legte sich auf eines der Felle, die Mjana ausgebreitet hatte, und deckte sich mit einem weiteren zu. Leider ragten seine Beine ein ganzes Stück weit daraus hervor, aber wenn er die Knie anzog, würde er schon nicht gleich erfrieren.

Er lauschte Cait, die abwechselnd in ihrer, dann in seiner Sprache davon erzählte, wie sie mit einigen Steinweisenschülern mehrere Tage hier verbracht hatte. Es waren Tage gewesen, an denen sie hatten fasten, meditieren und zu den Göttern sprechen müssen. Caits sanfte Stimme wurde zu einem fernen Gemurmel und Andrew sank in einen tiefen Schlaf.

Ein infernalisches Scheppern riss Dianne aus ihrer wohl verdienten Nachtruhe. Sie fuhr kerzengerade in die Höhe und ihr Herz klopfte zum Zerspringen. Hatte sie nicht gerade eben geträumt? Von Andrew, der mitten im Ring of Brodgar von einem schwarzen Loch verschluckt worden war? Als sie Stimmen vor der Tür hörte, rieb sie sich die Stirn, schlüpfte in Wollpullover und Hausschuhe, dann ging sie hinaus.

Dianne konnte ein Kichern nicht unterdrücken, als ihr ihre Tante Lucinda mit wild vom Kopf abstehenden Locken entgegenkam.

»Ich sag's dir, George, das war die Fernsehantenne«, rief sie außer sich. Auf ihren kräftigen Beinen, die von dem knielangen Blümchennachthemd nur leidlich bedeckt wurden, stapfte Tante Lucinda die Treppe hinunter, während Onkel George gähnte und sich die Halbglatze rieb.

»Selbst, wenn es die Antenne ist, bei diesem Wind kann ich sie heute Nacht ohnehin nicht mehr befestigen«, murmelte er vor sich hin.

Das war mal wieder typisch für Diannes gemütlichen Onkel. Im Gegensatz zur energischen Tante Lucinda ließ er sich gerne Zeit und was nicht sofort erledigt werden musste, konnte auch gerne mal ein paar Tage warten.

»Der Bus!«, hörte sie da ihre Tante kreischen und nun hastete Onkel George doch noch die Treppe hinunter.

Tante Lucinda stand in der Tür und der Wind ließ ihr Nachthemd und die schulterlangen rotblonden Haare, die trotz ihres Alters von achtundvierzig Jahren noch kaum graue Strähnen zeigten, wild umherwirbeln. Unwillkürlich musste Dianne an eine keltische Rachegöttin denken, denn Tante Lucinda sah aus, als würde sie am liebsten zu einem Kriegszug aufbrechen. Ihre rundlichen Wangen waren gerötet, der Kiefer angespannt und das Kinn energisch nach vorne gereckt.

»Mitten in die Windschutzscheibe, so ein verfluchter Sturm!«

Dianne stemmte sich gegen den hereindrückenden Wind und erkannte, dass die Fernsehantenne vom Dach gerissen worden war und sich tatsächlich in die Windschutzscheibe des alten VW Busses gebohrt hatte, den Diannes Verwandte benutzten, um ihr selbst angebautes Gemüse an Hotels und Supermärkte zu liefern.

Auch Onkel George starrte hinaus, wobei er sich hingebungsvoll an seinem grauen Haarkranz kratzte, der seinen Hinterkopf nur noch bis zu den Ohren bedeckte. »Nur gut, dass mein alter Pick-up in der Scheune steht«, meinte er.

»George! Das hässliche alte Ding interessiert mich nicht!«, schnauzte ihn Lucinda an. »Sieh dir den Bus an!«

»Da sollte man etwas tun«, stellte George fest.

»Was du nicht sagst«, kreischte Tante Lucinda. »Jetzt geh schon und hol Folie, bevor das ganze Auto vollläuft bei diesem Sauwetter!«

Normalerweise war auch Tante Lucinda sehr freundlich und ausgeglichen. Dass Onkel Georges manchmal recht lethargische Art sie regelmäßig zur Weißglut trieb, konnte Dianne ihr – bei aller Liebe zu ihrem Onkel – nicht verdenken. Onkel George hatte es sogar schon einmal geschafft, beinahe das ganze Haus abzufackeln, weil er altes Heidekraut auf dem hinteren Feld angezündet hatte und anschließend in den Pub gegangen war. Als er zurückkam, war es der Feuerwehr und der tobenden Lucinda nur mit Mühe gelungen, Scheune und Wohnhaus zu retten, bevor das außer Kontrolle geratene Feuer darauf übergegriffen hatte. Es war nicht ungewöhnlich, dass Farmer ihr Heidekraut abbrannten, ein effektiver Weg, neues Grasland für seine Tiere zu schaffen – nur sollte man in der Nähe bleiben, um Schlimmeres zu verhindern. Nun zog sich Onkel George mit aufreizender Langsamkeit seine grüne Regenjacke an, schaute noch einmal betrübt auf das Unwetter, bevor er hinausschlüpfte.

»Der Kerl macht mich wahnsinnig!«, schimpfte Tante Lucinda. »Wäre er allein zu Hause gewesen, er hätte mal wieder überhaupt nichts unternommen.«

»Na ja, es ist schon ein wenig gefährlich, bei diesem Sturm hinauszugehen«, verteidigte Dianne ihren Onkel.

Doch Tante Lucinda schnaubte entrüstet. »Wenn man George nicht sagt, dass er am Morgen seine Hose anziehen soll, würde er auch das vergessen! Ich frage mich wirklich, weshalb ich schon seit achtundzwanzig Jahren mit ihm verheiratet bin!«

Dianne musste grinsen, denn auch wenn die beiden sich regelmäßig in die Haare kriegten, war es doch offensichtlich, wie sehr sie sich liebten. Als Onkel George vor zwei Jahren einen Job auf einer Bohrinsel im Osten Schottlands angenommen hatte und nur unregelmäßig an den Wochenenden nach Hause gekommen war, war Lucinda nicht sie selbst gewesen. Ständig war sie mit verheulten Augen herumgelaufen und hatte alle Leute verrückt gemacht, weil sie befürchtet hatte, George könnte etwas zustoßen.

Schon wieder schepperte es laut und Dianne und Lucinda zuckten simultan zusammen.

»Wenn ihn ein umherfliegender Dachziegel am Kopf erwischt, könnte das übel ausgehen«, murmelte Tante Lucinda vor sich hin und wurde mit einem Mal kreidebleich.

Rasch öffnete sie wieder die Haustür, die ihr vom Sturm beinahe aus der Hand gerissen wurde.

»George!«, brüllte sie gegen das tosende Unwetter an. »Komm sofort herein!« Da Onkel George sie offenbar nicht hörte, zog sie sich unter lautstarkem Schimpfen einen alten Wachsmantel und einen Schlapphut an, den sie sich weit in die Stirn schob.

»Dass dieser Mann nicht *einmal* hören kann!« Sie quetschte sich durch die Tür.

»Soll ich euch helfen?«, rief ihr Dianne hinterher.

»Bleib bloß im Haus, Kind!«, befahl Tante Lucinda und kämpfte sich durch das Unwetter in Richtung Bus, dessen Umrisse man in der Dunkelheit nur erahnen konnte.

Dianne stemmte sich gegen die Tür, um sie zu schließen, und grinste über Onkel und Tante. Die zwei waren wirklich Originale. Sie mochte George und Lucinda sehr, konnte nun jedoch nachvollziehen, dass ihre Cousins und ihre Cousine früher oft von den Streitereien ihrer Eltern genervt gewesen waren. Mittlerweile waren die drei erwachsen und lebten auf dem Festland, kamen jedoch regelmäßig und gerne zu Besuch. Ein altes Foto über dem Kamin zeigte zwei rothaarige Jungs mit Sommersprossen und ein blondes Mädchen, die in die Kamera grinsten. Mit Rupert, Gregory und Fiona hatte Dianne früher viel Spaß gehabt, wenn sie Ferien auf den Orkneys gemacht hatte. Hier hatte sie auch ihre Leidenschaft für die Archäologie entdeckt. Onkel George hatte sie regelmäßig zu den Ausgrabungsstätten mitgenommen, denn er kannte die hiesigen Archäologen gut und interessierte sich hobbymäßig für die neuesten Funde.

Sobald sie Stimmen vernahm, öffnete sie die Tür und Onkel und Tante wurden von einer Böe förmlich hereingeweht – in Begleitung eines heftigen Regenschwalls.

»So einen entsetzlichen September haben wir ja schon ewig nicht mehr gehabt«, regte sich Tante Lucinda auf, riss sich Mantel und Hut vom Leib und funkelte ihren Mann an. »Beinahe hätte ihn ein umherfliegendes Brett getroffen!«

»Du hast doch gesagt, ich soll die Scheibe sofort abdichten«, rechtfertigte er sich.

»Papperlapapp«, Lucinda strich sich durch die feuchten Locken. »Wenn du ein Loch im Kopf hast, kannst du gar nichts mehr reparieren. Also, ab ins Bett. Bevor dieses Unwetter nicht nachlässt, können wir ohnehin nichts ausrichten.« Damit stapfte sie die Treppe hinauf.

»Das habe ich doch vorhin schon gesagt.« Onkel George sah aus wie ein begossener Pudel, als er, klatschnass wie er war, die Arme hilflos gen Himmel hob und seiner Frau hinterher schlurfte.

So sehr sie sich über die beiden amüsierte, auch Dianne, die ihr ganzes Leben in Schottland und lange Zeit auf den Orkneys verbracht hatte, wurde dieses anhaltende Unwetter langsam aber sicher unheimlich. Die Elemente tobten sich mehr und mehr über den Inseln aus, der Wind zerfetzte die dunklen Wolken und heulte, als wäre er von tausenden von Dämonen beseelt. Dianne ging zurück in ihr Zimmer und zog sich die Decke über den Kopf.

~

Leise Stimmen weckten Andrew auf. Eigentlich wollte er sich auf die Seite drehen und weiterschlafen, doch als sich ein Stein in seine rechte Hüfte bohrte, setzte er sich fluchend auf.

»Was ist los? Weshalb schlaft ihr nicht?«

»Ich habe Menschen entdeckt, die sich nähern.« Cait klang nervös und Mjana war bereits dabei, ihre Sachen zusammenzupacken.

»Die Adlermänner?«

»Vielleicht. Besser, wir verschwinden. Mrak kennt diese Höhle. Er könnte Brork aufgefordert haben, hier zu suchen.«

»Na toll«, schimpfte Andrew. »Hätte es nicht ein besseres Versteck gegeben? Eines, das keiner kennt?«

»Es ist schwierig, außerhalb der Siedlungen Schutz zu finden.«

Das leuchtete Andrew selbstverständlich ein und auch wenn er beunruhigt und gereizt war, bedauerte er es, Cait so angefahren zu haben. »Tut mir leid!«, sagte er deshalb. Eilig half er Cait und Mjana, ihre Sachen zu packen, und folgte den beiden ins Freie. Draußen erwartete ihn ein sternenklarer Himmel, doch ein garstiger Wind wehte durch seine Kleider.

Im Schutz der Felsen, in denen sich die Höhle befand, schlichen sie sich in Richtung Süden davon. Andrew hatte, ebenso wie Mjana und Cait, die Felle zusammengerollt und umgebunden; den Speer umklammerte er mit festem Griff und versuchte, in der Dunkelheit etwas zu erkennen. Selbst mit Brille wäre es ihm schwergefallen, Felsen oder vom Wind gebeugte Bäume und Büsche von Menschen zu unterscheiden, sofern Letztere sich nicht bewegten. Als der Wind Stimmen zu ihm herübertrug, blieb er wie erstarrt stehen.

»Sind sie das?«, flüsterte er Cait zu.

Die junge Frau deutete in die Höhe und tatsächlich konnte er auf der Klippe oberhalb die Umrisse von drei Gestalten ausmachen, die sich gegen den Sternenhimmel abzeichneten und sich gerade über den Rand beugten.

»Haben sie uns schon …«

Cait hob die Schultern und beeilte sich, ihren Weg fortzusetzen. Andrew blieb nichts anderes übrig, als ihr zu folgen. Ständig blickte er in die Höhe, lauschte nervös und befürchtete, man könnte sie entdecken. Als er Mjana, die hinter ihm lief, unterdrückt quietschen hörte, drehte er sich um und wäre beinahe gestolpert.

»Lauf!«, schrie ihm Cait zu.

Nachdem er zweimal geblinzelt hatte, erkannte er eine Gruppe Gestalten, die über den Strand in ihre Richtung gerannt kamen.

»Mist!« Andrew spurtete los.

DÜSTERE GESTALTEN

Wie in einem Albtraum gefangen hatte Andrew das Gefühl, überhaupt nicht von der Stelle zu kommen. Seine Füße schienen in dem trockenen Sand festzukleben und die Rufe der Verfolger wurden immer lauter.

»Schneller!«, forderte Cait ihn auf, schwenkte nach rechts und rannte einen Hügel hinauf. Die kleine Mjana kam direkt hinter ihm und stieß abgehackte Worte hervor.

Andrew wagte es kaum, sich umzudrehen, befürchtete er doch, wertvolle Zeit zu verschwenden oder im Zwielicht des hereinbrechenden Morgens zu stolpern.

Weiter, Andrew, durchhalten, spornte er sich selbst an und stürmte hinter Cait her. Mjana folgte ihm dichtauf und er fragte sich, wie sie auf ihren kurzen Beinen mithalten konnte.

Fliegenden Schrittes durchquerten sie eine Senke, rannten einen Hügel hinauf und hielten hinter einem Stein an. Cait fasste ihre Schwester bei den Schultern und redete auf sie ein, wobei Mjana erschrocken den Kopf schüttelte. Kurz drückte sie Mjana an sich, anschließend stieß sie ihre Schwester beinahe schon barsch in eine andere Richtung davon und blaffte sie an.

»Was tut sie?«, erkundigte sich Andrew, nachdem Mjana davongerannt war.

»Der Adlerclan will uns, nicht Mjana. Sie soll verschwinden.«

Andrew musste schlucken, denn auch wenn er verstehen konnte, dass Cait ihre kleine Schwester keiner unnötigen Gefahr aussetzen wollte, wurde ihm dadurch noch einmal mehr bewusst, wie bedrohlich die Situation tatsächlich war.

Wenn Cait die Kleine schon fortschickte, würden die Adlerkrieger sie sicher gleich eingeholt haben. Mjana warf

Cait noch einen Blick aus aufgerissenen Augen zu, dann rannte sie davon.

Schon vernahm Andrew heisere Rufe und Cait warf ihm einen bedauernden Blick zu, bevor sie weiterstürmte. Hektisch suchte Andrew nach einer Möglichkeit, sich irgendwo zu verstecken, doch das schien aussichtslos. Das Land war flach und übersichtlich und eine längere Flucht erschien ihm sinnlos. Ein Blick über die Schulter zeigte ihm nun sieben Männer, die in geringem Abstand hinter ihnen her eilten. Er beschleunigte seine Schritte, holte zu Cait auf und fasste sie am Unterarm.

»Wohin?«, keuchte er. »Sie sind direkt hinter uns.«

»Ich weiß.« Ohne sich umzuwenden, rannte Cait weiter, sie schloss ihre Finger um die von Andrew und er befürchtete schon, gleich einen Speer in den Rücken zu bekommen. Sie hetzten einen Hügel hinauf, einen anderen hinab. Die heiseren Schreie kamen näher. Andrew wollte schneller laufen, aber er konnte einfach nicht.

Gleich ist es vorbei. Wir können versuchen zu kämpfen, aber das wird nichts bringen.

Seine Füße flogen über das Gras, sein Atem rasselte, dennoch verringerte sich der Abstand zu den Verfolgern unaufhaltsam. Panik breitete sich in Andrew aus, als sich nun auch vor ihnen schemenhafte Umrisse aus der Dunkelheit schälten, Dutzende finstere Gestalten, die auf sie warteten.

»Cait«, stieß er hervor und zeigte nach vorne. »Dort sind noch mehr!«

Cait packte seine Hand, zerrte ihn mit sich – direkt auf die Gestalten zu.

»Was tust du?«

»Lauf!«, schrie Cait nur, Andrew stolperte hinterher, wusste nicht, was er sonst hätte tun sollen.

Wieder ertönten Schreie hinter ihm, er hörte keuchenden Atem. Noch einmal gab Andrew alles, doch Erschöpfung machte sich endgültig breit, griff nach seinen Beinen und lähmte sie. Etwas flog haarscharf an ihm vorüber, Andrew konnte jedoch nicht erkennen, was es war. Hatte er bislang trotz fehlender Brille die Umgebung erkennen können, trübte sich sein Blick nun völlig. Andrew blinzelte, dennoch verschwammen die Grüntöne der Wiesen und Hügel miteinander, alles begann sich um ihn herum zu drehen. Andrew griff sich an den Kopf und rieb sich im Laufen die Augen, blinzelte immer wieder. Seine Kräfte waren am Ende, die Sinne schienen ihm zu schwinden.

Hat mich jemand getroffen, bin ich schon tot?, dachte er verwirrt.

Das Nächste, das er sah, war, dass sie umzingelt waren. Da krallte Cait auch schon ihre Finger in seine Hand und rief etwas. Plötzlich wurden sie beide von den Füßen gerissen. Der Boden raste auf Andrew zu, er schrie auf, doch er fiel durch das Grün hindurch, hinein in einen Tunnel. Oben und unten wurden umgekehrt, alles wirbelte um ihn herum. Schließlich prallte Andrew irgendwo dagegen, wodurch ihm die Luft aus der Lunge gepresst wurde. Die Welt beruhigte sich wieder und plötzlich lag er, Caits kleine Hand noch immer in seiner, auf nassem Gras.

Im Morgengrauen hatte das entsetzliche Unwetter nachgelassen und Dianne war damit beschäftigt, Onkel und Tante bei den Aufräumarbeiten zu helfen. Zum Glück hatte Nicolas, ihr Ausgrabungsleiter, ohnehin angerufen und Bescheid gegeben, dass sie erst gegen Nachmittag mit den Ausgrabungen beginnen würden – sofern das Wetter hielt. Im Augenblick zumindest strahlte die Sonne vom Himmel, so als hätte es niemals Sturm und Regengüsse gegeben. Die Erde dampfte und über dem Meer hingen Nebelschwaden.

Während Dianne gerade dabei war, die Gemüsebeete vom durch den Sturm verteilten Müll zu befreien, kam Onkel George auf sie zu. »Meine Motorsäge ist kaputt und ich muss unbedingt den einen Baum absägen, bevor er aufs Haus fällt. Wärst du so lieb, zu meinem Freund Finlay nach Woodwick zu fahren?«

Dianne streckte sich. Mittlerweile schmerzten ihre Muskeln. »Kann uns keiner der Nachbarn eine ausleihen?« Normalerweise war Nachbarschaftshilfe selbstverständlich und jeder lieh jedem bereitwillig seine Gerätschaften, wenn Not am Mann war. Doch Onkel George schüttelte bedauernd den Kopf. »Ich habe die Nachbarn schon durchtelefoniert, alle haben selbst zu tun, ihre Schäden zu beseitigen. Weiter im Norden scheint der Sturm nicht ganz so heftig gewütet zu haben. Bei Finlay hat sich alles auf ein paar umgeknickte Koppelpfosten und eine fortgewehte Mülltonne beschränkt.«

»Also gut.« Mit steifen Schritten ging Dianne zu ihrem Auto und machte sich auf den Weg. Die Pause kam ihr ganz gelegen, dennoch merkte sie, wie ihr immer wieder die Augen zuzufallen drohten. Vorsichtshalber drehte sie die Scheibe herunter und machte das Radio an. »Sekundenschlaf ist keine gute Idee«, murmelte sie vor sich hin, während sie den Wagen über die einspurigen Straßen lenkte.

Das Dörfchen Woodwick lag an der Küste und zeigte sich ähnlich verschlafen wie jenes, in dem Diannes Verwandte lebten. Sie stellte das Auto auf Finlays chaotischem Hof ab, wo man von Autowracks bis hin zu Traktorenteilen, alten Badewannen, Lampen, Kinderwagen und Schubkarren alles Mögliche finden konnte. Finlay war ein Sammler, der aus allem, was er entdeckte, etwas baute und verkaufte. Im Augenblick stand er in seiner Scheune und schraubte pfeifend eine Tischplatte auf ein altes Fass.

»Dianne, welch eine Freude!« Der verhutzelte Mann, der Dianne mit seinen buschigen weißen Haaren und der dicken Brille immer an eine alte Eule erinnerte, wischte sich seine Hände an der Hose ab und eilte auf Dianne zu. Er schloss sie in eine kräftige Umarmung und betrachtete sie kopfschüttelnd.

»Du wirst mit jedem Tag hübscher! Wäre ich nur zwanzig Jahre jünger …«

Dianne lachte auf. »Das sagst du jedes Mal, Finlay!«

»Wenn's doch wahr ist.« Schmunzelnd rückte er seine Brille zurecht. »Und, Dianne, hat mittlerweile jemand dein Herz erobert?«

Seufzend strich sie mit den Fingern über die abgeschliffene Tischplatte aus Eichenholz. »Nein, nicht wirklich.« Unwillkürlich kamen ihr Andrew und die verpatzte Verabredung in den Sinn und sie runzelte die Stirn.

Finlay stupste sie auf die Nase. »Sag bloß, jemand hat dich geärgert. Sag mir, wer es ist, und er kann was erleben.«

Als der gedrungene kleine Mann seine Fäuste ballte und

auf der Stelle herum tippelte, musste sie lachen und vergaß ihren Ärger.

»Alles in Ordnung. Ich komme momentan ganz gut ohne Männer zurecht.«

»Ja, ich dachte auch eine Weile, ich käme ganz gut allein zurecht«, erzählte Finlay seufzend. »Und dann drehst du dich ein paar Mal um, bist plötzlich siebenundsechzig und der Zug ist abgefahren.« Es hatte schon etwas Drolliges, wie er so betrübt mit dem Kopf nickte und hinter seiner Brille hervorblinzelte.

»Ach was, es ist doch noch nicht zu spät für dich. Eine rüstige nette Dame wird sich doch noch finden, die mit dir ihren Lebensabend verbringen will.«

»Ich mag doch keine alte Schachtel«, empörte er sich.

»Finlay, Finlay, du alter Schwerenöter. Wenn du auf eine Dreißigjährige wartest, mag es sein, dass du tatsächlich mit all deinem Schrott allein bleibst.«

»Sie kann meinetwegen auch vierzig sein«, entgegnete er verschmitzt, dann winkte er tadelnd mit dem Finger. »Und das hier ist kein *Schrott*! Das sind alles wertvolle Schätze, die nur darauf warten, von mir veredelt zu werden und eine neue Aufgabe zu finden. Sieh nur, gestern habe ich eine Kaffeemaschine fertiggestellt, die nur mit Windenergie betrieben wird.«

Nun musste sich Dianne Finlays neueste Erfindungen zeigen lassen und derer gab es viele. Sie genoss es, dem freundlichen älteren Mann zu lauschen, und auch wenn sie ein wenig das schlechte Gewissen plagte, weil sie Onkel und Tante mit den Aufräumarbeiten allein ließ, blieb sie eine Weile. Finlay lebte schon so lang allein und freute sich immer über Gesellschaft. Irgendwann fiel ihm selbst ein, weshalb sie eigentlich gekommen war. Mitten in einem überschwänglichen Bericht, wie es ihm gelungen war, das Unterteil eines alten Volkswagens in einen Anhänger zu verwandeln, schlug er sich gegen die Stirn. »Die Motorsäge. Weshalb sagst du denn nichts, Dianne? George wird schon auf dich warten.« Er zog den Kopf zwischen die Schultern. »Und ich möchte gar nicht wissen, wie sehr Lucinda sich aufregen wird! Sie wird mich verfluchen, weil ich dich so lange aufhalte.«

»Ach was, ich soll dir herzliche Grüße von den beiden ausrichten und Tante Lucinda hat mir Kekse mitgegeben.«

Finlay kicherte. »Deine Tante hat ganz schön Haare auf den Zähnen, aber ihre Kekse sind köstlich, das muss man ihr lassen. Aber besser Haare auf den Zähnen als in den Keksen.«

Dianne lachte auf, während der alte Mann unter seinen diversen Tischen und Bänken kramte und schließlich eine Motorsäge zutage förderte.

»Die alte Lady mag manchmal nicht anspringen, aber wenn man ihr gut zuredet, lässt sie sich überzeugen.«

»Danke, Finlay! George wird das schon hinkriegen. Ich mache mich jetzt tatsächlich besser auf den Weg.« Dianne nahm ihm das staubige Gerät ab und verstaute es im Kofferraum, bevor sie Finlay eine große Keksdose reichte. »Lass es dir schmecken.«

»Du kannst mich gerne mal wieder besuchen.« Fluchend deutete er in Richtung seines kleinen Cottages aus grauem Stein. »Jetzt habe ich dir nicht mal eine Tasse Tee angeboten. Kein Wunder, das ich keine Frau bekomme!«

»Schon gut, Finlay, ich werde dich trotzdem wieder besuchen, aber ich muss jetzt wirklich los«, versprach sie, stieg in ihr Auto und machte sich auf den Rückweg. Während Dianne durch die Windschutzscheibe in den Nieselregen starrte, der mittlerweile eingesetzt hatte, drifteten ihre Gedanken immer wieder zu Andrew ab. Sie musste zugeben, dass sie sich über die nicht eingehaltene Verabredung mehr ärgerte, als sie erwartet hätte. Vielleicht hatte er ja einen guten Grund gehabt, aber da hätte er sich vorher auch melden oder zumindest im Nachhinein entschuldigen können. Der Ärger blieb, und Dianne überlegte ernsthaft, die Arbeiten mit der Motorsäge selbst zu übernehmen.

Mit einem beherzten Sprung zur Seite retteten Andrew und Cait sich vor einem wie aus dem Nichts auftauchenden Auto. Gewiss, es nieselte, die Sicht war schlecht und der Wagen aus einer Kurve gekommen, dennoch war Andrew nach all dem Erlebten gereizt.

»Kannst du nicht aufpassen?«, schrie er dem sich entfernenden Wagen hinterher. »Ich habe doch nicht zwei Zeitreisen überlebt und bin Kriegern des Adlerclans entkommen, die mich opfern wollten, nur damit du mich plattfahren kannst!«

Cait musterte ihn verdutzt, schüttelte dann den Kopf und marschierte auf der Straße weiter. »Komm!«

Wütend drehte sich Andrew um. »Der Blödmann hätte uns mitnehmen können. Wer weiß, wie viele Meilen es noch bis zu Maeves Haus sind!« Er war so erschöpft, dass er sich einfach im Straßengraben hätte zusammenrollen und schlafen können, wäre er nicht völlig durchnässt und hungrig gewesen.

»Vielleicht kommt ein anderes Auto.«

»Hoffentlich«, knurrte Andrew. Gleichzeitig fragte er sich, was man von ihnen in ihrem Aufzug denken würde. Fellkleidung, Speere in der Hand, schmutzig und durchnässt – das würde sie in Erklärungsnot bringen.

Unverdrossen schritt Cait voran und Andrew bemühte sich, sich zu orientieren. Er wusste nicht einmal, wo genau sich Maeves Haus befand, aber Cait schien einen natürlichen Orientierungssinn zu besitzen und behauptete, den Weg zu kennen. Sie schaute immer wieder in die Sonne, die sich heute nur gelegentlich zeigte. Zwischendrin wurden sie von Schauern durchnässt.

»Woher wusstest du eigentlich, dass uns ein Zeitsprung retten wird?«, fragte Andrew.

Cait blickte ihn nur fragend an.

»Ich meine, als diese düsteren Gestalten vor uns aufgetaucht sind, bist du direkt auf sie zugerannt! Woher wusstest du es?«

»Ich wusste es nicht«, sagte Cait.

Andrew blieb stehen. »Aber …«

»Das waren keine Jäger vor uns«, sagte Cait lachend. »Das waren die Steine des Ahnenkreises.«

»Oh!« Ein wenig verlegen kratzte sich Andrew am Hinterkopf.

»Ich dachte es seien … na, egal.«

»Du bist hilflos, ohne deine …«

»Brille!«, ergänzte Andrew den Satz. »Ich war völlig erschöpft und konnte die Umgebung nur noch verschwommen erkennen.«

»Es ist alles gut, jetzt!«, meinte Cait. »Ich bin deine Brille. Ich sehe für dich!« Dabei lachte sie und sah kurz zu ihm auf.

»So schlimm ist es nun auch wieder nicht«, antwortete Andrew mit gespielter Entrüstung. »Tagsüber komme ich schon zurecht. Nur im Zwielicht ist das problematisch.«

Cait legte ihm kurz eine Hand auf den Arm und nickte, eine Geste, die Andrew ein Schmunzeln entlockte.

Als Cait plötzlich querfeldein weitermarschieren wollte, um den Weg abzukürzen, fragte sich Andrew, ob das eine gute Idee war. Seine Beine waren so schwer, dass er sich nach einer Mitfahrgelegenheit sehnte, doch bisher war nur ein Lastwagen vorbeigekommen, der ebenfalls nicht angehalten hatte. Schließlich erklärte er sich einverstanden und sie eilten über mehrere Weiden, kletterten über Zäune und Mauern. Bis zu Maeves Haus konnte es nicht mehr weit sein und Andrew mobilisierte seine letzten Reserven.

»Los, Cait, ich brauche dringend eine Dusche und eine warme Mahlzeit!«

Die junge Frau lachte und rannte voraus. Endlich am Cottage angekommen, klopfte sie an die Tür. Andrew hörte Finn bellen, dann leise Schritte. Als Maeve öffnete, schlug sie die Hände vor den Mund.

»Wo wart ihr denn so lange? Und«, sie stockte, musterte sie von oben bis unten, ehe sie weitersprach, »wie seht ihr überhaupt aus?« Schließlich winkte sie. »Kommt rein, ihr seid sicher durchgefroren.« Die ältere Dame schien völlig konfus, aber Andrew ließ sich nur zu gern ins Innere bugsieren. Maeve versorgte sie mit Decken und heißem Tee, dann mussten sie von ihrem Abenteuer berichten.

Staunend lauschte Maeve, als sie abwechselnd erzählten. Obwohl sich durch Andrews und Caits Geschichte ihre Annahme bestätigte, konnte es Maeve ganz offensichtlich nicht fassen, dass sie tatsächlich durch die Zeit gereist waren.

Sie berührte Andrews Fellkleidung und den Speer, der an ihrem alten Sofa lehnte. »Ihr seid den Kriegern des Adlerstamms also einfach so mitten auf einer Wiese entkommen? Kein Steinkreis, kein geheimnisvolles Ritual, keine Gesänge?«

Cait schüttelte ihren Kopf. »Der Kreis der Ahnen lag vor uns. Wir rannten darauf zu, und in den Kreis der heiligen Steine hinein. Ich dachte, nur Tanz und Gesang machen eine Reise möglich, aber wir wurden meiner Zeit einfach entrissen und kamen hierher zurück.« Sie biss sich auf die Unterlippe. »Leider. Ich dachte, ich wäre zu Hause.«

Tröstend streichelte Maeve ihre Wange. »Besser hier als in den Fängen von diesem Brork. Du wirst wieder nach Hause gelangen. Jetzt bin ich erst einmal froh, dass ihr wohlauf seid. Trinkt euren Tee, nehmt ein Bad, ich koche einen Hackfleischauflauf, damit ihr wieder zu Kräften kommt!«

Auch wenn Andrew Cait aufforderte, als Erste ins Bad zu gehen, ließ sie ihm den Vortritt und machte es sich neben dem Kamin bequem, wo sie hingebungsvoll die kleine graue Katze streichelte.

Andrew entledigte sich indessen der nassen und stinkenden Fellkleidung, stieg unter die Dusche und ließ sich von dem heißen Wasser berieseln. Genüsslich wusch er sich, spürte, wie seine Muskeln sich nach und nach entkrampften und eine bleierne Müdigkeit ihn befiel. Der gesamte Raum war von Wasserdampf erfüllt, als Andrew sich in ein weiches Badehandtuch wickelte. Leider hatte er vergessen, Ersatzkleidung aus seinem Zelt zu holen, und da er die schmutzigen Steinzeitkleider nicht wieder anlegen wollte, ging er lediglich mit einem Handtuch bekleidet hinab.

»Sie ist eingeschlafen«, flüsterte Maeve ihm zu.

Es hatte schon etwas Rührendes, wie Cait da so an der Wand lehnte, die Katze noch im Arm, ihr Kopf auf die Schulter gesackt.

»Kein Wunder, sie hat ja noch weniger geschlafen als ich«, bemerkte Andrew. Dass er sich in der Höhle einfach schlafen gelegt hatte, bereitete ihm nun ein schlechtes Gewissen, auch wenn er völlig erschöpft gewesen war. »Ich geh rasch zu meinem Zelt und hole mir frische Sachen.«

»Ich kann dir etwas holen, dann musst du nicht mehr raus«, bot Maeve freundlich an. »Sicher möchtest du im Warmen bleiben.«

Das war ein verlockendes Angebot, doch Andrew wollte Maeve nicht unnötig beschäftigen, sie tat ohnehin schon genug.

Bevor Andrew jedoch protestieren konnte, drückte sie ihn auf das Sofa und gab ihm eine Decke. »Du wärmst dich auf und ich werde schon etwas für dich zum Anziehen finden.«

Andrew unterdrückte ein Gähnen, als er sich in die karierte Decke wickelte und sein Kopf gegen die Lehne des alten Sofas sackte. In einem angenehmen Zustand zwischen Wachen und Schlafen döste er vor sich hin und bemerkte beiläufig, wie Maeve zurückkehrte und frische Kleider aufs Sofa legte, nur wenig später schlummerte er doch ein.

Leise Stimmen weckten ihn irgendwann und entrissen ihn damit einem Traum, in dem er von Speere schleudernden Männern verfolgt wurde.

Offensichtlich war auch Cait gerade erst erwacht. Sie streckte sich, fuhr sich durch die verstrubbelten Haare und stand dann auf. »Wenn noch Zeit ist, gehe ich in den Baderaum«, sagte sie.

Maeve nickte zustimmend. »Der Auflauf steht im Herd, lass dir Zeit.«

»Und ich sollte mich ebenfalls umziehen.« Beschämt zog Andrew die Decke über seinen entblößten Oberschenkel. Er raffte seine Sachen zusammen und verschwand im Bad. Gerade als er splitternackt mitten im Raum stand, kam Cait herein.

»Hey, kannst du nicht warten?«, schimpfte er und zog eilig seine Hose in die Höhe.

»Du bist nicht der erste nackte Mann, den ich erblicke.« Interessiert wanderte ihr Blick über ihn und Andrew spürte, wie seine Wangen zu glühen begannen, als sie ganz unbekümmert fortfuhr. »Was ich sehe, gefällt mir. Im Gegensatz zu Mrak. Das ist kein schöner Anblick.«

»Da bin ich aber erleichtert«, meinte Andrew verlegen grinsend und beeilte sich, sich fertig anzukleiden.

In der Küche duftete es verführerisch und Andrews Magen knurrte so vernehmlich, dass Maeve leise lachte. »Sicher wird Cait es dir verzeihen, wenn du schon anfängst.«

Doch Andrew wartete und erzählte Maeve noch ein wenig von ihrer verrückten Zeitreise, der Flucht aus dem

Dorf der Schüler und wie sie von Brork und den anderen verfolgt worden waren.

Maeve war ganz fasziniert und wollte alles genau wissen. Als Cait sich endlich mit frisch gewaschenen Haaren und modernen Kleidern zu ihnen gesellte, ließen sie sich den Kartoffel-Hackfleisch-Auflauf schmecken.

Nachdem Andrew drei Portionen ratzeputz vertilgt hatte, lehnte er sich zufrieden zurück. »Jetzt müssen wir nur überlegen, wie wir Cait nach Hause bringen können.«

Über den Tisch hinweg legte Maeve Cait eine Hand auf den Arm. »Du kannst gerne auch noch bei mir bleiben, aber ich denke, du möchtest zurück zu deiner Familie, nicht wahr?«

Cait biss sich auf die Unterlippe. »Ich bin gern hier, aber ich habe meine Schwester Mjana vermisst. Als wir meiner Zeit entschwunden sind, verfolgten uns Krieger des Adlerstammes. Ich hoffe, Mjana hat sich versteckt. Außerdem habe ich Angst, dass all diese«, Cait runzelte die Stirn, schien nach Worten zu suchen, »diese Wirren zu einem Krieg zwischen meinem Clan und dem Adlerstamm führen.«

»Würde Brork nicht einfach aufgeben, wenn du hier und damit für ihn verschwunden bleibst?«, warf Andrew ein. »Ich verstehe, dass du deine Zeit und die Menschen, die du liebst, vermisst. Aber hier könntest du ebenfalls ein gutes Leben führen.«

Bedächtig wiegte Cait ihren Kopf. »Ich weiß nicht, was richtig und falsch ist. Die Steinweisen sagen, die Götter schicken die ungewöhnlichen Stürme und die schlechte Ernte. Sie sagen, mein Verschwinden ist schuld.«

»Das ist doch Blödsinn!«

»Ich bin mir da nicht so sicher, Andrew«, mischte sich Maeve ein und deutete zum Fenster hinaus. »Als ihr fort wart, hat auch hier das Wetter verrückt gespielt. Wer weiß, ob das nicht an euch lag.«

»Das kann ich mir nicht vorstellen.« Andrew schielte nach der beinahe leeren Auflaufform und musste sich beherrschen, um diese nicht wie eine Katze bis auf den letzten Krümel auszulecken.

»Du konntest dir bislang sicher auch keine Zeitreise vorstellen.« Maeve schien seine Gedanken gelesen zu haben, kratzte das restliche Hackfleisch, die Sauce und die Kartoffelstückchen zusammen und legte sie auf Andrews Teller.

»Auch wieder wahr.« Nachdenklich aß er und fragte sich, wie es gelingen sollte, Cait in ihre Zeit zurückzubringen, ohne dabei selbst wieder mitgerissen zu werden. »Vielleicht muss Cait allein zum Steinkreis gehen.«

»Das habe ich schon zuvor versucht«, wandte Cait ein. »Doch erst mit dir gelang mir die Reise zurück.«

»Trotzdem muss es möglich sein, denn schließlich bist du auch allein hierhergekommen«, gab Andrew zu bedenken.

Cait nickte bedächtig. »Die Götter entscheiden offenbar, wann die Steine ihre Kraft offenbaren.«

»Es muss doch außer den Göttern noch eine vernünftige Erklärung geben«, meinte Andrew.

»Andrew«, Cait legte ihm eine Hand auf den Arm. »Uns umgeben höhere Kräfte. Thua sagte mir einst, es ist nur wichtig, mit diesen Mächten im Fluss zu bleiben, nicht, sie zu verstehen.«

»Ja, das mag sein.« Maeve erhob sich und nahm drei Bücher von der Fensterbank. »Aber mich drängt es auch nach einer Erklärung. Daher habe ich versucht, etwas über Zeitreisen herauszufinden, aber das ist gar nicht so einfach.«

Andrew begann in einem Bildband über geheimnissvolle Stätten aus der Steinzeit zu blättern.

»Im Internet steht jede Menge Blödsinn«, schimpfte Maeve. »Hier und da auch Informationen, die nicht völlig abwegig klingen, aber es ist schwierig, herauszubekommen, was seriös ist und was nicht.«

»Sofern man bei derartigen Vorkommnissen überhaupt von *seriös* sprechen kann«, sagte Andrew, während er den leeren Teller von sich schob. »Ich könnte Dianne fragen. Sie ist Archäologin. Vielleicht kann sie uns helfen.«

»Ein guter Gedanke«, stimmte Maeve zu. »Obwohl ich bezweifle, dass eine Archäologin eine Erklärung finden kann.«

»Hm«, brummte Andrew. »Wir könnten auch einen Physiker fragen, aber den Rummel, den so ein Ereignis auslösen würde, möchte ich mir gar nicht vorstellen.«

»Ich auch nicht.« Maeve erhob sich. »Lass uns mit Dianne anfangen.«

»Was ist ein Phyiss…?« Cait versuchte das Wort zu formen, doch es gelang ihr nicht.

»Ein Physiker«, half ihr Andrew. »Jemand, der sich mit den Gesetzen der Natur auskennt.«

»Also ein Steinweiser?«

»Na ja, so ähnlich«, sagte Andrew lachend. Dann stand er auf und brachte sein schmutziges Geschirr hinüber zur Spüle. »Ich helfe noch rasch beim Abwasch, dann rufe ich sie an.«

»Blödsinn, ich kümmere mich um das Geschirr«, wehrte Maeve ab. »Ruf du Dianne an!«

»Ich kann helfen«, bot Cait sofort an, woraufhin Maeve zufrieden nickte.

Andrew eilte hinaus zu seinem Auto. Zum Glück hatte sich sein Smartphone noch nicht vollständig entladen, doch er hatte keinen Empfang. Unruhig lief er umher, versuchte es im Haus und im Garten. Anstatt sich eine Leiter aus der Scheune zu holen und auf das Dach zu klettern, entschied er sich dafür, ein Stück die Straße hinunterzulaufen, bis er endlich Empfang hatte. Dann drückte er auf Diannes Namen. Ungeduldig wartete er darauf, dass sie abhob.

»Schön, dass du auch mal von dir hören lässt!«, ertönte schließlich ihre ungewohnt unfreundliche Stimme vom anderen Ende.

»Äh, hallo Dianne, ich wollte mich bei dir entschuldigen, weil ich dich versetzt habe …«

»Und das fällt dir erst jetzt ein?«

»Du wirst es nicht glauben, aber ich war …«

»Bitte, keine dämlichen Ausreden«, unterbrach sie ihn. »Man kann eine Verabredung vergessen, aber dann hättest du zumindest eine kurze Nachricht schicken können.«

»Dianne.« Er fuhr sich durch die Haare und überlegte, was er sagen sollte. »Wenn ich dir die Wahrheit erzähle, wirst du das ganz sicher als dämliche Ausrede einstufen.«

»Ich höre!«

»Ich … Cait und ich sind in der Nacht, bevor wir verabredet waren, zum Ring of Brodgar gegangen. Und dort ist etwas Unglaubliches geschehen. Wir sind durch die Zeit gereist.«

Stille.

»Ich weiß, das klingt irre. Aber so war es. Ich war irgendwo am Ende der Steinzeit.«

Stille.

»Dianne?«

»Das ist mit Abstand die dümmste Ausrede, mit der mir ein Kerl jemals gekommen ist!« Ein penetrantes Tuten erklang, Dianne hatte aufgelegt.

War ja nicht anders zu erwarten, dachte Andrew. Er nahm sich vor, sie später oder morgen aufzusuchen. Leider wusste er nicht, wo ihre Verwandten wohnten, aber vielleicht würde er sie ja bei der Ausgrabungsstätte antreffen.

Während Andrew zurück zu Maeves Haus lief, schweiften seine Gedanken immer wieder zu ihrer verrückten Zeitreise ab. Was mochten die Steinweisen jetzt tun? Und wie würde Brork sich verhalten? Was, wenn er die arme kleine Mjana in die Finger bekommen hatte und sie für die Geschehnisse vielleicht sogar verantwortlich machte? Und wenn Mjana die Flucht gelungen war, würden ihr Vater und ihr Bruder dem Mädchen erlauben, zurück in ihre Siedlung zu kommen?

Als er in die Küche trat, erzählte er den beiden Frauen von seinem misslungenen Gespräch mit Dianne.

»Ich muss zurück!«, sagte Cait. »Ich kann nicht auf diese Frau warten!«

»Du sorgst dich um deine Schwester, nicht wahr?«, fragte Maeve.

Cait nickte.

»Denkst du, dein Vater und dein Bruder … wie hieß er noch gleich?«

»Urdh.«

»Urdh, genau. Glaubst du, sie werden Mjana wieder bei sich aufnehmen? Nicht, dass sie verstoßen wird, weil sie uns geholfen hat, oder schlimmer noch«, Andrew zögerte und das schlechte Gewissen nagte zunehmend an ihm, »was, wenn Brork sie erwischt hat?«

Cait legte das Geschirrtuch zur Seite und dachte kurz nach, dann schaute sie zu Andrew auf. »Mjana ist schlau. Sicher konnte sie sich vor Brork verbergen. Brork folgt nur unserer Spur. Und was Vater und Urdh angeht, ich hoffe, sie haben Mjanas Verschwinden nicht bemerkt. Und wenn doch, wird Vater sie strafen und anschließend wieder aufnehmen. Zumindest hoffe ich das. Aber ich muss es sicher wissen.«

»Dein Vater würde Mjana schlagen?«, fragte Andrew entsetzt.

Cait schien das nicht sonderlich befremdlich zu finden. »Wenn sie sich seinen Anordnungen widersetzt, bestraft er sie. Aber Vater ist nicht allzu brutal. Wenn Rugla vom südlichen Haus seine Frau oder Töchter geschlagen hat, hat man ihre Schreie in der gesamten Siedlung gehört.«

»Netter Kerl.«

»Er ist im letzten Winter von den Klippen gestürzt und im Meer ertrunken.«

»Geschieht ihm recht.«

Darauf erwiderte Cait nichts. Für sie war es vermutlich normal, dass mächtige Männer wie Kraat Frauen und Kinder schlugen. Andrew hingegen stieß solches Verhalten ab.

»Lass uns wenigstens bis zum Abend warten«, schlug Andrew schließlich vor. »Ich werde zu Dianne fahren und mit ihr reden. Vielleicht hat sie zumindest einen Rat.«

Maeve legte Cait eine Hand auf die Schulter und sah sie mitfühlend an.

»Gut«, sagte die junge Frau. »Aber spätestens, wenn Anú in die Dunkelheit taucht, gehe ich.«

»Einverstanden! Und ich werde dich begleiten«, antwortete Andrew. »Zumindest ein Stück weit«, ergänzte er, denn er war nicht erpicht darauf, erneut durch die Zeit zu reisen.

Cait trat auf ihn zu, legte ihre Stirn kurz an seine Brust. »Ich danke dir!«

»Schon gut.« Verlegen schaute er zu Maeve, die nur die Schultern hob, dann strich er Cait über den Kopf.

»Ich gehe ans Meer«, sagte Cait schließlich. Ohne weitere Worte ging sie los, winkte an der Tür noch mal zum Gruß und trat hinaus ins Freie. Durch das Fenster sah Andrew sie in Richtung Meer davonschlendern. Diese Frau war für ihn ein Rätsel. Gleichzeitig bewunderte er sie und ihm war bewusst, ohne Cait wäre er in der anderen Zeit verloren gewesen.

DIANNES ENTSCHEIDUNG

»Bitte, Andrew, verschone mich mit diesem hanebüchenen Schwachsinn!« Mit vor Wut gerötetem Gesicht zerrte Dianne einen Holzbalken aus dem Gemüsebeet ihrer Tante. Nachdem Andrew einfach keine Ruhe gehabt hatte, war er zur Ausgrabungsstätte gefahren. Dort hatte man ihm jedoch gesagt, dass Dianne heute nicht kommen, sondern ihrer Familie auf der Farm helfen würde. Eine Studentin hatte ihm den Weg erklärt und so war er zu dem abgelegenen Hof gefahren.

»Komm mit und frag Cait und Maeve, die werden das bestätigen.«

Dianne schnaubte empört, strich sich eine rote Haarsträhne aus der verschwitzten Stirn und stemmte die Hände in die Hüften.

»Andrew, pass auf. Jeder kann einmal eine Verabredung vergessen – ist mir auch schon passiert. Man entschuldigt sich, macht etwas Neues aus oder lässt es bleiben, wenn man keine Lust mehr hat. Aber komm mir nicht damit, dass dich die Zeit verschluckt hat!«

»Aber so war es!« Verzweifelt hob Andrew die Hände gen Himmel. »Ich weiß, wie irre das klingen muss. Aber glaubst du wirklich, ich würde dir etwas derart Absurdes auftischen, wenn ich es nicht tatsächlich erlebt hätte?«

Dianne hielt mit ihrer Arbeit inne, rieb ihre Hände gegeneinander, so dass der Schmutz abfiel, und seufzte schließlich. »Für einen Idioten habe ich dich eigentlich nicht gehalten.«

»Na siehst du!«

»Was nicht bedeutet, dass ich dir deine Geschichte abkaufe. Vielleicht hast du etwas Außergewöhnliches erlebt, vielleicht auch nur etwas zu viel getrunken. Was auch immer es war, es gibt eine ganz rationale Erklärung dafür.«

»Die gibt es, ganz sicher«, sagte Andrew. »Ich war in der Vergangenheit! Komm mit, sieh dir die Kleider und Speere an, die wir aus der anderen Zeit mitgebracht haben. Dann hast du einen Beweis.«

Dianne wurde nun doch nachdenklich und schien mit sich selbst um eine Entscheidung zu ringen, während eine Brise mit ihren roten Haaren spielte.

»Gut, aber zuerst hilfst du mir!«, verlangte sie resolut.

»Euer Wunsch sei mir Befehl, Mylady!« Andrew verbeugte sich und ging Dianne bei den Aufräumarbeiten zur Hand. Sie redeten nicht viel, und als sie später in Andrews Auto saßen, schaute Dianne recht düster zum Fenster hinaus.

Zu gern hätte Andrew mit ihr über den Ring of Brodgar und die mysteriöse Zeitreise gesprochen. Doch ihm war klar, bevor sie nicht die Relikte in Händen hielt, die er der Vergangenheit Skara Braes entrissen hatte, würde sie ihm keinen Glauben schenken.

Bei Maeves Haus angekommen schaute sich Dianne zunächst interessiert um. Die ältere Dame lud sie zu einer Tasse Tee ein und Andrew zeigte Dianne die Fellkleidung und die Speere. Stumm und sehr sorgfältig betrachtete Dianne die Gegenstände.

»Ich müsste das erst genauer untersuchen«, murmelte sie vor sich hin.

»Glaubst du im Ernst, ich nähe solche Fellsachen und schnitze mal rasch ein paar Speere, nur um nicht zugeben zu müssen, dass ich eine Verabredung vergessen habe?«

»Hmm.« Grübelnd legte Dianne den Kopf schief. »Eigentlich nicht. Aber ich weigere mich, an Zeitreisen zu glauben.«

»Auch mir fiel das zunächst schwer«, warf Maeve ein. »Aber nach allem, was Cait mir erzählt hat, ihrem seltsamen Verhalten zufolge und vor allem jetzt, da die beiden gemeinsam fort waren und auch Andrew meine Vermutung bestätigt, da besteht für mich kein Zweifel mehr.«

Dianne zog nur skeptisch eine Augenbraue in die Höhe. »Wo ist diese Cait denn überhaupt?«

»Sie sammelt Algen. Vielleicht auch Kräuter. Sicher wird sie bald zurück sein«, meinte Maeve.

Ungeduldig trommelte Dianne mit der Hand auf die Sofalehne. Immer wieder griff sie nach einem der Speere und begutachtete ihn eingehend. Dabei strich sie mit den Fingern über die aus Stein gehauene Spitze.

»Das kann nicht sein, es kann einfach nicht sein!«

»Habt ihr Archäologen jemals Hinweise darauf gefunden, dass durch die Steinkreise Zeitreisen möglich sind?«

»Nein!«, sagte Dianne abweisend. »Natürlich gab und gibt es die wildesten Spekulationen, was den Ring of Brodgar und viele andere megalithische Kultstätten betrifft, aber Zeitreisen«, sie schüttelte den Kopf, »das kann ich weder glauben, geschweige denn erklären.«

»Trotzdem ist es wahr und wir fragen uns jetzt, wie es uns gelingen kann, Cait wohlbehalten nach Hause zu bringen.«

»Es könnte sein …« Dianne legte einen Finger an ihre Nase, dann lachte sie auf. »Das ist verrückt, ich sollte mir gar keine Gedanken machen. Es ist einfach absurd!«

»Ist es nicht. Bitte hilf uns, Dianne.«

Sie schüttelte den Kopf. »Nein, ich bin Wissenschaftlerin!«

»Eben, genau deshalb ist uns deine Meinung wichtig«, sagte Andrew aufmunternd.

Maeve nickte zustimmend.

»Wissenschaft beruht auf Fakten und Tatsachen, nicht auf Spekulationen, Andrew!«

»Komm schon, Dianne! Erweitere meinen Horizont mit ein paar wissenschaftlichen Spekulationen.«

Dianne musste schmunzeln, schüttelte aber den Kopf.

»Nein, Andrew. Ich habe keine Ahnung, wie eine Reise durch die Zeit möglich sein sollte! Wir Archäologen gehen lediglich davon aus, dass die Steinkreise und anderen mystischen Stätten, wie Grabhügel oder Monolithen, für Rituale, für Feiern zu Ehren der Götter und andere bedeutende Handlungen genutzt wurden. Vermutlich auch zur Sternenbeobachtung.«

»Cait könnte dir ganz genau erzählen, wie sie in ihrer Zeit gelebt hat«, schlug Andrew vor.

Kurz blitzte Neugierde und Begeisterung in Diannes Augen auf, dann verschloss sich ihr Gesicht.

»Erst mal möchte ich dieses angebliche Steinzeitmädchen kennenlernen.« Sie maß Andrew mit herausfordernden Blicken. »Du hast nicht zufällig Fotos mit deinem Handy gemacht, als du in der anderen Zeit warst?«

»Ich hatte es nicht mitgenommen, am Ring of Brodgar gibt es ohnehin keinen Empfang.«

So als würde das Andrew einer Lüge überführen, schnaubte Dianne mit bitterer Genugtuung und Andrew verdrehte die Augen.

»Hat jemand Lust auf Schokokuchen?« Vermutlich wollte Maeve die Stimmung auflockern und zauberte einen großen Kuchen mit dunkler Schokolade und Sahnehaube hervor.

Zunächst schaufelte Dianne den Kuchen mit recht verdrießlicher Miene in sich hinein, aber nach und nach entspannte sie sich.

»Danke, Maeve, Ihr Kuchen war wirklich köstlich.«

Zufrieden schmunzelnd goss Maeve Tee nach. Eine Weile unterhielten sie sich über die neuesten Ausgrabungen, dann öffnete sich die Tür knarrend und Cait trat ein.

Sie hielt inne, als sie Dianne entdeckte. Beide Frauen maßen sich mit Blicken. Dann stellte Cait mit wachsamer Miene den Korb mit Kräutern in die Küche, bevor sie zurück in den Wohnraum kam.

»Du bist also Cait und kommst aus der Zeit, in der Skara Brae noch besiedelt war.« Dianne beugte sich leicht nach vorne, wodurch sie an eine Katze kurz vor dem Sprung erinnerte. Alles an ihr drückte Misstrauen aus. Cait setzte sich neben Andrew – vielleicht empfand sie ihn als weniger bedrohlich.

»Caitir«, korrigierte sie mit dem Anflug eines Lächelns. »Mein Name ist für euch schwer auszusprechen, deshalb Cait.«

Als Cait sprach, richtete sich Dianne ein wenig auf, als würde allein Caits seltsame Aussprache genügen, sie irgendwie stutzig zu machen.

»Caitr.« Dianne versuchte Caits Namen nachzusprechen und wiegte mit halbherziger Zustimmung den Kopf. »Du behauptest also, du bist eine Priesterin aus der Jungsteinzeit, bist mit Andrew durch die Zeit gereist und weißt nicht einmal, wie das vonstattengegangen ist.«

»Ich wurde bei den Steinweisen aufgenommen«, bestätigte Cait. »Erst vor wenigen Tagen wurde ich dem Stand der Schüler enthoben. Jetzt bin ich eine Steinweise.«

»Besser gesagt, vor ein paar Tausend Jahren«, murmelte Andrew, woraufhin Maeve schmunzelte.

Dianne betrachtete Cait derart intensiv, als suche sie einen Beweis, der die junge Frau entweder als jungsteinzeitliche Priesterin oder als Lügnerin überführte. Doch abgesehen von ihrer gelegentlich ein wenig abgehackt klingenden Sprache und einem ungewöhnlichen Akzent wirkte Cait wie eine normale junge Frau, zumal sie hier in Pullover und Jeans auf dem Sofa saß. Sie war ein wenig kleiner als der Durchschnitt, sehniger, ihr Gesicht sehr schmal und von wachen, dunklen Augen beherrscht.

»Gut.« Dianne lehnte sich zurück und schlug die Beine übereinander. »Erzähl mir doch ein wenig von dir. Wie lebt ihr, was esst ihr, welche Funktion haben diese Steinweisen?«

»Funktion?« Cait wandte sich mit fragendem Blick an Andrew.

»Dianne will wissen, welche Aufgabe die Steinweisen haben.«

Zunächst antwortete Cait sehr zögerlich, doch nachdem sie zu bemerken schien, wie sich nach und nach Diannes Skepsis legte und sie interessiert zuhörte, berichtete sie von dem Stammessystem ihrer Zeit, der Ausbildung zur Steinweisen und den Festen, die am Kreis der Ahnen gefeiert wurden.

Dianne kam offenbar gar nicht mehr aus dem Staunen heraus und bat Maeve irgendwann sogar um Stift und Papier, um einiges zu notieren.

»Dianne«, sagte Andrew, als der Abend schon weit fortgeschritten war und sie es sich bei einem Glas Wein gemütlich machten. Gerade hatte Cait von der Feierlichkeit zu ehren der neuen Steinweisen erzählt. »Ich denke, es wäre besser, wenn du die Wahrheit über Caits Herkunft für dich behältst.«

»Weshalb? Das ist eine Sensation«, rief sie enthusiastisch aus. »Wenn es denn wirklich stimmt!«

»Du glaubst ihr immer noch nicht?«

Dianne seufzte. »Innerlich schon, aber mein Verstand lehnt das Ganze noch ab.«

Cait schaute fragend zu Andrew und der beugte sich zu Dianne hinüber.

»Wahrscheinlich geht es jedem so wie dir und viele würden versuchen, die Wahrheit herauszufinden. Es gibt genügend skrupellose Wissenschaftler, die Cait bis zu ihrem letzten DNA-Strang untersuchen würden. Sie würden sie befragen, ihr Angst machen. Das möchte ich nicht.«

»Ich ebenfalls nicht«, stimmte Maeve ernst zu.

»Was sind … Wissenschaftler?«, wollte Cait unsicher wissen.

»Wissenschaftler – das sind Menschen, die bestimmte Dinge erforschen. Dianne beispielsweise beschäftigt sich mit der alten Zeit, mit der Vergangenheit. Es gibt auch andere, die den Körper erforschen, den Himmel und seine Sterne und solche, die neue Technologien erfinden.«

»Sind das böse Menschen?«, schlussfolgerte Cait, wobei sie nun ein wenig angespannt wirkte.

Dianne öffnete den Mund, aber Andrew hob abwehrend eine Hand. »Nein, ich denke, Dianne ist nicht böse, nur möchte ich verhindern, dass sie anderen Wissenschaftlern, die weniger nett und verantwortungsbewusst sind als sie, von dir erzählt.«

»Woher willst du wissen, dass ich nicht alles daran setzen werde, um meine wissenschaftliche Neugier zu befriedigen?«, fragte Dianne.

»Menschenkenntnis!«, antwortete Andrew. »Ich kenne dich noch nicht sehr lange, aber ich halte dich für einen Menschen mit Gewissen.«

Dianne blähte ihre Nasenflügel und verschränkte die Arme vor der Brust. »Dann soll ich schön brav den Mund halten, während hier«, sie deutete auf Cait, »vielleicht ein Wunder sitzt?«

Andrew ließ sich nicht beirren. »Denk über das nach, was ich dir gesagt habe. Du wirst Cait doch nicht zum Versuchskaninchen machen wollen, oder?«

»Kaninchen?«, erkundigte sich Cait verwirrt.

Dianne kicherte verhalten, dann wurde sie wieder ernst. »Gut. Unter einer Bedingung!«

»Und die wäre?«, fragte Andrew misstrauisch.

»Wenn ihr noch einmal versucht, durch die Zeit zu reisen, nehmt ihr mich mit.« In Diannes grünen Augen blitzte Abenteuerlust auf.

»Ich will nicht mehr dorthin zurück!«, wehrte Andrew ab. »Es ist eine Sache, die Vergangenheit durch Ausgrabungen zu erforschen, aber eine ganz andere, in ihr zu leben.« Er war heilfroh, Brork und seinen Anhängern entkommen zu sein, und beabsichtigte, sich vom Ring of Brodgar fernzuhalten.

»Aber Cait will zurück«, sagte Dianne sanft. »Nimmst du mich mit?«

Cait nickte zögernd. »Nur weiß ich nicht, wie. Es geschieht einfach. Begleitest du mich heute Nacht zum Kreis der Ahnen?«

Dianne nickte aufgeregt, Maeve hingegen wiegte besorgt den Kopf. »Lasst euch doch noch ein wenig Zeit. Ihr seid gerade erst wieder hier gelandet. Ruht euch aus, esst anständig und versucht es morgen oder übermorgen.«

»Na gut«, stimmte Dianne widerwillig zu. »Dann sollte ich jetzt nach Hause fahren.«

Andrew blies seine Wangen auf. »Ich befürchte, ich kann nicht mehr fahren. Das letzte Glas Wein war zu viel!«

»Na toll, und wie komme ich jetzt nach Hause?«

Grinsend imitierte Andrew mit seinen Fingern, wie jemand wanderte. »Ich bin in der anderen Zeit auch verflucht weite Strecken gelaufen.«

»Ach ja?« Sie stemmte die Hände in die Hüften.

»Das Sofa ist halbwegs bequem«, bot Maeve an. »Wenn du möchtest, kannst du hier übernachten.«

Dianne bedachte Andrew noch mit einem bösen Seitenblick, dann nickte sie Maeve zu. »Das wäre sehr nett. Ich sage nur rasch meiner Tante Bescheid.« Sie holte ihr Mobiltelefon heraus und schritt auf der Suche nach Empfang im Wohnzimmer auf und ab.

»Am besten du gehst ein Stück die Straße runter«, schlug Andrew vor.

»Na schön«, sagte Dianne seufzend und ging hinaus.

»Als ich das das erste Mal bei anderen Menschen gesehen habe, habe ich mich gefragt, was sie mit diesem kleinen Kästlein bezwecken«, flüsterte Cait Andrew zu. »Ich dachte, sie haben den Verstand verloren. In der großen Stadt tun das alle!«

»In der großen Stadt? Du meinst Kirkwall.«

Cait nickte. »Ich war einmal dort. Mit Maeve.«

Andrew musste schmunzeln, als er hörte, wie ehrfürchtig Cait von der großen Stadt sprach. Kirkwall mit seinen schätzungsweise siebentausend Einwohnern war ein verschlafenes kleines Städtchen, das außerhalb der Touristensaison wenig zu bieten hatte. Er fragte sich, was sie zu Metropolen wie London oder Manchester sagen würde. Sicher wäre sie völlig reizüberflutet und überfordert. Womöglich würde sie in der verpesteten Großstadtluft sogar schwer erkranken.

»Diese Telefone sind den Menschen der heutigen Zeit sehr wichtig«, erklärte er. »Wir bleiben damit auch mit weit entfernten Freunden und Bekannten in Kontakt.«

Cait zog die Beine an die Brust und legte ihren Kopf auf die Knie. »Ich finde es schöner, jemandem in die Augen zu schauen. Nur so kann ich sprechen.«

»Das stimmt, aber manchmal lebt man so weit entfernt voneinander, dass das kaum oder nur mit großer Mühe möglich ist. Mein ältester Bruder zum Beispiel lebt in Australien.«

»Wo liegt Australien?«, wollte Cait interessiert wissen.

»Maeve, hast du einen Atlas?«

Die alte Dame ging zu ihrem Bücherregal und nachdem sie einige Romane und Bildbände herausgezerrt hatte, förderte sie einen ramponierten Atlas von 1998 zutage. In diesem Moment kehrte auch Dianne zurück, die offenbar ihr Telefonat beendet hatte. Während sie Andrew über die Schulter blickte, suchte er die entsprechende Seite mit der Weltkarte heraus und zeigte Cait, wo sie momentan waren und wo Australien lag.

Ihre Augen weiteten sich und sie fuhr die Strecke mit dem Finger nach, die man hätte zurücklegen müssen, wenn man nach Australien gewollt hätte.

»Ich dachte, die Reise zum Land jenseits der Wellen würde schon unglaubliche Strapazen bedeuten.« Sie deutete auf das schottische Festland, dann auf den Süden Großbritanniens. »Einige Steinweise kommen von dort unten, um die Wintersonnenwende bei uns zu feiern. Sie errichten dort gerade einen Götterkreis.«

»Tatsächlich?« Dianne ließ sich neben Cait nieder und tippte auf die Karte.

»Weißt du, wo genau?«

Bedauernd schüttelte Cait den Kopf. »Ich weiß nicht. Manche Reisenden zeichnen das Land in den Sand. Oder ritzen es in Stein.« Sie beugte sich etwas weiter über den Atlas. »Es könnte dort sein.« Vage deutete sie auf einen großen Bereich, der nicht allzu weit von London entfernt lag.

»Hmm«, grübelnd legte Dianne einen Finger an ihre Nase. »Stonehenge wurde in einer sehr langen Bauzeit zwischen 3000 und 1000 vor Christus errichtet und immer wieder geändert. Waren es anfangs Holzkonstruktionen, so gehen wir heute davon aus, dass die Steine erst 2500 vor Christus errichtet wurden. Damit wäre Stonehenge sogar jünger als der Ring of Brodgar oder als Cait sein kann. Andererseits habe ich erst kürzlich in einem Magazin gelesen, dass Wissenschaftler rund um Stonehenge einen Steinkreis mit neunzig Monolithen entdeckt haben, der älter ist als Stonehenge. Mag sein, dass er aus Caits Zeit stammt.«

»Dann glaubst du uns also endlich«, schlussfolgerte Andrew und konnte einen triumphierenden Unterton nicht unterdrücken.

»Na ja, vielleicht bin ich ja völlig durchgeknallt«, gab Dianne widerstrebend zu, »aber das, was Cait erzählt, klingt zu detailliert, als dass es erfunden sein könnte. Dennoch ist es für mich noch unfassbar. Aber andererseits ist Cait irgendwie …« Dianne schien zu überlegen.

»Was?«, wollte Andrew wissen.

»Sie ist irgendwie so anders und so seltsam. Bitte versteh mich nicht falsch, Cait.«

Die Frau aus einer anderen Zeit runzelte die Stirn. »Das seid ihr für mich auch. Alles hier ist für mich seltsam.«

Andrew schmunzelte. »Das geht mir manchmal genauso.«

»Bitte Cait, erzähl uns doch ein wenig von dir«, bat Dianne. »Jetzt, da ich dank dieses Gentlemans hier auf dem

Sofa nächtigen muss, könntest du mir noch von euren Ritualen in den Heiligen Hallen erzählen. Was geschieht, wenn ihr vom Schüler in den Stand der Steinweisen erhoben werdet? Bei diesen Hallen dachten wir eigentlich, es handle sich um eine Tempelanlage!«

Nachdem Dianne Cait erklärt hatte, was ein Tempel war, wiegte diese den Kopf. »Das sind die Heiligen Hallen auch. Die Steinweisen halten sich aber nicht immer dort auf. Nur bei wichtigen Ritualen betreten sie diese. Sie wohnen dort nicht so wie Maeve in diesem Haus. Es ist ein heiliger Ort. Wichtige Entscheidungen werden dort getroffen und man sucht die Verbindung zu den Göttern.«

Andrew freute sich, dass sich die beiden nach anfänglichem Misstrauen jetzt besser verstanden. Cait hatte ihre Scheu abgelegt, Dianne ihre provozierende und etwas unnahbare Art, die er zuvor noch gar nicht an ihr gekannt hatte.

Eine ganze Weile ließ sich Dianne noch von Cait erzählen. Irgendwann jedoch hakte sie nicht mehr nach, da sie zu bemerken schien, dass es die junge Frau erschöpfte, so viel in der ihr noch immer nicht vertrauten Sprache zu reden.

»Was Cait erzählt, ist faszinierend. Ich muss es mit eigenen Augen sehen«, meinte Dianne, nachdem Cait geendet hatte.

Draußen war die Dunkelheit vollständig hereingebrochen und Schauer peitschten gegen die Fenster.

»Du kannst es wohl gar nicht abwarten, in die Steinzeit zu gelangen«, scherzte Andrew und lehnte sich behaglich auf dem Sofa zurück. »Aber denk dran, da gibt es finstere Typen wie diesen Brork, die sich unter Umständen auch nicht scheuen werden, dir an die Wäsche zu gehen.«

Während Cait fragend den Kopf schräg legte, räusperte sich Dianne unbehaglich. An so etwas hatte sie in ihrer Euphorie sicher nicht gedacht.

»Ich passe schon auf«, murmelte sie vor sich hin.

»Dianne!« Andrew ging auf sie zu und fasste sie an der Schulter. »Mich hat es zufällig in die Vergangenheit verschlagen und genauso zufällig sind wir wieder hier gelandet, als Brork uns verfolgte. Weder Cait noch ich wissen, wie man solche Zeitsprünge kontrollieren kann. Es ist also gut möglich, dass es überhaupt nicht funktioniert oder du nie wieder zurückkommst. Bist du dir darüber im Klaren?«

Stille lag im Raum, Cait und Maeve betrachteten Dianne angespannt.

»Ja, bin ich mir«, sagte Dianne schließlich. »Und ich möchte es dennoch versuchen.«

Andrew fuhr sich mit der Hand über das Gesicht. »Na schön! Reisende soll man nicht aufhalten.«

»Andrew«, begann Dianne und legte ihm eine Hand auf den Arm, »Die Archäologie hat mich von Anfang an fasziniert. Doch weißt du, welche Frage ich mir während der Ausgrabungen immer wieder gestellt habe?«

Andrew schüttelte den Kopf.

»Wer waren diese Menschen damals?«, antwortete Dianne. »Ich will wissen, wie sie gelebt haben, wie sie reden, wie sie … sind. Ich will erfahren, wie es sich anfühlt, bei ihnen zu sein und sie tatsächlich zu erleben. Jetzt bietet mir das Leben diese einmalige Gelegenheit und ich muss sie nutzen! Verstehst du das?«

Andrew seufzte. »Ich verstehe.« Er schmunzelte. »Wenn ich noch mal reisen würde, würde ich mir zumindest einen Revolver mitnehmen.«

»Ach, hast du vielleicht ein oder zwei bei dir?« Fragend hob Dianne ihre Augenbrauen.

»Nein, aber vielleicht kennst du jemanden …«

»Wir sind hier auf den Orkneys, nicht in Texas«, sagte Dianne lachend.«

Andrew verschränkte lässig die Arme vor der Brust. »Na dann haben wir ja alles geklärt.«

»Haben wir. Morgen früh also. Ist das auch für dich in Ordnung, Cait? Oder möchtest du doch lieber gleich losziehen?« In Diannes Augen funkelte es. »Es gibt Regenjacken!«

»Dianne, du bist unmöglich!« Andrew kniff ihr scherzhaft in die Seite.

»Wenn Griah den neuen Tag segnet, ziehen wir los«, sagte Cait.

»Also schön.« Dianne wandte sich an Maeve. »Dürfte ich kurz das Bad benutzen?«

»Natürlich! Die Treppe rauf, zweite Tür links.«

»Gut, dann ziehe ich mich jetzt auch zurück, ich bin nämlich verflucht müde.« Andrew stand ebenso wie Dianne auf und ging zur Tür. »Schlaft gut.«

Es kostete ihn Überwindung, auch nur hinaus in den Regen und zu seinem Zelt zu gehen. Zwar war eine der Stangen vom Sturm zerbrochen worden und etwas Wasser hatte es auch ins Innere gedrückt, doch sehr viel weniger hätte er Lust gehabt, jetzt zum Ring of Brodgar zu wandern und eine weitere Zeitreise zu wagen. »Dianne ist völlig besessen«, murmelte er vor sich hin. Auch wenn er ihre Begeisterung verstehen konnte, die Orkneys der Jungsteinzeit besuchen zu wollen, fand er, dass die Gefahren die dort lauerten, in keinem Verhältnis zum Nutzen standen.

Vielleicht bin ich ja doch kein Vollblutarchäologe und sollte mir das mit dem Studium nebenher aus dem Kopf schlagen, dachte er, kuschelte sich in seinen Schlafsack und war heilfroh, im Warmen und vor allem in Sicherheit zu sein.

STERNBILD DES SEEHUNDES

Andrew hatte geschlafen wie ein Stein. Als am Morgen jemand an seinem lädierten Zeltgestänge rüttelte, fuhr er auf.

»Aufwachen, Schlafmütze, es gibt Frühstück«, erklang Diannes Stimme von draußen.

Ein Blick auf die Uhr zeigte ihm, dass es schon kurz nach neun war.

»Ich komme.« Er quälte sich aus seinem Schlafsack und hatte das Gefühl, noch mindestens einen halben Tag schlafen zu können. Als er die Zeltklappe öffnete, erwartete ihn strahlender Sonnenschein. Er kroch ins Freie, zog seine Schuhe an und streckte sich.

»Wow!« Nach dem Regen der letzten Nacht zauberten die Sonnenstrahlen nun die tollsten Lichtreflexe auf Gras, Bäume und Büsche und das nahe Meer glitzerte in den schönsten Farben.

»Ist das nicht wunderbar?« Heute klang Dianne wieder so unbeschwert und fröhlich, wie er sie in Erinnerung hatte.

»Das stimmt. Er schlüpfte in seinen Pullover, denn die Brise vom Meer war doch recht frisch. »Und ich bin verflucht froh, wieder hier zu sein! Überleg dir das noch mal mit der Zeitreise, es ist wirklich gefährlich.«

Dianne runzelte die Stirn, ihre roten Haare, die sie heute zu einem Pferdeschwanz gebunden trug, glänzten in der Sonne.

»Es ist eine einzigartige Chance für mich, das Leben der damaligen Zeit hautnah zu erkunden.«

»Und was ist, wenn du *hautnah* einen Speer zwischen die Rippen bekommst oder ein Steinzeitmensch dich in seine Höhle zerrt und vergewaltigt?«

»Auf dich als Retter kann ich ja offenbar nicht zählen«, scherzte sie.

»Es ist mein Ernst, Dianne! So reizvoll alles erscheinen mag, in Caits Zeit lauern Gefahren, die du sicher unterschätzt!«

»Du wirst dir doch keine Sorgen um mich machen!« In ihren Augen blitzte der Schalk und Andrew bemerkte, wie er errötete.

»Blödsinn. Ja … nein … was weiß ich. Betrachte es einfach als Warnung von jemandem, der dort gewesen ist.« Andrew wollte schon zu Maeves Cottage gehen, da fasste ihn Dianne am Arm und drehte ihn in Richtung Meer. »Sieh nur!«

Gerade kam Cait splitternackt aus dem Meer, verharrte am Steinstrand und hielt ihre Hände gen Himmel. Dabei drehte sie sich im Kreis. Anschließend schritt sie bedächtig über die Wiese, kniete sich hin und berührte mit der Stirn den Boden, bevor sie sich anzog.

»Das ist Caits Reinigungsritual«, erklärte er. »Sie macht das regelmäßig.«

»Unglaublich«, sagte Dianne. »Wenn ich mich gestern nicht mit Cait unterhalten und lediglich ihr Morgenritual miterlebt hätte, würde ich es noch immer nicht glauben und sie für verschroben oder skurril halten, aber das ist sie nicht. Sie hat eine ganz eigene Art an sich, die sie zu etwas Besonderem macht.«

Andrew nickte bestätigend, während Cait sich nach ihrem Reiningungszeremoniell ankleidete.

»Die meisten heutzutage«, fuhr Dianne fort, »sind der Meinung, die Menschen der vergangenen Epochen hätten keinen Wert auf Körperhygiene gelegt.«

»Also einige der Kameraden in dem Dorf haben durchaus streng gerochen«, erinnerte sich Andrew schaudernd.

»Das mag sein, sie arbeiten ja auch alle körperlich.«

Dianne eilte auf Cait zu, die, nun wieder in Jeans und Pullover, langsam näher kam. Andrew folgte ihr.

»… damit ehre ich Kjell, den Meeresgott. Anschließend Anú, die Erdmutter, der wir alle entstammen.«, hörte Andrew Cait sagen. Offenbar beantwortete sie gerade Diannes Frage.

»Ehrt ihr alle dieselben Götter?«, wollte Dianne wissen.

Cait schüttelte den Kopf. »Nein. Das wäre falsch, denn ein Gott könnte sich beleidigt fühlen. Mein Stamm lebt nah am Meer und fühlt sich trotzdem dem Land verbunden. Deshalb ehren wir Kjell und Anú. Brorks Stamm verehrt den Adlergott, denn er wacht über Meer, Land und die Luft. Andere Stämme fühlen sich dem Gott des Sturmes oder der Mondgöttin verbunden.«

»Faszinierend!« Obwohl Andrew nach dem Gespräch mit Dianne eben etwas gereizt war, musste er nun über Dianne schmunzeln. Ihre Augen strahlten, ihr Mund war leicht geöffnet und sie lauschte voller Interesse – Dianne war voll in ihrem Element. Ein Teil von ihm würde es ihr gönnen, die von ihr erforschte Zeit persönlich kennenzulernen. Ein anderer fürchtete tatsächlich um ihr Wohlergehen. Auch um Cait machte er sich Sorgen. Was würde aus ihr werden in der anderen Zeit? Würden die Steinweisen sie ausreichend beschützen oder dieser unheimliche Brork sie mit Gewalt zu sich holen?

Sollte Cait nicht besser hierbleiben, wo sie ein bequemeres Leben führen könnte und sicher eine sehr viel höhere Lebenserwartung hätte?

Beim gemeinsamen Frühstück beobachtete Andrew die beiden unterschiedlichen Frauen, die sich trotz aller Gegensätze gut verstanden. Dianne lachte mit Cait, als diese spekulierte, was ihr Vater wohl zu einem Toaster sagen würde. Eine Kiste, die heißes Brot in die Höhe katapultierte, wäre ihm sicher unheimlich gewesen.

Nachdem sich alle gestärkt hatten, ging Cait hinauf in das kleine Zimmer, welches sie die ganze Zeit über bewohnt hatte, und kam mit den Kleidern zurück, die sie in der anderen Zeit getragen hatte.

»Du möchtest also aufbrechen?«, fragte Maeve mit heiserer Stimme. Andrew bemerkte, wie sie mit den Tränen kämpfte und auch Cait schluckte lautstark.

Sie umarmte die ältere Dame. »Vielen Dank für alles, Maeve. Mögen die Götter über dich wachen und dich und dein Haus vor Schaden bewahren.«

Maeve wischte sich über die Augen und nickte ergriffen. »Alles Gute für dich, Cait!«

Cait griff nach dem Lederstück und den Fellen, die Andrew getragen hatte und die noch in der Ecke lagen. »Ich nehme es mit, Kleidung ist wertvoll bei uns.«

»Vielleicht sollte Dianne die Sachen anziehen«, schlug Andrew mit einem Schmunzeln vor.

»Ihr wird es zu groß sein«, wandte Cait ein, zog jedoch das Hemd und einen Fellüberwurf heraus. »Kleide dich damit. So fällst du weniger auf.«

Dianne schlüpfte in das in der Tat viel zu weite Hemd, das ihr bis über die Knie hing und an einen Kartoffelsack erinnerte. Der Fellumhang verdeckte das zu große Hemd zwar einigermaßen, Jeans und Wanderschuhe kamen dadurch allerdings unvorteilhaft zur Geltung. Aber es würde wohl gehen müssen, bis Cait Dianne andere Kleidung besorgen konnte.

»Hier, ein Messer sollst du auch haben.« Cait hielt Dianne eines der Steinmesser hin, die Mjana besorgt hatte.

Dianne nahm es entgegen und betrachtete es fasziniert. »Ich kann es noch immer kaum glauben«, meinte sie, während sie mit den Fingern darüberstrich.

Das andere Messer gab Cait Maeve. »Für dich. Danke für alles! Leider habe ich nicht mehr.«

Maeve nahm die Waffe aus alten Tagen entgegen. »Das ist …«, sie schluckte und brach ab. »Danke!«, sagte sie dann einfach.

»Ich begleite euch ein Stück«, bot Andrew an. »Nur den Steinkreis betrete ich nicht!«

Sie verabschiedeten sich von Maeve, die ein wenig verloren wirkte, wie sie da im Türrahmen stand und ihnen hinterher winkte.

Schweigend wanderten sie über die Straße und bogen dann zum Ring of Brodgar ab.

»Das darf doch nicht wahr sein«, schimpfte Dianne, als eine ganze Reisegruppe auf dem Parkplatz hielt und auf die Steine zuging.

»Also wenn ihr die nicht alle versehentlich mitnehmen wollt, solltet ihr warten«, meinte Andrew grinsend.

Dianne warf ihm einen finsteren Blick zu. »Ich hatte nicht vor, vor den Augen einer Horde Touris in der Zeit zurückzureisen.« Sie blieben auf dem äußeren Erdwall stehen und warteten, bis die Touristen sich laut redend wieder in ihren Bus gesetzt hatten.

»Alles Gute euch beiden! Und gebt auf euch acht!«, sagte Andrew. Eine gewisse Beklommenheit überkam ihn, daher blieb er wie angewurzelt stehen. Dianne warf ihm einen langen Blick zu, Cait schenkte ihm ein fast schon schüchternes Lächeln, dann machten sich Cait und Dianne auf den Weg und betraten den Steinkreis. Für einen Moment kam Andrew sich vor wie ein Feigling und überlegte, ob es nicht seine Pflicht gewesen wäre, mit ihnen zu kommen. Aber nein, Cait gehörte in ihre Zeit so wie er in seine. Wenn Dianne sich nicht belehren ließ und unbedingt reisen wollte, sollte sie das tun. Dennoch verstärkte sich der Kloß in seiner Kehle, als er die beiden unterschiedlichen Frauen beobachtete. Nachdem eine Weile nichts geschah, versuchte es Cait mit ihrem Ritual und begann im Steinkreis zu tanzen, so wie bei ihrer ersten Reise. Hin und wieder wehte der Wind ihren Gesang zu Andrew herüber. Nervös behielt er die Straße im Blick und wartete darauf, dass dieses besondere Leuchten um die Steine herum auftrat oder der Boden sanft bebte – doch die alten Megalithen blieben stumm.

Andrew konnte seine Erleichterung nicht verleugnen, als die zwei nach gut einer Stunde mit hängenden Schultern in seine Richtung kamen.

Ist sicher besser so, dachte sich Andrew, der sich auf dem Erdwall im Schneidersitz niedergelassen hatte, auch wenn er ahnte, wie enttäuscht besonders Dianne sein musste. Er erhob sich und ging den beiden ein Stück entgegen, vermied es aber, den Steinkreis zu betreten.

Da Cait höchst betrübt dreinblickte, drückte er ihr mitfühlend die Schulter. »Sicher klappt es beim nächsten Mal.«

Cait presste nur die Lippen aufeinander und nickte.

Plötzlich vibrierte der Boden unter Andrew. Die Steine begannen zu funkeln – intensiver als der Sonnenschein es hätte erzeugen können. Hauchdünne Linien bildeten sich in der Luft zwischen den uralten Steinen, setzten sich im Gestein selbst fort, wo sie sich wie Adern aus flüssigem Gold verästelten, ehe sie auf Cait zuschossen. Sie hüllten die junge Frau in ein Netz glitzernder Fäden ein, breiteten sich dann zu Andrews Entsetzen auch in seine Richtung aus.

Er starrte auf die Linien, spürte eine Art summendes Kraftfeld um sich herum, das sein Herz kurz aus dem Rhythmus brachte. Er wollte schreien, doch plötzlich ging ein Ruck durch ihn hindurch, als Licht und Dunkelheit ihre Schleier um ihn warfen.

Die Welt war zu einem gleißenden Wirbel aus Licht geworden. Oben und unten hatten ihre Bedeutung verloren. Dann rasten Fetzen aus Dunkelheit heran, mischten sich unter die Helligkeit und gaben der Welt ihre Polarität zurück. Was zunächst konturlos erschien, nahm allmählich Form an. Himmel und Erde manifestierten sich und Steine wuchsen aus einer mit Dämmerlicht überzogenen Landschaft heraus.

»Das darf nicht wahr sein!« Der Wind heulte um Andrew herum, als würden hunderte Dämonen ihn verhöhnen. Dunkle Regenwolken jagten über den Himmel und verhießen nichts Gutes. Er lag mitten im Ring of Brodgar – in einem vollständig erhaltenen Ring of Brodgar!

Gerade kam Cait auf die Füße und torkelte zu ihm. »Ich bedauere, dass du mitreisen musstest.« Sie schaute sich um. »Wo ist Dianne?«

»Woher soll ich das wissen, verflucht?« Zum Schutz gegen den Sturm zog sich Andrew die Kapuze seiner Jacke über den Kopf.

»Weshalb konnten nur wir beide reisen?« Verwirrt runzelte Cait die Stirn und auch Andrew fragte sich, was das alles zu bedeuten hatte.

Voller Unbehagen starrte er in die Ferne, wo sich die Mauern der Heiligen Hallen abzeichneten.

»Und jetzt?«

Unschlüssig hob Cait ihre Schultern. »Wir verstecken uns und ich versuche, mit Thua zu reden.«

»Das hat ja schon beim letzten Mal hervorragend geklappt!«

»Das hat es nicht«, erwiderte Cait, die Andrews Ironie nicht verstand. »Aber wenn du einen besseren Vorschlag hast, dann sag es mir!«

»Nein, habe ich nicht«, gab Andrew grollend zu. »Warte!«, rief er dann, trat zu Cait und legte ihr beide Hände auf die Schultern. Nichts geschah. Andrew seufzte und ließ den Kopf hängen.

»Es tut mir leid!«, sagte Cait.

»Schon gut«, murmelte Andrew, dann nahm er die Kleidung, die Cait mitgebracht hatte, und warf sich den Fellumhang um. »Also los.«

Sie beeilten sich, in nordwestlicher Richtung zu fliehen. Hoffentlich hatte sie noch niemand bemerkt. Wo würde Cait sie diesmal hinbringen? Wieder zu einer Höhle? In die Siedlung an der Westbucht zu gehen, ergab wenig Sinn.

Mit schnellen Schritten überquerten sie die grünen Wiesen. Zum Glück ließ der Sturm bald nach und die Sonne bahnte sich ihren Weg durch die Wolkendecke. Zielstrebig hielt Cait auf eine von Ginsterbüschen überwucherte Hügelkette zu. Erst als Andrew genau davorstand, erkannte er eine in den Hügel gebaute Steinhütte. Das Dach aus Heidekraut und Schilf war zur Hälfte eingebrochen. Cait befreite den Eingang von Ranken und Gras und schob das schmuddelige und zerfetzte Fell zurück, das statt einer Tür vor der Öffnung hing, dann trat sie ein.

Im Inneren konnte Andrew nicht stehen. Der Raum war so eng, dass höchstens drei erwachsene Menschen hineingepasst hätten. In der hintersten Ecke konnte man noch die Überreste eines Bettes erahnen, auf dem Moos und Stroh lagen.

»Hier lebte der alte Ruka. Er war nicht ganz richtig im Kopf, hat seine Familie ermordet. Anschließend opferte er sich Kjell, dem Gott des Meeres. Niemand kommt her, weil viele denken, sein Geist geht hier um.«

Unbehaglich schaute sich Andrew um. Er glaubte nicht an Geister. Andererseits hatte er bis vor wenigen Tagen auch nicht an Zeitreisen geglaubt, daher war er ein wenig vorsichtiger geworden.

»Bist du auch der Meinung, dass er noch hier ist?«

Cait hob ihre Schultern. »Mag sein. Ich werde ihm ein Opfer darbringen, dann wird er uns nicht behelligen.«

»Wenn du denkst, es hilft.«

Andrew ließ sich auf dem staubigen Boden nieder. Durch das Dach pfiff der Wind herein und dort, wo es eingebrochen war, hatten sich Pfützen am Boden gebildet. Nicht gerade das, was man auf den herbstlichen Orkneys als eine vertrauenswürdige Behausung bezeichnen würde, aber momentan wohl das Beste, das sie bekommen konnten.

»Bleib hier, ich versuche, Thua zu finden«, sagte Cait.

»Soll ich nicht besser mitkommen?«

Energisch schüttelte sie den Kopf. »Allein falle ich weniger auf.«

Schon schlüpfte sie aus der Tür und ließ Andrew zurück – mit all seinen wirren Gedanken und dem Geist eines verrückten Familienmörders.

»Sie sind fort … einfach fort … dieses Licht, die feinen Linien auf der Erde und die Steine …« Dianne bemerkte selbst, wie ihre Stimme sich überschlug. Gleich nach dem mysteriösen Verschwinden von Cait und Andrew war Dianne zurück zu Maeve gerannt. Sie konnte einfach nicht glauben, was geschehen war. »Weshalb bin ich zurückgeblieben?«, fragte sie unwillig.

Ratlos hob die ältere Dame ihre Schultern, goss Dianne eine Tasse Tee ein, die diese nur zu gerne in ihre kalten, noch immer vor Aufregung zitternden Hände nahm. Draußen braute sich ein Unwetter über dem Meer zusammen und der Wind rüttelte an den alten Fenstern.

»Das ist eine gute Frage, auf die ich keine Antwort habe.«

»Andrew wollte nicht einmal mit«, murmelte Dianne und nippte von dem Tee.

»Ich befürchte, darauf nehmen die Mächte, die dafür verantwortlich sind, keine Rücksicht.« Maeve hob beide Hände in Richtung Himmel. »Hoffen wir nur, dass es Andrew gelingt, bald wieder nach Hause zu kommen.«

Maeve zuckte zusammen, als eine heftige Böe einen Blumentopf von der Fensterbank vor dem Haus riss.

»Jetzt geht das schon wieder los!« Die ältere Dame schüttelte besorgt den Kopf. »Es muss mit Caits und Andrews Zeitreise zusammenhängen. Schon während der letzten Male hat das Wetter völlig verrückt gespielt, als sie fort waren. Cait hat zudem erzählt , in ihrer Zeit wäre es das Gleiche gewesen.«

Zunächst wollte Dianne widersprechen, denn es klang absurd und Unwetter waren auf den Orkneys keine Seltenheit. Andererseits hätte sie bis heute auch nicht ernsthaft an Zeitreisen geglaubt, und dass das Wetter ausgerechnet kurz nach Andrews und Caits Entschwinden aus den Fugen geriet, war auch ungewöhnlich.

»Mag sein«, stimmte sie zögernd zu.

»Was können wir tun, um ihnen zu helfen, Dianne?«

»Ich könnte mit meinen Kollegen sprechen.«

»Ich bin nicht sicher, ob das eine gute Idee ist. Die Bedenken, die Andrew äußerte, sind nicht von der Hand zu weisen. Nicht allen Wissenschaftlern kann man vertrauen!«

»Ich bin auch eine«, meinte Dianne augenzwinkernd. »Aber ich weiß, was Sie meinen, Maeve, …«

»Duzen wir uns doch einfach«, unterbrach sie Maeve.

»Gerne«, sagte Dianne mit einem Lächeln, wurde jedoch gleich wieder ernst. »Jedenfalls habe ich keinen blassen Schimmer, wie wir Andrew zurückholen können. Ich wünschte nur, ich wäre an seiner Stelle zurückgereist.«

»Lass uns ein paar Tage abwarten, vielleicht schaffen sie es aus eigener Kraft zurück.«

Dianne überlegte kurz, nickte aber schließlich und nahm ihre Jacke. »Also gut. Aber ruf mich bitte an, sobald einer oder beide auftauchen!«

»Selbstverständlich, Dianne. Fahr vorsichtig! So ein Sturm hat schon so manchen Wagen von der Straße gedrängt!«

Dianne kämpfte sich zu ihrem Auto und atmete auf, als sie im Inneren saß. Sie fuhr zur Ausgrabungsstätte, doch da es in Strömen goss und Windböen über die Insel fegten, suchte dort heute niemand nach Relikten aus der Vergangenheit. Daher rannte sie direkt zum Bauwagen und traf dort Darryl und drei Studenten, die damit beschäftigt waren, ihre Funde zu katalogisierten.

»Oh, die edle Dame gibt sich auch noch die Ehre!« Darryl verneigte sich spöttisch, doch Dianne ließ sich nicht beirren und goss sich erst mal eine Tasse Kaffee ein.

»Wo kann ich weitermachen?«

Darryl deutete neben sich. »Die Speerspitzen und Scherben sind noch nicht erfasst.« Während er durch das Fenster schaute, zog er seine Augenbrauen zusammen. »Bevor dieses Mistwetter losging, haben wir noch einige Tonscherben entdeckt. Aber so, wie das jetzt draußen wütet, hat es keinen Sinn weiterzumachen.«

»Ungewöhnlich, oder?« Dianne nahm vorsichtig eines der Fundstücke in die Hand. »Eigentlich war im Wetterbericht doch von einem stabilen Hoch die Rede, nicht wahr?«

»Der Wetterbericht«, höhnte Darryl. »Den kannst du doch in der Pfeife rauchen. Das Wetter hier oben auf den Inseln ist launischer als jede Frau.«

Einer der Studenten lachte auf, die anderen – beides Frauen – fanden Darryls Bemerkung genauso wenig lustig wie Dianne. Sie ging aber nicht darauf ein, denn in gewisser Weise hatte er sogar recht. Natürlich wechselte das Wetter gerade in Schottland und besonders auf den Inseln so häufig, dass die Meteorologen nicht damit hinterherkamen, ihre Vorhersagen anzupassen. Allerdings war selbst Diannes Onkel der Meinung gewesen, die nächsten Tage würden trocken und sonnig werden und er lag mit seinen Einschätzungen meist richtig, denn er kannte seine Orkneys schon sein ganzes Leben lang.

Grübelnd machte sich Dianne an die Arbeit. Sie war heute nicht wirklich bei der Sache, denn ihre Gedanken schweiften immer wieder zu Cait und Andrew ab. Sie drehte eine Speerspitze zwischen den Fingern hin und her.

»Sag mal, Darryl, stell dir vor, du könntest in der Zeit zurückreisen. An den Ort, an dem diese Speerspitze benutzt wurde.«

»Das wäre die Show!« Seine dunklen Augen funkelten. »Du hast nicht zufällig einen Zaubertrank entdeckt, der uns dorthin bringt?«

Sie verzog den Mund zu einem Grinsen. »Nein. Nicht wirklich. Aber was würdest du tun?«

Darryl hielt mit seiner Arbeit inne, verschränkte die Hände hinter dem Kopf und wandte sich ihr zu. »Ich würde die Sprache der Menschen der damaligen Zeit erlernen, mir ihre Gebräuche zeigen lassen, ihre Rituale. Und dann würde ich einige von ihnen mit zu uns nehmen, damit wir sie erforschen können.«

»Das klingt ein wenig so, wie wenn man ein wildes Tier fängt und in den Zoo bringt«, entgegnete Dianne missbilligend.

»Ach was. Es wäre doch mehr als faszinierend, so einen primitiven Jungsteinzeitler hier bei uns zu erleben.«

Dianne musste an Cait denken. Die junge Frau war ungewöhnlich, aber sicher nicht primitiv, sondern sehr aufgeweckt und klug. Lange schaute sie Darryl an und fragte sich, was er mit Cait tun würde, sollte er sie jemals treffen.

»Was ist? Habe ich irgendwo einen Pickel?«, scherzte Darryl und rieb sich über die Wange.

»Nein, ich muss nur dran denken, dass vor vielen tausend Jahren vielleicht an der gleichen Stelle, an der wir jetzt stehen, Steinweise ihre Rituale ausgeführt haben.«

»Steinweise?« Darryl horchte auf. »Wo hast du den Begriff denn her?«

Dianne zuckte zusammen. »Keine … Ahnung … ist mir gerade so in den Sinn gekommen. Ich meine: sieh dich um.« Dianne machte eine ausladende Handbewegung. »Steinkreise, Behausungen und Tempelanlagen aus Stein. Sicher hatten die Menschen damals Führer, denen sie vertrauten. Die könnten sie doch tatsächlich als Steinweise bezeichnet haben.«

»Steinweise.« Darryl musterte Dianne einen Augenblick lang, dann trug er einen seiner Funde mit gestochen scharfer Schrift in das Buch ein. »Wer weiß, vielleicht wurden sie tatsächlich so oder ähnlich genannt. Schließlich haben sie die Megalithen für ihre Beschwörungen, Feste oder was auch immer benutzt.«

»Ja, wer weiß, was sie gerade tun«, murmelte Dianne vor sich hin. Zu gern hätte sie Darryl von dem berichtet, was Cait ihr erzählt hatte, aber sie traute sich nicht, denn wenn sie zunächst auch nur Spott ernten würde, so würde Darryls Forscherdrang am Ende doch überwiegen und er würde alles daransetzen, Cait in die Finger zu bekommen oder selbst in der Zeit zurückzureisen.

Andrew hatte das Gefühl, die Zeit würde überhaupt nicht vergehen. Voller Unruhe wartete er in der Erdhütte auf Caits Rückkehr. Irgendwann begann er in den alten Sachen zu wühlen und hoffte, etwas Nützliches, vielleicht eine Waffe zu finden, doch es war nichts Brauchbares dabei. Resigniert setzte er sich auf die Steineinfassung, die vermutlich einst ein Bett gewesen war, und beobachtete, wie einzelne Regentropfen durch das Loch im Dach hereinfielen. Nach einer Weile hörte Andrew leise Stimmen und stand auf. Mit pochendem Herzen lauschte er, glaubte schon, sich getäuscht zu haben. Dann vernahm er Schritte und erneutes Getuschel. Eine Stimme war eindeutig männlich. Also konnte es nicht Cait sein, die mit Thua zurückkehrte.

Schnell hob Andrew einen Stein auf, stellte sich direkt hinter die Tür und wartete. Das Gemurmel kam näher. Seinen Stein umklammernd hielt Andrew die Luft an.

Die männliche Stimme sagte irgendetwas. Andrew hob den Arm. Waren das wieder Brork und seine Adlermänner? Hatten sie ihn entdeckt?

Das Fell an der Tür wurde langsam zur Seite geschoben und ein brauner Haarschopf tauchte auf. Andrew holte zum Schlag aus – doch da vernahm er Caits helle Stimme. »Andrew?!«

Erleichtert ließ er den Stein sinken. »Ich bin hier.«

Er trat vor und stand dem jungen Steinweisen – wie er sich erinnerte, war sein Name Jokh – gegenüber. Jetzt war er froh, nicht voreilig zugeschlagen zu haben. Der junge Mann sagte etwas und nickte ihm zu.

»Cait, was ist denn los?«, erkundigte er sich bestürzt, als er deren tränenüberströmtes Gesicht bemerkte. »Hast du Thua gefunden?«

Cait nickte, biss sich dabei auf die Lippe und ihre Worte waren kaum vernehmbar, als sie erzählte. »Brork hat Mjana gefangen und zu seinem Stamm gebracht. Sie wollen sie im Austausch gegen mich.«

»Was?«, fragte Andrew entsetzt. »Du warst doch verschwunden, wie kann er denn …«

Hilflos warf Cait die Arme in die Luft. »Ich weiß es auch nicht. Thua sagt, mein Vater ist sehr aufgebracht. Er ist erzürnt über Brorks Verhalten. Thua sagt, Vater will sogar gegen den Adlerstamm kämpfen, um seine Ehre zu wahren. Ich muss Mjana vorher retten.«

»Aber lass doch deinen Vater gegen Brork in den Kampf ziehen und Mjana da rausholen.«

»Dann werden viele sterben!«, erklärte Cait. »Wenn mein Vater aber erfährt, dass ich zurück bin, wird er mich auffordern, Brorks Frau zu werden, um einen Kampf zu verhindern.«

»Und was ist dann mit seiner Ehre?«

»Die bleibt unangetastet, weil ich, seine Tochter und eine Steinweise aus seinem Stamm, Mjana befreie. Ich kann Brork sagen, er muss sie freigeben, wenn er mich zur Frau haben will.«

»Ich dachte, als Steinweise stehst du über Brork und deinem Vater und kannst Brork befehlen, Mjana freizugeben und einen Kampf verhindern?«

»Ich stehe über Brork und meinem Vater, das stimmt. Aber nicht in allen Dingen und nicht über Mrak und den anderen, älteren Weisen. Auch Mraks Wille ist es, dass ich Brork ein Kind schenke. Nein, Andrew«, Cait schüttelte den Kopf, »Mjana zu befreien, ist der einzige Weg. Wir müssen schnell sein. Es darf keinen Kampf geben. Jokh wird uns helfen. Er war bei meinem Gespräch mit Thua dabei und ist mir heimlich nachgelaufen. Jokh mag Mjana.«

»Oh.« Andrew schaute den jungen Mann an und ihm schwante nichts Gutes.

»Und was wird aus mir?«, fragte Andrew, bereute aber seine Frage im gleichen Augenblick wie er in Caits trauriges Gesicht sah. Das schlechte Gewissen überfiel ihn, denn Mjana hatte ihm und Cait beim letzten Mal geholfen zu fliehen, hatte Waffen besorgt und war nach vom Adlerstamm verschleppt worden, während es ihn und Cait in Andrews Zeit verschlagen hatte.

Andrew schloss die Augen und holte tief Luft. »Ich helfe euch«, flüsterte er kaum hörbar.

Cait jedoch schien seine Worte vernommen zu haben, denn sie legte ihren Kopf an seine Brust und beide Hände an die Seiten seiner Arme. »Danke!«, sagte sie.

Andrew strich ihr über den Kopf. »Schon gut! Aber wir sind nur zu dritt!«

»Ich weiß, aber ich muss es tun. Ich muss meinen Stamm schützen. Wir befreien Mjana.«

»Und dann?«, hakte Andrew nach. »Dieser Brork wird nicht aufgeben. Was will er eigentlich von dir?«

»Ein Kind«, flüsterte Cait. »Ich bin Steinweise und kann durch die Zeit reisen. Ein Kind von Brork und mir, das ähnliche Fähigkeiten hat, würde dem Adlerclan zu großem Ansehen verhelfen.«

»Niemand kann wissen, ob ein Kind solche Fähigkeiten hätte.«

»Dann würden sie es opfern und Brork ein weiteres fordern.«

Entsetzt riss Andrew die Augen auf.

»Und deshalb werde ich niemals ein Kind mit Brork zeugen«, sagte Cait bestimmt.

Jokh sprach etwas, woraufhin Cait zustimmend nickte. Der junge Mann reichte Andrew einige Streifen getrocknetes Fleisch – dem Geschmack nach handelte es sich um Wild, dann verließ er die Hütte und Cait und Andrew folgten ihm.

»Wollt ihr heute schon losziehen?«, erkundigte er sich voller Unbehagen.

Cait nickte nachdrücklich. »Wer weiß, was Brork mit ihr anstellt.«

»Wie weit ist es bis zu diesem Stamm?«

»Heute werden wir die Insel des Adlerstammes nicht mehr erreichen«, erklärte Cait.

Schon eilte sie los und Andrew machte sich auf einen langen Fußmarsch gefasst.

Hügel auf, Hügel ab, über Wiesen, die endlose Steinstrände säumten, wanderten Jokh und Cait forschen Schrittes dahin. Andrew beneidete die beiden um ihre Kondition. Er selbst hätte sich am liebsten irgendwo auf den Boden fallen lassen, so erschöpft war er mittlerweile. Der kühle Wind zerrte an ihnen, und auch wenn es nicht regnete, gestaltete sich der Weg noch anstrengender als befürchtet.

Die Sonne war schon hinter dem westlichen Horizont versunken, als Cait und Jokh endlich an einer Hügelgruppe anhielten. Ein paar niedrige Büsche und Steine boten leidlichen Schutz vor dem Wind. Jokh breitete eine Decke auf dem Boden aus, verteilte ein mageres Abendessen aus geräuchertem Fisch und kleinen Getreidebällchen, dann verschwand er.

»Wo geht Jokh hin?«

»Er hält Wache.«

»Hoffentlich schläft er nicht ein«, meinte Andrew.

Cait schüttelte den Kopf. »Wird er nicht. Jokh ist zwar ein junger Steinweiser, aber in seinem Herzen ist er ein Kämpfer. Er hat mir verraten, dass er sich oft mit anderen Männern seines Stammes, dem Seehundclan, im Kampf misst.«

Ein wenig beruhigt nickte Andrew. Cait kauerte an einem Felsen und zog die Knie vor die Brust. Lustlos kaute sie an ihrem Fisch herum.

»Wir werden Mjana schon befreien«, versuchte Andrew sie zu trösten.

Zu seiner Bestürzung rannen Tränen über Caits Gesicht. Daher rutschte er näher zu ihr heran und legte ihr die Decke über. Zunächst zuckte sie zurück, lehnte sich aber schließlich sogar an seine Schulter.

»Sie ist meine kleine Schwester«, schluchzte sie. »Die Adlermänner sind sicher nicht gut zu ihr.«

»Wenn sie Mjana gegen dich eintauschen wollen, werden sie deine Schwester sicher gut behandeln.«

»Du kennst den Adlerclan nicht. Sie haben seltsame Bräuche und Rituale. Mjana wird Ängste ausstehen.«

Andrew drückte sie fester an sich und streichelte über ihre weichen Haare.

»Mjana ist sicher stärker, als du denkst. Sie wird durchhalten und …« Andrew wusste selbst nicht, was er sagen sollte, kannte er sich in dieser Zeit doch viel zu wenig aus, um Cait wirklich helfen zu können. Doch seine Nähe schien sie zu trösten. Sie schmiegte sich an ihn und nach und nach versiegten ihre Tränen. Cait erzählte von ihrer Kindheit und dass Mjana und sie immer zusammengehalten hatten, vor allem, da Mjana ohne Mutter hatte aufwachsen müssen. Von dem jüngsten Bruder, der leider aufs Festland übergesiedelt war, abgesehen, hatte sie zu den Brüdern kein gutes Verhältnis. Daher konnten sich die beiden Schwestern auch nicht auf sie verlassen, standen sie doch zu sehr unter der Herrschaft ihres Vaters. Urdh hätte es niemals gewagt, Mjana gegen Kraats Willen heimlich aus Brorks Fängen zu retten.

Langsam bekam Andrew einen Einblick, wie das Stammesleben funktionierte. Kraat, das Oberhaupt der Siedlung an der Westbucht, hatte das absolute Sagen in dem kleinen Dorf. Über ihm standen lediglich die Steinweisen, doch selbst die durften sich nur einmischen, wenn es um spirituelle Handlungen oder besonders wichtige Fragen ging, die das Überleben des Stammes betrafen, oder wenn Kinder der Siedlung, so wie Cait, Talent zum Steinweisen hatten. Um Mjana würden sie sich nicht weiter scheren. Bestenfalls würde sich Thua verantwortlich fühlen, da sie sowohl zum Stamm gehörte als auch, wie Cait, Steinweise war. So wie er Cait verstanden hatte, ging Andrew davon aus, dass Jokh Gefühle für Caits Schwester hatte, und – wer weiß – vielleicht sogar für Cait selbst. In jedem Fall schienen die beiden gut befreundet zu sein, das spürte man. In diesem Moment fragte sich Andrew, ob einer seiner Freunde zu einer solch gefahrvollen Befreiungsaktion mitgekommen wäre. Josh vielleicht, den er seit der Schulzeit kannte, oder Robert, der recht abenteuerlustig war. Doch er hätte die Hand nicht dafür ins Feuer gelegt, dass die beiden ihm helfen würden. Die Jungsteinzeit jedoch war eine andere Zeit, eine andere Kultur, die man vermutlich mit den Maßstäben seiner Zeit kaum messen konnte.

Irgendwann schlief Cait an seine Schulter gelehnt ein und auch Andrew schloss die Augen, in der Hoffnung, ein wenig Erholung zu finden.

»An…drew.« Jemand rüttelte ihn an der Schulter und er schreckte auf. Es handelte sich um Jokh, der vor ihm stand und mit zusammengezogenen Augenbrauen auf ihn und Cait herunterschaute. Andrew hoffte, der junge Steinweise würde ihm dieses vertrauliche Zusammensein mit Cait nicht übelnehmen. Um Cait nicht zu wecken, ließ Andrew sie behutsam auf den Boden gleiten. Jokh sprach leise auf ihn ein und fuchtelte in die Dunkelheit. Andrew verstand ihn nicht, ging jedoch davon aus, dass er mit Wache halten abgelöst werden wollte. Er machte eine Geste vor den Augen und deutete auf den Speer, woraufhin Jokh zufrieden nickte, seinen Umhang aus Seehundfell fester zuzog und sich schließlich auf dem Boden zusammenrollte.

»Okay, du hast also ein gesegnetes Vertrauen«, murmelte Andrew. Er hätte sich selbst nicht so einfach auf sich verlassen, doch Jokh wusste nichts von der modernen Zeit, in der Andrew aufgewachsen war, und dass man es dort weder gewohnt war, sich zu verteidigen, noch nachts Wache zu halten.

Erfüllt von Unsicherheit und Zweifeln stieg Andrew auf einen Hügel. Kalter Wind fuhr ihm durch die Kleider. Er konnte kaum ein paar Meter weit sehen, lauschte angespannt auf jedes Geräusch. Der Nachthimmel begeisterte ihn erneut. Klar strahlten die Sterne vom Himmel, wurden nur hin und wieder von wenigen Wolken verdeckt, die der Wind über das Firmament peitschte. Allmählich ließ Andrews Nervosität nach und der Sternenhimmel bescherte ihm sogar ein Gefühl von Ruhe und Geborgenheit, selbst wenn das trügerisch sein mochte, denn irgendwo konnten Adlerclanmänner lauern.

»Die Ahnen wachen über uns«, erklang eine leise Stimme hinter ihm.

Erschrocken fuhr Andrew herum.

»Cait? Ich dachte, du schläfst?« Er war so in den Himmel vertieft gewesen, dass er Caits Kommen nicht einmal bemerkt hatte, wofür er sich jetzt schämte.

Geräuschlos und mit verschränkten Armen trat sie näher.

»Hast du Angst, dass ich während meiner Wache einschlafen könnte?«, fragte Andrew. Er verspürte einen leichten Anflug von Verärgerung in sich, der jedoch sofort wieder verschwand, als sich Cait schmunzelnd neben ihm niederließ. Im Grunde genommen war er froh, etwas Gesellschaft zu haben.

»Als ich deine Welt, oder eben deine Zeit, das erste Mal betrat, hatte ich Angst. Die Angst hielt mich wach«, sagte sie leise. »Verspürst du denn keine Angst, hier unter dem Himmel meiner Zeit?«

Andrew zupfte einen Grashalm ab, den er sich um den Finger wickelte. »Ein wenig schon.«

Cait wiegte bedächtig den Kopf. »Alles andere wäre auch seltsam. Aber ich werde dir helfen, den Weg zurück in deine Zeit zu finden.«

»Das beruhigt mich«, entgegnete Andrew. »Zumindest etwas.«

»Du hast den Himmel beobachtet«, stellte Cait fest, wobei sie sich den Sternen zuwandte. »Findest du auch, dass die Sterne hier heller leuchten als in deiner Welt?«

»Ja, auch wenn ich es nicht für möglich gehalten hätte. Die Verschmutzung durch künstliches Licht ist auf den Orkney Inseln extrem gering. Dennoch strahlen die Sterne hier stärker, als ich es je erlebt habe.«

»Weiß du, wie die Sterne in den Himmel kamen?«, wollte Cait wissen.

»Ja, das weiß ich. Einst, vor langer Zeit, gab es einen gewaltigen Knall.« Andrew suchte nach Worten, um es Cait begreiflich zu machen. »Es gab so eine Art Urstern, der irgendwann explodiert, also, ich meine, zerplatzt ist. So sind all die Sterne entstanden und wir können ihr Licht sehen.«

Cait lachte auf. »Ich habe es mir gedacht.«

»Was?«, fragte Andrew.

»Das du die wahre Geschichte nicht kennst. Aber ich werde sie dir erzählen.« Sie tippte mit ihrem Finger auf Andrews Bein und wirkte dabei äußerst amüsiert über seine, aus ihrer Sicht, offensichtliche Unwissenheit.

Andrew schmunzelte, dann legte er sich zurück ins Gras, wobei er die Arme hinter dem Kopf verschränkte und Caits Worten lauschte.

»Es gibt eine Legende über die Wesen des Meeres«, begann sie. »Es sind Seehunde, denen die Götter besondere Kräfte verliehen haben. Ihnen ist es möglich, ihr Seehundkleid abzulegen und als Mensch an den Ufern des großen Meeres zu wandern.«

»Du sprichst von Selkies«, sagte Andrew verwundert. »Wesen aus der schottischen Mythologie. Das ist eine alte Legende, die man sich besonders gerne auf den Orkneys erzählt. Unglaublich, dass du davon weißt!«

»Alle kennen diese Geschichte. Die Alten erzählen es den Kindern. Sie tun dies meist, wenn ein starker Sturm das Meer aufwühlt und das Rauschen überall hörbar ist. Einst, also ganz am Anfang, als der Himmel noch dunkel war, kam eines der Wesen an den Strand und legte sein Kleid ab. Eine wunderschöne Frau kam zum Vorschein und spazierte am Strand der Welt entlang. Als Ravk, der Gott des Sturmes, sie erblickte, stieg er herab und verwandelte sich in einen Mann aus Fleisch und Blut. Er verliebte sich in die Frau. Eine Weile lebten sie glücklich, doch irgendwann wurde die Frau unruhig. Immer häufiger hielt sie ihr Kleid in den Händen und streichelte es. Dabei blickte sie voller Sehnsucht hinaus aufs Meer. Zwar liebte sie Ravk, doch der Ruf der Wellen wurde immer lauter in ihrem Herzen. Ravk verzweifelte, denn es gab nichts, das er hätte tun können. Irgendwann legte die Meeresfrau ihr Kleid wieder an und kehrte zurück in ihr Reich, das tief verborgen unter den Wellen liegt. Ravk begann zu weinen. Sieben Tage und sieben Nächte lang weinte er und schleuderte seine Tränen in den Himmel, wo er sie in glitzernde Sterne verwandelte. Die größte, jene, die aus den Tiefen seines Herzens kam, nahm er, um den Mond zu erschaffen. Er tat dies, um die Nacht zu erhellen, damit seine Geliebte den Weg zurück findet.« Cait schluckte und schwieg. In ihren Augen glitzerte es feucht.

»Sie kam nie zurück, richtig?«, sagte Andrew.

Cait nickte. »Seitdem fegt Ravk immer wieder über das Meer. Die Alten sagen, dies sei seine Art, nach der Frau aus dem Meer zu rufen. Und erst, wenn sie ihn erhört und aus den Wellen steigt, schweigt Ravk und seine Tränen fallen vom Himmel. Dann ist die Welt wieder, wie sie am Anfang war: dunkel und still.«

Stille lag auch jetzt über dem Land. Nur leise säuselte Ravks Lied in den Gräsern. In der Ferne rollten die Wellen an den Strand. Andrew war wie verzaubert von Caits Erzählung. Ihre Stimme hatte so hingebungsvoll, so verträumt geklungen. Die Art, wie sie diese alte Legende soeben wiedergegeben hatte, berührte ihn zutiefst. Cait und ihr Volk besaßen ihre eigene Kultur, ihr eigenes Wissen. Welches Recht hatten also Menschen der modernen Zeit, sie als unwissend oder gar primitiv zu bezeichnen? Wer vermochte schon zu sagen, wessen Lehren mehr Wahrheit beinhalteten? War nicht alles nur eine Frage der Perspektive?

»In seiner Liebe soll Ravk sogar das Bild eines Seehundes aus seinen Tränen an den Himmel gezeichnet haben«, fuhr Cait fort.

»Ein Sternbild?« Unwillkürlich begann Andrew den Himmel abzusuchen. »Von einem solchen Sternbild habe ich noch nie gehört. Außerdem kann ich keine Sternenkonstellation erkennen, die einem Seehund gleicht.«

Cait konnte sich ein Grinsen ganz offensichtlich nicht verkneifen.

»Warum lachst du?«

»Weil, so sagen die Alten und die Steinweisen, angeblich nur diejenigen es ausfindig machen können, die ineinander verliebt sind.«

»Okay«, sagte Andrew etwas langgezogen. »Und? Hast du es schon mal gesehen?«

»Nein.« Cait zog die Beine an und schlang die Arme um die Knie.

Wieder säuselte nur der Wind, wie der Atem der Nacht. Doch plötzlich war da noch ein anderes Geräusch. Andrew horchte auf, auch Cait spannte sich an. Da zischte auch schon etwas an Andrews Kopf vorbei und zerschellte krachend an einem Felsen. Augenblicklich sprangen die beiden auf.

»Wir müssen weg!«, keuchte Cait.

Auch Jokh kam herbeigeeilt. Die Augen weit aufgerissen, rief er Cait etwas zu. Diese packte Andrew am Arm und zog ihn mit sich. Zu dritt stürmten sie los, rannten einen leichten Abhang hinunter, an dessen Ende Cait dem Verlauf einer Senke folgte. Hinter ihnen, irgendwo im Dunkel der Nacht, erklangen heisere, gutturale Schreie. Sie jagten Andrew Angst ein. Seine Hand umklammerte den Speer, sein Atem rasselte laut. Immer wieder wandte er sich um, konnte jedoch nichts erkennen. Beinahe wäre er gestürzt, hätte Jokh ihn nicht rasch aufgefangen.

»Wohin läufst du?«, schrie er Cait zu. Sie schüttelte nur den Kopf.

Sie weiß es nicht, dachte Andrew. Panik durchflutete ihn. Endlich erreichten sie ein kleines Birkenwäldchen. Cait huschte hinein, Andrew und Jokh hinterher.

»Leise!«, wisperte Cait und hielt sich einen Finger an die Lippen.

Jokh flüstere Cait etwas zu und deutete nach vorne. Sie nickte. Andrew folgte den beiden, stolperte mehr durch das

Gehölz, als dass er lief, und kam sich vor wie ein betrunkener Eber.

»Sei leise!«, zischte ihm Cait immer wieder zu.

»Wo wollt ihr hin?«, fragte Andrew mit verhaltener Stimme.

»Jokh kennt dieses Wäldchen. Dahinter liegt ein Hügel. Diesen erklimmen wir im Schutz der Bäume. Die Jäger werden erwarten, dass wir uns im Wald verstecken.«

»Gut«, sagte Andrew. Für mehr Worte fehlte ihm die Luft. *Hoffentlich geht dein Plan auf.*

Tatsächlich stieg das Gelände leicht an, das Birkenwäldchen lichtete sich, ehe es ganz verschwand. Mit letzter Kraft rannten sie den Hügel hinauf. Hinter der Hügelkuppe warfen sie sich zu Boden und lauschten in die Stille.

Keiner der drei traute sich, sich zu bewegen. Mittlerweile hatte sich ein schmaler Silberstreifen am östlichen Horizont gebildet, der von zarten Rottönen durchzogen war.

Noch immer blieb es unten in dem Wäldchen still. Keine Schreie, keine Stimmen drangen zu ihnen herauf.

»Vielleicht haben wir sie abgeschüttelt«, flüsterte Andrew.

»Vielleicht.« Cait wandte ihre Blicke nicht vom Wald ab, doch irgendwann atmete sie hörbar aus und Andrew bemerkte, wie sie sich ein wenig entspannte. Auch Jokh wirkte erleichtert, ein Lächeln lag auf seinen Lippen.

Eine Weile noch warteten sie, was Andrew gelegen kam, denn so konnte er wieder etwas zu Kräften kommen. Schließlich gab Cait das Zeichen zum Aufbruch. Im leichten Laufschritt eilten sie weiter, Andrew war sich sicher, dass die Sorge um Mjana Cait antrieb. Sie liefen den Hügel hinunter, einen anderen in südöstlicher Richtung wieder hinauf – direkt in die Arme der Jäger! Alles ging schnell. Der Stiel einer Axt traf Andrew am Kopf. Er taumelte, dann sackte er auf die Knie. Er hörte Jokh keuchen und Cait aufschreien. Benommen schaute er auf. Fünf Männer mit Äxten und Speeren in den Händen hatten sie umzingelt. Aus dem gleißenden Licht der Morgensonne tauchte eine weitere Gestalt auf, deren Gesicht weiß wie Schnee war.

»Brork«, sagte Cait noch, dann wurde es um Andrew dunkel.

IM SCHATTEN DES ADLERS

Seufzend legte Dianne die Knochennadel nieder und schaute aus dem Fenster des Bauwagens hinaus. Der Sturm hatte ein wenig nachgelassen und im Augenblick betasteten sogar zaghafte Sonnenstrahlen die regendurchnässte Erde. Dampf stieg träge in die Höhe, trieb über die Ausgrabungsstätte dahin und verlieh ihr etwas Geisterhaftes. In der Ferne baute sich jedoch schon wieder eine dunkle Wolkenfront auf.

»Mir scheint, du bist heute nicht ganz bei der Sache?«, meinte Darryl, ohne dabei von seinen Unterlagen aufzublicken.

»Mich nervt nur das Wetter«, log Dianne, denn in Wahrheit musste sie an Andrew denken und fragte sich, wie es ihm und Cait gerade erging. Zudem war sie über die verpasste Gelegenheit, die Ausgrabungsstätte in ihrer aktiven Zeit zu erkunden, verärgert. »Ich wäre lieber draußen und würde graben, als zu katalogisieren.«

»So wie ich dich kenne, Dianne, würdest du doch lieber selbst in die Vergangenheit reisen, um das Leben unserer axtschwingenden Vorfahren zu studieren, nicht wahr?«

Dianne zuckte leicht zusammen, versuchte aber, sich nichts anmerken zu lassen.

»Wenn sich mir eine solche Gelegenheit bieten würde, natürlich, jederzeit.«

Darryl legte nun seinen Stift zur Seite, verschränkte die Arme und lehnte sich zurück. »Sag mal, was ist denn eigentlich aus diesem Touristenführer geworden? Wie hieß er noch mal? Andrew?«

»Woher soll ich das wissen?«, entgegnete Dianne gereizt.

»Ich habe gehört, er war kürzlich auf der Ausgrabungsstätte und hat nach dir gefragt. Hat er dich nicht gefunden?«

»Sag mal, Darryl, was soll diese Fragerei?«, fuhr Dianne auf.

Lässig hob Darryl die Schultern. »Ich frage mich einfach nur, ob zwischen euch was läuft. Immerhin bist du schon lange allein und dieser Andrew scheint ein netter Kerl zu sein. Und«, Darryl grinste und deutete mit dem Zeigefinger auf Dianne, »er interessiert sich für Archäologie.«

Dianne schnaubte nur. Dann erhob sie sich und verließ den Bauwagen.

»Wo willst du hin?«

»Ich brauche frische Luft!«, rief sie, doch der Wind riss ihr die Worte von den Lippen, kaum, dass sie ins Freie getreten war.

Sie fragte sich, was Darryl bezweckte. Wollte er wirklich nur wissen, ob sie mit Andrew eine Beziehung hatte? War er eifersüchtig? Oder – und das verursachte ihr ein flaues Gefühl in der Magengegend – hatte er gar von den jüngsten Ereignissen am Ring of Brodgar Wind bekommen?

Dianne atmete tief durch. Während sie zwischen den Ruinen entlangschlenderte, musste sie achtgeben, nicht vom Wind in eine der tiefer liegenden Behausungen geweht zu werden. Darryls Frage nach Andrew und der Vergangenheit ließ sie nicht los. Letzten Endes fegte sie ihre Bedenken jedoch beiseite, denn immerhin war sie es gewesen, die Darryl gefragt hatte, was er tun würde, wenn er durch die Zeit in die Vergangenheit reisen könnte. Sie kehrte zurück in den Bauwagen, um mit der Katalogisierung fortzufahren. Die drei Studenten hingegen schienen genug zu haben, denn sie zogen ihre Jacken an und verabschiedeten sich.

»Kaffee?«, fragte Dianne Darryl, als sie das Wageninnere betrat. Wenn sie diese mühselige und langweilige Arbeit heute durchhalten wollte, so brauchte sie einen ordentlichen Koffeinschub.

Darryl musterte sie kurz, wobei er eine Augenbraue in die Höhe zog. »Gerne. Schwarz und stark, wie immer. Und feurig, so wie ich.« Er grinste anzüglich.

Dianne nickte nur und setzte den Kaffee auf. Sie musste lachen, als sie einen Einfall hatte.

»Was gibt's denn zu grinsen?«, wollte Darryl wissen.

»Nichts Wichtiges«, sagte Dianne beiläufig.

Als der Kaffee durchgelaufen war und sie ihren eigenen Pott gefüllt hatte, blickte sie sich verstohlen nach Darryl um. Mit einer Lupe beäugte er gerade die Spitze eines Hirschgeweihs. Schnell griff Dianne in den Küchenschrank, schnappte sich das Chilipulver und kippte eine ordentliche Portion in Darryls Tasse. Dann goss sie den Kaffee darauf.

»Hier, schwarz und stark!« Sie stellte Darryl die Tasse hin. »Nimm einen Schluck!«

Darryl murrte etwas vor sich hin, griff aber nach dem Kaffee. Dianne wandte sich rasch ab, denn sie konnte sich ein Lachen nicht mehr verkneifen.

»Verdammt!«, schrie Darryl auf. »Womit hast du denn den Kaffee aufgebrüht?«

»Kaffee al Arrabiata«, antwortete Dianne. »Schwarz, stark und feurig! So wie du.«

Die Gewitterwolken auf Darryls Gesicht verzogen sich erstaunlich rasch. Er erhob sich und schlenderte lässig, die Tasse in der Hand, auf Dianne zu. »Dianne, Dianne«, sagte er. »Du hast das gewisse Etwas.« Ungerührt trank er von seinem gewürzten Kaffee, dann stellte er ihn auf den Tisch. Plötzlich legte er seinen Arm um sie, zog sie an sich und küsste sie. Dianne wusste nicht, wie ihr geschah, als Darryl sie festhielt und seinen Mund auf den ihren presste. Sie sträubte sich, versuchte sich aus seiner Umarmung zu befreien. Darryl hielt sie fest, doch endlich gelang es Dianne sich von ihm weg zu drücken.

»Bist du verrückt?«, schrie sie ihn an. »Du bist verheiratet!«

»Na und, wir könnten …«, setzte Darryl an, aber Dianne stieß ihn von sich. Wutentbrannt wandte sie sich ab und verließ den Bauwagen. Mit schnellen Schritten durchquerte sie die Ausgrabungsstätte, sprang in ihr Auto und fuhr mit quietschenden Reifen davon.

Was dachte Darryl eigentlich, wer er war? Dianne konnte es kaum fassen. Zwar neigte Darryl dazu, mit anderen Frauen zu flirten und sich Bestätigung für sein gutes Aussehen zu holen, doch dass er sie einfach gegen ihren Willen küssen würde, hätte sie nicht gedacht. Kurz spielte sie mit dem Gedanken, zu Luise zu fahren und mit ihr ein Wörtchen über Darryl zu reden. Sie verwarf diesen Einfall jedoch und fuhr weiter. Am Ring of Brodgar schließlich hielt sie an und stieg aus dem Wagen. Ein einziges Auto nur stand heute auf dem Parkplatz.

Die dunkle Sturmfront war mittlerweile näher gekommen und würde in wenigen Augenblicken die Sonne verdecken. Dianne schlang die Arme um sich. Der starke Wind fuhr ihr durch die Kleider, doch das tat ihr gut, denn sie hatte das Bedürfnis, Darryls unerhörte Berührung davonwehen zu lassen. Bald schon schwoll der Wind an, wurde zu einem Sturm und heulte um die Megalithen, als versuche er, sie der Erde, in der sie vor fast fünftausend Jahren eingebettet worden waren, zu entreißen – vergeblich.

Dianne ließ sich von den Unbilden der Natur nicht abschrecken, sondern schritt weiter die Steine ab. Irgendwie jedoch hatte sie das Gefühl, beobachtet zu werden. Sie schaute sich um – und tatsächlich: An einem der Monolithen des Steinkreises stand ein Mann und schaute zu ihr herüber. Dianne wunderte sich, dass er bei diesem Wetter hier draußen umherspazierte. Vielleicht ging es ihm aber genauso und er fragte sich ebenfalls, was sie hierher getrieben hatte.

Der Mann wandte seinen Blick von ihr ab und begann nun mit einem mittelalterlichen Dolch etwas Gestein von einem der Steine abzukratzen und in eine kleine, ebenso altertümlich wirkende Phiole zu füllen.

»Ganz dicht bist du auch nicht«, murmelte Dianne vor sich hin und stapfte lachend weiter. Sie folgte dem Verlauf der Steine, der sie wieder zum Parkplatz bringen würde. Auch der Fremde machte sich auf den Rückweg, blickte aber immer wieder zu ihr herüber. Der lange, braune Wachsmantel, den er trug, flatterte im Wind, ebenso wie der mehr als schulterlange, braune Pferdeschwanz. Der Mann stieg in einen Land Rover, startete diesen jedoch nicht. Stattdessen schien sein Interesse weiterhin Dianne zu gelten, die nun ihrerseits zu ihrem Wagen lief. Im Vorbeigehen schaute sie zu ihm hinüber. Sie schätzte den Mann auf Mitte vierzig, doch der von leichtem Grau durchzogene Vollbart mochte ihn auch älter erscheinen lassen, als er war.

Als die ersten dicken Regentropfen herabprasselten, rannte Dianne zu ihrem Wagen und sprang hinein. Der

Steinkreis war nun von Dunkelheit umhüllt, spiegelte dadurch noch mehr als sonst wider, was er war: ein uraltes Relikt, das der Zeit zu trotzen schien.

Während Dianne den Wagen startete und losfuhr, schweiften ihre Gedanken erneut zurück zu Andrew und Cait. Würde es Andrew, der gar nicht hatte zurückreisen wollen, gelingen, wieder heimzukehren? Und weshalb sprangen Cait und er gemeinsam in der Zeit hin und her?

Als Dianne in den Rückspiegel schaute, bemerkte sie, dass ihr ein Land Rover folgte. Es war der gleiche, der auf dem Parkplatz gestanden hatte. Alles nur Zufall? Dianne beschloss, zu Maeve zu fahren. Der Land Rover folgte ihr bis zu einer Abzweigung, die zum Haus der alten Dame führte, erst dann zog er eigener Wege.

Schatten tanzten an Andrew vorüber, schienen von zuckenden Lichtblitzen vertrieben zu werden. Langsam öffnete er die Augen. Es war der flackernde Schein eines Feuers, der bizarre Fratzen an die Wand der kleinen, steinernen Behausung warf. Allmählich kehrte auch Andrews Erinnerung wieder. Sie waren Brork und seinen Jägern in die Arme gelaufen und irgendwer hatte ihn niedergeschlagen.

Stöhnend erhob sich Andrew, doch da packte ihn schon jemand an den Armen und zerrte ihn gewaltsam auf die Beine und aus der Hütte hinaus.

Draußen war es hell. Andrew konnte jedoch nicht sagen, wie spät es war, denn die Sonne wurde von einer dicken Schicht grauer Wolken verdeckt. Er fand sich in einer kleinen Siedlung wieder, deren Behausungen jedoch, im Gegensatz zu Skara Brae, Caits Westbuchtsiedlung, an kleine Hügelgräber erinnerten. Sieben oder acht in die Erde gegrabene Gebäude zählte Andrew auf die Schnelle.

Der mit einem Lendenschurz und einem aus wild zusammengenähten Fellen gefertigten Überwurf bekleidete Jäger zog Andrew mit erstaunlicher Kraft mit sich und führte ihn in eine weitere, deutlich größere Behausung. Offenbar eine Versammlungsstelle.

»Cait!«, entfuhr es Andrew, als er die junge Frau neben Mjana und Jokh auf dem Boden sitzen sah. Er riss sich von dem Jäger los und stürzte zu ihr. »Geht es dir gut?«

Sie nickte. Er betrachtete sie eingehend, aber sie schien unverletzt zu sein. Auch Mjana wies keine sichtbaren Zeichen von Misshandlung auf, machte aber einen äußerst verschüchterten Eindruck, wie sie da mit gesenktem Kopf neben Cait kauerte. Mit Jokh hingegen schienen die Adlermänner weniger zimperlich umgegangen zu sein. Das geschwollene, blaue Auge bildete einen starken Kontrast zu der blutig aufgekratzten Wange und Stirn. Offenbar hatte der junge Mann aus dem Seehundstamm heftigen Widerstand geleistet.

Andrew hörte eine harsche Stimme, die ihm etwas zurief, das er nicht verstand. Dann erschrak er. Aus dem Dunkel einer Ecke, die das Licht des kleinen Feuers, welches in der Mitte des Raumes brannte, nur spärlich erhellte, trat Brork heraus. Der mit Adlerfedern geschmückte Umhang und die leicht vorgewölbte Stirn ließen ihn nicht nur furchterregend erscheinen, sondern auch groß, obwohl Andrew ihn überragte. Sein Gesicht war weiß gekalkt, so dass er wie ein Geist aussah.

»Brork will, dass du dich setzt.« Cait deutete auf den Platz neben sich.

»Er hat dich hoffentlich nicht angefasst …«

»Nein!«, sagte Cait. Etwas erleichtert setzte sich Andrew schließlich neben Cait, die einen Arm um ihre Schwester gelegt hatte. Brork ließ er dabei nicht aus den Augen. Doch auch er und der zweite Jäger im Raum setzten sich.

Allmählich gewöhnten sich Andrews Augen an das düstere Licht im Inneren dieses Gebäudes. Bald schon jedoch wünschte er sich, sie hätten es nicht getan. In vielen Winkeln und Vertiefungen, die in den Raum eingebaut waren, lagen Knochen. Es waren menschliche Schädel, neben denen ihre restlichen Knochen aufbewahrt waren, aber auch Tierschädel, die vermutlich von großen Vögeln stammten. Andrew erinnerte sich daran, dass Brork dem Adlerstamm angehörte, also nahm er an, dass es sich um die Überreste von Seeadlern handelte.

»Wo sind wir hier?«, wollte Andrew wissen.

»Auf der Insel des Adlerstammes.« Cait wies mit dem Finger auf den zweiten Jäger, dessen rotblondes Haar ihm verfilzt bis über die Schultern hing. Er hielt eine Axt in den Händen, umschloss dabei den Stiel so fest, dass man jede Sehne und jede Ader an seinem Unterarm erkennen konnte.

»Roradh wollte dich töten. Brork hat es ihm verboten, denn sonst wärst du nie wieder aufgewacht.«

Andrew schluckte. Er spürte, wie seine Hände zu zittern begannen, als er daran dachte, wie knapp er dem Tod entronnen war.

»Ich«, begann Cait, »ich … wollte auch nicht, dass du stirbst.«

»Gut«, sagte Andrew. Etwas Besseres fiel ihm nicht ein. Er betrachtete Cait, doch sie senkte rasch den Kopf. Irgendetwas war seltsam.

Dann begann Brork zu sprechen, und tat das eine ganze Weile lang. Seine Stimme klang rau, aber ruhig.

»Was hat er gesagt?«, wollte Andrew von Cait wissen, nachdem Brork geendet hatte.

»Brork sagt, die Götter sind erzürnt, denn die Weltenordnung ist aus den Fugen geraten.«

»Weshalb lassen die Götter dann diese Zeitreisen zu?«

Cait runzelte die Stirn. »Diese Frage können nicht einmal die Steinweisen beantworten.«

»Das kann noch nicht alles gewesen sein! Was hat Brork noch gesagt?«

Cait zögerte, doch Brork, der sie mit Argusaugen beobachtete, rief ihr etwas zu. Tränen bildeten sich in Caits Augen.

»Cait! Was ist los?«, drängte Andrew.

»Die Steinweisen glauben, du bist der Grund dafür, das Kjell und Ravk zornig sind und deshalb …«, Cait brach ab und schluckte.

»Deshalb was?«

»Deshalb sollst du sterben! Am Tag der Wintersonnenwende.«

Andrew verschlug es die Sprache. Ihm wurde heiß und kalt zugleich, Panik kam in ihm auf.

»Aber das ist doch Unsinn!«, schrie er schließlich, sprang auf und deutete auf Brork. »Der Wahnsinnige kann doch nicht wirklich glauben, dass ein Opfer dieses Phänomen beseitigt.«

Roradh baute sich drohend vor Andrew auf. Brork schwieg, auch Cait, Mjana und Jokh gaben keinen Laut von sich.

Deshalb also hatte Brork Roradh untersagt, ihn zu töten. Er wollte bis zur Wintersonnenwende warten, damit man ihn in einem blutigen Ritual opfern konnte.

Andrews Knie wurden weich, er musste sich setzen. »Was wird aus dir und deiner Schwester?«, fragte er schließlich.

»Der Adlerstamm wird Mjana die Freiheit schenken und ...«

»Und der Preis dafür ist, dass du seine Frau wirst, nicht wahr?«, schlussfolgerte Andrew.

Cait senkte den Kopf.

Andrew fuhr sich mit den Händen über das Gesicht. Er konnte nicht fassen, in was er da hineingeraten war. Er überlegte, einfach aufzuspringen und davonzulaufen, verwarf den Gedanken aber wieder. Er war zwar größer als die Krieger des Adlerstammes, hatte längere Beine, doch die Jäger waren sicher ausdauernder. Zudem hatte Cait ihm gesagt, der Adlerstamm lebe auf einer Insel. Er würde also ein Boot brauchen oder schwimmen müssen. Dann war da noch etwas. Sein Blick wanderte über Cait. Sie hob den Kopf, sah ihn an. Kampfgeist loderte in ihren Augen. Das machte ihm Mut.

»Wir haben noch Zeit, Cait«, sagte er. »Wir finden einen Weg hier raus!« Kaum merklich nickte sie.

Wie viel Zeit ihr allerdings noch blieb, ehe Brork sie mit Gewalt nahm, wusste er nicht.

Brork erhob sich, sagte etwas, dann verließ er den Raum.

»Wir können uns frei bewegen«, übersetzte Cait. »Aber Roradh und andere Männer werden uns bewachen. Wir werden arbeiten müssen. Irgendwo am Ufer des Meeres liegen Boote. Vielleicht werden unsere Wächter unachtsam.«

Andrew nickte, doch in diesem Moment stieß ihn Roradh auch schon aus der Behausung hinaus ins Freie. Cait und Mjana folgten.

»Was geschieht mit Mjana?«, fragte Andrew.

»Brork hat einen Boten zu meinem Vater geschickt. Er verkündet ihm, dass ich Brorks Frau werde. Mein Vater soll Jäger schicken, damit sie Mjana holen.«

»Weshalb hat er sie nicht gleich mit dem Boten gehen lassen?«

»Ich vermute, Brork will Zeit gewinnen. Er will sehen, wie ich mich füge.«

Verächtlich stieß Andrew die Luft aus, was ihm einen Stoß von Roradh einbrachte. Der Jäger rief Cait etwas zu, wobei er mit seiner Steinaxt nach Norden auf zwei Frauen zeigte. Ähnlich groß wie Cait, beide mit dunkelblonden Haaren, näherten sie sich. Sie betrachteten Andrew voller Ehrfurcht, denn immerhin überragte er die beiden um mindestens zwei Köpfe.

Die Frauen unterhielten sich mit Cait und Mjana, dann wandten sie sich ab.

»Wir sollen ihnen helfen, Algen und die letzten Vogeleier zu sammeln.«

Zusammen mit Cait und Mjana und den beiden Frauen des Adlerstammes marschierte Andrew in östliche Richtung. Die Insel des Adlerstammes lag anscheinend im Süden. Andrew war sich nicht sicher, wo genau sie sich befand, denn Orkney teilte sich in viele kleine und größere Inseln auf, doch in der Zeit, in der er sich befand, mochten die kleineren Inseln noch mit den größeren vereint sein. Es konnte sie auf Hoy, genauso gut aber auch auf Flotta oder das südliche Ronaldsay verschlagen haben.

In die Senken der leicht hügeligen Landschaft schmiegten sich immer wieder Weidenbäume, kleine Birken oder Haselnusssträucher, verdichteten sich sogar zu ganzen Waldgebieten.

Das Auflesen von Algen war mühselig, das Sammeln der wenigen Vogeleier, die es jetzt noch gab, erwies sich als höchst gefährlich. Die Frauen, aber auch die Männer des Adlerstammes kletterten an den Klippen hinunter, um den kreischenden Seevögeln die Eier aus den Nestern zu rauben, während unter ihnen die Wellen gegen die Felsen donnerten. Andrew hatte man das Klettern untersagt, worüber er mehr als dankbar war, aber man hatte ja auch Wichtigeres mit ihm vor. Bis dahin musste er am Leben bleiben und daher gestattete man ihm lediglich, die Eier entgegenzunehmen und in kleine, aus Weidenästen geflochtene Körbe zu legen. Besonders jetzt – Andrew nahm an, dass sich der September zu Ende neigte – da Herbststürme das Meer aufwühlten und in jede Felsnische der Klippen fuhren, konnte die Kletterei rasch tödlich enden. Andrew hatte selbst miterlebt, wie eine junge Frau, kurz bevor sie den oberen Rand der Klippen erreichte, von einer Windböe davongerissen und in die Tiefe geschleudert wurde. Das Entsetzen, das ihr ins Gesicht geschrieben stand, kannte er nur zu gut. Er hatte es schon einmal gesehen.

Auch Cait und Mjana hielt man von Klettern ab. Besonders Cait behandelten die Männer und Frauen gut, fast schon zuvorkommend. Immerhin war sie eine Steinweise, der auch der Adlerstamm Respekt zu erweisen wusste. Dennoch waren stets Männer in der Nähe, die keinen Hehl daraus machten, sie zu bewachen. Meist war es Roradh. Ihn hasste Andrew mittlerweile. Er mochte die Art nicht, wie er Cait oder auch Mjana manchmal anstarrte. Auch Kinder tollten herum, einige davon waren Brorks Söhne, wie Mjana ihm und Cait erklärt hatte.

Eines Abends, der Spätsommer schien noch einmal mit dem Herbst zu ringen und segnete das Land mit sonnigem und mildem Wetter, waren Cait und Andrew nach ihrem Tageswerk zum westlichen Strand der Insel gelaufen. Während Mjana im Dorf zurückblieb, wollten sie die Boote ausfindig machen, die, wie Cait sich erinnerte, am Strand im Schutz von Haselnusssträuchern befestigt waren. Sie konnten sie jedoch nicht finden.

»Es war dunkel, als wir ankamen«, erklärte Cait. »Du warst bewusstlos, denn Roradh hatte dich erneut geschlagen, als du aufgewacht bist.«

Daran konnte Andrew sich gar nicht erinnern. Er wusste lediglich, dass er in der Hütte wieder zu Bewusstsein gekommen war.

Sie wollten noch ein Stück weit nach Norden laufen, um dort zu suchen, entschieden sich dann aber anders, da sie keinen Verdacht erregen wollten. Daher verweilten sie am Rande des Meeres.

»Das Meer ist still. Heute wäre ein guter Tag, um darüber hinweg zu rudern«, meinte Andrew, während er sich am Fuße eines Hügels ins Gras setzte.

Cait ließ sich neben ihm nieder. »Ich gehe nicht ohne meine Schwester!«, entgegnete sie.

»Ich weiß.« Andrew wandte sich um und deutete nach oben, auf den höchsten Punkt des Hügels. »Und den dort müssten wir auch irgendwie außer Gefecht setzen.«

»Roradh!« Caits Stimme drückte Verachtung aus. »Ich mag ihn nicht.«

»Ich auch nicht.«

Versonnen blickte Cait in die untergehende Sonne, die zu glühendem Eisen zu zerfließen schien, das Himmel und Erde am Horizont zusammenschmiedete.

»Wenn wir nur einfach wieder in meine Zeit zurückkehren könnten«, sagte Andrew.

»Dazu müssen wir zum Kreis der Ahnen, denn wir brauchen ihre Kraft. Sie stehen den Göttern näher als wir.«

»Hm, du magst recht haben«, überlegte Andrew. Er hatte ohnehin keine schlüssige Erklärung für dieses Phänomen. Er wusste nur, er musste weg, und zwar bald. Der Gedanke an seine Opferung verdüsterte seine Stimmung, obwohl er nicht glaubte, dass es wirklich geschehen würde. Vielleicht wollte er es auch einfach nicht wahrhaben.

»Wir finden einen Weg«, flüsterte Cait, die ihm seine Gedanken offenbar angesehen hatte. Ihre Hand legte sich auf seinen Unterarm, sie fühlte sich warm und klein an. Er sah ihr in die Augen, diese braunen Augen, in denen so viel Kraft lag. Der Wind spielte mit einer Haarsträhne, wehte sie ihr ins Gesicht. Vorsichtig schob Andrew sie beiseite. Er klemmte sie hinter ihr Ohr, dann strich er Cait über die Wange. Cait ließ es geschehen, neigte sogar ihren Kopf und legte ihre Wange in seine Hand.

Wohin soll das führen?, hallte es durch seinen Kopf. Er zog die Hand zurück, seinen Blick konnte er jedoch nicht von Cait lösen.

Ein Rascheln im Gras ließ ihn herumfahren. Schon traf ihn ein Schlag ins Gesicht. Er hatte Roradh völlig vergessen. Cait schrie auf, wie eine Katze sprang sie den Jäger an. Sie schlang beide Arme von hinten um Roradhs Hals, zog ihn zurück, so dass er stolperte. Mit einer Drehung ihres

Oberkörpers brachte sie ihn zu Fall. Roradh rollte sich jedoch geschickt ab, kam sogleich wieder auf die Füße. Sein Gesicht wutentbrannt griff er Cait an – wurde jedoch von einer Faust getroffen und zu Boden geschleudert. Es war Brork. Urplötzlich war er aus der hereinbrechenden Abenddämmerung aufgetaucht, begleitet von zwei anderen Männern. Schützend stellte er sich vor Cait, dann bohrten sich seine dunklen Augen in Andrew, der sich langsam erhob. Auch wenn Brork heute nicht gekalkt war, so wirkte er düster. Roradh stand langsam auf, seine Gesichtszüge hatten sich verhärtet, seine Kiefermuskulatur war angespannt. Auf ein Nicken von Brork hin verschwand er. Der Anführer des Adlerstammes rief Cait etwas zu, legte dann eine Hand auf die Brust und verneigte sich, eher auch er davonging. Die Geste verwunderte Andrew nicht mehr, denn so drückten viele Mitglieder des Adlerstammes ihren Respekt Cait gegenüber aus. Allerdings bezweifelte Andrew, dass sich Cait Brorks Ehrerbietung noch lange würde sicher sein können. Hatten sie Mjana erst einmal ihrem Stamm zurückgegeben, würde Brork Cait ganz einfordern, notfalls mit Gewalt.

»Jäger der Westbuchtsiedlung wurden gesichtet«, übersetzte Cait Brorks Worte. »Sie werden bald hier sein.«

»Dann sollten wir zurückgehen. Vielleicht bringen wir so wenigstens Mjana in Sicherheit«, meinte Andrew und lief los.

Als Cait ihm nicht gleich folgte, hielt er inne. Noch immer stand sie nahe am Ufer und schaute hinauf zum Himmel, den die Nacht zunehmend zu erobern begann.

»Cait, kommst du?«, rief Andrew.

Sie zögerte.

»Cait!«

Schließlich löste sie sich und rannte Andrew hinterher. Er reichte ihr seine Hand, die sie zögernd ergriff.

»Alles in Ordnung?«, fragte er?

»Ja. Alles gut«, antwortete Cait knapp, dann zog sie ihre Hand zurück und schlang die Arme um ihren Oberkörper, als ob sie fror.

Die Nacht war bereits hereingebrochen, als die Jäger der Westbuchtsiedlung eintrafen. Wie zu einem Monolithen erstarrt stand Caitir neben Mjana und Jokh und blickte auf die Silhouetten der fünf Männer, die auf sie zukamen. Caitir verspürte Erleichterung, denn sie hatte befürchtet, Kraat hätte vielleicht doch all seine Männer geschickt, um einen Kampf gegen den Adlerstamm zu beginnen. Sicher jedoch hatten ihm die Boten inzwischen von Caitirs Rückkehr berichtet und er hoffte nun, durch einen Austausch seiner Töchter unnötiges Blutvergießen zu vermeiden.

Auch vom Adlerclan warteten ein Dutzend Krieger. Andrew stand etwas abseits, sein Blick wanderte unruhig hin und her. Er war ein seltsamer Mann und es war nur zu offensichtlich, dass er hier fehl am Platz war. Es war nicht seine Zeit und Caitir fragte sich, weshalb die Götter ihn ihr in ihrer Vision gezeigt hatten. Der Gedanke, dass Andrew zur Wintersonnenwende geopfert werden würde, erschreckte sie und ihr Herz krampfte sich schmerzhaft zusammen.

Rasch wandte sie ihre Aufmerksamkeit von Andrew ab. Die Stimmung war mittlerweile sehr angespannt. Noch sprach niemand, nur Schweigen herrschte. Ein im Wind heftig flackerndes Feuer brannte vor der Versammlungshalle des Adlerclans, in der auch ein Großteil ihrer Ahnen ruhte.

»Urdh«, rief Caitir verwundert aus, als man die Gesichter erkennen konnte. Es überraschte sie, dass Kraat ihn hatte gehen lassen und nicht selbst gekommen war. Doch obwohl ihr Vater nicht hier war, zweifelte sie nicht an seinem Willen: Nun, da er sie zurück wusste, würde er erwarten, dass sie bei Brork blieb, um ihm ein Kind zu gebären.

Während die anderen Jäger etwas außerhalb des Feuerscheins zurückblieben, als wagten sie sich nicht näher, trat Urdh nach vorne, um zu Brork zu sprechen. Dabei warf er nur einen kurzen Seitenblick auf Caitir.

»Wir sind gekommen, um Mjana, Tochter von Kraat, zurück zur Westbuchtsiedlung zu geleiten.«

Brork wollte etwas sagen, doch Urdh hob die Hand. Er hatte noch nicht zu Ende gesprochen. »Und um Caitir, älteste Tochter von Kraat, zu fragen, ob es ihr freier Wille ist, beim Adlerstamm zu leben.«

Nicht nur Caitir riss erstaunt die Augen auf, auch die Umstehenden brachen in überraschtes Gemurmel aus. Zwar musste sie als Steinweise gefragt werden, doch es war nicht üblich, dass dies ein anderer als ein Steinweiser oder in ihrem Falle Brork selbst tat. So war die Frage gefährlich und konnte vom Adlerstamm durchaus als Beleidigung aufgefasst werden. Außerdem konnte sich Caitir ohnehin keinen Reim darauf machen, dass Urdh diese Frage überhaupt stellte, denn sie wusste, ihr Vater würde sie jederzeit ohne ihr Einverständnis an Brorks Seite stellen, wenn es zum Wohle des Clans war. Zudem hatte Brork ja bereits bekundet, von Caitir auch dann ein Kind haben zu wollen, wenn sie eine Steinweise werden würde.

Es war Roradh, der nach vorne sprang und Urdh anfunkelte. »Du beleidigst nicht nur den Stamm des Adlers«, rief er erzürnt und hob drohend seine Steinaxt, »sondern auch unseren Gott. Kjat soll dich vom Angesicht unsere Insel fegen!«

»Was sagt Brork, der Stammesführer der Adler?«, fragte Urdh ungerührt, ohne vor Roradh zurückzuweichen.

Brork, der Urdh um einen halben Kopf überragte, baute sich drohend vor Caitirs Bruder auf. »Es spricht weder für Kraat, den Anführer deines Clans, noch für seinen Sohn, der eines Tages seine Nachfolge antreten wird. Wie also kannst du es wagen, diese Frage, die nur ich oder ein Steinweiser stellen darf, vorzutragen und das hier«, Brork breitete seine Arme aus, »mitten im Kreise der Adler?«

»Es ist der Wille der Götter, dass diese Frage an eine Steinweise gerichtet wird«, erklang eine Stimme aus der kleinen Gruppe der Jäger der Westbucht.

Caitir wusste sofort, zu wem sie gehörte: Thua! Während Thua auf Brork zuschritt, streifte sie ihre Kapuze aus Robbenfell zurück. Durch die Umstehenden ging ein Raunen, das jedoch noch lauter wurde, als sich auch noch Mrak aus der Gruppe löste, denn die meisten kannten die beiden Steinweisen.

Was geht hier vor sich?, fragte sich Caitir. Weshalb kamen Thua und Mrak selbst hierher? Sie musste daran denken, dass ihr Mjana kurz nach ihrer Ankunft beim Adlerstamm erzählt hatte, sie habe gesehen, wie Brork zu den Steinweisen gerufen wurde. Was hatten sie hinter den heiligen Mauern besprochen? Hatten sie womöglich dort bereits beschlossen, Andrew zu opfern? Oder hatte Thua geahnt, dass Caitir versuchen würde, Mjana zu befreien, anstatt zur Westbuchtsiedlung zurückzukehren? Vielleicht hatte sie Jokh sogar absichtlich gehen lassen, damit er ihr half, und war ihr nun selbst gefolgt.

»Caitir ist eine Steinweise und als solche dient sie zuallererst den Göttern«, fuhr Thua fort. »Verzeih Kraats Sohn die Frage«, sie warf einen grimmigen Seitenblick auf Urdh, »sicher ist er nur in Sorge um seine Schwester, denn immerhin ist sie nach Jadhras Prophezeiung keine gewöhnliche Steinweise. Und nun, da die Ordnung der Welt aus den Fugen geraten ist, ist es der Wunsch der Götter, diese wiederherzustellen.« Sie schaute kurz zu Andrew hinüber, der unter ihrem Blick unruhig von einem Bein aufs andere trat. »Ihr kennt unsere Gebräuche, Brork.«

»Und den Willen der Götter!«, fügte Mrak mit seiner brüchigen Stimme hinzu, aber er schaute dabei zu Andrew hinüber. Caitir bekam eine Gänsehaut.

»Und als Stammesführer steht es mir zu, auch eine Steinweise zur Frau zu nehmen«, sagte Brork.

»Wie du weißt, nur wenn diese einwilligt!«, entgegnete Thua. Der Stammesführer schwieg einen Moment. Von der Seite her wirkte er sogar noch bedrohlicher, wie Caitir fand. Sein mit Adlerfedern geschmückter Überwurf flatterte im Wind, seine leicht nach vorne gewölbte Stirn erinnerte Caitir an einen Stier, der zum Angriff ansetzte.

Plötzlich jedoch legte er die Hand auf die Brust und verneigte sich vor Thua, woraufhin die Steinweise ihm kurz eine Hand auf den Kopf legte und sich dann an Caitir wandte.

Auch Caitir drückte ihre feucht gewordene Hand auf die Brust, senkte das Haupt und wartete, bis sie Thuas Berührung auf ihrem Kopf spürte.

»Caitir, Tochter des Kraat«, begann Thua. »Du gehörst nun zu den weisen Männern und Frauen. Möchtest du die Frau von Brork, dem Stammesführer des Adlerclans, werden und ihm Kinder gebären?«

Caitir begann zu schwanken. Sie hätte dankbar sein müssen, nach allem, was geschehen war, überhaupt gefragt zu werden und die Wahl zu haben. Dennoch traf sie diese Frage nun mit der Wucht einer Windböe, die ihr Ravk selbst entgegenschleuderte. Die Aufmerksamkeit aller Umstehenden richtete sich nun auf sie, und Caitirs Herz begann heftig in ihrer Brust zu pochen. Sie sah zu Andrew hinüber. Sein Mund öffnete sich, seine Lippen formten ein stummes *Nein*.

Caitir spürte, wie Mjana ihre Hand ergriff. »Caitir?«, wisperte ihre Schwester ganz leise. »Sag schon endlich *Nein*.«

Caitir schluckte, dann nahm sie all ihren Mut zusammen. »Ja, ich will Brorks Frau werden«, rief sie.

Stille herrschte, Mjanas Hand entglitt der ihren, während Andrew ungläubig den Kopf schüttelte. Über Thuas Gesicht glitt ein Hauch von Erstaunen, aber die Steinweise hatte sich überraschend schnell wieder unter Kontrolle. Brork runzelte verwundert die Stirn, wirkte dann aber erleichtert. Lediglich Mrak lachte leise, wobei die in seinen Bart geflochtenen Fingerknochen seiner Ahnen leise klapperten.

DAS MESSER

Erbarmungslos wurde Dianne zu Boden geworfen. Gerade hatte sie an Maeves Tür klopfen wollen, als eine Sturmbö sie erwischte und davonschleuderte. Nachdem sie sich wieder aufrappelt hatte, öffnete die alte Dame, eilte mit wehenden Röcken auf sie zu und half ihr in das kleine Cottage. Mit vollem Körpereinsatz stemmten sich die beiden Frauen gegen die Tür, um diese zu schließen.

»Wenn die Lage nicht so ernst wäre, würde ich jetzt laut lachen«, meinte Dianne, schmunzelte dann aber doch. »Es ist wirklich das erste Mal, dass ich vom Wind zu Boden geworfen werde.«

»Mich ängstigt das Wetter mittlerweile zu Tode«, sagte Maeve. »Ich bin geneigt, Caits Version eines wütenden und zornigen Gottes zu glauben.«

Wie um ihre Worte zu bestätigen, heulte der Wind erneut auf, von draußen drang das Geräusch einer umkippenden Mülltonne an Diannes Ohren.

Maeve schüttelte nur den Kopf und winkte ab. »Lass uns lieber einen Tee trinken und abwarten.«

»Ich befürchte, Tee trinken und abwarten wird das Problem nicht lösen«, meinte Dianne. »Es liegt daran, dass Andrew aus unserer Zeit verschwunden ist«

»Ich weiß. Und es ist einfach nicht richtig. Weiß der Teufel, was da vor sich geht.« Maeve seufzte, nahm den kleinen Metallkessel vom Ofen und brühte den Tee auf. »Hier.« Sie reichte Dianne die Tasse und ließ sich am Küchentisch nieder. Auch Dianne setzte sich.

»Ich befürchte, es gibt da nichts, das wir tun können«, sagte Maeve.

»Ich könnte ein wenig herumtelefonieren. Sicher kann ich über meine ehemaligen Studienkollegen einige Physiker ausfindig machen, mit denen ich über dieses Phänomen sprechen könnte.«

»Dann hättest du vielleicht eine Erklärung, die wir im Grunde genommen ja schon haben, aber auch keine Lösung«, gab Maeve zu bedenken und nippte an ihrem Tee.

Dianne nickte. »Und wir machen nur auf uns aufmerksam. Wenn ich nur wüsste, dass wir Andrew dadurch zurückbekämen und Cait in ihrer Zeit belassen könnten, würde ich das Risiko eingehen, und …«, Dianne wiegte nachdenklich den Kopf.

»Und was?«

»Und vielleicht könnte man sogar eine Möglichkeit zu kontrollierten Zeitreisen finden.«

Maeve verdrehte die Augen. »Das willst du doch nicht wirklich, Dianne, oder?«

Dianne zuckte mit den Schultern.

»Was glaubst du, wer da alles in der Zeit hin und her reisen würde?«, fragte Maeve. »Jeder Kriminelle würde sein geraubtes Geld in der Vergangenheit verstecken. Wir würden Krankheiten in die alte Zeit schleppen und uns womöglich selbst ausrotten.«

Dianne lachte auf. »Genau. Und wenn wir uns selbst ausrotten, bräuchten wir uns mit dem Problem gar nicht mehr zu beschäftigen und kämen gar nicht mehr dazu, zurückzureisen, um uns auszurotten.«

Maeve, die gerade von ihrem Tee trinken wollte, setzte die Tasse wieder ab und rieb sich mit beiden Händen die Schläfen. »Oh, das macht mich ganz wuschig im Kopf. Lass uns über etwas anderes reden.«

»Wir könnten über banale Themen plaudern«, meinte Dianne mit einem schelmischen Gesichtsausdruck. »Wie wäre es mit dem Wetter?« Prompt heulte draußen wieder eine Sturmbö auf.

Maeve hob drohend den Finger. »Mädchen mit roten Haaren und Sommersprossen sind unmöglich. Ich sag es ja schon immer!«

Dianne jedoch wurde wieder ernst. »Ach Maeve«, sagte sie. Ich wünschte wirklich, wir könnten etwas tun.«

Maeve tätschelte Dianne beruhigend die Hand. »Vielleicht schafft es Andrew irgendwie zurückzukommen und der Spuk findet einfach ein Ende. Er hat es schon einmal geschafft, wenn auch mit Cait.«

Dianne holte tief Luft. Sie nickte zwar, war sich aber nicht so sicher. »Und wenn nicht? Möglicherweise bleibt uns am Ende gar nichts anderes übrig, als Fachleute hinzuzuziehen, sofern die Regierung nicht ohnehin vorher auf das Wetterphänomen aufmerksam wird und hier alles auf den Kopf stellt.«

»Daran mag ich gar nicht denken!«, meinte Maeve. »Andererseits sind heftige Stürme auf den Orkneys auch wieder nicht so ungewöhnlich. Das Wetter mag zwar beängstigend sein, aber nicht jeder denkt da gleich an eine Zeitreise.«

»Hoffentlich hast du recht«, meinte Dianne, als plötzlich jemand heftig an die Tür klopfte.

»Bis Andrew und Cait das erste Mal bei mir aufgetaucht sind, hatte ich ein beschauliches Leben«, sagte Maeve und erhob sich. »Seither geht es drunter und drüber und ich kriege ständig Besuch.«

Dianne schmunzelte und trank von ihrem Tee, während Maeve zur Tür ging.

»Guten Tag! Ich bin Darryl Shaw!«

Dianne verschluckte sich und musste husten.

»Könnte ich bitte mit Dianne sprechen? Ich habe ihren Wagen hier stehen sehen.«

»Äh, gut. Kommen Sie rein, bevor der Wind die Tür aus den Angeln reißt.«

»Danke!«

Dianne richtete sich angespannt auf.

»Dianne, der gut aussehende Besuch ist für dich, leider«, sagte Maeve lachend, als sie zurück in die Küche kam, Darryl im Gefolge.

»Wie hast du mich denn gefunden?«, wollte Dianne wissen.

Darryl strich sich die nassen, dunklen Haare aus dem Gesicht. »Nun, nachdem du weg warst, bekam ich irgendwann ein schlechtes Gewissen.« Er warf Maeve einen flüchtigen Blick zu.

»Schon gut, ich lass euch mal allein«, sagte die alte Dame und ging ins Wohnzimmer.

»Ich bin dir dann gefolgt und hab dich am Ring of Brodgar gesucht. Gerade als ich auf den Parkplatz zufuhr, sah ich dein Auto in der Ferne verschwinden.« Darryl hob entschuldigend die Schultern. »Da bin ich dir gefolgt.«

Er kam näher und setzte sich zu Dianne. »Wegen eben, Dianne … es tut mir leid. Ich hätte das nicht tun sollen.«

»Allerdings!«, bestätigte Dianne.

»Ich dachte nur …«

»Was?«

»Ich dachte, wir könnten …«, Darryl seufzte und blickte zu Boden. »Luise hat mich verlassen!«

Dianne verpasste ihm eine schallende Ohrfeige und sprang auf. »Und da dachtest du, du könntest dich gleich mal an mich ranschmeißen? Ich fasse es nicht!«

Auch Darryl, der sich die leicht gerötete Wange rieb, erhob sich. »Nein, so war das nicht gemeint.«

»Wie sonst soll ich das denn verstehen?«

»Tut mir leid«, sagte Darryl und machte einen betretenen Eindruck.

»Weshalb hat Luise dich denn verlassen?«

»Ich hab mich einfach zu wenig um sie gekümmert, hab nicht gemerkt, dass sie unglücklich ist. Sie meinte nur, für mich seien meine Fundstücke wichtiger als Frau und Kind.«

»Ach, warum überrascht mich das nicht«, sagte Dianne.

»Mich fasziniert die Archäologie einfach. Die Grabungen am Ness und ihre Auswirkungen auf unsere bisherige Sicht der Dinge haben alles noch spannender gemacht. Und dann sind da noch die jüngsten Ereignisse.«

Dianne wurde stutzig. »Welche Ereignisse?«

»Erneute Radiokarbonmessungen an Funden, deren Alter wir bereits bestimmt hatten, haben plötzlich andere Ergebnisse geliefert.«

Gespannt richtete sich Dianne auf. »Was für Ergebnisse?«

Darryl breitete die Hände aus. »Völlig unsinnig. Betrug das ermittelte Alter vorher beispielsweise ca. 4500 Jahre, so waren es danach plötzlich nur 1000 oder 500 Jahre.«

»Aber wie kann das sein?«

Wie Dianne wusste, basierte die Radiokarbontechnik auf dem Kohlenstoff-Isotop C14. Während andere Kohlenstoffvarianten wie C12 und C13 stabil blieben, zerfiel C14 im Laufe der Zeit. Ermittelte man dann anhand einer Probe das Verhältnis der stabilen Isotope zum noch verbliebenen Gehalt des C14, so konnte man daraus das Alter eines Fundstückes errechnen.

»Das ist es ja«, sagte Darryl. »Niemand kann sich das erklären.«

»Was sagt Nicolas dazu?«

»Auch er ist ratlos. Er hat bereits mit einigen Archäologen in Edinburgh telefoniert. Die wollen einen Spezialisten zur Altersbestimmung herschicken, der unsere Messungen gegenprüft.«

Dianne musste plötzlich an den Mann im Steinkreis denken, der eine Gesteinsprobe in einer Phiole abgefüllt hatte. Sie hatte ihn nicht ernst genommen, da er mit einem Mittelalterdolch und einer alt aussehenden Glasphiole wenig professionell herumhantiert hatte.

»Ist der Spezialist schon hier?«, fragte sie vorsichtshalber.

Darryl schüttelte den Kopf. »Er kommt erst in zwei oder drei Tagen, da er zurzeit an dem kürzlich in der Nähe von Stonehenge entdeckten Steinkreis arbeitet.«

»Hm. Also doch nur ein Spinner«, murmelte Dianne.

»Wie bitte? Wer ist ein Spinner?« Darryl legte den Kopf schräg und musterte Dianne.

»Ach, nichts. Ich habe nur heute am Ring of Brodgar jemanden beobachtet, der mit einem Mittelaltermesser, wie man sie in entsprechenden Läden kaufen kann, Gestein von einem der Megalithen abkratzte.«

Darryl lachte. »Ein Spinner, wie du schon vermutet hast.«

»Siehst Du, Darryl, genau das ist das Problem!«, sagte Dianne.

»Was meinst du?«

»Luise!«

»Luise?« Darryl schien nicht zu verstehen.

»Wir haben darüber gesprochen, dass Luise dich verlassen hat und anstatt über Luise zu reden, steht plötzlich wieder die Archäologie im Mittelpunkt.«

Darryl strich sich durch die Haare. »Ich brenne eben für die Archäologie.«

Obwohl auch Dianne ihren Job leidenschaftliche gerne ausübte, verdrehte sie die Augen.

»Was wirst du jetzt unternehmen?«, fragte sie.

»Wir können nur auf den Spezialisten warten.«

»Darryl!«, rügte ihn Dianne. »Ich meinte, wegen Luise.«

Darryl grinste. »Wie ich schon sagte: Wir warten auf den Spezialisten. Einen für Frauen!«

Dianne ließ resigniert den Kopf hängen. »Du bist unverbesserlich.«

Darryl lachte nur.

»Also, noch mal: Was wirst du jetzt tun?«, fragte Dianne.

»Ich habe einige wichtige Telefonate zu führen.«

»Ich hoffe doch, mit Luise!«

»Auch.«

Dianne zog eine Augenbraue in die Höhe. »Wo ist Luise überhaupt hin?«

»Zu ihrer Schwester nach Inverness, mit den Kindern.«

»Ruf sie an, Darryl!«

»Mal sehen. Immerhin hat sie mich verlassen«, murrte er.

»Woran du nicht ganz unschuldig bist!«

Darryl winkte ab. »Wenigstens habe ich jetzt Zeit, mir die seltsamen Messergebnisse ein wenig genauer anzuschauen.«

»Wie du meinst«, sagte Dianne kühl.

»Auf Wiedersehen, Mrs. … wie heißen Sie eigentlich?«, rief Darryl Maeve zu und ging in das kleine Wohnzimmer. Dianne folgte ihm.

»Maeve Sinclair. Aber Sie können mich Maeve nennen. Die meisten tun das.«

»Schön! Also, auf Wiedersehen, Maeve!«

Darryl wollte sich schon abwenden, blieb dann aber ruckartig stehen. »Woher ist das denn?«, fragte er und schnappte sich das kleine Steinmesser, das auf Maeves Wohnzimmertisch lag.

Dianne wurde es heiß und kalt zugleich. Sie machte eine Geste zu Maeve, die jedoch nur entschuldigend die Schultern hob.

»Das ist doch«, Darryl strich über die Steinklinge, deren Ende an einem Stück Holz befestigt und dort mit Leder umwickelt war, »ein Messer aus der Jungsteinzeit. Aber das Leder und das Holz …«

Völlig irritiert sah er Dianne an. »Das Leder und das Holz hätten aber längst verrottet sein müssen. Dianne, hast du die Steinklinge etwa von den Fundstücken entwendet?«

»Ja«, sagte Dianne kurzerhand. »Ich habe es an dem Holz befestigt und … es Maeve geschenkt.«

»Aber Leder und Holz? Wo hast du das her? Beides sieht alt und abgegriffen aus, aber aus der Steinzeit stammt es sicher nicht.«

Dianne hob die Schultern. »Aus Onkel Georges Garage.«

Darryl blickte zunächst sie, dann Maeve misstrauisch an. »Woher kennt ihr beide euch eigentlich?«

»Wir haben uns bei einem Spaziergang in der Nähe von Skara Brae getroffen«, log Maeve.

»Aha!« Darryl wirkte nicht überzeugt.

»Wir kamen ins Gespräch«, fuhr Maeve fort. »Das Wetter an diesem Tag war übellaunig und Dianne völlig durchnässt. Also habe ich sie zu mir auf eine Tasse Tee eingeladen.«

»Äh, ja, genau«, sagte Dianne. »Als Dank habe ich Maeve später das Messer geschenkt.«

»Für eine Tasse Tee?« Darryls Blick wanderte zwischen den beiden Frauen hin und her, während er noch immer das Messer in den Händen hielt. Dianne hielt die Luft an. Wie würde Darryl reagieren? Er langte in die Seitentasche seiner Hose, zog einen Spatel und eine kleine Fundtüte hervor und kratzte rasch etwas von Holz und Leder ab.

»Darryl, was tust du da!« Dianne klappte der Unterkiefer herunter. Darryl jedoch klopfte ihr nur auf die Schulter.

»Keine Sorge, Dianne! Ich entnehme nur eine Probe, damit ich das Alter datieren kann. Von deinem kleinen Diebstahl wird niemand etwas erfahren.«

Er legte das Messer auf den Tisch und nickte Maeve zu. »Wiedersehen, Maeve. Und geben Sie mit dem Messer acht!«

Damit ging er zur Tür, Dianne folgte ihm.

»Ich gebe dir Bescheid, sobald ich weiß, wie alt es ist.«

»Gut«, stammelte Dianne.

Darryl öffnete die Tür, die von der Wucht des Windes regelrecht nach innen gedrückt wurde, und rannte über den Hof zu seinem Auto.

Dianne schloss die Tür, dann gesellte sie sich zu Maeve.

»Das ging schief, oder?«, fragte die alte Dame.

»Wie man es nimmt. Die Archäologen haben ohnehin bemerkt, dass seit einiger Zeit etwas mit den Messergebnissen nicht stimmt.«

»Die Sache mit dem C14-Dings, nicht wahr?«

»Maeve, du hast doch nicht etwa gelauscht?«, fragte Dianne gespielt vorwurfsvoll.

Maeve faltete die Hände und drehte Däumchen. »Och, kein Wort. Nur das mit Luise und der Archäologie und so. Und von einem Spinner am Steinkreis hast du auch etwas erzählt.«

Dianne schüttelte lachend den Kopf.

»Mein Cottage ist nicht gerade groß«, entschuldigte sich Maeve und breitete die Arme aus. »Egal in welchem Raum man ist, man hört jedes Wort. Oder hätte ich in die Scheune gehen sollen?«

»Nein, natürlich nicht. Ach Maeve«, Dianne wurde wieder ernst, »Ich mach mir wegen all dem große Sorgen.«

»Ich mir auch!« Maeve seufzte.

Dianne holte tief Luft. »Ich muss aufbrechen und nach Tante Lucinda und Onkel George sehen.«

»Gut, Kindchen. Aber gib auf dich acht!«

»Mach ich. Versprochen!«

»Dianne«, Maeve fasste Dianne am Arm, als diese schon gehen wollte. »Ich habe da vielleicht eine Idee.«

»Welche denn?«, fragte Dianne, während sie sich ihre Jacke anzog.

»Es klingt vielleicht etwas verrückt«, meinte Maeve und hob zögerlich die Schultern.

»Komm schon, Maeve«, munterte Dianne sie auf. »Verrückter als das, was schon geschieht, kann es auch nicht mehr werden.«

»Da hast du auch wieder recht! Es gibt da jemanden in der Nähe von Kirkwall. Ich glaube, sein Name ist Eamon MacGregor. Er hat einen dieser Esoterikläden und verkauft alte Kultgegenstände, kleine Elfenstatuen, Räucherwerk und so. Angeblich ist er so ein neuzeitlicher Druide und soll sich mit den Steinkreisen auskennen.«

Dianne rümpfte die Nase und verzog das Gesicht. »Ich bin Wissenschaftlerin!«

Maeve nickte in Richtung der Haustür, an der der Sturm rüttelte. »Na ja, deine Wissenschaft kann das da draußen aber auch nicht erklären oder?«

»Schon gut.« Dianne blies die Wangen auf. »Wo wohnt er genau?«

Maeve lächelte und erklärte ihr geduldig den Weg, dann begleitete sie Dianne zur Tür. Als sie diese öffneten, traute Dianne ihren Augen kaum. »Sieh dir das an!« Sie deutete zum Himmel, wo sich eine riesige, fast schwarze Wolke vor den etwas helleren Wolken abzeichnete.

»Unglaublich«, stammelte Maeve und schlang ihre Arme um den Oberkörper. »Die sieht aus wie ein riesiger Raubvogel.«

»Wie ein Adler«, meinte Dianne und riss sich von dem Anblick los. »Mach's gut Maeve!« Sie drückte die ältere Dame kurz, dann rannte auch sie über den Hof zurück zu ihrem Auto.

»Lass bald wieder von dir hören!«, rief ihr Maeve hinterher. Zum Zeichen, dass sie verstanden hatte, hob Dianne die Hand. Sie musste achtgeben, um von den Sturmböen nicht erneut zu Boden geschleudert zu werden. Schnell sprang sie in den Wagen und schlug die Tür zu.

Während sie langsam über Orkneys vom Sturm heimgesuchte Straßen fuhr, gingen ihr viele Dinge durch den Kopf. Andrew und Cait, wo waren sie? Lebten sie noch? Würde sie Andrew je wiedersehen? Und Darryl? Von ihm würde sie sicher bald wieder hören. Allerdings ahnte Dianne schon jetzt, wie das Ergebnis der Gesteinsprobe ausfallen würde. Gedanken über Gedanken kreisten in ihrem Gehirn. Den riesigen Wolkenadler, der seine dunklen Schwingen über Orkney ausbreitete, hatte sie längst vergessen.

DIE HERAUSFORDERUNG

»Warum hast du das getan?« Andrew packte Cait an den Schultern und schüttelte sie. »Warum hast du gesagt, du willst seine Frau werden?«

»Lass mich!« Cait versuchte sich aus Andrews Griff zu befreien, doch er hielt sie fest. »Das wäre deine Chance gewesen, Brork endgültig zu entkommen! Du hättest unter dem Schutz der Steinweisen gestanden und diese Insel verlassen können!«

Er ließ sie los, seufzte und schüttelte fassungslos den Kopf. Dann schaute er sich um. Nicht lange nach Caits Verkündung hatten Frauen, Männer und Kinder des Adlerstammes zu feiern begonnen. Die beiden Steinweisen, Urdh und die zwei Männer von der Westbuchtsiedlung saßen gerade mit Brork an einem der Feuer. Einige Kinder sprangen um den Stammesführer herum und Andrew fragte sich, ob es seine Söhne und Töchter waren. Jokh und Mjana, die bereits ebenfalls auf ihre Schwester eingeredet hatte, hatten sich dazugesellt, fühlten sich aber sichtlich unwohl. Besonders Mjana warf immer wieder Blicke in Caits Richtung.

»Warum, Cait?«

Cait schwieg zunächst, dann holte sie tief Luft. »Um Mjana zu schützen.«

»Brork will deine Schwester nicht. Er will nur dich!«

»Ich habe es getan, um den Frieden zwischen dem Stamm des Adlers und meiner Siedlung zu stärken«, fügte Cait hinzu.

»Ist es nicht deine Pflicht, den Steinweisen in die Heiligen Hallen zu folgen? Und könntest du nicht als Steinweise an Thuas Seite, die ebenfalls von deinem Stamm ist, mehr für den Frieden tun, als an Brorks Seite?«, Andrew deutete zu dem Anführer des Adlerstammes hin, »für ihn bist du doch nur Jagdbeute!«

»Ja, ich hätte mich über Brork hinwegsetzen und bei den Steinweisen leben können, so wie es für die Weisen normal ist. Aber«, Cait schüttelte den Kopf, »ich könnte nie sicher sein, dass Brork nicht doch meinen Stamm angreift. Meine Entscheidung ist gefallen, Andrew! Wenn überhaupt, so kann ich nur als Brorks Gefährtin, und nur hier beim Stamm der Adler, Einfluss auf die Geschehnisse nehmen.« Cait sprach so laut, dass manches Stammesmitglied aufhorchte. Daher fuhr sie etwas leiser fort. »Du musst sie akzeptieren!«

Fast schon trotzig verschränkte sie die Arme. Dabei blickte sie hinauf in den Nachthimmel. Er trat einen Schritt auf sie zu, hätte am liebsten seine Arme um sie gelegt, doch das wagte er nicht. »Du tust es auch für mich, nicht wahr?«, fragte er.

Ein plötzlicher Aufruhr lenkte ihre Aufmerksamkeit ab. Am Feuer, an dem Brork und die Steinweisen saßen, herrschte Aufregung. Roradh stand neben dem Feuer. Jokh war aufgesprungen und baute sich vor dem Jäger des Adlerstammes auf. Nach und nach erhoben sich die anderen, lediglich Brork blieb sitzen und beobachtete alles mit steinerner Miene. Sein Gesicht erinnerte Andrew an eine Totenmaske. »Was ist da los?«, wollte Andrew wissen, aber Cait war bereits losgelaufen. Andrew eilte hinterher. Er versuchte den wilden Gesten und lauten Worten einen Sinn zu entreißen, doch es gelang ihm nicht.

»Um was geht es hier denn?«, rief Andrew Cait zu.

Cait hob nur die Hand und schüttelte den Kopf.

»Cait, verdammt!«

Roradh und Jokh schrien sich an, bis Mrak dazwischenging und die beiden Streithähne auseinanderschob und zum Schweigen brachte.

Nun blickten alle auf Brork, der endlich aufstand. Nach einigen Sekunden des Schweigens rief er ein paar Worte in die Runde. Cait klappte der Unterkiefer herunter und sie schüttelte ungläubig den Kopf..

»Cait?« Andrew legte eine Hand auf ihre Schulter.

Sie wandte sich um, in ihren Augen glitzerte es feucht. »Roradh will Mjana zur Frau.«

Zischend stieß Andrew die Luft zwischen seinen Zähnen hindurch. »Bedarf das nicht der Zustimmung deines Vaters?«

Cait nickte. »Allerdings hat auch Jokh sogleich seine Liebe für Mjana verkündet. Auch er will sie zur Frau. Roradh hat ihn verhöhnt, woraufhin Jokh ihn beleidigt hat. Nun hat Roradh Jokh zu einem Kampf herausgefordert.«

»Verstehe«, sagte Andrew.

»Leider enden solche Kämpfe oft tödlich.«

»Liebt Mjana Jokh denn auch? Mjana ist doch noch viel zu jung.«

»Mjana wird bald zur Frau werden. Das nächste Fruchtbarkeitsfest wird das dreizehnte für sie sein. Und ich weiß, dass sie Jokh vom Seehundstamm mag.«

Andrew sah zu Caits Schwester, die wie zu einer Steinsäule erstarrt neben Jokh stand, während Tränen über ihre Wangen liefen.

Schließlich sagte Brork etwas und abermals brach eine aufgeregte Diskussion aus, Urdh, Mrak und Thua redeten durcheinander.

»Was sagen sie?«, fragte Andrew.

»Jokh ist Steinweisenschüler vom Seehundstamm. Würde er im Kampf getötet werden, so wären Stammesstreitigkeiten die Folge. Also drängen Thua und Urdh darauf, die beiden den Kampf nicht bis zum Tode ausfechten zu lassen.«

»Und, willigt Brork ein?«

Cait legte die Finger an die Lippen. Die Umstehenden schwiegen und blickten auf Brork, warteten, wie der Stammesanführer des Adlerclans entscheiden würde.

Brork trat auf Jokh zu. Der junge Mann wich einen Schritt zurück, hob aber dennoch stolz das Kinn.

Dann sprach Brork.

»Was sagt er?« Andrew machte es wahnsinnig, in dieser brisanten Situation nichts zu verstehen.

»Brork fordert Jokh auf, sich bei Roradh zu entschuldigen und seinen Anspruch auf Mjana zurückzuziehen.«

»Sonst?«

»Sonst findet der Kampf statt. Ohne Einschränkung. Dies ist eine weise Entscheidung von Brork. So können alle bezeugen, dass Jokh die Möglichkeit gegeben wurde, sich zu entschuldigen und seinen Anspruch auf Mjana zurückzunehmen, um einen Kampf zu vermeiden.«

Atemlos wartete nun auch Andrew auf Jokhs Reaktion. Diese folgte prompt: Jokh schüttelte den Kopf.

Ein Raunen ging durch die Umstehenden. Mittlerweile hatte sich fast der ganze Stamm versammelt.

Mjana schlug sich die Hände vors Gesicht, Andrew konnte erkennen, dass sie zitterten.

»Er wird sterben«, seufzte Cait.

Thua legte eine Hand auf Jokhs Schulter und redete auf ihn ein.

»Bei einem solchen Kampf steht den Kriegern jemand zur Seite, der sie berät«, erklärte Cait. »Für Roradh wird dies Mrak sein. Da Jokh vom Seehundstamm ist und niemand seines Clans hier ist, wird Thua ihn unterstützen.«

Andrew hatte Mitleid mit Jokh. Als Gefangener eines fremden Stammes für das Mädchen eines anderen Stammes zu kämpfen, war tapfer.

»Er ist mutig!«

»Er ist dumm!«, meinte Cait. »Sie kämpfen im Morgengrauen und Jokh wird sterben.«

Andrew schwieg. Ein ungutes Gefühl machte sich in seiner Magengegend breit.

In der Nacht schlug das Wetter um. Der Wind nahm zu, Ravk schleuderte ihnen seinen eisigen Atem aus dem Norden entgegen. Bald schon war der letzte funkelnde Stern vom finsteren Gottesodem verschluckt worden, die Nacht dunkel wie verkohltes Holz. Sturmböen schleuderten Regentropfen wie Geschosse durch die Luft. Caitir fröstelte, sie zog ihren Fellumhang fester um sich, dann drückte sie Mjana die Schulter.

»Die Götter sind zornig«, sagte Thua, als sie kurz vor der Morgendämmerung eintrat. Sie war während der Nacht bei Jokh gewesen. Andrew hatte man in eine andere Behausung gebracht, Brork hatte Caitir seit dem gestrigen Abend nicht gesehen. Sie war dankbar dafür.

»Wie geht es Jokh?«, fragte Mjana sogleich, ohne auf Thuas Bemerkung einzugehen.

»Jokh ist aufgeregt und er hat Angst, auch wenn er dies nie zugeben würde. Aber ich spüre es.«

Mjana senkte traurig den Kopf, doch Thua hob ihn mit der Hand an. »Sieh mich an, Tochter des Kraat.« Sie musterte Mjana eine Weile. Im Schein des Feuers wirkte ihr sonst so hageres und strenges Gesicht etwas weicher. »Magst du ihn?«

Mjana nickte.

»Sollte es zu einer Verbindung zwischen euch kommen, wird Jokh dennoch in den Heiligen Hallen leben und eure Kinder werden nach dem fünften Ahnenfest in die Obhut der Steinweisen gehen. Bist du dir darüber im Klaren?«

Thua hatte recht, wie Caitir wusste. Sie hätte sich für ihre Schwester einen Mann gewünscht, der stets, zusammen mit ihren Kindern, an ihrer Seite leben konnte.

»Ich weiß«, flüsterte Mjana.

»Gut. Jokh hat ein tapferes Herz«, meinte Thua. »Er ist stark und wendig. Er kann gewinnen.«

Thua wandte sich von Mjana ab und ging auf Caitir zu.

»Warum?«, fragte sie, doch in der Frage lag kein Urteil.

»Um den Frieden zwischen den Stämmen zu sichern«, antwortete Caitir nach kurzem Zögern.

»Du hättest dich als Steinweise gegen Brork entscheiden können und hättest den Schutz der anderen Steinweisen genossen.«

Caitir schwieg.

»Es ist wegen dieses Fremden, nicht wahr? Der große Mann aus der anderen Zeit.«

»Brork will ihn töten, zur Wintersonnenwende.«

»Und was glaubst du, kannst *du* tun, wenn du bleibst?«

Caitir seufzte, doch dann blickte sie entschlossen drein. »Ich finde einen Weg.«

»Durch das Auftauchen dieses Mannes erst ist die Ordnung aus den Fugen geraten. Die Götter müssen besänftigt werden«, sagte Thua, während draußen der Wind aufheulte, als wolle er ihre Worte bestätigen.

»Es muss einen anderen Weg geben, als ein Blutopfer«, entgegnete Caitir.

»Genügt es nicht, wenn er einfach nur in seine Zeit zurückkehrt?«, warf Mjana ein.

»Mag sein«, Thua runzelte nachdenklich die Stirn. »Aber bislang ist ihm das nicht gelungen. Die Kraft der Steine hat euch immer gemeinsam mit sich gerissen.«

»Nicht beim ersten Mal. Da war ich alleine.«

»Dann muss es irgendetwas geben, das euch beide verbindet.« Thua zog eine Augenbraue hoch und betrachtete Caitir nachdenklich. »Liebst du ihn?«

Mjana riss die Augen auf und Caitir klappte der Unterkiefer herunter. »Nein«, sagte sie schroff.

Die Steinweise schwieg.

Caitir verschränkte die Arme. »Ich fühle mich ihm verpflichtet«, erklärte sie. »Es ist meine Schuld, dass er hier ist.«

»So zu denken, ist anmaßend, Caitir«, entgegnete Thua.

Caitir hob den Kopf. »Ich versteh nicht.«

»Jemanden aus ferner Zeit zurückzuholen, bedarf großer Macht«, erklärte Thua. »Indem du sagst, es sei deine Schuld, behauptest du auch, über solche Kräfte zu verfügen.«

Caitir runzelte verwirrt die Stirn. »So meinte ich das nicht, ich …«

»Schon gut«, unterbrach Thua sie mit einem Schmunzeln, wobei sie Caitir eine Hand auf den Kopf legte. »Vieles geschieht, weil es der Wille der Götter ist. Nur die wenigsten sehen es. Alles hat einen Sinn.« Dann kniff sie die Augen zusammen, betrachtete Caitir, als wolle sie etwas in ihr ergründen, das sich selbst Thuas Wissen entzog.

»Was hatte Brork in den Heiligen Hallen zu suchen?«, fragte Caitir rasch, als sie sich an Mjanas Aussage erinnerte, Brork hätte die Steinweisen besucht. Zudem wurde ihr unter Thuas Blick unwohl zumute, daher wollte sie von sich ablenken. »Habt ihr dort Andrews Tod beschlossen?«

Thuas Augen verengten sich nun zu Schlitzen. »Wie kommst du darauf?«

Caitir hob die Schultern. »Jemand hat es mir gesagt.«

Thua warf Mjana einen raschen Blick zu, doch Caitirs Schwester nestelte nur nervös an ihrem Umhang herum.

»Die Heiligen Hallen dürfen nur Steinweise betreten. Nur im Ausnahmefall gewähren wir anderen Einlass. Vielleicht hat man dich belogen.« Bei ihrem letzten Satz bohrten sich Thuas Blicke in Mjana.

»Nein!«, rief diese prompt. »Ich habe Brork gesehen. Ich bin ihm heimlich zu den Heiligen Hallen gefolgt.«

Der Anflug eines Lächelns huschte über das Gesicht der Steinweisen, dann legte sie sowohl Caitir als auch Mjana eine Hand auf die Schulter.

»Behaltet dieses Wissen für euch, denn es ist zu Caitirs Schutz!« An Caitir gewandt fuhr sie fort. »Du denkst und handelst anders, als die meisten von uns. Die Götter haben dir einen besonderen Pfad zu Füßen gelegt! Beschreite ihn und er wird sich dir, und dir allein, enthüllen.«

Thua schloss die Augen, Caitir und Mjana betrachteten sie verdutzt. »Der Morgen bricht gleich an und der Kampf wird bald beginnen«, sagte die Steinweise, dann öffnete sie die Augen wieder. »Mögen die Götter Jokh wohlgesonnen sein. Bleib an meiner Seite, Mjana!«

Caitir legte ihrer Schwester eine Hand auf die Schulter. »Er wird es schaffen«, sagte sie aufmunternd, obwohl sie sicher war, dass Jokh sterben würde. Mjana biss sich auf die Lippe und folgte Thua hinaus.

Kaum waren die beiden verschwunden, kam Brork herein. Groß und düster verbaute er den Eingang. Sein mit Adlerfedern geschmückter Umhang raschelte leise, als er näher trat. Caitir richtete sich auf. Brork legte eine Hand auf die Brust und verneigte sich.

»Es wäre mir eine Ehre, wenn du dem Kampf an meiner Seite beiwohnst«, sagte er, wobei er ihr seine Hand reichte. Stolz schwang in seiner Stimme mit.

Caitir zögerte, doch schließlich legte sie ihre Hand in seine. Sie hatte zugestimmt, seine Frau sein zu wollen, also musste sie sich an seiner Seite sehen lassen.

Als sie nach draußen gingen, hatte sich bereits der ganze Adlerstamm versammelt und einen großen Kreis gebildet, in dessen Mitte Jokh und Roradh warteten. Brork führte Caitir an eine leicht erhöhte Stelle, wo auch Urdh, Thua, Mjana und Mrak standen. Sofort hielt Caitir Ausschau nach Andrew und fand ihn etwas abseits stehend. Zwei Jäger der Adler flankierten ihn.

Dann hob Brork die Hände. Stille kehrte ein und er deutete nach Osten. »Seht den Silberstreifen am Horizont!«, rief er laut.

Tatsächlich hatte der Regen aufgehört und ein heller Streifen silbernen Lichts leuchtete im Osten.

»Es ist eine mächtige Zeit! Es ist die Zeit des Adlergottes, der seine Schwingen ausbreitet und über den Rand der Welt blickt. Möge Kjat Roradh einen starken Arm verleihen.«

Schließlich trat Thua nach vorne. »Es ist Griah, der dem mächtigen Adler den Weg leuchtet, denn auch der Sonnengott wird sich aus seinem Schlummer erheben und dem Kampf beiwohnen. Möge Jokh in seinem Licht den Weg zum Sieg finden.«

Verstohlen blickte Caitir zu Brork, denn Thuas Worte enthielten eine kleine Herabwürdigung des Adlergottes. Vielleicht hatte er sie nicht bemerkt. Brorks Aufmerksamkeit jedenfalls galt bereits Jokh und Roradh, und schon gab er das Zeichen. Der Kampf begann.

Immer wieder warf Roradh seine Steinaxt abwechselnd von der linken in die rechte Hand. Er wollte Jokh verwirren. Jokhs Miene war angespannt, sein Messer aus Seehundknochen hielt er fest umklammert. Die Waffe war eher dafür geeignet, Robben auszunehmen, als in einem Kampf eingesetzt zu werden. So umkreisten sich die beiden Kontrahenten eine Weile, maßen sich mit Blicken.

Plötzlich schnellte Roradh nach vorn, zielte mit seiner Axt auf Jokhs Kopf. Jokh sprang zur Seite, entging der steinernen Klinge um Haaresbreite.

Jokh zögert nicht lange, sondern stach nun seinerseits zu. Auch seine Waffe glitt ins Leere, nur, dass Roradhs Bewegung rascher und geschmeidiger war, als die von Jokh.

Wieder umkreisten sich beide, Roradh grinste.

Caitir hielt die Luft an. Sie hatte Mjanas Hand ergriffen, und bei jedem Angriff Roradhs drückte ihre Schwester so fest zu, dass es schmerzte.

Ein weiterer Schlagabtausch folgte. Schnell wurde klar, dass Roradh seine Axt geschickter zu führen wusste, als Jokh sein Messer. Als Roradh erneut angriff und Jokh zur Seite weichen wollte, fegte Roradh Jokhs Bein weg, so dass er stürzte. Dies war Roradhs Gelegenheit. Blitzschnell hechtete er hinterher und warf sich auf den jungen Krieger aus dem Seehundstamm. Roradhs Axt sauste auf Jokhs Kopf hinab. Mjana schrie auf.

Jokh jedoch gelang es, den Arm seines Gegners mit beiden Händen abzufangen, dafür musste er aber sein Messer fallen lassen.

War Roradh schneller, so verfügte Jokh über die größeren Kräfte. Er stemmte Roradh, der versuchte, die Klinge seiner Axt mit seinem Körpergewicht in Jokhs Gesicht zu drücken, nach oben weg. Ein Kampfschrei von Jokh, und er warf Roradh zur Seite, rollte selbst herum, so dass nun er auf Roradh lag.

Roradh jedoch zog ruckartig ein Knie an, stieß es Jokh zwischen die Beine.

Jokhs Gesicht verzerrte sich vor Schmerz. Sein Gegner nutzte dies, stieß Jokh mit der flachen Seite seiner Axt an den Kopf. Schon hatte er sich aus dem Griff des Seehundjägers befreit und sprang auf.

Mjana hatte Tränen in den Augen, während Jokh über den Boden robbte und im nassen Gras nach seinem Messer suchte. Blut lief an seiner Unterlippe herab. Roradh grinste, einen siegessicheren Blick auf Mjana werfend, folgte er dem Seehundjäger. Endlich fand dieser sein Messer, doch kaum hatte sich seine Hand um den Griff geschlossen, stieß ihn Roradh mit dem Fuß in die Rippen. Jokh krümmte sich, rollte zur Seite und versuchte sich aufzurappeln. Als er auf wackeligen Beinen stand, griff Roradh an und holte mit der Axt aus. Jokh stolperte nach vorne, unterlief so den Arm seines Gegners und rammte ihm mit voller Wucht die Schulter in die Magengegend. Roradh wurde von den Füßen gerissen und zu Boden geschleudert. Jokh sprang hinterher und warf sich auf ihn. Dank seiner Kraft drückte er Roradhs Waffenarm mit einer Hand nach unten. Mit der anderen, die auch das Messer hielt, holte er zum tödlichen Stoß aus. Ein Raunen ging durch die Menge, als Jokhs Messer herabsauste und schmatzend in den nassen Erdboden drang – direkt neben Roradhs Kopf. Jokh hatte seinen Gegner verschont, der Kampf war vorüber.

Jokh erhob sich. Der junge Jäger bot Roradh seine Hand an, doch der Krieger aus dem Adlerclan sprang auf und schlug sie aus, ehe er wütend davonstapfte.

Caitir atmete erleichtert aus und lächelte ihrer Schwester zu.

»Die Götter haben entschieden«, verkündete Brork. »Mjana, Tochter des Kraat, soll mit Jokh gehen. Caitir, ebenfalls Tochter des Kraat, wird in der heutigen Nacht meine Frau werden. Die Ahnen sollen es bezeugen.«

Caitir wurde übel. Die Vorstellung, heute Nacht von Brork in seiner Behausung genommen zu werden, umgeben von den Knochen seiner Ahnen und bisherigen Frauen, ließ Panik in ihr aufwallen.

»Zuvor jedoch sollen zu Ehren von Caitir Feierlichkeiten stattfinden«, fuhr Brork fort und wandte sich dann an Urdh. »Willst du diesen beiwohnen und auf die Verbindung trinken, ehe ihr weiterzieht?«

»Das werde ich«, sagte Urdh kurzerhand. »Und ich werde Kraat die Kunde von Caitirs Entscheidung bringen. Vater wird stolz auf dich sein, meine Schwester. Du verbindest beide Stämme und erfüllst die Pflicht der Steinweisen.«

Caitir schluckte. Sie musste einen Weg hier rausfinden, und zwar rasch!

Verzweifelt suchte Andrew nach einer Möglichkeit, mit Cait zu sprechen. Diese jedoch hielt sich meist bei Brork auf, der sie anscheinend nicht mehr von seiner Seite weichen lassen wollte.

Andrew selbst musste mit einigen Männern und Frauen losziehen, um in einem Süßwassersee Fische zu fangen. Wenigstens hatte es aufgehört zu regnen, doch der Wind blies kühl und heftig über das Meer herüber. Das Wetter bereitete Andrew wenig Sorge, vielmehr war es der Gedanke an die Nacht, die Cait bevorstand, der ihn plagte. Er hatte nicht verstanden, was Brork nach Jokhs Sieg verkündet hatte, aber das Entsetzen in Caits Gesicht war ihm nicht entgangen. Sicher würde sich der Stammesführer über Cait hermachen. Fieberhaft überlegte Andrew den ganzen Tag über, wie er mit Cait fliehen konnte, bevor sie die Nacht mit Brork verbringen musste. Doch da waren auch noch Mjana, Jokh und Urdh, nicht zu vergessen die Steinweisen. Sollte er überhaupt eingreifen oder würde jede Tat, die er in der Vergangenheit vollbrachte, die Zukunft verändern? Cait hatte sich öffentlich dafür entschieden, Brorks Frau zu werden. Würde er sie oder gar ihren ganzen Stamm entehren, wenn er mit ihr floh? Natürlich wusste Andrew, dass sie diese Entscheidung auch ihm zuliebe gefällt hatte. Sie wusste um seine Hilflosigkeit und wollte ihn nicht bei diesen sonderbaren Adlermenschen mit ihren weiß gekalkten Gesichtern alleine lassen. Doch eben diese Hilflosigkeit machte Andrew allmählich rasend.

Als sich der Tag langsam zu Ende neigte und die Sonne auf den westlichen Horizont zu sank, machte er sich zusammen mit drei Frauen und zwei Jägern des Adlerstammes auf den Rückweg. Ihren Fang, einige Fische und zwei Kaninchen, welche die Jäger in vor den Kaninchenbauten ausgelegten Schlingen gefangen hatten, trugen sie in aus Schilf geflochtenen Körben auf dem Rücken. Die Hauptlast dabei übernahm jedoch der Kopf, denn ein am Korb befestigtes Band wurde um die Stirn geschlungen. So bekam Andrew selbst sprichwörtlich die Last des Alltags zu spüren und fragte sich, wie lange es dauern würde, ehe seine Halswirbelsäule ähnlich verkrümmt war, wie er es bei einigen der älteren Frauen bereits gesehen hatte.

Während sie durch das kleine, aus rundlichen Behausungen bestehende Dorf liefen, hielt er nach Caitir Ausschau, konnte sie jedoch nirgends ausfindig machen. Stattdessen bemerkte er das geschäftige Treiben, das unter den Menschen des Adlerclans herrschte. Überall brannten Feuer, deren tanzende Flammen auf den weiß gekalkten Gesichtern geisterhaft flackerten. Andrews Aufmerksamkeit wurde jedoch besonders von der großen Behausung am Rande des Dorfes angezogen. Im Grunde genommen war es nur eine leichte Erhebung, die sich vor dem dahinterliegenden Meer abzeichnete. Steine waren vor dem Eingang zu beiden Seiten aufgeschichtet, im Wind klapperten an Holzspeeren befestigte Knochen. Andrew zuckte zusammen, als er Brork heraustreten sah. Auch sein Gesicht war weiß, auf seiner Stirn prangte ein rötliches Symbol, das an Adlerkrallen erinnerte und die Wölbung seiner Stirn noch unterstrich. Sein Umhang aus Adlerfedern bauschte sich im Wind, an seinem Hals hingen Lederbänder, an denen wiederum Knochen und Krallen befestigt waren. Ihm folgten zwei Frauen, die eine weitere Frau herausführten. Auch ihr Gesicht war weiß gekalkt, verziert mit den Krallen des Adlers, und sie trug einen mit Federn geschmückten Umhang. Andrew schluckte, als er sie erkannte: es war Cait!

Er fragte sich, ob die anderen beiden ebenfalls Brorks Frauen waren, denn wie Cait ihm erzählt hatte, war es für Brork durchaus üblich, sich mit mehreren Frauen zu vergnügen.

Schon spürte er einen festen Griff an seiner Schulter und einer der Jäger zog ihn weiter bis zur Mitte der kleinen Siedlung, wo die gesammelten oder gefangenen Nahrungsmittel verteilt wurden.

Während die Sonne hinter einigen Wolken versank, die über den westlichen Horizont zogen, versammelten sich die Männer und Frauen des Adlerclans an den vielen Feuern, die in der Nähe von Brorks Behausung brannten. Auch Urdh, Jokh und Mjana, die beiden Steinweisen Mrak und Thua sowie die anderen Männer, die mit ihnen gekommen waren, mischten sich unter sie. Die Menschen saßen entweder auf Holzstücken, auf Steinen oder einfach auf der Erde.

Irgendwann erhob sich Brork. Stille breitete sich aus. Der Stammesführer sprach, dabei stand er hinter Cait und legte ihr beide Hände auf die Schultern. Andrew konnte sehen, wie sie sich anspannte. Noch ein paar Worte von Brork und es folgten Jubelrufe, dann begann die Feier. Die Menschen lachten, tranken und aßen. Drei junge Jäger des Adlerclans tanzten vor Cait und Brork um das Feuer, wobei sie ein Tier imitierten, Andrews Vermutung nach handelte es sich dabei um einen Adler. Er beachtete sie nicht weiter, sondern schlenderte unauffällig näher an Cait heran. In der Menschenmenge stieß er dabei plötzlich mit jemandem zusammen. Es war Roradh, der ihn aus wütenden Augen anfunkelte. Seine Niederlage gegen Jokh musste für ihn eine verheerende Demütigung gewesen sein. Andrew schob sich einfach an ihm vorbei, näherte sich Brork und Cait, deren

Blick über die Menge wanderte, als hielte sie Ausschau. Noch einmal sah er sich nach Roradh um, der jedoch schien von der Nacht verschluckt worden zu sein.

Als er nahe genug heran war, winkte Andrew Cait zu. Ihr Gesicht hellte sich auf, als sie ihn erkannte. Andrew versuchte ihr durch Kopfnicken zu bedeuten, dass sie zu ihm kommen sollte, doch Cait schüttelte nur ganz leicht den Kopf. Natürlich! Wie hatte er auch glauben können, man würde sie in dieser Nacht von Brorks Seite weichen lassen, und dann noch ausgerechnet mit ihm? Mraks Blick traf ihn, der Steinweise stand neben Brork wie ein unheimlicher Wächter.

Andrew seufzte resigniert und zog sich langsam zurück. Wäre er nur der Sprache mächtig, hätte er mit Urdh oder Mjana, vielleicht sogar mit Thua sprechen können. Doch so war er ein Fremder, fühlte sich gefangen und ausgestoßen zugleich, denn niemand schien ihm heute Nacht Beachtung zu schenken.

So schlenderte er unruhig umher, während die Nacht voranschritt. Sicher würde es nicht mehr lange dauern, ehe sich Brork mit Cait in seine Behausung zurückziehen würde, um sich mit ihr zwischen den Knochen seiner Ahnen zu vergnügen. Andrew zermarterte sich das Gehirn, doch dann kam ihm eine Idee und er fasste einen verzweifelten Entschluss.

Caitir hatte Andrew längst aus den Augen verloren. Wie gerne wäre sie zu ihm gegangen, doch das hätte man ihr nicht gestattet. Auch, und gerade *weil* sie eine Steinweise war und öffentlich ihren Willen, Brorks Frau werden zu wollen, verkündet hatte, würde sie ihre Ehre und die ihres eigenen Stammes beschmutzen und obendrein den Adlerclan beleidigen, wenn sie während der Feierlichkeiten von Brorks Seite wich, um mit Andrew zu sprechen.

So blieb ihr nichts Anderes als auszuharren. Sie hatte ihre Entscheidung getroffen, um zu verhindern, dass Andrew geopfert werden würde. Nun blieb ihr noch bis zur Wintersonnenwende Zeit. Natürlich wollte sie eine Nacht mit Brork vermeiden, aber sie sah keinen Weg, eine Vereinigung mit ihm zu umgehen. Die beiden Frauen, die sie heute während des Tages geschmückt hatten, hatten ihr gesagt, dass Mrak selbst die Kraft des Adlers herbeirufen würde, um den Akt zu segnen, auf dass sie Brork ein Kind schenken möge, das die Kräfte des Stammesführers und die Fähigkeiten einer Steinweisen in sich vereinte.

Wenn es also sein musste, würde sie dies auf sich nehmen, um Andrew zu retten. Außerdem wollte sie Brork und seinen Stamm nicht weiter erzürnen, denn Jokhs Sieg über Roradh war eine Schmach für den ganzen Stamm, die sie wohl nur hinnahmen, weil sie dafür etwas weitaus Wichtigeres, nämlich eine Steinweise, bekommen würden.

Dann war es so weit. Ein fahler Mond hatte sich erhoben, vor dessen Antlitz Ravk adlerschwingengleiche Wolken dahinpeitschte. Mrak legte den Kopf in den Nacken und betrachtete die Szenerie eine Weile, flüsterte einige unverständliche Worte und legte Brork dann seine knochige Hand auf die Schulter. Brork nickte und wandte sich an Caitir. Diese schluckte, ihr Herz begann schneller zu schlagen. Panik machte sich in ihr breit.

Brork stand auf, nahm ihre Hand und führte sie in seine Behausung. Mrak folgte ihnen. Sie mussten sich bücken, um durch den schmalen, aus Steinen geformten Gang ins Innere zu gelangen. Auch hier brannten Feuer, hoch aufragende Steinsäulen teilten den großen Raum in mehrere kleine Kammern. Caitir war nicht das erste Mal hier, doch auch jetzt lief ein Schauer über ihren Rücken, als sie in zwei kleinen Kammern links und rechts neben sich Knochen und Schädel entdeckte. Handelte es sich hierbei um Brorks Ahnen oder seine Frauen? Sie zögerte kurz, doch Mrak schob sie weiter. Schließlich gelangten sie in einen größeren Raum, dessen Boden mit Moos, Flechten und Vogelfedern ausgelegt war. In einer Nische lagen die Skelette zweier Adler.

Brork wandte sich zu ihr um, dann löste er ihren Überwurf und ließ ihn zu Boden fallen, zog ihren Lendenschurz aus und öffnete die Schnüre an ihren Beinen, die die Lederstücke mit den Schuhen verband. Derart entblößt und frierend schlang Caitir unwillkürlich die Arme um ihren Körper.

»Verschließe dich mir nicht, Caitir, Tochter des Kraat!«, verlangte Brork. »Denn auch ich verschließe mich nicht vor dir.«

Sie warf einen raschen Seitenblick auf Mrak, dessen Blicke wie klebriger Schmutz an ihr hafteten, ließ dann aber ihre Arme sinken.

Auch Brork entkleidete sich; zu ihrem Entsetzen war sein Körper über und über mit Narben bedeckt.

Nun stimmte Mrak einen leisen Singsang an. Er streckte die Arme seitlich aus, drehte die Handflächen nach oben, um Kjats Segen zu erbitten. Seine Stimme wurde lauter und rhythmischer, er stieß die Worte immer schneller hervor. In gleichem Maße, wie die Beschwörung des Steinweisen leidenschaftlicher wurde, schien sich auch Brorks Lust zu steigern. Caitirs Mund war trocken, ihre Hände und Füße eiskalt und es war nicht die Kälte, die ihren Körper beben und zittern ließ. Dann begann, was sie so sehr gefürchtet hatte. Brork drückte sie zu Boden, seine Hände streckten sich nach ihren Brüsten aus.

Fieberhaft suchte Andrew nach einem Speer. Alles andere hatte er schon vorbereitet. Durch die Feierlichkeiten waren die Menschen unachtsam geworden, daher war es für ihn kein Problem gewesen, in die kleinen Rundhäuser zu schleichen und zu besorgen, was er für sein Vorhaben brauchte. Eben hatte er einige Lederschnüre gefunden, nun fehlte ihm nur noch ein Speer, möglichst mit einer scharfen Steinspitze, damit er nicht mehrfach würde zustoßen müssen. Meist hielt er sich außerhalb des Feuerscheins im Dunkeln verborgen, schlich hinter den Häusern vorbei, um dann auf allen vieren ins Innere zu kriechen. Als er einen weiteren Blick in Richtung von Brorks Behausung warf, bekam er es mit der Angst zu tun. Caitir und Brork waren verschwunden, ebenso Mrak. Vor wenigen Augenblicken hatten sie noch vor dem Feuer gesessen, doch nun würde sich Brork an Caitir vergehen, während alle anderen feierten. Er eilte weiter, und endlich fand er, was er suchte. Vor einem kleinen Rundhaus waren zwei Speere in den Boden gerammt, Adlerfedern und Knochen baumelten daran. Andrew zog beide aus dem Boden, dann schaute er sich um. Er hoffte Jokh zu finden, denn ihn würde er für sein Vorhaben brauchen.

~

Während ihr Herz in ihrer Brust raste, haftete Caitirs Blick auf Brork, der mit den Händen über ihren Körper strich. Mrak erkannte sie nur aus den Augenwinkeln, denn er hielt sich am Rande des Feuerscheins verborgen. So lag sie angespannt auf dem Boden. Eigentlich hatte Caitir erwartet, Brork würde wie ein wildes Tier über sie herfallen, doch das tat er nicht. Kurz hatte sie sogar den Eindruck, ein Zögern flackere in seinen Augen auf. Doch dann legte er sich auf sie, Caitirs Atem ging schneller und sie schloss die Augen.

Ein plötzlicher Tumult von draußen ließ sie sie jedoch wieder öffnen. Aufgeregte Stimmen drangen zu ihnen herein. Blitzschnell sprang Brork auf.

»Was geht da vor sich?«, fragte er Mrak, doch der Steinweise wirbelte schon wortlos herum und verschwand. Wenige Augenblicke später kehrte er zurück.

»Die Götter haben ein Opfer gefordert!«, rief er. »Sieh selbst!«

Während Brork sich ankleidete, warf Mrak einen kurzen Blick auf Caitir. Ihr gefror das Blut in den Adern. »Andrew«, flüsterte sie. Als hätte sie ein Blitz aus Kjats Antlitz getroffen, erhob sie sich, kleidete sich an und eilte hinter Brork her, heraus aus der bedrückenden Stille dieser Grabkammer. Draußen herrschte große Aufregung, einer der Jäger deutete in südliche Richtung, wo der stete Puls des Meeresgottes Kjell die Wellen in rhythmischem Schlagen gegen die Klippen schleuderte. Zusammen mit Mrak und Brork rannte Caitir dem Jäger des Adlerstammes hinterher. Als sie das klippenumsäumte Meeresufer erreichten, drängten sich dort bereits viele Menschen, starrten über den Rand der Felsen hinunter. Caitir versuchte Andrew irgendwo auszumachen, doch sie fand ihn nicht. Stattdessen entdeckte sie ihren Bruder Urdh, Thua und Mjana, die sich gerade zwischen den beiden hindurchdrängte. Als ihre Schwester von den Klippen aus hinabsah, verzerrte sich ihr Gesicht vor Schmerz und sie stieß einen gellenden Schrei aus.

Ruckartig blieb Caitir stehen. »Nein!«, keuchte sie, dann rannte sie so schnell sie konnte weiter. Sie schob sich an den anderen vorbei, krabbelte über die Felsen hinweg um mit eigenen Augen zu sehen, was geschehen war. Als sie sich endlich über den Rand schob, donnerte eine mächtige Welle gegen das felsige Ufer, warf Caitir dabei kühlende Gischt auf ihr erhitztes Gesicht. Sie schaute nach unten und als sich die Wassermassen in das Meer zurückzogen, gaben sie den Blick auf den Toten frei, aus dessen Brust ein Speer ragte. Caitir stockte der Atem, sie schlug eine Hand vor den Mund und Tränen traten in ihre Augen.

HEXEN UND KRÄUTER

»Ich werde wahnsinnig!«, rief Onkel George, rieb sich über die Halbglatze und deutete zum Fenster hinaus. »Dieser beschissene Sturm zerlegt gerade die Scheune, die ich renovieren und an Touristen vermieten wollte!« Diannes sonst so entspannter Onkel war völlig aus dem Häuschen. Ihre Tante Lucinda schaute nur schweigend, aber mit fassungslosem Blick zu, wie der Wind mit unglaublicher Kraft das Wellblech anhob, das als Dach für die gemauerte Scheune diente, die ehemals ein altes Crofthaus gewesen war. Auch Dianne fehlten die Worte für das, was da vor sich ging. Immer wieder riss der Sturm das große Stück Blech empor, dabei zog er die Nägel jedes Mal weiter heraus. Schließlich flog es mit einem wummernden Geräusch davon, knallte gegen die Holzscheune und wurde gegen deren Wand gepresst, wo es vibrierend hängenblieb. Doch nur für einen Augenblick. Dann fiel es scheppernd zu Boden, nur um kurz darauf erneut in die Luft gewirbelt zu werden. Plötzlich raste das flatternde Wellblech auf das Fenster zu, durch das Dianne, George und Lucinda das zerstörerische Treiben der Naturgewalten beobachteten.

»Runter!«, brüllte George. Schon krachte, schepperte und klirrte es. Kaum hatten sich die drei zu Boden geworfen, hagelten auch schon Glassplitter auf sie herab.

»Schnell, die Rollläden runter!« Geistesgegenwärtig ließ Dianne die Jalousie herab, während der Wind die Gardinen nach ihnen bauschte.

»Warum hast du das nicht schon längst getan, George!«, schimpfte Lucinda plötzlich los. »Schau dir dieses Massaker in unserer Küche an!«

»Was? Ich?« George klappte der Unterkiefer herunter.

»Ruhe jetzt!«, schalt Dianne die beiden. »Ab ins Wohnzimmer.«

Kurzerhand schob sie ihre Verwandtschaft weiter, bis sie sich auf dem Sofa niedergelassen hatte.

»Der Adlergott wütet«, murmelte Dianne.

»Was sagst du?«, wollte Lucinda wissen.

Dianne winkte ab. »Ach, nichts!«

Sie musste an die Wolkenfront denken, die herangezogen war, als sie gestern Maeves Haus verlassen hatte. Sie hatte einem riesigen, schwarzen Adler geglichen, der nun die ganzen Orkneys, vielleicht die ganze Welt zu bedecken schien. *Maeve hat recht,* dachte Dianne. *Wissenschaft kann dies hier nicht erklären, zumindest jetzt im Moment nicht.* Sie hoffte, dass der tobende Sturm bald ein wenig abebben würde, damit sie sich auf den Weg zu diesem MacGregor, seinen Vornamen hatte Dianne inzwischen vergessen, machen und ihn befragen konnte. Im Augenblick jedoch musste sie abwarten. Sie bezweifelte, dass der Sturm ihren Wagen anders behandeln würde, als eben das Wellblech von Onkel Georges Scheune. *Wakinyan, der Donnervogel,* fiel Dianne gerade eine indianische Legende ein. Viele Naturvölker glaubten an Götter, Geister oder gar Dämonen. Vielleicht hatte ja die moderne Welt vergessen, diese Wesen wahrzunehmen, und das hier war die Strafe. Dianne verwarf diesen Gedanken und setzte sich neben Lucinda und George.

Den ganzen Nachmittag lang und bis in den Abend hinein wütete der Sturm. Erst gegen Mitternacht schienen sich die aufgebrachten Winde zu beruhigen.

Spärlich durch die Jalousie dringende Sonnenstrahlen weckten Dianne am nächsten Morgen. Rasch sprang sie aus dem Bett und zog den Rollo hinauf. Der Garten bot ein Bild der Verwüstung, doch wenigstens spannte sich ein veilchenblauer Himmel über sie, auch wenn der Horizont in allen Richtungen blauschwarz gefärbt war. Rasch kleidete Dianne sich an. Sie wollte das gute Wetter nutzen, um zu MacGregor zu fahren. Als sie unten ankam, verabschiedete sie sich von Onkel und Tante, die sich gerade ihre Arbeitskleidung überzogen, um mit den Aufräumarbeiten zu beginnen.

»Willst du nichts frühstücken?«, rief ihr Lucinda zu, als Dianne nach ihrer Jacke griff.

Dianne schüttelte den Kopf. »Ich muss los!«, rief sie und drückte die beiden kurzerhand an sich. Dann sprang sie zur Tür hinaus, rannte zu ihrem Wagen und fuhr davon.

Sie war noch nicht weit gekommen, als ihr Handy klingelte.

»Mist, ausgerechnet Darryl«, schimpfte sie. Einen Moment lang überlegte sie, nicht ranzugehen, aber die Neugier, was er über das Messer herausgefunden hatte, nagte an ihr.

Also wischte sie über ihr Smartphone.

»Hallo, Darryl«, grüßte sie.

»Dianne, ich habe die Ergebnisse der Radiokarbonmessung für Maeves Messer«, sagte Darryl ohne Umschweife. »Zumindest für das Holz und das Leder.«

»Und?«, rief Dianne gespannt. Ihr Mund war trocken.

»Nichts! Holz und Leder sind noch sehr jung. Praktisch wie eben erst gemacht. Findest du das nicht seltsam?«

Dianne schwieg.

»Dianne?«

»Ja!« Dianne fuhr sich mit einer Hand über das Gesicht. »Also, ich meine, nein! Wie gesagt, ich habe es ja selbst erst gebastelt.«

»Wo bist du überhaupt? Es rauscht so.«

»Auf dem Weg nach Kirkwall«, antwortete Dianne.

»Du telefonierst doch nicht etwa während des Fahrens?«

»Nein, ich – warte!« Dianne fuhr langsamer und hielt schließlich am Straßenrand an.

»Besser«, rief es aus dem Telefon. »Aber sag, Dianne, hast du denn das Leder und das Holz wirklich aus der Scheune deines Onkels? Ich kann mich noch gut an das Messer erinnern, beides sah abgegriffen aus.«

»Es war eben altes Material.«

»Und wo genau hast du die kleine Steinklinge her? Die sah nicht so aus, als hätte sie fünftausend Jahre in der Erde gelegen.«

Fieberhaft überlegte Dianne, was sie sagen sollte. »Die habe ich irgendwo auf der Ausgrabungsstätte gefunden.«

»Irgendwo? Und das soll ich dir glauben?« Darryl klang misstrauisch. »Du kennst doch nach Wochen noch den exakten Fundort jeder Knochennadel.«

»Ich weiß es wirklich nicht mehr. Wir legen mittlerweile so viele Fundstücke frei, erwartest du da im Ernst, dass ich mir jedes einzelne merke?«

Darryl lachte ins Telefon. »Ja, von dir hätte ich das schon erwartet.«

»Herrgott, Darryl!«, schnappte Dianne ins Telefon. »Ich hab im Moment wirklich andere Sorgen. Das Wetter spielt verrückt, auf der Farm von George und Lucinda hat der Sturm Scheune und Küchenfenster zerstört. Und was dich betrifft, *du* solltest dich lieber um Luise kümmern!«

»Lass das mal meine Sorge sein!«

Dianne verdrehte die Augen. »Und, was willst du jetzt tun?«

»Ich würde mir Maeves Messer gerne noch mal ansehen.«

»Darryl, lass es einfach! Ich habe es Maeve geschenkt, also lass sie in Ruhe.«

Darryl schwieg einen Moment, als würde er nachdenken. »Ich weiß nicht, Dianne«, sagte er dann. »Warum nur habe ich das Gefühl, du verheimlichst mir etwas?«

»Tu ich nicht!«

»Bist Du noch sauer wegen des Kusses? Und was ist eigentlich aus diesem Andrew geworden?«

Nun wurde Dianne wütend. »Mir reicht es jetzt! Du besitzt die Frechheit, mich zu küssen, willst in Maeves Privatsphäre herumschnüffeln, unterstellst mir, ich würde dir etwas verheimlichen und fragst nach Dingen, die dich nichts angehen! Weißt du was, Darryl? Tu, was du tun musst, aber lass Maeve und mich in Ruhe!« Schnaubend drückte sie die rote Taste und fuhr weiter. Dabei drehte sie das Fenster ihres Wagens ein Stück herunter, denn sie brauchte frische Luft. Sollte Darryl doch denken, was er wollte. Vielleicht würde er nun ihr Verhalten auch auf den Kuss schieben.

Wenig später näherte sie sich dem beschaulich an einer Bucht liegenden Städtchen Kirkwall und bog ein Stück vorher, vor der kleinen Erhebung, rechts ab, wie Maeve es ihr geschildert hatte. Sie folgte der Straße, bis sie das verwilderte Cottage entdeckte. Es war das einzige Haus hier und lag am Ende der Single Track Road. Sie hoffte, diesen MacGregor noch anzutreffen, ansonsten würde sie weiter zu seinem Laden in Kirkwall fahren. Dianne parkte das Auto am Straßenrand und klopfte an der verwitterten alten Holztür.

Niemand öffnete.

Dianne versuchte es erneut und wartete.

Nachdem die Tür verschlossen blieb, lief sie zurück zum Wagen. Bevor sie jedoch einstieg, überlegte sie es sich anders und ging vorsichtshalber in den kleinen, verwilderten Garten. Dort fand sie tatsächlich jemanden, der auf den Knien durch das Gras rutschte und Gräser – vielleicht waren aus auch Kräuter – pflückte und in einen kleinen Korb warf. Langsam schlenderte Dianne näher. Der Mann schien sie nicht zu bemerken.

»Guten Tag, mein Name ist Dianne MacLean«, stellte sie sich vor.

»Ich habe Ihren Wagen kommen hören«, sagte der Mann, ohne sich umzudrehen und noch immer auf den Knien.

»Aha. Sind Sie Mr. MacGregor?«

»Eamon MacGregor, ja.« Endlich erhob er sich und wandte sich Dianne zu. Die Knie seiner hellen, offensichtlich aus Leinenstoff bestehenden Hose waren grün verfärbt. Das in allen Farben des Regenbogens schillernde Stoffhemd war zu groß und flatterte im Wind wie eine Zeltplane.

»Nenn mich Eamon«, rief er.

»Gut, Eamon, ich bin Dianne.« Sie hielt ihm ihre Hand entgegen. Dianne schätzte den Mann auf Anfang vierzig, denn wenngleich ihm seine schulterlangen, größtenteils blonden Haare strähnig herabhingen, so wirkte seine Gesichtshaut doch noch recht glatt.

Eamon stellte seinen Kräuterkorb auf eine halb verwitterte Holzbank, kniff die hellblauen Augen zusammen und ergriff Diannes Hand. Dabei musterte er sie derart intensiv, dass ihr mulmig zumute wurde und sie einen Schritt zurück machte.

»Rote Haare, vom Wind zerzaust«, murmelte er. Dann legte er den Kopf schräg, deutete mit dem Zeigefinger auf Diannes Gesicht. »Sommersprossen, ganz viele. Hm, nur die Nase ist klein und stubsig, will nicht so ganz ins Gesicht passen.«

Dianne zog eine Braue hoch. »Stupsig?«

»Hast du manchmal Atemschwierigkeiten, Dianne? Oder musst du oft husten?«

»Nein, eigentlich nicht. Ich bin auch nicht wegen gesundheitlicher Probleme hier. Ich bin Archäologin.«

»Wie passend«, rief Eamon erfreut und klatschte vor seinem Gesicht in die Hände. Dianne befürchtete schon, er würde sich dabei seine spitze Nase einquetschen. »Du liebst das Alte, stimmt's?«

»Na ja, so kann man es auch nennen«, entgegnete Dianne ein wenig irritiert. »Deswegen bin ich auch hier! Ich will nur …«

»Angst vor dem Feuer?«, unterbrach Eamon sie, zeigte dabei mit dem Finger auf Dianne.

»Was?« Dianne war verdutzt.

»Nun, meine Feinfühligkeit vermittelt mir, du warst in deinem früheren Leben eine Hexe und wurdest verbrannt. Ich erkenne Hexen.«

»Ich bin keine Hexe!«, verteidigte sich Dianne mit scharfer Stimme.

Eamon winkte ab. »Jetzt vielleicht nicht mehr. Nicht mehr äußerlich. Aber sie schlummert in dir, ganz bestimmt!« Er hob fast schon drohend einen Zeigefinger. »Frauen, die man einst als Hexen verbrannt hatte und die wiedergeboren werden, fürchten meist das Feuer. Außerdem leiden sie oft unter Atemschwierigkeiten, denn Hexen sind eigentlich nicht wegen des Feuers gestorben, sondern sind vorher am schwelenden Rauch erstickt.«

Dianne fuhr sich etwas genervt über das Gesicht. Kurz überlegte sie, ob sie einfach wieder gehen sollte, denn Eamon MacGregor erschien ihr doch höchst sonderbar. Allerdings konnte man das auch von der Angelegenheit behaupten, die sie hierhergeführt hatte, und daher entschied sie sich zu bleiben.

»Ich bin wegen der Steinkreise hier, beziehungsweise ihrer … wie soll ich sagen, wegen ihrer Kräfte.«

»Jaja, die Steine. Monumente alter Macht«, meinte Eamon.

Dianne nickte nur. »Halten Sie es für möglich …«, sie hielt inne. Es fiel ihr schwer, auszusprechen, weswegen sie gekommen war, »dass die Unwetter mit den Steinkreisen zu tun haben?«, beendete sie ihren Satz, obwohl das nicht ganz das war, was sie hatte fragen wollen.

Eamon runzelte die Stirn. »Inwiefern?«

»Nehmen wir an, jemand würde durch die Zeit reisen.«

»Durch die Zeit? Ha!« Abermals hob Eamon einen Finger. »Die Zeit ist eine Illusion, weißt du das denn nicht?«, schalt er sie wie ein Kind. »Also kann man nicht auf ihr reisen, schon gar nicht durch sie hindurch.«

Dianne ließ sich nicht beirren. »Und wenn ich jemanden kenne, der es getan hat?«

Wieder kniff er die Augen zusammen, kratzte dabei seine Nase, als würde sie jucken. Der Wind nahm wieder zu, dunkle Wolken brauten sich erneut am Himmel zusammen und Eamon sah hinauf in die dräuende Dunkelheit.

»Ich verstehe«, sagte er ganz ernst, wobei er bedächtig nickte.

»Ich kann dir sagen, was dahintersteckt!«, meinte er. Doch dann rieb er sich über das Kinn, sprang zurück und schnappte sich seinen Kräuterkorb, um ihn Dianne unter die Nase zu halten. »Vergib mir, Dianne, edle Hexe aus alten Tagen«, rief er. »Ich bin unhöflich. Darf ich dich vorher auf einen Tee einladen?«

Dianne blickte in den Korb, in dem allerlei Grünzeug lag.

»Winterkresse und Portulak«, erklärte Eamon und kramte in den Kräutern herum.

»Daraus kann man Tee machen?«

»Ts ts«, zischte Eamon. »Man kann aus allem Tee machen. Man kann ja auch alles destillieren.«

»Ach ja?«

»Natürlich!«

»Nun, ich … nein, danke!«, sagte Dianne, als Eamon eine Spinne an einem Bein aus dem Korb hob und vorsichtig ins Gras setzte.

»Wirklich nicht?«

Dianne schüttelte den Kopf. »Wirklich nicht! Sag mir lieber, was dahintersteckt, Eamon.«

»Gut, dann eben keinen Tee.« Er wirkte fast ein wenig beleidigt, als er den Korb zurückstellte und die Hände aneinander rieb, als seien sie schmutzig.

»Schön, ich sage es dir.« Er fasste Dianne am Arm, sah sich verstohlen um, als fürchte er, belauscht zu werden, anschließend zog er Dianne ein wenig zur Seite. Seinen Kopf brachte er dicht an sie heran. »Der Sturmwind, die Wolken und all das. Weißt du, woher das kommt?«

»Du wirst es mir bestimmt gleich sagen«, meinte Dianne in der Hoffnung, diesen komischen Kerl zum Reden zu bringen.

»Es sind die Hexen«, begann Eamon erneut. »All die gemarterten, unerlösten Seelen der Hexen.« Er machte eine ausladende Bewegung mit den Armen. »Sie ziehen herbei mit ihren brennenden Besen und schleudern Blitze auf uns herab, um das Feuer zurückzugeben, durch das sie gestorben sind.«

Dianne reichte es. Dieser MacGregor hatte sie nicht mehr alle.

Wieder langte er nach seinem Kräuterkorb und hielt ihn Dianne hin. »Hier! Das ist hervorragendes Räucherwerk, damit kannst du dich schützen.«

»Danke, aber ich suche lieber Schutz in meinem Wagen.«

Dianne wirbelte herum und stapfte davon.

»Nimm dich in Acht, Dianne! Die Hexen kommen!«, hörte sie ihn rufen, doch sie wandte sich nicht um. Stattdessen eilte sie zu ihrem Wagen, startete diesen und fuhr in Richtung Kirkwall. Was hatte sie sich dabei gedacht? Sie war Archäologin und damit Wissenschaftlerin. Wie konnte sie sich nur an einen derart von seinen eigenen Illusionen fehlgeleiteten Esoteriker wenden? Dianne musste über sich selbst lachen. Jetzt brauchte sie erst einmal einen starken Kaffee.

Darryl sauste über die Landstraße. Der Archäologe aus Edinburgh war bereits in Kirkwall eingetroffen und Darryl wollte ihn am Nachmittag nach einigen anderen Erledigungen – jetzt, da Luise weg war, musste er seine Einkäufe selbst tätigen – abholen. Außerdem hoffte er Dianne zu finden, um mit ihr sprechen zu können. Immerhin hatte sie ja erwähnt, unterwegs nach Kirkwall zu sein. Er schätzte sie als kompetente Kollegin und gerade der unerklärlichen Ereignisse wegen war es umso wichtiger für ihn, sich mit ihr austauschen zu können. Die Sache mit Maeves Messer und Diannes aufbrausendes Verhalten machten ihn stutzig. Anderseits kannte er sie als temperamentvolle Frau und den einen oder anderen Wutausbruch war er von seiner Kollegin und Ex-Freundin gewohnt. Abrupt bremste Darryl ab, als er Dank des flachen Landes in gebührendem Abstand Diannes Wagen aus einem schmalen Seitenweg heraus auf die Hauptstraße in Richtung Kirkwall abbiegen sah. Als sie hinter dem kleinen Hügel verschwunden war, fuhr er langsam weiter, hielt aber an der Abzweigung an. Neugierig geworden bog er ab und folgte der Straße, bis er das kleine Cottage erreichte. Es war das einzige Haus, das an dieser Straße lag, und da Darryl wissen wollte, was Dianne hier zu suchen gehabt hatte, stieg er aus und ging zur Tür. Als niemand öffnete, schaute Darryl noch im Garten nach, wo er auf einen Mann traf, der Kräuter sammelte.

»Entschuldigen Sie, wenn ich störe«, rief Darryl.

Der Mann drehte sich um. »Sie sind heute schon der zweite Besucher in meinem Garten«, sagte er. »Wenn ich in meinem Laden so viele Leute hätte, wäre ich froh.«

»Äh, ja«, sagte Darryl. »Eigentlich suche ich meine Freundin Dianne und ich habe mir eingebildet, ihren Wagen hier gesehen zu haben.«

»Dianne, ja!«, rief der Mann. »Die war hier. Ist aber schon wieder weggebraust. Er deutete zum Himmel. »Schnell wie der Wind.«

Darryl sah nach oben, dann nickte er. »Verstehe.« Er tat so, als wolle er schon gehen, wandte sich aber noch einmal dem Mann zu. »Ich will ja nicht unhöflich erscheinen, aber darf ich fragen, was Dianne eigentlich von Ihnen wollte?«

Der Mann grinste und kam näher. Kurz schaute er sich um, dann fasste er Darryl am Arm, was ein wenig Unbehagen in diesem hervorrief. »Sie meinte, sie kenne jemanden, der durch die Zeit gereist ist und dass die Steinkreise an diesem Unwetter schuld sind.«

Darryl wurde hellhörig. »Das hat sie wirklich behauptet?«

Der Mann nickte eifrig und lachte oder – besser gesagt – quietschte vergnügt. »Dabei weiß doch jedes Kind, dass es die Hexen sind, die auf ihren brennenden Besen durch die Lüfte fliegen. Wissen Sie was?« Er tippte sich mit dem

Zeigefinger mehrfach an die Schläfe. »Ihre Freundin ist nicht ganz richtig im Kopf, das sag ich Ihnen!«

»Äh … ja. Ich geh dann mal wieder. Danke!« Darryl wollte sich schon umwenden, hielt dann aber inne. »Wie heißen Sie eigentlich?«, fragte er.

»Eamon MacGregor.«

»Wiedersehen, Eamon!«

Rasch drehte Darryl sich um und lief kopfschüttelnd zum Wagen. Er würde mit Dianne sprechen müssen, und auch mit dieser Maeve.

Dianne hatte sich Toast mit Ei und einen Pott Kaffee bestellt. Sie genoss das heiße Getränk, während sie hinaus in den Regen blickte. Ein Touristenpärchen eilte vor dem Fenster vorbei, duckte sich dabei unter einen riesigen Regenschirm, den der Wind plötzlich kurzerhand zerknüllte. Lachend schüttelte Dianne den Kopf.

»Toast mit Rührei?«, fragte die Bedienung, ein junges, schüchternes Mädchen mit braunen Haaren.

»Ja, danke!«

Das Mädchen stellte den Teller hin und Dianne begann zu essen.

Das kleine Café füllte sich rasch, was bei diesem Wetter kein Wunder war. Immer wieder drängten durchnässte Touristen herein und gingen mit enttäuschten Gesichtern hinaus in den Regen, da sie keinen Platz fanden.

Auch ein einzelner Mann in einer auffallend gelben Regenjacke, die Kapuze über den Kopf gezogen, sah sich suchend um. Er wollte schon wieder gehen, doch da fiel sein Blick auf den leeren Stuhl an Diannes Tisch und er kam näher.

»Ist der noch frei?«, fragte er, während er die Kapuze zurückzog. Zum Vorschein kam ein durchaus gut aussehender Mann mit kurzen, blonden Haaren. Zwar war er unrasiert, doch das verlieh ihm etwas Verwegenes, was Dianne gefiel.

»Ja, klar«, antwortete sie.

Dankbar nickend zog der Mann die knallige Jacke mit der Wolfspfote aus und setzte sich.

Dianne schmunzelte vor sich hin.

»Worüber lachen Sie?«, wollte er wissen.

»Nur über diese Touristen mit den überteuerten Outdoor-Klamotten, die sich beim ersten Regentropfen ins Warme verziehen.«

Der Mann kratzte sich die Bartstoppeln und sah zum Fenster hinaus, wo der Wind Wasserfontänen durch die Straßen schleuderte. »Also der erste Tropfen muss mir irgendwie in dem wasserfallähnlichen Regenguss entgangen sein und ob Sie es glauben oder nicht, einen Kaffee würde ich jetzt sogar trinken, wenn draußen die Sonne schiene.«

Er winkte die Bedienung herbei und bestellte sich ebenfalls einen Pott und ein schottisches Frühstück.

»Sind Sie von hier oder Touristin?«, wollte er wissen.

»Raten Sie mal!«

Er betrachtete Diannes alte Wachsjacke, die über ihrer Stuhllehne hing, dann schmunzelte er.

»Von hier, nehme ich an.«

Dianne nickte.

»Ist das Wetter hier auf den Orkneys eigentlich immer so stürmisch und unfreundlich?«, fragte er. »Ich musste einen ganzen Tag warten, bis der Sturm so weit nachließ, dass endlich eine Fähre übersetzte. Und glauben Sie mir, diese Fahrt war kein Spaß!«

Dianne wiegte übertrieben nachdenklich den Kopf. »Ab und zu gibt es auch Tage ohne Regen und drei Prozent der Jahreszeit sind windstill.«

»Ach, wirklich? Na, das beruhigt mich«, sagte er lachend.

Kurz darauf setzte ihm die Bedienung sein Frühstück samt Kaffee vor und er rieb sich die Hände. »Hm, endlich!«

»Sie müssen heute ja noch einiges vorhaben«, meinte Dianne, als er sich über die gebratenen Würste, Speck, Eier, gebackene Bohnen und Champignons hermachte.

»Allerdings! Ich warte noch auf den Bus.«

»Den Bus?«

»Ja, den Bus mit den alten Leutchen. Da mache ich es mir mit meinen teuren Outdoor-Klamotten bequem und lass mich von Attraktion zu Attraktion karren.« Seine braunen Augen blitzten belustigt.

»Hab ich es mir doch gedacht«, entgegnete Dianne lachend und schnippte dabei mit den Fingern.

»Wollen Sie mich nicht begleiten?« Er zuckte mit den Schultern. »Ich meine, immerhin fahren Sie in einem solchen Mumienexpress außer Konkurrenz mit und ich muss auch keine fürchten.«

»Mumienexpress?« Dianne prustete los und verschüttete fast ihren Kaffee.

»Na, was meinen Sie?«, hakte er nach.

»Nein, danke!«, sagte Dianne und leerte ihre Tasse.

»Sicher?«

»Ganz sicher.«

»Ach«, seufzte er. »Immer diese Einheimischen in ihren alten Wachsklamotten, die höflich und ernst gemeinte Angebote Reisender zurückweisen.« In gespielter Verwunderung runzelte er die Stirn. »Wo ist eigentlich der dazu passende Schlapphut?«

»Sie werden unverschämt!«, beschwerte sich Dianne, obwohl ihr der Mann durchaus sympathisch war. Der jedoch lehnte sich nur lässig zurück.

»So sind Touristen nun mal.«

»Wie auch immer«, Dianne erhob sich, »ich muss aufbrechen. War nett, Sie kennenzulernen.«

»Ganz meinerseits. Wie heißen Sie eigentlich?«

»Dianne MacLean.«

»Jack Wallen.«

Dianne musste grinsen. »Passt irgendwie zu Ihnen – und Ihrer Jacke. Engländer?«

»Ja, geboren im Reich von König Arthus.«

Dianne legte den Kopf schräg und sah ihn fragend an.

»Tintagel«, erklärte er. »Ein kleiner Ort im Süd-Westen von England.«

Dianne nickte verstehend. Natürlich kannte sie den am Meer gelegenen Ort, auf dessen Klippen sich eine Burgruine erhob, bei der es sich um das sagenumwobene Camelot handeln sollte. Dass die Wissenschaft da mittlerweile anderer Meinung war, interessierte die Tourismusbranche nicht.

»Ein Ritter der Tafelrunde also«, scherzte Dianne.

»So ungefähr. Zumindest glaubte ich das als Kind, als ich in der alten Ruine herumgrub, in der Hoffnung, den

Heiligen Gral, Excalibur oder gar den sagenumwobenen König Arthus zu finden«, Aufmerksamkeit fordernd hob Jack den Zeigefinger, »und das bei jedem Wetter übrigens.«

Dianne schmunzelte. »Und, sind Sie fündig geworden?«

Jack wiegte bedächtig den Kopf. »Nein, aber ich gebe nicht auf. Wann immer ich Zeit habe und in meiner alten Heimat bin, suche ich weiter«, sagte er, fast schon verschwörerisch.

»Dann wünsche ich Ihnen viel Glück, Jack Wallen!«

»Danke, Dianne! Und was machen *Sie* so?«, wollte er noch wissen.

Dianne musste plötzlich an Cait denken. »Ich habe den Heiligen Gral gefunden«, sagte sie dann. »Zumindest so etwas Ähnliches.«

Jack nickte bedächtig und musterte sie nun etwas ernster. »Klingt interessant. Erzählen Sie mir doch mehr davon.«

»Ein anderes Mal vielleicht«, entgegnete Dianne und zog ihre Jacke an. »Auf Wiedersehen, Jack Wallen. War schön, Sie kennengelernt zu haben.« Dianne reichte ihm die Hand, wandte sich dann ab und verließ das Café, nachdem sie an der Theke bezahlt hatte. Von draußen warf sie noch einmal einen Blick nach innen. Jack sah ihr nach und fast bedauerte sie es, gehen zu müssen.

DER BRENNENDE ADLER

»Jokh!«, stieß Caitir hervor. Mit zittrigen Beinen erhob sie sich und taumelte rückwärts. Unruhe hatte sich breitgemacht, die Menschen redeten durcheinander, doch Caitir hörte nicht, was sie sagten. Wer hatte Jokh getötet? Hektisch schaute sie sich nach Mjana um. Ihre Schwester kniete abseits der Menge im Gras. Die Arme um die Brust geschlungen, wiegte sie sich weinend vor und zurück. Caitir rannte zu ihr.

»Mjana!« Sie legte ihr die Hände auf die Wangen und drehte ihren Kopf zu sich, so dass sie Mjana in die Augen sehen konnte. Tränen liefen über das Gesicht ihrer Schwester, zeichneten zarte Spuren in den Schmutz auf ihrer Haut.

»Es war bestimmt Roradh«, sagte Mjana. »Er hat die Schmach nicht ertragen und sich dafür an Jokh gerächt.«

Sie hat recht, dachte Caitir. Wer sonst sollte es getan haben? Jokh hatte Roradh vor den Augen seines Clans gedemütigt. Hätte Jokh ihn getötet, anstatt ihm das Leben zu schenken, hätte er Roradh zumindest einen ehrenvollen Tod bereitet, was der Adlerclan respektiert hätte.

»Warte hier!«, rief Caitir. Schnell sprang sie auf, suchte nach Roradh. Sie fand ihn am Rande der Menge stehend, wo er zusah, wie Urdh und ein Krieger des Adlerclans Jokhs Leichnam vom Fuße der Klippen nach oben trugen. Ohne lange zu überlegen, stürmte Caitir los und warf sich von hinten auf den unvorbereiteten Jäger. Dieser stolperte noch vorne, während Caitir ihn in den Würgegriff nahm. Dann bückte er sich und bekam sie zu fassen. In hohem Bogen wurde sie über Roradhs Kopf hinweg geschleudert und flog ins Gras. Sofort rappelte sie sich auf, Roradh griff an seine Seite, wollte seine Axt ziehen. Er langte ins Leere, denn seine Waffe hielt Caitir in Händen. Erneut griff sie an, holte aus und schlug zu. Roradh sprang zur Seite, Caitir setzte nach. Plötzlich packte sie jemand am Arm und hielt sie zurück. Es war Urdh! »Lass ab!«, sagte er mahnend.

»Er hat Jokh getötet«, schrie Caitir ihren Bruder an. Sie versuchte sich zu befreien, doch Urdhs Griff war eisern. »Wir sind auf dem Boden des Adlerstammes. Es ist an Brork zu entscheiden.«

Trotzig hob Caitir den Kopf. »Was würdest du tun, wenn Jokh nicht vom Seehundstamm wäre, sondern ein Mann der Westbuchtsiedlung?«

»Ist er aber nicht! Zudem ist er ein Aufgenommener der Steinweisen!«

Caitir blickte ihren Bruder herausfordernd an. »Auch ich bin eine Steinweise!«

»Das bist du und als solche solltest du dich verhalten.«

Urdhs Griff löste sich, als er offensichtlich Caitirs Zögern bemerkte. Langsam senkte sie den Arm. Urdh hatte recht! Sie durfte sich nicht von ihrem Zorn leiten lassen. Sie warf Roradh die Axt vor die Füße, jedoch nicht ohne auf den Boden zu spucken und ihm einen verächtlichen Blick zuzuwerfen.

Erneut sah sie sich nach Andrew um, konnte ihn aber in all der nächtlichen Aufregung nicht finden. Hatte er womöglich die Unruhe und die damit verbundene Unachtsamkeit der Adlermänner genutzt und war geflohen? Einerseits wünschte sie, er hätte sich in Sicherheit gebracht, andererseits verspürte sie Enttäuschung darüber, von ihm zurückgelassen worden zu sein.

Caitirs Aufmerksamkeit wurde von Andrew abgelenkt, als Mrak und ein Jäger der Westbuchtsiedlung Jokhs Leiche zu Brorks Behausung brachten und dort vor dem Feuer niederlegten.

Brork, noch immer den Speer haltend, mit dem Jokh getötet wurde, winkte Caitir mit ernster Miene zu sich. Sie folgte ihm und stellte sich an seine Seite. Thua hatte sich mittlerweile Mjanas angenommen, die leise weinte.

Die anderen bildeten einen Kreis um das Feuer, vor dem Jokh lag. Niemand sprach mehr, die Anspannung war greifbar. Alle warteten, was der Stammesführer sagen würde.

Dann hob Brork die Hand, sein Finger wies auf Roradh. »Tritt vor mich!«, verlangte er.

Sichtlich verunsichert trat Roradh nach vorne.

»Hast du den Krieger des Seehundstammes getötet? Sprich!« Brorks Augen blitzten zornig.

Roradh trat von einem Bein auf das andere und schaute sich nervös um.

»Jokh hat dich besiegt!«, fuhr Brork fort. »Er hat dir das Leben anstatt eines ehrenvollen Todes geschenkt. Du hättest Grund, ihn zu töten. Es jedoch heimlich zu tun ist feige!«

»Ich … bin unschuldig«, sagte Roradh, schaute dabei immer wieder zu Mrak, als erhoffe er sich von dem Steinweisen Hilfe.

»Wenn der Seehundstamm erfährt, dass Jokh auf dem Boden des Adlerstammes zu Tode gekommen ist, wird er ein Opfer fordern«, gab Urdh zu bedenken. »Oder gar einen Krieg beginnen.«

Brork nickte. Auch Caitir wusste, dass ihr Bruder die Wahrheit sprach. Nachdem Jokh zudem auch noch den Steinweisen anvertraut war, könnte sich der Zorn des Seehundstammes obendrein auch noch auf die weisen Männer und Frauen richten.

»Mjana, Tochter des Kraat!« Brorks Stimme durchschnitt die Luft. »Für dich hat der Krieger der Seehunde gekämpft. Er hätte die Nacht an deiner Seite verbringen sollen. Was hast du gesehen?«

Langsam hob Mjana den Kopf. Es schmerzte, Caitir zu sehen, wie Trauer und Leid den zarten Körper ihrer Schwester beugten. »Er war bei mir«, sagte sie. »Doch er ging weg, um Essen zu holen. Er kehrte nicht zurück.« Wieder senkte Mjana den Kopf und brach in Tränen aus.

»Ein Blutopfer muss erbracht werden!«, rief es aus der Menge. »Es war ein feiger Mord!«

Brork hob Schweigen gebietend die Hand und sah Mrak an. Der Steinweise nickte.

Brorks Blick wanderte zu Thua. Sie zögerte nicht. »Das Gleichgewicht muss gewahrt bleiben«, sagte sie, wobei sie Mjana eine Hand auf die Schulter legte.

Mit dem Speer in der Hand ging Brork zu Mjana und reichte ihr diesen. Dann nickte er in Roradhs Richtung.

Caitir hielt den Atem an. »Nein«, flüsterte sie. »Das kann sie nicht.«

Mit aufgerissenen Augen starrte Mjana zu Brork, dann zu Roradh, der sich anspannte und ganz offensichtlich um Fassung rang. Immer wieder huschten seine Augen zu Mrak, doch der Älteste der Weisen starrte ihn nur mit kalter, unbewegter Miene an. Würde Roradh jetzt davonrennen, würde er sich als Feigling offenbaren und der Tod wäre ihm gewiss.

Mjana zauderte, dann hob sie den Speer. Roradh trat zurück, seine Brust hob und senkte sich rasch. Caitir schüttelte leicht den Kopf, als Mjana ausholte, aber ihre Hand begann zu zittern. Als der Speer ihr aus den Händen glitt, atmete Roradh erleichtert aus.

Brork nahm die Waffe wieder an sich. »Keiner, der mich verrät, ist sicher«, sagte er. Sein Blick glitt über die Anwesenden, selbst Thua und Mrak sparte er dabei nicht aus, dann wieder zurück zu Mjana. Plötzlich wirbelte er blitzschnell herum und schleuderte den Speer. Dumpf grub sich die steinerne Spitze in Roradhs Brust, der auf die Knie sank und dann vorneüberkippte. Er zappelte noch eine Weile, dann lag er ruhig da, seine Leiche eingehüllt in Stille.

Andrew hatte alles abseits stehend und aus der Dunkelheit heraus beobachtet. Der Aufruhr hätte eine Chance zur Flucht geboten, doch Cait war von zu vielen Clanmännern umringt gewesen und all die Feuer hatten die Umgebung viel zu hell ausgeleuchtet, als dass sie hätten unbemerkt in der Dunkelheit verschwinden können. Zwar hatte Andrew sich mittlerweile daran gewöhnt, ohne Brille zurechtzukommen – er musste auch keine E-Mails oder Verkehrsschilder lesen – doch alleine zu fliehen und Cait zurückzulassen, wäre feige gewesen. Ganz besonders jetzt, da Jokh tot war. Zudem hätte er sich auf den steinzeitlichen Orkney Inseln kaum zurechtgefunden. Auch wenn ihn Brorks grausame Tat nicht verwunderte, so erschreckte ihn doch die Leichtigkeit und Schnelligkeit, mit der er tötete. Doch was dann geschah, erfüllte ihn mit schierem Grauen. Zwei Männer und zwei Frauen des Adlerclans eilten mit Steinmessern herbei und begannen an Roradh herumzuschneiden. Schnell bemerkte Andrew, dass ihre Bewegungen rasch und geübt waren. Nach und nach schnitten sie dem Toten das Fleisch von den Knochen. Andrew würgte, er wandte sich ab und übergab sich.

Caitir hatte bereits von den sonderbaren Gebräuchen des Adlerclans gehört, sogar, dass sie ihren Toten das Fleisch von den Knochen schälten, hatte man ihr während ihrer Ausbildung zur Steinweisen erzählt. Doch es nun selbst mitzuerleben, entsetzte sie. Fassungslos starrte sie auf das, was vor ihren Augen geschah, unfähig sich abzuwenden, als würde das Grauen sie in ihren Bann ziehen. Mjana hatte sich würgend umgedreht, Urdh und die beiden anderen Jäger aus ihrem Stamm bewahrten die Fassung. Irgendwann jedoch bäumte sich auch Caitirs Magen auf, um sich seines Inhaltes zu entledigen. Sie konnte nicht anders als wegzulaufen und diesem natürlichen Drang nachzugeben.

Als das Gemetzel vorüber war, reichte eine der Frauen Brork fünf Skelettfinger Roradhs, die an eine Lederschnur gebunden waren.

»Ich nehme sie an mich!«, sagte Mrak. Brork blickte ihn finster an, nickte dann aber.

Zunächst glaubte Caitir, Mrak wolle sie zu den Knochen seiner Ahnen in seinen Bart flechten, wurde aber eines Besseren belehrt.

»Jokh war auch ein Steinweiser und so erachte ich es als meine Pflicht, dem Seehundstamm die Botschaft zu überbringen und ihm dies hier«, er hielt die Knochen in die Höhe, »als Zeichen dafür zu übergeben, dass der Mörder zu den Göttern geschickt wurde. Wir brechen noch heute Nacht auf.«

Caitir atmete tief durch, versuchte die Übelkeit zu unterdrücken, während sich Mrak, Thua und ihr Bruder Urdh sowie die beiden anderen Jäger aus der Westbuchtsiedlung zum Aufbruch bereitmachten.

»Mjana kommt mit uns«, sagte Thua und Brork nickte. »Ich habe, wonach ich verlangte.«

»Gib auf Caitir acht! Sie ist uns heilig und nach wie vor eine Steinweise.«

Lange ruhte Thuas Blick auf dem Stammesführer der Adler, so lange, dass Caitir schon glaubte, sie würden sich über Blicke austauschen. Ein wenig Erleichterung breitete sich in Caitir aus, denn wenn Mrak davonzog, würde er ihrer körperlichen Vereinigung mit Brork nicht beiwohnen können und diese würde dann nicht stattfinden – so hoffte sie zumindest.

Mjana kam zu Caitir und umarmte sie. »Du musst fliehen«, flüsterte ihr ihre Schwester ins Ohr.

Caitir seufzte. »Erst musst du fort von hier«, erwiderte sie. »Die Götter werden mir einen Weg weisen.«

Sie drückte Mjana fest an sich, dann schloss sich ihre Schwester Urdh und den anderen an. Die zwei Jäger der Westbucht hoben den toten Jokh in die Höhe.

Caitir blickte den Davonziehenden hinterher. Eine tiefe Leere breitete sich in ihr aus, als sich ihr Bruder und ihre Schwester schließlich im blauschwarzen Mantel der Nacht auflösten.

»Wenn uns die Krieger des Seehundstammes angreifen, werden unsere beiden Clans siegreich sein, denn nun sind wir vereint.« Leise war Brork näher getreten und legte Caitir seine Hand auf die Schulter. Caitir schloss die Augen. Sie wollte das alles nicht, daher hoffte sie inständig, dass der Westbuchtstamm nicht in eine Auseinandersetzung geriet, in der er aufgerieben wurde. Schließlich war das eigentliche Ziel dieses Bündnisses doch Frieden für die Clans.

»Warum tut ihr das?«, fragte sie, ohne näher auf Brorks Bemerkung einzugehen.

»Was?«

Caitir zeigte mit der Hand auf Roradhs Überreste, blickte jedoch starr geradeaus. Das blutige Gemetzel ekelte sie an.

Brork stellte sich neben sie. »Wir legen die Knochen zu jenen unserer Ahnen in unsere Häuser. So bleiben wir stets mit ihnen verbunden und können sie um Rat befragen. Den Rest verbrennen wir, damit der Geist befreit werden und sich keine dunkle Kraft des Fleisches bemächtigen kann.«

»Welch grausamer Brauch«, flüsterte Caitir in die Nacht. Sie fröstelte, der Wind war wieder stärker geworden. Er würde Regen bringen.

»Es mag dir grausam erscheinen, doch es ist die Pflicht der Lebenden, den Toten den Weg in die Welt der Geister zu erleichtern. Das Feuer hilft ihnen dabei, sich vom Fleischlichen zu lösen.«

In Caitirs Ohren klang Brorks Erklärung zwar befremdlich, dennoch konnte sie nicht leugnen, dass sie eine gewisse Weisheit bargen.

Kurz flackerte Caitirs Blick zu Roradhs blutigen Knochen. Erneut musste sie würgen und wandte sich rasch ab, widerstand dem Drang, das grausige Geschehen zu betrachten.

»Weshalb hast du Roradh so schnell getötet?«, wollte sie wissen. Auch sie glaubte, dass Roradh Jokh getötet hatte, dennoch erachtete sie es nicht als eindeutig erwiesen.

»Ein Stammesführer muss handeln, nicht reden«, antwortete Brork. »Nur dann ist er stark und wird respektiert.«

»Und wenn Roradh doch unschuldig war?«

»Das spielt keine Rolle. Roradh war oft widerspenstig. Eines Tages hätte er mich zum Kampf herausgefordert. Sollte er frei von Schuld gewesen sein, so war sein Tod dem wahren Mörder eine Warnung. Niemand hintergeht Brork, den Stammesführer der Adler.« Brork klopfte sich mit der Faust auf die Brust.

Caitir schluckte, ihr Mund war trocken. Sie zog es vor, zu schweigen.

Wie Brork gesagt hatte, wurden Roradhs Überreste noch in dieser Nacht den Flammen übergeben, seine Gebeine in eine der Behausungen gebracht. Der Geruch verbrannten Fleisches wehte über die Insel, während Ravk die Glut zu einem regelrechten Flammeninferno entfachte.

»Wir sollten ruhen«, sagte Brork schließlich. »Die Flammen werden ihr Werk tun und wir werden unsere Vereinigung von Mann und Frau vollziehen«, Caitir zuckte zusammen, »sobald Mrak zurückkehrt.«

Erleichtert sackten Caitirs Schultern herab. Während Brork sie in Richtung der Behausung schob, sah sie sich noch einmal nach Andrew um, konnte ihn aber auch dieses Mal nirgends entdecken. Als hätte Brork ihre Gedanken gelesen, rief er einem der Männer zu. »Sucht den Mann aus der anderen Zeit!« Dann schob er Caitir hinein und folgte ihr.

Es war bereits sehr spät. Caitir legte sich auf das Bett aus Farnen und Moos, Brork ruhte neben ihr. Sie nahm sich vor, Andrew zu suchen, sobald Brork eingeschlafen war.

Hektisch legte Andrew das Gestell aus Zweigen, das er aus Lederschnüren zusammengebunden hatte, in eine kleine Höhle unterhalb eines Felsvorsprunges nahe den Klippen. Mit einem der beiden Speere schob er es noch etwas tiefer hinein und hoffte, dass es niemand finden würde. Er hatte alles so weit vorbereitet, jetzt musste er nur noch auf eine passende Gelegenheit warten. Vielleicht schon nächste Nacht. Doch erst musste er den kommenden Tag hinter sich bringen, denn schon bald würde es hell werden. Also eilte er zum Dorf zurück. Er war nur wenige Schritte gegangen, als ihn zwei Männer des Alderclans aufspürten. Offenbar hatten sie bereits nach ihm gesucht. Dennoch konnte er sich glücklich schätzen, dass man ihn nicht früher aufgespürt und womöglich gar in eines der erdrückenden Häuser gesperrt hatte. Diesen glücklichen Umstand hatte er wohl dem verhassten Roradh zu verdanken. Dieser hatte ihn nicht aus den Augen gelassen, hatte an ihm geklebt wie eine Klette. Doch Roradhs Kampf gegen Jokh und sein Tod hatten Andrew in die Hände gespielt. Inständig hoffte er, dass Brork sich noch nicht an Caitir vergangen hatte, denn dieser Gedanke war für Andrew unerträglich. Er wünschte sich nichts sehnlicher, als ihre Hand zu nehmen und mit ihr zu fliehen. Irgendwohin, wo er mit ihr in Sicherheit war, sie festhalten und vielleicht mit ihr zu den Sternen schauen konnte.

Überall war Blut. Der süße, schwere Geruch von Blut schwelte in der Luft. Selbst die Stürme, die Ravk über die Heiligen Hallen der Steinweisen hinwegfegen ließ, konnten die Luft nicht vollends von dem schrecklichen Geruch befreien. Das Brüllen der Rinder schmerzte in Caitirs Ohren, so dass sie die Hände darauf presste. Ziellos irrte sie zwischen den panischen Tieren umher, versuchte dem grausigen Gemetzel zu entkommen. Doch wohin sie sich auch wandte, überall waren Männer und Frauen damit beschäftigt, die Rinder zu töten. In all dem Getöse vernahm sie plötzlich eine Stimme: »Caitir!« Sie sah sich um, konnte den Rufenden jedoch nirgends finden.

»Caitir!« Sie rannte weiter, wäre beinahe mit einem Mann zusammengestoßen, der ein blutiges Messer in Händen hielt.

»Caitir!« Irgendwer packte sie an den Schultern, rüttelte sie.

Caitir wachte nach Luft schnappend auf, schlug um sich und strampelte mit den Beinen. Dabei schob sie sich rückwärts, drängte sich in eine Ecke.

Sie war noch immer auf ihrem Nachtlager, Brork betrachtete sie mit großen Augen.

»Du warst weit weg, Caitir«, sagte er. »Hattest du eine Vision?«

Caitir schlang die Arme um die Beine und nickte.

»Was hast du gesehen?«

Caitir zögerte, musste das Erlebte erst selbst verdauen.

»Sprich!«, forderte Brork sie auf.

»Blut«, begann sie. »Überall Blut!«

»Der Seehundstamm?« Gespannt beugte sich Brork nach vorne.

»Rinder«, erklärte Caitir. »Riesige Rinderherden! Mehr als fünfzig Männer Finger haben.«

Die gewölbte Stirn Brorks legte sich in Falten. »Was war mit ihnen?«

»Sie wurden alle getötet!«

»Ein großes Schlachtfest also«, stellte Brork fest. »Welchem Gott zu Ehren?«

Caitir zuckte mit den Schultern. Sie wusste es selbst nicht. Sie hatte nicht einmal so weit gedacht, dass es ein Fest sein könnte, um den Göttern zu huldigen. Für sie ergab das alles keinen Sinn.

»Vielleicht wird sich das Rätsel in deiner nächsten Vision offenbaren, Caitir, Frau des Brork, Tochter des Kraat und Weise der Steine.«

Brork erhob sich, legte eine Hand auf die Brust und verneigte sich knapp. Dann ging er hinaus.

Caitir, immer noch in der Ecke hockend, sah ihm hinterher. Welch ein fremdartiger Mann. Er hatte etwas Furcht einflößendes an sich, dennoch behandelte er sie mit Respekt. Auch hatte er sich noch nicht an ihr vergangen, was ihm in dieser Nacht ein Leichtes gewesen wäre. Doch wie lange würde dies so bleiben? Würde er wirklich Mraks Rückkehr abwarten?

Auch Caitir verließ die Behausung. Die Welt hatte sich eingetrübt. Nur eine leichte Brise wehte und Regen fiel. Schwer mit Wasser beladen hingen die Wolken am Himmel, verdeckten den Horizont, wohin man sah. Noch immer brannte das Feuer, in das man Roradhs Fleisch gegeben hatte. Einige Männer und Frauen saßen daneben, legten Holz nach, weinten. Vermutlich Angehörige. Wohin Brork gegangen war, konnte Caitir nicht sagen, sie war nur erleichtert, dass er weg war.

Der Tag, eben erst aus dem Leben spendenden Schoß Griahs geboren, war noch jung und so suchte sie nach Andrew. Sie musste endlich wissen, ob er geflohen war, ob er sich in Sicherheit gebracht und sie damit verlassen hatte.

Es dauerte nicht lange und sie entdeckte ihn zusammen mit einigen Frauen und zwei Adlerclanmännern. Sie sortierten Muscheln. Caitir ging zu ihm. Als er sie kommen sah, eilte er auf sie zu. Einer der Männer sprang auf und wollte Andrew aufhalten.

»Ich verlange mit ihm zu sprechen! Alleine!« Caitir richtete sich auf, dabei schob sie trotzig das Kinn nach vorne. Sie war eine Steinweise und Brorks Frau. Das musste für etwas gut sein. Verunsichert trat der Mann zurück und machte sich an die Arbeit, warf aber immer wieder verstohlene Blicke zu ihnen herüber.

»Geht es dir gut?«, wollte Andrew sogleich wissen. Besorgt musterte er Caitir. »Hat dich Brork …?«

»Nein«, antwortete sie. »Er behandelt mich mit Respekt.« Es schmeichelte ihr, dass Andrew sich um sie sorgte.

Zufrieden nickte er. »Gut, aber wer weiß, wie lange noch.«

»Wo warst du letzte Nacht?«, fragte Caitir. »Warum hast du die Aufregung nicht zur Flucht genutzt?« Auch sie bangte um Andrew, dennoch war sie froh, dass er geblieben war.

»Ohne dich?«, fragte er. »Ich kann dich doch nicht einfach bei diesen blutrünstigen Wilden alleine zurücklassen.«

Caitir musste lachen.

»Weshalb lachst du?«

»Es ist noch nicht lange her, da hast du auch mich eine Wilde genannt.«

»Das bist du nicht, Cait. Das weiß ich jetzt.« Wärme lag in Andrews Stimme und Caitir blickte verlegen zu Boden.

»Halte dich bereit zur Flucht! Heute Nacht!«

Ruckartig hob Caitir den Kopf. »Was hast du vor?«

»Du wirst schon sehen! Sei einfach bereit.«

»Aber …«

Andrew wandte sich ab und ging zurück zu seiner Arbeit. »Wir sollten nicht zusammen gesehen werden, Cait!«, rief er über die Schulter. »Sei einfach bereit!« Ohne sie zu beachten, sortierte er weiter Muscheln.

Caitir runzelte die Stirn. Was hatte Andrew vor? Sie schlenderte davon und zermarterte sich den ganzen Tag lang das Gehirn darüber, was Andrew wohl im Schilde führte. Sie fand keine Ruhe. Im Gegenteil! Am Abend, als der Himmel im Westen aufriss und Brork mit einigen Jägern zurückkam, als hätten die dräuenden Wolken sie am Morgen verschluckt und der Sonnengott sie nun befreit, war ihre Aufregung so groß wie nie zuvor.

Mit einem stolzen Lachen im Gesicht warf Brork zwei mächtige Seehunde vor Caitirs Füße.

»Seehunde«, sagte er unnötigerweise. »Sie sind leicht zu töten!«

Caitirs Mund wurde trocken. Was hatten diese Worte zu bedeuten? Spielte Brork damit auf Jokh an? Hatte er ihn getötet? Aber Brork konnte Jokh nicht getötet haben, war er doch die ganze Zeit über bei ihr gewesen.

»Mein Volk an der Westbucht und dein Adlerstamm sind aus Fleisch und Blut Geborene«, wagte Caitir zu erwidern. »Sie sind ebenso leicht zu töten wie Seehunde.«

»Weise gesprochen, Caitir«, entgegnete Brork. »Deshalb gehen wir auf die Jagd, denn im Tod erkennen wir, wer wir wirklich sind.«

»Müssen wir unbedingt töten, um herauszufinden, wer wir sind?«, fragte Caitir.

Mit einem Kopfnicken gab Brork ein Zeichen und sofort machten sich ein paar Frauen daran, die Seehunde zu zerlegen und auszunehmen.

»Nein«, beantwortete er dann Caitirs Frage. »Sicher gibt es auch andere Wege. Aber das Wesen der Sonne verstehst du am schnellsten, wenn du in den Schatten gehst.«

Damit verschwand er in seiner Unterkunft und Caitir starrte die Frauen an, die die Seehunde auseinandernahmen. Überall war Blut. Das Bild verschwamm vor ihren Augen, wurde unklar. Schließlich machte es einem anderen Platz. Unzählige Rinder schrien in Todesangst, während sie den Schlachtermessern zum Opfer fielen. Es war schrecklich, stellte maßlose Verschwendung dar. Doch genau darin lag auch etwas Machtvolles: ein Aufbegehren des Lebens mitten im Tod, der unbezwingbare Wille eines Volkes, den Tod zu überwinden und zu überleben.

Caitir schwankte rückwärts, dann riss sie sich los und kehrte in die Wirklichkeit zurück – oder einfach nur in das Hier und Jetzt, wie es ihr plötzlich durch den Kopf schoss. Sie schaute zu, wie das Blut der Seehunde in der Erde versickerte, ehe sie sich abwandte.

Nach Einbruch der Dunkelheit zogen sich die Männer und Frauen in ihre Behausungen zurück. Draußen fegte Ravk über die Insel, trieb vereinzelte Regenschauer über das Land als wären es verirrte Schafe.

Caitir lag auf dem Boden, versuchte zu schlafen. Doch sie hatte Angst, erneut in eine Vision zu geraten. Wie sehr hatte sie sich dies früher immer gewünscht, um von den Steinweisen aufgenommen zu werden und einem Schicksal als Brorks Frau zu entgehen. Allerdings dachte sie jetzt anders darüber. Ihrer ersten Vision war Chaos gefolgt und die letzte machte ihr Angst.

Irgendwann verloren sich ihre kreisenden Gedanken und sie fiel in einen tiefen Schlummer. Die Dunkelheit des traumlosen Schlafes jedoch wurde urplötzlich von Feuer verbrannt. Das gleißende Licht nahm Form an und wurde zu einem brennenden Adler. Caitir torkelte zurück, Hitze schlug ihr ins Gesicht, dann sah sie sich rennen. Andrew war an ihrer Seite, sie beide waren auf der Flucht. Das Leuchten der Flammen hinter ihr verfolgte sie, bis hohe Steine vor Caitir und Andrew auftauchten. Plötzlich wachte Caitir auf. Ihr Herz raste in ihrer Brust. Nur spärlich erhellte die verglimmende Glut eines Feuers die kleine Kammer, kaum mehr hell genug, die bleichen Knochen der Ahnen zu beleuchten. Auch Brork regte sich, wandte sich um und öffnete die Augen. In diesem Moment vernahmen sie Stimmen. Brork runzelte die Stirn, erhob sich dann rasch und schnappte sich seinen Speer. Schnellen Schrittes eilte er nach draußen, Caitir folgte ihm. Noch hatte sich der Himmelsgott nicht erhoben, die Welt war in ein sternenloses Tuch gehüllt. Doch es gab einen Ort, an dem dieser Umhang der Nacht brannte. Etwas abseits der Behausungen, auf einer kleinen Erhebung, schossen Flammen in den Himmel, verliehen den tief hängenden Wolken eine rotumflammte Pracht. Die Männer und Frauen des Adlerclans starrten wie gebannt auf das Geschehen, Schrecken und Angst stand in ihren Augen. Auch Brork zögerte, wirkte einen Moment lang fassungslos, lief dann aber mit gemessenen Schritten auf das Feuer zu. Caitir hingegen stolperte rückwärts, denn schlagartig erinnerte sie sich an ihre Vision von eben, in der sie bereits gesehen hatte, was sich dort auf dem kleinen Hügel abspielte. Groß wie ein Mann ragte die Gestalt eines Adlers auf, und sie brannte. Caitir spürte die Hitze auf ihrem Gesicht, obwohl sie viel zu weit entfernt stand, als dass die Glut sie hätte erreichen können.

Unruhe brach aus, die Gesichter der Menschen, auf die die knisternden Flammen ihre Schatten warfen, waren von Entsetzen gezeichnet. Was ging hier vor sich? War das ein Zeichen Kjats, des Adlergottes? Die Menschen näherten sich langsam und ängstlich der Erhebung, manch einer fiel auf die Knie, andere starrten wie gebannt auf das Feuer. Caitir blieb alleine zurück.

Plötzlich packte sie jemand am Arm und zog sie zur Seite.

»Andrew«, keuchte sie.

»Schnell, lass uns fliehen«, rief er ihr zu. »Jetzt!«

Caitirs Gedanken begannen zu rasen. Mjana war zwar in Sicherheit, doch wie würde Brork reagieren, wenn sie davonrannte? Würde er sich vielleicht sogar an der Westbuchtsiedlung rächen? Andererseits konnte sie nicht zulassen, dass Andrew geopfert wurde. Und Brorks Frau wollte sie nie werden. Vielleicht würde sie später, sollte sie wieder auf den Stammesführer des Adlerclans treffen, verkünden, sie hätte eine Vision der Götter erhalten, die ihr gebot, Andrew in Sicherheit zu bringen. Caitir hob den Kopf, presste die Lippen aufeinander – und entschied sich für Flucht.

»Lauf!«, rief sie.

Gemeinsam rannten sie los, Seite an Seite in Richtung Nordwesten, dorthin, wo die kleinen Boote lagen. Immer wieder blickten sie sich um, doch im Moment schien ihnen niemand zu folgen. Ohne Sterne war es schwer für Caitir, sich zu orientieren. Zudem kannte sie das Land des Adlerstammes nicht, also konnte sie nur ihrem Instinkt folgen. Im leichten Laufschritt führte sie Andrew an, dessen Atem laut an ihre Ohren drang und der immer wieder strauchelte. Seine Beine mochten lang sein, doch sie trugen ihn nicht sicher über den Rücken von Anú, der Erdmutter, seine Augen waren ohne diese Gläser nicht stark genug. Caitir jedoch konnte darauf keine Rücksicht nehmen. Sie umrundete einen kleinen Teich, folgte einem Wasserlauf ein Stück nach Westen, ehe sie sich wieder nach Norden wandte und am Rande eines Birkenwäldchens entlangeilte. Ein Geräusch zu ihrer Rechten ließ sie anhalten und in Deckung gehen. Schnell packte sie Andrew an der Schulter und riss ihn zurück, er stürzte. Äste knackten, Andrew keuchte schwer. Ein dunkler Schatten schoss unmittelbar vor ihr aus dem Dickicht.

»Nur ein Hirsch«, sagte Caitir erleichtert.

Andrew nickte. »Ich …«

Schweigen gebietend hob Caitir die Hand. »Leise!«

Sie drehte den Kopf zur Seite, lauschte in die Dunkelheit.

Nur Stille, niemand schien ihnen zu folgen.

»Weiter!«

Behände sprang sie auf.

»Warte!«, rief Andrew. »Ich brauche eine Pause.«

»Wir müssen weiter!« Caitir betrachtete verwundert Andrews sonderbare Körperhaltung. Gebeugt und beide

Hände auf die Knie gestützt stand er da. Vermutlich war dies Ausdruck seiner Erschöpfung. »Wir können langsam gehen, aber wir müssen gehen!«, sagte sie.

»Gut.«

Also wanderten sie weiter, folgten dem Rand des Waldes, bis ein weiterer Hirsch kurz vor ihnen unter den Bäumen hervorsprang und nach Westen galoppierte, bis ihn die Nacht verschluckt hatte.

»Ein Zeichen der Ahnen!«, flüsterte Caitir.

»Was?«

»Die Ahnen weisen uns den Weg.«

»Das waren doch nur Hirsche!«, erwiderte Andrew verwundert.

»Die Ahnen stehen ständig mit uns in Verbindung, übermitteln uns Botschaften. Wir müssen sie nur verstehen.«

»Na schön! Und was sagen sie?«

»Wir sollen ihnen folgen! Schnell!«

Wieder rannte Caitir weiter, immer in die Richtung, die der Hirsch genommen hatte. Noch einmal erspähte sie ihn in der Dämmerung, wieder eilte sie ihm hinterher.

Dann hörte sie ein Rauschen, es war das Meer. Bald erreichten sie das Ufer, doch von Booten keine Spur.

»Wir können nicht schwimmen«, rief Andrew.

»Nein!«, stimmte ihm Caitir zu. »Kjell ist sehr aufgewühlt heute Nacht. Er würde uns verschlingen.« Sie blickte nach Süden, dann nach Norden. Kurz schloss sie die Augen, spürte in sich. Ihre Intuition sagte ihr, sie solle weiter nach Norden gehen. Sie tat es.

Zu ihrer Erleichterung erreichten sie tatsächlich Buschwerk, das sich am Strand entlang zog, wenig später fanden sie die Boote. Gemeinsam zerrten sie eines aus dem Gebüsch und ins Wasser. Geschickt kletterte Caitir hinein, während Andrew um sein Gleichgewicht rang, als er das mit Tierhäuten bespannte Holzgeflecht betrat. Das Boot schaukelte bedrohlich, doch schließlich nahm er Platz und Caitir reichte ihm eines der Paddel.

»Hoffentlich kentern wir nicht!«, rief Andrew gegen das tosende Wasser an, als die Wellen das Boot wie eine Nussschale hin und her warfen.

»Was bedeutet das?«

»Kentern bedeutet, ins Wasser zu fallen. Von Kjell verschluckt werden.«

Caitir musste trotz aller Anstrengung und Gefahr schmunzeln. Sie mochte es, wenn Andrew sich ihrem Sprachgebrauch anpasste. Kurz hafteten ihre Blicke einen Deut länger als sonst aneinander, dann warf eine Welle das Boot in die Höhe und sie mussten achtgeben, nicht zu kippen.

Mit aller Kraft ruderten sie weiter, auch in Caitirs Glieder kroch nun Müdigkeit, ihre Arme wurden immer schwerer. Der östliche Horizont begann sich aufzuhellen und Caitir suchte den Strand ab, um sicherzugehen, dass sie nicht verfolgt wurden.

»Sieh nur!« Andrew deutete auf das Ufer, auf das sie zusteuerten. Caitir drehte sich um. Wie steinerne Riesen, die sich aus dem Grau des Morgens herausschälten, zeichneten sich die Klippen ab.

»Wir müssen aufpassen, sonst zerschellen wir an den Felsen!«

Gemeinsam gelang es ihnen, sich ein Stück nach Süden zu kämpfen, wo sie schließlich in einer kleinen Bucht anlegen konnten. Kaum hatten sie das Boot an Land gezogen und es hinter einem Felsen versteckt, so dass man es vom Meer aus nicht entdecken konnte, ließen sie sich auf den Rücken sinken, um erst einmal zu verschnaufen.

Es dauerte jedoch nicht lange und Caitir richtete sich auf, stützte sich auf die Unterarme.

»Warum brannte der Gott des Adlerstammes, Andrew?«, flüsterte Cait mit Ehrfurcht in der Stimme. »Warum brannte Kjat?«

Zu Caitirs Verwunderung begann Andrew zu lachen. Er lag auf dem Rücken, sein Bauch schwang auf und ab. Sie stieß ihn unsanft in die Rippen. »Andrew! Weshalb lachst du? Bist du dem Irrsinn verfallen?«

Auch Andrew richtete sich auf. »Nein, Cait! Bin ich nicht. Ich war es!«

»Was warst du?«

»Ich habe den Adler angezündet?«

Fassungslos starrte Caitir ihn an. »Du hast Kjat in Brand gesetzt?«

»Ich habe Holz gesammelt und Federn. Daraus habe ich ein Gestell gebaut, das einem Vogel ähnelt, und an zwei Speere gebunden, die ich in den Boden gerammt habe.«

Caitir klappte der Unterkiefer herunter.

»Außerdem habe ich trockenes Moos daran befestigt und alles mit einem brennenden Holzscheit angezündet. Es war nur Holz und Moos, das brannte. Nicht Kjat und auch kein anderer Gott!«

»Dann haben die Götter durch dich gehandelt!« Caitir blickte zum Himmel, wo die Wolken aufgerissen waren. Der Mond schien hindurch, warf einen silbernen Schimmer auf das Wasser. »Es war Tula, die Mondgöttin.«

»Nein, Cait! Ich war es. Ich ganz allein.« Caitir wandte sich vom Mond ab und sah Andrew an, denn seine Stimme hatte einen außergewöhnlich sanften Ton angenommen.

»Ich musste dich befreien! Als Jokh getötet wurde, hätte ich die Gelegenheit gehabt zu fliehen. Aber ich konnte nicht. Nicht ohne dich!« Er strich ihr über die Wange, es war eine sehr zärtliche Berührung, wie Caitir sie noch nie erlebt hatte. Etwas in ihr begann zu beben. Verwirrt blickte sie zu Boden.

»Cait!« Andrew rückte etwas näher, sein Finger berührte ihr Kinn und hob es etwas an, so dass sie in seine Augen blicken musste. »Nicht ohne dich! Verstehst du?«

Caitir begann zu zittern, als sich seine Hand um ihren Nacken legte. Langsam zog er sie auf sich zu, seine Lippen näherten sich den ihren. Sie wusste nicht, was Andrew da tat, als sich sein Mund auf den ihren legte. Es war angenehm, ein Schauer lief ihr den Rücken hinab, ihr Atem ging schneller, ihr Herz raste, als sei sie noch immer auf der Flucht.

Der Zauber dieses Augenblicks wurde jäh zerstört, als sie Stimmen hörten, die von den umgebenden Felsen widerhallten. Zunächst wusste Caitir nicht, wo sie herkamen, doch dann schaute sie auf das Meer hinaus. Sich vor dem heller werdenden Himmel abhebend, schaukelten drei kleine Boote im Wasser, in jedem saßen zwei Männer.

»Krieger des Adlerstammes!«, rief Caitir. »Wir müssen weg!«

Sofort sprangen sie auf, sahen sich nach dem besten Fluchtweg um, aber überall ragten nur graue Klippen in die

Höhe, stummen Riesen gleich, die sie umzingelt hatten. Das Geschrei dahinsegelnder Möwen schien sie zu verhöhnen. Caitir verfluchte sich selbst für ihre Achtlosigkeit, doch es war zu spät. Sie saßen in der Falle.

DIE VERREIBUNG

Noch nie zuvor war der Weg zu dem alten Cottage derart morastig und mit von Torf bräunlich-gelb gefärbtem Wasser überzogen gewesen wie an diesem Tag. Jedes Mal, wenn Fraser glaubte, der Land Rover würde gleich stecken bleiben und im Schlamm versinken, wühlte sich das Gefährt doch weiter, bis er endlich zu Hause war. Fraser Tulloch verspürte wenig Lust, den Wagen zu verlassen, denn der Regen prasselte gegen die Fensterscheiben, dass man meinen konnte, eine Armee von Kobolden würde das Auto mit einem Pfeilhagel eindecken, während ein monströser Troll es hin- und herschaukelte. Doch das war nur der Wind.

Nachdenklich strich sich Fraser über den mit Grau durchzogenen Vollbart, dann schüttelte er den Kopf. »Es hilft nichts! Ich muss raus.« Kurz prüfte er den Sitz der mit keltischen Symbolen verzierten Haarspange, die seinen braunen Pferdeschwanz zusammenhielt, und schließlich öffnete er die Fahrertür. Fraser musste all seine Kraft aufbringen, um sie gegen den tosenden Sturm aufzudrücken. Kaum war er draußen, knallte der Wind die Tür zu und Fraser eilte zum Heck des Land Rovers. Schnell öffnete er die Tür und schnappte sich alle Einkaufstüten auf einmal, ehe er über den nassen Kies zum Haus hastete. Glücklicherweise hatte er nicht abgeschlossen, so konnte er nun rasch eintreten, ohne erst den Schlüssel aus seinen Taschen fummeln zu müssen. Erleichtert schloss er die Tür hinter sich, entledigte sich seines dunkelblauen Wachsmantels und legte ihn über das Geländer der Treppe, die nach oben in Bad und Schlafzimmer führte. Den Wagenschlüssel hängte er an die Spitze eines Speeres, den ein circa ein Meter großer, nachgebildeter Terrakotta-Krieger in seinen Händen hielt. Vorbei an zwei handgeschnitzten Drachenstatuen eilte er in die Küche, wo er seine Einkäufe verstaute. Lediglich die Flasche Rotwein nahm er mit ins Wohnzimmer. Dort steckte er diese in ein eigens dafür vorgesehenes Loch im Halse eines hölzernen Wikingerschiffes, das auf seinem Wohnzimmertisch stand. Seufzend ließ er sich in die Kissen sinken. Dabei fiel sein Blick auf die kleine Phiole, die im Bauch des Drachenschiffchens lag. Er nahm sie in die Hand und betrachtete die kleinen Gesteinsreste darin, die er kürzlich am Ring of Brodgar von einem Monolithen abgekratzt hatte. *Es ist an der Zeit*, dachte Fraser.

Er erhob sich, ging zu einem Regal, in dem eine ganze Reihe kleiner Drachenstatuen stand, in denen rote Kerzen steckten. Nachdem er die Kerzenhalter in der Mitte des Raumes in einem Kreis aufgestellt hatte, entzündete er die Kerzen mit einem langen Streichholz, holte sich seinen Porzellanmörser samt Pistill und setzte sich in die Mitte des Lichterringes. Eine Zeit lang konzentrierte Fraser sich auf die Unbilden des Wetters und auf die junge Frau, die er während einiger Wanderungen heimlich beobachtet hatte. Schließlich ließ er etwas Milchzucker in die Schüssel rieseln, verrührte diesen, dann öffnete er die Phiole und gab eine Messerspitze voll des Monolithengesteins hinzu. Das Ganze verrieb er einige Minuten miteinander, ehe er eine Pause einlegte, nur um danach erneut zu verreiben. Stundenlang führte Fraser den Prozess aus und immer wieder stiegen dabei Bilder in seinen Kopf. Bilder von Steinkreisen, einem Unwetter, das die ganzen Orkney Inseln dem Land entriss und in den Ozean spülte.

Am Ende gab er einen kleinen Teil der Substanz in eine Flasche, tat Wasser hinzu und schlug das Behältnis mehrmals gegen seinen Handballen. Danach goss er den Inhalt weg, füllte erneut Wasser ein und schüttelte. Diesen Prozess wiederholte er mehrmals. Als er fertig war, nahm er das selbst erstellte homöopathische Mittel zu sich und begann mit seiner Meditation. Es dauerte eine Weile, bis Frasers Atem ganz ruhig geworden war. Stille umfing ihn, dann geriet er in den Sog wirbelnder Megalithen und es tauchten weitere Bilder vor seinem geistigen Auge auf. Grün schälten sich die Orkneys aus dem Grau der Steine heraus, ausladendere

Landmassen als heute überragten den Ozean. Megalithische Kultstätten, deren Schätze Fraser Tulloch heutzutage, und damit schätzungsweise fünftausend Jahre später, auf dem Grund des Meeres vermutete, verliehen dem Land einen mystischen Charakter. In Gedanken flog er über eine monumentale Mauer hinweg, die Gebäude umschloss, die er nicht kannte. *Der Ness of Brodgar,* schoss es ihm durch den Kopf. Dann entdeckte er Jäger – und Gejagte. Er erkannte die Frau, die verfolgt wurde, nicht jedoch den Mann an ihrer Seite. Etwas an ihm war sonderbar. Er war groß, zu groß für diese Zeit. Und dann verstand Fraser Tulloch.

Die Aufräumarbeiten, in die sich Dianne mit Onkel George und Tante Lucinda gestürzt hatte, waren umsonst gewesen. Immer wieder tobte der Sturm, verwüstete die kleine Farm aufs Neue. So hatten sie bald schon aufgegeben. Auch Grabungsarbeiten an der Barnhouse-Siedlung waren nicht mehr möglich und daher bestand die derzeitige Haupttätigkeit der Archäologen im Katalogisieren bisheriger Funde. Dianne hatte sich dort nicht blicken lassen, auch wenn sie die neuesten Messungen und der Spezialist brennend interessiert hätten. Doch sie wollte nicht auf Darryl treffen. Also hatte sie beschlossen, Maeve aufzusuchen, da sie die alte Dame einige Tage lang nicht mehr gesehen hatte.

»Gib auf Dich acht, Dianne«, rief ihr Tante Lucinda zu, als sie sich ihre Jacke überwarf.

»Das Mädchen ist alt genug, Lucinda«, meinte George. »Sie kennt die Inseln wie ihre Westentasche. Mach dir keine Sorgen!«

»Ach, Papperlapapp! Die Inseln haben sich verändert!«, entgegnete Lucinda. »Da ist nichts mehr, wie es einst war.«

»Ich pass schon auf mich auf.« Dianne drückte Lucinda und George, dann eilte sie durch den strömenden Regen zu ihrem Wagen.

Sie bog auf die Hauptstraße Richtung Nordwesten, musste aber sehr langsam fahren, da die Scheibenwischer mit den Wassermassen überfordert waren. Immer wieder waren die Wolken aufgerissen, hatten sich Sonnenstrahlen durch das dunkle Himmelsgewölbe gebohrt, als fochten sie einen unermüdlichen Kampf. Doch der Wind war unerbittlich, stets schob er eine neue Wolkenfront heran.

Dianne kniff die Augen zusammen, als sich Lichter auf der Fahrbahn näherten. Ein Fahrzeug kam ihr entgegen – und es kam ihr bekannt vor. Sie hatte den Land Rover schon einmal gesehen, am Ring of Brodgar. Der Mann hatte Gestein von einem der Monolithen abgekratzt und sie dabei beobachtet – zumindest war es ihr so vorgekommen.

Dianne wurde mulmig zumute, als sie Bremslichter im Rückspiegel aufleuchten sah. Der Land Rover hielt an, wendete und folgte ihr. Sie fuhr ein wenig schneller, zumindest soweit dies möglich war, denn immer wieder stand Wasser auf der Fahrbahn.

»Was will der nur?«, fragte sich Dianne. Es gelang ihr nicht, das Fahrzeug abzuschütteln, daher entschied sie sich, bis zu Maeve zu fahren und ihn zur Rede zu stellen, sollte er ihr wirklich bis dorthin nachstellen.

Er tat es! Als Dianne in Maeves Hof hineinfuhr, parkte das fremde Fahrzeug direkt hinter hier. Den Regen ignorierend sprang Dianne aus dem Wagen und ging zu dem Mann, der nun seinerseits ausstieg.

»Entschuldigung, wenn ich Sie belästige, aber ich muss mit Ihnen sprechen!«, rief er ihr entgegen und stülpte den Kragen seines Wachsmantels nach oben. Kurz musste Dianne an Jack Wallen denken, den Touristen, den sie im Café in Kirkwall getroffen hatte und der anhand ihrer Wachsjacke erkannt haben wollte, dass sie von hier stammte. Dianne konnte sich nicht daran erinnern, dem Mann vor ihr schon einmal begegnet zu sein, vom Ring of Brodgar abgesehen.

»Ach ja?« Dianne stemmte ihre Hände in die Hüften. »Und deshalb verfolgen Sie mich?«

»Wie soll ich denn sonst mit Ihnen in Verbindung treten? Ich kenne weder Ihren Namen noch Ihre Telefonnummer.«

»Und was wollen Sie von mir?«

Der Mann trat etwas näher. »Es geht um die Frau.«

»Welche Frau?«, fragte Dianne, obwohl ihr sofort klar war, wen er meinte.

»Die Frau aus der anderen Zeit.«

Dianne schluckte, ihr fehlten die Worte.

»Wen hast du denn bei diesem Unwetter mitgebracht?«, rief eine Frauenstimme hinter Dianne.

»Maeve!«, grüßte Dianne und eilte zu ihrer älteren Freundin unter das kleine Vordach. »Ich habe *den* nicht mitgebracht«, sie deutete auf den Fremden, »er ist mir gefolgt.«

»Ich muss mit Ihnen wegen der jungen Frau sprechen, bitte! Es ist wichtig!«, wiederholte der Mann, der immer noch im Regen stand. »Wir müssen das Zeitgefüge wieder in Ordnung bringen!«

Dianne und Maeve sahen einander an. Schließlich nickte Maeve. »Kommen Sie!«

»Willst du ihn wirklich reinlassen?«, flüsterte Dianne, doch die resolute Dame grinste nur. »Zur Not habe ich noch immer Caits Messer.«

»Na schön. Wie heißen Sie eigentlich?«, fragte Dianne, als der Mann eintrat.

»Fraser Tulloch.« Er streckte ihr die Hand entgegen, Dianne zögerte kurz, dann ergriff sie sie. »Dianne MacLean.«

»Maeve Sinclair.« Auch Maeve gab ihm die Hand.

»Ich habe es ja schon einmal gesagt«, begann Maeve, nachdem sie in der Küche Platz genommen hatte, »so bewegt wie in den letzten Monaten ist mein Leben noch nie gewesen. Ständig tauchen neue Leute bei mir auf.«

»Es tut mir leid, wenn ich Sie so überfalle«, sagte Fraser.

Maeve winkte ab. »Schon gut.«

»Also, Fraser, was meinten Sie eben mit ›das Zeitgefüge wieder in Ordnung bingen‹?« Dianne kam ohne Umschweife zur Sache. Ihr Blick fiel auf den schwarzen Stein, der an einem ledernen Band um Frasers Hals hing.

»Die Frau, die bei Ihnen lebt, Maeve, sie stammt nicht aus unserer Zeit, nicht wahr?«, fragte Fraser.

»Woher wissen Sie das?« Maeve wirkte verwundert.

»Ich wandere viel umher, beobachte die Natur, lerne von ihr und hüte altes Wissen.« Fraser hob die Hand, als Dianne zu einer Erwiderung ansetzen wollte. »Nein, Nein«, sagte er lachend, »ich laufe nicht im weißen Gewand umher und tanze nackt ums Feuer.«

»Aber Sie kratzen an alten Kultsteinen herum«, meinte Dianne.

»Ach, Sie sind das?«, fragte Maeve schmunzelnd.

»Dazu komme ich gleich noch«, fuhr Fraser fort. »Jedenfalls habe ich die junge Frau beobachtet. Die Art, wie sie sich verhält, wie sie sich in der Natur bewegt, ihre kleinen Rituale. Dann das Wetter, das völlig aus den Fugen gerät, und die Steinkreise, die vor Energie nur so knistern. Sie gehört zwar auf die Orkney Inseln, aber die Orkneys wie sie vor vier- oder fünftausend Jahren waren.«

Dianne betrachtete Fraser. Eigentlich wirkte er nicht wie ein Spinner, doch konnten sie ihm trauen? Außerdem rangen in ihr die Wissenschaftlerin und die Frau, die Sonderbares erlebt hatte, miteinander. Sie musste nur daran denken, wie die Erde am Ring of Brodgar vibriert hatte und sich goldene Linien in Luft und Gestein gebildet hatten, um schließlich Cait und Andrew zu verschlucken.

Maeve indes seufzte und hob beide Hände. »Sie haben recht. Cait ist nicht von hier.«

»Cait? Ist das ihr Name?«, fragte Fraser.

»Soweit wir das richtig verstanden haben, ja«, erklärte Maeve. »Aber sagen Sie, Fraser, wie kommt es, dass wir uns noch nie begegnet sind?«

Fraser zuckte mit den Schultern. »Ich bin ein wenig menschenscheu und halte mich lieber im Verborgenen. Über die Dinge, mit denen ich mich beschäftige, machen sich die meisten Leute eher lustig, weil sie es nicht verstehen.«

»Sind Sie so eine Art Druide?«, wollte Maeve wissen, während Dianne das Gespräch der beiden interessiert verfolgte.

»So eine … Art, ja. Ich hüte Wissen, das aus alten Tagen mündlich von Generation zu Generation überliefert wird. Doch leider haben die Menschen heutzutage wenig übrig für die alten Wahrheiten des Lebens. Einst gab es einen Ozean des Wissens, der sich über unzählige Flüsse durch die Zeit erstreckte, aber heute nicht mehr ist als ein Rinnsal, das, wie ich befürchte, bald in der trockenen Erde der Ignoranz versiegen wird.«

»Das haben Sie schön gesagt«, meinte Maeve.

Dianne jedoch wurde ungeduldig. »Was hat es denn nun mit diesen Gesteinsproben auf sich, die sie neulich am Ring of Brodgar mit einem mittelalterlichen Dolch abgeschabt und in eine Phiole abgefüllt haben?«

Fraser schmunzelte kurz, beantwortete aber Diannes Frage. »Ich habe damit eine homöopathische Verreibung durchgeführt.«

»Sie haben was?«, stieß Maeve verwundert hervor.

»Ich habe die Steinpartikel in einem Mörser mehrere Stunden lang zerrieben und daraus ein homöopathisches Mittel hergestellt, das ich danach eingenommen habe.«

»Sie haben ein Stück des Monolithen gegessen?« Dianne konnte es kaum fassen.

Fraser verschränkte die Arme und lehnte sich lachend zurück. »Sehen Sie, Dianne, so reagieren die meisten, wenn ich ihnen von meiner Arbeit erzähle. Aber Tatsache ist, dass die Steine viel erlebt haben. Sie stehen bereits seit fünftausend Jahren oder noch länger. Viele Informationen sind in ihnen gespeichert. Durch das intensive Auseinandersetzen mit den Steinen in einer Verreibung und einer anschließenden Meditation konnte ich einiges in Erfahrung bringen. Zum Beispiel, dass sich ein Mann unserer Zeit im Augenblick mit Cait in der Vergangenheit befindet.«

»Andrew!« Nachdenklich senkte Dianne den Kopf. »Ich frage mich, wie es ihm wohl gerade geht.«

»Er scheint auf der Flucht zu sein«, erzählte Fraser. »Ich habe ihn und Cait gesehen. Sie sind geflohen.«

»Vor wem?«

»Vor einigen Jägern eines jungsteinzeitlichen Stammes.«

»Oh mein Gott! Armer Andrew!«, keuchte Maeve. »Ich glaub, ich brauch einen starken Kaffee.« Maeve stand auf. »Will noch jemand?«

»Ich!« Dianne hob die Hand.

»Für mich einen Kräutertee, bitte«, sagte Fraser, räusperte sich dann aber etwas verlegen. »Wenn es keine Umstände macht.«

»Kein Problem.«

»Haben Sie denn eine Erklärung, wie es überhaupt zu diesen Zeitreisen kommen konnte?«, fragte Dianne.

Abwägend wiegte Fraser seinen Kopf hin und her. »Ganz sicher gibt es eine Erklärung, denn es ist ja passiert. Ich kann da nur Vermutungen anstellen. Ich gehe davon aus, dass irgendeine Verbindung zwischen Cait und diesem Andrew besteht.«

»Aber wie soll denn eine Verbindung zwischen zwei Menschen entstehen, die beinahe fünftausend Jahre trennen?«, wunderte sich Dianne.

»Manch ein Gelehrter vertritt die Meinung, die Zeit sei ohnehin nur eine Illusion, derer unser Verstand erliegt, da er den steten Wandel der Dinge als Vergänglichkeit interpretiert.«

Dianne zog kritisch eine Augenbraue in die Höhe, denn sie musste an Eamon MacGregor denken, der Ähnliches erwähnt hatte. Auch im Internet hatte Dianne solchen Unfug gelesen.

Doch Fraser fuhr fort. »Die Sache mit der Illusion ist jetzt gar nicht von Belang. Ich nehme an, dass es an den Steinkreisen liegt. Sie bilden ein starkes Energiefeld, das in der Lage ist, die Zeit zu überbrücken, indem es die Schwingung der Vergangenheit mit der der Gegenwart überlagert. Stellen Sie sich, vereinfacht gesprochen, ein großes und extrem reißfestes Trampolin vor. Wenn nun jemand immer wieder in die Mitte springt, immer auf die gleiche Stelle und immer heftiger, werden sich – vorausgesetzt es handelt sich um flexibles und reißfestes Material – irgendwann sogar die gegenüberliegenden Enden der Sprungfläche berühren.«

»Und am einen Ende stand Cait, am anderen Andrew«, ergänzte Maeve, die Tee und Kaffee auf den Tisch stellte.

»An dir ist eine Wissenschaftlerin verloren gegangen«, meinte Dianne, was Maeve zum Lachen brachte.

»Aber wieso ausgerechnet Cait und Andrew?«

»Vielleicht war Andrew zufällig in der Nähe des Steinkreises und wurde so zu einem Teil von Caits Ereignissen. Vielleicht hat Cait ein starkes Ritual ausgeführt, vielleicht geschah alles, weil es eine höhere Macht so wollte.«

Dianne holte tief Luft und blies die Wangen auf. Maeve kratzte sich am Hinterkopf.

»Mir ist völlig klar, wie abstrakt das klingen muss«, fuhr Fraser fort. »Aber bedenken Sie: Es ist geschehen, was die meisten Menschen heutzutage für völlig unmöglich halten würden. Wir drei hier wissen: Caits Zeitreise ist eine Tatsache! Konsequenterweise könnte meine Erklärung also richtig sein.«

»Ich muss gestehen, Fraser, Ihre Erklärung macht mich eher wirr im Kopf!«, entgegnete Dianne.

»Die Erklärung ist doch gar nicht so wichtig«, warf Maeve ein und genehmigte sich einen kräftigen Schluck aus ihrer Tasse.

Dianne nickte. »Maeve hat recht. Viel wichtiger ist doch, wie man diese Reisen kontrollieren kann. Ich bin Archäologin und würde es begrüßen, in die Vergangenheit reisen zu können.«

»Das wäre wohl das Schlimmste, was uns passieren könnte«, erklärte Fraser. »Dadurch würde noch mehr Chaos entstehen als durch das Wetter.«

»Eben«, pflichtete ihm Maeve bei. »Man muss diese Zeitsprünge irgendwie beenden, so dass jeder in der Zeit verbleibt, in die er gehört. Aber wie macht man das nur?« Sie rieb sich das Kinn. »Man müsste ja die Verbindung zwischen Cait und Andrew kappen. Aber das geht ja nur, wenn …« Sie brach ab, als ihr offenbar klar wurde, was sie da redete. Diannes Mund wurde trocken, mit zitternden Händen stellte sie ihre Tasse ab.

Schweigen hatte sich ausgebreitet.

»Sagen Sie mir bitte, dass das nicht wahr ist, Fraser!«, forderte Dianne ihre neue Bekanntschaft auf.

»Ich befürchte, die Krieger, die Andrew und Cait in der Vergangenheit jagen, sehen in einem Blutopfer die einzige Möglichkeit.«

»Und Sie? Was denken Sie?« Dianne fasste Fraser am Unterarm.

»Um ehrlich zu sein, ich weiß es nicht. Vielleicht ist ein Blutopfer wirklich die einzige Lösung.«

Ein Donnerknall ließ Dianne zusammenfahren. »Verdammt! Ich habe dieses Wetter langsam satt!«

»Wem sagst du das!«, antwortete Maeve.

Draußen war der Himmel schwarz geworden, dunkle Wolken türmten sich auf und Blitze zuckten herab, während der Sturm tobte wie ein wütender Gott – so zumindest kam es Dianne vor.

VON DER VERGANGENHEIT EINGEHOLT

Die Boote kamen rasch näher. Cait und Andrew hatten sich hinter die Felsen gekauert, von wo aus sie immer wieder hervorspähten. »Wir müssen hier weg«, sagte Andrew. »Sie kommen direkt auf uns zu!«

Cait spähte die Felswand hinauf. »Dann müssen wir die Klippen hinaufklettern.«

Andrew hatte nicht vor, dem Adlerstamm erneut in die Hände zu fallen und Cait wollte er auch nicht in Brorks Klauen wissen. Doch das Erlebnis aus seiner Jugend, als er sich auf einer Klettertour befand, die er initiiert hatte, saß noch tief. Deshalb zögert er zunächst, aber am Ende sah er in der Flucht nach oben die einzige Möglichkeit zu entkommen.

»Es ist zwar eine Weile her, dass ich das letzte Mal klettern war, aber versuchen wir es.«

Im Schutz eines hohen Felsens eilten sie zur Klippenwand. Andrew schob Cait nach vorne, so dass sie mit dem Aufstieg beginnen konnte und vor ihm war. Er hoffte, sie im Falle eines Sturzes irgendwie sichern zu können, obwohl ihm klar war, dass es wahrscheinlicher war, selbst mit nach unten gerissen zu werden. Vorsichtig setzten sie einen Fuß vor den anderen, tasteten mit den Händen nach kleinen Nischen im Felsen, die genug Halt bieten würden. Das Gestein war glitschig, daher durften sie kein Risiko eingehen. Ein falsch platzierter Fuß konnte einen Sturz in die Tiefe bedeuten. Cait war geschickt, denn wie Andrew mittlerweile wusste, war es für die Orkney-Bewohner der Steinzeit nicht unüblich, den Seevögeln ihre Eier aus den Nestern zu rauben. Zudem fanden ihre kleineren Hände und Füße leichter passende Vertiefungen. Dennoch rutschte sie mit dem rechten Fuß einmal ab, konnte sich jedoch mit den Händen und dem anderen Bein halten. Andrew blieb trotzdem das Herz stehen, dann begann es zu rasen. Ihm wurde heiß und kalt, sein Blick verschwamm. Dafür tauchte ein anderes Bild aus den Tiefen seiner Seele auf: Er sah Emma, seine Jugendfreundin, wie sie sich an ein herausstehendes, aber brüchiges Felsstück klammerte, das plötzlich nachgab. Sie hatte noch versucht, nach Andrew zu greifen, doch er war zu weit weg gewesen. Er würde den Gesichtsausdruck nackter Angst auf Emmas Gesicht nie vergessen, als sie unter ihm in der Tiefe verschwand.

»Andrew! Weiter!«, zischte es von oben.

Andrew blinzelte, das Bild von Emma verschwand.

»Ich … ich kann nicht!« Andrew klebte förmlich an den Felsen fest, nicht in der Lage sich zu rühren.

»Du musst aber! Sie kommen näher.« Cait deutete mit der Hand aufs Meer, aber Andrew konnte den Kopf nicht drehen. Dafür hörte er nun die aufgeregten Stimmen ihrer Verfolger. Sie hatten sie entdeckt!

»Geh weiter, Cait! Flieh!«, rief er, aber sie schüttelte nur den Kopf.

»Nein! Sieh mich an, Andrew! Bei Kjat, dem brennenden Adler! Sieh mich an!«

Langsam hob er den Kopf.

»Oberhalb deines Kopfes ist eine Vertiefung! Bring die Hand da hin!«

Die Schreie ihrer Verfolger wurden lauter.

»Andrew!«

Er gehorchte, krallte sich mit der linken Hand fest, mit der rechten griff er in die Vertiefung.

»Jetzt den Fuß!«

Er stieg mit dem Fuß nach, fand Halt, zog sich hoch.

»Sieh dort!« Sie wies mit einem Kopfnicken auf einen kleinen Vorsprung. »Halte dich dort fest!«

Er tat es.

»Weiter!«

Andrew nahm all seinen Mut zusammen, Cait schrie ihm immer wieder Aufmunterungen zu, feuerte ihn an. Der obere Rand der Klippen kam näher. Endlich!

Cait wollte sich gerade darüber hinwegschieben, da zischte etwas durch die Luft. Der Speer traf sie in den Rücken.

»Nein! Cait!« Wie aus weiter Ferne hörte Andrew seinen eigenen Schrei.

Cait gab einen unterdrückten Laut von sich, doch sie schaffte es, sich über die Kante zu ziehen.

Ein weiterer Speer krachte neben Andrew gegen die Felswand und fiel klappernd in die Tiefe.

Fast war auch Andrew oben angekommen, die Angst um Cait verlieh ihm neue Kräfte. Zu seiner Überraschung schob sie sich an den Klippenrand und streckte ihm die Hand entgegen. Er weigerte sich, sie zu greifen, hatte Angst, Cait in die Tiefe zu zerren.

»Nimm meine Hand!«

Andrew schüttelte entschlossen den Kopf, das letzte Stück kämpfte er sich alleine hoch. Ein weiterer Speer sauste heran, richtete aber keinen Schaden an.

»Cait!«, keuchte er und fasste sie an den Schultern.

»Sorge dich nicht!«, entgegnete sie. »Der Speer saß nicht tief. Er ist von alleine wieder herausgefallen.«

Er wollte sie zu sich drehen, um sich zu vergewissern, doch von unterhalb der Klippen drangen Geräusche zu ihnen empor.

»Sie kommen!«, zischte Cait.

Beide rappelten sich auf, rannten davon. Glücklicherweise war das Wetter diesig und noch boten die letzten Schatten der Nacht ein wenig Schutz.

Bald erreichten sie ein kleines Wäldchen, in das sie sich hineinflüchteten. Unter einem Haselnussdickicht kauerten sie sich zusammen, lauschten in die Stille.

Die Rufe ihrer Verfolger drangen gedämpft an ihre Ohren. Als sie näher kamen, zückte Cait ihr Messer, Andrew spannte sich an, doch am Ende entfernten sich die Geräusche und schließlich kehrte die Stille zurück.

Andrew sank plötzlich in sich zusammen, die Erinnerung an Emma überwältigte ihn. Er versuchte die Trauer niederzukämpfen, mühte sich ab, die Bilder dieses schrecklichen Erlebnisses wieder in diesen versteckten Winkel seiner Seele zurückzudrängen, aus dem sie gekrochen waren. Es gelang ihm nicht. Tränen schossen ihm in die Augen und er begann zu schluchzen. Es war ihm peinlich, aber er konnte es nicht mehr abwenden. Der Schmerz bahnte sich seinen Weg, drängte aus seiner Brust hervor. Doch dann geschah etwas Seltsames. Er spürte Arme, die sich um ihn legten, ihn sanft an einen warmen Körper drückten. Zunächst spannte Andrew sich an, doch dann ließ er die tröstende Umarmung zu, in die Cait ihn zog. Sie sprach kein Wort, dafür bot sie ihm Momente der Stille, des Geborgenseins, in das er sich fallen lassen konnte.

Eine ganze Weile saßen sie so da, während sich ein unsichtbares Band um ihre Herzen schlang.

Nach einer Weile erinnerte sich Andrew an Caits Verletzung und löste sich aus ihrer Umarmung. »Zeig mal her«, forderte er sie auf, ohne ihr in die Augen zu schauen. Sein Gefühlsausbruch war ihm noch immer ein wenig unangenehm. Cait drehte sich etwas, so dass Andrew vorsichtig ihre Kleidung hochschieben konnte.

Er erschrak, als er all das Blut, teils geronnen, teils frisch, auf ihrem Rücken sah. »Du kannst es mit dem nassen Gras säubern.«

Andrew nickte und reinigte alles, so gut es ging. Der Speer hatte Cait an der rechten Schulter erwischt. Die Verletzung war nicht groß, die Waffe schien aber tief genug eingedrungen zu sein, um die Wunde noch immer bluten zu lassen. »Wir müssen die Blutung stoppen!«, sagte er und machte sich daran, ein Stück seines aus Fellen und Leder zusammengenähten Oberteils abzureißen. Vergeblich! Cait gab ihm ihr Messer. Nach und nach schnitt Andrew einen langen Streifen heraus.

»Drück Moos darauf, oder das Netz einer Spinne.«

»Ist das dein Ernst?«, fragte Andrew verwundert. »Du willst wirklich ein Spinnennetz auf die Wunde legen?«

»Ja. Spinnen weben die Fäden des Lebens«, erklärte Cait.

»Ich weiß nicht«, Andrew kratzte sich am Kopf und blickte zweifelnd drein, »Für die meisten Insekten ist es eher ein Netz des Todes.«

»Für meinen Stamm, und auch für andere Clans, webt die Spinne die Fäden und knüpft sie zu einem meisterhaften Netz. Alle Fäden sind miteinander verbunden, so wie alles im Leben. Ich freue mich immer, wenn eine Spinne ihr Netz in eine Ecke meiner Behausung webt, denn die Steinweisen sagen, ihr Netz fängt böse Gedanken und Träume, die guten lässt es durch.«

Wieder einmal bemerkte Andrew, wie unterschiedlich doch Caits Denkweise und seine eigene waren. In Jeans gekleidet wirkte sie wie eine ganz normale junge Frau, doch ihre Art, die Welt zu betrachten, war völlig anders. Vielleicht waren die Stämme der Orkneys vor fünftausend Jahren der Realität sogar näher, als es Menschen der modernen Zeit waren, die durch all die Technik vom wahren Leben entfremdet worden waren.

»Gut, mal sehen, was ich finden kann.« Rasch machte Andrew sich auf die Suche, ein Spinnennetz fand er auf die Schnelle jedoch nicht. Also sammelte er Moos und drückte dieses auf Caits Rücken. Dann wickelte er den langen Stoffstreifen um ihren Oberkörper und machte einen Knoten auf dem Moos, so dass es gegen die Wunde gepresst wurde. Langsam, fast zärtlich schob er ihre Kleidung darüber. Ihm kam die Legende von Ravk in den Sinn, die Cait erzählt hatte, als sie sich auf den Weg gemacht hatten, um Mjana zu befreien. Ravk, der Gott des Sturmes, war herabgestiegen, weil er sich in eine junge Frau verliebt hatte, die jedoch ein Wesen des Meeres war, eine Gestalt, die Andrew aus der Welt der Mythen als Selkie bekannt war. Es war eine Liebe zwischen einem Gott und einem Fabelwesen, eine Liebe, die nicht sein konnte, da beide aus unterschiedlichen Welten kamen.

»Ich danke dir«, sagte Cait, wobei sie wieder ihren Kopf gegen seine Brust lehnte. Dann sah sie zu ihm auf, runzelte die Stirn, wobei sie Andrew über die Wange strich. »Warum warst du so traurig?

Andrew holte tief Luft, zögerte, weniger, weil er Cait nicht von Emma erzählen wollte, sondern vielmehr, weil er Angst hatte, erneut die Kontrolle über seine Gefühle zu verlieren. Cait nahm seine Hand, ihre dunkelbraunen Augen bohrten sich in die seinen. Andrew spürte, sie blickte ihm in die Seele. Prompt zuckte sie zusammen, erstaunt sah sie ihn an. »Du hast etwas Schreckliches erlebt, nicht wahr? Ich habe eine Frau gesehen, die in die Tiefe stürzte.«

»Emma! Aber«, ungläubig schüttelte Andrew den Kopf, »wie kannst du das nur sehen?«

»Ich weiß nicht, wie so etwas möglich ist«, sagte Cait. »Ich bin eine Steinweise, sicher liegt es daran.« Fest drückte sie Andrews Hand. »Du hast nie darüber gesprochen, oder?«

»Ich konnte nicht!«

»Man darf Trauer nicht unterdrücken. Sie ist wie eine Schattenkreatur, die sich hinter deinem Herzen verbirgt. Dort lauert sie, wird mächtiger. Irgendwann springt sie dich an, genau dann, wenn du am schwächsten bist.«

»Emma, sie war …«, Andrew presste die Lippen aufeinander, doch dann erzählte er weiter. »Sie war eine Jugendfreundin von mir. Ich war damals einundzwanzig Jahre alt, Emma war neunzehn. Ich verliebte mich in sie. Zwar mochte sie auch mich, doch für eine Liebesbeziehung hat es nicht gereicht. So blieben wir Freunde. Das war nicht immer ganz leicht für mich, aber besser, als Emma ganz zu verlieren.

Eines Tages waren wir in den Cuillin-Bergen, auf der Insel Skye, klettern. Das liegt weiter südlich von hier, an der Westküste Schottlands. Es war ein schöner, sonniger Tag. Emma wollte eigentlich einen gemütlichen Tag am Strand einlegen, ich unbedingt in die Cuillins.« Andrew strich sich durch seine dunkelblonden Haare. »Wäre ich damals nur nicht so stur gewesen. Der Fels, er gab einfach nach, blitzschnell. Emma fiel. In meinem Kopf habe ich sie immer fallen sehen.«

»Heute ist alles gut«, sagte Cait beruhigend. »Heute hast du den Schatten deiner Vergangenheit freigelassen.«

»In deinen Armen!« Andrew musste nun schmunzeln. »In den Armen einer fast fünftausend Jahre alten Steinweisen.«

Auch Cait lachte auf. Es war ein herzliches Lachen. Doch dann wurde sie wieder ernst. »Ich gehöre noch nicht lange zu den Steinweisen, ich wurde erst kürzlich aufgenommen. Es ist nicht leicht, Visionen zu haben und«, sie suchte nach Worten, »Dinge zu sehen. Dinge wie ein riesiges Schlachtfest.«

»Ein Schlachtfest?«

»Die Vision überkam mich im Lager des Adlerclans, in jener Nacht nach dem Abend, an dem Brork Roradh getötet hat.« Cait erzählte von ihrer Vision, in der Hunderte von Rindern während eines gewaltigen Schlachtfestes getötet worden waren. Andrew wusste jedoch nichts damit anzufangen. Vielleicht war es nur ein Traum gewesen, vielleicht verschwamm manchmal auch die Grenze zwischen Vision und Traum.

»Mach dir keine Sorgen!«, sagte er. »Sicher wirst du lernen, damit umzugehen.«

»Das hoffe ich. Dennoch macht es mir Angst.«

»Das glaub ich dir gerne«, flüsterte Andrew. Nun konnte er nicht mehr anders, er musste Cait in die Arme schließen. Sie wirkte so zart, so zerbrechlich, obwohl ihr eine Kraft innewohnte, die ihn immer wieder in Erstaunen versetzte.

Andrew drückte sie an sich und Cait ließ es zu, schmiegte sich an ihn. Als er spürte, wie ihr Herz pochte, hob er Caits Kopf und sah ihr in die Augen. Ein zärtliches Schimmern lag darin, ein verheißungsvolles Leuchten. Andrew konnte nicht anders, brachte sein Gesicht näher an das ihre, bis seine Lippen die ihren berührten und er sie küsste. Cait wirkte ein wenig unbeholfen, offenbar war ihr küssen fremd, und Andrew fragte sich, ob es bei Caits Volk überhaupt üblich war, sich zu küssen. Doch nach und nach stimmte sie mit ein, die Intensität dieser Berührung schien ihr zu gefallen. Als er sich von ihr löste, schaute sie ihn verwundert an. »Das war schön«, sagte sie leise. Ein Lächeln legte sich auf ihr Gesicht. »Am Anfang dachte ich, du wolltest mich mit vorgekauter Nahrung füttern, aber dann …«

Andrew prustete los und gab Cait einen sanften Schubs. »Na warte, vielleicht mache ich das irgendwann.«

Es war das *Irgendwann*, das sie beide ernst werden ließ. *Der Gott des Sturmes und die Fabelgestalt*, schoss es Andrew durch den Kopf. »Wir sollten weitergehen«, meinte er schließlich.

Cait wirkte ein wenig traurig, nickte aber und erhob sich. »Wir sollten im Schutz von Wald und Busch reisen. Brorks Jäger suchen sicher noch nach uns. Wir müssen irgendwie zum Kreis der Ahnen oder zumindest in seine Nähe. Vielleicht ist es dann für dich möglich … zurückzukehren.« Cait senkte den Kopf.

»Wir werden sehen«, sagte Andrew. Auch ihm war schwer ums Herz geworden.

So zogen sie weiter, hielten sich ein Stück nach Westen, dann nach Norden. Während der Himmel sich weiter erhellte, trübten sich ihre Herzen.

Brork goss etwas Wasser in die Tonschüssel und verrührte es mit den weißen, zermahlenen Steinen. Die Paste, die daraus entstand, schmierte er sich in sein Gesicht, bis die Haut gleichmäßig davon bedeckt war. Dann warf er sich seinen mit Adlerfedern geschmückten Umhang über und trat in eine der Kammern seiner Behausung. Zwischen zwei Adlerskeletten lag ein menschlicher Schädel. Es war der Schädel seiner letzten Frau. Brork hob ihn hoch und küsste ihn. Dann ging er hinaus ins Freie und eilte zu der kleinen Erhebung, wo der Adler gebrannt hatte. Rasch hatte Brork erkannt, dass es ein aus Holz und Federn gebauter Vogel gewesen war und wenngleich er wusste, dass dies das Werk des Mannes aus der anderen Zeit gewesen war, so stimmte ihn der große Brandfleck im Gras, dessen Umrisse tatsächlich an einen schwarzen Adler erinnerten, doch nachdenklich.

Der Stammesführer hob den Kopf. Es war ein trüber Morgen, dicke Wolken trieben über den Himmel, fast so, als sei Ravk, der Gott des Sturmes, verschwunden und weigere sich, Kjat seine Winde anzubieten.

Brork breitete, in der einen Hand seinen Speer haltend, beide Arme aus. »Ihr Götter, was verlangt ihr von mir? Weshalb lässt Kjat sein Zeichen durch die Hand des fremden Mannes in die Erde brennen, die uns heilig ist?«

Ein Wind kam auf, eine Brise nur, nicht mehr als ein Seufzen Ravks. Hatten sich die Götter von ihnen abgewandt? Brork wartete nicht länger. Er kniete sich nieder, legte den Speer zur Seite und bohrte seine Hände in die verbrannte, schwarze Erde. Dann fuhr er mit beiden Zeige- und Mittelfingern vom äußeren Rand seiner Schläfen hinab über die Wangen bis zur Spitze seines Kinns. In die Kinngrube malte er einen Fleck, der auf der schwarzen Linie lag. Dann stand er auf, packte seinen Speer und betrachtete sein Gesicht in einem kleinen Teich. Zufrieden blickte er auf den schwarzen Adler, dessen Kopf unterhalb seiner Lippen war und dessen Schwingen sich über das ganze Gesicht ausbreiteten. Leichte Wellen im Wasser bewegten die Flügel des Vogels. Brork war bereit.

»Caitir, der Adler erhebt sich.«

Mit diesen Worten wandte er sich ab und rannte los. Einige Stammesmitglieder wichen erschrocken vor ihm zurück, als sie sein Gesicht sahen, doch Brork beachtete sie nicht. Er hatte bereits einige Jäger entsandt, doch nun machte er sich selbst auf den Weg, und er war fest entschlossen, die Götter zufriedenzustellen.

Nach einer kleinen Rast, die Cait und Andrew gegen Mittag eingelegt hatten, liefen sie weiter. Regen fiel aus den tief hängenden Wolken und durchnässte ihre Kleidung. Schon bald fror Andrew. Wieder einmal sehnte er sich nach einer heißen Dusche, einer heißen Tasse Kaffee und einem Bett. Sein Blick fiel auf Cait, die über eine bewundernswerte Ausdauer verfügte. Während Andrews Beine mittlerweile bedenklich nachgaben, wenn sie einen Hügel hinabwanderten, und sein Magen pausenlos knurrte, beschwerte sich Cait kein einziges Mal. Auch er behielt seine Klagen für sich, bemühte sich, Schritt zu halten. Andrew fragte sich, wie weit es noch bis zum Ring of Brodgar war. Obwohl er die Orkneys einigermaßen kannte, so war ihm das Land, wie es vor fast fünftausend Jahren aussah, doch fremd. Land, das im Laufe der Jahrhunderte vom Meer weggespült worden war, ragte hier noch aus den Ozeanen. Viele der kleinen, zerklüfteten Inseln waren in Caits Zeit eine einzige Landmasse.

Als das Grau des Himmels allmählich vom Dunkel der Nacht verschluckt wurde, hörten sie plötzlich Stimmen. Schnell kauerten sie sich ins Gras.

»Dort!«, flüsterte Cait und deutete auf ein Haselnussgestrüpp, das sich, wie Andrew schätzte, zweihundert Meter vor ihnen in eine kleine Senke schmiegte.

»Adlerstamm?«, fragte Andrew, während er die Augen zusammenkniff, um die fünf Männer oder Frauen besser erkennen zu können.

Cait zuckte mit den Schultern. »Das kann ich nicht genau erkennen. Aber wir sollten warten oder einen großen Bogen um sie machen.«

Skeptisch schaute sich Andrew um. »Es ist fast dunkel und wir laufen Gefahr, jemandem einfach in die Arme zu laufen.«

»Hier im Gras zu verharren, birgt die Gefahr, dass *uns* jemand in die Arme läuft«, gab Cait zu bedenken.

»Also gut! Schleichen wir uns davon und suchen uns einen Unterschlupf für die Nacht.

Cait deutete nach rechts. »Lass uns zu dem Birkenwäldchen gehen.«

Andrew nickte. Auf allen vieren krochen sie durch das Gras, hielten aber immer wieder inne, um den Kopf ein wenig zu heben und zu lauschen. Andrew hoffte inständig, dass die anderen die Bewegung des Grases nicht sehen würden, obwohl das in der Dämmerung kaum möglich war. Endlich gelangten sie an den Rand des Wäldchens, schlugen sich einige Schritte durch das Dickicht, bis sie einen umgestürzten Baum fanden. Cait begann so leise wie möglich Äste abzubrechen oder mit ihrem Messer abzuschneiden und lehnte diese von beiden Seiten gegen den Stamm. Nachdem Andrew sie einige Augenblicke lang beobachtet hatte, tat er es ihr gleich. Auf diese Weise entstand schon bald so etwas wie ein kleines Zelt aus Birkenästen.

Cait sammelte noch einige Farne, danach nahm sie Andrew an die Hand und zog ihn mit sich in ihren Unterschlupf.

»Hier«, sie reichte ihm einige Farnblätter. »Die kannst du essen. Und das hier auch.«

Mithilfe ihres Messers löste sie die Rinde des umgestürzten Baumes und legte sie in Andrews Schoß. Andrew schaute skeptisch, doch als Cait aß, begann auch er auf den Pflanzen herumzukauen. Die Rinde war zäh, die Farne weniger, sie hatten sogar einen leicht nussigen Geschmack. Es war besser als nichts und stoppte zumindest den gröbsten Hunger.

Nach dem Essen lehnte sich Cait an ihn. Mittlerweile war die Welt in völliger Schwärze versunken, kein Stern warf sein glitzerndes Leuchten herab, kein Lichtschimmer einer fernen Stadt erhellte den Himmel. Wäre er alleine gewesen, Andrew wäre vermutlich in Panik verfallen. So jedoch fühlte es sich an, als bestünde die Welt nur aus ihm und Cait. Der Regen nahm zu, fiel plätschernd gegen die Zweige. Zwar sickerten immer wieder vereinzelte Tropfen durch das Dach ihres improvisierten Nachtlagers, aber ansonsten saßen sie weitestgehend im Trockenen. Später verfielen sie in einen Schlummer, wurden aber geweckt, als sie Geräusche hörten. Andrew wusste nicht, wie lange er geschlafen hatte. Äste knackten in der Ferne, das Geräusch hallte unnatürlich laut in der allumfassenden Stille wider. Vielleicht war es ein Tier, vielleicht Jäger. Cait und Andrew hielten gespannt die Luft an. Mal schien es hier, mal dort zu knacken, gerade so, als hätte jemand ihr Versteck gefunden und würde nun darum herumschleichen.

»Sicher nur ein Tier«, wisperte Andrew, der Cait beruhigen wollte.

»Pst«, kam es leise zurück. Das Astwerk, unter dem sie saßen, erzitterte, jemand stieß dagegen. Dann wurde es jäh davongerissen. Leichtes Dämmerlicht drang durch die Bäume. Zwei Jäger des Adlerstammes starrten auf sie herab. Sofort griff einer von ihnen nach Cait, doch diese reagierte schneller. Sie sprang auf, stach mit ihrem Messer nach dem Arm, der sie packen wollte. Der Mann grunzte, doch der Laut erstarb, als Cait ihm mit aller Kraft zwischen die Beine trat. Der zweite schnellte heran, doch Andrew schlug ihm mit der Faust ins Gesicht.

»Weg hier!«, rief er, den Schmerz in seinen Knöcheln ignorierend.

Sie rannten nach Osten, ließen die Verfolger hinter sich. Immer wieder peitschten Andrew Äste ins Gesicht, immer wieder stolperte er. Kurz darauf verließen sie den Wald und eilten über eine Wiese, bis ihnen ein kleiner See den Weg versperrte. Am Ufer entlanglaufend sahen sie sich stetig um, doch von ihren Verfolgern fehlte jede Spur.

»Das war knapp!« Schwer atmend betrachtete Andrew seine Hand. Der mittlere Fingerknöchel blutete. Offenbar hatte er ihn sich an den Zähnen seines Feindes aufgerissen.

»Du hast gut reagiert!«, lobte ihn Cait.

»Und mit Blut bezahlt!« Er hielt ihr seine Faust hin.

»Es wird heilen!«, entgegnete Cait, während sie ihm über den Rücken strich.

Sie wanderten noch ein Stück ostwärts, schlugen aber schließlich einen Bogen nach Nordwesten. Oftmals blieben sie kurz stehen, hielten nach Verfolgern Ausschau oder lauschten einfach.

Mittags legten sie eine Rast ein, denn auch Cait schien allmählich zu ermüden. Ihre sonst so festen Schritte wurden langsamer. Wieder aßen sie nur Farne und die Spitzen bestimmter Gräser, die Cait sammelte.

»Wir sollten aufbrechen!«, meinte Andrew, der sich über die ungewohnt lange Rast wunderte. Meist war es Cait, die ihn antrieb. »Vielleicht erreichen wir den Ring of Brodgar, also ich meine, den Kreis der Ahnen, noch vor Sonnenuntergang.«

Cait nickte und erhob sich. Andrew bemerkte noch, dass sie ungewöhnlich blass aussah, da kam ein Stöhnen über ihre Lippen und sie brach zusammen.

»Cait!« Sofort hechtete er zu ihr. Sanft richtete er sie auf, wischte ihr einige ihrer dunkelblonden Strähnen aus dem Gesicht, wobei er bemerkte, dass ihr kalter Schweiß auf der Stirn stand. »Cait!«, wiederholte er sanft. Die Hand, die ihren Rücken stützte, fühlte sich plötzlich klebrig und warm an. Er ließ Cait zu Boden gleiten und zog die Hand hervor. Ein eisiger Schrecken fuhr durch Andrews Glieder, als er all das Blut sah. Hilfesuchend schaute er sich um, doch er war allein. Im schlimmsten Falle hätte er ohnehin nur Adlerkrieger angetroffen.

Andrew war klar, er musste etwas tun! Er musste die Blutung stoppen. Getrieben von seiner Angst um Cait stürmte er los. In einem Haselnussdickicht fand er frisches Moss. Er entdeckte sogar einige Spinnennetze, die er mit Moos auflas, dann eilte er zurück. Vorsichtig richtete er sie auf, schob ihr Hemd hoch und löste den steinzeitlichen Verbandsstreifen. Dann entfernte er das alte Moos, das an einen blutigen Schwamm erinnerte, und drückte das Neue samt Spinnennetzen darauf. Obenauf gab er noch ein Stück Holz, weil er hoffte, so mehr Druck auf die Wunde bringen zu können. Das Ganze verband er dann mit einem Stück Stoff.

»Cait!«, flüsterte er. Sie stöhnte erneut, murmelte etwas: »Wasser! Ich brauch Wasser!« Doch hier war keines.

»Verdammt, Cait! Du darfst nicht sterben!«

Cait war so zäh, so tapfer. Ohne sie wäre er schon längst tot! Das Mindeste, das er tun konnte, war, sie nun zu tragen und nicht von ihrer Seite zu weichen, was auch immer geschah. Kurzerhand hob er sie hoch. Cait war nicht schwer, vielleicht würde er es bis zu den Steinen schaffen. Er hielt sich in die gleiche Richtung, die auch Cait bisher eingeschlagen hatte. Wenn nur alles nicht so anders aussehen würde! Aber fünftausend Jahre hinterließen ihre Spuren, formten die Landschaft neu.

Schritt für Schritt wanderte er weiter, Schritt für Schritt wurde Cait schwerer. Andrew zwang sich, durchzuhalten. Bald schon stolperte er mehr, als dass er lief, Schweiß rann ihm über das Gesicht. Zwar regnete es nicht, doch die Sturmböen, die zunehmend über das Land fegten, taten das ihre, um Andrew aus dem Gleichgewicht zu bringen. Irgendwann konnte er nicht mehr. Am Rande eines schmalen Baches sank er auf die Knie, beugte sich vornüber und ließ Cait aus seinen Armen auf den Boden rollen. Zunächst war Andrew nicht einmal in der Lage, seine Arme, die er so lange gebeugt gehalten hatte, auszustrecken. Sie waren wie festgerostet. Erst nach einer Weile lösten sie sich, so dass Andrew in der Lage war, mit den Händen Wasser zu schöpfen und es in Caits Mund laufen zu lassen. Sie schluckte, bewegte etwas ihren Kopf. Schließlich öffnete sie leicht die Augen.

»Cait!«

»Andrew«, hauchte sie kaum hörbar.

»Cait! Du musst …« Andrew brach ab, als sich Caits Lider senkten.

Er rieb sich mit beiden Händen über das Gesicht. Fünftausend Jahre in der Zeit zurück, kein Krankenhaus, kein Mensch in Sicht. Doch daran durfte er nicht denken, sonst würde er wahnsinnig werden. Weiter! Weitergehen war alles, was jetzt zählte. Alles, was er tun konnte. Abermals hievte er Cait in die Höhe, wünschte sich tatsächlich, ein

Gott zu sein, der imstande war, seine Geliebte mit einer Handbewegung zu retten. Doch wie er aus Caits Legendenerzählung wusste, war nicht einmal Ravk, der Gott des Sturmes, in der Lage gewesen, die Frau, die er liebte, für sich zu retten. Am Ende waren ihm nur Tränen geblieben, die er in den Himmel geschleudert hatte, um sie als Ausdruck seiner ewigen Liebe in Sterne zu verwandeln.

Auch Andrew standen Tränen in den Augen, die Welt, durch die er Cait auf schwankenden Beinen trug, schien in einem salzigen Ozean seiner Trauer zu versinken. Doch in der Ferne, hinter dem Schleier, zeichneten sich plötzlich dunkle Gestalten ab. Andrew blinzelte. Reglos, finsteren Riesen gleich trotzten sie den Winden und Elementen, die Orkney unermüdlich heimsuchten. Mehrere Meter groß bohrten sie sich in den grauen Himmel. Andrew erkannte sie: Es waren die Stones of Stenness! Wenn er sich recht an Caits Worte entsann, handelte es sich hierbei um den Kreis der Schüler. Der Ring of Brodgar, und damit der Kreis der Ahnen, lag weiter im Norden. Doch um den zu erreichen, würde er die Siedlung der Steinweisen und die Heiligen Hallen passieren müssen. Egal! Er musste es versuchen. Er überlegte, einfach an die Mauer zu klopfen und Cait den Weisen zu übergeben, damit sie sie heilten. Doch am Ende würden sie sie wieder zu Brork schicken, denn schließlich hatte sie ihn vor allen anderen zum Mann erwählt. Seine Gedanken führten ihn in einen Zwiespalt, aus dem ihn jedoch Geräusche gleich wieder herausrissen. Andrew wandte sich um. Jäger! Wieder zwei Krieger mit weißgekalkten Gesichtern. Vermutlich hatten sich die Männer aus den drei Booten aufgeteilt und suchten in drei Gruppen nach ihnen. Andrew rannte weiter, aber es war vergeblich. Mit Cait auf den Armen war er zu langsam. Schnell legte er Cait auf den Boden, nahm ihr Messer und stellte sich den Angreifern. Keuchend, aber entschlossen baute er sich vor Cait auf. Prompt schleuderte einer der Männer einen Speer auf ihn. Andrew wich zur Seite, gerade noch rechtzeitig. Die beiden Männer, einer mit einer Steinaxt bewaffnet, der andere mit einem Messer, schlichen näher. Der erste der Krieger stach zu, doch es war halbherzig, diente vermutlich nur dem Abschätzen von Andrews Kampfgeschick.

Andrew erwiderte die Attacke, indem er selbst zustach. Der Mann wich zurück. Andrew war größer, seine Arme waren länger. Ein Vorteil, den er nutzen musste. Wieder kam der Jäger geduckt näher, fuchtelte mit dem Messer vor Andrew herum, stach hierhin und dorthin, ohne wirklich ernsthaft anzugreifen. Dass diese Bewegungen Andrew nur ablenken sollten, wurde ihm schmerzlich bewusst, als der zweite Mann seine Axt warf, die Andrew am Kopf streifte. Kurz blitzten Sterne vor seinen Augen auf, dann fiel er hintenüber. Er versuchte den Schwindel abzuschütteln, schob sich rückwärts, bis er gegen die am Boden liegende Cait stieß. Die beiden Jäger bauten sich vor ihm auf, holten zum Schlag aus. Doch plötzlich hielten sie inne, wandten ihre Köpfe. Andrew tat es ihnen gleich. Zu seinem Entsetzen eilte ein weiterer Jäger herbei, das Gesicht weiß, doch etwas an ihm war anders: Zwei dicke, schwarze Linien durchzogen sein Gesicht. Zusammen mit der Zeichnung auf seiner Kinngrube erinnerte es an einen Vogel, einen Adler. Erst auf dem zweiten Blick erkannte Andrew ihn: Brork!

DIE HEILIGEN HALLEN

Panik durchflutete Andrew. Er griff sich an den Kopf, dort, wo die Axt ihn gestreift hatte. Als er seine Hände betrachtete, sah er Blut. Glücklicherweise nicht viel, die Waffe hatte seine Haut vermutlich nur aufgekratzt.

Mit einem Stöhnen stand er auf und stellte sich schützend vor Cait. Brork, der nun näher gekommen war, ließ sich davon jedoch nicht beeindrucken. Ohne seinen Blick von Cait zu nehmen, stieß er Andrew beiseite und beugte sich über die am Boden liegende Frau. Zu Andrews Erstaunen zeichnete sich sogar Sorge im Gesicht des Stammesführers ab. Vermutlich fürchtete er um seine Allianz mit der Westbuchtsiedlung und um das Ansehen, das ihm eine Frau, die zugleich Steinweise war, bei seinem Stamm verleihen würde. Er strich Cait über die Stirn, murmelte dabei unverständliche Worte. Vorsichtig drehte er sie um und begutachtete den Verband, den Andrew angelegt hatte.

Plötzlich stöhnte Cait leise auf. Sofort war Andrew bei ihr, strich ihr über die schweißnasse, aber eiskalte Stirn. »Cait!«

Caitir war umhüllt von Dunkelheit. Aus der Finsternis kam ein Wind herbei, ein Sturm, der an dem Schleier, der sie umgab, zu zerren begann. Sie hörte den Ruf eines Adlers am Himmel, in der Ferne schlugen Wellen an den Strand. War sie zu den Göttern gegangen? Oder waren die Götter gekommen, sie aus ihrem Martyrium der Gefangenschaft in dieser unbeseelten Welt zu befreien? *Ravk, Gott des Sturmes, nimm diesen Schleier von mir,* rief sie. *Ich bin Caitir, Steinweise und Tochter von Kraat, weist mir den Weg aus dem Dunkel.*

Ein Ruck lief durch sie hindurch, Licht brannte sich seinen Weg in die Schwärze. Plötzlich entstanden Bilder, Bilder von schreienden Rindern und deren Blut. Mit nackten Füßen watete Caitir durch den Lebenssaft, der so maßlos vergeudet wurde. Anú, die große Erdmutter, nahm alles auf, verwertete, was die Schüsseln der Schlächter nicht fassen konnten. Die Szenerie versank in einem Farbenstrudel, das Gebrüll der Tiere verschwand, ihr Blut verblasste, wurde bleich wie die Knochen, die sich plötzlich vor Caitir auftürmten. Sie musste zurückgehen, um erkennen zu können, welch sonderbares und zugleich erschreckendes Bauwerk die Stämme, die an diesem Ort versammelt waren, geschaffen hatten. Vor ihr ragte ein Berg in die Höhe, aufgeschichtet aus den Knochen der geschlachteten Rinder. Unten breit mit vier Ecken, endete er oben, wo der Himmel begann, in einer Spitze, auf der die Skelette von Rehen lagen. Und all dies geschah in den Heiligen Hallen der Steinweisen. Caitir taumelte, stürzte, fiel ins Bodenlose. Eine Stimme drang zu ihr durch, jemand rief nach ihr. Langsam öffnete sie die Augen. Als ihre Sicht klarer wurde, erkannte sie Andrew. Dabei wurde ihr warm ums Herz und sie bemühte sich, ihm ein Lächeln zu schenken. Andrew war allerdings nicht allein. Jemand beugte sich über sie. Brork! Caitirs Atem beschleunigte sich, doch dann packte sie ihn am Arm. »Blut!«, stieß sie hervor. »Überall waren Rinder, viele Rinder. Sie wurden geschlachtet. Ich sah einen Berg aus Knochen!«

»Eine Vision?«, fragte Brork.

Caitir fiel der Adler auf, den er sich in sein Gesicht gezeichnet hatte. »Eine Vision, die mich ängstigt und …«, Caitir musste husten, fühlte sich schwach, »Veränderung«, murmelte sie. Müdigkeit lähmte sie zunehmend, ihre Augenlider wurden schwer, schlossen sich.

»Cait!«, hörte sie Andrew wie aus weiter Ferne rufen. »Ich liebe dich!«

Die Worte drangen noch zu Caitir durch, leise, entfernt, wispernd – dann verlor sie das Bewusstsein.

~

Andrew wusste nicht, ob Brork sich eben tatsächlich mit Cait ausgetauscht hatte oder ob sie nur wirr vor sich hin fantasiert hatte. Am Ende hatten ihre Augenlider zu flackern begonnen und sich geschlossen. Verzweiflung machte sich in ihm breit.

Mit einem Mal hob Brork Cait auf, rief Andrew etwas zu, dann rannte er los.

»Wo willst du hin?«, schrie ihm Andrew hinterher, aber Brork eilte weiter.

»Warte!«

Andrew hatte keine andere Wahl, als Brork zu folgen. Er überlegte, wie er den Jäger stoppen konnte, denn sie waren ihrem Ziel so nahe gekommen, dass Andrew jetzt nicht aufgeben wollte. Er wünschte, er hätte Caits Messer gezückt. Nun suchte er nach einem Stein oder einem Stock, den er aufheben und damit Brork überwältigen konnte. Doch selbst wenn es ihm gelang, Brork auszuschalten, so blieben immer noch die beiden anderen Männer, die ihn flankierten. Sicher würden sie nicht tatenlos zusehen, wie er ihren Stammesführer niederschlug.

So konnte er nur versuchen, mit Brork mitzuhalten und eine neue Gelegenheit zur Flucht zu suchen.

Obwohl der Stammesanführer Cait auf den Armen trug und ebenfalls bereits eine weite Strecke zurückgelegt hatte, lief er dennoch schnell und leichtfüßig dahin. Rasch wurde Andrew klar, dass er Brork im Laufen nicht würde überwältigen können, ohne dabei Cait in Gefahr zu bringen. Ein Sturz, und ihre Wunde könnte erneut aufplatzen. Doch etwas kam Andrew schon bald seltsam vor: Brork rannte nach Norden, nicht nach Südwesten! Außerdem schien es den Stammesanführer nicht zu kümmern, ob Andrew ihm folgte oder nicht. Oder war er sich sicher, dass Andrew Cait nicht zurücklassen und ihm daher ohnehin hinterherlaufen würde? Wenig später näherten sie sich den Stones of Stenness, die sich in den grauen Himmel bohrten. Dahinter erstreckte sich Land, das Andrew als Ness of Brodgar kannte und in seiner Zeit nur noch ein schmaler Landsteg war, der die Seen von Stenness und Harray trennte. Jetzt war dieser Damm deutlich breiter. Darauf hatte man in den Achtzigerjahren einen größeren Gebäudekomplex entdeckt, der von einer riesigen Mauer umschlossen war. Man vermutete, dass dieser eine Art neolithische Tempelanlage war. Dass Cait diese Bauten als die Heiligen Hallen der Steinweisen bezeichnete, schien diese Annahme zu bestätigen. Die Faszination, die Andrew jedoch als Archäologieinteressierter und Reiseführer hätte empfinden müssen, blieb aus, wurde von Erschöpfung und seiner Angst um Cait überschattet.

Allerdings wurde seine Müdigkeit rasch verdrängt, als Brork auf die riesige Mauer zuhielt, die diese Tempelanlage umgab.

»Was tust du?«, schrie Andrew. Brork achtete nicht auf ihn, rannte unermüdlich weiter. Schnell wurde Andrew klar, dass Brork das Einzige tat, was er für Cait tun konnte: Er ging zu den Steinweisen, in der Hoffnung, dass sie Cait retten konnten. Andrew hätte sie lieber in ein Krankenhaus gebracht, auch wenn er da in Erklärungsnot zu Caits Herkunft gekommen wäre. Und dafür hätte er erst einmal mit ihr in seine Zeit zurückkehren müssen.

Allmählich näherten sie sich den Heiligen Hallen. Umringt von einer kleineren, hüfthohen Mauer erhob sich dahinter eine weitere, die sich schätzungsweise über zwei Meter in die Höhe erstreckte.

Die aus Westen und Osten aufeinander zu laufenden Mauern überlappten sich ein Stück, bildeten so einen Zugang, der jedoch dem Außenstehenden den Blick ins Innere der Heiligen Hallen verwehrte.

Als sie die breite Öffnung erreichten, verlangsamte Brork sein Tempo und ging darauf zu, Andrew folgte ihm. Ein flaues Gefühl machte sich in Andrews Magen breit. Angesichts des mächtigen Bollwerks, dessen Mauern er auf eine Dicke von vier Metern schätzte, kam er sich klein vor. Selbst der Anführer des Adlerstammes schritt ehrfürchtig dahin, schließlich blieb er stehen und begann zu rufen.

Es dauerte nicht lange, bis zwei junge Frauen herauskamen, um herauszufinden, wer es wagte, sich den Heiligen Hallen zu nähern. Ihre Augen weiteten sich, als sie Brork mit Cait auf den Armen entdeckten. Noch einen kurzen Blick auf Andrew werfend wandte sich die eine von ihnen um, während die andere den Weg versperrte. Andrew trat neben Brork, dessen Gesicht nun Wut ausdrückte. Er brüllte dem Mädchen, das ebenso zierlich war wie Cait, etwas zu. Die junge Frau schüttelte energisch den Kopf, wich aber einen Schritt zurück. Andrew hatte lediglich *Mrak* verstanden. Kurz überlegte er, ob er sich nicht besser davonstehlen sollte, als Gefahr zu laufen, gleich hier, in diesem Tempel, geopfert zu werden. Doch alleine dort draußen zu sein, einem Herbst der Orkneys vor fast fünftausend Jahren ausgeliefert, konnte ebenso seinen Tod bedeuten.

Dann erschien Thua in Begleitung zweier Männer. Sofort stürzte sie auf Cait zu, legte eine Hand auf deren Brust, wobei sie die Augen schloss. Nach einer Weile flackerten sogar Caits Augenlider. »Thua«, hörte Andrew sie flüstern.

Die Steinweise öffnete ihre Augen wieder und sagte etwas zu den beiden Männern, was zu einer heftigen Diskussion mit Brork führte. Am Ende übergab der Stammesführer Cait den Steinweisen, die sie hinter die Mauer brachten. Sein Gesicht drückte Widerwillen und Zorn aus, als Thua eine Hand hob und Brork damit den Zutritt verwehrte. Sicher hatte Brork erhofft, Mrak anzutreffen.

Thua wollte sich schon abwenden, als sie sich noch einmal umdrehte und Andrew betrachtete. Plötzlich runzelte sie die Stirn, murmelte etwas vor sich hin. Andrew sah sich unsicher um.

Thua hob die Hand, winkte ihn zu seinem Erstaunen herbei. Einen Seitenblick auf Brork werfend ging Andrew weiter und folgte der Steinweisen. Er konnte nicht glauben, dass man ihm gestattete, das Innere dieses offensichtlichen Heiligtums zu betreten, während Brork und die beiden Männer seines Stammes vor den Mauern zurückbleiben mussten. Noch einmal zögerte Andrew, doch seine Sorge um Cait sowie ein unsanfter Stoß Thuas trieben ihn weiter. Umringt von einer hohen Mauer, und dadurch ausgeschlossen von der übrigen Welt, breiteten sich unzählige Steingebäude unterschiedlicher Größen vor Andrew aus. Mit einem Schlag vergaß er seine Angst, empfand sogar leise Dankbarkeit dafür, diesen steinzeitlichen Tempel, über den man in Tausenden von Jahren nur Vermutungen würde anstellen können, selbst betreten zu können. Die Stille, die sonst nur der stetig säuselnde Wind untermalte, schien hier vollkommen zu sein. Nur gedämpft drang sanftes Meeresrauschen an Andrews Ohren, kreischten die Möwen an fernen Klippen.

Wie steinerne Festungen lagen die Gebäude da, aber ohne erkennbare Struktur. Manch eines hatte drei Zugänge, andere wiederum nur einen. Der Geruch von Feuer lag in der Luft, doch es war nicht bloßer Rauch, der in Andrews Nase stieg, es waren auch der Duft würziger Kräuter und das Aroma erlesener Harze, die die Luft schwängerten und dadurch die Hallen heiligten.

Außer Thua und den beiden Männern und jungen Frauen sah Andrew im Augenblick niemanden. Vermutlich hüteten nur wenige der Steinweisen die Tempelanlage, während die anderen in ihrer Siedlung lebten. Andrew wusste nicht einmal, wie viele Steinweise es überhaupt gab.

Thua umrundete eines der Gebäude, dahinter kam ein weiteres zum Vorschein, das Andrew schier den Atem raubte. Vermutlich war es fünfundzwanzig Meter lang und erstreckte sich zwanzig Meter in die Breite. Ein gewaltiges steinernes Dach überdeckte das Haus und in einer der Mauern erkannte er eine Öffnung, die an ein Stundenglas erinnerte.

Während Andrew noch verwundert auf das Gebäude blickte, bog Thua ab und hielt auf ein Kleineres zu. Die Steinweise gebot den beiden Männern zu warten, ging ins Innere und, wie Andrew im Halbschatten des Eingangsbereiches erkennen konnte, entfachte dort das heruntergebrannte Feuer neu. Dann gab sie Kräuter darauf und winkte die Männer herbei. Man konnte nicht anders, als durch den Rauch zu gehen, wenn man das Gebäude betreten wollte, und so blieben die Männer mitten im Zugang stehen, während Thua den Rauch mit einer Vogelfeder zunächst sich selbst, schließlich Cait, den Männern und am Ende Andrew zufächelte. Andrew wusste, dass Schamanen dies ebenfalls taten, um Menschen energetisch zu reinigen.

Im Inneren des Hauses brannte noch ein Feuer, neben dem die Männer Cait auf ein aus Fellen bestehendes Lager legten, ehe sie verschwanden. Andrew wollte zu ihr gehen, doch Thua herrschte ihn an, wies ihn mit der Hand zurück. Nun kamen die beiden Frauen, brachten Wasser und einen Lederbeutel, den sie Thua reichten. Vorsichtig drehten sie Cait auf die Seite, lösten den Verband und wuschen die Wunde aus. Noch einmal holte Thua ein brennendes Holzscheit, streute Kräuter darauf und blies den Rauch auf die Verletzung. Danach strich sie eine Kräuterpaste auf Caits Rücken und die beiden anderen Steinweisen legten einen Verband an.

Andrew fühlte sich unbeholfen und unnütz. Er verstand die Sprache nicht und wusste nicht, was er tun sollte. Er beschloss, sich neben Cait zu setzen, und nahm sich vor, sich dieses Mal nicht von Thua zurückweisen zu lassen, aber die Steinweise ließ ihn gewähren.

Man brachte ihm sogar etwas Fisch und Wasser, Letzteres träufelten die Steinweisen auch immer wieder in Caits Mund.

Mit Einbruch der Nacht fiel Andrew in einen unruhigen Schlaf, aus dem er am Morgen erwachte, als ihn jemand sanft an der Schulter rüttelte.

»Cait!« Andrew schnellte hoch. »Wie geht es dir?«

Sie lächelte. »Besser.«

Ihre Stimme klang noch schwach, aber sie war am Leben. Andrew drückte sie behutsam an sich. In diesem Moment betrat Thua den Raum. Die Steinweise hielt kurz inne, kam dann aber näher und reichte Cait eine Schüssel mit Suppe. Andrew konnte Grünzeug, vermutlich Algen, und Fisch darin erkennen. Nachdem Cait gegessen hatte, begann sie sehr lange mit Thua zu reden. Die Gesichtszüge der hageren, ernsten Frau wurden mit jedem Wort immer nachdenklicher und besorgter. Am Ende sank Cait erschöpft zurück und schloss die Augen.

Als sie das nächste Mal erwachte, erzählte sie Andrew, dass sie auch Thua von ihrer Vision berichtet hatte. Zudem berichtete sie ihm nun auch von dem Berg aus Knochen. Andrew hörte staunend zu. Zwar wusste er, dass man Knochen von Rindern gefunden hatte, doch von einem ganzen Berg und dass es so viele gewesen sein sollten, hatte er nichts gehört. Allerdings hatte er sich durch seine Führungen mehr mit Skara Brae und den Steinkreisen befasst, weniger mit der Tempelanlage, die man am Ness of Brodgar nach und nach freilegte.

»Du solltest jetzt erst mal gesund werden, Cait«, sagte Andrew.

»Das werde ich«, meinte Cait. »Jedes Haus der Heiligen Hallen ist einem Gott gewidmet. Heilung geschieht hinter den hohen Mauern schneller als außerhalb.«

Andrew sah sich um. »Welchem Gott ist denn dieses Haus gewidmet?«

»Der Göttin Anú. Ihr Schoß spendet Ruhe und gebiert neues Leben.«

»Dann werde ich für dich zu Anú beten!«

»Danke!«, antwortete Cait.

»Was ist das für ein Gebäude?«, fragte Andrew. »Ich meine das mit der sanduhrförmigen Öffnung, das größer ist als die anderen.«

»Die Götterhalle. Sie ist allen Göttern geweiht und nur die ältesten der Steinweisen dürfen sie betreten.«

»Und was soll die Öffnung in der Mauer?«

»Das sind zwei Kreise, die die Welt der Lebenden und der Toten darstellen, die miteinander verbunden sind. Sie wurde geschaffen, damit die Geister der Steinweisen aus dem Göttertempel hinaus und zu den Göttern reisen können.«

Andrew wurde einmal mehr bewusst, dass er sich nicht nur in einer anderen Zeit befand, sondern auch eine ihm völlig fremde Welt betreten hatte.

»Wenn ich nur den Sinn meiner Visionen verstehen würde«, sagte Cait plötzlich.

»Sorge dich nicht um die Zukunft, die du ohnehin nicht beeinflussen kannst.«

Cait zog die Beine an und schlang die Arme um die Knie, während sie ins Feuer schaute.

»Thua sagt, das, was kommt, ist niemals klar. Visionen zeigen nur Möglichkeiten auf.«

»Klingt vernünftig. Also ist es auch nichts, worüber du dich sorgen müsstest.«

»Eine der Aufgaben der Steinweisen ist es jedoch, aus diesen Möglichkeiten einen Weg für den Stamm zu wählen«, erklärte Cait. »Den richtigen Weg!«

»Das ist sicher nicht einfach, wenn ich da so an deine Visionen denke«, erwiderte Andrew. »Also ich meine die vom Schlachtfest und die andere, in der du mich im Steinkreis gesehen hast. Welchen Weg solltest du da wählen?«

»Genau das bereitet mir Sorgen. Ich weiß es nicht.«

»Vielleicht braucht es einfach noch Zeit«, meinte Andrew. »Sicher werden die Visionen schon bald klarer und du verstehst deren Sinn.«

Cait nickte, dann machte sich ein Lächeln auf ihrem Gesicht breit. Sie legte den Kopf auf die Knie und sah Andrew an.

»Was?«, fragte er.

»Ich habe deine Worte gehört, kurz bevor ich bewusstlos geworden bin.«

Andrew spürte, wie seine Wangen zu glühen begannen.

Cait legte ihm eine Hand auf den Arm. »Ich empfinde genauso«, flüsterte sie.

Andrew lächelte etwas schief. »Dann müssten wir ja bald das Sternbild des Seehundes am Himmel sehen, oder?«

»Vielleicht, wenn Ravk die Wolken vom Himmel weht.«

Andrew sah Cait an. Ihr Anblick rief ein Gefühl von Zärtlichkeit in ihm hervor und ihm wurde warm ums Herz. Auf seltsame Weise fühlte er sich mit ihr verbunden und obwohl sie eigentlich fünftausend Jahre trennten, so spürte er diese Verbindung doch mehr, als er sie je bei einer Frau empfunden hatte. Plötzlich musste er an Brork denken. Seitdem er dieses Heiligtum betreten hatte, war ihm der Stammesführer des Adlerclans nicht mehr in den Sinn gekommen. Die Mauern hatten ihn ebenso ausgesperrt wie den Rest der Welt.

»Was ist mit Brork? Weshalb durfte er dich nicht begleiten? Immerhin bist du«, Andrew zögerte, es auszusprechen.

»Seine Frau?«, beendete Cait den Satz.

»Nur Steinweise dürfen in die Heiligen Hallen oder Schüler, die zur Aufnahme den rituellen Weg vom Kreis der Schüler über die Heiligen Hallen zum Kreis der Ahnen beschreiten müssen. Du, Andrew, bist eine Ausnahme. Thua meinte, du bist auf sonderbare Weise mit mir verbunden. Daher hat sie dir vermutlich Einlass gewährt.«

»Sonderbare Weise, also«, Andrew schmunzelte, »ich glaube, man nennt das auch Liebe.«

»Ja«, sagte Cait lachend. »Thua meinte allerdings die Vision und die Reise durch die Zeit.«

Plötzlich wurde Cait ernst. »Dennoch ist eines seltsam. Mjana erzählte mir nämlich, sie habe gesehen, wie Brork in die Hallen eingelassen wurde.« Cait erzählte Andrew, was Mjana beobachtet hatte.

»Wusste Thua denn davon?«, fragte Andrew.

Cait hob die Schultern. »Sie hat es nicht geleugnet. Thua ermahnte Mjana und mich, dieses Wissen für uns zu behalten, denn es diene meinem Schutz!«

»Also wusste sie davon«, schlussfolgerte Andrew.

Cait presste die Lippen aufeinander und nickte.

»Vertraust du ihr?«, wollte Andrew wissen.

»Eigentlich schon. Sie ist von meinem Stamm. Aber jetzt bin ich mir nicht mehr sicher.«

»Als Brork mit den beiden Frauen sprach, die uns am Eingang empfangen haben, habe ich zwar nichts verstanden, aber ich konnte heraushören, dass er nach Mrak gefragt hat.«

»Mrak«, murmelte Cait. »Thua sagte, er ist noch nicht vom Stamm der Seehunde zurückgekehrt.«

»Vielleicht haben sie ihn aus Zorn wegen Jokhs Tod gleich geopfert?«

»Das wagen sie nicht! Kein Stamm würde einen Steinweisen töten! Der Götter Zorn wäre ihnen gewiss.«

»Wo lebt denn der Seehundstamm?«, wollte Andrew wissen.

»In der nördlichsten Siedlung. Mrak wird sicher bald hier sein.«

»Hm«, murmelte Andrew nur. Er war nicht erpicht darauf, diesem unheimlichen Mann zu begegnen. »Was wird jetzt mit Brork?«

»Er wird vor den Heiligen Hallen warten.« Caits Gesicht verdunkelte sich, wobei sie mit einem Ast im Feuer herumstocherte. »Und er wird schon bald erneut rufen und nach mir fragen.«

Andrew hatte das Gefühl, in der Falle zu sitzen. Sie konnten nicht ewig hierbleiben, genauso wenig würde sich Brork lange gedulden und die Mauer war zu hoch, um sie unbemerkt zu überqueren und sich davon zu schleichen. Während er vor sich hin grübelte, sank seine Hoffnung, jemals wieder nach Hause zu kommen. Noch nie war Andrew seine Lage so aussichtslos erschienen wie jetzt. Anscheinend hatte er bislang alle Sorgen und Ängste verdrängt, doch jetzt, in der Stille und Abgeschiedenheit der Heiligen Hallen, kam zutage, was verschüttet gewesen war. Er fühlte sich, als warte er auf seinen Tod, als müsse er selbst bald den rituellen Weg von den Lebenden zu den Toten beschreiten.

Andrew bemerkte, dass Cait mit dem Kopf auf den Knien eingeschlafen war. Vorsichtig legte er einen Arm um sie und ließ sie zurück auf ihr Lager sinken.

Noch einmal kam eine Steinweise herein, brachte zu essen, dann überkam auch Andrew die Müdigkeit und er fiel in einen tiefen Schlaf.

Der Knall, den sie in ihrem Traum gehört hatte, ließ Caitir aus dem Schlaf hochfahren. Die große Heilige Halle war zerstört worden. Sie hatte es gesehen, als sie hinter dem Knochenberg hervorgetreten war. Caitir zitterte. Kurz überlegte sie, Andrew zu wecken, doch dann entschied sie sich anders und ging stattdessen nach draußen. Auf nackten Füßen schlich sie durch die Dunkelheit zum größten Gebäude mit der Öffnung darin, deren Form Andrew als Sanduhr bezeichnet hatte. Erleichterung machte sich in Caitir breit, denn die Götterhalle stand noch so da wie immer: hoch aufragend, mächtig, Ehrfurcht gebietend.

Den Göttern sei Dank!, dachte sie und kehrte zurück zu ihrem Nachtlager.

Schlaf fand sie jedoch kaum mehr, denn wann immer sie einschlummerte, sah sie die Götterhalle in Trümmern liegen. Caitir rückte näher an Andrew heran, hoffte, seine Nähe würde sie aufhören lassen zu zittern.

Brork hatte sich im Schutze eines Haselnussstrauches niedergelassen, der auf einer leichten Erhöhung wuchs. Von hier aus hatte er sowohl den nördlichen als auch den südlichen Eingang zu den Heiligen Hallen im Blick. Sogar das Dach des größten Gebäudes konnte er erkennen, das alle anderen und selbst die gewaltige Mauer überragte. Einmal hatte er die Heiligen Hallen betreten, als er zu den

Steinweisen gerufen worden war, um mit einer wichtigen Mission beauftragt zu werden. Brork schloss die Augen und breitete die Arme aus. Er stellte sich einen durch die Lüfte gleitenden Adler vor, versuchte vollständig mit dessen Geist zu verschmelzen. »Kjat, breite deine schützenden Schwingen aus!«, flüsterte er. Lange blieb er so sitzen, beschwor seinen Gott, auf dass dieser ihm beistünde.

VON DRACHEN UND HUMMELN

Dianne war auf dem Weg zur Ausgrabungsstätte am Ness of Brodgar. Sie hatte zwei Nächte wegen des schlechten Wetters bei Maeve verbracht, während Fraser noch am ersten Abend nach Hause gefahren war, um weiter nach einer Möglichkeit zu suchen, die Geschehnisse ins Lot zu bringen. Ein ehrgeiziges Vorhaben, wie Dianne fand. Dennoch war sie für seine Unterstützung dankbar, auch wenn ihr seine Methoden sehr fragwürdig erschienen. Sie hoffte nur, dass es nicht schon zu spät war. Was, wenn Andrew in der anderen Zeit zu Tode gekommen war? Würde das aus den Fugen geratene Wetter ewig so weiter wüten? Würde es sogar schlimmer werden und eines Tages vielleicht die Inseln, die ganze Welt verschlingen? Aber nein, so durfte sie nicht denken. Die Unwetter waren zwar heftig genug, doch noch war nichts Schlimmeres passiert. Vielleicht waren die Unbilden des Wetters auch nur Teil des Anpassungsprozesses, um das Verschwinden eines Menschen aus seiner Zeit auszugleichen.

Dennoch musste Dianne einige aufsteigende Tränen niederkämpfen, konzentrierte sich aber schließlich auf die Straße, die an vielen Stellen überschwemmt war. Zumindest hatte es aufgehört zu regnen, nur der Wind brauste über die flache Landschaft.

Je weiter sie sich der Ausgrabungsstätte näherte, umso mehr kehrten ihre Gedanken zu Darryl zurück. Nicolas, der leitende Archäologe, hatte sie bereits angerufen und gefragt, was mit ihr los sei, denn immerhin gab es Katalogisierungsarbeiten zu erledigen. Dianne hatte ihr Fernbleiben damit begründet, auf dem Hof ihres Onkels und ihrer Tante vom Sturm angerichtete Schäden beseitigen zu müssen, aber am

Ende hatte sie Nicolas versprochen, heute wieder anzutreten.

Ein mulmiges Gefühl machte sich in ihr breit, als sie das Gelände betrat. Ein paar Männer und Frauen nutzten die regenfreie Zeit und besahen sich die einzelnen Gebäudestrukturen. Manchmal spülte auch der Regen neue Funde frei. Darryl jedenfalls war nicht unter ihnen und Dianne atmete erleichtert auf, als sie ihn auch im Inneren des Bauwagens nicht antraf. Sie nahm sich eine Kiste mit Funden und begann mit ihren Eintragungen. Die Stunden vergingen nur langsam, außerdem ließ Diannes Konzentration zu wünschen übrig, denn immer wieder schweiften ihre Gedanken ab.

»Hallo, Dianne!«

Dianne schrak hoch. Gerade hatte sie unter einem Vergrößerungsglas die Maserung eines Stücks Hirschgeweih begutachtet, da stand plötzlich jemand in der Tür. Dianne musste sich die Augen gegen die tief stehende Sonne abschirmen, die durch ein Loch in der Wolkendecke ins Innere schien.

»Nicolas?«

Der Mann trat ein Stück nach vorne. »Verzeihung, wie unhöflich von mir, mich in die Sonne zu stellen. Aber so sind wir Touristen nun mal.«

Dianne musste lachen und lehnte sich, die Arme vor der Brust verschränkend, zurück. »Der Mann mit der gelben Jacke. Wie war noch mal Ihr Name? Jack Wolf?«

»Wallen! Jack Wallen«, korrigierte der Mann, der nun seinerseits die Arme verschränkte und sich lässig gegen den Türrahmen lehnte.

Diannes Lächeln gefror, als noch jemand hereinkam: Darryl. Auf ihn hätte sie gut verzichten können.

»Kennt ihr beiden euch etwa?«, fragte Darryl verwundert.

»Ja, ich hatte schon das Vergnügen, im Café in Kirkwall«, erklärte Jack.

»Ach!« Darryl stemmte die Hände in die Hüften und grinste breit. »Dann war die süße Rothaarige mit den frechen Sommersprossen und der peinlichen alten Wachsjacke also Dianne!«

Dianne warf Jack einen bösen Blick zu, doch der hob nur entschuldigend die Schultern.

»Sagen Sie, Jack, hat man Sie denn aus dem Mumienexpress hinausgeworfen?«

»Also, ich weiß ja nicht, was zwischen euch im Café vorgefallen ist, aber Dianne, das ist unser Mann aus Edinburgh!«

Die Verwunderung, die sich in Dianne breitmachte, schluckte sie sprichwörtlich hinunter. Schnell hatte sie ihre Fassung wiedergewonnen. »Natürlich«, sagte sie betont langgezogen. »Ich erinnere mich. Der Spezialist, von dem du erzählt hast. Der für Frauen!«

Nun war es an Jack, ein wenig irritiert dreinzublicken. Mit hochgezogener Augenbraue wandte er sich an Darryl, der sich verlegen räusperte.

»Vergessen Sie es einfach, Jack«, sagte er dann eilig. »Das ist eben Diannes Humor. Schließlich schnappt sie sich auch ein jahrtausendealtes Steinmesser aus unserer Fundkiste und bastelt daraus mit etwas Leder und Holz ein Messer, das sie dann einer betagten Frau als Dank für eine Tasse Tee schenkt.«

»Also ich würde mich über ein solches Geschenk freuen«, meinte Jack, wobei er Dianne zuzwinkerte.

Ein kleiner Sympathiepunkt für dich, Jack Wallen, dachte Dianne.

»Jack hat sich übrigens schon einige der jüngsten Messergebnisse angesehen«, erzählte Darryl.

»Was sagen Sie dazu, Jack?«, fragte Dianne und legte das Fragment des Hirschgeweihs zurück in die Kiste.

»Nun, was soll ich sagen. Nüchtern betrachtet, sind die Ergebnisse so wirr, dass man sie weder ernst nehmen noch verwerten kann.«

»Aber?«, hakte Dianne nach.

»Unser Kollege hier«, Jack nickte in Darryls Richtung, »behauptet, es handle sich um Anomalien, die mit dem Wetter zu tun haben. Er sprach sogar von einem Zeitreisephänomen.«

»Glauben Sie das?«, wollte Dianne wissen. Sie bemerkte, dass Darryl sie mit Argusaugen beobachtete, daher versuchte sie sich nichts anmerken zu lassen.

»Dianne, ich bitte Sie! Ich bin ein seriöser Wissenschaftler. Leider gibt es auch Exemplare unter uns, die sich fragwürdiger Lösungsansätze und absurder Theorien bedienen, um Phänomene, Anomalien oder eben Unerklärliches erklärbar zu machen.«

»Ach, haben Sie da ein handfestes Beispiel für Ihre Behauptung, Jack?« Darryls Stimme hatte einen scharfen Unterton angenommen.

»Nichts für ungut, Darryl!«, sagte Jack und legte ihm beschwichtigend eine Hand auf die Schulter. »Aber, ja, mir fällt da was ein, wo es beispielsweise um den Beweis der Existenz von Drachen geht.«

»Drachen?«, wiederholte Darryl.

Dianne war gespannt.

»Ja, Drachen! Behauptung: Drachen haben existiert. Frage: Warum gibt es dann keine Knochenfunde oder Ähnliches? Ganz einfach«, Jack breitete beide Arme aus, »Drachen verfügen über eine spezielle Säure. Diese ist nicht nur leicht entzündlich, was praktischerweise auch noch erklärt, warum der Drache Feuer speien kann, sondern zersetzt nach seinem Tod auch die Knochen rückstandslos. Nächste Behauptung: Drachen können fliegen. Gegenbehauptung: Nein, weil ihre Körper im Verhältnis zu den auf überlieferten Zeichnungen und Gemälden erkennbaren Flügeln viel zu schwer sind. Absurde Erklärung: Drachen haben so etwas wie eine mit Gas gefüllte Schwimmblase, die ihnen Auftrieb verleiht. Das meine ich mit fragwürdigen Lösungsansätzen!«

»Vielleicht wussten Drachen einfach nicht, dass sie nicht fliegen können. So wie die Hummel!«, warf Dianne ein.

»Mag sein«, erwiderte Jack. »Aber das beweist noch lange nicht ihre Existenz!«

»Wer weiß«, meinte nun Darryl, »vielleicht hat die Hummel nur ein kleines Geheimnis, das erklären würde, weshalb sie sich in die Lüfte erheben kann, und verrät es nur niemandem.«

Dianne entging nicht, wie Darryl sie während seiner Worte mit Blicken regelrecht durchbohrt hatte.

»Wie auch immer«, Jack klatschte zuversichtlich in die Hände, »zum Glück geht es hier weder um Hummeln noch um Drachen. Also werden wir sicher bald herausfinden, was es mit den Messungen auf sich hat. Ich werde in den nächsten Tagen einfach meine eigenen durchführen – nur zur Sicherheit.« Erneut legte er seine Hand auf Darryls Schulter. »Nochmals, nichts für ungut, Darryl.«

Während sich, sehr zu Diannes Freude, Darryls Kiefermuskulatur anspannte, wandte sich Jack zur Tür, hielt dann aber inne. »Ach, Dianne, haben Sie heute Abend schon was vor? Ich dachte mir, wir könnten essen gehen. Wäre doch besser, als alleine«, er kratzte sich nachdenklich seinen Stoppelbart, » umherzuhummeln.«

»Wie kommen Sie darauf, ich würde *alleine* umherhummeln?«, fragte Dianne sogleich.

»Ich dachte dabei eigentlich an mich«, erklärte Jack. »Schließlich kenne ich hier niemanden.«

Dianne wollte schon dankend ablehnen, doch als sie Darryl sah, dessen Miene sich verfinstert hatte, sagte sie kurzerhand zu – nur um ihm eins auszuwischen.

»Warum nicht! Gerne, Jack.«

»Oh, wirklich?« Jack schien gleichermaßen erfreut wie auch überrascht zu sein und Dianne nickte grinsend.

»Schön!«, sagte er und griff in seine Jackentasche. Er fischte eine Visitenkarte hervor, ging zu Diannes Schreibtisch und gab sie ihr. »Wir sehen uns ja noch auf der Ausgrabungsstätte, aber ich gebe Ihnen schon mal meine Nummer.« Rasch beugte er sich zu Dianne herab und brachte seinen Mund nah an ihr Ohr. »Wir müssen uns nur vor den Drachen in Acht nehmen!«, flüsterte er, wobei er unmerklich in Darryls Richtung nickte.

Dianne unterdrückte ein Auflachen. »Wir sehen uns, Jack Wallen.«

Jack wandte sich ab und ging in Richtung Tür. »Darryl!«, grüßte er und legte ihm im Vorbeigehen prompt ein drittes Mal seine Hand auf die Schulter, bevor er den Bauwagen verließ.

»Aufgeblasener Arsch!«, schnappte Darryl.

»Na, na, na, Darryl!«, rügte ihn Dianne. »Sei nett zu deinem Spezialisten! Immerhin musst du mit ihm kooperieren.«

Darryl schnaubte nur, dann ging auch er in Richtung Tür, wandte sich jedoch noch mal zu Dianne um. »Sag mal, Dianne. Kennst du einen Eamon MacGregor?«

»Nie gehört«, erwiderte Dianne schnell, vielleicht zu schnell. Sie fragte sich, woher Darryl diesen Verrückten kannte.

»Warum fragst du?«

»Ach, nur so. Ich war zufällig bei ihm. Komischer Kauz. Er hat behauptet, Besuch von einer Dianne gehabt zu haben, die meinte, jemanden zu kennen, der durch die Zeit gereist wäre.«

Ohne ein weiteres Wort verließ Darryl den Wagen. Dianne blickte ihm düster hinterher.

»Zufällig bei ihm«, schnaubte sie. Dianne wusste nicht, was sie mehr ärgerte: die Tatsache, dass Darryl ihr nachspionierte oder dass er ahnte, was vor sich ging.

Den restlichen Tag über hatte sich Dianne nicht mehr wirklich konzentrieren können. Die Sorge um Andrew und Cait beschäftigte sie ebenso sehr wie Darryls offensichtliche Kenntnis der jüngsten Geschehnisse. Dann war da noch ihr bevorstehendes Date mit Jack, der ihr durchaus sympathisch war. Allerdings wäre es ihr lieber gewesen, er wäre tatsächlich nur ein ganz normaler Tourist und nicht eine weitere Figur, die in den sonderbaren Ereignissen herumstocherte. In jedem Fall war es wichtig, ihn näher kennenzulernen, denn vielleicht konnte sie so auf ihn Einfluss nehmen.

Als sie am Abend auf den Parkplatz des Standing Stones Hotels fuhr, versuchte sie ihre Gedanken zu ordnen. Sie hatte sich mit Jack, der sich hier einquartiert hatte, im Hotelrestaurant verabredet und dieses Mal ihre Wachsjacke gegen ihre dunkelgrüne Regenjacke eingetauscht. Ein Schafswollpullover schützte sie gegen die Kälte. »Also, dann mal los«, sagte sie, sprang aus dem Wagen und eilte, getrieben von Sturm und Regen, zum Hoteleingang. Ein freundlicher Kellner nahm ihr die Jacke ab, dann hielt sie nach Jack Ausschau. Sie fand ihn an einem Tisch am Fenster, durch das er hinaus in die Dunkelheit spähte. Langsam ging sie zu ihm, eine Flasche Rotwein und ein Krug Wasser schimmerten im Licht einer Kerze.

»Ein Candle-Light-Dinner also«, rief sie. »Guten Abend, Jack Wallen!«

Jack erhob sich. »Dianne! Lange nicht gesehen«, erwiderte er mit einem Lächeln. »Bitte, setzen Sie sich doch. Ich hoffe, Sie mögen roten Wein.«

»Eigentlich trinke ich nur Met, am liebsten aus dem Fass«, sagte Dianne, während sie sich setzte.

»Oh! Ich frag gleich mal nach, ob sie den honigsüßen Göttertrunk haben.« Jack hob die Hand und schob sich zwei Finger in den Mund, als wolle er nach dem Kellner pfeifen.

»Schon gut, schon gut!« Dianne drückte seinen Arm herunter. »Das war nur ein Scherz! Ich liebe Rotwein.«

Jack legte eine Hand aufs Herz. »Was bin ich da erleichtert.« Er schenkte zuerst Dianne, dann sich selbst ein.

»Sind Sie mit Ihren Messungen vorangekommen?«, fragte Dianne, nachdem sie ihr Essen bestellt hatten.

»Ergebnisse habe ich natürlich noch keine, wenn Sie das meinen, Dianne. Ich habe mir erst einige Versuchsreihen aus aktuellen Funden sowie Fundstücken, die zu Beginn der Grabungen und währenddessen freigelegt wurden, zusammengestellt.«

»Und was versprechen Sie sich davon?«, wollte Dianne wissen. »Grundsätzlich macht es doch keinen Unterschied, ob ein fünftausend Jahre altes Objekt vor ein paar Tagen oder vor ein paar Jahren ausgegraben wurde.«

»Das stimmt schon. Aber ich dachte mir, sollte Darryls wilde Zeitreisetheorie wahr sein, wäre es denkbar, dass es unterschiedliche Resultate zwischen jenen Teilen geben könnte, die vor Beginn der«, Jack malte zwei Anführungszeichen in die Luft, »Anomalien gefunden wurden und jenen, die noch verborgen lagen, als die Ereignisse in Gang kamen, also nachher oder währenddessen zutage gefördert wurden.«

Dianne blickte zweifelnd drein.

»Ich weiß, sicher ein amateurhafter Ansatz, aber ich bin auch Archäologe und kein Quantenphysiker.«

»Wie auch immer«, meinte Dianne, »ich bin gespannt.«

»Ich auch! Aber viel mehr bin ich auf den heutigen Abend gespannt. Warum lassen wir nicht die beruflichen Themen und reden ein wenig über uns?« Jack griff zum Weinglas. »Auf einen netten Abend.«

»Auf einen netten Abend«, wiederholte auch Dianne, nahm ihr Glas und stieß mit Jack an. Der Wein hinterließ ein wohliges Gefühl in Diannes Bauch und sie erinnerte sich daran, dass sie außer zwei Scheiben Toast zum Frühstück nichts gegessen hatte.

»Sagen Sie, Dianne, hat es Sie nie an einen anderen Ort gezogen?«

»Nein, nicht wirklich. Natürlich habe ich ab und zu Lust auf eine Großstadt, doch am Ende bin ich froh, auf die Orkneys zurückkehren zu können. Ich mag die Stille hier, besonders in den Wintermonaten, wenn die Touristen weg sind und einsame Winterstürme über das Land fegen. Dann ist man der Natur so nahe, wie man es in der modernen Zeit nur sein kann. Und mal abgesehen davon ist Orkney mit all seinen steinzeitlichen Monumenten und Gräbern ein wahres Paradies für Archäologen.«

»Kann ich verstehen«, sagte Jack. »Ich lebe seit etwa fünf Jahren in Edinburgh, aber mich zieht es immer wieder hinaus aufs Land. Meist kehre ich nach Tintagel zurück, wo ich meinen Urlaub verbringe.«

»Zu Ihrer Familie, nehme ich an.«

Jack nickte. »Meine Eltern und meine Schwester leben dort.«

»Sind Sie verheiratet?«, fragte Dianne ohne Umschweife.

»Wow! Eine sehr direkte Frage.«

»Nachdem ich ein halbes Jahr mit einem verheirateten Mann zusammen war, ohne es zu wissen, habe ich mir angewöhnt, direkt zu sein.« Dianne genehmigte sich einen Schluck Wein.

»Verstehe. Nein, ich bin nicht verheiratet und war es auch nie. Aber ich habe einen Freund in Edinburgh. Ein süßer Italiener!«

Dianne verschluckte sich, prompt musste sie husten und hätte den Wein beinahe über der weißen Tischdecke verteilt.

»Alles okay?« Jack beugte sich vor und nahm Dianne rasch das Weinglas aus der Hand, bevor sie es verschüttete.

»Entschuldigen Sie mich einen Moment!«, würgte Dianne hervor und hustete erneut. »Ich geh nur rasch zur Toilette.«

»Klar, kein Problem.« Jack lehnte sich zurück und blickte ihr hinterher.

Dianne konnte es nicht glauben. Als sie in der Toilette vor dem Spiegel stand, schüttelte sie den Kopf. »Er ist schwul! Ich fasse es nicht! Dianne«, ermahnte sie sich selbst, »lass dir nichts anmerken! Es ist nichts gewesen und es ist nur ein unverbindliches Abendessen. Sonst nichts. Ein Geschäftsessen … sozusagen.«

Sie holte tief Luft und kehrte zum Tisch zurück. Mittlerweile war das Essen serviert worden. Dianne hatte keinen Hunger mehr. Mit einem schiefen Lächeln setzte sie sich.

»Sieht lecker aus!«, meinte Jack, während er sich über den Teller beugte. »Riecht fabelhaft. Fast wie bei meinem Italiener um die Ecke. Es geht doch nichts über frischen Fisch aus der Region. Meinen Sie nicht auch?«

»Lecker, ja«, sagte Dianne knapp und noch immer etwas geistesabwesend.

»Dianne, bevor wir mit dem kleinen Festmahl beginnen, muss ich mich bei Ihnen entschuldigen.«

»Weshalb?«, wollte Dianne wissen. »Dafür, dass Sie … Männer mögen?«

Jack grinste. »Dafür, dass das ein Scherz war! Ich wollte nur Ihre Reaktion testen.«

»Na toll!« Dianne schnappte sich die Stoffserviette und tat so, als würde sie sie Jack um die Ohren hauen. »Und ich habe mir schon fieberhaft überlegt, wie ich Sie am besten mit Darryl verkuppeln kann.«

Jack, die Hände schützend erhoben, musste loslachen und Dianne stimmte mit ein. Sie musste zugeben, sie war erleichtert.

»Als Zeichen meines Bedauerns biete ich dir das Du an, Dianne«, sagte er.

»Meinetwegen. Aber glaube ja nicht, dass es damit getan ist.«

»Würde ich mir nie einbilden. Aber jetzt lass uns erst mal essen. Mein Magen knurrt und der Wein rauscht mir durchs Blut wie ein wütender Lindwurm.«

Auch bei Dianne gewann der Hunger wieder die Oberhand, daher machte sie sich genüsslich über das Essen her.

Es wurde ein lustiger Abend. Jack erzählte viel aus seinem Leben, Dianne aus dem ihren. Die Archäologie kam nur einmal zur Sprache, als Jack von seinen ersten, kindlichen Ausgrabungsversuchen in Cornwall erzählte, als er auf der Suche nach Excalibur gewesen war. So wurde aus dem Abend rasch Mitternacht.

»Ich denke, ich sollte jetzt gehen«, meinte Dianne.

»Aber nicht zu deinem Wagen, um nach Hause zu fahren! Immerhin haben wir zusammen eine Flasche Wein geleert!«

Dianne blies die Wangen auf. »Du hast Recht. Ich werde laufen.«

»Nach – wo wohnst du noch mal?«

»Kirbister. Nur fünfzehn Minuten Autofahrt von hier.«

»Und zwei Stunden zu Fuß! Sofern du den Weg noch findest.« Jack schüttelte entschieden den Kopf. »Nein Dianne, du bleibst hier.«

»Jack Wallen! Wir sind zwar per Du, aber das heißt nicht, dass ich zu dir ins Bett steige.«

Jack lachte nur und rief den Kellner herbei. »Ist denn die Rezeption noch besetzt?«, fragte er den schwarz livrierten Mann, nachdem er bezahlt hatte.

»Leider nein, Sir!«, sagte dieser.

»Aber Sie können doch sicher nachsehen, ob Sie für die junge Dame hier noch ein Zimmer frei haben?«

»Selbstverständlich!« Schon machte sich der Kellner auf den Weg.

»Jack! Ein Zimmer hier kostet mehr als fünfzig Pfund!«, beschwerte sich Dianne.

»Keine Sorge! Das übernehme ich. Und jetzt komm.«

Jack erhob sich und reichte ihr die Hand. Sie musste zugeben, dass ihr von all dem Wein schummrig war, daher war sie für Jacks großzügiges Angebot durchaus dankbar.

Als sie in Richtung Rezeption gingen, kam ihnen der Kellner mit dem Schlüssel entgegen. »Hier, Sir. Zimmer 11. Das liegt auf Ihrem Flur.«

Jack bedankte sich, nahm Diannes Arm, den er bei sich unterhakte, führte sie zu Zimmer 11 und öffnete die Tür. »Bitte, mach es dir gemütlich!«

»Danke!«, sagte Dianne. »Ein echter Gentleman also.«

Jack schmunzelte. »Ein Ritter der Tafelrunde«, meinte er in einer Anspielung auf ihre erste Begegnung im Café in Kirkwall.

»Ein Ritter, wie romantisch!«

»Ein Ritter mit einem goldenen Schild, auf den er seine Angebetete malt, vor der er niederkniet.«

»Jetzt wird es aber kitschig!«

»Stimmt! Gute Nacht, Dianne! Und danke für den wunderbaren Abend!«

»Danke für das Essen und das Zimmer!«

Jack küsste noch Diannes Hand, dann machte er sich auf zu seinem Zimmer.

Mit einem warmen Gefühl im Leib, das nicht nur dem Wein geschuldet war, ließ sich Dianne ins Bett fallen und schlief augenblicklich ein.

Darryl hatte genug von Sturm und Regen. Es war bereits nach Mitternacht und nun eilte er zurück zu seinem Wagen. Es war so dunkel, dass er beinahe gegen einen der Monolithen des Ring of Brodgar geprallt wäre. Der Tag heute war nicht nach seinem Geschmack gelaufen. Zwar hatte dieser Jack Wallen bereits mit seiner Arbeit begonnen, doch Darryl ging das alles zu langsam. Jack hatte überpünktlich Feierabend gemacht und schien obendrein viel mehr an Dianne als an seinen Forschungen interessiert zu sein. Von nun an würde Darryl die Steinkreise vermehrt im Auge behalten.

Während der Heimfahrt überlegte er sogar, morgen Abend mit Schlafsack und Verpflegung zurückzukehren und die Nacht im Wagen zu verbringen.

VERRAT

Zwei Nächte hatte Brork gewacht und den Eingang zu den Heiligen Hallen der Steinweisen nicht aus den Augen gelassen. Anfangs war es ihm unangenehm gewesen, so nahe an dieser hohen Mauer und den mächtigen Gebäuden zu verweilen. Er hatte sich ebenso unwohl gefühlt wie damals, als die Ehrwürdigen ihm Einlass gewährt hatten, hatte das gleiche Kribbeln auf der Haut gespürt, das er als Zeichen der Macht der Götter verstand. Noch immer pulsierte es durch ihn hindurch, berauschte ihn. Rasch hatte Brork sich besonnen und den Zorn, der ihn übermannt hatte, weil er Caitir nicht hinter die Mauern hatte folgen dürfen, ziehen lassen.

Waren seine Männer, es waren nun alle sechs, die er entsandt hatte, meist ungeduldig auf- und abgelaufen, so hatte er mit geschlossenen Augen im Gras gesessen, während die Götter Sonne und Mond über ihn hinwegrollen ließen. Brork hatte die Macht dieses Ortes in sich fließen lassen und fühlte sich nun stärker als zuvor. Als der Morgen kam, erhob er sich. Ravk trieb Wolken über den Himmel, schleuderte seinen Atem über die Welt. Würde manch einer in Ehrfurcht verharren angesichts der Wucht des Windes, so verstand Brork es als Zeichen zu handeln. Er war ein Sohn Kjats, und Kjat, der mächtige Adler, wusste auf den Stürmen zu reiten, ganz gleich wie tobend und unbändig diese auch sein mochten. Für den Adler war der Sturm kein Feind, sondern ein Verbündeter.

Brork packte seinen Speer, wollte schon loslaufen, als er zwei Gestalten sah, die von Norden her auf die Heiligen Hallen zueilten.

Brork kniff die Augen zusammen.

»Mrak!«, flüsterte einer der Jäger im gleichen Moment, in dem auch er den Steinweisen erkannt hatte. Der kleinere Begleiter des alten Steinweisen war Mjana, die jüngere Schwester von Caitir. Sicher kamen sie gerade zurück vom Seehundstamm. Ob es Mrak gelungen war, den Zorn der Seehunde zu beschwichtigen? Und wo war Urdh?

Brork rannte los, dem Ältesten entgegen. Mrak und Mjana blieben stehen, als sie die drei Männer erkannten. Das Mädchen blickte zu Boden, doch als sie ihren Kopf kurz anhob und ihr Blick den seinen traf, erkannte Brork einen Funken von Trotz in ihren Augen. Der Tod des jungen Seehundschülers schien etwas in ihr entfacht zu haben.

Als Brork sich schließlich Mrak zuwandte, legte er seine Hand auf die Brust und verneigte sich.

»Brork! Warum gehst du zu den Heiligen Hallen?« Mrak blickte finster drein. Die Strapazen der Reise sah man ihm an. Wie die vielen Wege, die er bereits in seinem ungewöhnlich langen Leben gegangen war, hatte sich auch dieser in sein Gesicht gegraben. Doch bei Mrak schien dies ein Zeichen von Stärke zu sein. Brork respektierte das.

»Der Fremde ist entflohen, und mit ihm Caitir!«

Mraks Lippen wurden schmal, fast blutleer, als er sie aufeinanderpresste.

»Jäger haben Caitir verletzt. Ich habe sie zu den Heiligen Hallen gebracht, damit sie Heilung finden kann.«

»Wie schwer ist sie verwundet?«, rief Caitirs Schwester plötzlich dazwischen.

»Schweig!«, herrschte Mrak sie an. Zorn verzerrte sein Gesicht. Mjana schwieg, doch ihre Augen beobachteten die beiden Männer.

»Viel Blut ist ihr entronnen, doch sie wird leben«, berichtete Brork.

Mraks Zorn verflüchtigte sich etwas, verblasste zur Sorge um die junge Steinweise. »Sie muss leben, Brork! Sie sieht vieles und an deiner Seite wird sie dem Adlerstamm und dem Stamm an der Westbucht zu Stärke verhelfen. Der Fremde jedoch muss sterben!«

Brork nickte knapp. »Lass uns gehen!«, sagte er. »An deiner Seite soll man mich in die Hallen der Götter einlassen.«

Brork schritt los, doch Mrak packte ihn rasch und fest am Arm, wie der Griff einer dürren Schlingpflanze.

»Ich war bei den Seehunden«, sagte er.

»Konnten die Finger des Mörders sie friedlich stimmen?«, fragte Brork.

Doch Mrak schüttelte den Kopf. »Nein!«

»Was hat ihr Anführer gesprochen?« Brork legte eine Hand auf Mraks Schulter, drückte fest zu. Ein Blick des Alten ließ ihn sie zurückziehen. »Verzeih!«

»Mehr noch als über Jokhs Tod war Eren erzürnt darüber, dass Brork, der Stammesführer der Adler, nicht selbst erschienen ist. Er hat sich auch geweigert, mit Urdh zu sprechen.«

»Aber ich habe Mrak, Steinweiser und Angehöriger des Adlerstammes, mit den Knochen des Mörders entsendet! Wenn er selbst dich nicht anhören wollte, so ist dies eine weitaus schlimmere Schmähung!«

Brork war wütend. Mrak jedoch hob beschwichtigend eine Hand. »Ich habe zu Eren gesprochen, doch sein Zorn war heftig und auch ich konnte ihn nicht kühlen. Sicher zieht er schon unter der gleichen aufgehenden Sonne«, Mrak wies auf den leuchtenden Ball am Himmel, »gegen den Adlerstamm. Urdh und seine Männer sind bereits vorausgeeilt, während ich und das Mädchen«, er nickte beiläufig in Mjanas Richtung, »zurückblieben, um sie nicht aufzuhalten. Sie bitten Kraat, Jäger zu schicken, damit diese dir beistehen. Beide Clans sind nun Verbündete.«

Brork nickte grimmig. Die Neuigkeiten waren nicht das, was er zu hören gehofft hatte. Mrak ergriff seinen Arm und blickte ihm eindringlich in die Augen, denn er hatte noch mehr zu sagen. »Kraat und Urdh werden zornig sein, wenn sie von Caitirs Flucht und Verletzung hören. Du musst zu deinem Stamm! Sofort!«

Brork ballte die Fäuste, holte tief Luft und stieß sie mit einem Schrei lautstark wieder aus. Wut brandete durch seine Adern. Der Gedanke, Caitir und Andrew zurückzulassen, missfiel ihm, doch die beiden würden ihn nur aufhalten. Mrak hatte recht. Er musste zu seinem Stamm.

»Sorge für Caitir!«, sagte er zu Mrak, dann wandte er sich an seine Krieger. »Du und du«, er tippte zweien der Männer auf die Brust. »Ihr bleibt hier. Sobald Caitir gesund ist, bringt ihr sie und den Fremden zu mir. Lebend! Sollte einem der beiden etwas geschehen, werde ich eure toten Körper Kjat zu Füßen legen! Das Gleiche soll dem widerfahren, der ihre Flucht begünstigt!«

Die Männer wurden bleich, doch sofort neigten sie ehrfürchtig die Häupter.

Brork indes rannte mit den anderen vier, ohne eine Antwort abzuwarten, los. Er war ein Krieger, er war es gewohnt, jede Herausforderung anzunehmen. Doch einen Kampf mit dem Seehundstamm hatte er nicht nur vermeiden wollen, sondern dieser wäre auch töricht – besonders jetzt, da das Bündnis mit der Westbuchtsiedlung wegen Caitirs Verletzung zu wanken drohte.

Mjana war einerseits glücklich, zu hören, dass Caitir Brorks Fängen entkommen war, doch die Verletzung ihrer Schwester besorgte sie, auch wenn Brork der Meinung gewesen war, sie würde durchkommen.

»Lauf nach Hause«, forderte Mrak sie auf, als sie vor dem südlichen Tor zu den Heiligen Hallen angekommen waren. Mjana wäre gerne zu Caitir gegangen, doch natürlich wusste sie, dass man ihr keinen Zutritt gewähren würde.

»Ich werde Kraat von Caitirs Verletzung erzählen«, sagte Mjana. Sie wollte Mrak provozieren, denn sie mochte ihn nicht, unterstellte ihm heimlich sogar, das Schicksal zu beeinflussen, wie er es für richtig hielt. Als Mrak die Augen zusammenkniff, bereute sie ihre Worte, die wie eine Drohung geklungen hatten, und machte einen Schritt zurück.

»Berichte deinem Vater!«, antwortete Mrak, sehr zu Mjanas Überraschung. Dann lachte der Steinweise und wie immer klapperten dabei die Fingerknochen seiner Ahnen in seinem Bart. Schließlich verschwand er hinter den Mauern und ließ Mjana zurück.

Alleine lief sie weiter zur Westbuchtsiedlung. Mit jedem Schritt stieg ihre Aufregung. Wie würde ihre Familie, besonders ihr Vater, reagieren, wenn sie sie sahen? Sie war mit

Caitir und Andrew geflohen. Vater würde das sicher nicht gutheißen. Er würde sie schlagen, sie vielleicht sogar davonjagen oder dem nächstbesten Mann zur Frau geben. Vielleicht würde er sie sogar von den Klippen werfen. Dann würde sie sterben, wie Jokh, der immer ein Kribbeln in ihrem Bauch verursacht hatte, wenn sie in seiner Nähe gewesen war. Dann wäre sie endlich wieder bei ihm. Mjana schluckte schwer. Tränen liefen ihr über das Gesicht und sie schlang die Arme um den Körper. Schließlich blieb sie stehen. Kurz überlegte sie, nicht weiterzugehen, sondern lieber abzuwarten, bis Caitir gesund war und sie bei ihr bleiben konnte. Immerhin war Caitir Steinweise und könnte sie beschützen. Doch es stand zu viel auf dem Spiel und es waren schlimme Zeiten. Mjanas eigener Stamm war in eine Auseinandersetzung mit dem Seehundclan gezogen worden, obwohl es ein Stammesmitglied der Adler gewesen war, der Jokh getötet hatte. All das war falsch und vielleicht konnte Mjana den Verlauf des Schicksals ändern, wenn sie ihrem Vater gegenübertrat und mit ihm sprach. Vielleicht würde er Urdh und die Krieger zurückrufen, wenn er von Caitirs Verletzung erfuhr und die Götter ihr beistanden.

Entschlossen, jedoch schweren Herzens, wanderte Mjana weiter in Richtung der Westbucht, drehte sich aber noch einmal zu der imposanten Mauer um. Wenn es einen Ort gab, an dem Caitir Heilung finden konnte, dann waren das die Heiligen Hallen, denn dort war sie den Göttern am nächsten.

Die Götter hatten Caitir in der zweiten Nacht mit einem traumlosen Schlaf gesegnet. Daher fühlte sie sich ausgeruht, als sie sich erhob. Dennoch verzog sie das Gesicht, denn ihre Schulter schmerzte und ihre Haut spannte. Eine seltsame Unruhe machte sich in ihr breit. Sie besah sich ihre Arme und Beine, denn es fühlte sich an, als würden Ameisen oder Insekten auf ihrer Haut krabbeln.

»Andrew!«, sagte sie leise, dabei rüttelte sie ihn sanft an der Schulter.

Langsam drehte sich Andrew um und richtete sich auf. »Wie geht es dir?«, fragte er. Caitir lächelte. Sie fand es schön, dass seine erste Sorge am Morgen ihr galt.

»Gut! Aber es drängt mich aufzubrechen.«

Andrew nickte und stand auf. »Wem sagst du das!«

»Dir! Sonst ist niemand hier.«

Nun musste Andrew lachen. »Ich weiß, das sagt man nur so.« Caitir fragte sich, ob sie sich je an die sonderbare Weise, sich auszudrücken, gewöhnen würde. Sie wünschte es sich, hoffte, die Götter würden ihr Zeit schenken, um sie mit Andrew zu verbringen. Während sie ihre Leder- und Fellkleidung anlegte, schwelgte sie einen Moment lang in der schönen Vorstellung, ihr Leben mit ihm zu teilen. Doch diese süßen Gedanken waren nicht mehr, als das kurze Aufblitzen eines Sonnenstrahls, der wenige Herzschläge später von dunklen Wolken vertrieben wurde.

Caitir spürte eine fremde Anwesenheit, daher wandte sie sich rasch um. Es war Mrak, der plötzlich im Inneren von Anús geweihtem Tempel stand. Mraks prüfender Blick glitt über sie. Fast wäre Caitir zurückgewichen, doch sie blieb standhaft, hob sogar trotzig den Kopf.

»Anú hat dir rasche Genesung angedeihen lassen«, sagte er. »Einen Tag noch sollst du ruhen. Morgen werden euch Brorks Jäger zum Adlerstamm zurückgeleiten.«

Verwundert runzelte Caitir die Stirn. »Was ist mit Brork?«

»Er ist bereits losgezogen, um den Angriff des Seehundclans abzuwehren.«

»Jokh!«, flüsterte Caitir. Sie spürte, wie Andrew seine Hand auf ihre Schulter legte, als sie betrübt zu Boden blickte. Doch dann hob sie erneut den Kopf. »Es hätte mich auch überrascht, wenn die Fingerknochen dieses Roradhs den Seehundstamm befriedet hätten.«

»Vereint werden Adler und die Männer der Westbucht die Seehunde besiegen«, entgegnete Mrak scharf, dabei schob er Andrews Hand von Caitirs Schulter. Andrew schnellte vor und baute sich vor dem Steinweisen auf, den er um fast zwei Köpfe überragte. Mrak jedoch ließ sich nicht beirren. Seine Augen bohrten sich in Andrews. »Du wirst brennen«, zischte er. »Schon bald!«

»Nein! Das werde ich nicht zulassen.« Schützend stellte Caitir sich vor Andrew.

Mrak bebte nun vor Zorn. Widerspruch war er nicht gewohnt und er duldete ihn auch nicht. »Du wirst diesem Opfer nicht im Wege stehen, Caitir. Wenn du die Götter erzürnst, wirst du weder Kraats Tochter noch Brorks Frau sein und auch keine Steinweise mehr. Dann wirst auch du sterben oder, schlimmer noch, als Geächtete umherstreifen, keinem Stamm angehörend!«

Damit wandte er sich um und verschwand.

»Was hat er gesagt?«, wollte Andrew wissen.

Caitir schluckte. Mraks Worte hatten sie schwer getroffen. Würde sie versuchen Andrew zu helfen, wäre ihre Ehre und die ihrer Familie verwirkt und der Tod ihr gewiss, denn allein als Verstoßene würde sie nicht lange überleben. Da war es immer noch besser, gleich zu sterben. Würde sie aber nichts tun, wäre Andrews Tod sicher.

»Cait!« Andrew drehte sie zu sich herum. »Was hat Mrak gesagt?«

»Du sollst geopfert werden.«

»Na, das ist ja dann nichts Neues«, meinte Andrew.

Caitir erzählte ihm, dass Brork wegen des bevorstehenden Angriffes des Seehundclans zu seinem Stamm zurückgekehrt war, und dass sie und Andrew am morgigen Tage mit Brorks Jägern zum Adlerclan zurückgebracht werden sollten. Mraks Drohung im Falle ihres Ungehorsams verschwieg sie ihm.

»Hat er sonst noch etwas von sich gegeben?«

Caitir presste die Lippen aufeinander. »Nein«, log sie nach kurzem Zögern. »Aber wir müssen fliehen.«

Andrew nickte. »Vielleicht können wir in der Abenddämmerung unbemerkt entkommen«, überlegte er.

»Mrak misstraut mir. Sicher werden Brorks Jäger vor den Heiligen Hallen wachen.«

»Kennst du einen anderen Weg hier heraus als den Zugang, durch den wir gekommen sind? Die Mauern scheinen mir unüberwindbar zu sein.«

»Es gibt noch einen Ausgang am anderen Ende, dort, wo der Kreis der Ahnen liegt. Doch auch der wird bewacht sein.«

Andrew nahm Caitirs Hände in seine. »Wir versuchen es dennoch. Heute Abend, in der Dämmerung.« Caitir nickte. Sie hatten keine andere Wahl, und es erschien ihr das einzig Richtige zu sein.

~

Als Mjana ihr Heimatdorf an der Westbucht erreichte, ging sie in Richtung der Behausung ihrer Familie. Ihre Beine waren schwer geworden, aber dies war nicht nur dem langen Marsch geschuldet, sondern auch ihrer wachsenden Angst.

»Mjana!«, hörte sie jemanden rufen. Es war Farik, der vom Meer her auf sie zugerannt kam. Mjana hatte den Eindruck, Urdhs Sohn wäre gewachsen und noch muskulöser geworden, seitdem sie ihn das letzte Mal gesehen hatte. Fariks Blick glitt über sie, als hätte auch sie sich verändert. »Ich dachte, die Götter hätten dich schon längst zu sich gerufen!«, rief er. »Aber mein Vater erzählte uns, du würdest unter Mraks Schutz bald eintreffen.«

»Mrak ist in den Heiligen Hallen geblieben«, antwortete Mjana.

»Kraat war sehr erzürnt über dein Verschwinden! Vielleicht wäre es klug, ihm nicht gegenüberzutreten.« Farik grinste, als gefiele ihm die Vorstellung, wenn sie es dennoch täte.

Trotzig reckte Mjana das Kinn nach vorne. »Wo ist er?«

Farik nickte in Richtung der Behausung, wo Mjana mit ihrer Familie lebte. Mjana holte tief Luft. Ihr Herz schlug schneller, ihre Hände wurden feucht. Jetzt gab es kein Zurück mehr, nicht, wenn sie vor Farik nicht als Feigling dastehen wollte. Sie fasste sich ein Herz und lief los. Fariks Blicke konnte sie in ihrem Nacken spüren.

»Kraat hat meinem Vater übrigens gestattet, mit Kriegern loszuziehen, um sich Brork gegen die Seehunde anzuschließen«, rief Farik ihr hinterher. Mjana hatte dies befürchtet. Indem sich Caitir Brork zur Frau gegeben hatte, so wie es auch Kraats Wunsch gewesen war, war der Stamm an der Westbucht ein Bündnis mit den Adlern eingegangen und die Ehre gebot es, gemeinsam dem Feind entgegenzutreten.

Aber sie brachte Neuigkeiten, die Kraats Meinung hoffentlich ändern würden.

Vorsichtig schlich Mjana einen der Gänge entlang, der die Häuser miteinander verband, dann schob sie das Fell zur Seite und trat in das Haus ihrer Familie. Drei Männer hatten sich um die Feuerstelle in der Mitte des Raumes versammelt. Einer von ihnen war Kraat. Die anderen beiden, es waren Gleon und Isem, zwei der älteren Stammesmitglieder, blickten verunsichert zu Kraat, als sie Mjana bemerkten. Stille kehrte ein. Kraat hob den Kopf, seine buschigen Brauen zogen sich zusammen, seine grauen Augen blitzten gefährlich. »Geht!«, sagte er zu Gleon und Isem. Ohne ein Wort gehorchten sie und gingen hinaus.

Kraat erhob sich, überragte Mjana und trat näher.

»Vater!«, begann sie, doch weiter kam sie nicht. Eine schallende Ohrfeige schleuderte sie zu Boden.

»Du kommst spät«, sagte ihr Vater. Mühsam stand Mjana auf. Sie ignorierte den brennenden Schmerz in ihrem Gesicht, versuchte, nicht auf den Geschmack des Blutes zu achten, das an ihrer aufgeplatzten Lippe hinabrann. Obwohl ihr schwindelig war, zwang sie sich, aufzustehen. Sie musste Stärke zeigen, denn nur das würde ihr Vater jetzt respektieren.

Ein weiterer Schlag traf sie. Er war weniger stark als der erste, ein gutes Zeichen. Wieder rappelte sie sich hoch, ballte die Fäuste, um das Zittern ihrer Hände zu verbergen. Erneut holte Kraat aus.

»Ich bringe Neuigkeiten von Caitir«, stieß Mjana schnell hervor.

Die Hand ihres Vaters sank herab. »Sprich!«

Mjana erzählte von ihrer Entführung durch die Adlermänner, von Caitirs Flucht und ihrer Verletzung, die ihr einer der Jäger des Adlerstammes zugefügt hatte. »Sie ist jetzt in den Heiligen Hallen«, schloss sie ihren Bericht.

Sie hoffte sehr, diese Nachricht würde Kraat dazu bewegen, Urdh und die Jäger zurückzurufen. Insgeheim wünschte sie sich sogar, Kraat würde sofort losziehen, um Caitir heim zu holen, statt sie mit Brorks Kriegern zum Adlerstamm zurückkehren zu lassen. Immerhin war es einer von Brorks Männern gewesen, der seine Tochter verwundet hatte. Doch leider machte ihr Vater, der auch der Stammesführer war, all ihre Hoffnung zunichte.

»Geflohen?« Er spie dieses Wort förmlich heraus. »Meine Tochter gab sich Brork zur Frau und ist geflohen, sagst du?«

Mjana schluckte, sie wagte nicht zu nicken.

»Dadurch beschämt sie nicht nur ihre Familie, sondern ihren ganzen Stamm!«, brüllte Kraat. »Besser, der Speer hätte sie getötet!« Kraat bebte vor Zorn.

»Aber, sie ist …« Mjana brach ab. Sie hatte ihren Vater daran erinnern wollen, dass Caitir doch seine Tochter war und er sich unmöglich ihren Tod wünschen konnte. Aber sie wusste es besser.

»Was?«, fragte er scharf.

»Sie ist eine Steinweise«, sagte Mjana rasch. »Vielleicht handelt sie im Willen der Götter. Es steht uns nicht zu, die Entscheidung einer Steinweisen infrage zu stellen.«

Kraats kräftige Unterkiefermuskulatur spannte sich an. Mjana fürchtete einen weiteren Schlag, doch stattdessen runzelte er die Stirn.

Mjana nutzte Kraats Nachdenklichkeit. »Vielleicht sollten wir Caitir herholen und sie anhören.«

Einen Moment lang schien Kraat zu überlegen. »Caitir geht entweder den Weg der Götter oder den Weg einer Geächteten«, sagte ihr Vater schließlich. »Ganz gleich, welchen Pfad von beiden sie beschritten hat, sie geht ihn allein. Alles, was ich als Stammesführer tun kann, ist, mehr Männer zu Brork zu entsenden, und hoffen, dass dies die Schmach lindert.«

Mjana schloss die Augen. Ihr Plan war nicht aufgegangen. Sie hätte es besser wissen müssen.

»Geh jetzt, und mach dich bei den Frauen nützlich«, sagte Kraat.

Mjana gehorchte und ging nach draußen. Eigentlich sollte sie froh sein, dass sie noch am Leben war und ihr Vater sie nicht verstoßen hatte. Doch Mjana sorgte sich um ihre Schwester.

Wie ihr Vater es befohlen hatte, half sie den Frauen bei der Arbeit bis zur Dämmerung. Danach legte Mjana sich nieder, doch Schlaf fand sie keinen. Immer wieder wälzte sie sich hin und her, dann gab sie ihrem Drängen nach und schlich davon. Wenig später eilte sie alleine durch die Dunkelheit in jene Richtung, wo die Heiligen Hallen standen.

Als der Tag ging und die Nacht heranzog, stieg Caitirs Aufregung. Am Morgen, kurz nachdem Mrak gegangen war, war Thua zu ihnen gekommen. Caitir hatte größere Schmerzen in ihrer Schulter vorgetäuscht, als sie tatsächlich verspürte, zudem hatte sie vorgegeben, von starkem Schwindel geplagt zu werden, sobald sie sich erhob. Thua hatte sich daraufhin ihre Schulter angesehen und überaus besorgt gewirkt, war dann jedoch gegangen, um mit Kräutern und Suppe zurückzukehren. Einmal hatte sie gehört, wie Thua sich mit Mrak unterhalten hatte, worüber sie jedoch gesprochen hatten, war nicht zu verstehen gewesen.

Nun ging Caitir zum Ausgang, spähte vorsichtig in die Dunkelheit. »Jetzt!«, sagte sie leise zu Andrew. Er nickte.

Gemeinsam traten sie ins Freie. Niemand war zu sehen. Glücklicherweise hatte sich der Wind gelegt, Wolken hingen tief herab und Dunst trieb geisterhaft durch die Heiligen Hallen.

Auf leisen Füßen huschten Caitir und Andrew zwischen den Gebäuden hindurch nach Norden, wo es einen Durchgang in der großen Mauer gab. Sie nutzten die Deckung der steinernen Gebäude, um sich Stück für Stück voran zu arbeiten. Gerade als sie aus der Dunkelheit eines über das Gebäude weit hinausragenden Daches treten wollten, kreuzten zwei Steinweise ihren Weg. Caitir keuchte leise auf, sprang zurück in den Schatten. Sie hörten gedämpfte Stimmen und Schritte, kaum mehr als ein leises Rascheln im Gras. Dann liefen die beiden Steinweisen dicht an ihrem Versteck vorüber. Caitir und Andrew pressten sich an die Häuserwand. Die beiden Männer bemerkten sie nicht. Andrew stieß erleichtert die Luft aus, Caitir spürte seinen Atem in ihrem Nacken.

Geduckt schlichen sie weiter, vergewisserten sich, dass die beiden auch nicht umkehrten, dann eilten sie rasch um die Ecke – und rannten prompt Thua in die Arme.

Caitir erstarrte.

»Caitir! Was tut ihr hier?« Thua zog fragend eine Braue in die Höhe, ihr Blick wanderte zwischen Caitir und Andrew hin und her.

Wie hatte sie nur so dumm sein können? Caitir schalt sich selbst eine Närrin. Sicher waren die beiden anderen Steinweisen eben von einem Ritual zurückgekommen.

»Wir … Ich muss mich bewegen«, sagte Caitir rasch. »Ich verehre Anú, doch zu lange in ihrem Tempel zu sein, engt mich ein.«

Thua kniff die Augen zusammen, ihr hageres Gesicht wirkte streng. Caitir beschloss, nicht zu weichen. Sie wollte hier raus, sie *musste* hier raus. Um Andrews willen. Mraks drohende Worte hallten in ihrem Kopf wider. Caitir schob sie beiseite.

»Ihr wollt fliehen!«

Caitir zögerte kurz, doch dann nickte sie. Sie würde Thua nicht belügen können. Die Frau musterte sie ernst, schien zu überlegen.

»Der Wille der Götter liegt in einem Schleier der Ungewissheit verborgen«, flüsterte die Steinweise. »Einst erhielt ich im Hügel der Ahnen eine Vision. Die Bilder, die ich sah, verwirrten mich und ich verstehe sie nicht. Vielleicht waren es Bilder aus der Zeit, aus der dieser Mann«, sie wies auf Andrew, »gekommen ist. Du jedenfalls warst bei ihm.«

Zu Caitirs Überraschung legte sich nun ein leichtes Schmunzeln auf Thuas Gesicht. »Du, Caitir, bist eine sture, aber auch starke junge Frau. Die Götter haben dich auf eine Reise geschickt, die ich nicht zu behindern gedenke.«

Es dauerte einen Lidschlag, ehe Caitir die Bedeutung von Thuas Worten begriff.

»Die Wege aus den Heiligen Hallen heraus werden sicher bewacht sein«, gab Caitir zu bedenken.

»Vor jedem Tor steht ein Jäger. Mrak hat zudem je zwei Steinweise zur Wache eingeteilt.«

Caitir überlegte, wie sie an den Wachen vorbei gelangen sollten.

»Überlass die Steinweisen mir«, sagte Thua, die offenbar ihre Gedanken erahnt hatte. »Um den Jäger müsst ihr euch selbst kümmern. Folgt mir!«

Thua führte Caitir und Andrew zu dem letzten Gebäude,

hinter dem der Weg in die Freiheit lag. Als sie hinter der Mauer in Deckung gegangen waren, hob Thua die Hand. »Wartet hier und harrt aus, bis ich mit den beiden Weisen vorbeigelaufen bin. Dann ist es an euch, euren Weg zu gehen.«

»Danke, Thua! Das werde ich dir nie vergessen.« Doch da machte sich Sorge in Caitir breit. »Mrak wird Fragen stellen.«

»Und ich werde zu antworten wissen.«

Thua drückte Caitir die Schulter, nickte Andrew zu, dann verschwand sie.

Das Warten kam Caitir wie eine Ewigkeit vor, während derer sie Andrew erzählte, was sie mit Thua besprochen hatte.

»Also wird uns nur noch Brorks Krieger im Weg stehen«, schlussfolgerte Andrew.

Caitir nickte. »Ich werde ihn ablenken, ihn vielleicht in eine Auseinandersetzung verwickeln. Du musst dich von hinten anschleichen und ihn niederschlagen.«

Andrew holte tief Luft. »Gut«, sagte er nur. Für weitere Worte blieb keine Zeit, denn Thua tauchte wieder auf. Nahe genug, dass Caitir und Andrew sie und die beiden Männer, die ihr folgten, in der Dunkelheit erkennen konnten, doch mit genug Abstand, dass Caitir und Andrew nicht entdeckt wurden, führte Thua die beiden Steinweisen an ihrem Versteck vorüber.

»Nun ist es an uns«, flüsterte Caitir. Schon liefen sie los, spähten hinter dem letzten der Gebäude hervor. Nichts war zu sehen, denn der Ausgang war auch hier keine einfache Unterbrechung in der Mauer, sondern eine Überlappung zweier Mauern, so dass es sich eher um einen bogenförmig verlaufenden Durchgang handelte.

Langsam schlichen sie sich im Schutze der Mauer vorwärts, Caitir zuerst, Andrew folgte. Von Brorks Jäger war nichts zu sehen. Erst als sie an das Ende der Mauer gelangte, spähte Caitir ums Eck und entdeckte den Mann. Sie wandte sich noch einmal zu Andrew um. »Bereit?«, flüsterte sie. Er nickte. Caitir nahm all ihrem Mut zusammen und trat schließlich Brorks Jäger entgegen.

Andrew holte tief Luft und versuchte sich zu beruhigen. Sein Herz pochte heftig in seiner Brust, als er sich die restlichen zwei Schritte an der Mauer entlang schob. Schon hörte er Cait sprechen, der Jäger antwortete. Vorsichtig lugte auch er um die Mauerkante. Cait redete auf den Jäger ein. Der Mann wirkte angespannt und nervös. Bestimmt brachte Cait ihn in einen Zwiespalt, denn einer Steinweisen widersprach man in der Regel nicht, sondern erwies ihr Respekt. Andererseits hatte er sicher entsprechende Befehle seines Stammesführers und von Mrak erhalten. Noch stand der Mann ihm zugewandt da, so dass es keine Möglichkeit gab, ihn von hinten zu überraschen. Die Konversation wurde lauter, der Jäger drängte Cait in Richtung des Ausgangs, wo Andrew wartete. Andrew zuckte zurück, er hörte die beiden näher kommen. Nun war es an ihm. Zuerst kam Cait in Sicht, die ihm einen kurzen Blick zuwarf. Dann bog der Jäger um die Ecke – und riss die Augen auf, als er Andrew sah. Dieser zögerte nicht, schlug mit der Faust zu. Brorks Krieger stolperte rückwärts. Schneller noch als Andrew, der kein geübter Kämpfer war, setzte Cait ihm nach. Wie eine Wildkatze sprang sie ihn an, riss ihn zu Boden. Der Jäger zückte ein Messer und stach zu. Cait gelang es, die Waffenhand des Mannes mit beiden Händen abzufangen und gepackt zu halten. Hektisch blickte sich Andrew um. Er fand einen Stein, hob ihn auf und schlug ihm Brorks Stammesangehörigen auf den Kopf. Doch anstatt bewusstlos zu werden, wurde ihr Gegner nur wütender. Als er anfing zu schreien, holte Andrew erneut aus. Hart krachte der Stein gegen den Schädel des Mannes und er verstummte.

»Weg hier!«, rief Andrew, nahm Caits Hand und zog sie mit sich. So schnell sie konnten, rannten sie in die Dunkelheit.

Völlig außer Atem erreichte Mjana den Nordeingang der Heiligen Hallen. Der lange Marsch vom Adlerstamm zu den Seehunden und wieder zurück zur Westbucht, die Arbeit des letzten Tages und nun der Weg zu den Heiligen Hallen, den man eigentlich in einer halben Nacht bewältigen konnte, hatten sie erschöpft. Auf allen vieren kroch sie voran und spähte dann hinter einem Felsen hervor. Nichts regte sich. Sie wollte schon weitergehen, als sie Schreie hörte. Ein Lichtschein beleuchtete die sich überlappenden Mauern, dann traten zwei Männer mit Fackeln in der Hand aus dem Durchgang hervor. Sogleich duckte Mjana sich wieder. Es waren Mrak und einer von Brorks Jägern. Im Schein der Fackeln erkannte sie nun auch einen weiteren Mann, der am Boden lag. Mrak ging zu ihm, sprach mit ihm. Der Mann regte sich ganz leicht, doch da rannten Mrak und der Jäger bereits in die Dunkelheit davon. Sie hörte Mrak den Namen ihrer Schwester rufen. Also war es Caitir und vermutlich auch Andrew gelungen zu fliehen! Wahrscheinlich hatten sie auch den Jäger niedergeschlagen und wurden nun verfolgt. Mjana schob sich ganz langsam näher, in der Hoffnung, mehr zu erfahren.

~

Hatten in den Heiligen Hallen noch vereinzelte Feuerschalen für spärliches Licht gesorgt, so stolperten sie nun durch undurchdringliche Schwärze. Kein einziger Stern blitzte am Himmel. Unzählige Gedanken rasten durch Andrews Kopf. Hatte er den Jäger durch seinen Hieb getötet? Er hoffte nicht, doch sobald der Mann erwachte, würde er sich mit dem anderen Jäger auf die Suche machen. Was, wenn sich dieses Mal kein Tor auftat und sie diese Zeit nicht verlassen konnten? Prompt stolperte Andrew über einen Stein und stürzte, rappelte sich aber fluchend wieder auf. Hinter sich hörte er aufgeregte Stimmen.

»Warte!«, rief Cait. Andrew fühlte, wie sie seine Hand ergriff und kurz stehen blieb.

»Sieh, dort!« Auch Andrew erkannte zwei Lichtpunkte, die wie Irrlichter durch die Dunkelheit tanzten.

»Sie folgen uns«, sagte er. »Cait, wo sind wir? Wo ist der Ring of Brodgar … also, ich meine, der Ahnenkreis?«

»Es kann nicht mehr weit sein, aber auch ich kann kaum sehen. Die Nacht ist so schwarz, als sei sie von den Göttern verlassen worden. Ravks Tränen leuchten uns heute nicht.« Sie seufzte kurz. »Komm, weiter!« Schon zog Cait ihn mit sich. Irgendwann drehte Andrew sich um, um nach ihren Verfolgern Ausschau zu halten. Er konnte nichts erkennen.

»Warte, Cait«, rief er und blieb stehen. »Ich glaube, sie sind weg! Vielleicht haben sie in dieser Dunkelheit einen anderen Weg genommen.«

»Vielleicht!«, flüsterte Cait. Doch in diesem Moment tauchten die Lichter erneut auf, näher dieses Mal. Vermutlich hatten ihre Verfolger nur eine Senke durchquert.

Also blieb ihnen nur die Flucht. Sie mussten laufen, so schnell es ging, und hoffen, die anderen würden sie nicht entdecken.

»Hier muss etwas sein«, flüsterte Cait plötzlich.

»Was meinst du?«

»Spürst du nicht auch diese Kraft? Nur Kreise mächtiger Steine werden von solchen Kräften durchflutet.«

»Na schön. Und jetzt?«

Andrew drehte sich im Kreis, versuchte irgendetwas zu erkennen. Doch leider waren da nur die Fackeln, die Bezugspunkte in der Dunkelheit waren. Plötzlich prallte er gegen etwas Hartes. »Verdammt!«, entfuhr es ihm. Es war ein gigantischer Stein. Er hörte Cait in ihrer Sprache flüstern. Es klang eindringlich. Bestimmt flehte sie irgendeinen Gott an.

»Cait«, sagte Andrew leise. »Wir sollten uns hinter dem Stein hier verstecken. Immerhin sind wir im Vorteil. Wir können die Verfolger sehen, sie uns aber nicht.«

»Du hast recht!«

Also kauerten sie sich hinter den Megalithen, der wie die manifestierte Schwärze dieser Nacht in den Himmel ragte. Von hier aus beobachteten sie den Fackelschein, hofften, dieser würde einen anderen Weg einschlagen. Doch das tat er nicht. Im Licht des Feuers konnten Andrew und Cait nicht nur den ein oder anderen aufrecht stehenden Stein erkennen, sondern auch die Gesichter ihrer Verfolger. Es waren einer der Jäger und Mrak.

Andrew hörte Caits Aufkeuchen, sie presste sich an ihn. Ihre Berührung war wie ein Schlag, elektrisierte ihn. Wärme breitete sich aus, der Stein begann zu vibrieren, und wieder erschien ein Netz aus leuchtenden, feinen Lichtadern, die Luft, Erde und Gestein gleichermaßen durchzogen.

Mrak schrie etwas, dann rannten der Steinweise und der Jäger auf sie zu. In dem sich vermischenden Licht aus

Fackelschein und energetischem Pulsieren leuchtete Mraks Gesicht gespenstisch auf. Unverkennbarer Zorn verzerrte die Züge des Mannes, die Knochen in seinem Bart schienen zu glühen. Während Brorks Jäger sich mit vor Angst geweiteten Augen abwandte und floh, streckten sich Mraks Hände nach ihnen aus; und das war auch das Letzte, das Andrew sah.

Nachdem das Leuchten am Kreis der Ahnen vorüber war, spähte Mjana neugierig hinüber zu der Mauer, die die äußere Welt von den Heiligen Hallen trennte. Da erschien noch jemand am Ausgang. »Thua«, flüsterte sie und überlegte, was sie tun sollte. Sie verspürte großen Respekt vor der Steinweisen, daher zögerte sie zunächst. Doch dann erinnerte sie sich daran, dass sie ihrem Vater gegenübergetreten war, also konnte sie nun auch zu Thua gehen. Die Steinweise würde sie zumindest nicht schlagen. Sie könnte ihr Fragen über Caitir stellen. Schnell stolperte Mjana weiter, doch ein Aufblitzen am Kreis der Ahnen ließ sie sich zu Boden werfen. Lichtblitze durchzuckten die Dunkelheit, Schreie ertönten. Im Kreis der Ahnen tanzten die Götter. Oder waren es Caitir und Andrew, die die Macht der Steine erneut erweckt hatten? Das Leuchten verschwand so schnell, wie es gekommen war, Mjana jedoch wagte nicht, sich zu erheben, denn nun war Brorks Jäger aufgestanden und lief auf Thua zu.

Auch Thua hatte das Aufleben einer Macht gespürt. Es war wie damals, als Caitir das erste Mal verschwunden war. Kaum dass Mrak und einer der Jäger die Verfolgung aufgenommen hatten, war sie zum Ausgang geeilt, der den Weg zum Kreis der Ahnen freigab. Von hier aus hatte sie beobachtet, wie die beiden Männer Caitir und Andrew nachgeeilt waren. Unglücklicherweise hatte Mrak die Schreie des Jägers vernommen, den die Fliehenden offenbar niedergestreckt hatten.

Thua hatte versucht, Mrak davon abzuhalten, Caitir und Andrew zu verfolgen, hatte ihm gesagt, dass sie mit ihrem ersten Verschwinden von den Göttern auf eine Reise geschickt worden war, doch Mrak hatte sich nicht überzeugen lassen. Er beharrte darauf, dass die Götter wegen der Anwesenheit des Mannes aus der anderen Zeit erzürnt waren und nur ein Blutopfer sie zufriedenstellen würde. Thua hatte ihn um Besonnenheit gebeten und ihn aufgefordert, sich erneut im Kreis der Steinweisen zu beraten, denn die Geschehnisse waren außergewöhnlich und der Wille der Götter schwer zu ergründen. Mrak jedoch war voller Zorn gewesen. Thua erschien es sogar so, als sei er von bösen Geistern besessen. Schon immer war Mrak den anderen unheimlich gewesen, aber stets hatte er im Sinne der Steinweisen gehandelt. Doch dieses Mal war es anders. Er hatte sich geweigert, ihrer Aufforderung nachzukommen, hatte nach einer Fackel gegriffen und Brorks Jäger, der am Südausgang gewacht hatte, zu sich gerufen, um den Fliehenden nachzueilen.

»Geh deinen Weg, Caitir, Tochter des Kraat!«, rief Thua in den anschwellenden Wind. »Mögen die Götter und die Ahnen dich beschützen!«

Thuas Aufmerksamkeit wurde von dem niedergeschlagenen Jäger abgelenkt, der nun auf sie zu wankte. Thua wandte sich ihm zu. Blut lief dem Mann über das Gesicht und er starrte sie merkwürdig an.

»Ich werde mich um deine Wunde kümmern«, sagte sie, doch weiter kam sie nicht. Der Jäger zückte ein Messer und rammte es Thua zwischen die Rippen. Er stach erst einmal zu, dann noch einmal. Sie verspürte keinen Schmerz, torkelte nur rückwärts. Die Welt begann sich zu drehen, ihre Beine gaben nach und sie sackte auf die Knie. Thua spürte, wie das Leben aus ihr heraussickerte, dann kam die Dunkelheit.

Mjana war vor Schreck aufgesprungen. Ihr gefror das Blut in den Adern, als sie begriff, was soeben geschehen war. Der Jäger hatte Thua niedergestochen, hatte eine Steinweise ermordet. Eine solche Tat würde die Götter erzürnen. Noch nie hatte es jemand gewagt, eine heilige Frau oder einen heiligen Mann auch nur zu verletzen.

Mjanas Mund war knochentrocken. Unfähig sich zu rühren, stand sie da und starrte auf den Mann, der sein Steinmesser abermals in Thuas Brust versenkte.

Plötzlich wandte sich Brorks Jäger um und blickte zu ihr herüber, seine Augen weiteten sich, als er Mjana entdeckte. Wie vom Blitz getroffen, taumelte Mjana rückwärts.

Ohne zu zögern und ohne seine Waffe aus Thuas Brust zu ziehen, kam der Jäger auf sie zugestürmt. Mjana rannte, so schnell sie konnte, zurück zur Westbucht. Sie drehte sich nicht um, hetzte durch die Nacht wie gejagtes Wild auf der Flucht. Sie kannte die Gegend hier sicher besser als ein Jäger des Adlerstammes, daher nutzte sie jede Senke, jedes Gebüsch aus, um Deckung zu finden. Die Dunkelheit der Nacht gewährte ihr zusätzlichen Schutz. Schließlich flüchtete sie in ein Birkenwäldchen, wo sie mit pochendem Herzen verharrte und lauschte. Als sie Schritte und das Geräusch tiefgehenden Atems vernahm, duckte sie sich und kroch auf allen vieren rückwärts, bis sie gegen einen Widerstand stieß. Es war ein umgekippter Baum, unter dem sich ein Fuchsbau befand. In der Ferne knackte ein Ast. Mjana schob sich rückwärts, hinein in die Höhle, die der Fuchs gegraben hatte. Dort kauerte sie sich zusammen. *Anú, nimm mich auf und verstecke mich*, rief sie die Erdmutter an, wobei sich ihre Finger in das kühle Erdreich krallten. Das Geräusch knackender Äste und raschelnder Schritte kam bedrohlich nahe, ihr Verfolger musste in unmittelbarer Nähe des Fuchsbaus sein. Aber dann entfernte er sich offenbar wieder und es war nichts mehr zu hören. Nur der Wind rauschte durch die Bäume, erschwerte Mjana das Lauschen. So blieb sie eine lange Zeit, wartete, und hoffte, dass der Jäger sie nicht erkannt hatte. Erst als die Nacht weit fortgeschritten war, kroch sie heraus und verließ das Wäldchen auf der anderen Seite.

Doch da überfiel sie eine plötzliche Übelkeit, woran nicht nur die Überanstrengung schuld war, sondern auch die schreckliche Tat, deren Zeuge sie geworden war. Schließlich übergab sie sich und sank weinend ins Gras.

Wie schon mehrere Male zuvor, wurde Andrew auch jetzt davongerissen, geriet in den Sog eines Wirbels, der ihn davontrug. Einige Augenblicke lang waren sein Herzschlag und sein Atem alles, was er spürte. Dann stieß er gegen ein Hindernis, rollte über nasses Gras. Schwankend erhob er sich, doch da wurde er von etwas getroffen und erneut zu Boden geschleudert. Es war eine Windbö. Wieder rappelte er sich auf.

»Cait!«, rief er. Andrew entdeckte sie unweit eines Steines. Auch sie hatte offenbar nach ihm Ausschau gehalten und kam nun herbeigerannt.

»Haben wir es geschafft?«, fragte Andrew. Noch immer war es dunkel, Windböen heulten um die alten Steine herum, als wollten sie diese der Erde entreißen.

»Mrak ist verschwunden«, sagte Cait, wobei sie sich im Kreis drehte und nach allen Richtungen hin umschaute. »Ebenso die völlige Dunkelheit. Sieh dort oben.« Sie deutete zum Himmel, wo zwei vereinzelte Sterne aus einem Loch in der Wolkendecke hervorblitzten. Auch Andrew fiel auf, dass die Nacht von einer schwachen, diffusen Helligkeit durchdrungen war, wie sie nur eine moderne Zivilisation hervorbringen konnte.

»Geschafft«, stieß er hervor und fiel auf die Knie. »Endlich zu Hause!« Er lachte, rollte sich auf den Rücken und ignorierte das nasse Gras. Andrew fühlte sich unendlich erleichtert.

Allerdings bemerkte er Caits betrübten Blick, denn im Gegensatz zu ihm war sie nun wieder in einer Zeit, die ihr trotz ihrer Erfahrungen hier noch fremd war.

»Lass uns zu Maeve gehen«, schlug Andrew vor. Er dachte, so wäre Cait zunächst in einer vertrauten Umgebung und weg von den Steinen. Andrew befürchtete, das Zeittor könne sich wieder öffnen und ihn und Cait zurück in Mraks oder Brorks Arme katapultieren.

Als sie eilig den nächtlichen Steinkreis verließen, kam ihnen plötzlich ein Mann entgegen. Noch bevor Cait und Andrew sich verstecken konnten, winkte er ihnen zu. »Andrew!«

Es war Darryl. Andrew hätte es vorgezogen, wenn er nicht auf Darryl getroffen wäre, doch jetzt, da dieser sie bereits entdeckt hatte, gab er sich gelassen und versuchte das Beste aus der unerwarteten Begegnung zu machen.

»Darryl! Was machen Sie denn hier mitten in der Nacht!«, fragte Andrew.

»Das Gleiche könnte *ich* fragen«, erwiderte der Archäologe, dessen Blick sich auf Cait richtete.

»Das ist … Kathy«, stellte Andrew Cait rasch vor. »Meine Freundin! Wir machen eine … Erfahrungswanderung!«

»Eine Erfahrungswanderung? Was soll das sein?« Andrew entging nicht der Spott in Darryls Stimme. »Etwa so ein esoterischer Kram? Selbsterfahrung und so?«

»So ähnlich.« Andrew versuchte sich ein Lächeln abzuringen.

»Woher kommen Sie denn, Kathy?«, wollte Darryl plötzlich wissen. »Doch sicher nicht von den Orkneys, ich habe Sie noch nie hier gesehen.«

»Mir ist dieses Land vertraut«, erwiderte Cait sofort.

»Oh, sonderbarer Akzent, den Sie da haben.«

»Kathy wurde in Osteuropa geboren und ist dort aufgewachsen«, sagte Andrew rasch. Der Hohn in Darryls Stimme ärgerte ihn. Er fragte sich, ob es wieder einmal nur Darryls übliche Ausdrucksweise war, die er zur Schau stellte, oder ob er Verdacht geschöpft hatte, denn es war mehr als ungewöhnlich, nachts am Steinkreis bei Regen und Sturm überhaupt eine Menschenseele anzutreffen.

Vielleicht war Darryl sogar Zeuge ihres plötzlichen Erscheinens gewesen. Allerdings war Andrew sich nicht sicher, ob das Leuchten auch hier, in dieser Zeit, sich gezeigt hatte.

»Osteuropa! Das erklärt dann ja auch die ungewohnt harte Aussprache«, sagte Darryl. »Soll ich euch beide vielleicht ein Stück mitnehmen?«, bot Darryl an.

»Nein, danke, Darryl. Wir laufen lieber.«

»Ach ja«, sagte er lachend, wobei er mit dem Finger auf Andrew zeigte. »Erfahrungswanderung, richtig?«

Andrew nickte.

»Muss man sich dazu wirklich in so alte, abgerissene Fetzen kleiden?« Fast schon hysterisch lachte Darryl auf.

Andrew zuckte zusammen. In all den sich überschlagenden Ereignissen hatte er nicht daran gedacht, dass ihre steinzeitliche Kleidung mehr als auffällig war.

»So ist es authentischer«, sagte er schnell.

»Na schön, dann noch viel Spaß«, meinte Darryl.

Darryl wollte sich schon abwenden. »Ach, Darryl!«, rief ihm Andrew hinterher. »Sie haben uns immer noch nicht gesagt, was *Sie* mitten in der Nacht zum Steinkreis getrieben hat.«

»Ich bin Archäologe, schon vergessen? Außerdem ist es früh am Morgen!« Damit kehrte er ihnen den Rücken zu und ging in Richtung des Parkplatzes. Andrew sah nach Osten. Tatsächlich war dort ein zaghaftes Grau zu erkennen.

»Lass uns gehen.« Andrew legte seinen Arm um Caits Schultern. Bestimmt würde Darryl sich nach ihnen umdrehen, daher wollte Andrew den Schein wahren. Und im Grunde genommen war es viel mehr, das ihn und Cait verband.

Was Darryl anbelangte, überkam ihn jedoch ein ungutes Gefühl, denn ganz sicher war es mehr als archäologisches Interesse, das diesen bei Nacht zum Ring of Brodgar trieb.

»Ist dir dein Arm zu schwer geworden, weil du ihn auf mir ablegst?«, wollte Cait wissen.

Andrew musste lachen. »Das tun Verliebte nun mal«, sagte er frei heraus.

Cait blieb stehen und sah ihn aus großen Augen an. »Dann darfst du deinen Arm immer auf mir ablegen.«

Andrew stupste Cait auf die Nase. »Und nun lass uns zu Maeve gehen.«

So liefen sie weiter, folgten der Straße, die vom Steinkreis nach Norden führte, wo nicht nur Maeve wohnte, sondern wo auch Skara Brae lag, das man zu Caits Zeit die Siedlung an der Westbucht genannt hatte.

Sie waren noch nicht lange marschiert, als ein Auto gefahren kam und neben ihnen anhielt.

»Nicht der schon wieder«, schimpfte Andrew vor sich hin, als Darryl ausstieg und auf sie zukam. In den Händen hielt er einen Regenponcho.

»Hier!«, sagte er. »Für den Fall, dass es wieder regnet.«

Ein wenig verwirrt über Darryls Fürsorge wollte Andrew schon nach dem Umhang greifen. Doch plötzlich zog Darryl einen Gegenstand darunter hervor und knallte ihn dem überraschten Andrew gegen die Schläfe. Er hörte noch Caits Schrei, dann wurde es dunkel um ihn.

GUINEVERE

Cait lag auf einem Tisch. Nackt, Arme und Beine gefesselt, so dass sie sich nicht rühren konnte. Grelles Licht blendete ihre Augen. Im Hintergrund klapperte und schepperte es, leise Stimmen drangen aus der Dunkelheit, die hinter dem Licht lag, an ihr Ohr. Dann hörte sie Schritte, jemand kam näher, beugte sich über sie. Er hielt etwas in Händen, packte ihren Arm, stach sie. Cait konnte nicht erkennen, was es war. Der Mann nickte zufrieden und griff nach einem Messer. Panik durchflutete Cait, sie zerrte an ihren Fesseln, bäumte sich auf, schrie. Vergeblich! Ihre Brust hob und senkte sich immer schneller, doch es gab kein Entrinnen. Das Messer kam näher, der Mann setzte es unterhalb der Magengegend auf ihrer Bauchdecke an, dann schnitt er in das Fleisch, zog die Klinge nach unten durch bis zu ihrem Schambein. Cait schrie nur noch vor Schmerz, riss und zerrte an dem Metallgestell. Blut besudelte ihren Bauch und die Unterlage, auf der sie lag.

»NEIN!« Von seinem eigenen Schrei geweckt, schnellte Andrew in die Höhe. Er bereute es sofort, denn ein pochender Schmerz schoss durch seinen Schädel und er sank stöhnend zurück in das weiche, alte Sofa.

»Was hast du denn?« Maeve kam regelrecht herbeigerannt.

»Nur ein Traum«, stöhnte Andrew. Er war, nachdem er wieder zu Bewusstsein gekommen war, zu Maeve gelaufen. Auf dem Sofa musste er wohl kurz eingeschlafen sein.

»Da hat dich wohl die Müdigkeit überwältigt«, sagte Maeve. »Hier, halt dir den an die Schläfe.« Sie reichte ihm einen Eisbeutel.

»Danke!« Andrew tat wie ihm geheißen. Die Kälte tat gut, dämpfte den Schmerz, der von der glühenden Beule ausging.

»Wir müssen als Erstes Dianne anrufen, um zu fragen, ob sie Darryl und Cait gesehen hat.«

»Jetzt halte dir doch wenigstens ein paar Minuten den Eisbeutel auf die Verletzung«, rief Maeve und drückte Andrew, der sich erheben wollte, wieder in das Sofa.

»Was war das eigentlich?«, fragte sie und deutete auf seine andere Schläfe.

»Da hat mich die Axt eines Steinzeitjägers gestreift«, antwortete er. »Vom Stamme des Adlers!«

»Oh«, stieß Maeve hervor. »Da hast du wohl Glück gehabt!«

»Eigentlich ist es bitterste Ironie! Ich bin Brork entkommen, bin aus den Heiligen Hallen geflohen, habe gegen Steinzeitmänner gekämpft und eisiges Wetter überlebt, nur um dann in meiner Zeit von einem arroganten Archäologen niedergeschlagen zu werden.« Andrew schüttelte heftig den Kopf, bereute es jedoch sogleich wieder, da ihn ein stechender Schmerz durchzuckte.

»Seltsam«, murmelte Maeve. »Ich habe diesen Darryl ja auch kennengelernt. Er war sehr höflich und machte einen netten Eindruck auf mich.«

»Du siehst ja, welchen Eindruck er auf mich gemacht hat.« Andrew deutete mit dem Zeigefinger auf seinen Kopf, stand nun aber endgültig und trotz des Pochens in seiner Schläfe auf, denn die Sorge um Cait übermannte ihn.

»Maeve, bitte ruf jetzt Dianne an!«

»Das mache ich, mein Junge! Ich gehe mein Telefon suchen und ruf sie an.« Maeve trottete hinaus. »Wenn ich nur wüsste, wo ich das verdammte Ding hingelegt habe«, murmelte sie.

Wäre die Lage nicht zu ernst gewesen, Andrew hätte geschmunzelt. Doch der Traum, den er eben gehabt hatte, machte ihm Angst. Furchtbare Angst!

»Dianne, steh auf! Die Sonne scheint!« Von Lucindas durchdringender Stimme aus dem Schlaf gerissen, richtete sich Dianne gähnend auf und linste in Richtung des Rollos. Tatsächlich drang ein verheißungsvolles, silbernes Leuchten durch die einzelnen Spalten. Neugierig geworden streckte sie die Füße aus dem Bett, ging zum Fenster und zog die Jalousie hoch. Blauer Himmel, über den die verstreuten Reste dunkler Wolken zogen, erstrecke sich über den Orkneys.

Gestern Abend, als sie nach einem weiteren Treffen mit Jack nach Hause gekommen war, hatte noch ein unablässiger Sturm getobt. Nun schien er schlagartig aufgehört zu haben.

Schnell zog Dianne sich an und eilte die Treppe hinunter in die Küche. Glücklicherweise war heute Samstag und sie hatte frei. Die Stimmung unter den Archäologen am Ness of Brodgar war ohnehin sehr verhalten, denn das Katalogisieren ging den meisten mittlerweile auf die Nerven. Zudem waren nun beinahe alle Fundstücke eingetragen worden, so dass es jedem unter den Nägeln brannte, endlich wieder nach draußen gehen und in alter Erde nach Zeugnissen der Vergangenheit suchen zu können.

Diannes Arbeit wurde ein wenig erschwert, da Darryls Stimmung auf einem Nullpunkt angekommen war. Darryl verhielt sich seltsam. Jack schien er mittlerweile regelrecht zu hassen, bedachte er ihn doch bei jeglichen Gesprächen mit bissigen Kommentaren und Dianne behandelte er, als sei sie eine blutige Anfängerin mit zwei linken Händen und dicker Nickelbrille. Sie selbst verstand sich mit Jack hervorragend, ein Umstand, der Darryl sichtlich erzürnte.

»George ist schon auf den Dachboden geklettert, um bessere Rundumsicht zu haben«, rief ihr Lucinda freudig entgegen.

»360 Grad blauer Himmel«, tönte Onkel George aus der Küche. »Keine weitere Wolkenfront, die auf uns zutreibt. Nur ein paar dunkle Wolkenfetzen, sonst nichts.«

Dianne ging in die Küche, um sich einen Kaffee einzugießen. Lucinda hatte ihr bereits ein Sandwich zubereitet.

»Und? Wie war der Abend mit diesem Jack?«, wollte ihre Tante wissen, wobei sie Dianne verschmitzt ansah. »*Jack*«, wiederholte sie, »erinnert mich irgendwie an Titanic! Wie romantisch«

»Die liegt seit über hundert Jahren auf dem Meeresboden, Lucinda«, wusste George zu berichten, während er sich über seine Halbglatze strich. »Da ist gar nichts romantisch.«

Lucinda stieß ihn an der Schulter an. »Ich meinte ja auch den Film, Jack und Rose! Ach«, sie winkte ab, »was weißt du schon.«

»Dass das alte Wrack auf dem Meeresboden liegt. Das reicht mir! Und dass ich heute das Wetter ausnutzen werde, um draußen aufzuräumen. Dianne, hilfst du mir? Dianne?«

»Äh, ja. Also, ich weiß noch nicht.« Dianne hatte das Gespräch der beiden nicht wirklich mitbekommen, denn wenn die plötzliche Wetterbesserung anhielt, so könnte dies bedeuten, dass Andrew zurück war, und mit ihm vielleicht Cait.

»Hilfst du mir jetzt oder nicht?«, fragte George noch mal und lächelte dann amüsiert. »Bei all dem Chaos ist das fast wie bei Ausgrabungen. Man weiß nie, was man findet.«

»Sorry, Onkel George. Aber ich denke, ich werde noch mal zum Steinkreis fahren«, sagte Dianne. Eine heftige Unruhe hatte sich in ihr breitgemacht.

»Der Steinkreis heißt bestimmt *Jack*.« Er betonte *Jack* derart intensiv, dass Dianne lachen musste und ihm einen Kuss auf das kahle Haupt drückte.

»Na von mir aus, Mädchen. Frau hat es auf den Inseln nicht leicht, wenn sie attraktive Männer kennenlernen will.«

»Da hast du allerdings recht!«, meinte Lucinda.

Georges empörte Antwort ging im Klingeln von Diannes Handy unter. Rasch wischte sie über das Telefon.

»Maeve! Guten Morgen! Was sagst du zum Wetter?«

»Andrew ist wieder da! Komm schnell!«, tönte es ohne Umschweife aus dem Telefon.

»Bin schon unterwegs!«, sagte Dianne und legte auf. Eilig stürzte sie ihren Kaffee hinunter.

»Ist etwas passiert?«, wollte Lucinda wissen.

»Das war Maeve. Ihr geht es nicht gut. Ich werde gleich mal nach ihr sehen.«

»Wenn du meinst.«

Dianne griff nach ihrer Jacke, schlüpfte in ihre Wanderschuhe und rannte förmlich zu ihrem Auto. Sie war froh, dass Andrew wieder da war. Dennoch überkam sie ein ungutes Gefühl, denn Maeve hatte sehr angespannt geklungen. Hoffentlich war Andrew nicht verletzt!

Endlich bei Maeves Cottage angekommen sprang sie aus dem Wagen und eilte zur Tür, wo Maeve sie bereits erwartete. »Komm, schnell!«, rief die alte Dame.

»Was ist denn los?«

»Sieh selbst!«

Mit einem flauen Gefühl im Magen folgte Dianne Maeve ins Wohnzimmer. Dort saß Andrew auf dem Sofa, in der rechten Hand eine dampfende Tasse mit Tee, mit der linken hielt er sich einen Eisbeutel an die Schläfe. Ansonsten schien er unversehrt zu sein. Erleichtert atmete Dianne aus und setzte sich zu ihm. »Andrew!« Sie drückte ihn kurz an sich, dann deutete sie auf seinen Kopf. »Wie ist das denn passiert?«

»Frag deinen Ex!«, antwortete er mit einem schiefen Grinsen.

»Darryl?«

Andrew nickte und erzählte Dianne – ein wenig verworren und hektisch – die ganze Geschichte, angefangen von seiner Flucht vor Brork und der anschließenden Gefangennahme und den Erlebnissen beim Adlerstamm, bis hin zur erneuten Flucht, den Heiligen Hallen und seiner Reise zurück in die heutige Zeit, wo Darryl ihn niedergeschlagen und Cait entführt hatte.

»Er hat Cait entführt?« Dianne schüttelte den Kopf. »Darryl, unglaublich! Er war schon immer ehrgeizig, aber dass er so weit gehen würde, hätte ich nicht gedacht.«

»Dianne, du kennst Darryl am besten«, sagte Andrew, sichtlich besorgt. »Hast du eine Ahnung, wohin er Cait gebracht haben könnte? Wenn er ihr etwas antut, bringe ich ihn um.«

»Ich rufe ihn an«, sagte Dianne sofort und zog ihr Telefon hervor.

»Sicher wird er nicht rangehen!«, meinte Maeve.

Wider besseres Wissen wählte Dianne Darryls Nummer.

»Dianne!« Maeve deutete zur Tür. »Du musst ein Stück die Straße runter.«

Dianne verdrehte die Augen, dann rannte sie los.

»Du kannst auch mein Telefon …«, rief Maeve noch, doch Dianne war schon hinausgerannt.

Einige Minuten später kehrte sie zurück.

»Und?«, fragten Andrew und Maeve gleichzeitig.

Dianne schüttelte nur den Kopf. »Ich habe es auch bei Jack versucht, aber der ging auch nicht ran.«

»Wer ist Jack?«, wollte Andrew wissen.

Dianne räusperte sich. »Jack ist ebenfalls Archäologe. Darryl hat in Edinburgh angerufen, damit sie einen Spezialisten für Altersbestimmung schicken. Darryl sind nämlich seit den Zeitreisen Abweichungen aufgefallen, was das Alter von einzelnen Funden angeht.«

»Und du meinst, dieser Jack könnte mit Caits Entführung zu tun haben? Wo ist der Kerl?«

»Nein, nein«, entgegnete Dianne rasch und hob beschwichtigend die Hand. »Ich hatte nur gehofft, er könnte etwas gesehen haben.« Sie warf Maeve einen raschen Seitenblick zu. Die ältere Dame sah genauso unglücklich aus wie Andrew. Von Jack hatte Dianne ihr noch nichts erzählt.

»Vielleicht steckt er doch mit Darryl unter einer Decke«, mutmaßte Andrew und richtete sich auf. »Wir müssen Cait suchen gehen! Jetzt!«

»Aber wo wollt ihr denn anfangen?«, fragte Maeve.

»Auch wenn heute dort nicht gearbeitet wird, fahren wir als Erstes zur Ausgrabungsstätte«, schlug Dianne vor. »Danach zu den Stones of Stenness. Der Ring of Brodgar liegt ohnehin auf dem Weg.«

»Einverstanden!« Andrew erhob sich stöhnend.

»Nimm das Eis mit«, sagte Maeve.

Andrew nickte dankbar.

»Und gebt auf euch acht!«

Die beiden eilten hinaus zu Diannes Wagen und preschten los. Nach kurzer Fahrt erreichten sie den Ring of Brodgar und bogen in den Parkplatz ein. »Du kannst hier warten, ich …«

»Ich komme mit!«

Ehe es sich Dianne versah, war Andrew ausgestiegen und lief den Pfad entlang. Zwar konnte Dianne seine Sorge um Cait nachempfinden, dennoch verhielt er sich seltsam. Daher fragte sie sich, was zwischen den beiden vorgefallen war. Sie sagte jedoch nichts, sondern eilte ihm hinterher. Jetzt, Anfang Oktober, wo die Hauptsaison zu Ende war, standen nur zwei Fahrzeuge auf dem Parkplatz. Darryls

Wagen war nicht dabei. Dennoch folgten sie dem ausgetretenen Weg, bis sie das Areal um den Steinkreis überblicken konnten. Von Darryl und Cait keine Spur.

Sie fuhren weiter zum Ness of Brodgar, doch auch hier war nichts von Darryl zu sehen. Lediglich einige wenige Besucher stromerten umher oder spähten über den Zaun des Ausgrabungsgeländes. Auch in Stenness wurden Dianne und Andrew nicht fündig. »Und nun?« Andrew stemmte die Hände in die Hüften und drehte sich im Kreis.

»Darryl muss ziemlich heftig zugeschlagen haben«, sagte Dianne, die nun, da er den Eisbeutel nicht mehr dagegen presste, das erste Mal einen Blick auf Andrews Beule erhaschte.

»Mein Schlag wird härter ausfallen«, murrte Andrew, während er sich suchend im Kreis drehte. »Cait, verdammt. Wo bist du nur?«

Dianne fasste ihn am Arm. »Sag mal, kann es sein, dass deine Sorge über normale Sympathie, die ich übrigens auch für Cait hege, weit hinausgeht?«

»Was? Äh, also, Nein!« Andrew raufte sich die Haare, schaute sich weiter um.

»Du hast dich in sie verliebt!«, stellte Dianne erstaunt fest. Nur so konnte sie sich Andrews Sorge erklären. Sein Schweigen deutete sie als ein *Ja*.

»Erwidert sie denn deine Gefühle?«, wollte Dianne vorsichtig wissen.

Andrew seufzte. »Ich denke – ja.«

Dianne drückte beruhigend Andrews Arm. »Wir finden sie!« Auf die Schwierigkeiten, die diese Art von Beziehung mit sich brachte, wollte sie in dieser Situation gar nicht eingehen.

»Vielleicht hat Darryl sie zu irgendeinem Arzt geschleppt«, überlegte Andrew. »Das wäre doch die erste Anlaufstelle, wenn er sie untersuchen will. Es sei denn … «

»Es sei denn was?«, hakte Dianne nach.

»Es sei denn, er tötet sie und seziert sie.«

»So weit würde Darryl nun wirklich nicht gehen!«

»Er ist auch so weit gegangen, Cait zu entführen und mich niederzuschlagen. Sein Hieb hätte mich auch umbringen können.«

Dianne warf einen raschen Blick auf ihr Handy, da sie es noch mal bei Jack versuchen wollte, doch sie hatte keinen Empfang.

»Ich weiß nicht, Andrew. Ich bezweifle, dass Darryl einfach zu irgendeinem Allgemeinmediziner fahren würde, um ihm Cait als Steinzeitfrau vorzustellen. Manchmal setzt sich Darryl in den Kopf, etwas unbedingt haben zu wollen. Wenn er es dann hat, weiß er nichts damit anzufangen. Vielleicht ging es ihm mit Cait genauso.«

»Sprichst du gerade von deiner Beziehung mit Darryl?«

»Nicht nur. Darryl ist ein ehrgeiziger Hitzkopf.«

Andrew fuhr sich über das Gesicht. »Das beruhigt mich jetzt wenig.«

»Lass uns noch mal zur Grabungsstätte am Ness of Brodgar zurückfahren«, schlug Dianne vor. »Immerhin habe ich die Schlüssel. Vielleicht finden wir ja dort irgendeinen Hinweis.«

»Besser als nichts«, erwiderte Andrew.

Am Ness of Brodgar angekommen, betraten die beiden die Ausgrabungsstätte.

»Machen Sie heute eine Führung?«, wollte ein neugieriger Tourist wissen.

»Nein! Wir haben nur einige Unterlagen vergessen«, sagte Dianne rasch und ging weiter. Andrew folgte ihr zu dem Bauwagen, in dem sie, und für gewöhnlich auch Darryl, arbeiteten. Sie schloss auf, trat ein. Andrew folgte ihr. Mit in die Hüften gestemmten Händen drehte sich Dianne im Kreis, konnte jedoch nichts Außergewöhnliches feststellen. Andrew stöberte auf den Schreibtischen umher und schreckte auch nicht davor zurück, die Schubkästen herauszuziehen.

»Hier liegt eine Notiz«, sagte er schließlich. »*Royal Anthropological Institute*«, las er laut vor. »Königliches Institut für Anthropologie. Arbeitet ihr mit denen zusammen?«

»Eigentlich nicht. Lass mal sehen«, sagte Dianne und nahm Andrew den Zettel ab. »Hier steht ein Name. Steve Murray.« Dianne fuhr sich über das Kinn. »Seltsam. Den Namen kenne ich nicht.«

»Ist das Darryls Handschrift?«, wollte Andrew wissen.

»Nein, ganz sicher nicht. Darryls ist gestochen scharf. Die hier ist – schlampig.«

»Wer arbeitet denn an dem Schreibtisch?«

»Meist nur Darryl und ich und …« Dianne brach ab.

»Und?«

»Jack!« Diannes Knie wurden weich und sie musste sich kurz setzen.

»Verdammt! Wieder dieser Jack!«, schnappte Andrew. »Wahrscheinlich ist Steve Murray derjenige, der Cait untersuchen soll.«

In diesem Augenblick klingelte Diannes Mobiltelefon. Als sie es aus der Tasche zog und auf das Display blickte, schluckte sie kurz und ging ran.

»Hallo, Jack«, grüßte sie trocken. Andrew schnellte regelrecht nach vorne, als er den Namen hörte, doch Dianne hob die Hand, bedeutete ihm zu schweigen.

»Dianne, endlich!«, sagte Jack. »In wie vielen Funklöchern hast du denn gesteckt?«, wollte er wissen.

»Ich frage mich, wo *du* gesteckt hast, Jack?«, erwiderte Dianne frostig.

Jack schien das nicht zu bemerken, sondern redete gleich weiter. »Dianne, ich muss sofort nach London.«

»Ach ja?«

»Ja! Erinnerst du dich an unser erstes Treffen im Café?«

»Wie könnte ich das vergessen?« Dianne fühlte sich plötzlich irgendwie leer.

»Du meintest, du hättest den Heiligen Gral gefunden«, fuhr Jack lachend fort. »So einen ähnlichen Fund habe ich auch gemacht!«

»Was du nicht sagst! Wie sieht dieser Fund denn aus? Hast du König Arthus endlich ausgegraben?«, fragte Dianne bissig, sah dabei Andrew an, der sichtlich angespannt und mit geballten Fäusten vor ihr stand.

»Eher Guinevere!«

Mehr musste Dianne nicht hören.

»Wo bist du jetzt?«, verlangte sie von Jack zu wissen.

»In Kirkwall, am Flughafen. Auf dem Weg nach London. Ich warte auf meinen Hubschrauber, der mich aufs Festland bringt.«

»Warte auf mich und rühr dich nicht von der Stelle! Ich bin in zwanzig Minuten da!«

»Dianne, was …«

»Und lass bloß die Finger von Cait!«, zischte Dianne noch ins Telefon, dann legte sie auf.

»Jack hat sie! Komm, Andrew, fahren wir!«

Andrew ließ sich das nicht zweimal sagen. Er sprang bereits aus dem Bauwagen, Dianne hinterher. Gemeinsam rannten sie über das Ausgrabungsgelände und schnurstracks zum Wagen. Dianne flog regelrecht über die glücklicherweise wenig befahrenen Straßen der Orkneys. Auf dem Weg Richtung Kirkwall kam ihnen dann doch ein Auto entgegen. Dianne erkannte den Wagen und stieg mit voller Kraft auf die Bremse, so dass Andrew in den Gurt gedrückt wurde.

»Verdammt, Dianne, was tust du?«

»Das war Darryl!«, erklärte sie.

»Meinst du, Cait war im Auto?« Andrew wandte sich um, doch der Wagen verschwand bereits hinter einer Biegung.

»Keine Ahnung. Was machen wir?«

»Zum Flughafen, schnell!«, sagte Andrew. »Sicher hat Darryl Cait und diesen Jack zum Helikopter gebracht.«

»Du hast recht!« Dianne legte krachend den Gang ein und fuhr mit quietschenden Reifen davon.

Als die beiden den Flughafen erreichten und durch den Haupteingang stürmten, kündigte Diannes Handy mit dem Ton eines blökenden Schafes eine eingegangene Nachricht an.

»Von Jack!«, sagte sie nur.

»Was schreibt er?« Andrew stellte sich neben sie und blickte aufs Display.

»Der Heli hebt gerade ab. Sorry, aber der Fund ist wirklich sensationell! Wer ist eigentlich Kate?«, las Dianne vor und schäumte vor Wut. »Verdammt!«, schrie sie und stampfte mit dem Fuß so heftig auf, dass ein vorbeieilender Passagier ihr einen verwunderten Blick zuwarf.

»Ich frage mich, wie er Cait in eine Passagiermaschine kriegen will, ohne Ausweis«, sagte Andrew.

»Deswegen nimmt er ja den Helikopter.«

»Aber der fliegt doch auch nur zum Flughafen nach Inverness, nicht nach London.«

»Mit genug Geld geht das sicher irgendwie«, meinte Dianne. »Und Jack ist sicher nicht arm.«

»Woher weißt das?«

Wieder räusperte Dianne sich. »Ich vermute es nur. Er trägt teure Klamotten.« *Und hat mir teures Essen und Wein spendiert*, dachte Dianne. *Und mir ein Zimmer bezahlt.*

Kurz überlegte sie, Andrew zu erzählen, dass sie mit Jack bereits ein paar Dates gehabt und sich in ihn verliebt hatte, aber angesichts Andrews desolaten Zustandes entschied sie, dies besser für sich zu behalten.

Glücklicherweise fragte Andrew auch nicht nach. »Los, wir suchen Darryl«, schlug er stattdessen vor, wobei er eine Faust ballte. »Ich prügle die Wahrheit schon aus ihm heraus. Immerhin habe ich mit Kriegern des Adlerstammes gekämpft.«

Trotz des Ernstes der Lage musste Dianne lachen. »Komm, du Krieger!« Sie klopfte Andrew auf die Schulter, dann rannten sie zu ihrem Wagen und preschten davon.

Darryl wusste nicht, wie ihm geschah. Wie ein huschender Schatten schnellte die Frau nach vorne, obwohl er sie gefesselt hatte. Wie sie sich hatte befreien können, war ihm ein Rätsel. Es begann mit einem kräftigen Schlag in den Nacken, dann deckte sie ihn mit unzähligen Hieben ein. Darryl musste das Lenkrad festhalten und konnte sich des Angriffs kaum erwehren. Prompt verriss er das Steuer, der Wagen geriet ins Schleudern. Irgendwie gelang es Darryl, ihn wieder unter Kontrolle zu bekommen. Doch die Frau ließ nicht von ihm ab.

»Lass das, du Irre!«, brüllte er sie an. Sie war wie von Sinnen, war mittlerweile auf den Beifahrersitz geklettert und schlug auf ihn ein. Darryl stieß sie von sich, in Richtung Beifahrertür. Reflexartig schnellte eine Hand der Frau vor, versuchte Halt zu finden. Sie fand ihn, bekam die Handbremse zu fassen und zog sich wieder auf Darryl zu! Ein Ruck ging durch den Wagen, das Heck brach aus und das Auto drehte sich mehrfach um die eigene Achse. Darryl wusste nicht mehr, wo links oder rechts war, und schon schlitterte der Wagen ins Grüne. Zum Glück war alles flach, so dass sie lediglich den Zaun einer angrenzenden Schafskoppel durchbrachen. Die Frau öffnete die Tür und sprang nach draußen. Darryl taumelte hinterher, versuchte sie irgendwie zu fassen zu bekommen. Er hatte sie schon einmal überwältigt, wusste daher aber, wie gefährlich sie sein konnte. Sie war nicht groß, war zierlich gebaut, doch sie wehrte sich wie ein wildes Tier. Dann bückte sie sich, hielt plötzlich einen Stein in der Hand und schlug zu. Darryl sah nur noch einen Funkenregen, spürte einen weiteren Schlag. Schwärze umhüllte ihn und er sank zu Boden.

Caitir rannte davon. Allerdings stolperte sie und stürzte zu Boden. Noch immer war sie benommen und ihr war übel. Sie hatte schreckliche Angst bekommen, als der Mann sie in diese Kiste gesperrt und sich die Welt außerhalb zu bewegen begonnen hatte. Von Maeve hatte sie gelernt, dass man das *Auto* nannte und man sich damit fortbewegen konnte, ohne die eigenen Füße zu benutzen. Cait wollte sich erheben, doch ihr Magen rebellierte. Sie würgte, dann übergab sie sich. Noch einen Augenblick wartete sie ab, doch die Angst um Andrew trieb sie schließlich weiter, obwohl ihr Magen noch immer tobte, wie der aufgewühlte Ozean. Cait beschloss, in der Nähe des Steinkreises zu suchen. Dort hatte der Mann Andrew niedergeschlagen und sie hoffte, ihn in der Nähe der Steine vorzufinden. Cait verdrängte ihre Furcht, Andrew könnte tot sein, und eilte weiter zum Kreis der Ahnen.

»Das ist doch …« Dianne fuhr langsamer, beugte sich nach vorne, um das Auto, das in eine Schafskoppel geschlittert war, besser erkennen zu können. »Darryls Wagen!«

Abermals stieg Dianne heftig auf die Bremse. Sie und Andrew sprangen aus dem Auto und rannten zu dem verunglückten Wagen.

»Da hinten liegt jemand«, rief Andrew, wobei er auf eine am Boden liegende Gestalt deutete.

»Darryl«, keuchte Dianne, als sie ihren Arbeitskollegen und Ex-Freund erkannte.

Andrew packte den am Boden liegenden Mann und drehte ihn um. Er stöhnte leise, Blut lief ihm über das Gesicht.

»Wo ist sie?« Andrew schüttelte ihn, doch Darryl stöhnte nur.

»Warte, Andrew!«, forderte Dianne ihn auf. »Er ist vollkommen benommen! Ich hole Wasser und den Verbandskasten.« Schon sprang sie auf und rannte zurück zum Wagen.

Andrew hätte am liebsten auf Darryl eingeschlagen, doch bewusstlos nützte er ihnen gar nichts. Sie mussten ihn irgendwie wach bekommen und herausfinden, wohin genau Jack Cait zu bringen gedachte. Andrew raufte sich die Haare. Er erinnerte sich an den Traum, den er während seines kurzen Einnickens auf Maeves Sofa gehabt hatte. Immer wieder sah er Cait auf dem Seziertisch. Dieses Bild trieb ihn in den Wahnsinn, doch er bekam es nicht aus seinem Kopf heraus.

Endlich kam Dianne zurück. Sie goss Darryl Wasser aus einer Flasche über das Gesicht und wischte mit einem Stück Watte das Blut weg. Darryl bewegte sich und stöhnte erneut!

»Wach endlich auf, du Arschloch!«, schrie Andrew ihn an.

Dianne lachte kopfschüttelnd. »So leidenschaftlich habe ich dich noch nie erlebt.«

Andrew wollte etwas erwidern, doch da bewegte sich Darryl, schien sogar zu sich zu kommen, denn er öffnete die Augen.

Noch einmal kippte Dianne Wasser über Darryls zerzaustes Haupt. Andrew packte ihn unter den Schultern und richtete ihn unsanft auf.

»Vorsicht!«, ermahnte ihn Dianne. »Wenn du ihn umbringst, hilft uns das nicht.«

»Was …«, stöhnte Darryl. »Was ist passiert?«

»Das wollen wir von dir wissen!«, herrschte Andrew ihn an. Darryl blinzelte nur. »Dianne?«

»Darryl!«, sagte Dianne. »Wo ist Cait? Was ist geschehen?«

»Ich … ah – mein Kopf!« Darryl legte sich die Hand auf die Stirn.

»Deinen Kopf reiß ich dir gleich herunter, wenn du uns nicht sofort sagst, wo Cait ist!«

»Wie lange war ich bewusstlos?«

»Darryl!« Auch Dianne schien nun die Geduld zu verlieren. Sie schüttelte ihn an der Schulter. »Wohin bringt Jack Cait?«

»Jack?«

»Ja, *Jack*! Du steckst doch mit ihm unter einer Decke!«, schnappte Dianne. »Ich habe mit ihm telefoniert. Er erzählte mir von seinem Fund und ist vor einer halben Stunde mit dem Hubschrauber davongeflogen. Vorher habe ich im Bauwagen einen Zettel gefunden. Darauf stand *Royal Anthropological Institute* sowie der Name *Steve Murray*. Sagt dir das was?«

»Natürlich sagt mir das … Anthropologische Institut in London was. Aber ich kennen keinen Steve Murray!«

»Dieser Mistkerl!« Nun erhob sich Darryl, schwankte jedoch, so dass Dianne ihn stützen musste. Dann drehte er sich im Kreis, betrachtete schließlich seinen Wagen, und fuhr sich mit beiden Händen über das Gesicht.

»Ich habe mit Jack … ah«, Darryls schwankte, »seit Tagen kein Wort mehr gesprochen!«, erzählte er.

»Das sagt gar nichts!«, herrschte Andrew ihn an, wobei er die Fäuste ballte. »Du hast mich niedergeschlagen und Cait entführt! Und jetzt ist dieser Jack mit ihr auf dem Weg ins Institut!«

»Aber, das kann nicht sein! Ich weiß ja nicht, wie lange ich bewusst los war, aber Jack kann sich in der Zeit unmöglich diese Wilde geschnappt haben und schon im Helikopter sitzen. Die Frau ist schlimmer als ein Raubtier.« Er fasste sich an den Kopf.

»Erzähl uns, was passiert ist!«, forderte Dianne ihn auf.

»Diese Wilde hat sich irgendwie von ihren Fesseln befreit. Dann hat sie mich angesprungen und die Handbremse gezogen, woraufhin ich von der Straße abgekommen bin. Danach hat sie mich mit einem Stein niedergeschlagen!«

»Geschieht dir recht!«, befand Andrew und rieb sich nachdenklich das Kinn. »Aber dann kann Cait nicht bei Jack sein.«

»Nein!«, stimmte Dianne ihm zu. »Sie hat in Darryls Wagen gesessen, als dieser uns auf dem Weg nach Kirkwall entgegenkam.« Dianne war ein wenig erleichtert, fragte sich aber, was Jack wirklich gefunden hatte, denn ganz bestimmt nicht Guinevere. Hatte es doch mit Cait zu tun? Hatte auch Jack sich etwas zusammengereimt und reiste nun ab, um weitere Informationen einzuholen? Wer war Steve Murray?

»Wie bist du nur darauf gekommen, dass Cait bei Jack wäre?«, wollte Andrew wissen. In seiner Stimme lag eine leise Anklage.

»Er sagte, er habe Guinevere gefunden. Ich dachte …«

»Egal!« Andrew winkte ab. »Wo ist Cait hin?« Er packte Darryl am Hemd.

»Ich weiß es nicht. Ich war bewusstlos.«

Andrew holte tief Luft. »Sicher ist sie zu Maeve.«

»Fahren wir!«, sagte Dianne.

»Dianne! Warte!« Darryl stolperte ihr hinterher und hielt Dianne am Arm fest. »Ich komme mit! Wir müssen diese Frau studieren!«

»Vergiss es, Darryl! Sie muss zurück in ihre Zeit!«

»Nein!«, widersprach Darryl. »Verstehst du das denn nicht, Dianne? Siehst du nicht diese einmalige Gelegenheit, die Vergangenheit zu erforschen? Uns bieten sich völlig neue Perspektiven. Wenn es uns gelingt, selbst zurück zu reisen, eröffnet sich uns eine ganz andere Dimension der Erkenntnis. Die ganze Vergangenheit liegt uns zu Füßen, und die Wahrheit!«

»Welche Wahrheit?«, warf Andrew ein.

»Wir Archäologen mühen uns ab, anhand einiger alter Scherben Licht ins Dunkel der Vergangenheit zu bringen. Am Ende ist alles nur Vermutung, nur Spekulation. Jetzt können wir die Menschen von damals erforschen. Ihre Zellen, ihre Gene, Immunabwehr, ihr Verhalten. Wie sie gelebt haben! Stell dir nur vor, du könntest zurück und Bilder vom Tempel am Ness of Brodgar machen, als dieser noch intakt war! Und du!« Darryl deutete auf Andrew. »Du könntest Führungen dorthin machen.«

»Ich war bereits dort!«, erklärte Andrew. »Ich habe den Tempel gesehen, habe sogar einige Zeit darin verbracht!«

»Du hast was?« Darryls Stimme überschlug sich, er packte Andrew sogar am Kragen. »Wie hat er ausgesehen? Wie ist es dir überhaupt gelungen, dorthin zu kommen? Verdammt! Sprich endlich!« Er schüttelte Andrew heftig, doch dieser riss sich los und stieß Darryl zurück, so dass er erneut im Gras der Schafskoppel landete.

Andrew wollte schon nachsetzen, aber Dianne hielt ihn zurück. »Lass ihn!« Dianne schüttelte den Kopf, warf Darryl einen verächtlichen Blick zu. »Du bist wahnsinnig! Was ist nur aus dir geworden, Darryl! Dein Ehrgeiz hat dich nicht nur Frau und Kinder gekostet, du schreckst auch nicht davor zurück, andere niederzuschlagen und zu entführen.« Sie wandte sich an Andrew. »Gehen wir!«

»Und was wird aus mir und meinem Wagen?«, schrie ihnen Darryl hinterher.

»Zieh die Karre doch selbst aus dem Dreck!«, rief Andrew über die Schulter zurück.

DIE JAGD

Mjana schleppte den schweren, mit Algen gefüllten Korb zum Dorf, wobei sie gegen den heftigen Wind ankämpfte, der sie zurück ins Meer zu wehen drohte. Sie hatte das Gefühl, der Atem Ravks würde ihr jeden Moment die Kaninchenfelle, die sie sich um die Beine gebunden hatte, und den Umhang aus Robbenfell vom Leib reißen. Sie spürte die ganze Macht der Natur, durch die die Götter zu den Menschen sprachen. Demütig hielt sie den Kopf gesenkt, um nicht die feinen Sandkörner in die Augen zu bekommen, die der Sturm über die Westbuchtsiedlung hinwegfegte. Nachdem sie Zeuge des schrecklichen Vergehens an Thua, einer Steinweisen, geworden war, war sie in der gleichen Nacht zu ihrem Dorf zurückgekehrt. Noch hatte sie nicht erzählt, was sie gesehen hatte, denn sie fürchtete, ihr Vater würde ihr entweder nicht glauben oder es als gerechte Strafe der Götter betrachten. Wie schon so oft, entschied sich Kraat ganz anders, als sie es erwartet hätte und meist konnte Mjana diese Entscheidungen ihres Vaters nicht verstehen. Dennoch musste sie etwas tun. Spätestens jetzt, da eine Steinweise, die noch dazu von der Westbuchtsiedlung stammte, von Brorks Männern ermordet worden war, musste Kraat Urdh und seine Männer zurückrufen und Caitirs Bund mit Brork widerrufen. Doch dazu musste ihr Vater ihr glauben. Und was das betraf, so hatte sie sich schon einmal in ihm getäuscht. Nachdenklich kaute sie auf der Unterlippe herum, überlegte, wie sie es ihrem Vater am besten sagen konnte.

Als sie sich dem Dorf näherte, erstarrte sie. Mrak eilte gerade zusammen mit zwei anderen Steinweisen, einer Frau und einem Mann, zur Behausung ihrer Familie. Bestimmt waren sie auf dem Weg zu ihrem Vater, der sicher bald von der Robbenjagd zurückkehren würde. Mjana überlegte, was sie tun sollte. Sie beschloss, einen Bogen um die drei zu machen und die Algen zum Gemeinschaftshaus zu bringen. Während sie weiterging, beobachtete sie aus dem Augenwinkel heraus, wie Farik kurz mit Mrak sprach und dann davonrannte – vermutlich, um Kraat zu holen. Starr wie die Steine der Götter verharrten die Steinweisen in der Mitte der Siedlung. Einen Moment lang wünschte sich Mjana, Ravk würde die drei ins Meer wehen, doch sogleich schämte sie sich für diesen frevelhaften Gedanken, auch wenn sie einen schrecklichen Verdacht Mrak gegenüber hegte.

Es dauerte nicht lange und Kraat kehrte mit Farik und zwei anderen Jägern zurück.

Mjana wartete noch, bis ihr Vater mit den Weisen im Inneren ihres Hauses verschwunden war, dann schlich sie hinterher, denn sie wollte unter keinen Umständen verpassen, was sie besprachen. Natürlich wagte sie sich nicht hinein, denn ihr Vater hätte sie sofort hinausgeworfen. Sie schlüpfte in den Graben, der zum Eingang der Behausung führte, und ging vor dem Tierfell in die Hocke. Dort lauschte sie.

»Ich weiß bereits von der Flucht meiner Tochter«, hörte Mjana ihren Vater sagen.

»Sie ist abermals geflohen«, erzählte Mrak. »Sie hat die Heiligen Hallen in der Nacht verlassen und ist mit dem Fremden zum Kreis der Ahnen gerannt, wo die Kraft der Steine sie erneut unserer Zeit entrissen haben. Deshalb sind die Götter zornig. Ravk wütet am Himmel, Kjell peitscht die Wogen des Meeres in die Höhe.«

Es wurde still, nachdem Mrak gesprochen hatte. Mjana konnte das entsetzte Gesicht ihres Vaters vor ihrem geistigen Auge sehen.

»Doch damit nicht genug«, fuhr Mrak fort. »Thua wurde ermordet.«

Mjana richtete sich auf, brachte ihr Ohr näher an das Tierfell heran.

»Thua? Ermordet?« Kraats Stimme klang heiser und unnatürlich laut. »Wer wagt es, eine solche Tat zu begehen?«

Die Frage blieb eine Weile unbeantwortet im Raum stehen. Irgendwer machte einen Schritt, Mjana sprang auf, bereit zu fliehen.

»Sag mir nicht, Caitir hätte das getan!«, rief Kraat plötzlich.

Mjana riss die Augen auf, ihr Herzschlag pulsierte ihr bis zur Kehle. Die Stille blieb noch einen Moment, wurde unerträglich. Doch dann antwortete Mrak! »Es war Mjana, deine Tochter!«

Mjana keuchte erschrocken auf, presste sofort ihre Hand auf den Mund. Ihr Blut rauschte nun auch in ihren Ohren wie ein reißender Strom, ihre Beine zitterten. Es dauerte, bis sie die ganze Tragweite dieser Anschuldigung verstand.

»Woher weißt du das?«, donnerte Kraat.

»Amgar, Brorks Jäger, kann es bezeugen. Während Caitir und der Fremde ihn überwältigt haben, stach Mjana Thua nieder.«

Tränen schossen in Mjanas Augen. Eine Hand noch immer vor den Mund gepresst, schüttelte sie fassungslos den Kopf.

»Die Götter verlangen Gerechtigkeit und ein Opfer«, sagte nun die Frau, die mit Mrak gekommen war. Ihre Stimme klang tränenerstickt. »Thua war eine der Ältesten und Weisesten von uns. Ihr Verlust wiegt schwer und muss gesühnt werden.«

»Mjana, Tochter des Kraat, muss auf den Weg zu den Göttern geschickt werden, damit sie Thua im Reich der Geister um Vergebung bitten kann«, forderte nun der dritte Steinweise.

Mjana wollte schreien, wollte ihnen ins Gesicht schreien, wer der wahre Mörder war. Doch sie wusste, man würde ihr nicht glauben. Nicht einmal ihr Vater würde sie anhören. Was wäre schon das Wort eines Mädchens gegen die Aussage dreier Steinweiser und eines Kriegers des Adlerstammes?

»Bringt sie zu mir«, hörte sie Kraat heiser rufen.

In diesem Augenblick schnellte Mjana herum, rannte die Gänge zwischen den Häusern entlang, solange diese Deckung boten. Am Rande der Siedlung angekommen, kletterte sie vorsichtig hinaus und floh. Wie ein gejagtes Tier hetzte sie davon, weg von ihrem Heimatdorf. Erst in einem Wäldchen blieb sie stehen, sank auf die Knie, horchte in den heulenden Wind. Dann weinte sie bitterlich. Sie war nun eine Ausgestoßene, eine Geächtete, dem Tode geweiht. Die einzigen Menschen, die ihr geglaubt hätten, waren entweder tot oder der Zeit entrissen worden. Es gab keinen Ort, an den Mjana gehen konnte. Sie fühlte sich allein, unsäglich allein.

~

Mit weiß gekalktem Gesicht, einem Speer in der Hand und einem mit Adlerfedern geschmückten Umhang stand Brork, der Anführer des Adlerstammes, auf einer Anhöhe und schaute nach Norden, als Urdh, Sohn des Kraat, zu ihm trat.

»Eren und seine Jäger lagern nur einen halben Tagesmarsch von hier entfernt«, schrie ihm Urdh gegen den tosenden Wind zu. »Meine Späher haben sie entdeckt. Morgen, bei Tagesanbruch, werden die Seehunde hier sein.«

Brork nickte nur.

»Die Sonne neigt sich dem Rand der Welt entgegen. Wir haben Zeit, uns vorzubereiten und zuerst zuzuschlagen«, schlug Urdh vor. Der Anführer der Adler antwortete nicht.

»Brork?«, drängte Urdh.

»Wie viele?«, fragte Brork.

»Vielleicht fünfzig oder sechzig Jäger. Nicht einmal die Hälfte der Männer, die wir haben.« Urdh schüttelte den Kopf. »Wie töricht von Eren. Mrak hat ihn doch sicher gewarnt, im Falle eines Kampfes dem Bündnis der Westbucht und des Adlerclans gegenübertreten zu müssen.«

»Hat er das?«, entgegnete Brork.

Urdh sah ihn verwundert an. »Wie kann ich deine Worte verstehen?«

»Lass Eren und seine Männer beobachten«, befahl Brork, ohne Urdhs Frage zu beantworten. »Errichte eine breite Verteidigungslinie hinter der kleinen Anhöhe.« Brork deutete auf einen sanft geschwungenen Hügel. »Sollten sie vor Morgengrauen hier sein, werden unsere Männer aus dem Osten kommen und sie von der Seite her angreifen. Wenn Erens Männer bei Tagesanbruch den Kampf eröffnen, werden wir sie mit dem Licht der Sonne in unseren Rücken überfallen, sofern«, Brork schaute nach Osten, »morgen überhaupt eine Sonne scheinen wird.«

Damit wandte Brork sich ab, während Urdh ihm hinterherblickte und sich die Narbe neben seinem rechten Ohr kratzte.

Der Anführer des Adlerstammes lief zu seiner Behausung und schlüpfte hinein. Die Kammern waren leer, Frauen und Kinder befanden sich in einer größeren Höhle an den Klippen, wo sie in Sicherheit waren.

Eine innere Unruhe hatte Brork erfasst. Stürme rüttelten an den Grundfesten der Welt, Ereignisse waren in Bewegung geraten. Es war zunehmend schwerer geworden, den rechten Pfad zu wählen, richtig oder falsch zu unterscheiden. Doch das war nicht alles. Ein Schmerz hatte sich seit letzter Nacht in seine Seele gebohrt, den er noch nicht einzuordnen wusste.

In einer der Kammern, in denen die Skelette seiner Vorfahren ruhten, ließ er sich nieder, legte seinen Speer quer über seinen Schoß und entfachte die letzte Glut eines Feuers neu. Dann warf er einige Kräuter in die Flammen, schloss die Augen, um Erkenntnis zu gewinnen.

Brork trieb durchs Dunkel. Seine Reise währte lange, ehe sich ein Licht auftat, in dem sich konturlose Schatten bewegten. Alle Gedanken ziehen lassend, beobachtete er, versuchte zu vermeiden, das Bild, das sich ihm auftat, zu beeinflussen. Allmählich nahmen die Schatten Formen an, wurden lichter, näherten sich, sprachen. Die Ahnen waren gekommen. Der Atem Brorks wurde tiefer, sein Herzschlag schneller, als sie ihm den Verlauf der Schlacht von seinem und Kraats Stamm gegen die Seehunde zeigten und so zumindest einen Fetzen des Schleiers der Unwissenheit von ihm nahmen. *Nun gehe deinen Weg*, wisperten sie.

Verharre nicht, fürchte nicht. Nur Stillstand bedeutet Tod. Diese Worte kamen von Brogan, Brorks Urgroßvater. Er war einst ein stolzer Stammesführer gewesen. Hinter Brogan wartete eine weitere Gestalt. Brogan trat zur Seite und löste sich im Licht auf, während die Gestalt sich näherte. Als Brork sie erkannte, keuchte er erschrocken und riss die Augen auf. Die Verbindung zu den Ahnen brach ab.

Es dauerte einige Herzschläge, ehe Brorks Blick sich klärte. Fahl schimmerten Brogans Knochen vor ihm im Feuerschein. Brork verneigte sich, dann ging er nach draußen.

Die Nacht hielt die Welt umfangen. Ravk heulte laut, in der Ferne schleuderte Kjell die Wellen gegen die Klippen.

»Nur die Götter toben in dieser Nacht«, sagte Rul, einer von Brorks Männern, der vor seiner Behausung Wache gehalten hatte, obwohl Brork ihn nicht dazu aufgefordert hatte.

»Dennoch gilt es, wachsam zu sein!«, entgegnete Brork. »Wäre ich Eren, ich würde diese Nacht für einen Angriff wählen.«

Rul verneigte sich und verschwand.

Brork sollte recht behalten, denn Erens Männer kamen noch vor dem Morgengrauen. Der Sturm hatte zwar etwas nachgelassen, doch noch immer war er stark genug, um die Regentropfen wie Geschosse durch die Luft zu schleudern. Dies jedoch hielt die Krieger vom Seehundclan nicht ab, den Angriff zu eröffnen. Sie stürmten geradewegs auf Brorks Dorf zu. Dennoch brachten Brorks und Urdhs Krieger den Angriff der Seehunde zum Erliegen, als sie deren Flanke attackierten. Die Erde war vom Regen durchtränkt und dementsprechend rutschig. Schlamm und Blut spritzten gleichermaßen in die Höhe. Doch nur für eine kurze Zeit. Brork stürmte auf Eren zu, dessen massige, breite Gestalt er rasch erspäht hatte. Eren drängte gerade einen von Urdhs Jägern zurück, als ihn Brorks Speer von den Füßen riss. Allerdings hatte der Stammesführer der Adler nicht die Spitze seiner Waffe in Erens Körper versenkt, sondern ihm den Schaft des Speeres quer gegen die Brust geschlagen. Mit einem lauten Aufplatschen landete Eren im Schlamm.

»Genug!«, brüllte Brork, während er die Speerspitze auf Erens Kehle richtete.

Erst als die Kämpfenden erkannten, was geschah, hielten sie inne und Brork zog seine Waffe zurück. Freund und Feind blickten ihn gleichermaßen verwundert an.

»Erheb dich«, forderte Brork Eren auf.

»Bist du zu feige, um mich zu töten?« Eren stand auf, strich sich mit beiden Händen die langen, roten Haare zurück und spukte Brork vor die Füße. »Genügt es dir nicht, dich mit Kraat zu verbünden, um uns zu besiegen? Brauchst du auch noch die Hand eines anderen, um mich zu töten?« Zornig legte sich Erens breite Stirn in Falten.

»Vorsicht, Eren vom Stamm der Seehunde«, rief Brork. »Ich habe dir eben das Leben geschenkt. Erzürne mich nicht!«

»Ich selbst habe gesehen, wie du mit Mrak, dem Steinweisen, gesprochen hast«, sagte nun Urdh, der herbeigeeilt war. »Hat er dich nicht davor gewarnt, Brork anzugreifen? Hat er dir nicht gesagt, die Westbucht würde Seite an Seite mit dem Adlerstamm kämpfen?«

»Kein Wort von einem Bündnis zwischen Kraat und Brork kam über Mraks Lippen«, verkündete Eren.

Mittlerweile hatten sich Erens Seehunde hinter ihm aufgebaut, während Jäger der Westbucht und des Adlerstammes hinter Brork und Urdh warteten.

»Nun weißt du es, Eren, Stammesführer der Seehunde«, sagte Urdh.

»Und jetzt, da wir uns gegenüberstehen, solltest du erkennen, dass ein Kampf töricht wäre«, ermahnte Brork sein Gegenüber, denn die Bilder, die die Ahnen ihm gezeigt hatten, waren in seinem Kopf noch lebendig. »Die Seehunde würden vernichtet werden, doch auch die Adler und die Westbuchtkrieger würden große Verluste beklagen.«

»Töricht!«, schrie einer von Erens Männern und trat nach vorne. Etwas größer als sein Anführer, jedoch nicht ganz von dessen breiter Statur, baute er sich vor Brork auf. Als er sprach, schwang tiefe Bitterkeit in seiner Stimme mit. »Ich bin Johr, Vater von Jokh. Nennst du den Tod meines Sohnes ebenfalls töricht?«

»Der Tod deines Sohnes wurde gesühnt«, entgegnete Brork scharf. »Sein Mörder wurde gerichtet. Ich selbst habe es getan und zum Beweis und als Zeichen meiner Reue kam Mrak, ein Steinweiser und Stammesmitglied des Adlerclans zu euch, um euch die Fingerknochen des Mörders zu bringen.«

»Mrak brachte Fingerknochen«, sagte nun Eren. »Doch welchen Beweis haben wir, dass sie von Jokhs Mörder stammen? Zudem mag Mrak beim Adlerstamm aufgewachsen sein, doch er war ein Seehund, der noch als Kind ausgestoßen wurde, weil er ein Mädchen die Klippen hinabstieß.«

Egal welchem Stamm die Umstehenden auch angehörten, sie keuchten gleichermaßen auf.

Nur Brork zeigte keine Regung, was Urdh ihn aus zusammengekniffenen Augen betrachten ließ. »Ich habe von diesem Gerücht gehört, doch entspricht es auch der Wahrheit?«, fragte Kraats Sohn.

»Es stimmt, so wahr ich hier stehe«, fuhr Eren fort. »Ich weiß es von meinem Vater und er von seinem Vater.«

»Und selbst wenn, es tut nichts zur Sache, denn Mrak ist ein Steinweiser, dem Respekt gebührt«, rief Urdh.

»Weshalb hat er uns dann nicht vom Bund zwischen den Adlern und der Westbucht erzählt?«, hielt Eren dagegen.

»Ich selbst habe gesehen, wie man Roradh, Jokhs Mörder, die Fingerknochen nahm und Brork sie an Mrak übergab.« Diese Worte kamen von Rul, der sich nun nach vorne drängte.

»Auch wenn es die Knochen des Mörders sind, was sind sie gegen den Tod meines Sohnes? Er war ein Steinweiser, berufen von den Göttern selbst!« Johr baute sich vor Rul auf. »Ich verlange mehr!«

»Sprich, was willst du?«, fragte Brork.

»Ein weiteres Opfer! Einen Kampf, Mann gegen Mann!«

»Dann kämpfe gegen mich«, herrschte Rul ihn an. Doch Johr schüttelte den Kopf. Er sah Brork an, und wies mit seinem Messer auf den Stammesführer der Adler.

»So soll es sein!«, willigte Brork ein. »Allerdings nur, wenn danach der Rache genüge getan ist und die Seehunde heimkehren.«

Brork blickte Eren auffordernd an. Der Anführer der Seehunde zögerte, doch schließlich nickte er. »Du hast mein Wort.«

Die Krieger der drei Stämme machten den Kämpfenden Platz. Auch Brork hatte ein Steinmesser gewählt und beobachtete Johr, der ihn in geduckter Haltung umkreiste. Zweimal täuschte er einen Angriff vor, vermutlich wollte er Brorks Reaktionen testen. Der Stammesführer jedoch bewegte sich kaum, denn er erkannte, dass es nur Finten waren. Irgendwann stach Johr zu. Das Messer kam Brork gefährlich nahe, aber es gelang ihm auszuweichen. Immer mehr entfaltete sich der Kampf, wechselten Abwehr und Angriff ab. Johr war schnell, doch keiner seiner Angriffe war für Brork gefährlich. Brork erschien es fast, als kämpfe sein Gegner nur mit halbem Herzen.

Als der Seehundmann versuchte, Brorks Oberschenkel aufzuschlitzen, wich Brork zur Seite, ergriff Johrs Handgelenk. Er verdrehte Johrs Arm, so dass dieser das Messer fallen lassen musste. Dann packte er Johr, hob ihn hoch und schleuderte ihn auf den Boden. Kaum prallte der Seehundkrieger mit dem Rücken auf, da holte Brork aus, ließ sein Messer hinabfahren. Johr hätte sich noch zur Seite drehen können, doch er tat es nicht. Brork zögerte einen Augenblick, doch schließlich rammte er das Messer in den Boden, neben Johrs Kopf. Dann erhob er sich. »Dein Sohn hat Roradh besiegt und ihm Gnade erwiesen. Auch sein Messer traf die Erde neben Roradhs Kopf. Die gleiche Gnade will ich nun auch dir erweisen.« Brork trat zurück und richtete sein Wort an alle. »Ich habe heute zwei Seehunden das Leben geschenkt. Erachtet es als genug und kehrt heim!«

Langsam wandte der am Boden liegende Johr den Kopf. Brorks Messer steckte noch immer in der Erde. Johr zog es heraus und stand auf, während Brork jede seiner Bewegungen aufs Genaueste beobachtete. Dann hielt ihm der Seehundkrieger das Messer auf der flachen Hand entgegen. »Ich zweifle nicht mehr an deinen Worten«, sagte Johr. »Doch mein Schmerz wird bleiben.«

»Den hätte dir auch mein Tod nicht genommen. Kein Tod kann das.«

»Doch«, erwiderte Johr. »Mein eigener.« Mit gesenktem Haupt trat Johr zurück. Brork wusste nun, was Johr im Kampf gegen ihn gesucht hatte.

Eren, der bislang geschwiegen hatte, nickte Brork kurz zu, dann gab er das Zeichen zum Aufbruch und die Seehundkrieger zogen sich zurück.

Brork schaute ihnen hinterher. »Das ist nicht der Brork, den ich kenne«, flüsterte Rul ihm zu. »Warum hast du ihn verschont? Er war nicht einmal ein würdiger Gegner!«

»Und genau aus diesem Grund wäre es ein ehrloser Sieg für mich gewesen«, antwortete Brork. »Das Leben ist für ihn ohnehin schlimmer als der Tod!« Damit wandte sich Brork ab.

Der Kampf mit dem Seehundclan war schnell beendet worden, und auch Urdh war, nachdem die Seehunde außer

Sicht gewesen waren, aufgebrochen, um seine Jäger zurück zur Westbuchtsiedlung zu führen.

Mehr noch als die Auseinandersetzung mit dem Seehundclan sorgte sich Brork um das, was er gesehen hatte, als er die Ahnen zu sich gerufen hatte. Die Gestalt, die ihm aus der Geisterwelt gegenübergetreten war, war Thua gewesen.

Zwei Tage waren seit dem Kampf mit den Seehunden nun vergangen und Brork wartete ungeduldig auf die Ankunft von Mrak und Caitir. Der Anführer des Adlerstammes war gereizt und zornig, weil er Caitir hatte zurücklassen müssen. Doch er wusste auch, wäre er nicht gegangen, hätte der Kampf mit dem Seehundclan weitaus mehr Opfer gefordert. Als Stammesführer war es seine Pflicht, seinen Clan zu schützen. Er hatte darauf vertraut, dass Caitir in den Heiligen Hallen gut aufgehoben war, denn es gab keinen Ort, an dem sie den Göttern näher war. Doch nun hatte er Thua gesehen. War es ein Trugbild gewesen? Hatten böse Geister ihm einen Streich gespielt, um sein Vertrauen zu erschüttern? Zudem beunruhigte ihn das Wetter. Stürme tobten über das Land, als würden Ravk und Kjat miteinander ringen. Ein ungutes Gefühl beschlich den Anführer des Adlerclans, denn als Caitir das letzte Mal verschwunden war, hatten die Götter sich ähnlich zornig gezeigt.

Brork war gerade in einem Sumpf düsterer Gedanken versunken, als Rul mit vor Ehrfurcht geneigtem Kopf Brorks Behausung betrat. »Mrak ist zurück!«, verkündete er.

Brork nickte nur und starrte dann wieder ins Feuer, während Rul hinauseilte. Wenig später hörte er knirschende Schritte, dann stand Mrak vor ihm. Brork legte seine Hand auf die Brust, verneigte sich, doch er erhob sich nicht. Mrak kniff die Augen zusammen und setzte sich zu ihm. Die Knochen im Bart des Mannes schimmerten im Licht des Feuers, doch schien der Flammenschein seine Augen in den tief liegenden Höhlen nicht zu erreichen. Brork war es, als verstecke sich dort die Dunkelheit.

»Wo ist Caitir?«, fragte Brork ohne Umschweife.

»Sie ist erneut geflohen, mit dem Fremden in dessen Zeit. Am Kreis der Ahnen sind sie entschwunden, bevor wir sie ergreifen konnten.« Brork überraschten diese Neuigkeiten nicht wirklich. Er hatte es geahnt.

»Thua ist tot«, sagte er dann, wobei er Mraks Regungen aufs Genaueste beobachtete. Noch nie hatte er erlebt, dass der Steinweise – wenn auch nur kurz – verunsichert war. Sein Mund öffnete sich, doch ihm kamen keine Worte über seine Lippen.

»Es ist wahr«, antwortete Mrak, nachdem er die Fassung wiedererrungen hatte. »Sie ruht im Hügel der Ahnen. Woher weißt du es?«

»Die Ahnen haben es mir gezeigt.«

Mrak zog eine Augenbraue in die Höhe, sein Mund verzog sich missbilligend. »Was hast du gesehen?«, wollte der Steinweise wissen.

»Nur, dass sie in die Welt der Geister gegangen ist.«

Mrak nickte bedächtig.

»Wie?«, fragte Brork.

»Sie wurde getötet!«

»Von wem?« Brork richtete sich auf. Es war das erste Mal, dass es jemand gewagt hatte, Hand an eine Steinweise zu legen.

»Von der Tochter Kraats!«, antwortete Mrak.

Brork sprang auf. »Caitir?«

Mrak schüttelte den Kopf. »Es war Mjana, ihre Schwester. Als Caitir mit dem Fremden floh, wollte Thua sie aufhalten. Mjana stach die weise Frau nieder. Amgar kann es bezeugen. Er hat es gesehen.«

»Wo ist Mjana jetzt? Ist sie mit Caitir gegangen?«

Mrak schüttelte den Kopf. »Sie ist davongerannt, zurück zur Siedlung an der Westbucht. Amgar hat sie verfolgt, doch sie konnte ihm entkommen. Als wir Kraat von der Tat seiner Tochter erzählten, wollte er sie holen lassen, doch sie war erneut verschwunden. Vielleicht hat sie Angst bekommen, dass Amgar sie erkannt haben könnte, und ist deshalb geflohen, vielleicht aber hat sie uns belauscht. Kraats Männer suchen sie bereits und auch du solltest Jäger losschicken, denn alleine wird sie den Winter, der nun naht, nicht überleben und wir brauchen sie. Ich habe mich bereits mit den Weisen beraten. Wenn der Fremde aus der anderen Welt nicht mehr zurückkehrt, soll Mjana im Kreis der Ahnen sterben, sobald die Winterfeuer die lange Nacht erhellen. Damit ist das Blutopfer erbracht und die Götter sollten besänftigt sein.«

Brork setzte sich wieder. Caitir war jetzt für ihn unerreichbar. Das ärgerte ihn aufs Äußerste, doch es blieb ihm nichts anderes übrig, als darauf zu vertrauen, dass die Götter ihr den Weg zurück ebneten. Dennoch fühlte Brork den bitteren Geschmack des Versagens auf seiner Zunge, denn er hatte Caitir aus der Hand gegeben, als sie in die Heiligen Hallen gegangen war. Er hätte darauf bestehen müssen, an ihrer Seite zu bleiben. Doch es gab noch etwas, dass Brork beschäftigte.

»Wurden die Seehunde vernichtend geschlagen?«, wollte Mrak plötzlich wissen, wobei er sich nach vorne beugte und Brork aus seinen tief liegenden Augen fixierte. »Ich habe nur wenige tote Männer gesehen.«

»Der Kampf fand ein rasches Ende und wurde durch einen Zweikampf zwischen mir und dem Vater des Getöteten entschieden«, erklärte Brork. Er merkte Mrak an, dass ihm der Ausgang des Kampfes nicht gefiel. »Es war der Wille der Ahnen, durch die die Götter zu uns sprechen.«

Mrak richtete sich auf, seine Gesichtszüge drückten Wut aus. »Du solltest es den Steinweisen überlassen, zu den Ahnen zu sprechen.«

»Schon immer lebt der Adlerstamm zusammen mit den Toten in seinen Häusern, zu den Ahnen zu sprechen gehört zu unserer Tradition, wie du weißt. Sie haben mir den Ausgang der Schlacht gezeigt. Der Seehundstamm wäre vernichtend geschlagen worden, aber auch wir und die Westbucht hätten viele Männer verloren. Dies hätte das Überleben der Stämme gefährdet.«

Mrak schnaubte verächtlich, aber Brork ließ ihm keine Gelegenheit, etwas zu erwidern.

»Eren wusste nichts vom Bündnis zwischen dem Adlerstamm und der Westbucht. Weshalb hast du es ihm nicht gesagt?«

Mrak presste die Lippen aufeinander, seine Nasenlöcher weiteten sich. »Ich habe Eren verkündet, dass Caitir, Tochter des Kraat, dir zur Frau gegeben wurde. Dadurch wusste er von der Verbindung beider Stämme. Es oblag Eren, zu entscheiden, den Adlerstamm anzugreifen oder nicht. Zudem habe ich ihm die Fingerknochen des Mörders übergeben.«

Brork nickte bedächtig. Wenn dies in der Tat Mraks Worte gewesen waren, so hätte Eren es wissen müssen.

»Eren behauptet, du warst einst ein Angehöriger des Seehundstammes und wurdest verstoßen. Mrak, du hast viele Winter gesehen, mehr als jeder andere, gleich ob Mann oder Frau. Dadurch ist dieses Wissen zu einem Gerücht verblasst und niemanden hat es mehr interessiert. Sag, ist es wahr?«

»Es ist nur ein Gerücht. Mehr nicht.« Damit stand Mrak auf. Brork wollte etwas erwidern, aber Mrak hob die Hand. »Du zweifelst an mir, Brork. Wärst du nicht der, der du bist, hätte ich dich längst bestraft. Doch übertreibe es nicht. Auch meine Gunst dir gegenüber hat Grenzen.«

Der alte Steinweise wandte sich ab und ließ Brork zurück.

Der Anführer der Adler starrte ins Feuer. Er erinnerte sich an jenen Tag, als er Mjana den Speer in die Hand gedrückt hatte, um Roradh zu töten. Der Speer war ihren zitternden Händen entglitten.

Am nächsten Morgen rief Brork zur Jagd. »Nimm Amgar mit«, sagte er zu Rul. »Die vergangenen Tage haben mich hungrig gemacht. Ich brauche das Fleisch eines Hirsches.«

Rul runzelte die breite Stirn. »Amgar ist kein guter Fährtenleser«, sagte er.

»Deswegen bist du dabei. Amgar vermag dafür den Speer weit und zielgenau zu schleudern und ich will ihn dabeihaben!«

Rul verneigte sich, rannte davon und kehrte kurz darauf mit Amgar zurück. Gemeinsam zogen sie los, trotzten dem Sturm, der nach wie vor über das Land fegte und grimmige Kälte brachte. Bald hob Brork die Hand und die drei blieben stehen. »Hier!«, er deutete auf mehrere Hufabdrücke von Rotwild im weichen Boden. Leise schlichen sie weiter, folgten den Spuren, bis sie die Tiere äsend am Rande eines Wäldchens vorfanden. Schnell duckten sich die Jäger ins hohe Gras.

»Wir treiben sie zu dir«, flüsterte Brork Amgar zu. Dieser nickte und strich sich dann seine langen roten Haare zurück.

Brork und Rul schlichen in weitem Bogen um die Tiere herum und trieben sie schließlich in Amgars Richtung. Es dauerte nicht lange, bis Amgar aus dem Gras schnellte und seinen Speer warf. Ein junger Rehbock war ihm direkt in die Fänge gelaufen. Die Waffe traf, grub sich tief in das Fleisch des Tieres ein.

»Ein guter Wurf«, lobte ihn Rul.

»Aber das Tier lebt noch«, stellte Brork fest. »Schicke seinen Geist zu den Ahnen.«

Amgars Hand wanderte zu seinem Lendenschurz, doch da war kein Messer. Brork warf ihm das Seine zu. Mit einem schnellen Stich erlöste Amgar den Rehbock.

»Ein guter Jäger sollte nie ohne Messer losziehen«, sagte Brork.

Amgar senkte den Kopf. »Verzeih, ich habe es verloren und bereits begonnen, ein neues zu machen.«

»Wo hast du es verloren?«, fragte Brork. »Als ich dich bat, bei den Heiligen Hallen zu warten, hattest du es noch.«

»Ich muss es verloren haben, als ich Caitir und den großen Mann zum Kreis der Ahnen verfolgte.«

»Mrak erzählte mir, du hättest Mjana verfolgt, nachdem sie Thua niedergestochen hat.«

Amgar trat plötzlich unruhig von einem Bein auf das andere. »Ich bin ihr nachgelaufen, aber dann habe ich mich wieder Mrak angeschlossen.«

Brork glaubte ihm nicht. »Ich bezweifle aber, dass Mjana es getan hat«, fuhr er fort. »Thua war vom gleichen Clan und ich kenne das Mädchen. Niemals hätte sie die Hand gegen Thua erhoben.«

Amgars Augenlider begannen nervös zu flackern.

»Wer also hat die Steinweise getötet?«, brüllte Brork ihn an, Ruls verwunderten Blick ignorierend. Er baute sich vor Amgar auf. Der Jäger beugte den Kopf, trat zurück.

»Du zweifelst an Mrak, nicht wahr?«, fragte Rul.

»Ich habe zu den Ahnen gesprochen«, erklärte Brork, ohne den Blick von Amgar zu nehmen. »Dort habe ich Thua gesehen. Ich bin erschrocken und die Ahnen verschwanden. Ich kann Thua erneut befragen.«

Amgar riss die Augen auf und starrte Brork entsetzt an. »Wer also hat Thua getötet?«, drängte Brork.

»Ich«, stammelte Amgar. »Mrak wollte, dass ich es tat. Er sagte, Thuas Tod sei Wille und Strafe der Götter, da sie dem Fremden den Zutritt zu den Heiligen Hallen gewährte.«

Rul keuchte auf. »Selbst einem Steinweisen steht es nicht zu, über einen anderen Steinweisen allein zu richten. Wie konntest du zu Mraks Waffe werden?«

»Ich … Mrak ist sehr …«

»Du hattest Angst«, unterbrach Brork den Jäger. Er wusste, wie Furcht einflößend Mrak auf viele wirkte. Allein, dass er ein ungewöhnlich langes Leben hinter sich hatte, machte ihn in den Augen vieler zu einem von den Göttern gesegneten Mann.

Mit gesenktem Kopf stand Amgar vor Brork und Rul.

»Gehen wir«, rief Brork. »Wir erlegen noch Seehunde, an den Klippen. Wir werden ihr Fett brauchen. Der Winter naht.«

Ungeduldig wartete Mrak auf Brorks Rückkehr. Noch immer hatte der Anführer des Adlerstammes keine Jäger entsendet, die nach Kraats Tochter suchten. Stattdessen war er mit Amgar und Rul auf die Jagd gegangen. Zwar war es notwendig, Vorräte anzulegen, doch das konnten auch andere tun.

Was Mrak aber mehr beunruhigte, war, dass Brork zu viel fragte.

Sobald Brork von der Jagd zurück war, würde er ihn auffordern, Jäger nach Kraats Tochter suchen zu lassen, und er würde darauf bestehen, dass Amgar einer von ihnen sein sollte. Der Tag verstrich quälend langsam. Bevor es dunkel wurde, kehrte Brork mit Rul, jedoch ohne Amgar, zurück. Die Beute war reichlich, denn sie schleppten einen Rehbock und zwei Seehunde mit sich.

Einige der Stammesmitglieder eilten herbei und nahmen die erlegten Tiere entgegen, um sie auszunehmen.

»Eine gute Jagd«, sagte Mrak anerkennend.

»Eine sehr gute sogar«, entgegnete Rul.

Mrak schaute sich um. »Wo ist Amgar?«

»Ist er noch nicht eingetroffen?«, fragte Brork und sah sich nun ebenfalls um. »Wir haben uns während der Jagd an den Klippen getrennt.«

»Vielleicht wartet er noch immer auf seinen Seehund«, scherzte Rul. »Oder er hat einen gefangen, der schwerer ist als unsere, und braucht nun länger für den Rückweg.«

Mrak fühlte Zorn in sich aufsteigen. Rul entging dies nicht, denn er wurde augenblicklich ernst, verneigte sich und ging davon.

»Wo ist Amgar!«, verlangte Mrak noch einmal von Brork zu wissen. »Was hast du mit ihm gemacht?«

Brork runzelte die Stirn. »Ich verstehe nicht, was du meinst, Mrak?«

Mrak musterte Brork, betrachtete dessen mit Blut beschmierten Hände. »Du hast ihn getötet, nicht wahr?«

»Weshalb sollte ich Amgar töten? Er ist der Einzige, der vor den Göttern bezeugen kann, wer Thua getötet hat. Er muss leben!«

Brorks Augen bohrten sich in Mrak, doch er hielt dem Blick des Stammesführers stand.

Dann wurden Stimmen hinter Mrak laut, daher wandte er sich um. Tatsächlich erschien nun Amgar, der von einigen Frauen und Kindern freudig begrüßt wurde, denn er schleppte einen besonders fetten Seehund mit sich.

»Anscheinend hat Rul recht behalten. Amgars Seehund ist größer.«

»Noch heute solltest du Jäger entsenden, die nach Thuas Mörderin suchen«, verlangte Mrak.

»Heute Nacht werden wir ein Fest zu Ehren der Götter feiern«, entgegnete Brork. »Einen Teil des Fleisches werden wir ihnen opfern. Möge es Kjat besänftigen, möge es alle Götter besänftigen.«

Mrak baute sich vor Brork auf. »Die Götter brauchen kein Fleisch. Sie brauchen ein Opfer! Sie verlangen nach dem Blut von Thuas Mörder!«

Brork musterte Mrak kurz, doch zu Mraks Genugtuung verneigte er sich schließlich. »Wie du wünschst«, sagte er. »Die Götter sollen ihr Blut erhalten.«

Der Jäger hatte sich von dem Geschehen entfernt. Er beobachtete das wilde Fest des Adlerstammes, der in dieser

Nacht dem Wetter trotzte. In den Behausungen sowie in vor Wind geschützten Senken entzündeten sie Feuer und brieten das Fleisch des Rehbocks. Viele warfen sich mit Adlerfedern geschmückte Umhänge über und tanzten im Wind. Sie breiteten ihre Arme aus, ahmten in ihren Bewegungen den mächtigen Himmelsvogel nach, der auf den wildesten Stürmen ritt, der seine Flügel an den Körper legen konnte, um in endlos scheinende Tiefen zu stürzen, nur um seine Schwingen dann wieder auszubreiten und trotz seines Falls über allem zu schweben. So huldigten sie Kjat, ihrem Gott, dem Adlergott. Trotz des wilden Tanzes drückten die Männer, Frauen und Kinder des Adlerstammes Demut aus, zeigten so, dass sie die Mächte, die sie umgaben, annahmen und respektierten.

Der Blick des Jägers schweifte über das Treiben. Die Schatten der wild flackernden Flammen vermischten sich mit jenen der Tanzenden. Ein Meer wogender Schatten erschwerte es dem Auge des Jägers, nach seinem Opfer zu suchen. Doch schließlich fand er es. Der Jäger richtete sich auf, streckte den Kopf in die Höhe, wie ein Raubvogel, der soeben seine Beute erspäht hatte. Das Opfer lief zwischen den tanzenden Menschen dahin, bis es der schützenden Helligkeit der flackernden Feuer entronnen war.

Der Jäger sprang auf, eilte durch die Dunkelheit, seinem Opfer hinterher, das im Schutz einiger Bäume stehen blieb, um sich zu erleichtern. Der Jäger wartete. Als das Opfer fertig war und sich zu ihm umwandte, griff er an. Dem Opfer blieb nur der Flügelschlag eines Schmetterlings Zeit, um seine Augen aufzureißen, dann packte es der Jäger, hob es hoch und schmetterte es auf den Boden, genau auf einen Stein. Der Jäger war zufrieden.

Tief hängend und träge trieben die Wolken über das Land, der Geruch erkalteter Asche lag in der Luft. Kjat war still geworden und es schien, als ob die Tänze zu Ehren der Götter und das gejagte Fleisch diese für den Augenblick besänftigt hätten.

Brork stand vor seiner Behausung und erspähte Mrak, der regungslos auf einer Erhebung stand und zum Himmel blickte. Vermutlich sprach er zu den Göttern oder machte sich Gedanken über das Wetter, das sich so plötzlich beruhigt hatte.

»Eine friedliche Stille liegt über dem Land«, sagte Brork zu Mrak, nachdem der Steinweise von seinem Hügel herabgestiegen und zu ihm gekommen war. »Es ist, als seien die Götter zufrieden.«

»Nein«, antwortete Mrak. »Ravk holt nur tief Luft für einen kalten, stürmischen Winter. Umso wichtiger ist es daher, das Blutopfer zu erbringen.«

»Ich habe Rul bereits befohlen, sich vier Männer zu nehmen und sich auf die Suche zu begeben. Er wird in Kürze aufbrechen.«

Mrak nickte zufrieden. »Gut! Denn Eile ist geboten.«

Brork fragte sich, ob Caitir wieder zurück war, denn wann immer sie weg war, tobten die Götter, kehrte sie zurück, schienen sie besänftigt zu sein und die Winde wurden friedlicher. Schreie lenkten ihn von seinen Überlegungen ab.

»Die Männer sind aufgeregt«, sagte Mrak und nickte mit dem Kopf in Richtung einiger Krieger, die auf ihn und Brork zueilten.

Nur wenige Herzschläge später standen Rul und drei Jäger vor ihnen. »Was ist geschehen?«, fragte Brork.

»Ein Toter«, keuchte Rul. »Er muss von den Klippen gestürzt sein. An der gleichen Stelle, wo auch der Junge vom Seehundstamm lag.«

»Wer ist es?«, wollte Mrak wissen.

»Amgar!«

DEM TODE GEWEIHT

Maeve war auf ihrem Sofa eingenickt, doch sie schreckte aus dem Schlaf, als sich die Tür zu ihrem Cottage quietschend öffnete. Kurz darauf kam Andrew ins Wohnzimmer.

»Und?«, fragte Maeve, wobei sie sich gespannt aufrichtete.

»Ich bin den Strand auf und ab gelaufen, nach Norden, dann nach Süden«, sagte Andrew, schüttelte dann aber den Kopf. »Keine Spur von ihr.«

Maeve verspürte Enttäuschung. Bereits gestern hatte sie mit Andrew fast den ganzen Tag lang die Umgebung und den Strand abgesucht, während Dianne zu den Steinkreisen gefahren war. »Ich verstehe das nicht. Du und Dianne habt gesagt, sie sei Darryl entkommen. Sie muss doch irgendwo sein.«

»Ist sie auch.« Andrew fuhr sich durch die Haare. »Dianne und ich waren uns sicher, dass Cait als Erstes hierher kommen würde, zumal es ja auch unser Ziel war, bevor Darryl mich niederschlug.«

»Das war vorgestern!«

»Ich weiß! Mittlerweile haben wir den Ring of Brodgar dreimal abgesucht, waren am Ness of Brodgar und beim Kreis der Schüler.«

»Kreis der Schüler?« Maeve war verwirrt.

»Ich meine die Stones of Stenness. So nennt Caits Volk den Steinkreis.«

»Aha!« Maeve erhob sich, klopfte ihr Kissen zurecht, als ihr ein Gedanke kam. »Sag mal, Andrew, habt ihr eigentlich in Darryls Kofferraum nachgesehen?«

Andrew runzelte die Stirn. »Weshalb sollten wir?«

»Ich meine nur, vielleicht hatte er Cait in seinem Kofferraum versteckt und nur vorgetäuscht, dass sie ihn überwältigt hat.«

»Dann hätte Darryl seine Bewusstlosigkeit ebenfalls nur vorgespielt und sich die Beule am Kopf selbst zugefügt. Nein, das glaube ich nicht.«

»Aber wo ist sie dann?«

Andrew seufzte. »Ich habe nicht die leiseste Ahnung.«

Nachdem ihre gestrige Suche nach Cait erfolglos verlaufen war, war Dianne heute Morgen zurück zum Ness of Brodgar gegangen, um mit den Ausgrabungen fortzufahren. Das Wetter hatte sich seit Andrews Auftauchen gebessert. Der Himmel war zwar bedeckt, doch es regnete nicht und nur eine leichte, aber kalte Brise wehte ihr ins Gesicht. Die Archäologen waren mehr als froh, endlich wieder graben zu können. Auch Darryl war dabei. Dianne hatte ihn mittlerweile zweimal wegen Cait befragt, doch er blieb bei seiner bisherigen Aussage und hatte versucht, Dianne zu überzeugen, wie wichtig es sei, dass Cait gefunden und wissenschaftlich untersucht werden würde. Glücklicherweise hatte Darryl noch niemandem etwas von Cait erzählt, ein Umstand, der wohl Darryls Ehrgeiz zu verdanken war. Sicher wollte er derjenige sein, der Cait fand, um seinen Fund der Wissenschaft zu präsentieren. Vielleicht fürchtete er aber auch, dass man ihn auslachen würde. Wie Dianne wusste, war dies etwas, das Darryl überhaupt nicht ausstehen konnte. Es machte ihn rasend vor Wut.

Dianne spielte mit dem Gedanken, zumindest Nicolas, den leitenden Archäologen, einzuweihen und ihn über Cait und Darryls Haltung zu informieren. Nicolas war ein sehr umgänglicher Mensch und nahm jeden seiner Mitarbeiter ernst.

Während Dianne mit dem Pinsel etwas Erde um einen Stein wegfegte, spähte sie kurz zu Darryl hinüber. Er beobachtete sie genauso argwöhnisch wie sie ihn. Vielleicht hoffte er, sie würde ihn früher oder später auf Caits Spur führen.

»Dianne, sieh dir das an!«

Dianne war derart in ihre Gedanken versunken gewesen, dass sie Nicolas gar nicht bemerkt hatte. Nun blickte sie zu ihm auf. Er deutete auf den Stein, an dem Dianne soeben gearbeitet hatte und dessen Spitze nun aus dem Boden ragte. »Hast du denn noch nicht bemerkt, dass du da gerade einen interessanten Fund freilegst?«

Dianne runzelte die Stirn, nahm einen Spatel zur Hand und kratzte etwas mehr von der umliegenden Erde weg. Schließlich bewegte sie den Stein vorsichtig hin und her, bis sie ihn herausziehen konnte.

»Höchst interessant!« Nicolas ließ sich neben Dianne auf die Knie nieder, wobei sie bemerkte, dass Darryl nun ganz besonders verstohlen zu ihr und Nicolas herübersah. Sicher brannte er vor Neugierde, was sie da zu bereden oder gefunden hatten. Sie unterdrückte ein Grinsen und versuchte, nur um Darryl zu ärgern, Nicolas möglichst lange in ein Gespräch zu verwickeln.

Gemeinsam betrachteten sie den Gegenstand, den Dianne nun in Händen hielt und der die Form von einem »T« hatte, dessen drei Stege jedoch gleich lang waren und spitze Enden aufwiesen.

»Was meinst du, könnte das sein, Dianne?«, fragte Nicolas. »Ein religiöser Gegenstand vielleicht?«

»Möglich«, meinte Dianne, musste aber daran denken, dass Cait offenbar Darryl niedergeschlagen hatte, was sie als Hinweis dafür betrachtete, dass die einstigen Bewohner auch kampferprobt gewesen waren. »Aber wer weiß. Vielleicht stellt es auch eine Waffe dar!«

»Meinst du wirklich?« Nicolas nahm seine Brille ab und massierte sich die Nasenwurzel mit Daumen und Zeigefinger. »Steinmesser, Axt oder Speer scheinen mir da als Waffen besser geeignet zu sein. Wie willst du dieses T-Stück denn als Waffe einsetzen?«

Dianne überlegte kurz, drehte ihren Fund hin und her. Dann schlossen sich ihre Finger um den Stein, bildeten eine Faust, aus deren Seiten zwei der spitzen Enden ragten, während das dritte zwischen Ring- und Mittelfinger hervorschaute. Nun machte sie einige langsam ausgeführte Schlagbewegungen. »Siehst du«, erklärte sie, »egal wie man zuschlägt, man würde den Gegner immer mit einer dieser Spitzen treffen.«

Nicolas nickte anerkennend. »Am besten, du trägst deinen Fund samt deiner Theorie gleich in unser Internet-Tagebuch ein. So manch ein Follower wird das höchst interessant finden.«

»Mach ich.«

»Schön!« Nicolas setzte seine Brille wieder auf und erhob sich.

»Du, Nicolas!«

»Ja?«

Dianne schaute zu Darryl hinüber, der ihnen im Moment deutlich mehr Beachtung zumaß, als seiner Arbeit.

»Also ich weiß nicht, Dianne«, begann Nicolas plötzlich, dessen Blick zwischen Dianne und Darryl hin und her wanderte, »irgendwie wirkt Darryl und du zurzeit ein wenig geistesabwesend. Habt ihr ein Problem miteinander?«

Kurz überlegte Dianne, doch dann schüttelte sie den Kopf. »Nicht mehr als sonst auch«, antwortete sie lachend.

»Ihr kämpft doch nicht noch immer mit den Nachwehen eurer Beziehung?«

»Nein. Nur Darryls Ehrgeiz ist manchmal etwas anstrengend.«

»Verstehe. Es geht mich ja auch nichts an. Aber wenn du reden willst, dann kannst du zu mir kommen.«

»Danke!«, sagte Dianne.

»Also, wolltest du noch was von mir?«

Diannes Gedanken rasten. Sollte sie Nicolas nun von Cait erzählen? »Ach, nicht so wichtig«, sagte sie rasch. »Wir können auch ein anderes Mal darüber reden.«

Nicolas nickte und ging dann weiter.

Wie versprochen trug Dianne ihren Fund ein und machte sich wieder an die Arbeit. Allerdings verlief der Rest des Tages für sie eher erfolglos, denn ihre Gedanken waren woanders. So machte sie etwas früher Schluss, fuhr kurz bei Lucinda und George vorbei und dann zu Maeve.

Dianne klopfte an die Tür des Hauses, doch wie es schien, war niemand hier. Sie trat dennoch ein, da Maeve ihr dies erlaubt hatte, und wartete eine Weile. Es dauerte nicht lange, bis die alte Dame und Andrew zurückkehrten.

»Und? Irgendeine Spur von Cait?«, fragte sie, obwohl sie die Antwort bereits erahnte, als sie Andrews nach unten hängende Mundwinkel sah.

Maeve schüttelte den Kopf. »Es ist zum Verzweifeln. Sie ist nirgendwo zu finden, obwohl wir alles abgesucht haben.« Sie rieb sich die Hände. »Außerdem bin ich völlig durchgefroren. Lasst uns in die Küche gehen. Es ist noch Eintopf von heute Mittag übrig.«

»War Darryl am Ness?«, wollte Andrew wissen, während sie sich am Küchentisch niederließen.

»Ja, war er«, antwortete Dianne. »Er hat mich genauso misstrauisch beobachtet, wie ich ihn.«

»Also ergibt meine Kofferraum-Theorie wirklich keinen Sinn«, sagte Maeve.

Als Dianne fragend dreinblickte, erklärte Andrew ihr Maeves Theorie, Darryl könne seine Bewusstlosigkeit nur vorgetäuscht und Cait im Kofferraum versteckt haben.

»Sehr unwahrscheinlich«, meinte Dianne.

Schweigend und jeder in seine Gedanken versunken, nahmen sie Maeves Eintopf zu sich. Dianne bemerkte, wie sehr Andrew abgenommen hatte. Die Tage in der Vergangenheit und der Verlust der Frau, in die er sich verliebt hatte, zehrten an ihm. Sein Gesicht war hager geworden und er starrte düster vor sich hin. Da unterbrach ein Motorengeräusch die Stille.

Maeve hob den Kopf, blickte zum Fenster hinaus und lauschte. Andrew schien es nicht einmal zu bemerken.

»Das war doch Frasers Land Rover«, sagte Maeve. Sie erhob sich und ging zur Tür. Dianne folgte ihr, legte Andrew im Vorübergehen kurz eine Hand auf die Schulter.

Tatsächlich war es Fraser Tulloch, wie Dianne erkannte, als Maeve öffnete. Wie immer trug er seinen betagten, blauen Wachsmantel, die Haare hatte er zu einem Pferdeschwanz gebunden.

»Ich bin froh, hier endlich jemanden anzutreffen«, rief er, als er um den Wagen herum zur Beifahrertür lief. »Ich glaube, ich habe jemanden gefunden, der zu Ihnen möchte.« Fraser öffnete die Tür. Maeve schlug sich sofort eine Hand vor den Mund und auch Dianne traute ihren Augen kaum, als sie sah, wer da ausstieg.

»Cait!«, rief sie.

Im Inneren des Cottages polterte es, vermutlich ein Stuhl, der zu Boden gekippt war. Nur einen Augenblick später kam Andrew herbeigestürmt. Kurz blieb er im Türrahmen stehen, doch dann rannte er Cait entgegen und schloss sie in seine Arme. »Cait!«, flüsterte er, wobei er ihr immer wieder Küsse auf die Haare drückte.

~

Brork blickte den Männern hinterher, bis der Horizont sie verschluckt hatte. Hinter ihm herrschte noch immer Unruhe wegen Amgars Tod.

»Ihre Suche wird ein schnelles und erfolgreiches Ende finden, die Götter stehen ihnen zur Seite«, sagte Mrak. »Thuas Tod verlangt nach Blut.« Mraks Stimme klang eisig, doch Brork kümmerte es nicht. »Vielleicht wurde Thuas Tod bereits gesühnt?«

Mrak blickte ihn aus zusammengekniffenen Augen an. »Sprichst du von Amgar?«

»Wie kommst du auf Amgar?«, fragte Brork. »Ich dachte an Mjana, Tochter von Kraat. Vielleicht ist sie bereits tot. Spricht nicht die Stille des Wetters dafür?«

»Du spielst ein gefährliches Spiel, Brork«, sagte Mrak. »Ich warne dich! Erzürne mich nicht, denn sonst erzürnst du die Götter!«

»Verzeih mir, Mrak. Ich bin nicht nur der Stammesführer des Adlerclans. Manchmal bin ich auch ein Jäger, der ein Opfer sucht.« Brork legte eine Hand aufs Herz und deutete eine Verbeugung an. »Sollte Mjana gefangen werden, wird einer meiner Männer sogleich zu den Heiligen Hallen eilen, um dir die Nachricht zu überbringen.«

Damit wandte Brork sich ab und ging davon. Er war sich der Tatsache, Mrak erzürnt zu haben, durchaus bewusst. Doch er wusste auch, dass Amgar Thua auf Mraks Geheiß getötet hatte. Vielleicht hatte er dies getan, weil Thua neben ihm den meisten Einfluss bei den Steinweisen hatte, vielleicht aber auch nur, weil sie dem Fremden Zutritt zu den

Heiligen Hallen gewährt hatte. Doch da war noch mehr. Brork vermutete, dass auch der Junge vom Seehundstamm gestorben war, weil Mrak Roradh dies befohlen hatte. Zweimal hatte Mrak also jemanden durch die Hand eines anderen sterben lassen, zweimal hatte Brork Mraks Handlanger getötet. Dann war da noch das Gerücht, Mrak sei ein Ausgestoßener des Seehundstammes gewesen. Wenn dies wirklich der Wahrheit entsprach, so würde es Sinn ergeben, dass Mrak durch sein Handeln bewusst einen Kampf mit dem Seehundstamm heraufbeschworen hatte, um sich zu rächen. Wie auch immer, Brorks Worte sowie Amgars und Roradhs Tod würden Mrak jetzt zu denken geben und den Anführer der Adler für den alten Steinweisen unberechenbar machen. Nun hoffte Brork, dass Caitirs Schwester, Mjana, bald gefunden und zu ihm gebracht wurde.

»Cait, wo warst du nur?«, fragte Andrew, nachdem sie alle zusammen in Maeves Küche saßen. Caits Augen wanderten zu dem Mann, der sie gebracht und sich Andrew als Fraser Tulloch vorgestellt hatte.

»Sie war bei mir«, erklärte Fraser sogleich. »Ich habe sie am Ring of Brodgar aufgelesen, vor zwei Tagen. Als ich Cait erkannte, ging ich zu ihr. Es dauerte etwas, bis ich sie überzeugen konnte, mit mir zu kommen. Wir waren bereits mehrfach hier, aber es war niemand da und ich wollte sie nicht alleine lassen.«

»Weil wir alle nach Cait gesucht habe«, erklärte Dianne und schlug sich die Hand gegen die Stirn.

»Woher kennen Sie Cait eigentlich?«, wollte Andrew wissen.

»Fraser ist ein Druide«, warf Maeve ein, so als würde das alles erklären.

»Ein Druide?«, rief Andrew erstaunt, wobei er Fraser misstrauisch betrachtete.

»Na ja«, entgegnete Fraser, »so etwas Ähnliches zumindest. Ich würde mich eher als Hüter alten Wissens bezeichnen. Dianne hat mich bereits vor einiger Zeit am Ring of Brodgar gesehen.«

Dianne nickte. »Das stimmt. Fraser hat bezüglich eurer Zeitreisen so seine eigenen, ganz speziellen Theorien.« Dianne erzähle Andrew, wie sie Fraser das erste Mal am Steinkreis begegnet war und er sie und Maeve hier aufgesucht hatte.

»Fraser hat in einer Meditation gesehen, wie du und Cait verfolgt wurdet. Er meinte, die Menschen aus Caits Zeit sehen in einem Opfer die einzige Möglichkeit, die Zeitreisen zu unterbinden.«

»Es ist Andrew!«, meldete sich nun Cait zu Wort. »Er soll getötet werden, wenn die Nacht am längsten ist.«

»Die Wintersonnenwende«, sagte Fraser. »Ich habe viel darüber nachgedacht. Und über dieses Blutopfer.«

»Und, sind Sie zu einem Ergebnis gekommen?«, wollte Dianne wissen.

Fraser wiegte nachdenklich den Kopf. »Ich denke, es wäre möglich, die Zeitreisen zu unterbrechen, wenn Cait und Andrew sich zur Wintersonnenwende am Ring of Brodgar voneinander lossagen würden.«

»Was genau meinen Sie damit?«, rief Andrew. Ihm gefiel überhaupt nicht, was Fraser da von sich gab.

»Es scheint eine besondere Verbindung zwischen Ihnen, Andrew, und Cait zu bestehen.«

Andrew nickte nur und nahm Caits Hand.

»Ich denke aber, es gibt noch etwas, dass über Ihre Liebe zueinander hinausgeht. Vielleicht gibt es noch einen anderen Grund, weswegen es Cait in unsere Zeit verschlagen hat. Vielleicht sollte sie nur einen kurzen Einblick gewinnen, um dann zurückzukehren und wichtige Entscheidungen für ihr Volk zu treffen. Vielleicht war es nicht geplant, dass Sie und Cait aufeinandertreffen und sich verlieben. Dies hat eine neue Energie geschaffen, die sie aneinander haften lässt, weswegen Sie beide mehr oder weniger unkontrolliert hin und her reisen.«

»Aneinander haften lassen«, wiederholte Dianne und verzog das Gesicht, »eine seltsame Beschreibung für Liebe.«

»Bitte verstehen Sie mich nicht falsch, Dianne. So meine ich das nicht.« Er zuckte entschuldigend mit den Schultern.

»Für mich sind das sehr viele *vielleicht*!«, meinte Andrew.

»Ich weiß. Manchmal erschließt sich einem aber auch der höhere Sinn bestimmter Ereignisse erst viel später.«

»Und Sie glauben wirklich, wenn Andrew und Cait sich voneinander lossagen, dann könnten die Zeitreisen unterbrochen werden?«, fragte Dianne.

»Ja. Beide müssen sich nicht nur lossagen, sondern ein jeder sollte den anderen bewusst freigeben, damit jeder in der Zeit, in die er gehört, verbleiben kann.«

Eine beklemmende Stille kehrte ein. Dianne und Maeve sahen Andrew und Cait fast schon mitleidig an.

»Waren Sie schon mal verliebt, Fraser?«, wollte Dianne nach einer Weile wissen.

»Ja! Ich weiß, was es bedeutet, jemanden zu verlieren, glauben Sie mir. Und ich denke, es ist besser, den anderen sicher und wohlbehalten in seiner Zeit zu wissen, als ihn an den Tod verloren zu haben.«

Dianne nickte bedächtig. »Ich verstehe. Tut mir leid, Fraser.«

»Schon gut! Und wenn ich eine bessere Lösung hätte, dann würde ich es Ihnen natürlich sagen. Aber das ist das Einzige, das mir einfällt.«

»Wir ziehen einfach weg von hier«, schlug Andrew vor, wobei er Caits Hand drückte. »Weg von diesen Steinkreisen! Was meinst du?«

Cait senkte den Blick.

»Cait? Du liebst mich doch auch?«

Cait presste die Lippen aufeinander, nickte aber schließlich.

»So sehr ich mit dir fühle, Andrew«, sagte nun Maeve, »ich glaube, das wäre einfach nicht richtig.«

»Maeve hat recht«, pflichtete Fraser ihr bei. »Zudem kann niemand mit Sicherheit sagen, ob Sie nicht an einem anderen Kraftort, beispielsweise in Stonehenge oder am Glastonbury Tor, wieder in der Zeit zurückspringen würden.«

»Und ihr beide wäret ständig auf der Flucht. Sowohl in Caits Zeit als auch in deiner, Andrew«, gab Dianne zu bedenken.

»Sie sprechen die Wahrheit«, sagte nun Cait zu Andrew. »Es ist besser so. Ich muss zurück zu meinem Volk, zu

Mjana, zu meiner Familie. Mein Verschwinden sorgt für Unruhe und Krieg. Dein Platz jedoch ist hier!«

Andrew schloss die Augen. Er fragte sich, ob er sich nur in etwas verrannt hatte, von dem er von Anfang an insgeheim gewusst hatte, dass es keine Chance hatte. Kurz fragte er sich sogar, ob Cait ihn überhaupt ebenso sehr liebte, wie er sie. Doch er wagte nicht, sie direkt mit seinen Zweifeln zu konfrontieren, denn er hatte Angst vor der Antwort.

»Die Götter haben dir einen besonderen Pfad zu Füßen gelegt«, murmelte Cait.

»Was sagtest du?«, fragte Andrew.

»Das waren Thuas Worte. ›Die Götter haben dir einen besonderen Pfad zu Füßen gelegt‹, sagte sie zu mir.« In Gedanken versunken starrte Cait vor sich hin. »Ich glaube, alles hat einen Sinn. Alles dient einem höheren Zweck.«

»Und welcher soll das sein?«, wollte Andrew wissen.

»Ich weiß es nicht. Noch nicht! Eines Tages aber werden wir es wissen.« Cait legte ihre Hand auf Andrews. »Ich muss den Göttern vertrauen. Ich muss«, Cait brach ab, in ihren Augen glitzerte es. »Ich muss zurück!«, beendete sie schließlich ihren Satz.

Andrew seufzte tief, schließlich nickte er. »Dann soll es so sein«, sagte er. »Am Tag der Wintersonnenwende also.«

Andrew schluckte, doch der Kloß, der ihm im Hals steckte, blieb.

Rasch duckte sich Mjana tief ins Gras und verhielt sich still, als sie den Jäger kommen sah. Sie wagte nicht einmal zu atmen. Lange hatte sie vor seiner Behausung gewartet, hatte sich genau neben dem Pfad auf die Lauer gelegt, den er immer benutzte. Sie hatte extra den Wind geprüft, der glücklicherweise aus der Richtung des Jägers kam. Der Jäger war erfolgreich gewesen, seine Beute schleppte er mit sich. Nun konnte Mjana nur noch auf ihr Gehör vertrauen. Leises Rascheln im Gras verriet ihr, dass der Jäger näher kam. Dann war es so weit. Blitzschnell schnellte Mjana nach vorne, griff nach dem Kaninchen, das tot im Maul des völlig überraschten Fuchses baumelte. Sie bekam es zu fassen! Der Fuchs jaulte auf, dann rannte er davon. Der Jäger hatte seine Beute verloren.

Fast schon empfand Mjana Mitleid mit dem Tier, denn auch der Fuchs kämpfte gegen die eisigen Stürme ums Überleben. Doch sie selbst war ebenfalls hungrig und musste essen. Nachdem sie aus ihrem Dorf an der Westbucht geflohen war, hatte sie sich an den Fuchsbau erinnert, in dem sie sich vor Brorks Jäger versteckt hatte. Sie war hierher zurückgekehrt, weil das Dickicht den Wind einigermaßen abhielt. Sie hatte sogar einen weiteren Bau gefunden, den sie vergrößert und mit Moos und Gras ausgelegt hatte, um sich darin zusammenkauern und schlafen zu können. Heute hatte sie den Fuchs zum ersten Mal beraubt. Der Hunger hatte sie dazu getrieben, so wie er sie jetzt auch dazu brachte, das blutige Fleisch gierig hinunterzuschlingen. Doch Mjana brauchte auch Wasser. Dazu musste sie jedoch das Wäldchen verlassen und einen Wasserlauf aufsuchen, an dem sie ihren Durst löschen konnte. Also brach sie zu dem kleinen Bach auf. Wie ein gehetztes Tier schaute sie sich immer wieder um. Erst gestern hatten sich Jäger ihres Vaters in der Nähe des Wäldchens, in dem sie hauste, herumgetrieben und nach ihr gesucht.

Sie kniete sich ins Gras, suchte erneut die Umgebung ab. Als sie sicher war, alleine zu sein, beugte sie sich über den kleinen Bach, in dem sie ihr Spiegelbild betrachtete. Bis jetzt hatte sie überlebt, doch es war auch erst ein paar Tage her, seitdem sie geflohen war. Der Winter hielt bereits Einzug, die Kälte wurde beißender und Ravk hatte nur an einem Tag plötzlich geschwiegen, bevor er erneut begonnen hatte, seinen reißenden Atem über die Inseln zu schleudern. Mjana versuchte die Gedanken zu vertreiben, denn sie verursachten ihr großes Unwohlsein.

Schließlich schöpfte sie mit beiden Händen Wasser und trank, so viel sie konnte. Als sie sich aufrichtete, fühlte sie sich besser. Auch diesen Tag würde sie überleben.

Mjana stand auf, wandte sich um – und erschrak. Ein Jäger des Adlerstammes stand hinter ihr. Ehe sie es sich versah, hatte er sie gepackt und schleifte sie mit sich. Mjana schrie, schlug um sich und wehrte sich nach Leibeskräften.

Der Jäger jedoch umklammerte eisern ihren Arm und führte sie zu vier seiner Stammesmitgliedern.

»Brork und Mrak werden zufrieden sein«, meinte einer von ihnen.

»Bringen wir sie zu Brork!«, sagte ein anderer. Mjana hatte ihn schon an Brorks Seite gesehen, sein Name war Rul, glaubte sie sich zu erinnern. »Gehe du zu den Heiligen Hallen und sage Mrak Bescheid, dass wir das Mädchen gefunden haben.«

Der andere nickte und rannte davon.

»Ich habe Thua nicht getötet!«, schrie Mjana, doch niemand beachtete sie. Die Jäger zerrten sie mit sich und schneller, als Mjana gedacht hatte, erreichten sie das Heimatdorf des Adlerstammes, wo man sie zu Brork brachte. Vor Brorks Behausung gab ihr einer der Männer einen Stoß in den Rücken, so dass Mjana zu Boden geschleudert wurde. Als sie, auf den Knien liegend, den Kopf hob, blickte sie dem Anführer des Adlerstammes in die stechenden Augen. Die buschigen Brauen, die unter seiner stark gewölbten Stirn hervorragten, zogen sich zusammen. »Mjana, Schwester meiner Frau Caitir, Mörderin einer Steinweisen«, sagte er.

»Ich habe Thua nicht ermordet!«, begehrte Mjana auf, zuckte aber sogleich zusammen, da sie erwartete, geschlagen zu werden. Doch nichts geschah.

»Steh auf!«, befahl Brork stattdessen. »Berichte, was du in jener Nacht gesehen hast.«

Nach kurzem Zögern begann Mjana zu erzählen. »Nachdem Caitir und der Fremde deinen Jäger vor dem Tor der Heiligen Hallen niedergeschlagen haben, sind sie zum Kreis der Ahnen gelaufen. Kurz darauf kam Mrak mit einem anderen Jäger heraus. Bevor sie Caitir folgten, sprach Mrak zu dem am Boden Liegenden. Wenig später, als Thua durch das Thor schritt, erhob sich dein Jäger und …« Mjana brach ab, senkte den Kopf.

»Und was!«, donnerte Brork.

»Er … stach sie nieder.«

Wieder fürchtete Mjana, ihrer Anschuldigung wegen geschlagen zu werden, wieder blieb sie verschont. Brorks Worte jedoch waren schrecklicher als jeder Schlag.

»Mrak will dich in den Winterfeuern brennen sehen«,

verkündete er. »Du sollst als Mörderin einer Steinweisen getötet werden, zugleich sollst du als Blutopfer dienen, um die Götter zu besänftigen.«

Mjanas Hoffnung schwand dahin. Sie konnte nicht mehr sprechen, zitterte am ganzen Körper. Sie würde sterben, dessen war sie sich sicher. Selbst wenn Brork ihr vielleicht glauben sollte, so würde sie dennoch den Göttern geopfert werden, damit Ravk das Land nicht mehr mit seinen Stürmen heimsuchte. Es war der Wille der Steinweisen, gegen den auch der Stammesführer der Adler ganz sicher nicht aufzubegehren wagte.

Stille umfing Brork, als er sich in sich selbst versenkte, um mit den Ahnen zu sprechen. Die Zeiten waren unruhig, die Welt gebar zu viele Geschehnisse, die ihn verwirrten. Der Anführer des Adlerstammes brauchte Klarheit. »Brogan – ich rufe dich«, sagte er leise, dann wiederholte er die Worte in seinem Geist, immer und immer wieder. Und Brogan kam. Als er seinen Großvater das letzte Mal um Rat gefragt hatte, war ihm Thua erschienen, also versuchte er es heute auf die gleiche Weise. Er bat Brogan, Thua zu ihm zu bringen. Noch während er diese Frage stellte, spürte Brork bereits die Gegenwart eines weiteren Wesens in der Geisterwelt. Es war Thua. Brork verneigte sich im Geiste. *Danke, dass du gekommen bist.* Er ließ die Worte durch seinen Geist hallen.

Ich brauche Antworten. Wegen Mrak.

Daraufhin wurde Thua präsenter. *Ich habe dich bereits erwartet,* antwortete die verblichene Steinweise, und Brork fragte, was er wissen wollte.

Riesen und alte Türme

»Wie geht es dir?«, fragte Dianne, als sie neben Andrew trat und ihm eine Hand auf die Schulter legte. Er beobachtete Cait, wie sie trotz des kalten Wetters zum Meer lief und sich wusch.

»Wie ein Kettenraucher, der die Tage schneller wegraucht, als es gut für ihn ist«, antwortete Andrew.

Dianne musste lachen. »Netter Vergleich!«

»Ich liebe Cait, Dianne. Sie ist – ich weiß gar nicht, wie ich sie beschreiben soll«, Andrew schüttelte den Kopf, »so unbeschwert, wie ein Kind, wie ein strahlender Sonnenaufgang im Mai. Und das, obwohl sie in einer Zeit lebt, die voller Entbehrungen und Gefahren ist. Ich zermartere mir ständig den Kopf darüber, wie ich die bevorstehende Trennung verhindern kann, doch mir fällt nichts ein.«

»Da geht es mir genauso.«

Andrew seufzte.

»Was ist eigentlich mit diesem Jack Wallen? Hat er sich noch mal gemeldet?«

Dianne verschränkte die Arme, wobei sie auf ihre Füße blickte und schmunzelte. »Wir haben miteinander telefoniert. Er kommt in ein paar Tagen zurück.«

»Bist du dir sicher, dass er nicht doch mit Darryl unter einer Decke steckt?«

Dianne wirkte nachdenklich, dann nickte sie. »Dennoch muss er mir einiges erklären. Zum Beispiel, was es mit Guinevere auf sich hat.«

Nun war es an Andrew, aufzulachen. »Vielleicht wurde sie ja ebenfalls Opfer einer Zeitreise und ist nun auf der Suche nach Arthus.«

»Oder Lancelot«, meinte Dianne mit einem Grinsen.

»Sag mal, Dianne«, Andrew rieb sich das Kinn, da er nicht recht wusste, wie er beginnen sollte, »du und dieser Jack – kann es sein, dass da mehr läuft?«

»Wie kommst du darauf?«, fragte Dianne mit einem schelmischen Gesichtsausdruck.

Andrew zuckte mit den Schultern. »Hm, nur so ein Gefühl. Immer, wenn du von ihm redest, bekommst du einen anderen Gesichtsausdruck. Außerdem hast du sehr enttäuscht ausgesehen, als wir glaubten, er hätte Cait entführt. Und du wirst rot!«

In gespielter Empörung schlug Dianne Andrew auf den Arm. »Ich bin noch nie in meinem Leben rot geworden.«

Andrew zog eine Augenbraue in die Höhe und blickte Dianne fragend an.

»Also schön«, begann sie. »Wir hatten ein paar Dates. Anfangs wollte ich nur Darryl ein wenig reizen. Aber dann …«

»Hast du dich in ihn verliebt«, beendete Andrew den Satz.

»Zumindest bin ich gerade dabei. So etwas muss wachsen.«

»Ihr habt alle Zeit der Welt dazu«, flüsterte Andrew. Gewissermaßen freute er sich für Dianne, gleichzeitig machte es ihn traurig, dass ihm und Cait nur noch ein paar Wochen vergönnt waren.

»Wirst du Jack von Cait erzählen?«, wollte er schließlich wissen.

»Ich weiß noch nicht. Neben dir, Maeve und meiner Wenigkeit wissen es auch noch Fraser Tulloch und Darryl. Vielleicht ist es besser, wenn es so bleibt. Andererseits …«

»Was?«

Dianne hob den Kopf und sah gedankenverloren zum Horizont. »Sollte sich zwischen Jack und mir tatsächlich eine Beziehung entwickeln, würde ich sie mit einer Lüge beginnen.«

»Ganz so dramatisch würde ich es nicht sehen«, meinte Andrew. »Du belügst ihn ja nicht. Du erzählst ihm nur nicht, was du schon alles so erlebt hast.«

Dianne verstrubbelte Andrews Haare und musste erneut lachen. »So kann man es natürlich auch betrachten.«

»Du wirst sicher das Richtige tun.«

Dianne presste die Lippen aufeinander und nickte. »Sag mal, Andrew«, begann sie dann, »was hältst du davon, wenn du mit Cait aufs Festland fährst und die Zeit bis zur Wintersonnenwende dort verbringst? Es sind nur noch ein paar Wochen.«

»Möchtest du uns loswerden?«

»Nein! Natürlich nicht«, antwortete Dianne. »Aber ich traue Darryl nicht. Ich dachte, ihr beide könntet fahren, während er am Ness arbeitet. Ich würde dich dann anrufen und dir Bescheid geben. Nur um zu vermeiden, dass er euch nachspioniert!«

Andrew wiegte bedächtig den Kopf. »Cait fährt nicht gerne Auto.«

»Besser, sie fährt mit dir, als mit Darryl oder sonst jemandem.«

»Du hast recht. Vielleicht sollten wir das tun. In meinem Wohnblock wird kaum jemand Fragen stellen.«

»Gut, dann machen wir es so. Darryl, ich und einige andere Archäologen haben in drei Tagen eine Besprechung mit Nicolas. Ich werde dich dann aber anrufen, um sicherzugehen, dass Darryl wirklich auftaucht.«

»Einverstanden«, sagte Andrew.

»Ich lass dich jetzt mal allein!« Dianne umarmte ihn und machte sich auf den Weg.

»Dianne!«, rief ihr Andrew hinterher. »Danke!«

»Bis später, Andrew!«

Andrew holte tief Luft, dann ging er Cait entgegen, die gerade vom Strand zurückkam. Er legte einen Arm um sie und während sie gemeinsam zurück zu Maeves Cottage schlenderten, erzählte er von Diannes Idee. Cait war zunächst ein wenig skeptisch, doch schließlich willigte sie ein. Sie packten einige Sachen zusammen, Cait kleidete sich der modernen Zeit entsprechend, und sie hielten sich von den Steinkreisen fern. Drei Tage später kam wie vereinbart Diannes Anruf. Darryl war am Ness, die Besprechung würde bald stattfinden.

»Es kann losgehen«, sagte Andrew, als er auflegte.

Maeve seufzte schwer. »Gebt auf euch acht!«

»Machen wir!«, versprach Andrew.

Die ältere Dame umarmte zuerst Cait, danach ihn.

Sie packten ihre Sachen – es war ohnehin nur Andrews Koffer und eine kleine Tasche für Cait – in Andrews Auto.

»Mir wird jetzt schon übel«, sagte Cait, als sie in den Wagen stieg.

»Ich fahre langsam! Und wir machen viele Pausen. Versprochen!« Er legte Cait beruhigend eine Hand auf das Bein. Als er jedoch den Motor starten wollte, erlebte Andrew eine herbe Enttäuschung. Nichts geschah. Der alte Toyota hatte lange Zeit herumgestanden und offenbar hatte sich die Batterie entladen. »Verdammt«, schimpfe Andrew, schlug mit beiden Händen auf das Lenkrad und stieg aus.

»Ich habe leider kein Auto«, sagte Maeve entschuldigend. »Vielleicht kann Dianne dir ihres ausleihen.«

Andrew rieb sich übers Kinn, schließlich nickte er und lief ein Stück die Straße hinunter, um mit Dianne zu telefonieren. Glücklicherweise ging sie ans Telefon und so erzählte Andrew ihr von ihren Startschwierigkeiten.»Nimm doch einfach meinen Wagen!«, schlug Dianne kurzerhand vor.

»Dianne, das kann ich nicht annehmen!«

»Komm schon, Andrew! Es ist auch nur ein altes Ding und ich kann den betagten Pick-Up von Onkel George fahren. Ich rufe ihn gleich an. Er soll am Ness vorbeifahren, mir den Pick-up geben und euch meinen Wagen bringen. Ihr könnt meinen Onkel ja auf dem Weg zur Fähre nach Hause fahren.«

»Dianne, das …«

»Keine Widerrede, Andrew!«

»Na schön. Danke!« Andrew legte auf, ging zurück zu Cait und Maeve und erzählte den beiden von Diannes Plan.

Eine knappe Stunde später erschien Onkel George mit Diannes Wagen und half Andrew und Cait sogar beim Umladen des Gepäcks. Wenige Minuten später fuhren Andrew, Cait und George vom Hof.

Maeve winkte ihnen hinterher. Andrew fühlte Wehmut in sich aufsteigen, als Maeve samt ihres gemütlichen Cottage im Rückspiegel verschwanden. Inzwischen bezweifelte Andrew, dass er sich in seinem Zweizimmerappartement wohlfühlen würde und war sich sicher, dass es Cait genauso erging. Daher beschloss er, viele Ausflüge mit ihr zu machen, bis die Zeit der Trennung gekommen war.

»Was den aktuellen Stand der Radiokarbonmessungen angeht, so muss ich euch leider noch etwas vertrösten.«

Waren Diannes Gedanken bislang entweder bei Andrew und Cait, dann wieder bei Jack, gewesen, so richtete sie sich nun gespannt auf, als Nicolas auf die Messungen zu sprechen kam.

»Wie ihr wisst, hat Darryl einen Spezialisten aus Edinburgh angefordert, Jack Wallen. Jack hat mit der Arbeit zwar begonnen und hat einige der sonderbaren Ergebnisse bestätigt, da er jedoch wegen eines außergewöhnlichen Fundes in Südengland kurzfristig abreisen musste, konnte er seine Arbeit nicht weiter fortsetzen.«

»Vielleicht hat er sich zu sehr für die Inseldamen interessiert«, rief Darryl, wobei er zu Dianne schaute.

Während einer der Praktikanten lachte, runzelte Nicolas nur die Stirn. »Bitte keine unsachlichen Kommentare, Darryl!«

Dianne überlegte, Darryl kurzerhand zu erwürgen.

»Was wurde denn dort gefunden?«, rief Emily, eine deutsche Hobbyarchäologin, die am Ness freiwillig mithalf.

»Guinevere!«, sagte Nicolas schmunzelnd. »So zumindest nannte Jack den Fund. Offenbar hat man in der Nähe vom Glastonbury Tor tatsächlich ein Skelett gefunden.«

»Guinevere ist doch nur eine Sagengestalt«, meinte Emily.

»Das habe ich auch immer geglaubt«, sagte Darryl. »Was meinst du dazu, Dianne?«

Dianne warf Darryl einen bösen Blick zu. »Emily hat recht. Nur eine Sagengestalt.«

»Ich wäre mir da nicht so sicher«, fuhr Darryl fort. »Immerhin sind wir Archäologen uns doch jetzt ziemlich sicher, dass es Arthus tatsächlich gegeben hat. Vermutlich war er zwar kein König, sondern ein Stammesführer oder so eine Art General, aber vielleicht hatte er ja eine Guinevere an seiner Seite.«

»Wie auch immer, Darryl«, unterbrach ihn Nicolas. »Jack wird uns sicher davon erzählen.«

»Viel wichtiger wäre es, dass er endlich mit seinen Messungen weitermacht«, entgegnete Darryl.

»Auch das wird er! Aber jetzt zum letzten Punkt. Ich wurde von einem Mann angesprochen, der angeboten hat, unsere Ausgrabungen finanziell zu unterstützen. Zudem möchte er die Tempelanlage am Ness of Brodgar wiederaufbauen.«

»Das ist doch komplett verrückt!«, rief Emily.

»Das wäre genial«, meinte ein anderer.

»Und kostet ein Vermögen!«, rief Darryl wobei er sich – künstlich lachend – auf die Oberschenkel klatschte.

Nicolas wiegte nachdenklich den Kopf. »Wir sollten zumindest darüber nachdenken. Mr. Tulloch möchte die Tempelanlage samt den Steinkreisen als Kultstätte in Betrieb nehmen. Das ist zumindest seine Vision.«

»Pah, Vision«, brummte Darryl. »Emily hat recht. Das ist komplett verrückt! Wer ist dieser Tulloch überhaupt?«

»Nun, ich wollte diese Neuigkeit nur mal weitergeben. Natürlich bedarf dies noch vieler Diskussionen und Klärungen. Bis es so weit ist, ist es noch ein langer Weg.«

»Wie war noch mal der Name des Mannes?«, fragte Dianne, die nicht glaubte, was sie da hörte.

»Mr. Tulloch. Fraser Tulloch.«

Dianne schluckte.

»Sagt dir der Name was, Dianne?«, wollte Darryl wissen.

»Nein.« Dianne schüttelte den Kopf. »Ich war mir nur nicht sicher, ob ich den Namen richtig verstanden hatte.«

Während die anderen weiter diskutierten, schweiften Diannes Gedanken ab. Sie würde mit Fraser sprechen müssen, denn er hatte weder ihr noch Maeve gegenüber etwas von seiner Vision erwähnt. Ein solches Vorhaben würde einigen Rummel nach sich ziehen und das wollte nicht so ganz zu Fraser passen.

Wenige Minuten später beendete Nicolas die Besprechung und Dianne verließ, noch immer in Gedanken versunken, den Raum. Es war schließlich ihr Handy, das sie wachrüttelte. Jack hatte eine Nachricht geschickt: *Komme morgen Abend mit Fähre um 20:30 Uhr. Holst du mich ab?*

»Wo ist diese Steinzeitfrau?« Dianne zuckte zusammen. Darryl stand plötzlich neben ihr. Schnell stopfte sie das Smartphone in ihre Jackentasche.

»Zurück in ihre Zeit! Wo sie hingehört!«, log Dianne.

»Ach ja?« Darryl grinste höhnisch, bekam dann aber einen verbissenen Gesichtsausdruck. »Du betrügst hier alle«, zischte er. »Ist dir eigentlich klar, was du tust? Du enthältst der Wissenschaft wichtige Forschungsgrundlagen vor!«

»Cait ist keine *Forschungsgrundlage*!«, fuhr Dianne ihn an.

»Warum hast *du* es denn noch niemandem erzählt? Oder hast du Angst, dich lächerlich zu machen? Du würdest mit deiner Behauptung ziemlich alleine dastehen! Besonders jetzt, da Cait weg ist.« Zu Diannes Genugtuung bebten Darryls Nasenflügel.

»Ich muss jetzt los, Jack abholen!« Sie wirbelte herum und ließ Darryl stehen.

»Ich werde jedenfalls den Ring of Brodgar Tag und Nacht im Augen behalten«, schrie ihr Darryl hinterher. Einige der Besprechungsteilnehmer, die hier und da noch Einzelgespräche führten, verstummten und musterten Darryl irritiert. Als ihm sein peinlicher Auftritt offenbar bewusst wurde, schnaubte er nur und stürmte aus dem Raum hinaus.

»Irgendwie verhält sich Darryl in letzter Zeit echt seltsam«, meinte Emily, die nun zu Dianne trat, während sie stirnrunzelnd zur Tür blickte.

»Wem sagst du das«, antwortete Dianne und verabschiedete sich ebenfalls.

»Wie gut, dass ich den Pick-up habe«, murmelte Dianne, während sie den unwegsamen Feldweg entlang holperte, der zu Frasers Cottage führte. Zumindest hoffte sie, dass sie Frasers Beschreibung richtig verstanden hatte, und auch bald vor dem richtigen Haus stehen würde. Das Fahrzeug wühlte sich weiter, krachte in ein tiefes Loch, wobei es kurz aufsetzte und Dianne fast an das Dach des Wagens geschnellt wurde. Genervt verdrehte sie die Augen. Nach einer weiteren Biegung jedoch kam endlich ein Haus in

Sicht. Zu Diannes Freude stand auch Frasers Land Rover davor. Sie stellte ihr Auto ab und eilte zur Tür. Gerade als sie klopfen wollte, öffnete sich diese.

»Dianne«, sagte Fraser lachend. »Schön, dass Sie mich gefunden haben.«

»Sie hätten m auch vorwarnen und mir sagen können, dass ich mich einen Schafspfad entlang wühlen muss.«

»Oh, tut mir leid!« Fraser deutete auf Onkel Georges Pick-up. »Sie haben aber das richtige Gefährt.«

»Hm«, brummte Dianne nur.

»Kommen Sie rein«, bat Fraser.

Dianne trat ein und musste prompt schmunzeln, als sie Frasers Wagenschlüssel sah, die an der Spitze eines Speeres hingen, den ein nachgebildeter Terrakotta-Krieger in Händen hielt. Fraser führte sie an zwei Drachenstatuen aus Holz vorbei und schließlich in sein Wohnzimmer.

»Tee?«, fragte er?

»Haben Sie auch Kaffee?«, wollte Dianne wissen.

Fraser kratzte sich am Kopf, dann nickte er. »Könnte sein. Ich gehe mal nachsehen.«

Nachdem Fraser in der Küche verschwunden war, blickte Dianne sich verwundert um. Die Bücherregale waren vollgestopft mit unterschiedlichster Literatur. Von Heilsteinkunde, Homöopathie und Kräuterwissen bis hin zu Geistheilung, Schamanentum, Kraftlinien und dem Kontakt mit der geistigen Welt war alles zu finden. Kleine Statuen von Elfen und Feen, Einhörnern und Zwergen füllten die Lücken in den Regalen oder auf den Schränken ebenso wie Räucherschalen und die unterschiedlichsten Heilsteine. Überhaupt bemerkte Dianne, dass es überall nach Räucherwerk roch.

Kurz fragte sie sich, ob sie nicht doch völlig verrückt geworden war, sich mit Fraser eingelassen zu haben, mit ihm über Zeitreisen zu diskutieren und über Rituale zu sprechen, um diese zu unterbinden.

»Kaffee!« Frasers erfreuter Ausruf riss Dianne aus ihren Gedanken. Tatsächlich reichte er Dianne ein Tasse Kaffee, während er selbst einen stark nach orientalischen Gewürzen riechenden Tee trank.

»Setzen Sie sich doch!« Fraser wies auf das Sofa.

Dianne ließ sich nieder, wobei sie in dem alten Möbelstück beinahe völlig versank. Er selbst setzte sich auf einen nicht minder betagten Ledersessel.

»Also, Dianne, was führt Sie her?«, fragte Fraser schließlich.

»Nun, Nicolas, unser Grabungsleiter, erzählte mir von Ihrer Vision.«

»Oh«, stieß Fraser hervor und Dianne berichtete, was sie während der Besprechung erfahren hatte.

»Und, was meinen Sie, Dianne?« Neugierig beugte sich Fraser vor.

»Ich weiß ehrlich gesagt nicht, was ich davon halten soll. Einerseits würde ein solches Vorhaben bestimmt jede Menge Spinner anziehen und für Rummel sorgen, was nicht zu Ihnen passt, andererseits würde es ein Vermögen kosten und Sie sehen mir nicht nach jemandem aus, der über die entsprechenden finanziellen Mittel verfügt.«

»Das mit den Spinnern und dem Rummel lässt sich steuern«, meinte Fraser. »Ich würde eine solche Kultstätte nur einem ausgewählten Kreis an Interessierten zugänglich machen und nicht dem breiten Tourismus öffnen wollen.«

»Schön, aber wie steht es um die Finanzen? Woher wollen Sie das Geld für den Wiederaufbau einer Jahrtausende alten Tempelanlage nehmen?«

»Das habe ich bereits!«

Dianne klappte der Unterkiefer herunter, was Fraser ein Schmunzeln entlockte.

»Mein Vater war Inhaber eines weltweit tätigen Unternehmens. Zu seinem Leidwesen hat sich sein einziger Sohn nie wirklich für elektromechanische Bauteile und Management-Gehabe interessiert. Ich bekomm schon Erstickungsanfälle, wenn ich nur in Reichweite einer Krawatte komme, und Besprechungen führten bei mir stets dazu, dass ich mich danach fühlte, als hätten mich Energievampire ausgesaugt. Mein Kiefer spannte sich immer an und meine Augen brannten. Mal ehrlich, Dianne«, Fraser breitete lachend die Arme aus, »sehe ich aus wie ein Manager oder Firmenboss?«

Dianne schüttelte lachend den Kopf. »Nein, Fraser, wirklich nicht.«

»Als mein Vater leider viel zu früh verstarb, verkaufte ich die Firma an ein Schweizer Unternehmen. Alles, was ich mir von dem Geld gegönnt habe, war dieses alte Cottage und mein Land Rover. Der Rest sollte genug sein, um zumindest den Beginn meines Vorhabens zu finanzieren.«

Jetzt war Dianne wirklich überrascht. Schweigend musterte sie Fraser.

»Ich würde mich freuen, wenn die Archäologen und der National Trust meiner Idee zustimmen würden«, fuhr er fort.

»Auch so ein Vorhaben muss gemanagt werden«, gab Dianne zu bedenken.

»Dabei hatte ich an Sie gedacht!«

»Oh, nein!» Dianne hob abwehrend die Hände. »Was das angeht, so leide ich unter den gleichen Symptomen wie Sie.«

»Archäologin mit Leibe und Seele, richtig?«

Dianne nickte.

»Sicher bietet mein Vorhaben auch Tätigkeitsfelder, die Ihrer Passion besser entsprechen würden.«

»Vielleicht«, antwortete Dianne nur. Denn das war alles Zukunftsmusik und ein langer Weg, sofern der Trust überhaupt zustimmen würde. Aber wer weiß. Ihr Leben würde sich sicher ändern. Gerade durch die Erlebnisse mit Cait betrachtete Dianne die Archäologie mittlerweile aus einer völlig anderen Perspektive.

»Was machen denn die beiden Zeitreisenden?«, fragte Fraser.

Dianne erzählte ihm, dass sie die Zeit bis zur Wintersonnenwende auf dem Festland verbringen wollten.

»Es ist nicht mehr lange hin«, antwortete er. »Ich hoffe nur, es klappt alles so, wie wir es uns vorstellen.«

»Das hoffe ich auch.« Dianne seufzte, dann leerte sie ihre Tasse und erhob sich. »Es ist Zeit für mich zu gehen. Wir können uns gerne ein anderes Mal weiter über Ihre … Vision unterhalten. Danke für den Kaffee!«

»Gerne! Schauen Sie doch einfach gelegentlich mal vorbei.«

»Mach ich! Spätestens vor der Wintersonnenwende werde ich mich melden!«

Fraser geleitete Dianne zur Tür.

»Auf Wiedersehen, Fraser!«

»Wiedersehen, Dianne! Und grüßen Sie Maeve!«

»Mach ich.« Dianne ging zu ihrem Wagen und fuhr den holprigen Pfad zurück, während Fraser ihr noch kurz hinterher winkte und schließlich in seinem Cottage verschwand.

Am nächsten Abend holte Dianne Jack von der Fähre in Stromness ab. Sie war spät dran, denn sie war Lucinda noch in der Küche zur Hand gegangen. In all der Eile hatte sie sich nur eine Fleecejacke übergezogen und kaum hatte sie Stromness erreicht, hatte es zu regnen begonnen. Bis die Fähre endlich angelegt hatte und Jack an Land gekommen war, war Dianne völlig durchnässt gewesen. Die Begrüßung war ein wenig steif ausgefallen, zumindest von Diannes Seite. Jack hingegen war freudig auf sie zugelaufen, hatte mit seiner gelben Regenjacke um die Wette gestrahlt und Dianne eine feste Umarmung geschenkt. Als er die durchgeweichte Dianne erblickt hatte, hatte er ihr sogar seine Jacke umgelegt und sie zu einem Pub in der Nähe des Anlegehafens geführt.

Nun, nachdem sie an der Theke zwei Guinness und Cullen Skink, eine schmackhafte Fischsuppe, bestellt hatten, eilte Dianne zur Toilette und zog ihre nassen Sachen aus. Lediglich ihre Unterhose und Jacks Jacke, die ihr bis zu den Knien reichte, behielt sie an.

Jack hatte sich zwischenzeitlich an einem Tisch neben dem offenen Feuer niedergelassen. Er fuhr sich mehrfach mit der Hand über sein grinsendes Gesicht, als er Dianne, nur mit seiner Jacke bekleidet, schnellen Schrittes zurückkommen sah.

»Bitte sag mir, dass du wenigstens noch deine Unterhose unter meiner Jacke trägst«, fragte er Dianne, während sie ihre nassen Sachen zum Trocknen über einen Stuhl hängte und die verstohlenen Blicke des Barkeepers, der gerade das Bier brachte, ignorierte. Zum Glück war die Kneipe bis auf ein junges Pärchen und einen älteren Herrn leer.

Dianne schob den Stuhl mit ihren Kleidern etwas näher ans Feuer und setzte sich Jack gegenüber. »Lieber so, als eine Lungenentzündung«, sagte sie.

»Na dann,« Jack griff nach dem Guinness, »Slainte! Auf trockene Kleider!«

Dianne stieß mit an und trank. Als Jack das Glas abstellte, wurde er ernst. Ein Moment des Schweigens folgte, denn auch Dianne überlegte, wie sie sich nun Jack gegenüber verhalten sollte.

»Dianne, was ist eigentlich los?«, wollte Jack irgendwann wissen. »Das Letzte, das ich von dir gehört habe, war, dass ich die Finger von jemandem lassen solle, den ich nicht kenne – Kate oder so ähnlich. Deine Nachrichten hatten meist einen ruppigen Beiklang und jetzt sitzen wir hier und du scheinst dich mehr für die Lebenslinien deiner Hand zu interessieren als für mich.«

Schnell schob Dianne ihre Hände unter den Tisch. Sie hatte überlegt, wie sie beginnen sollte, und dabei unbewusst an ihren Händen herumgespielt. Jack sah sie abwartend an.

»Was hat es mit Guinevere auf sich?«, platzte es aus ihr heraus. Natürlich interessierte sie sich für den Fund, aber zuallererst würde sie dadurch nicht von Cait sprechen müssen.

Jack neigte abwägend den Kopf hin und her. »Ein Farmer, der einen Unterstand für seine Pferde bauen wollte, hat etwas zu tief gegraben, zum Glück, denn er fand einige Knochen. Natürlich hat er sofort die Polizei gerufen, da er vermutete, jemand hätte auf seinem Land eine Leiche verscharrt. Später stellte sich jedoch heraus, dass die Knochen über tausend Jahre alt sind und von einer weiblichen Person stammen. Da der Fund in der Nähe von Glastonbury Tor erfolgt ist, taufte man die Dame auf den Namen Guinevere. Und wer weiß?«, Jack nahm einen weiteren Schluck Bier, »Vielleicht handelt es sich ja tatsächlich um Arthus' Königin. Wie auch immer, die Untersuchungen dauern noch an. Steve Murray vom Königliches Institut für Anthropologie leitet sie und ich kann mich wieder den Messungen am Ness widmen.«

»Guinevere«, sagte Dianne leise vor sich hin. Sie war erleichtert, dass Jack nichts mit Caits Entführung zu tun hatte. Dennoch bereitete es ihr Kopfzerbrechen, dass er nun seine Arbeit fortsetzen würde, denn sie fürchtete, seine Ergebnisse könnten Darryl doch noch dazu ermuntern, zu plaudern. Wenn sie es recht bedachte, so hatte sie gar keine andere Wahl, als Jack von Cait zu erzählen.

»Dann hast du also Cait doch nicht entführt«, begann Dianne.

Jack zog eine Augenbraue hoch. »Cait? Ah, richtig. Die Dame, von der ich die Finger lassen soll.«

Dianne biss sich auf die Unterlippe, nickte aber.

»Was hat es mit dieser Cait auf sich?«, wollte Jack wissen. »Scheint eine ungewöhnliche Frau zu sein, der Name zumindest klingt so.«

»Cait ist die Ursache der seltsamen Messergebnisse und der Unwetter, die uns heimgesucht haben.«

»Also ist Cait ein Sturmtief!«, schlussfolgerte Jack, grinste und hob beide Hände. »Ich schwöre, Dianne, ich habe Cait nicht angerührt.«

Obwohl die Lage ernst war, musste Dianne gegen ihren Willen lachen. »Zumindest kann dir keiner vorwerfen, du hättest keinen Humor, Jack Wallen.« Sie nahm einen heftigen Schluck, wartete kurz, denn der Kellner stellte nun das Essen auf den Tisch, dann beugte sie sich nach vorne, als fürchte sie, jemand könnte sie belauschen. »Cait ist eine junge Frau, die fast fünftausend Jahre alt ist und der Vergangenheit Skara Braes entstammt! Erinnerst du dich an unser Gespräch mit Darryl? Das Zeitreisephänomen? Cait, eigentlich ist sie achtzehn, kommt aus der Vergangenheit!«

Jack sah Dianne lange an, wobei er sich immer wieder durch seinen Dreitagebart strich. Dianne wünschte sich, seine Gedanken lesen zu können.

»Du weißt, wie absurd das klingt!«

Dianne nickte.

»Und du erwartest nicht im Ernst, dass ich dir das abnehme!«

»Doch!« Dianne schob ihr Bierglas und den Suppenteller beiseite und nahm Jacks Hände. »Jack!«, begann sie. »Ganz gleich was du für mich empfindest, aber ich für meinen Teil habe mich in dich verliebt. Und bei dieser Liebe schwöre ich dir, dass alles, was ich dir jetzt erzählen werde, wahr ist!« Sie nickte bekräftigend und beobachtete jede von Jacks Regungen. Sie wusste, dass sie sich gerade vollkommen offenbarte und alles auf eine Karte setzte.

»Gut, ich höre!«, sagte er.

Während sie sich an beiden Händen hielten, erzählte Dianne alles, was sie wusste. Sie erzählte von Cait, von Andrews Liebe zu ihr, und dass sie beide unkontrolliert in der Zeit hin und her sprangen. Sie berichtete auch von den Steinweisen, dem Blutopfer, von Fraser Tulloch und seiner Meinung, wie man die Zeitreisen unterbinden konnte. Auch dass Darryl davon Wind bekommen und Cait entführt hatte, sparte sie genauso wenig aus wie ihre einstige Beziehung zu ihm.

»Und jetzt, da ich mich im wahrsten Sinne des Wortes vor dir völlig nackt gemacht habe, bitte ich dich nur, mein Vertrauen nicht zu enttäuschen.«

»War das jetzt die Antwort auf meine Frage?«, wollte Jack wissen.

»Welche Frage?« Dianne war verwirrt.

»Ob du eine Unterhose unter meiner Jacke trägst.«

Dianne musste lachen. »Du musst nicht alles wissen!«, sagte sie schmunzelnd.

Jack zog seine Hände zurück, nahm sein Glas und leerte es in einem Zug. Dianne saß wie auf Kohlen, wartete auf eine Antwort. Lange Zeit starrte Jack nur auf seinen Teller.

»Dianne«, begann er schließlich. »Ich glaube, dass du mir die Wahrheit erzählst.«

Dianne atmete erleichtert auf. »Danke, ich …«, begann sie, doch Jack hob die Hand.

»Ich meine die Wahrheit, so wie du sie siehst und sie für wahr erachtest! Aber ich glaube nicht, dass diese Cait der Vergangenheit entstammt. Sicher seid ihr da einem riesen Streich auf den Leim gegangen.«

Diannes flache Hand klatschte auf den Tisch. »Verdammt, Jack! Und was ist mit den Unwettern und den Messungen?«

Jack zuckte mit den Schultern, während er das Besteck aus der Serviette wickelte. »Dafür gibt es sicher Erklärungen. Mehrere heftige Unwetter in Folge gab es schon immer und Messergebnisse stimmen eben manchmal nicht.«

Dianne schnaubte, ihr war der Appetit vergangen. Am liebsten wäre sie aufgestanden und davongelaufen, besann sich dann aber doch und entschied, sitzen zu bleiben, als sie sich daran erinnerte, dass sie die Geschichte anfangs selbst nicht geglaubt hatte.

»Jetzt iss doch erst mal!«, sagte Jack mit einem Nicken in Richtung von Diannes Teller. »Über Cait können wir später noch reden. Viel wichtiger ist doch das andere Thema!«

»Welches Thema?«, wollte Dianne gereizt wissen, während sie den Salzstreuer über ihrem Fischeintopf schwang, als sei es das Schwert des Damokles. Als Jack eine Augenbraue hob, stellte sie den Streuer rasch zur Seite.

»Täusche ich mich, Dianne, oder hast du mir nicht eben deine Liebe gestanden?«, antwortete Jack schmunzelnd.

»Und um ehrlich zu sein«, fuhr Jack fort, ehe Dianne etwas erwidern konnte, »ich habe mich auch in dich verliebt. Spätestens heute, als du nur mit meiner Jacke bekleidet aus der Toilette kamst, war es um mich geschehen.«

Dianne lächelte zaghaft. Auch wenn die Sache mit Cait an ihr nagte, so freute sie sich doch. »Ein Grund mehr, Zeit mit mir zu verbringen, anstatt mit langweiligen Radiokarbonmessungen. Immerhin sollten wir uns noch besser kennenlernen!«

»Ich kenne da jemanden, der von diesem Vorschlag nicht sonderlich begeistert sein wird«, meinte Jack.

»Darryl!«, brummte Dianne.

»Und Nicolas!«, sagte er, schürzte dabei aber die Lippen und sah zum Fenster, an das nach wie vor der Regen prasselte. »Aber bei diesem Wetter kann man schon mal eine Erkältung haben oder der Fisch ist verdorben.«

»Hier auf den Orkneys kommt der aber immer frisch auf den Tisch!«

»Also dann die Erkältung!«

Dianne nickte freudig, wurde dann aber ernst, wobei sie Jack eine Hand auf die seine legte. »Mach mit deinen Messungen einfach etwas langsamer weiter. Vielleicht überzeugen sie dich ja doch von Caits Herkunft. Du musst ja nicht alles an Nicolas oder Darryl berichten. Es reicht, wenn du es mir erzählst.«

»Du bist unmöglich!«, sagte Jack lachend. »Aber ich bin einverstanden. Du erfährst die Neuigkeiten zuerst!«

Dianne fühlte sich etwas besser und verspeiste den Rest ihres Abendessens nun doch mit etwas mehr Appetit.

Nach einem weiteren Glas Bier für Jack und einem Tee für Dianne waren die Kleider soweit getrocknet, dass Dianne erneut zur Toilette ging, um sich anzuziehen. Danach brachte sie Jack zum Hotel.

»Soll ich dir wieder ein Zimmer buchen?«, fragte er vor dem Hoteleingang.

»Ich bin nicht betrunken!«, sagte Dianne grinsend. Ihr Lächeln schmolz jedoch in der aufkeimenden Erregung dahin, als sich Jacks Hand vorsichtig um ihren Nacken legte und sie auf sich zu zog. Ihr Herz schlug schneller, dann berührten Jacks Lippen die ihren. »Vielleicht genügt dieses Mal ein Zimmer«, flüsterte Dianne, als sich seine Lippen von den ihren lösten. Jack nickte nur und führte Dianne in sein Zimmer. Dort küsste er sie erneut. Es wurde ein langer Kuss und eine lange Nacht.

»Die Berge sehen aus wie die Köpfe riesiger, liegender Menschen«, sagte Caitir, während sie mit angezogenen Knien auf dem Gras saß. Die gezackten Gipfel, die Caitir an Gesichter erinnerten, bohrten sich in der Ferne in den blauen Himmel. Caitir war froh, hier zu sein. Sie hatte es in Andrews Behausung in Inverness nicht lange ausgehalten, was weniger an der Enge der vier Wände gelegen hatte, sondern an dem Lärm und den Gerüchen der Stadt. So hatten sie beschlossen, sich die Zeit mit Ausflügen zu vertreiben. Andrew hatte sogar seine Bustour, die für Dezember eingeplant war, abgesagt.

Obwohl es nun schon November war, waren sie beide auf die Isle of Skye gefahren und nächtigten meist auf Plätzen, wo man kleine Behausungen aus Stoff aufstellen konnte. Andrew nannte es Zelt und den Ort Campingplatz. Verglichen mit den Orkneys vor fünftausend Jahren bot ein Zelt mit Schlafsack und neuzeitlichen Kochutensilien selbst in dieser Jahreszeit durchaus Behaglichkeit.

Andrew, der im Gegensatz zu ihr auf seiner Isomatte Platz genommen hatte, sah von seinem Buch auf, das er gerade las. »Das sind die Cuillin Berge. Es gibt tatsächlich eine Legende, in der von zwei kämpfenden Riesen die Rede ist.«

»Vielleicht schlafen sie dort und ruhen sich für einen neuen Kampf aus«, meinte Caitir. »Ich erinnere mich an ein gewaltiges Leuchten und Donnern am Himmel. Vielleicht waren es die Riesen, die damals miteinander kämpften. «

Schmunzelnd schlug Andrew das Buch zu. »Ja, wer weiß. Vielleicht hast du recht.«

»Das ist ein Buch, nicht wahr?«, fragte sie. Andrew hatte sogar versucht, sie Schriftzeichen zu lehren. Einige konnte sie sich merken, andere jedoch nicht.

Andrew nickte.

»Welche Geschichte erzählt es?«

»Es handelt von einem Mädchen, das an einer der Turmruinen, genannt Brochs, in Glenelg übernachtet. Dort trifft sie den Geist einer verstorbenen Piktenkriegerin, die sie bittet, in die Vergangenheit zu reisen, um ihre Familie zu retten. In der Vergangenheit verliebt sie sich in den Mann der Kriegerin.«

Caitir bemerkte, dass Andrew sehr ernst wurde.

»Wie geht die Geschichte denn aus?«, wollte sie wissen. Cait erinnerte sich an die Überreste der Türme und an die großen, alten Steine, aus denen sie erbaut worden waren.

Andrew zuckte mit der Schulter. »Das werde ich erst erfahren, wenn ich das Buch zu Ende gelesen habe.«

»Ist es eine wahre Geschichte?«

»Nein«, antwortete Andrew. »Sie wurde erfunden. Dennoch werden solche Geschichten auf irgendeine Weise wahr. Zumindest in der eigenen Vorstellung. Und die Empfindungen, die sie auslösen, ganz gleich, ob es Liebe oder Zorn, Angst oder Trauer sind, die sind echt.«

»Ich glaube, ich weiß, was du meinst«, erwiderte Caitir. »Wer hat die Geschichte denn geschrieben?«

»Eine Schriftstellerin aus Deutschland. Leider ist sie schon sehr jung gestorben.«

»Wie traurig«, meinte Cait.

Andrew nickte. »Irgendwo habe ich gelesen, sie sei sogar an einem schottischen Broch bestattet.«

»Ein schöner Gedanke!« Caits Brust hob sich unter einem schweren Seufzer. »Vielleicht lebt sie nun zusammen mit der Kriegerin an einem dieser Türme und trinkt, lacht und feiert mit ihr.«

»Ein wirklich schöner Gedanke«, pflichtete Andrew ihr bei.

»Wenn ich durch den Kreis der Ahnen zurück in meine Zeit gereist bin, dann lebe ich in deiner Zeit nicht mehr. Dann bist du …« Caitir brach ab, weil sie das Gefühl hatte, ein Klumpen Erde stecke in ihrem Hals.

»Ich weiß.« Auch Andrew sah unglücklich aus. Er setzte sich neben sie und nahm sie in den Arm, während sie hinüber zu den Cuillin-Bergen blickten, auf deren Gipfeln sich nun einige Wolken niedergelassen hatten. Eine kühle Brise wehte über den Campingplatz, der bis auf ein weiteres Zelt und drei Wohnmobile leer war.

»Es muss doch einen anderen Weg geben«, sagte Andrew nach einer Weile des Schweigens.

Auch Caitir hatte viel darüber nachgedacht. Sie fühlte sich in dieser Welt nicht wirklich zu Hause, doch sie liebte Andrew. Sie wusste, dass er manchmal an ihrer Liebe zweifelte, denn sie hatte beschlossen, diese nicht zu offen zu zeigen, weil sie hoffte, ihm den Abschied so etwas leichter machen zu können. Zudem stand ihre Entscheidung, zurückzugehen, fest. Auch das mochte den Zweifel in Andrews Herzen nähren.

»Ich befürchte, die Götter würden die Menschen in meiner Zeit bestrafen, wenn ich nicht zurückkehre«, antwortete sie, denn diese Angst plagte sie tatsächlich.

»Und vermutlich strafen sie die Menschen meiner Zeit, wenn ich mit dir gehe.«

Caitir nickte. »Thua sagte mir einst, das Gleichgewicht muss gewahrt sein. Für jeden Tag gibt es eine Nacht, für jedes Leben einen Tod.«

»Du in deiner Zeit, ich in meiner.« Andrews Stimme klang verbittert.

Caitir legte ihre Hände an seine Wangen und drehte seinen Kopf sanft zu sich. »Sieh zu den Sternen, Andrew! Sieh immer zu den Sternen, wenn ich weg bin! Sie leuchten ewig und es sind die gleichen Sterne, in die auch ich geblickt habe.«

»Ach, Cait«, flüsterte er und drückte sie nun fest an sich. Caitir genoss die Wärme, die sie in ihrem Herzen verspürte. Sie sog das Gefühl ganz in sich auf, damit sie nie vergessen würde, wie es war.

DAS BLUT DES HIMMELS

»Ich habe kein Auge zugemacht«, beschwerte sich Dianne und schlug die Bettdecke zurück.

»Ich ebenfalls nicht«, sagte Jack, gähnte und streckte sich. »Aber nur, weil du dich andauernd hin und her gewälzt hast.«

Dianne schlang die Arme um die angezogenen Knie und schaute Jack an. »Dich bringt wohl nichts aus der Ruhe, oder?«

»Doch! Den Tag ohne Kuss und ein gutes Frühstück beginnen zu müssen, beunruhigt mich sehr.« Er legte einen Arm um Dianne und küsste sie. So sehr Dianne normalerweise Jacks Zärtlichkeiten genoss, im Augenblick konnte sie sich ihnen nicht richtig hingeben.

»Die Zeit ist so schnell vergangen. Morgen ist schon Wintersonnenwende!«

»Meinst du, Andrew und diese Cait kommen?«, fragte Jack.

Dianne zuckte mit den Schultern. »Ich bin mir nicht sicher. Andrew hat sich seit Tagen weder bei Maeve noch bei mir gemeldet.«

Jack schüttelte den Kopf. »Ich kann ehrlich gesagt immer noch nicht glauben, dass diese Frau der Vergangenheit entsprungen sein soll.«

»Du hast sie ja noch nicht einmal gesehen.«

»Eben. Und die Messergebnisse bringen uns auch nicht weiter. Bei den Funden der letzten Wochen war nichts Auffälliges dabei. Was uns bleibt, sind ein paar schräge Messungen, sonst nichts. Keine Anomalien mehr, keine Stürme.«

»Genau das ist für mich der Beweis für die ganze Sache«, erklärte Dianne. »Die Stürme und die falschen

Messergebnisse fanden doch nur während Andrews Verschwinden statt. Seit er wieder zurück ist, ist alles normal.«

»Das ist richtig! Trotzdem will diese Zeitreisegeschichte einfach nicht in meinen Kopf«, beharrte Jack, legte dann aber eine Hand auf Diannes Knie. »Ich habe übrigens meine Untersuchungen vor ein paar Tagen abgeschlossen und Nicolas gestern die Ergebnisse präsentiert. Ich habe ihm gesagt, dass ich keinen Sinn darin sehe, weiterzumachen. Es waren eben nur Ausreiser oder Fehlmessungen und seit Wochen ist alles wieder normal.«

»Und, was hat er gesagt?«

Jack zuckte mit den Schultern. »Er war einverstanden. Was sollte er auch sonst tun?«

»Und Darryl?«

»Ich weiß nicht, ich weiß nicht«, sagte Jack lang gezogen und fuhr sich dabei über das Kinn. »Darryls Lippen wurden ganz schmal und an seinem Hals begann diese Ader zu pochen …«

»Und dann?«

»Nun, er hat widersprochen, meinte sogar, die Messergebnisse könnten auf ein Zeitportal hinweisen und drängte Nicolas, weitere Untersuchungen zu veranlassen.«

»Oh mein Gott!« Dianne war entsetzt. »Nicolas hat doch nicht etwa zugestimmt?«

»Nun, Nicolas sah Darryl ganz lange an. Ich musste natürlich lachen«, Jack beugte sich näher an Dianne heran, drückte einen Kuss auf ihren Hals, »allerdings mehr wegen seiner pochenden Ader und der roten Flecken am Hals. Und du weißt ja«, theatralisch breitete Jack beide Arme aus, »ich habe ein ansteckendes Lachen. Nicolas konnte nicht anders, als mit einzustimmen. Daraufhin ist Darryl wütend davon gestapft.«

Dianne atmete erleichtert auf. Dennoch machte sie sich Gedanken wegen Darryl. »Darryl wird rasen vor Wut!«

»Soll er ruhig. Es wird keine Untersuchungen mehr geben, ich habe mehr Zeit für dich. Und im Endeffekt könnt ihr eure Messungen selbst durchführen. Wie bisher ja auch.«

Zögernd nickte Dianne. »Danke, Jack!«

Jack winkte ab. »Kein Problem. Ich hätte dies so oder so gemacht.«

»Und ich dachte, du hast es mir zuliebe getan«, sagte Dianne mit gespielter Entrüstung.

»Eigentlich haben ich es nur wegen Darryl getan«, erklärte Jack, warf die Bettdecke zurück und stand auf. »Nämlich um ihn ein wenig zu ärgern.«

Dianne schüttelte lachend den Kopf. »Du bist unmöglich.«

»Ich weiß«, schmunzelte Jack und hob den Hörer des Zimmertelefons ab. »Aber dir zuliebe lass ich jetzt das Frühstück aufs Hotelzimmer bringen!«

»Da ist aber viel Eigennutz mit im Spiel.«

»Frauen!«, er verdrehte die Augen, »wenn es danach ginge, müsstest du *alles* alleine machen.«

Dianne schnappte sich ein Kopfkissen und schleuderte es Jack hinterher. Der jedoch brachte sich rasch im Badezimmer in Sicherheit.

Dianne wandte den Kopf und schaute zum Fenster hinaus. Es versprach ein ruhiger, sonniger Wintertag zu werden. Dennoch beschlich sie das ungute Gefühl, dass es viel mehr als das werden würde.

Die Welt war wie zu Eis erstarrt. Kein Lüftchen regte sich, keine Wolke zog über den Himmel, der aussah, als sei er ein gefrorener, bläulich schimmernder Kristall, in dessen Mitte die Erde ruhte, gebannt in eine ewige, winterliche Stille. Frost überzog die Gräser der Wiesen und Weiden, selbst die Schreie der Möwen an den Klippen klangen kalt und zerbrechlich. Der Winter war gekommen.

»Eine höchst seltene Wetterlage auf den Orkney Inseln«, meinte Andrew, wobei er sich hinter Caitir stellte und seine Arme um sie legte, um sie zu wärmen. »Meist hält sie auch nicht lange an.«

»Ich liebe diese Ruhe«, entgegnete sie. Nachdem sie mit dem großen Boot über das Wasser gekommen waren, war Andrew ein Stück mit dem Wagen gefahren und hatte schließlich angehalten. Nun standen sie an den Klippen im Westen und schauten auf das stille Meer hinaus, während Griah am Horizont in stiller Glut versank. »Es ist, als ob die Götter schlafen würden.«

Caitir spürte, wie Andrew ihr einen Kuss ins Haar hauchte, und seinen Kopf auf ihren legte.

»Manchmal scheint es mir, die Götter sind nur im Schlaf friedlich«, sinnierte Caitir weiter. »Vielleicht wollen sie gar keine Opfer und wollen uns nur zeigen, wie wunderbar Stille sein kann. Vielleicht sind es nur die Steinweisen, die die Götter nicht verstehen und sie mit ihren Opfern sogar erzürnen, weil die Weisen im Grunde genommen doch nur Macht über die Stämme ausüben.« Andrew schwieg. Caitir ließ ihren Überlegungen weiterhin freien Lauf, sprach dabei laut aus, was sie dachte, was einfach in ihr hervorsprudelte, wie eine Quelle frischen Wassers, das ins Freie drängte. »Rituale, die meist mit Opfer, sei es Mensch oder Tier, einhergehen, dienen immer dem Zweck, die Götter zu beeinflussen. Einmal sollen sie Regen bringen, einmal Sonne. Sie sollen die Ernte segnen, oder die Jäger, wenn sie auf die Jagd gehen, gleich ob nach Mensch oder Tier. Vielleicht wollen die Götter auch nur, dass wir alle in stiller Demut mit dem fließen, was sie uns zu Füßen legen, so wie ein Fluss, der sich seinem Flussbett anvertraut, und dadurch das große Meer erreicht.« Caitir erschrak vor ihren eigenen Worten, doch zum Glück war es nur Andrew, der sie hörte.

»Das sind interessante Gedanken, die du da äußerst, Cait«, sagte Andrew, nachdem sie erneut geschwiegen hatte. »Kann es ein, dass du anders als die anderen Steinweisen denkst und handelst?«

Caitir musste schmunzeln, als sie sich an Thuas Worte erinnerte, die die Steinweise vor dem Kampf zwischen Jokh und Roradh gesprochen hatte. »Ja. Ich nehme an, so ist es.«

Andrew drückte sie fest an sich, hauchte einen Kuss auf ihren Kopf. »Morgen ist Tag der Wintersonnenwende. Hast du es dir doch anders überlegt?«

Caitir blickte kurz über ihre Schulter zurück, sah die Hoffnung in Andrews Augen und es schmerzte sie. Seufzend senkte sie den Kopf. »Was geschieht, wenn die Götter erwachen und sehen, dass ich noch immer hier bin?«, fragte sie. »Werden sie zornig sein, weil ich nicht in meinen Fluss zurückkehre? Sie haben mir eine große Ehre erwiesen, indem sie mich in die Zukunft gehen ließen, um Dinge zu sehen, die vielleicht eines Tages für mich von Bedeutung sein werden. Nicht zurückzukehren erscheint mir wie Verrat. Außerdem fürchte ich um mein Volk, um Mjana, um meine Familie.«

»Sie würden doch auch ohne dich zurechtkommen. Vielleicht würden sie dich sogar verehren als die Steinweise, die die Götter auf eine besondere Reise geschickt haben.« Er strich ihr über den Kopf. »Kein Gott wird dich strafen, Cait. Denk darüber nach.«

Einen Moment lang dachte Caitir tatsächlich über Andrews Worte nach, aber da kam ihr seltsamerweise die Erinnerung an ihren Traum, in dem sie das Schlachtfest und den aus Knochen aufgeschichteten Berg gesehen hatte. So ungewöhnlich deutlich und klar erschienen die Bilder vor ihrem geistigen Auge, dass Caitir das Blut förmlich riechen und das Brüllen der Tiere förmlich hören konnte. Unwillkürlich schwankte sie zurück.

»Cait«, alles in Ordnung?« Andrew stützte sie.

»Ja«, sagte sie nur, wobei sie versuchte, ihren Blick zu klären und die geistigen Bilder abzuschütteln. Auch wenn Caitir nicht wusste, was es mit diesem Traum auf sich hatte, so ahnte sie doch, dass er eine wichtige Botschaft in sich tragen musste, denn sonst wäre die Erinnerung nicht ausgerechnet jetzt so vehement über sie gekommen.

»Ich muss meine Pflicht als Steinweise und das Wohlergehen meines Volkes über alles andere stellen«, sagte Caitir.

»Und damit über die Liebe zu mir!«

Andrews Worte hatten in ihr die gleiche Wirkung wie ihre eigenen zuvor: Es war, als würde ein Teil von ihr sterben.

Dennoch nickte Caitir, versuchte dabei, die Beklemmung in ihrem Hals hinunterzuschlucken.

»Ich verstehe«, flüsterte Andrew, wobei er enttäuscht klang.

Caitir erwiderte nichts, blickte nur starr zu Boden. Es kam ihr vor, als wäre eine Ewigkeit vergangen, als Andrews Hände ihre Schultern berührten und er sie sanft zu sich herumdrehte. Fast schon schüchtern schaute sie zu ihm auf. Er strich ihr eine Haarsträhne aus dem Gesicht, beugte sich herab, dann berührten seine Lippen die ihren. Caitir schloss die Augen, genoss die zärtlichen Berührungen, die in ihrem Inneren ein loderndes Feuer entfachten.

»Hast du noch mehr von diesen …« Caitir dachte nach, sie hatte schon wieder vergessen, wie man diese dünnen Häute nannte, die man brauchte, um keine Kinder zu bekommen.

Andrew lächelte sie traurig an. »Ja. Eine letzte Nacht bleibt uns noch, sofern das Ritual klappt. Ich habe Dianne gesagt, dass wir erst morgen Mittag zu Maeve fahren. Dort treffen wir uns mit Fraser, der uns zum …«, Andrew verstummte, und Caitir legte ihm eine Hand an die Wange. Sie fühlte sich kalt an. »Die Sterne, Andrew. Denk immer an die Sterne.«

Er nickte. »Lass uns zum Hotel fahren.«

Hand in Hand gingen sie zurück zum Wagen, der eigentlich Dianne gehörte, und fuhren zu dem großen Haus, in dem es viele Zimmer gab. Caitir freute sich auf die Nacht, doch zugleich fürchtete sie sich auch davor, denn sie hatte das Gefühl, dass das angedachte Ritual funktionieren und Schlimmeres als nur einen Tag hervorbringen würde, der ihr den Mann nahm, den sie liebte.

Mjanas ganzer Körper schmerzte. Ihre Gefangenschaft beim Adlerstamm bestand größtenteils aus Arbeit. Besonders die beiden letzten Tage waren hart und mühsam gewesen. Eine ungewöhnliche Ruhe hatte sich über das Land gelegt, die Götter hielten die Welt in einer eisigen Klaue gefangen. Zunächst hatte der plötzlich nachlassende Wind die Stammesmitglieder beunruhigt, doch Mrak hatte gemeint, die Götter würden innehalten und sich versammeln, um die Geschehnisse am Tag der Wintersonnenwende aufs Genaueste zu betrachten, um sicherzugehen, dass das Blutopfer erbracht wurde.

Das ruhige Wetter hatte der Stamm genutzt, um Dinge zu tun, die wegen der wütenden Stürme der vergangenen Wochen kaum möglich gewesen waren. So hatte Mjana zusammen mit anderen Frauen des Adlerstammes den ganzen Tag über gearbeitet. Sie hatten Algen gesammelt und Steine schleppen müssen, die für den Bau eines neuen Steinhauses verwendet wurden. Ihre Fingerkuppen waren wund, ihre Nägel eingerissen. Doch das war nicht der Grund, weswegen sie nun weinend auf ihr Nachtlager sank. Morgen war der Tag der Wintersonnenwende, der Tag des Blutopfers, ihres Blutes. Abgesehen von der schweren Arbeit, die sie verrichten musste und bei der sie von Kriegern des Stammes bewacht wurde, war sie gut behandelt worden. Getrieben von der zunehmenden Angst, die der nahende Tod in ihr entfachte, hatte sie während der letzten Tage mehrfach versucht zu fliehen, war einfach losgerannt, aber Brorks Jäger hatten sie stets eingeholt. Der Stammesführer selbst ließ sie meist in Ruhe, wenngleich er sie auch immer auf sonderbare Weise anblickte. Sie schlief sogar in einer der vielen Kammern in Brorks Behausung.

Vor drei Tagen war Mrak von den Heiligen Hallen zurückgekehrt, um Vorbereitungen für die Opferung zu treffen und sie zum Kreis der Ahnen zu begleiten. Bestimmt wollte er selbst darüber wachen, dass alles so verlief, wie es die Götter wollten – oder wie Mrak es wollte. So wie die Tage immer kürzer wurden, so neigte sich auch Mjanas Lebensspanne dem Ende entgegen. Caitir, ihre Familie, die Götter, ja die ganze Welt hatten sie verlassen. Müde schleppte sie sich zu ihrem Nachtlager und kramte ein Lederarmband hervor, das sie während ihrer Zeit beim Adlerstamm geflochten hatte. Sie küsste es, drückte es dann an ihr Herz und warf es in das Feuer in der Mitte des Raumes.

»Jadhra«, rief Mjana ihre Großmutter an, »hilf mir, meine Ahnin, meine letzte Hoffnung. Hilf einer Todgeweihten.«

Funken sprühten aus den Flammen empor, stiegen nach oben, wo sie in der Finsternis erstarben, die das Grab der Adler beherrschte. So nannte Mjana Brorks Behausung, in der nicht nur die Gebeine von Brorks Ahnen ruhten, sondern auch die Knochen der großen Raubvögel. Mjana legte sich nieder und fiel bald in einen unruhigen Schlaf. Immer wieder plagten sie böse Träume, in denen sie im Feuer brannte, während ein Adler ihr die Augen aus dem Kopf hakte.

Schweißgebadet fuhr sie aus dem Schlaf – und blickte prompt in Mraks Gesicht.

»Es ist so weit!«, sagte er, während er, auf einen langen Stock gestützt, auf sie herabsah.

Mjana erstarrte zu Eis, ihr Herz blieb stehen.

»Andrew!« Dianne riss die Tür von Maeves Cottage förmlich aus den Angeln, kam herausgestürmt und umarmte ihn. Untermalt von Finns freudigem Gebell drückte sie Andrew so fest an sich, dass ihm die Luft wegblieb. Dann nahm sie auch Cait in die Arme. Andrew kam kaum zu Wort, denn nun eilte auch Maeve herbei und begrüßte ihn und Cait ebenso glücklich wie Dianne.

»Wir dachten schon, ihr beide seid untergetaucht und kommt nie wieder!«, rief Maeve mit Tränen in den Augen.

»Am liebsten wäre ich das auch«, meinte Andrew. »Aber irgendwie wären wir immer nur auf der Flucht.« Er legte Cait einen Arm um die Schultern und schluckte. Ein dicker Kloß hatte sich in seinem Hals gebildet. Anstatt anzurufen, waren er und Cait heute Morgen einfach zu Maeve gefahren.

»Du hättest wenigstens eine Nachricht schicken können«, schimpfte Dianne mit in die Hüften gestemmten Händen. »Jack und ich sind auf gut Glück hierhergekommen, in der Hoffnung, ihr würdet auftauchen.«

Mittlerweile war noch jemand in der Tür erschienen. »Ich nehme an, das ist Jack?« vergewisserte sich Andrew, wobei er sich ein wenig versteifte. Jack stellte sich neben Dianne, legte sogar seinen Arm um ihre Schultern. Offenbar waren die beiden nun zu einem Paar zusammengewachsen. Vielleicht hätte Andrew doch hin und wieder mit Dianne telefonieren sollen, um in Erfahrung zu bringen, wie es ihr ging und besonders was Dianne Jack alles enthüllt hatte.

»Jack Wallen! Guten Tag, Andrew!«, grüßte der Mann, ehe Dianne etwas sagen konnte. Er gab Andrew die Hand, doch es war offensichtlich, dass sein Hauptinteresse Cait galt, denn er betrachtete sie neugierig. »Und das ist also …«

»Cait!«, erwiderten Andrew und Dianne gleichzeitig.

Auch ihr streckte er seine Hand entgegen. Cait ergriff sie zögerlich. »Unglaublich«, murmelte er.

»Jetzt lasst uns doch erst mal reingehen!«, schlug Maeve vor. »Es ist frostig draußen.« Sie hakte sich kurzerhand bei Cait ein und führte sie ins Cottage.

»Sorry, Dianne, dass ich mich nicht gemeldet habe«, sagte Andrew, während sie Maeve und Cait ins Haus folgten. »Ich habe diesen Tag verdrängt.«

»Und uns gleich mit dazu«, meinte Dianne mit einem Augenzwinkern.

Andrew hob entschuldigend die Schultern.

»Hattet ihr denn wenigstens eine schöne Zeit?«, wollte Dianne wissen.

Liebevoll sah Andrew Cait an, die vor ihm ins Wohnzimmer trat. »Ja, viel zu schön«, seufzte er.

Tröstend strich ihm Dianne über den Rücken, dann setzten sie sich.

Wie immer sorgte Maeve für Tee und Kaffee, stellte sogar einige Sandwiches auf den Tisch, aber der Einzige, der herzhaft zugriff, war Jack. Während Andrew und Cait erzählten, was sie in den letzten Wochen erlebt hatten, lauschte Jack aufmerksam und beobachtete insbesondere Cait. Diese fühlte sich sichtlich unwohl und vermied es, Jack anzusehen.

»Sie ist wirklich so … anders«, sagte Jack plötzlich, wobei er verwundert den Kopf schüttelte. Dann beugte er sich nach vorne. »Cait, verzeih mir, wenn ich dich dauernd so anstarre. Mein Verstand kann nicht glauben, dass du aus der Vergangenheit Skara Braes kommst … und dennoch … du bist so … anders.«

»Das seid ihr für mich auch!«, erwiderte Cait.

Andrew warf Dianne einen Blick zu. »Jack weiß Bescheid.«, erklärte sie. »Ich habe ihm alles erzählt.«

Auch wenn Andrew verstand, dass sie ihn eingeweiht hatte, um ihre Beziehung nicht zu gefährden und um Jack zu zeigen, dass sie ihm vertraute, so hatte Andrew dennoch ein ungutes Gefühl. Es waren einfach zu viele Leute, die *Bescheid* wussten. Fast schon wünschte er sich, es gäbe keinen Jack, schalt sich aber sogleich selbst für diesen Gedanken, denn eigentlich sollte er sich für Dianne freuen.

»Ich hoffe, du kannst schweigen und das alles für dich behalten«, sagte Andrew, wobei er Jack in die Augen schaute.

»Ehrlich gesagt, kann ich noch immer nicht wirklich glauben, was mir Dianne erzählt hat, auch wenn ich spüre, dass diese junge Frau«, er deutete auf Cait, »etwas Besonderes umgibt. Betrachtet mich als leeres Blatt, auf dem das Leben die Ereignisse des heutigen Tages niederschreibt.«

»Das klingt, als wolltest du dir deine Meinung erst danach bilden und dann entscheiden, ob du an die Öffentlichkeit gehst oder nicht.« Andrews Worte hatten einen scharfen Klang angenommen.

»Du missverstehst mich, Andrew! Ich meine damit, dass ich erst danach entscheiden will, ob ich all das hier glauben kann oder nicht.« Jack wandte sich an Dianne. »Nimm es mir nicht übel, Dianne. Du hast selbst zugegeben, wie skeptisch du anfangs warst. Bitte gesteh die gleiche Skepsis auch mir zu.«

Dianne legte eine Hand auf Jacks Bein. »Entscheidend ist nur, dass du am Ende alles für dich behältst.«

»Wenn all das wahr ist«, fuhr Jack fort und beugte sich dabei, Andrew anblickend, nach vorne, »dann sollten wir es als Privileg betrachten, die Einzigen zu sein, die an diesen unglaublichen Ereignissen teilhaben durften. Und du, Andrew, solltest deine Erlebnisse in der Vergangenheit nutzen, um sie mit Diannes Hilfe in die modernen Forschungen der Archäologie mit einfließen zu lassen. Denn wirklich dabei gewesen zu sein, ist einzigartig und keine Forschung kann das ersetzen. Ich meine«, er lehnte sich zurück und breitete die Arme aus, »Archäologie ist doch letzten Endes nichts anderes, als die Flüsterpost, die über Tausende von Jahren hinweg stattgefunden hat, zu enträtseln.«

Dianne zog eine Augenbraue in die Höhe, schwieg aber.

»Ich werde nichts verraten, Andrew, und mein Wissen mit ins Grab nehmen.«

»Das hat aber noch Zeit«, sagte Dianne.

Andrew war ein wenig erleichtert, dennoch war er angespannt. Diese Anspannung jedoch war wohl eher der bevorstehenden Trennung geschuldet, als seiner Angst, Jack könne reden. Erst jetzt bemerkte er, wie feucht seine Hände geworden waren, besonders jene, die Caits Hand hielt. Auch seine Kehle schnürte sich zu, Cait blickte nur nach unten. Eine Beklommenheit breitete sich zwischen den beiden aus, die, hungrigen Flammen gleich, auch auf Dianne, Maeve und sogar Jack überzugreifen schien. Selbst die Zeit schlich voran, wie ein feiger Attentäter, der sich duckte, um sich ganz langsam davonzustehlen.

Sie sprachen nur wenig, meist nur belangloses Zeug, immer wieder drängte sich erdrückende Stille zwischen die gesprochenen Worte, breitete sich aus wie ein Geschwür.

»Es wird allmählich Zeit.« Diannes Stimme, obwohl nur geflüstert, klang wie ein Peitschenknall in Andrews Ohren.

Er sah, wie Cait die Lippen aufeinanderpresste und nickte.

»Ich rufe …«, auch Dianne fiel das Sprechen sichtlich schwer, »Fraser an.«

Während Jack ihr eine Hand auf den Arm legte, erhob sich Maeve. Auch die sonst so resolute Dame hatte feuchte Augen. Schweigend verließ sie das Wohnzimmer und kehrte kurz darauf mit dem Telefon zurück.

Dianne drückte die Tasten, dann wartete sie. »Fraser, wir sind … so weit.« Sie schluckte, legte auf und gab Maeve das Telefon zurück. »Er wird bald hier sein.«

Und das war er auch. Das Motorengeräusch von Frasers Land Rover durchbrach die Stille. Maeve öffnete, Fraser trat – einen Rucksack auf dem Rücken – ein, und nickte zum Gruße.

Maeve konnte nicht mehr an sich halten und begann zu weinen. Sie umarmte Cait und drückte sie fest an sich. »Pass auf dich auf, hörst du?«

»Das werde ich«, sagte Cait leise.

»Kommst du nicht mit?«, fragte Dianne.

Maeve schüttelte entschieden den Kopf und wandte sich wieder an Cait. »Und wer weiß«, fuhr sie lachend aber unter Tränen fort, »vielleicht stehst du in ein paar Stunden oder ein paar Tagen ja doch wieder vor meiner Tür.«

Auch Cait lächelte, doch es wirkte angestrengt. »Wer weiß.«

Maeve umfasste Caits Kopf mit ihren Händen und drückte ihr einen Kuss auf die Stirn. »Und jetzt geht endlich!«

»Am besten, wir laufen«, schlug Fraser vor. »So bleibt noch ein wenig Zeit, damit sich jeder auf das, was kommt, vorbereiten kann.«

»Was genau kommt denn nun?«, wollte Jack wissen und stellte damit die Frage, die auch Andrew auf der Zunge gelegen hatte.

»Cait und Andrew sollten sich auf dem Marsch zum Ring of Brodgar«, Fraser verneigte sich leicht in Caits Richtung, »zum Kreis der Ahnen, innerlich darauf vorbereiten, den anderen freizugeben und loszulassen. Ich werde ein Ritual durchführen.«

Andrew war mehr als skeptisch, ein Gemütszustand, den er auch in Diannes und besonders in Jacks Gesicht ablesen konnte.

»Gehen wir«, sagte Cait plötzlich, drückte kurz Maeves Schulter und ging dann hinaus, ohne sich umzusehen.

Andrew schluckte und folgte ihr, ebenso wie Dianne und Jack. Als Andrew vor Maeves Cottage trat, hatte er das Gefühl, die Welt würde stehen bleiben. Nur sein Herz begann schneller zu schlagen.

Das Gesicht zu einer weiß gekalkten Maske erstarrt, seinen Jagdspeer in Händen haltend, schritt Brork, der Stammesführer des Adlerclans, stolz dahin. Sein Umhang aus Adlerfedern schien hinter ihm herzuschweben, bauschte sich hin und wieder in einer leichten Brise, die sanft über das ansonsten in Stille erstarrte Land strich.

Mjana wusste nicht, was in ihm vorging. Auf dem ganzen Weg vom Dorf der Adler bis zum Kreis der Ahnen, hatte er sie nicht beachtet, hatte sie keines Blickes gewürdigt. Auch mit den drei Jägern, die sie begleiteten, hatte er kein einziges Wort gesprochen, nicht einmal Mrak hatte er sich zugewandt. Der alte Steinweise hingegen bedachte Mjana mit vielen Blicken, so als wolle er sich vergewissern, dass ihm das wertvolle Götteropfer nicht abhanden kam. Als sich schließlich die mächtigen Steine des Ahnenkreises wie düstere Todesboten vor dem Abendhimmel abzeichneten, schien es Mjana, als würden die Steine den Himmel durchbohren und dieser sein Blut über die Welt vergießen. Mjana begann zu schwanken. Sie fühlte sich, als hätte sich Kjell, der Gott des Meeres, erhoben, um die endlosen Wasser, über die er gebot, in eine einzige Welle aus Angst zu verwandeln und ihr ins Gesicht zu schleudern.

»Jadhra«, stieß sie hervor und blieb stehen. Etwas lief warm ihre Beine hinunter, es war ihre eigene Notdurft. Mjana hatte die Kontrolle über ihren Körper verloren – und brach zusammen.

Ein Schatten kam über sie, tauchte auf aus den roten Fluten der untergehenden Sonne wie ein Gott. Mjana blinzelte. Es war Brork. Wortlos beugte er sich zu ihr hinab, hob sie hoch und trug sie auf seinen Armen weiter, auf den Kreis der Ahnen zu. Mjana begann unkontrolliert zu zittern. »Jadhra … Caitir«, wimmerte sie.

Brork brachte seinen Kopf etwas näher an den ihren heran. »Du wirst sterben!«, flüsterte er ihr ins Ohr. Es war das erste Mal, dass Brork an diesem Tag sprach. Er sagte noch etwas, doch diese Worte verstand Mjana nicht mehr, sie erklangen irgendwo in weiter Ferne, am Rande ihrer Wahrnehmung, denn ihre Sinne schwanden und sie tauchte ein in eine Welt endloser Stille.

EIS UND FEUER

Die Stimmung während ihres Marsches zum Kreis der Ahnen war gedrückt. Wie Fraser geraten hatte, versuchte Caitir sich auf das Ritual vorzubereiten, indem sie Andrew freigab. Caitir empfand dabei eine seltsame Mischung aus tiefer Trauer und Angst. Noch einmal winkte sie Maeve zu, die in der Tür ihres Hauses stand. In diesem Moment kam Finn angerannt. Caitir ging in die Hocke, umarmte schweren Herzens den schwanzwedelnden Hund, der danach sogleich wieder zu Maeve zurückrannte. Caitir lief weiter, versuchte die aufsteigenden Tränen niederzukämpfen. Dann drückte sie Andrews Hand. Die Berührung verlieh ihr Sicherheit. Sie fürchtete sich vor dem endgültigen Abschied, auch wenn sie entschlossen war, den Heimweg anzutreten, denn ihr Volk brauchte sie. Mjana brauchte sie. Das zumindest sagte ihr ein Gefühl in ihrem Inneren. Ihr Blick schweifte vom Horizont, den Griah gerade in rotes Feuer tauchte, zu Andrew, der nur starr geradeaus blickte. Sie fürchtete insgeheim, dass er an ihrer Liebe zu ihm zweifelte, denn immerhin hatte sie ihm gestern gesagt, dass sie das Wohlergehen ihres Stammes und ihre Aufgabe als Steinweise über ihre Liebe zu ihm stellte. Sie hatte gehofft, dass es ihm so leichter fallen würde, sie zu vergessen. Ob sie richtig gehandelt hatte, wusste sie nicht. Vielleicht hatte sie es auch nur getan, um für sich selbst den Abschied einfacher zu machen. Sobald sie jedoch in sich hineinlauschte, spürte sie, dass dem nicht so sein würde.

Mit jedem Schritt, den sie ging, versuchte Caitir ihre Gedanken zu beruhigen, bemühte sich, sie auf Mjana, auf die Siedlung an der Westbucht und ihr Leben als Steinweise auszurichten. Das schlechte Gewissen, das sie deshalb Andrew gegenüber hatte, verdrängte sie. Der Abend war hereingebrochen und obwohl noch immer ein Flammenmeer den Himmel dieser Welt überzog, wurde die Luft zunehmend kälter. Als sie schließlich den Kreis der Ahnen erreichten, überzogen Eis und Frost die Gräser. Caitir schluckte, die Anspannung, die sich in Andrew, aber auch in Dianne ausbreitete, konnte sie deutlich fühlen. Düster und still erhoben sich die Riesen aus Stein, unveränderlich, unantastbar von den Geschehnissen um sie herum – so zumindest erschien es Caitir. Kurz bevor sie den Kreis durchschritten, spürte sie eine Hand auf der Schulter. »Cait!« Es war Dianne. Caitir blieb stehen. »Ich wollte dir alles Gute wünschen, nur falls sich gleich die Ereignisse überschlagen und ich nicht mehr dazu komme.« Dianne wirkte verlegen, in ihren Augen schimmerte es feucht »Gib auf dich acht!«

Caitir nickte. »Du auf dich auch, und bitte …«, sie brach ab, das Sprechen fiel ihr schwer. Ihre Stimme klang in ihren Ohren heiser und fremd. »Bitte pass auf Andrew auf!« Dianne nickte und trat zurück, Jack legte eine Hand um ihre Schultern. Caitir senkte den Kopf und schloss die Augen. Dann spürte sie Andrews Arme, die sie umschlossen – ein allerletztes Mal. Er würde den Steinkreis nicht betreten, sie musste diesen Weg ohne ihn gehen. Caitir fühlte sich, als würde sie sterben. Sie drückte ihren Kopf an seine Brust, hörte das Klopfen seines Herzens, das sie an das Verrinnen der Zeit erinnerte.

»Der Tag neigte sich zu Ende, die Nacht beginnt«, hörte sie eine Stimme hinter sich und eine Hand legte sich auf ihren Arm. »Wir sollten beginnen.«

Caitir wandte den Kopf. Es war Fraser, der aus seinen grauen Augen auf sie herabblickte. In ihrer Zeit wäre Fraser sicher ein Steinweiser gewesen. Er nahm seine Hand von ihr, dann lief er voraus in den Ahnenkreis, nahm seinen Rucksack ab und kramte verschiedene Gegenstände daraus hervor. Um welche Artefakte es sich handelte, konnte Caitir nicht erkennen, denn ein Schleier aus Tränen hatte sich um ihre Welt gelegt.

Widerstrebend löste sich Caitir von Andrew und sah zu ihm auf. »Die Sterne! Schau immer zu den Sternen!«

Noch einmal drückte er ihr einen Kuss auf das Haar, wobei sie spürte, wie Tränen auf ihren Kopf tropften. Ein letztes Mal legte Caitir ihren Kopf an seine Brust. »Danke, für alles«, flüsterte sie. Dann schob Andrew sie sanft von sich und nickte nur. Offenbar war er nicht in der Lage zu sprechen.

Sie legte ihm ihre Hand auf das Herz. »Ich gebe dich frei.« Obwohl leise gesprochen, zuckte Caitir zusammen, als hätte sie jemand geschlagen.

»Und ich …«, Andrew brach ab, holte tief Luft, als würde er Kraft sammeln für seine letzten Worte an sie. Caitir sah den Kampf, den er innerlich ausfocht. »Ich gebe dich frei.«

Schwer hob sich Caitirs Brust, sie fühlte sich, als hätten sich alle Steine des Ahnenkreises auf einmal auf sie gelegt, um sie zu erdrücken.

Caitir schluckte, nahm all ihre Kraft, all ihre Entschlossenheit zusammen und trat von Andrew drei Schritte zurück, ihrer eigenen Intuition folgend. Der Geruch von Räucherwerk drang in ihre Nase, als sie den Ahnenkreis durchschritt. Fraser hatte einige Kerzen in einem kleinen Kreis entzündet, die Ravk mit einem Wimpernschlag hätte zum Verlöschen bringen können. Doch der Gott des Sturmes schwieg heute. Erst jetzt sah Caitir, dass sich in der Mitte des Kreises ein Stapel aus Holz befand, den der Weise aus Andrews Zeit offenbar bereits vorher dort aufgeschichtet hatte. Fraser nahm eine der Kerzen und entfachte das Feuer. Als die Flammen knisternd in den Nachthimmel loderten, warf er weitere Kräuter hinein. »Tritt hinein in den Rauch«, rief er, »er wird alles, was dir aus dieser Zeit anhaftet, entfernen und dich reinigen. Es ist wichtig, dass Dinge enden und vergehen, damit Neues geboren werden kann. Der Wandel ist das einzig Beständige. So war es immer, und so muss es immer sein«, sagte Fraser und seine Worte bohrten sich auf sonderbare Weise in Caitirs Verstand. Dann streckte er Caitir mit einem »Komm« die Hand entgegen und Caitir ging auf ihn zu.

Zuckende Lichtblitze erhellten die Schwärze, Gesänge und das rhythmische Schlagen von Trommeln durchdrangen die Stille. Mjanas Augenlider flackerten – und öffneten sich.

Benommen stand sie auf, schaute sich um. Unzählige Feuer loderten in den Himmel, ihre Flammen warfen tanzende Schatten gegen die riesigen Steine, ließen den Frost, der die Gräser überzogen hatte, funkeln, als seien sie mit kleinen Perlen überzogen. Junge Frauen und Männer tanzten in der Lichterpacht umher, feierten ihre Aufnahme bei den Steinweisen. Doch die Nacht der Winterfeuer war auch eine Zeit, in der der alte Zyklus endete und ein neuer begann. Die Stämme feierten die Wiedergeburt des Lichts. An diesem ganz besonderen Tag leuchteten die letzten Strahlen der Sonne sogar bis ins Innere des Hügels der Ahnen hinein, um auch den Toten Licht zu bringen und um ihre Seelen auf den letzten Strahlen der Sonne in die Welt der Geister zu führen.

Die Sonne jedoch war bereits versunken und obwohl es ungewöhnlich war und selten vorkam, erwies ihnen der Himmelsvater auch dieses Mal die Ehre, die irisierende Lichterpracht in seinem Reich jenseits der Himmelskuppel zu entfachen. Die körperlosen Wesen des Himmels tanzten, eingehüllt in leuchtendes Grün und Blau, über das nächtliche Firmament, und öffneten so die Grenze zur Welt der Götter. Eigentlich eine gute Nacht, um zu den Ahnen, um zu Jokh zu reisen. Doch Mjana hatte Angst! Sie stand auf dem hohen Erdwall, der den Kreis der Ahnen umschloss. Sie erschrak, als sich neben ihr jemand regte. Es war Brork. Wie ein stummer Wächter betrachtete er das Geschehen. Hektisch schaute sich Mjana um, von Mrak fehlte jede Spur. Vorsichtig trat sie einen Schritt zurück ins Dunkel außerhalb der Feuer, dann noch einen – und noch einen.

»Wo willst du hin?« Brorks Stimme ließ sie erstarren. »Es ist eine wundervolle Nacht, Mjana, Schwester meiner Frau. Die Götter halten ihre Hände über uns. Sie segnen uns.«

»Nicht mich«, flüsterte Mjana.

Erst jetzt wandte sich Brork ihr zu, sein Blick bohrte sich in sie, sein gekalktes Gesicht strahlte hell im Widerschein der Winterfeuer, die in der Mitte des Steinkreises brannten.

»Ich habe Thua nicht ermordet«, wagte Mjana zu sagen.

Zu Mjanas Erstaunen legte Brork seine Hand unter ihr Kinn, hob ihren Kopf beinahe schon sanft an. »*Du wirst einen einsamen Weg beschreiten, doch du wirst ihn in Ehre gehen!*«

Mjana konnte ihren Blick nicht von Brork lösen. Sie verstand seine Worte nicht, sie verstand Brork nicht. In dieser Nacht umgab ihn etwas Geheimnisvolles. Es war, als hätten die Winterfeuer etwas von ihm weggebrannt und einen Mann enthüllt, den die Götter selbst entsandt hatten.

»Die Zeit ist gekommen!« Mjana schreckte auf. Mraks plötzliches Auftauchen erschien ihr wie die Antwort, die sie gefürchtet hatte. Erst jetzt bemerkte sie, dass die Gesänge und Tänze verstummt waren. Nur eine einzige Trommel schlug irgendwo in der Dunkelheit.

Die Ereignisse liefen wie ein Film vor Andrews Augen ab. Er wollte sich abwenden, doch er konnte nicht. Wie gebannt starrte er nach vorne, während Diannes Hand über seinen Rücken strich. Jack war ein paar Schritte nach vorne getreten, beobachtete das Geschehen mit wissenschaftlicher Neugier.

Der Geruch von Feuer und würzigem Rauch stieg in Andrews Nase, als eine leichte Brise aufkam. Die Mitte des uralten Steinkreises brannte, ebenso wie der Himmel im Westen, der in einem dunklen Rot entflammt war und in starkem Gegensatz zu der eisigen Luft stand.

»Das dürft ihr nicht tun!« Ein Schrei durchschnitt die Stille und Andrew wirbelte herum.

»Darryl!«, stieß Dianne hervor.

Darryl stolperte näher, hielt dabei etwas in Händen. Mit Entsetzen musste Andrew feststellen, dass es eine Schusswaffe war, mit der er wild herumfuchtelte.

»Holt sie zurück!«, schrie er.

»Darryl!« Dianne hob abwehrend die Hände. »Beruhige dich! Es ist besser so! Leg die Waffe weg!«

»Sei vorsichtig, Dianne!«, rief Jack und stellte sich schützend vor sie.

»Es ist zu spät!«, sagte Dianne. »Fraser bringt sie zurück!«

»Ich werde das verhindern!«, schrie Darryl wie von Sinnen, sein schmaler Mund verzerrte sich, seine kinnlangen schwarzen Haare wirkten strähnig.

Prompt rannte er los, genau auf die Mitte des Steinkreises zu.

Dann überschlugen sich die Ereignisse.

»Darryl! Nein!« Dianne folgte ihm, Andrew stürzte ihr hinterher. Darryl stoppte abrupt, wirbelte herum. Zorn brandete über sein Gesicht, als er die Waffe auf Dianne richtete.

Darryl war so plötzlich stehen geblieben, dass Dianne beinahe gegen ihn geprallt wäre – hätte sie Andrew nicht zur Seite gestoßen. Von seinem eigenen Schwung mitgerissen, stolperte Andrew weiter, stürzte mit Dianne zu Boden. Abermals fuchtelte Darryl mit der Waffe herum, doch nun hatte auch Jack die drei erreicht, drängte sich zwischen Darryl und Dianne.

»Leg die Waffe weg, du verdammter Idiot!«, brüllte er, und stieß Darryl zurück – ein fataler Fehler. Ein Schuss löste sich, kurz darauf brach Jack zusammen.

Schreiend schlug Mjana um sich, während sie von zwei Kriegern des Adlerstammes in die Mitte des Steinkreises gezerrt wurde. Unheil verkündend schritt Mrak voran. Der rhythmische Schlag der einsamen Trommel schien sich mit dem von Mjanas Herzen zu verbinden, wurde schneller, so wie auch ihr Herz immer schneller schlug. Der dumpfe Klang der Trommel pulsierte durch ihre Adern, wie Wellen, die ihre Angst auf sonderbare Weise vertrieben. Allmählich ebbte Mjanas Gegenwehr ab. Vielleicht hatte sie sich auch einfach nur in ihr Schicksal ergeben, denn die Welt, die Götter und ihre Familie hatten sie verlassen. Sie blinzelte die Tränen weg, sah sich die umstehenden Menschen an, während sie wie in Trance dahinschritt. Steinweise, Aufgenommene der Steinweisen, Jäger und Krieger verschiedener Clans hatten sich versammelt.

Du wirst einen einsamen Weg beschreiten, doch du wirst ihn in Ehre gehen, erinnerte sie sich Brorks Worte.

Vielleicht war geopfert zu werden wirklich ihre Lebensaufgabe. Und war es nicht ein guter Tod, wenn er bedeutete, dem Willen der Götter zu folgen, damit diese das Land nicht erneut mit peitschenden Winden und wogenden Wellen heimsuchten und so die Stämme verschonten? Was wog ihr

Leben schon gegen das aller anderen? Wenn sie ihren letzten Pfad in Würde ging, würden dann nicht alle endlich stolz auf sie sein? Könnte sie dann nicht erhobenen Hauptes in das Reich jenseits der Himmelskuppel einziehen?

Der Schlag der Trommel verlangsamte sich, Mjanas Herzschlag glich sich ihm weiter an, wurde ruhiger. Unweit der Winterfeuer erhob sich ein einzelner Stein. Mjana wusste sofort, welchem Zweck er diente. Als sie kurz zögerte, zerrten die beiden Krieger sie weiter, pressten sie mit dem Rücken gegen den Stein und fesselten sie. Noch einmal wallte Angst in ihr auf, ihr Atem wurde schneller. Die Hitze der Feuer schlug ihr ins Gesicht, brannte auf ihrer Haut, so dass Mjana fürchtete, jeden Augenblick selbst in Flammen aufzugehen. Schweiß rann an ihrem Körper herab, ihre Augen zuckten unruhig umher, suchten die Umgebung ab. Die Angst war zurückgekehrt.

Mrak trat auf sie zu, murmelte einige Worte, die sie nicht verstand.

Du wirst einen einsamen Weg beschreiten, doch du wirst ihn in Ehre gehen. Mjana bot all ihre Kraft auf, blickte Mrak in die Augen. »Ich kenne die Wahrheit über Thuas Tod, Mrak!«, rief Mjana, die im Angesicht ihres Todes neuen Mut gefunden hatte. »Und diese Wahrheit nehme ich mit zu den Göttern.«

Mraks Beschwörung stockte, doch nur für einen Moment. Dann erhob er die Stimme, ließ sie in einen monotonen Singsang übergehen, in den nun auch die anderen Steinweisen mit einstimmten.

Caitir tanzte und sang, beschwor die Kraft der Steine. Auch wenn sie schweren Herzens war, so legte sich ein Lächeln auf Caitirs Lippen, denn die Wesen aus Licht tauchten die Himmelskuppel in einen bunten Farbenreigen. Die Götter öffneten ihre Grenzen, segneten diese Nacht. Doch das Lächeln auf Caitirs Gesicht erstarb rasch, wurde von einem ohrenbetäubenden Knall weggefegt. Sofort hielt sie inne, unterbrach Tanz und Gesang. Kurz darauf hallte Diannes Schrei von den alten Steinen wieder. Caitir und Fraser wirbelten herum. Ein Mann kam auf sie zugerannt. Auch wenn er sich noch am Rande des Feuerscheins befand, erkannte Caitir ihn sofort: Es war der Mann, der sie entführt hatte. Die anderen nannten ihn Darryl. Er hielt einen seltsamen Gegenstand in Händen, den Caitir nicht kannte. Doch instinktiv ahnte sie, dass Gefahr davon ausging.

»Was soll das?«, rief Fraser. »Verschwinden Sie!« Frasers Hand legte sich auf Caitirs Schulter und er zog sie mit sich, weg von Darryl.

Darryl jedoch verlangsamte seinen Schritt nicht.

»Cait!« Nun kam auch Andrew herbeigeeilt, tauchte plötzlich hinter Darryl auf. Dieser jedoch beachtete ihn nicht, sondern stürmte unvermittelt auf Caitir zu, riss sie zu Boden. Caitir rollte sich ab und kam rasch wieder auf die Füße. Doch dieses Mal war sie zu langsam. Sie war noch im Aufstehen begriffen, als Darryl sie ansprang. Sein Arm legte sich von hinten um sie, die Waffe drückte er gegen Caitirs Schläfe. Kalt und hart fühlte sich der Gegenstand an Caitirs Kopf an.

Andrew stoppte abrupt, als er die Waffe an Caitirs Kopf erblickte.

»Bleibt weg von mir!«, zischte Darryl Andrew und Fraser an. »Oder ich leg sie auf der Stelle um!«

»Darryl! Du bist wahnsinnig geworden!«, rief Andrew.

»Ich nehme sie mit und ...«, weiter kam Darryl nicht. Funken stoben plötzlich aus den Flammen empor, verbanden sich zu glühenden Linien, die ein Loch in die Dunkelheit der Nacht zu fressen schienen. Caitir wusste, es waren die Götter, die den Schleier der Zeit zerrissen.

Während der Gesang der Steinweisen in Mjanas Ohren zu einem Tosen anschwoll, bewegte sich jemand am Rande des Feuerscheins, dort, wo Licht und Dunkel miteinander rangen. Brork trat näher, seinen Jagdspeer in Händen haltend. Urplötzlich brachen die Steinweisen ihren Gesang ab, das Geräusch prasselnder Feuer kehrte schlagartig zurück. Funken schossen in den Nachthimmel über Mjana, wo sie sich zu brennenden Linien verwoben, die schließlich zu einem Lichterwirbel wurden. Mehr konnte Mjana nicht erkennen. Die von den Steinweisen heraufbeschworenen Ereignisse schienen sich hinter ihr abzuspielen, denn die Blicke der Umstehenden gingen an ihr vorbei, betrachteten etwas, das in ihrem Rücken geschah. Auf den meisten Gesichtern breiteten sich Entsetzen und Verwunderung aus. Mjanas Blick fiel auf Mrak, der sich nun Brork zuwandte.

Mjana hatte das Gefühl, die Welt würde stehen bleiben. Ganz leicht senkte sich Mraks Kopf in einem Nicken, eine Brise ließ die in seinen Bart geflochtenen Fingerknochen klappern. Mjana riss vor Angst die Augen auf, beobachtete Brork, dessen Speerarm sich, zu einem kraftvollen Wurf ausholend, langsam hob.

Wie aus dem Nichts schossen Lichtblitze heran, rankten sich um jene, die aus dem Feuer geboren wurden, das neben Caitir brannte. Dort, wo sie sich trafen, loderten knisternde Flammen in die Höhe, die Dunkelheit zerbarst in einem Knall und gab den Blick frei in eine andere Zeit – Caitirs Zeit. Caitir riss die Augen auf, Darryls Keuchen hinter ihr hörte sie nur am Rande. Urplötzlich standen Caitir und Darryl im Kreis der Ahnen ihrer Zeit. Aus dem Augenwinkel erkannte sie auch Fraser, Andrew stand ein paar Schritte abseits.

Vor ihr ragte ein Stein auf, an den jemand gefesselt war. Obwohl Caitir dahinter stand, wusste sie, um wen es sich handelte. »Mjana!«

Nun entdeckte sie auch Brork, der gerade zum Wurf ausholte.

Caitirs Herz setzte aus, die Welt schien still zu stehen. Dann ging ein Ruck durch sie hindurch. Sie vergaß Darryl, ignorierte die kalte Waffe an ihrer Schläfe, und stürmte zu dem Stein. »Nein!«, schrie sie, so laut sie konnte, hob dabei abwehrend die Hände, während sie zu Mjana lief. Brork legte all seine Kraft in den Wurf, der Speer löste sich aus seiner Hand. Doch offenbar war es nicht Mjana, die Ziel des Wurfes war. Die Waffe raste direkt auf Caitir zu. Sie duckte sich, spürte den Luftzug des Speeres, konnte sogar ein Zischen hören, als dieser an ihrem Kopf vorüberflog. Einen

Herzschlag später vernahm Caitir ein dumpfes Geräusch hinter sich, ihm folgte ein ohrenbetäubender Knall.

Aus der Ferne und durch einen Schleier aus Tränen hindurch beobachtete Dianne das Geschehen, während Jacks Kopf auf ihrem Schoß ruhte. Er lebte, die Kugel hatte ihn nur am Oberarm gestreift. Da Jack jedoch kein Blut sehen konnte, war er umgekippt. Dianne presste ihren Schal auf seine Wunde.

Caits Schrei ließ sie aufschauen. Was sich in dieser Nacht in der Mitte des Ring of Brodgar abspielte, würde Dianne nie vergessen. Frasers Feuer, so schien es, hatte ein Loch in die Dunkelheit – oder in die Zeit – gebrannt, und dieses gab den Blick in die Vergangenheit frei. Genauer gesagt schienen sich Gegenwart und Vergangenheit zu überlagern. Neben den Feuern stand plötzlich ein steinzeitlicher Jäger, sein Gesicht weiß gekalkt, die Spitzen der Federn auf seinem Umhang leuchteten im Widerschein der Flammen, so dass Dianne den Eindruck hatte, er würde brennen. Sie keuchte auf, als sie sah, dass der Speer, den der Jäger soeben geworfen hatte, haarscharf an Caits Kopf vorüberflog. Fast hätte Dianne erleichtert ausgeatmet, hätte sich der Speer nicht eine Sekunde später in Darryls Brust gebohrt. Darryl wankte zurück, dabei löste sich ein Schuss aus seiner Pistole, dann brach er zusammen.

Caitir achtete nicht auf das Geschehen hinter ihr, sondern zückte ihr Steinmesser. Mit ein paar Schritten erreichte sie Mjana und durchschnitt die Fesseln.

»Caitir?«, keuchte ihre Schwester.

»Lauf!«, schrie Caitir. »Schnell!«

»Das wagst du nicht!«, brüllte Mrak. Sein Alter Lügen strafend sprang er auf Mjana zu. Doch Caitir war schneller, warf sich zwischen ihn und ihre Schwester.

»Verschwinde, Mjana!« Sie stieß Mjana von sich, und endlich floh das Mädchen in die Dunkelheit.

Außer sich vor Wut packte Mrak Caitir und drückte sie zurück, presste sie mit dem Rücken gegen den Stein, an den bis vor wenigen Augenblicken noch Mjana gefesselt gewesen war.

»Wie kannst du dich erdreisten, das Ritual zu unterbrechen und die Götter zu erzürnen!« Tief hatte sich der Zorn in Mraks Gesicht gegraben. »Bindet sie!«

Zwei Jäger des Adlerstammes eilten heran, um Mraks Befehl zu gehorchen. Weit kamen sie jedoch nicht.

»Nein!« Brorks Stimme durchschnitt die Luft. Schützend stellte er sich vor Caitir. Sofort senkten die beiden Männer die Köpfe und traten zurück. Auch alle anderen, die sich in dieser Nacht um die Winterfeuer herum versammelt hatten, standen unschlüssig herum. Mitglieder verschiedener Clans wie Steinweise beobachteten gleichermaßen starr, was sich in dieser Nacht zutrug.

»Sie hat recht daran getan, dich aufzuhalten, Mrak«, tönte Brorks Stimme.

Selbst Caitir hielt den Atem an. Sie wandte sich langsam um, um nach Andrew zu sehen. Er machte Anstalten, näher zu kommen, doch Caitir schüttelte den Kopf. Zu ihrer Erleichterung blieb er stehen. Zu schnell hätte er in die Auseinandersetzung geraten und getötet werden können. Caitir wollte sich schon wieder abwenden, doch da nahm sie aus dem Augenwinkel etwas Anderes wahr: das Ziel von Brorks Speer! Es war Darryl, der dort auf dem Boden lag, Brorks Speer ragte aus seiner Brust, die sich noch langsam hob und senkte. Fraser kniete neben ihm.

»Wenn du den Göttern ihr Blutopfer verwehrst«, fuhr Mrak Brork an, »werden sie uns ihren Zorn spüren lassen!« Er ging einen Schritt auf Brork zu, baute sich vor dem größeren Mann auf. »Daher maße dir nicht an, über den Steinweisen zu stehen!«

»Wo ist Thua?«, fragte Caitir, ehe Brork antworten konnte. Plötzlich war ihr bewusst geworden, dass sie eine der wichtigsten Steinweisen nirgendwo im Kreis der Ahnen ausmachen konnte.

Eine kurze Stille, die nichts Gutes erahnen ließ, kehrte ein.

»Thua wurde getötet«, beantwortete Mrak Caitirs Frage, dabei wies er mit der Hand in die Dunkelheit jenseits des Steinkreises. »Von der Frau, die du eben befreit hast. Von deiner Schwester!«

Caitir klappte der Unterkiefer herunter. »Mjana«, keuchte sie. »Das ist nicht wahr!«

»Es ist eine Lüge!«, bestätigte Brork gelassen.

»Es ist die Wahrheit!«, widersprach Mrak. »Doch er, der Anführer des Adlerstammes«, das Ziel seines Fingers war nun Brork, »hat Amgar, den einzigen Zeugen dieser frevelhaften Tat, getötet.«

»Es ist eine Lüge!«, wiederholte Brork laut. Nun breitete er beide Arme aus und drehte sich im Kreis, während er zu allen sprach. Caitir traten die Tränen in die Augen, als sie seinen Worten lauschte.

»Ich bin Brork, vom Stamme des Adlers. Und ich sage euch, es war Amgar, der Thua auf Mraks Geheiß ermordet hat, weil sie seinem Vorhaben im Wege stand.«

»Welches Vorhaben soll das sein?«, rief Urdh. Zum ersten Mal, seit sie zurück war, sah Caitir ihren Bruder, der nun aus dem Dunkel trat.

»Den Stamm an der Westbucht mit dem meinen zu vereinen, um den Seehundclan zu vernichten«, erklärte Brork. Ein Raunen ging durch den Ahnenkreis.

»Dazu ließ er auch Jokh von Roradh töten, um dem Seehundstamm einen Grund für einen Kampf zu liefern. Ist es nicht so?« Brork sah nun auf Mrak herab. Der kniff die Augen zusammen.

»Lügen!«, schrie er. »Alles Lügen!«

»Bist du nicht ein Ausgestoßener deines Stammes, des Seehundclans?«, fragte ihn nun Brork. »Ausgestoßen, weil du ein Mädchen von den Klippen gestoßen hast?«

Wieder hallten erstaunte Ausrufe von den Steinen wider.

»Ich bin Steinweiser, nur das zählt«, entgegnete Mrak.

»Aber du warst ein Seehund!«

»Das ist lange her!« Mraks Stimme bebte. Abermals führten seine Worte zu verblüfften Ausrufen. Caitir bemerkte, dass auch die umstehenden Steinweisen ihn entsetzt betrachteten.

Brork nickte nur kurz, dann sprach er weiter. »Es geschah bereits vor vielen Wintern, wenige Nächte, nachdem Caitir geboren wurde«, er warf Caitir einen kurzen Blick zu, »als Thua zum Hügel der Ahnen ging, um sie um Rat zu fragen. Dabei ist ihr Jadhra erschienen. Sie offenbarte Thua, dass Caitir eine besondere Aufgabe zukommen würde und sie unter dem Schutz der Götter stand. Viele Winterfeuer später, als Thua erneut in den Hügel der Ahnen trat, bat Jadhra sie, mich einzuweihen, damit auch ich über Caitir wachen konnte. Thua rief mich zu den Heiligen Hallen. Sie erzählte mir, dass bald schon eine Zeit kommen würde, zu der ich Caitir würde schützen müssen. Diese Zeit ist jetzt.« Er betrachtete Caitir, die sich daran erinnerte, was ihr Jadhra im Hügel der Ahnen, als sie diese gebeten hatte, für sie zu den Göttern zu sprechen, offenbart hatte.

Du wirst einen weiten Weg gehen und eine besondere Aufgabe wird dir zukommen, denn du wirst Veränderung bringen. Das waren ihre Worte gewesen. Wie damals schon, so fragte Caitir sich auch jetzt, welche Aufgabe die Götter für sie auserkoren hatten. Sollte sie durch die Zeit reisen? Aber wozu?

»Es ist dem Adlerstamm nicht fremd, mit den Ahnen zu sprechen«, fuhr Brork fort. »Und so habe ich vor wenigen Tagen Brogan, meinen Großvater gerufen – und auch Thua!«

Erdrückende Stille herrschte im Inneren des Steinkreises. Lediglich die Winterfeuer knisterten leise vor sich hin.

»Ich bat sie um Antworten, und Antworten habe ich erhalten. Es war ein Jäger des Adlerstammes, der Thua getötet hat, doch er tat es auf Mraks Geheiß. Das war es, was auch Amgar mir während einer Jagd enthüllt hat.«

Erstaunte Ausrufe erklangen.

»Ebenso wie Roradh Jokh tötete, weil es Mraks Wille war. Du bist eines Steinweisen nicht würdig, Mrak!«

Wieder keuchten die Umstehenden auf.

»Die Götter mögen dich strafen, Brork!« Mraks Stimme hatte einen gefährlichen Unterton angenommen. »Du stellst dich nicht nur gegen die Götter, sondern auch gegen deinen eigenen Stamm.« Die letzten Worte schrie er hinaus, so dass jeder sie hören konnte. »Ja, ich bin ein Geborener der Seehunde. Und ja, ich wurde verstoßen, weil ich ein Mädchen tötete, das mich verspottet hat, weil ich anders war als die anderen. Weil ich Visionen hatte und zu den Göttern sprach. Ihr Tod war die Strafe der Götter selbst. Doch auch Eideard, Erens Großvater, sah nur den Mörder in mir und verstieß mich. Und nun, da du«, er deutete auf Brork, »die Möglichkeit hast, deinen Stamm durch ein Bündnis mit der Westbuchtsiedlung zu neuer Größe zu führen, wendest du dich gegen mich und die Götter selbst, und verschonst stattdessen den Seehundstamm, der *mich* einst verstieß!«

Caitir konnte kaum glauben, was sie da alles hörte und – vor allem – was gerade geschah. Hatte Brork vor wenigen Augenblicken noch den Speer erhoben, um Mjana zu töten, bevor er ihn schließlich auf Darryl geschleudert hatte, so wandte er sich nun gegen Mrak. Oder war das Ziel seines Speeres am Ende gar nicht Mjana gewesen?

»Ich *werde* den Adlerstamm zu neuer Größe führen«, verkündete Brork. »Doch ich werde *meinen* Weg wählen.«

»Seht, was geschehen ist«, schrie nun Mrak. Er wies mit der Hand auf Andrew und Darryl, ließ sie über den Kreis der Ahnen schweifen, der Caitirs Welt mit Andrews Welt noch immer verband. »Die Welt hat einen Riss bekommen und wird auseinanderbersten. Nur ein Blutopfer kann uns noch vor dem Untergang bewahren.« Plötzlich kniff Mrak die Augen zusammen und tat einen Schritt auf Brork zu. »Vielleicht haben die Götter sogar Caitirs Hand geführt, als sie ihre Schwester befreite, weil sie nach einem größeren Opfer verlangen.« Bedächtig hob er einen Arm und deutete mit seinem knochigen Finger auf Brork. »Nach dir!«

Dieses Mal schwieg die Menge. Es gab kein Keuchen, kein Stöhnen, kein Raunen. Nur verunsicherte Blicke. Da stand Mrak, der älteste der Steinweisen, und verlangte, Brork, den gefürchtetsten Jäger und Stammesführer der Adler, zu opfern.

Ein gellender Schrei durchbrach plötzlich den Bann, der sich über alle gelegt zu haben schien. Noch während Mraks Finger erhoben war, bohrte sich plötzlich ein Speer – von hinten gestoßen – durch seine Brust. Die Augen des alten Steinweisen weiteten sich, er begann zu schwanken und sackte schließlich auf die Knie.

»Mjana«, stieß Caitir hervor und sprang zu ihrer Schwester. Den Speer noch immer fest mit ihren Händen umklammert, schaute sie auf den am Boden liegenden Mrak, dessen Atem nun laut rasselte.

»Du siehst, Mrak«, sagte Brork, während er auf den tödlich Getroffenen hinabblickte, »nicht nur Caitirs Hände wurden heute von den Göttern geführt, sondern auch die Mjanas.«

Caitir versuchte Mjanas Finger von dem Speer zu lösen, doch deren Hände hatten sich so fest um die Waffe gekrampft, dass es Caitir nicht gelang. Daher legte sie einen Arm um ihre Schwester. »Mjana, alles ist gut!«, flüsterte sie. »Ich bin bei dir!«

»Für Jokh!«, stieß Mjana schließlich hervor, und endlich ließ sie den Speer los, starrte aber immer noch auf den am Boden liegenden Mrak. Behutsam drehte Caitir ihre Schwester zu sich und nahm sie in den Arm. Mjanas ganzer Körper fühlte sich verkrampft an, doch als sie zu schluchzen begann, löste sich ihre Anspannung.

Auch Andrew löste sich aus seiner Erstarrung. Er wandte den Blick, sah den am Boden liegenden Darryl, dann lief er langsam zu Cait. »Andrew, nicht!«, schrie ihm Fraser plötzlich zu, der noch immer neben Darryl stand. Andrew jedoch hörte nicht auf ihn. Er wollte zu Cait, wollte sie in den Arm nehmen und an sich drücken. Hunderte von Menschen aus Caits Zeit standen im Ring of Brodgar, Hunderte von Menschen, die in ihm eine Bedrohung sehen mochten. Doch das war ihm egal, er wollte nur noch zu Cait.

Caitir hatte ihren Kopf in Mjanas Haar vergraben, doch nun hob sie ihn. Sie spürte, dass etwas im Kreis der Ahnen geschah. Auf ihrer Haut kribbelte es, als würden Ameisen darüber hinweg laufen, ihr Herz setzte aus, ehe es hektisch weiterschlug. Sie betrachtete Mrak, dessen Brust sich langsam hob und senkte, die Abstände zwischen seinen Atemzügen wurden kürzer.

»Cait!« Sie hörte Andrew rufen. Er kam auf sie zugelaufen. Caitirs Blick glitt von ihm weg zu den großen Steinen hinter ihm, die im Schein der Winterfeuer hell leuchteten, als hätten sie zu glühen begonnen. Caitir wusste, was nun gleich geschehen würde, und als sie Mraks letzten Atemzug vernahm, füllten Tränen ihre Augen.

»Was tust du da nur?«, stammelte Fraser Tulloch, als Andrew zu Cait ging, und etwas sagte ihm, dass dies ein Fehler war. Kurz überlegte er, ihm nachzulaufen, um ihn aufzuhalten. Doch seine Aufmerksamkeit wurde von Andrew abgelenkt, als sich Darryl plötzlich verkrampfte und sein Oberkörper sich aufbäumte. Nun konnte auch Fraser die neuerliche Veränderung spüren. Die Monolithen erstrahlten mit einem Mal in einem seltsamen Licht, ein leises Summen ging von ihnen aus. In Frasers Ohren machte sich ein Druck breit, den er nur kannte, wenn er in einem Flugzeug saß, dass sich gerade in den Landeanflug begab. Darryls Atem beschleunigte sich, wurde dann aber langsamer. Als er seinen letzten Atemzug tat, wusste Fraser, das sein Ritual erfolgreich, wenn auch anders als geplant, verlaufen war.

Cait löste sich von Mjana, schob sie sanft beiseite. Andrew lächelte, lief auf sie zu. Plötzlich verschwamm seine Sicht, die Welt verlor ihre Konturen. Andrew blinzelte und sein Blick klärte sich wieder ein wenig. Er sah, wie Cait die Hand hob, sie nach ihm ausstreckte. Andrew wollte sie ergreifen, doch die Bewegung strengte ihn an, als würde er gegen einen unsichtbaren Schutzschild ankämpfen, der Cait umgab. Ein Summen schwoll an, der Boden unter seinen Füßen begann zu vibrieren, während sich in seinen Ohren ein Druck aufbaute, so dass er schlucken musste. Wie in Zeitlupe streckte er Cait seine Hand entgegen. Nur noch wenige Zentimeter, und ihre Finger würden sich berühren. Doch dazu kam es nie mehr. Ein Lichtblitz zuckte durch den Ring of Brodgar, ruckartig wurde Andrew zurückgeschleudert. Er landete mit voller Wucht auf dem Rücken, wodurch ihm die Luft aus der Lunge getrieben wurde. Nach Atem ringend lag er da, nahm die über ihm funkelnden Sterne nur am Rande wahr. »Cait!«, schrie er und rappelte sich auf. Doch Cait war verschwunden, ebenso wie Brork, der tote Mrak und alle anderen aus Caits Zeit. Andrew wirbelte herum. Nur noch Fraser war da, der neben Darryls Leiche stand. Am Rande des Steinkreises erkannte er Dianne und Jack.

Es dauerte noch einige Herzschläge lang, ehe Andrew von der Gewissheit überrollt wurde, Cait endgültig verloren zu haben. Und so schlug er die Hände vor sein Gesicht und sank weinend auf die Knie.

Caitir wurde zurückgeworfen. Wäre sie nicht gegen Brork geprallt, auch sie wäre zu Boden geschleudert worden. Das grelle Licht, das sich einen Lidschlag lang im Kreis der Ahnen ausgebreitet hatte, blendete ihre Augen, und es dauerte, bis sie wieder klar sehen konnte. Andrew war verschwunden, Andrews Zeit war verschwunden. Caitir fühlte sich plötzlich so unendlich einsam – und leer. Wie in Trance bekam sie mit, dass Steinweise Mraks Leiche forttrugen, nachdem Brork mit ihnen gesprochen hatte. Er sprach auch zu den Menschen, die im Ahnenkreis und auf dem ihn umgebenden Erdwall versammelt waren, und nach und nach löste die Menge sich auf, kehrte zurück in ihre Häuser. Andrew, Maeve, Dianne, sie alle würde Caitir nie wiedersehen. Ebenso Thua, die sie vielleicht eines Tages im Reich jenseits der Himmelskuppel wiedertreffen würde. Eine Hand legte sich auf ihre Schulter. Es war Mjana, die sie nun tröstend in den Arm nahm. »Ich bin so froh, dass du zurück bist«, sagte ihre Schwester leise.

Lange standen sie beide so da, während die Winterfeuer allmählich erstarben.

»Es ist an der Zeit zu gehen.« Caitir hob den Kopf. Es war Urdh, der gesprochen hatte. Erst jetzt wurde ihr wirklich bewusst, dass nur noch sie und Mjana sowie Urdh und Brork im Kreis der Ahnen versammelt waren.

»Hab keine Angst, Mjana.« Urdh schien Mjanas unsicheren Blick bemerkt zu haben. »Ich werde mit Kraat reden.« Caitir wollte schon gehen, doch sie wandte sich noch einmal Brork zu. »Sag, Brork, war Mjana das Ziel deines Speeres, bevor du ihn gegen den Mann aus Andrews Zeit geschleudert hast?«

Sowohl Mjana als auch Urdh betrachteten Brork fragend. »Mjana war niemals das Ziel meines Speeres«, antwortete Brork, wobei er sich Mjana zuwandte. »Wie ich dir sagte, als ich dich auf den Armen trug: Du wirst sterben! Doch dies wird nicht heute sein.« Nun zeigte sich sogar ein Lächeln auf seinem Gesicht. »Aber meine letzten Worte hast du wohl nicht mehr vernommen, da dir die Sinne schwanden.«

»Du wolltest Mrak töten«, stellte Caitir an Brork gewandt fest.

Der Stammesführer der Adler nickte. »Als der Weltenschleier jedoch zerriss und ich sah, dass Caitir, meine Frau, von diesem Fremden bedroht wurde, warf ich meinen Speer gegen ihn.«

Meine Frau, hallte es in Caitirs Kopf wider und eine kalte Hand legte sich um ihr Herz.

»Ich habe das damals nur gesagt, weil …«, Caitir brach ab, senkte kurz den Kopf, doch dann nahm sie all ihren Mut zusammen, »um Andrew zu schützen und um bei ihm zu bleiben.«

Brorks Brauen zogen sich zusammen, seine vorgewölbte Stirn schien noch weiter hervorzutreten, wodurch er bedrohlich wirkte. Caitir fürchtete schon, gleich Brorks Zorn spüren zu müssen, doch seine Antwort überraschte sie.

»Ich habe dies geahnt«, sagte er. »Du hast dadurch viel Mut bewiesen und eine mutige Frau wäre meiner würdig.«

»Wir werden sehen, welche Wege die Götter für uns auserwählt haben«, erwiderte Caitir.

Brork legte seine offene Hand an seine Stirn und verneigte sich vor Caitir. »Wir werden sehen.« Damit wandte er sich ab und verschwand in der Dunkelheit.

Kurz bevor auch Caitir mit Mjana und Brork den Kreis der Ahnen verließen, wandte sich Caitir noch einmal um. Die Winterfeuer waren erloschen, nur noch deren Glut glomm in der kalten, nächtlichen Brise auf. Noch einmal sah Caitir zu jener Stelle, wo Andrew zuletzt gestanden hatte, dann hob sie den Kopf. Hell leuchteten die Sterne, funkelten wie Perlen, denen die Götter Leben eingehaucht hatten. »Ravks Tränen«, flüsterte sie kaum hörbar. Und als sie in den unendlich vielen Tränen, die der Sturmgott einst geweint hatte, ein Abbild erkannte, wusste Caitir, was sie morgen tun würde.

DER DRACHE VON MAES HOWE

Die meisten Bewohner der Westbuchtsiedlung lagen noch in ihrem morgendlichen Schlummer, als Caitir ihre Behausung verließ. Sie warf einen kurzen Blick auf Mjana, die nun endlich friedlich schlief, obwohl sie während der Nacht mehrmals schreiend aufgewacht war. Nachdem Kraat von Urdh und Caitir die Wahrheit über Mrak erfahren hatte, war er beschämt in sich zusammengesunken und hatte Mjana weinend in die Arme geschlossen. Caitir hatte es sich nicht nehmen lassen, zu ihrem Vater nicht nur als Tochter, sondern auch als Steinweise zu sprechen. Sie musste schmunzeln, als sie sich an das Gespräch erinnerte.

Leise trat sie nun ins Freie und machte sich auf den Weg zum Hügel der Ahnen. Sie hatte ihrer Familie gesagt, dass sie vorhabe, zum Ahnenhügel zu gehen, damit niemand glaubte, sie wäre wieder verschwunden. In wenigen Tagen würde sie ohnehin zur Siedlung der Steinweisen ziehen, um dort zu wohnen und um in den Heiligen Hallen den Göttern zu dienen.

Als sie das Grab ihrer Vorfahren erreichte, stand die Sonne bereits hoch am winterlichen Himmel. Caitir ging auf die Knie und führte ihre Stirn auf den Boden, um den Ahnen ihren Respekt zu erweisen. Danach trat sie in die Stille des Grabhügels. Wie sie es von Thua gelernt hatte, entzündete sie in der Mitte des Raumes ein Feuer und warf Kräuter hinein, die schon bald einen harzigen Duft verströmten. Sie versenkte sich in sich selbst, rief schließlich Jadhra herbei, um sie zu befragen, was denn die besondere Aufgabe sein sollte, die ihr von den Göttern auferlegt worden war. Jadhra jedoch teilte ihr mit, dass sie dies selbst nicht wusste und dass Caitir diesen Weg alleine gehen musste.

Folge der Veränderung und nimm an, was sie dir bringt. Bisher hast du das gut gemacht. Das war alles, was ihre Großmutter ihr mitteilte. Caitir seufzte ein wenig enttäuscht, doch dann erinnerte sie sich, weswegen sie *eigentlich* hierhergekommen war. Sie kramte eine steinerne Klinge hervor und ritzte damit Linien in den Stein. Nach und nach nahmen die Linien Form an. Am Ende trat Caitir einen Schritt zurück, um ihr Werk zu betrachten. Beleuchtet vom Licht der Flammen schien das Sternbild im Felsen tatsächlich zu funkeln. Caitir nickte zufrieden, als sie darin den Seehund erkannte, den sie am nächtlichen Himmel sah, wenn sie an Andrew dachte.

Einsam wanderte Andrew am Strand entlang. Nachdem Cait gestern von ihm getrennt worden war, hatte er bei Maeve übernachtet und war im Morgengrauen zu den Ruinen von Skara Brae, der Westbuchtsiedlung, wie Cait sie genannte hatte, gelaufen. Noch immer lag eine ungewöhnliche Kälte in der Luft, Frost hatte die Gräser überzogen. Als er vor einer der Behausungen gestanden hatte, von denen er meinte, dass sie Caits Familie gehören müsste, hatte er überlegt, ob Cait und Mjana vielleicht gerade darin schliefen oder ebenfalls im Morgengrauen hinausgegangen waren – in ihrer Zeit natürlich.

Mittlerweile war es Mittag geworden, und er schlenderte zurück zu Maeves Haus. Finn, der Bordercollie, kam ihm schwanzwedelnd entgegengerannt. Geistesabwesend beugte sich Andrew herab und streichelte den Hund.

»Du konntest nicht schlafen, nicht wahr?«, fragte ihn Maeve, als er zurück ins Cottage ging. Aus der Küche schlug ihm der Duft von Maeves Irish Stew entgegen.

Andrew schüttelte den Kopf.

»Hätte mich auch gewundert, nach all dem, was geschehen ist.«

Bis nach Mitternacht hatten er, Dianne und Jack, nachdem dieser von Maeve verarztet worden war, der alten Dame erzählt, was sich im Ring of Brodgar zugetragen hatte. Fraser war gleich nach Hause gefahren.

»Fraser hat übrigens vor einer Stunde angerufen«, erzählte Maeve.

Andrew hob den Kopf. Fraser war am Morgen nochmals zum Steinkreis gefahren, um zu sehen, ob Darryls Leiche noch da war. Sie hatten gestern Nacht beschlossen, ihn einfach liegen zu lassen. Niemand außer Brork hatte den Speer berührt, also würde man auch nur dessen Fingerabdrücke auf einem steinzeitlichen Speer vorfinden. Deren Besitzer ausfindig zu machen, würde sicher schwierig werden.

»Die Polizei war bereits vor Ort. Die Spurensuche hat sicher schon begonnen.« Maeve wirkte äußerst besorgt, während sie die Teller mit Eintopf füllte. »Es wird viele Fragen geben.«

»Und wir werden bei unserem Plan bleiben!«, erklärte Andrew. »Fraser wird sich als Zeuge melden und erzählen, er wäre kurz am Ring of Brodgar vorbeigefahren und hätte einige in steinzeitliche Kleidung gewandete Freaks gesehen, die ein Feuerchen schürten, um die Wintersonnenwende zu feiern. Und wer weiß«, er breitete beide Hände aus, »vielleicht kam es dabei ja zu einem Unfall.«

Maeve blies die Wangen auf. »Mir gefällt das alles nicht. Was, wenn euch sonst noch jemand beobachtet hat?«

»Das ist am Ring of Brodgar um diese Jahreszeit eher unwahrscheinlich. Und wenn doch, bestätigt er vielleicht sogar Frasers Behauptung.«

Andrew hoffte, dass er recht behielt und alles gut gehen würde. »Ich hätte mir auch einen anderen Ausgang für alles gewünscht«, sagte er schließlich, während er gedankenverloren in seinem Eintopf rührte. Maeve drückte ihm mitfühlend den Arm, dann aßen sie schweigend ihr Mittagessen.

Schon am nächsten Tag kam Dianne zu Maeve gefahren. »Sie waren heute am Ness und haben Fragen gestellt«, rief sie, noch während Maeve die Tür öffnete.

»Die Polizei?«, fragte Andrew, der hinter Maeve stand.

Dianne nickte. »Ich habe ihnen erzählt, dass sich Darryl in letzter Zeit oft am Ring of Brodgar aufgehalten hat. Emily hat das sogar bestätigt.«

»Wer ist Emily?«, wollte Andrew wissen.

»Eine deutsche Hobbyarchäologin«, antwortete Dianne. »Sie sagte, dass Darryl sich in letzter Zeit oft seltsam verhalten hat und nach einer Besprechung sogar geschrien habe, er wolle den Ring of Brodgar Tag und Nacht bewachen.« Diannes Augen wurden feucht. »Ich war an diesem Tag sogar dabei. Darryl war sauer, weil ich Cait der Öffentlichkeit vorenthalten habe. Und jetzt …«

Dianne stockte und hielt sich eine Hand vor den Mund.

»Vielleicht sollten wir ein wenig am Strand entlang spazieren.« Andrew legte Dianne die Hand auf die Schulter.

»Guter Vorschlag«, meinte Maeve schmunzelnd. »Andrew war gestern ja auch nur einen halben Tag unterwegs. Es wird euch sicher guttun.«

Dianne nickte, wenig später spazierten sie an der Küste entlang. Ein kräftiger Wind hatte über Nacht Wolken gebracht und es würde sicher bald zu regnen beginnen.

»Glaubst du, wir haben das Richtige getan?«, wollte Dianne nach einer Weile wissen.

Andrew seufzte. »Diese Frage stelle ich mir auch andauernd.«

»Immerhin sind zwei Menschen gestorben. Diesen Steinweisen … wie war noch mal sein Name?«

»Mrak.«

»Mrak – ihn kannte ich nicht, aber Darryl, er war …«. Erneut brach Dianne ab und schluckte.

»War er am Ende denn noch der Mann, den du kanntest?«, wollte Andrew wissen.

Dianne presste die Lippen aufeinander und schüttelte den Kopf. »Er war von seinem Ehrgeiz zerfressen. Der Darryl, den ich kannte, hätte nie mit der Waffe auf jemanden gezielt, geschweige denn geschossen.«

»Menschen verändern sich manchmal, Dianne. Die einen zum Guten hin, die anderen«, Andrew zuckte mit den Achseln, »eher nicht. Cait Darryl zu geben und damit der Öffentlichkeit zu präsentieren, wäre falsch gewesen.«

»Du hast recht. Darryl hätte sich auch anders entscheiden können. Er hätte es ebenso wie wir als Privileg erachten können, eine steinzeitliche Orkadianerin getroffen und deren Einzigartigkeit erlebt haben zu dürfen und es damit auf sich beruhen lassen können.«

Andrew schwieg, dachte aber über Diannes Worte nach. »Auch wenn es mir schwerfällt, aber vielleicht muss auch ich es als Privileg oder«, Andrew blickte zum Himmel, »als Gnade der Götter betrachten, Cait gekannt zu haben und sogar mit ihr zusammen gewesen zu sein.« Bei seinen letzten Worten hatte Andrew ein leichtes Zittern seiner Stimme nicht verhindern können.

»Was wird aus dir und Jack?«, fragte er, um sich von seiner Trauer um Cait abzulenken.

Dianne blickte auf ihre Füße, schmunzelte dabei aber. »Ich schätze, wir werden zunächst eine Fernbeziehung führen und dann … mal sehen, was die Zeit bringt.«

»Ihr solltet nicht zu lange warten«, meinte Andrew. »Zieht zusammen! Lebt hier auf den Orkneys oder in Edinburgh meinetwegen. Die Zeit ist zu kostbar und manchmal bleibt einem davon weniger, als man denkt.« Wieder kehrte die Trauer zurück. Andrew war machtlos dagegen. Dianne schien es zu bemerken und strich ihm tröstend über den Rücken.

Schweigend, den Wind in den Haaren und die nie verstummenden Schreie der Möwen über sich, liefen sie weiter, bis sie plötzlich Skara Brae erreichten.

»Ich war gestern erst hier.« Andrew ging in die Hocke und betrachtete die Ruinen. »Und wieder frage ich mich, was aus Cait und ihrer Schwester geworden ist. Was wurde aus ihren Träumen, ihren Visionen?« Andrew hob einen kleinen Stein auf, warf ihn in die Luft und fing ihn wieder auf. »Was hatte es mit dem Schlachtfest und der Knochenpyramide auf sich? Wurde sie am Ende doch Brorks Frau und bekam gar Kinder von …«

»Knochenpyramide?«, wollte Dianne plötzlich wissen und ließ sich neben Andrew nieder.

»Cait hatte einen Traum, vielleicht auch eine Vision, von einem Schlachtfest, bei dem Hunderte von Rindern getötet und ihre Knochen zu einer Pyramide aufgeschichtet wurden.«

Dianne klappte der Unterkiefer herunter.

»Alles in Ordnung?«

Sie nickte bedächtig.

»Es ist nur – es ist unfassbar«, stammelte Dianne.

»Was? Weißt du etwas darüber?« Andrew fasste Dianne am Arm.

»Bei Ausgrabungen am Ness fand man tatsächlich eine solche Deponierung von Knochen«, erklärte sie. »Schätzungsweise von fünf- oder sechshundert Rindern. Zuerst hatte man ihre Schädel niedergelegt, darüber schichtete man eine Pyramide aus den Gebeinen auf. Ganz oben lagen die Skelette von Rehen.«

Andrew plumpste geradewegs von der Hocke ins Gras und stieß zischend die Luft aus. »Also hat Cait die Wahrheit gesehen. Aber wozu das alles?«

»Wir vermuten, dass am Ende der Epoche Gebäude am Ness of Brodgar absichtlich zerstört wurden und man ein rauschendes Fest feierte, bei dem sich sämtliche Clans versammelten.«

»Die Heiligen Hallen«, murmelte Andrew. »Zerstört! Absichtlich – das kann nicht sein.«

»Niemand kennt wirklich den Grund dafür, Andrew. Jedenfalls konnten wir Archäologen keine Spur von einem Kampf finden. Die Knochenpyramide muss für die Menschen von damals ein Kunstwerk gewesen sein.«

Andrew erhob sich. »Wir werden es wohl nie wirklich erfahren«, sagte er seufzend, reichte Dianne die Hand und half ihr auf.

Da die ersten Regentropfen vom Himmel fielen, kehrten sie Skara Brae den Rücken und machten sich auf den Weg zu Maeve.

»Willst du dir nicht doch noch überlegen, Archäologie zu studieren?«, fragte Dianne nach einer Weile und hakte sich bei Andrew unter.

»Ich werde zumindest ernsthaft darüber nachdenken«, versprach er. »Nach meiner Zeit mit Cait hat mein Interesse an der Archäologie eine ganz andere Tiefe bekommen. Ich glaube nicht, dass ich noch in der Lage bin, teilnahmslose und zum größten Teil gelangweilte Touristen an Orte zu führen, die Cait und ihrem Volk heilig waren.«

»Heilige Orte«, murmelte Dianne andächtig. »Ja, das sind sie. Ich wünschte, ich hätte den Ness of Brodgar zu Caits Zeit erlebt. Wenigstens für einen Tag.« Plötzlich blieb Dianne stehen und blickte zu Andrew auf. »Andrew, du bist der einzige Mensch der heutigen Zeit, dem das vergönnt war. Du wärst wirklich eine große Bereicherung für die Archäologie der Orkneys. Du könntest so viel Wissen mit einfließen lassen.«

Andrew legte seine Hand auf Diannes, tätschelte sie kurz und nickte schließlich. »Aber jetzt lass uns erst mal Maeves Shortbread und eine heiße Tasse Tee genießen!« Er zog Dianne weiter, denn der Regen wurde stärker. Auch der Wind nahm zu, rauschte in ihren Ohren und ließ Schaumkronen über die Wellen tanzen. Auch wenn es kein Vergleich zu den Unwettern und Stürmen jener Zeit war, als Andrew sich in der Vergangenheit aufgehalten hatte, so waren er und Dianne doch froh, als sie in Maeves gemütlichem Wohnzimmer saßen, während der Wind um das kleine Cottage jagte und die Flammen im Kamin in Aufruhr versetzte. Ravks Atem wehte über die Orkneys, so wie er es immer tat.

Nachdem aus Tagen Wochen und aus Wochen Monate geworden waren, kehrte der Frühling zurück auf die Orkneys. Andrew hatte die Zeit in Inverness verbracht, hatte bei seinem Freund in der Kfz-Werkstatt gearbeitet, um sich seinen Lebensunterhalt zu verdienen. Die Entscheidung, tatsächlich mit dem Studium zu beginnen, hatte er bereits wenige Tage nach seinem Strandspaziergang mit Dianne getroffen. Sie war außer sich gewesen vor Freude, als er sie angerufen und ihr die Neuigkeit mitgeteilt hatte.

Andrew selbst hatte anfangs eine regelrechte Euphorie wegen seines neuen Lebensweges gepackt, unter die sich aber schon bald Rastlosigkeit gemischt hatte. Er wollte zurück, zurück auf die Orkneys. Und heute war es so weit. Ein vertrautes Gefühl überkam ihn, als er spät am Abend von der Rampe der Autofähre rollte.

Er freute sich riesig auf Dianne und Maeve, die ihm wieder einmal eine Schlafgelegenheit für ein paar handwerkliche Tätigkeiten angeboten hatte. Auch hatte er sich vorgenommen, mit Fraser über dessen Vorhaben zu sprechen, denn Dianne hatte ihm vor ein paar Wochen verraten, dass Frasers Gespräche mit dem National Trust von Schottland äußerst zäh verliefen, so dass er sich überlegte, seinen Plan doch nicht in die Tat umzusetzen, was Andrew schade fand.

Aber Dianne, Maeve und auch Fraser mussten warten. Anstatt nämlich von Stromness direkt zu Maeve zu fahren, bog Andrew in östliche Richtung nach Stenness ab, da er zuerst zum Ring of Brodgar wollte. Dort beabsichtigte er, die violette Distel, die er nach einiger Suche in einem Blumenladen erworben hatte, niederzulegen. Als er jedoch zu der Abzweigung kam, die links zu den Stones of Stenness und weiter über den Ness of Brodgar zu dem großen Steinkreis führte, hielt er den Wagen an. In der Ferne erhob sich Maes Howe, das im Licht der Abendsonne leuchtete. Hügel der Ahnen hatte Cait ihn genannt. Spontan beschloss Andrew, auch noch diesen kleinen Umweg in Kauf zu nehmen, und so fuhr er weiter zu dem alten Hügelgrab, parkte seinen Wagen und hielt auf den Eingang zu. Er musste schmunzeln, als er auf eine kleine Reisegruppe traf, die gerade dabei war, das Innere des Hügels zu betreten.

»Möchten Sie sich uns anschließen?«, fragte die Führerin der Reisegruppe, eine Frau mit kurzen blonden Haaren. Andrew schätzte sie auf Mitte dreißig.

»Warum nicht«, antwortete Andrew.

»Ich bin Keira Blower, eine auf den Orkneys lebende Historikerin«, stellte sie sich vor.

»Andrew Morrison.«

»Kommen Sie.«

Kurz entschlossen folgte Andrew ihnen durch den langen unterirdischen Gang. Eine feierliche Stimmung, gepaart mit Ehrfurcht aber auch Beklommenheit überkam ihn, als er eintrat. Auch die Teilnehmer dieser Reisegruppe – offenbar waren es wirklich an Geschichte interessierte Reisende – schienen dies zu spüren oder verhielten sich einfach aus Respekt still.

»Willkommen in Maes Howe«, begann Keira, »einer über 5000 Jahre alten Megalithanlage, deren Gesamtkonstruktion sich auf fünfunddreißig Meter in der Breite und etwa sieben Meter in der Höhe beläuft. Allein daran kann man schon erkennen, wie wichtig diese Anlage ihren Erbauern gewesen sein muss. Wem das nicht reicht, der sollte wissen, dass viele der verwendeten Steine mehr als zwanzig Tonnen wogen und diese mit nichts als Holz- oder Steinwerkzeugen herausgeschnitten wurden. Der Gang, durch den wir soeben eingetreten sind, ist zehn Meter lang. Von der Hauptkammer in der wir gerade stehen, führen drei kleinere Kammern weg, von denen die Wissenschaftler glauben, sie wurden als Grabkammern genutzt.«

Während Keira weiterredete, wandte Andrew sich ab und fuhr mit den Fingern über den Stein. Es war ein ganz besonderer Ort, denn hier, im Inneren des Hügels der Ahnen, den man heutzutage Maes Howe nannte, hatte einst Cait gestanden. Die Erinnerung an Cait schmerzte ihn und es wurde ihm schwer ums Herz. »Cait«, flüsterte er leise, strich dabei weiter über den Stein. »Cait«, wiederholte er nun, etwas lauter. Plötzlich bekam Andrew eine Gänsehaut, er hatte das Gefühl, einen kühlen Luftzug gespürt zu haben.

»Wie bitte?«, rief Keira. »Haben Sie etwas gesagt?«

»Entschuldigung«, antwortete Andrew. »Ich habe nur laut gedacht.«

»Kann ja mal vorkommen«, meinte sie mit einem Lächeln.

»Im 12. Jahrhundert hat sich übrigens eine Gruppe von Wikingern vor einem Wintersturm in Maes Howe in Sicherheit gebracht«, erklärte ihre Führerin. »Die haben sich ihre Zeit wohl damit vertrieben, Runen in das Gestein zu ritzen. Das bekannteste Werk ist vermutlich der Maes Howe Dragon, der Drache von Maes Howe, den Sie hier sehen.«

»Also einen Drachen kann ich da nicht erkennen«, sagte einer der Besucher. »Sieht mir eher wie ein Hase aus.«

»Nein«, meinte ein anderer. »Eher ein Wolf oder Löwe.«

Andrew musste wegen des Rätselratens schmunzeln.

»Wie schön wäre es, in der Zeit zurückreisen zu können, meinen Sie nicht?«, wollte Keira von ihm wissen.

»Ja, das wäre … wunderbar«, erwiderte Andrew.

»Die Bewohner der Orkneys, die hier vor fünftausend Jahren gelebt haben, müssen ganz besondere Menschen gewesen sein.«

Andrew seufzte. »Oh ja, das waren sie. Sie waren den Göttern näher als wir.«

Irgendetwas, vielleicht war es die Art, wie Andrew dies gesagt hatte, ließ Keira stutzen, denn sie musterte ihn aus zusammengekniffenen Augen.

»Dafür ist das hier eindeutig«, rief ein junges Mädchen plötzlich, wobei sie auf einige gravierte Linien neben dem Maes Howe Drachen deutete. »Das ist ganz klar ein Seehund.« Andrew hob den Kopf und trat näher. Dann holte er seinen Schlüsselanhänger hervor, an dem eine kleine Taschenlampe baumelte. Seine Hand begann zu zittern, als der Schein der Lampe die Gravur im Stein erfasste.

»Ich habe das auch schon gesehen«, sagte Keira. »Jemand hat einzelne Punkte in den Stein gekerbt und diese dann mit feinen Linien verbunden. Nicht jedem fällt dies gleich auf.«

»Das Sternbild des Seehundes«, flüsterte Andrew.

»Wie kommen Sie darauf?«, wollte Keira erstaunt wissen.

»Ich weiß das von jemandem, der ...« Andrew wischte sich eilig ein paar Tränen weg, »der mir sehr viel bedeutet hat.«

Die Unfassbarkeit des Augenblicks überwältigte Andrew. Cait war eine Steinweise gewesen und es war nur zu wahrscheinlich, dass ihre sterblichen Überreste hier die letzte Ruhe gefunden hatten. Rasch eilte Andrew nach draußen. Er ging zum Auto und holte die Distel, mit der er schließlich zurück in den Grabhügel ging. Allerdings hielt er die Blume Schottlands unter seiner Jacke verborgen, denn er wollte warten, bis die Führung vorüber war. Als sich die Besucher etwa zehn Minuten später nach draußen begaben, schloss Andrew die Augen. »Cait!«

Andrew konnte nicht wissen, ob es tatsächlich Cait gewesen war, die den Seehund in den Stein eingearbeitet hatte. Doch als er abermals einen Luftzug verspürte, sagte ihm eine innere Stimme, dass dem so war. Er lächelte, dann holte er die Distel hervor und legte sie vor die Wand, deren Stein das Abbild des Seehundes zierte. »Ich werde dich nicht vergessen, niemals!« Andrew erhob sich und strich mit den Fingern liebevoll über den Seehund. Als er sich schließlich dem Ausgang zuwandte, erschrak er, denn Keira stand dort.

»Verzeihung, ich wollte nicht stören, aber«, sie schüttelte den Kopf, »ich konnte mich einfach nicht von dem Anblick lösen, als Sie ...«

»Schon gut«, sagte Andrew.

»Dieser Jemand muss Ihnen sehr viel bedeutet haben.«

»Sie hat mir alles bedeutet!«

»Aber sie lebt nicht mehr, oder?«

Andrew nickte. »Sie ist gestorben. Vor langer … vor sehr langer Zeit schon.« Er drückte Keira die Schulter. »Danke für die Führung!«

Damit ging er hinaus, während Keira ihm nachschaute.

Andrew wandte sich nicht um, er lief weiter zu seinem Wagen. Schon jetzt wusste er, dass dies nicht sein letzter Urlaub auf Orkney sein würde, und dass er immer wieder hierher zurückkehren würde.

Aber nicht nur in Maes Howe würde er in Zukunft eine Distel niederlegen, sondern auch am Ring of Brodgar, dem Kreis der Ahnen. Und er würde dort zur Wintersonnenwende ein Feuer für Cait entzünden, ein Winterfeuer!

EPILOG

Die Winterfeuer loderten in verschwenderischer Pracht in den Nachthimmel. Zurückgeworfen von den mächtigen Steinen warfen sie bizarre Schatten auf die jungen Männer und Frauen, die sich heute hier versammelt hatten, um in den Kreis der Steinweisen aufgenommen zu werden; Heilerinnen, Seherinnen oder solche, die direkt zu den Göttern sprechen und die Kraft des Kreises der Ahnen nutzen konnten.

So als würde der Himmelsvater ihre Aufnahme segnen, ließ er heute, nach vielen Wintern, endlich wieder die Lichter aus seinem Reich jenseits der Himmelskuppel erstrahlen. Wesenheiten, die keine körperliche Gestalt hatten, zauberten diese irisierende Farbenpracht aus Grün und Blau an den Himmel und öffneten somit die Grenze zwischen dieser und der Welt der Götter. Caitir saß auf einem Stein auf dem hohen Erdwall, der den Kreis der Ahnen umgab. Wie von einem Wintersturm dahingepeitschte Schneeflocken waren die Jahre vergangen. Caitir jedoch hatte nicht Jahre gezählt, sondern Jahreszeiten, deren stetes Werden und Vergehen die Welt veränderten. Langsam erhob sie sich und blickte hinauf in den Himmel. Das Sternbild des Seehundes leuchtete noch ebenso klar wie vor langer Zeit, damals, als sie in die andere Zeit gereist war. Doch würden Ravks Tränen wirklich ewig leuchten? Oder würde eines Tages der Himmel seine eigenen Sterne verschlingen, irgendwann, aus Trauer, wenn die Götter in Vergessenheit gerieten?

»Andrew«, flüsterte Caitir, und als wolle Ravk ihr antworten, blähte eine heftige Bö ihren Pelzumhang auf, ihre Haare, in die der Wandel das Grau der Zeit geflochten hatte, flatterten wie ein Banner im Wind. Zugleich knisterten die

Feuer, ihre Flammen loderten auf und gebaren einen Funkenreigen. Wie von Götterhänden getragen stiegen die Funken höher und höher, ohne zu verglühen. Ein Raunen ging durch all die Menschen. Männer, Frauen und Kinder verschiedener Stämme, die sich zur Wintersonnenwende im Kreis der Ahnen versammelt hatten, legten die Köpfe in den Nacken und staunten, während sich die glühenden Punkte unter die Sterne mischten, so dass das dunkle Tuch der Nacht aussah, als sei es mit Perlen aus Eis und Feuer bestickt. Ehrfürchtig schauten viele zu der Frau auf dem Wall, Caitir, eine Tochter der Westbuchtsiedlung, Älteste der Steinweisen, der man außergewöhnliche Fähigkeiten zuschrieb.

»Sie warten auf dich«, sagte eine Stimme neben ihr. Caitir lächelte Mjana zu und nickte. So sehr sich Caitir immer einen Mann für ihre Schwester gewünscht hatte, der gut für sie sorgte, so war ihre Schwester am Ende doch allein geblieben. Zwar hatte Kraat, ihr Vater, mehrere Male versucht, einen Mann für Mjana zu finden, doch mit Caitirs Unterstützung hatte sie sich geweigert, sich jemandem hinzugeben, den sie nicht liebte.

Caitir holte kurz Luft, dann schritt sie ein Stück auf dem Erdwall entlang. Jeder, gleich ob Mann oder Frau, Stammesführer, Jäger oder Kind, neigte den Kopf. Als sie am ältesten aller Stammesführer vorüberschritt, der, von der Zeit gezeichnet, doch noch immer stolz und ungebeugt auf dem Erdwall stand, erwiderte Caitir sogar dessen Verbeugung, indem sie ein leichtes Nicken andeutete. Brork hatte ein außergewöhnlich hohes Alter erreicht. Kurz musste sie an Mrak denken und die Ähnlichkeit der Gesichtszüge der beiden Männer ließ Caitir schmunzeln. Sie ging weiter, bis zu einer Stelle, die einen sanften Abstieg in das Innere des heiligen Kreises ermöglichte. Während sie würdevoll hinabstieg, setzten die rituellen Gesänge und Trommeln ein. Die Steinweisenschüler, es waren in diesem Winter nur zwei, die aufgenommen wurden, waren von den anderen Steinweisen – auch sie waren weniger geworden nach all der Zeit – in den Kreis der Ahnen geleitet worden und hatten sich zu den Steinen begeben, die einst ihre Ahnen errichtet hatten. Nun liefen sie weiter zu den Feuern, tanzten und sangen und feierten zugleich die Wiedergeburt des Lichts. Auch Caitir gesellte sich zu ihnen, trat jedoch wenig später unbemerkt zurück, heraus aus dem hellen Schein der tanzenden Flammen, und lief zu den mächtigen Steinen, von denen viele auch noch nach Tausenden von Wintern, stummen Zeugen gleich, in den Himmel ragen würden. Caitir hatte ein ganz sanftes Vibrieren wahrgenommen, ein tiefes Summen, das von einem der Ahnensteine ausging und sie zu sich rief. Sanft berührte sie den Stein, als sie ihn erreichte, und plötzlich zuckte ein Bild durch ihren Geist. Sie sah sich selbst, als sie vor langer Zeit zum Fruchtbarkeitsfest an diesem Ort ihre erste Vision erhalten hatte. Das Summen schien im Boden weiterzulaufen, hinüber zum nächsten Stein. Caitir schritt weiter, berührte auch diesen, und abermals flackerte ein Bild in ihrem Geist auf. Dieses Mal war es ihr Aufeinandertreffen mit Andrew. Caitir musste schlucken, doch lange vermochte sie nicht in der Erinnerung zu verweilen, denn der nächste Stein rief sie. Andächtig ging sie weiter, verfiel mit jedem Schritt in eine tiefere Trance. Die Zeremonie, die in der Mitte des Ahnenkreises stattfand, trat für sie in den Hintergrund. Jeder Stein zeigte ihr andere Bilder. Waren es anfangs Erinnerungen an Dianne und Maeve, so folgten bei jedem weiteren Ahnenstein, den sie berührte, Szenen aus jener Zeit, durch die Andrew sie begleitet hatte. So vieles, was er Caitir gezeigt hatte, während sie auf die Wintersonnenwende gewartet hatten, blitzte erneut vor ihrem geistigen Auge auf. Nach und nach wurde Caitir klar, dass es Andrews Aufgabe gewesen war, ihr so viel wie möglich zu zeigen. Doch da war noch mehr. Das Summen verstärkte sich, die Vibrationen in der Erde kitzelten an ihren Fußsohlen. Caitir erreichte den nächsten Stein, er offenbarte ihr Bilder einer anderen Epoche, der eine weitere folgte und schließlich noch eine. Jede war anders, keine besser oder schlechter, und so hatten alle ihre Berechtigung. Selbst vor den Augen der Götter. So zeigten es ihr die Steine, denn sie ragten in den Himmel und sprachen zu den Göttern selbst. Caitir schluckte ob dieser Erkenntnis.

Noch ein Stein, den sie berührte. Nun sah sie das Bild eines Mannes mit langen grauen Haaren. Die Worte, die er einst zu ihr gesprochen hatte, hallten in ihrem Kopf wider: *Es ist wichtig, dass Dinge enden und vergehen, damit Neues geboren werden kann. Der Wandel ist das einzig Beständige. So war es immer, und so muss es immer sein.* Die Erinnerung an seinen Namen zog flüchtig durch ihren Geist. *Fraser.*

Der nächste Stein, es war ihr eigener Ahnenstein, jagte ihr einen Schrecken durch sämtliche Glieder: der Knochenberg! Ein Schlachtfest und das größte der Gebäude der Heiligen Hallen zerstört.

Mit zitternden Knien trat Caitir zurück – und verstand.

Am nächsten Tag rief Caitir nicht nur die Steinweisen zusammen, sondern auch die Anführer der Stämme, die sich während des gestrigen Abends zur Wintersonnenwende getroffen hatten. Sie alle hatten sich in der Mitte des Ahnenkreises versammelt und warteten nun schweigend darauf, was Caitir zu verkünden hatte. Immer wieder zischte die Glut der Winterfeuer, als Regentropfen auf sie fielen, der Geruch von Rauch hing in der Luft.

»Weshalb hast du uns gerufen?«, wagte Farik, der Sohn ihres Bruders Urdh, zu fragen. Nach dem Tod ihres Vaters Kraat, war Urdh der Anführer des Stammes an der Westbucht geworden und nach ihm dessen Sohn Farik.

»All die Träume und Visionen, die ich in meinem Leben hatte, haben sich zu einer Geschichte vereint«, begann Caitir. »Die Götter haben sie mir gestern Abend durch die Ahnensteine gezeigt.« Caitirs Hand beschrieb einen Kreis, als zeichne sie damit den Verlauf des Ahnenkreises nach. »Unsere Zeit muss enden, damit eine neue beginnen kann. Wenn sich die Wintersonne das nächste Mal erhebt, werden wir eine große Zeremonie abhalten, um das Alte enden zu lassen. Doch wir werden dies in Würde tun! Wir werden ein großes Fest feiern und den Göttern zum Zeichen unserer Demut ein letztes Opfer erbringen.«

Caitir sah Entsetzen und Verständnislosigkeit in den Gesichtern der Stammesführer. Lediglich Brorks Miene war bar jeglicher Regung.

»Wir geben das größte Gebäude der Heiligen Hallen der Erde zurück.«

»Du willst … es zerstören?« Ator, der Führer eines Stammes jenseits des südlichen Meeres, rang sichtlich um Fassung.

»Die Götter wollen es so«, antwortete sie mit strenger Stimme. Prompt senkte Ator den Kopf und schwieg.

»Ihr alle wisst, vor langer Zeit, während meines Wintersonnenfestes, bin ich dieser Zeit entrissen worden. Ich habe das gesehen, was kommt. Alles verändert sich. Widersetzen wir uns und fließen nicht mit dem Wandel, so wie ein Fluss seinen Biegungen folgt, werden wir daran zugrunde gehen.«

»Und genau das wollen wir nicht!«, rief nun Brork, wobei er stolz den Kopf hob. »Wir werden feiern und tanzen und die Götter ehren.« Brork breitete beide Arme aus. »Wir werden die Gebeine der geschlachteten Tiere zu einem Berg auftürmen, dessen Spitze zu den Göttern zeigen wird, damit all jene, die nach uns kommen werden, wissen, dass wir aufrichtig und stolz der neuen Zeit entgegen geschritten sind.«

Caitir bekam eine Gänsehaut und schwankte kurz. Sie hatte nur Andrew und – wie sie sich schwach erinnern konnte – auch Brork von diesem Traum erzählt. Es war erstaunlich, wie sich doch nun alles fügte. Jadhra hatte einst Thua gebeten, Brork Caitir zum Schutz zur Seite zu stellen. Welch weise Voraussicht, denn auch jetzt stärkte der mächtigste aller Stammesführer ihr den Rücken.

»Bis zur nächsten Wintersonnenwende haben wir Zeit, um uns vorzubereiten«, sagte sie schließlich, wobei ihr Blick noch kurz auf Brork ruhte. »Habt keine Angst! Wir Steinweise werden euch führen.«

Brork nickte ihr zu, Caitir wandte sich ab, machte sich mit den anderen Steinweisen auf den Rückweg zu den Heiligen Hallen und ließ den ein oder anderen verdutzten Stammesführer zurück.

Sie wusste, es würde noch vieler Gespräche und Beratungen bedürfen, doch die Götter würden ihr beistehen und die Weisen aller Stämme würden die Zeichen rechtzeitig erkennen.

An einem Abend, wenige Tage vor der nächsten Wintersonnenwende, stand Caitir auf einer kleinen Anhöhe. Sie spürte die Veränderung, die in der Luft lag. Bereits jetzt waren alle Stämme angereist, um sich auf das große Ereignis vorzubereiten. Sie selbst fühlte sich alt und müde. Es war ein besonderer Abend, denn die Strahlen der Wintersonne waren durch die Wolken gebrochen und leuchteten in glänzender Pracht. Rot und Gelb-Golden tasteten sie sich wie der Götter Finger über das Land, ließen die Schatten dunkel und lang werden, was jedoch nur dazu diente, die Farben der Ewigkeit in all ihrer Pracht erstrahlen zu lassen. Caitir blickte hinüber zum Hügel der Ahnen. Wie immer um diese Jahreszeit, fielen die Strahlen der Wintersonne genau in den langen Eingang, der in das Innere des Hügels führte. Caitir war Steinweise, und deshalb wusste sie, dass es nicht nur bloße Sonnenstrahlen waren, sondern die Hand Griahs, des Sonnengottes, der den Seelen seine Hand zum letzten Geleit reichte. Auch Caitir spürte ein leichtes Ziehen in ihrem Geist, ein Rufen, ein Sehnen. Sie wusste, es würde nicht mehr lange dauern, bis sie zu ihrem letzten Gang in den Hügel der Ahnen aufbrach.

Allmählich versank der Sonnengott, und ein Schleier aus Dunkelheit senkte sich über Anú, die große Erdenmutter. Die Nacht der Wintersonnenwende war geboren, die Stämme feierten den Tod der Dunkelheit und die Wiedergeburt des Lichts. Bald schon loderten die Feuer in den Himmel, das rauschende Fest begann. In der Ferne donnerte es, Geräusche von berstenden Steinen kündeten davon, dass die Heiligen Hallen mächtigen Steinhämmern zum Opfer fielen. Tränen rannen ihr über das Gesicht, doch sie war sich sicher, das Richtige getan zu haben. Caitir selbst nahm nicht an dem Fest teil, denn sie hatte es bereits in ihrem Traum durchlebt. Zudem wurde sie nicht gebraucht, ein jeder wusste, was er zu tun hatte, denn Caitir hatte alle eingeweiht. Die anderen Steinweisen würden sich um alles kümmern.

Das Atmen strengte sie an, sie fühlte sich schwach. Daher ließ sie sich nieder, lauschte den Gesängen und beobachtete, wie die Feuer nach und nach niederbrannten. Doch sie konnte an diesem Abend auch das Summen in den Steinen spüren. Die Energie, die in der Luft lag, war stark, Caitir hatte das schon einmal erlebt. So wie die Kraft der Steine zunahm, verloschen die Feuer – bis schließlich nur noch ein Einzelnes brannte. Hoch loderten dessen Flammen in die Dunkelheit hinauf, beleuchteten eine einsame Gestalt, die daneben saß. Caitirs Blick verschwamm kurz, dann klärte er sich wieder. Eine ungeahnte Stärke durchflutete sie und noch einmal erhob sie sich, trat einen Schritt nach vorne und kniff die Augen zusammen. »Andrew«, flüsterte sie und hob die Hand zum Gruß. Dann lächelte Caitir, denn er hatte Blumen niedergelegt und in der Hand hielt er eine wunderschöne Distel. Die Schwäche kehrte zurück, Caitirs Knie gaben nach, erneut sank sie ins Gras, doch sie war glücklich. Heute war ein guter Tag. Friedlich, und mit dem Herzen voller Liebe, glitt sie hinüber in das Reich jenseits der Himmelskuppel.

In dunklen Tälern sind die Wälder am grünsten, denn durch sie fließen die Flüsse der Tränen.

Tiefer als Wasser.

QUELLENNACHWEISE

Finch, Dawn: Prehistoric Britain, Skara Brae, raintree Verlag, London

Hedges, John W., Tomb Of The Eagles, Death and Life in a Stone Age Tribe, New Amsterdam Books, New York

British Archaeology, Jan/Feb 2013, Orkneys great mystery dig

Einige Internetseiten zum Thema:
http://www.historic-scotland.gov.uk
http://www.orkneyjar.com
http://www.archaeology.gov.uk
http://www.sciencemag.org

DIE WICHTIGSTEN NAMEN

Jungsteinzeit:

Westbuchtsiedlung:

Caitir	Priesterschülerin, Tochter des Stammesführers
Farik	Urdhs Sohn
Kraat	Caitirs Vater, Stammesführer der Westbuchtsiedlung
Mjana	Caitirs jüngere Schwester
Urdh	Ältester Bruder von Caitir und Mjana
Elja	Kraats Geliebte
Druk	Vater von Elja
Erine	Mutter von Elja
Aark	Junger Jäger
Clundh	Junger Jäger

Adlerstamm

Brork	Krieger aus dem Adlerstamm
Roradh	Krieger aus dem Adlerstamm
Rul	Krieger aus dem Adlerstamm

Die Steinweisen

Mrak	Steinweiser aus dem Adlerstamm
Thua	Steinweise aus Caitirs Stamm
Jadhra	Caitirs Großmutter, hatte eine Vision
Jokh	Schüler vom Seehundstamm

Unsere Zeit

Andrew Morrison	Reiseleiter
Darryl Shaw	Archäologe
Diane MacLean	Archäologin
Jack Wallen	Archäologe
Maeve Sinclair	ältere Frau von den Orkneys
Nicolas Fraser	Leitender Archäologe
Fraser Tulloch	Hüter alten Wissens
Lucinda und George	Diannes Tante und Onkel
Eamon MacGregor	Besitzer eines Esoterikladens

Götter der Steinzeitmenschen:

Anú	Erdmutter
Kjat	Adlergott / Himmelsgott
Kjell	Meeresgott
Ravk	Gott des Sturmes
Griah	Sonnengott
Tula	Mondgöttin

Orte:

Hügel der Ahnen Maes Howe (Hügelgrab)
Kreis der Ahnen Ring of Brodgar (Steinkreis)
Kreis der Schüler Stones of Stenness (Steinkreis, einst Elipse mit 12, vielleicht auch nur 10 oder 11 Steinen, ca. 6 Meter hoch)
Siedlung der Steinweisen Village of Barnhouse (Steinzeitliche Siedlung in der Nähe der Stones of Stenness)
Westbuchtsiedlung Skara Brae
Die Heiligen Hallen Ness of Brodgar (großer Gebäudekomplex)
Das Land jenseits der Wellen Das britische Festland

DANKSAGUNG

»Winterfeuer« war das letzte von Aileen P. Roberts begonnene und damals bereits unter Vertrag stehende Werk. Leider wurde der Vertrag nach Claudias Tod gekündigt, so dass es unklar war, wann und in welchem Verlag es letzten Endes erscheinen würde. So gilt mein Dank Schemajah Schuppmann, der die Veröffentlichung in seinem Papierverzierer Verlag möglich gemacht hat.

Danken möchte ich auch Stephanie Kempin für ihre Aufmerksamkeit und Unterstützung während des Lektorats.

Natürlich gilt mein Dank auch schon jetzt allen Lesern und Leserinnen, die in »Winterfeuer« schmökern und in Gedanken auf die Orkneys, sei es zu unserer heutigen oder zu Caitirs Zeit, reisen. Ich hoffe, das Buch gefällt euch, und – wer weiß – vielleicht besucht ihr ja eines Tages die sturmumtosten Inseln im hohen Norden Schottlands persönlich, um dem Flüstern der alten Steine zu lauschen.

Doch was wären all die schönen Geschichten ohne jene, die sie in ihren Köpfen entstehen lassen und zu Papier bringen? Daher möchte ich mich am Ende ganz besonders bei Claudia alias Aileen P. Roberts für all ihre Bücher und Geschichten bedanken, die vielleicht das größte Vermächtnis sind, was eine Mutter ihrer Tochter hinterlassen kann.